Boy's Life

奇风岁月

[美国] 罗伯特·麦卡蒙 著
陈宗琛 译

译林出版社

图书在版编目（CIP）数据

奇风岁月／（美）麦卡蒙（McCammon, R. R.）著；陈宗琛译.
—南京：译林出版社，2011.6（2025.10重印）
书名原文：Boy's Life
ISBN 978-7-5447-1688-8

Ⅰ.①奇… Ⅱ.①麦… ②陈… Ⅲ.①长篇小说－美国－现代
Ⅳ.①I712.45

中国版本图书馆 CIP 数据核字（2011）第 032682 号

著作权合同登记号　图字：10-2011-79 号

奇风岁月［美国］罗伯特・麦卡蒙／著　陈宗琛／译

责任编辑　姚　燚　刘自然
特约编辑　王　维
责任印制　单　莉

原文出版　Pocket Books, 2008
出版发行　译林出版社
地　　址　南京市湖南路 1 号 A 楼
邮　　箱　yilin@yilin.com
网　　址　www.yilin.com
市场热线　025-86633278
排　　版　南京展望文化发展有限公司
印　　刷　江苏苏中印刷有限公司
开　　本　880 毫米 × 1230 毫米　1/32
印　　张　19.625
插　　页　2
版　　次　2011 年 6 月第 1 版
印　　次　2025 年 10 月第 50 次印刷
书　　号　ISBN 978-7-5447-1688-8
定　　价　48.00 元

每一位老师毕生的梦想

多年来,我一直把《奇风岁月》当做学生的文学教材。不过,我只让他们在暑假期间看。有几个原因。第一,因为那本书厚得吓人。第二,因为那是一个悬疑神秘的故事,深情动人,他们不会读到打瞌睡。第三,因为那本书的主题和下一个学年的课程有关。

到目前为止,总共有两百多个学生读过那本书。他们一致公认,《奇风岁月》是他们读过最好看的书。这本书对他们意义非凡,因为,书中的角色和情节,有很多是他们的亲身经历。他们有很强烈的共鸣。

有个学生亲口告诉我:“这本书让我开始了解了什么是人生。”这本书的主题涵盖了亲情,友情,死亡,写作,勇气,正义,善良,恶势力,种族偏见。我让学生在课堂上公开讨论这些话题,并且说出自己的亲身经历。

不久前,两个已经毕业的女学生到家里来找我。聊着聊着,其中一个学生无意间看到我书架上有一本《奇风岁月》,立刻走过去把书拿下来。她说:“这本书我看过多少次了你知道吗? 到现在已经五次了。”

她话才刚说完,另一个学生立刻接着说:“我那本已经翻烂了,整本散了,没办法只好用胶带粘住。我下次要去买一本新的。”

没想到一本文学作品竟会让学生迷恋到这种程度,一读再读,百看不厌,真是闻所未闻。这本书让很多痛恨读书的学生变成嗜书如命的书虫。这真是全天下老师毕生的梦想。

——马克·凯利　美国休斯敦中学教师

一本书，创造了另一个56号教室的奇迹

初次接触到这本书，是当年我还在佐治亚州教高中英语的时候。当时，这本书是学校指定的高一文学教材。当老师的第一年寒假，我自己买了一本，准备下学期用来教学生。没想到一读之下，内心的震惊无法形容。我这辈子从来没看过这么好看的故事，无论是从个人阅读的角度，还是从教学工作的角度，这本书都无与伦比。每一页几乎都有无穷尽的素材可以拿来作教学之用。后来，退休之后，我又重读了好几次，那故事的迷人魅力一次比一次更令我震惊。我一直搞不懂，这本书为什么从来没得过任何美国文学大奖？

我教的那班高一学生都迷上了这本书。通常我都会指定他们前一天晚上读完某个段落，结果到了第二天，他们都迫不及待地想跟我讨论故事内容，反应之热烈简直不可思议，令人啧啧称奇。为什么这样说呢？因为我教的那二十个学生在放牛班，前一任的老师根本就是放牛吃草，对他们不闻不问，而他们也认定自己是被老师放弃的学生。上课第一天，当他们看到我要他们读这本厚达六百多页的砖头文学教材，每个人都用一种奇怪的眼神看我，仿佛认为我是疯子。后来，等到他们一开始

读，每个学生都迫不及待地读完了，远远超过我指定的进度。最令我感动的是，他们产生了一种成就感，开始爱上读书。

《奇风岁月》写的是1960年代一个十二岁男孩在美国南方小镇成长的故事。但在叙事技巧上，作者让我们感觉到，那男孩同时用两种不同的角度看这个世界，一个是孩子的角度，一个是大人的角度，两者互相交融，形成一种完美的平衡。通过长大成人的男孩回顾过往，我们仿佛也亲身经历了那小男孩的成长过程。

如果说作者罗伯特·麦卡蒙的文字有一种神奇的魔力，这样的形容恐怕还太保守。除了涵盖各种深刻的文学主题，故事情节的悬疑曲折也已经到了令人沉迷到浑然忘我的境界。更重要的是，字里行间散发着无限深情。从表面上看，这本书可能会被归为悬疑推理小说，但书中对于情感刻画的深沉动人是一般悬疑小说根本无法达到的境界。

《奇风岁月》完美融合了悬疑曲折的故事性和深沉动人的文学主题，完全颠覆了类型小说和主流文学的界限。

每当有人问我，这一生中最爱的书是哪一本，我脑海中浮现的第一本书，永远是《奇风岁月》。

——朱莉·莱特　美国佐治亚中学退休教师

那不再只是一本书，而是他生命的一部分
——2008年新版作者序

刚开始写这本书的时候，我写的是一个发生在美国南方小镇的谋杀故事，主角是警长，可是后来我发现，再这样写下去，连我自己看了都会睡着。

所以，我仔细看了前面写完的两百多页，终于决定放弃，因为我觉得所有的人物场景都是死的。其实多年来我一直想写一个男孩的故事，那男孩想当作家，而且在他家乡所发生的许多事影响了他的一生。那个故事一直藏在我内心深处。现在，既然目前写的这本小说是关于美国南方的一个小镇，还有一宗谋杀案，那么，我为什么不干脆写那个小男孩呢？

我写《奇风岁月》的时候，根本没有故事大纲，脑子里只有一大堆点子。可是，就这样写着写着，不知怎么这个故事突然就活起来了，更惊人的是，我从前写过的书，几乎没有一本能够让我产生这种活生生充满生命力的感觉。《奇风岁月》写作的过程有如行云流水，那种感觉，好像不是我在写这个故事，而是故事自己在写，而我只是像个驾驶员一样，偶尔转动一下方向盘。

我想这大概就是写作的奥秘吧。感觉对了，一切都是活生生的，每

个人物都是活的，你会感觉自己像上帝一样在创造生命。对一个写作的人来说，天底下大概找不到比这更美好的感觉了。

写完之后，我处于一种极度亢奋的状态。虽然当时我已经写过不少畅销书，算是一个成功的畅销作家，可是从来没有一本书能够让我产生这种极度的兴奋。我立刻把书寄给我的出版商，而且我确定他们一定也跟我一样兴奋，然后会告诉我，这将是我毕生的巅峰之作，神来之笔，实在写得太棒了。

结果，我等了很久很久，终于接到一个电话。

他们说，我们挺喜欢这本书的，不过，这本来应该是一本谋杀推理小说，可是怎么看起来有点像你的自传呢？这样会把读者搞糊涂的。我们觉得你应该把描写小镇生活的部分拿掉，把重点放在谋杀推理上，彻底改写。

一开始我愣住了，不停地跟他们说对不起。

可是等我回过神来，我马上打电话给他们，说我明天就坐飞机过去。第二天，我就大老远从亚拉巴马州的伯明翰飞到纽约，跟那几个出版大亨见面。这一次，无论如何我都必须捍卫自己的写作信念。

我告诉他们，我绝不改写这本书。我说要是他们坚持要我改写，我宁可跟他们解约，我宁可退出文坛，放弃畅销作家的成功之路。

那天他们引用了一大堆数据图表，想办法警告我，脱离畅销书写作的作家下场有多悲惨。不过最后他们还是说，没关系，你高兴怎么写就怎么写，既然你对这本书这么热情，我们还是会帮你出版。后来书虽然出版了，但我却感觉创作的喜悦被浇了一盆冷水。

《奇风岁月》本来不是要写给孩子们看的，可是，书出版之后这么多年来，我很意外地发现年轻的孩子热爱这本书。我不知道有多少孩子买了这本书，我只知道，全国很多中学都采用这本书当文学教材，因为很多学校都邀请我去演讲。有一天，我收到英国一位八十几岁的老先生寄来的信，还有西雅图一个十三岁的小男孩的来信。他们都说对这本书的热爱是无法形容的。2008年，这本书又登上日本最具权威的排行榜“这本推理小说了不起”，被日本读者票选为二十年来“Best of Best”。那种感觉真是奇妙，我想，可以这么说，这本书已经属于全世界了。

另外，我必须特别提到一封读者来信。几年前有一位小姐写信告诉我，她年迈的父亲最近过世了，临终前，父亲要求她把《奇风岁月》这本书和他一起埋葬，陪伴他长眠于九泉之下。那位小姐告诉我，《奇风岁月》这本书，她父亲已经读过不知道多少次了，它已经不再只是一本书，而是他生命的一部分。

我不知道怎么形容看到那封信的感觉，我只能说，对一个作家来说，可以死而无憾了。

不久前，我走进一家全美国最大的连锁书店，走到“经典文学”陈列平台前面，看到上面摆的都是文学史上伟大作家的书，如狄更斯的《大卫·科波菲尔》，雨果的《悲惨世界》，斯坦贝克的《愤怒的葡萄》，马克·吐温的《汤姆·索亚历险记》，冯内古特的《五号屠场》等等。没想到，就在那堆经典文学里，我竟然看到一本《奇风岁月》。

那是我的孩子。

我很怀疑自己这辈子是否能再写出一本那样的书。我会继续努力。不过，也许可以这么说，一辈子能够有一本书摆在那个平台上，也就够了。

奇风岁月

年少的我们像狂野的风暴一样自由奔驰，
所到之处，天使也不敢靠近。
我们深入那没有尽头的幽暗森林，
看到我们，就连恶魔也纷纷退避。
我们透过可乐的玻璃瓶底，
去看远方究竟有多远。
我们看到一个魔幻的世界，
那是汽车之流无法到达的世界。
小狗是我们挚爱的兄弟，
脚踏车奔驰如火箭冲向天际。
我们飞向群星，
绕着火星盘旋。
我们像泰山一样在林间摆荡，
我们学佐罗挥舞利剑。
我们与詹姆斯·邦德一起飞车横冲直撞，
我们如挣脱锁链的赫拉克勒斯。
极目远望，我们看到未来，
在那遥远的国度，
我们的爸妈永远年轻，
而时间如流沙般飞逝。
在欢笑与泪水交织的人生旅途，

我们尽情活过每一个日子。
镜中的自己逐渐老去，
这本书献给那永远的孩子。

序曲

我将带你踏上一段旅程。不过，在我们启程之前，有些很重要的事我必须先告诉你。

首先我要告诉你，到了故事的结尾，你会发现我还是安然无恙。那么，问题来了。第一人称叙事的麻烦就在这里。读者都知道主角最后没死。所以，无论我经历过什么——真正经历过什么——你都可以确定我熬过来了。另外，那些经历都对我造成了哪些或好或坏的影响，这一点你可以自行判断。

当你看到书中的某些段落，你可能会说："嘿，他明明不在现场，怎么会知道发生了那件事？还有，他怎么会知道谁说了这个，谁说了那个？"答案是，那些事都是我后来才知道的，所以就补进去了。或者在某些段落，我编了一些故事，又或者在某些段落，我认为某些事应该发生过，尽管实际上并没有发生。

我是1952年7月出生的。现在，我已经年近四十了。就像俗话说的，光阴似箭，不是吗？有些评论家曾经形容我是"前途无量的文坛新锐"，只可惜，我已经不再年轻。我也只能是现在的我了。当年还在念语法学校的时候，我就已经开始写作，编故事，尽管那时还不是很清楚自己在干什么。1978 年，我出版了第一本书，成为作家。还是说，我只能算是“作者”？披头士乐队说过，写廉价平装本的都只能算是作者。那么，出版精装书的才算“作家”吗？我只能说，至少我写小说写到整个背硬得像精装书一样。有时候我会被修理得体无完肤，有时候也会被捧得飘飘然。在我们这个善于天马行空的国度里，哪个同行的兄弟姐妹没有遭遇过同样的命运？感谢上天的恩典，我有能力凭空创造出某些人物，甚至创造出整个世界。那么，我是作家，还是作者呢？

也许，我可以算是一个“说故事的人”吧？

我只是想把我记忆中的一切记录下来，这样我才能够永远保存它们。你们知道吗，我相信“神秘的力量”。我出生的地方是一个充满神秘力量的小镇，我成长的年代是一个神奇的年代，仿佛每个人都具有一种魔法般的神秘力量。噢，大多数人不知道我们活在一个神奇的世界里，但我一直都很清楚。机缘和命运仿佛无数银色细丝，交织出那个神奇的世界。十二岁那年，整个世界就像阿拉丁神灯，散发出一团绿色灵光，而在那绿光中，我看到了过去，看到了现在，预见了未来。也许你也曾经看到过，只是遗忘了。我始终认为，在我们生命的起点，上天都赋予了我们一种魔法般的神秘力量。在生命最初的起点，那与生俱来的神秘力量如旋风，如彗星，如野火燎原。我们天生就听得懂鸟儿的歌声，看得懂天上云彩变化的奥秘，能够在一把细沙中看到自己的命运。后来，我们长大了，开始接受教育，学习认识这个世界；我们开始上教堂，学习信仰上帝，然而，我们心灵中那与生俱来的神秘力量却渐渐消失了。知识，信仰，这一切随着时间的洪流席卷了我们的心灵，而那神秘的力量却随着时间流逝了，被冲毁，被抹灭。我们学习保守，学习严谨，学习承担责任。大人说，我们必须长大。大人说，我们长大了，应该要有大人的样子。然而，你知道大人为什么要对我们说这些吗？因为他们畏惧我们。

我们的野性，我们的狂放不羁，我们洋溢着的生命力，这一切都令他们感到畏惧。而我们与生俱来的神秘力量更令他们自惭形秽，令他们感伤，因为，他们任由自己生命中的神秘力量随着时间枯萎凋零。

当神秘的力量远远离你而去，就再也找不回来了。尽管如此，你还是会偶尔感觉到那种力量突然又回来了。在某些短暂的片刻，你会突然回想起来，你会感觉得到。如果你看电影的时候感动落泪，那是因为在那短暂的片刻，在漆黑的电影院里，你又偶然触及了那神秘的力量，沉浸在那神奇的金色池塘里。然而，当电影散场，你走出戏院，回到阳光灿烂的逻辑理性的世界，那神秘的力量又会消散无踪。在那个时刻，你心中会残留着一丝丝的感伤，却不知道为什么。当你听到一首古老的情歌，你脑海中会浮现出某些昔日的记忆。当你看到悬浮的细尘在灯火的光束中飞舞，你的心思会突然脱离眼前的世界。夜里，当你远远听到一列火车轰隆隆奔过铁道，心中不禁生出一丝好奇，不知道那列火车要驶向何方。那个时刻，你已经脱离了当下的自己，脱离了眼前的世界。在那极其短暂的瞬间，你又走进了那个神奇世界。

这一切，我深信不疑。

年复一年，我们生命中那与生俱来的神秘本质逐渐离我们而去。这就是人生。我们开始面对人生，承受重担。而这一切的承担，有些对我们很有意义，有些却不是那么好。我们经历了人生的悲欢离合。挚爱的人离开人世，离我们而去。有人因为发生意外而伤残，有人因为人生的种种困境而迷失堕落。在这个疯狂的世界里，那一切随时都有可能发生。所谓的人生，就是我们随着时间的流逝渐渐遗忘了那神秘的力量。你感觉不到你在遗忘，直到有一天，你忽然发觉自己仿佛失去了什么，却又说不上来是什么。那种感觉，就好像你对一个很漂亮的女孩微笑，可是她却叫你“先生”。就是这么回事吧。

我的少年岁月，我的家乡，那一切昔日的记忆对我意义非凡。有一天，当我的人生走到终点，回首从前，我想，我会看到那段岁月对我一生的影响有多大。如果我想唤回那种神秘的力量，那么，我就必须先唤回少年岁月的记忆。我必须认真地回顾那段岁月，唤回那些记忆，而且，我想把那些故事说给你们听。

我叫科里·杰伊·麦克森，老家是亚拉巴马州南部的一个小镇，奇风镇。那里冬暖夏凉，四季如春，街道两边是整排的水栎树，枝叶茂密，绿荫蔽天，家家户户房子前面都有门廊，窗户都装了纱窗。镇上有一座公园，里面有两个棒球场，一个是给小孩子玩的，一个是给大人打球的。另外还有一座公共游泳池，池里的水清澈碧蓝，小孩子都喜欢潜到池底去找硬币。每年7月4日，镇上都会举办盛大的烤肉会，而每到夏末，镇上会有一场写作竞赛。我十二岁那年，也就是1964年，奇风镇的人口只有一千五百人。镇上有一家明星餐厅，一家专卖便宜货的五角商店，一家奇宝超市。十号公路旁边有一栋房子，里头住的都是离家流浪的“坏女孩”。当年，并非家家户户都有电视。当年，我们那个县实施禁酒令，所以私酒贩子特别猖獗。镇上的公路四通八达，东西南北畅通无阻。而每天晚上都有一列货运火车会从镇上经过，开往伯明翰市。每次列车经过，镇上都会飘着一股焦铁的气味。镇上有四间教堂、一所小学，波特山上有一座墓园。小镇附近有一个湖，听说湖水深不可测，有如无底深渊。我的家乡有行侠仗义的英雄人物，也有为非作歹的凶恶之徒，有诚实向善的市井小民，也有谎话连篇的吹牛大王。我的家乡就是这样一个平凡的小镇。也许，你的家乡也是这样的。

不过，奇风镇也是一个有魔力的地方。幽灵在月光下游荡。他们从绿草如茵的墓园里走出来，站在山丘上互诉往日时光。他们说，当年可口可乐喝起来比较呛；当年，谁是民主党，谁是共和党，看一眼就知道。我知道，因为我亲耳听他们说过。奇风镇，每当风起时，阵阵微风从纱窗吹进来，风中飘荡着忍冬的清香，唤起了爱的悸动。奇风镇，炽烈耀眼的闪电从天而降，劈向大地，唤醒了仇恨的力量。奇风镇有风暴，有干旱，流经小镇边缘的那条河也常常泛滥成灾。我五岁那年的春天，河水泛滥淹过河岸，成百上千条蛇被冲到街上。后来，成群的老鹰有如一阵乌黑的龙卷风从天而降，用致命的利嘴啄走了满地的蛇。洪水退了，那条河又恢复到平日温柔的模样。后来，太阳出来了，仿佛一声嘹亮号角破云而出，只见镇上血迹斑斑的屋顶冒出蒸腾的热气。

我们镇上有一位一百零六岁的女巫。有一位传奇枪手，听说当年在O. K. 牧场那场著名的战役中，他救了西部传奇英雄怀特·厄普的命。我们的小镇上，传说附近那条河里潜伏着一只远古时代的怪兽，附近那个湖里埋藏着一个秘密。我们的小镇上，传说公路上有一个鬼魂出没，他开着一辆黑色的赛车，引擎盖上有一团火焰。我们的小镇上有天使长加百列和魔王撒旦，有一个当年南军的幽灵阴魂不散。我们的小镇上传说有外星人入侵，还有个九岁小男孩，拥有完美的手臂，天生是投球高手。我们的小镇上还有一只恐龙跑到商店街上闹得天翻地覆。

奇风镇，一个有魔力的地方。

我曾经在那个神奇世界度过我的少年岁月。奇风岁月，那是我少年的记忆。

我记得那一切。

这就是我要说的故事。

第一部　春天的痕迹

1 黎明前的世界

“科里？孩子，天亮了，该起床啦。”

听到他的声音，我只好乖乖从幽暗的梦境中钻出来，睁开眼睛看着他。他已经穿好衣服了。那件深棕色的制服，胸前的口袋上用白线绣着他的名字，汤姆。我闻到培根和煎蛋的香味，听到厨房收音机传来轻柔的音乐声，锅盆杯盘摩擦碰撞一阵哗啦哗啦。妈妈已经开始忙了。一进了厨房，她就如鱼得水。“天亮了，该起床啦。”爸爸又喊了一声，然后打开我床边的台灯。我眯起眼睛，残留在脑海中的那些梦中的景象开始慢慢消散。

太阳还没出来。当时是3月中旬，冷飕飕的风扫过窗外的树梢。我伸手贴在窗玻璃上，仿佛感觉得到那风的冷冽。爸爸已经到楼下去喝他的咖啡了，所以妈妈知道我醒了。于是，她把收音机的音量调大，这样才听得清楚气象预报说些什么。算算时间，几天前就已经进入春季了，不过那年的冬天似乎特别顽固，仿佛一只白猫伸出尖牙利爪又抓又咬，死掐着南方不放。虽没有下雪，不过，强劲的风从北极一路席卷而来，天气依然冷飕飕的。话说回来，我们这里本来就从没下过雪。

“要穿厚毛衣哦！”妈妈喊了一声，“听到了吗？”

“听到了！”我应了她一声，然后从衣柜里拿出我的绿色厚毛衣。暖气机呼呼作响，台灯散发着黄色的光，照亮了整个房间。地上有一条红色的印第安小地毯，那鲜红的色泽简直就像阿帕切族传奇酋长壮烈牺牲的鲜血。那张书桌有七个神秘的抽屉。椅子软垫的材质是深蓝色的天鹅绒，色泽看起来就像蝙蝠侠的披风。另外还有一只鱼缸，里头那几条小鱼几乎是透明的，几乎看得见心脏在跳动。还有刚刚提到的那个衣柜，上面贴满了利华牌模型飞机的图案。另外，那张床的床罩是杰佛逊·戴维斯的亲戚亲手缝制的。戴维斯是南北战争时期南方联盟的总统。另外就是那个壁橱，还有书架。噢，对了，那些书架。那里就是我的藏宝窟，上面摆的都是我辛辛苦苦搜集的心肝宝贝：好几百本漫画——有《超人正义联盟》《闪电侠》《绿灯侠》《蝙蝠侠》《闪灵侠》《黑鹰中队》《洛克中士》《潜水侠》，还有《惊奇四超人》。另外，架上还有几十期的杂志，像是《少年世界》《怪物世界》《惊奇电影》《大众科技》。另外，有一整面墙的架上全是《国家地理杂志》，看起来像一面黄色的墙。而且，哪几本上有非洲地区的图片，我都了如指掌（说起来会脸红，因为非洲女人都不穿衣服的）。

四面墙上全是书架，仿佛连绵好几公里长，除了漫画和杂志，还有别的东西。比如那只玻璃瓶，里头装满了闪闪发亮的弹珠。另外还有一个干掉的蝉壳，仿佛正等着夏天要再度引吭高歌。至于那个悠悠球，甩的时候还会出声，可惜线断了，等着爸爸帮我修。比如那本西装布料样品的小册子。那是我们镇上斯塔格西服店的帕洛先生送我的，里面的布料我都是拿来贴在模型飞机里当地毯。至于飞机里的座椅，都是我用厚纸板剪成的。此外，架上还有一颗银子弹，听说是一个猎人委托独行侠精心打造的，专门用来对付狼人。另外，还有一枚南北战争时期的纽扣，听说是夏洛战役期间从一名南军士兵的制服上掉下来的。另外还有一把橡皮刺刀。每次洗澡的时候，我会在浴缸里玩那把刀，假装和致命的鳄鱼搏斗。至于那几枚加拿大硬币，光滑无瑕像一轮月亮。拥有这一切，我已别无所求。世上还有谁比我更富足？

“早餐准备好啦!”妈妈在楼下大喊。我拉上毛衣的拉链。我这件绿毛衣,颜色看起来就像洛克中士那件破破烂烂的军服一样。而我的牛仔裤,膝盖上有两块补丁,感觉就像两枚英勇勋章,因为我就像洛克中士一样到处历险闯荡,膝盖一天到晚被铁丝网钩破,被地面磨破,次数已经多到数不清了。我身上的法兰绒衬衫是大红色的,红得简直可以拿到西班牙去斗牛。袜子是白的,白得像鸽子翅膀上的羽毛,而鞋子是黑的,黑得像墨汁。不过,不管我打扮得再怎么怪异,爸妈看了也不会有什么感觉,因为妈妈是色盲,而爸爸对穿衣服根本没概念,就算我穿的是苏格兰裙他也不会有意见。

说起来很有意思,有时候,当你看着那两个把你带到这世上来的人,你会在他们身上很清楚地看到自己的影子。于是你就会明白,在这世上,每个人都是自然法则妥协的产物。每个人都一样,没有例外。我骨架很小,一头深棕色的鬈发,像妈妈。而我的蓝眼睛,还有窄窄的鼻梁,像爸爸。另外,我跟妈妈一样,手指都很长。我常常跟妈妈抱怨说我手指太细,可是妈妈却说那是“艺术家的手”。另外,我眉毛又粗又浓,下巴有个小凹陷,这又是像爸爸。我曾经许过愿,希望哪天晚上睡着之后,隔天早上醒来,发现自己忽然变成了《西马农地带》里的斯图尔特·惠特曼,或是《夏延》里的克林特·沃克。只可惜,做再多的梦也改变不了事实,我还是一样骨瘦如柴,愣头愣脑,个子不高,其貌不扬。我的长相平庸到什么程度呢?打个比方,假如我站在墙边,闭上眼睛,屏住呼吸,这时候,有人从我前面走过去,他很可能根本看不到我,因为我看起来和壁纸没什么两样。尽管如此,我还是常常沉浸在幻想中。有时候,晚上看电视,我会想象自己和电视里那些牛仔一起追印第安人,想象自己和电视里那些侦探一起追歹徒。有时候,在我们家后面那片森林里,我会想象自己和泰山一起呼叫狮子,想象自己一个人和成群的纳粹士兵作战。我有几个好朋友,比如约翰尼·威尔逊、戴维·雷·卡伦,还有本·西尔斯,不过,也就这么几个了。我不是那种人见人爱的万人迷。有时候,我一跟别人说话就会紧张,舌头会打结,所以,我总是尽可能不说话。我那几个朋友，个子都跟我差不多高，年纪也差不多大，还有，个性也差不多一样软弱。我们都尽量避免跟人打架，因为我们根本就不是打架的料。

我想，这大概就是写作的起点和原动力。写作，是因为你试着想要“改善”某种东西。你想改变你周遭的世界，扭转局面，你想把世界改造成你理想中的模样，当然，如果上帝没有大发雷霆的话。在真实的世界里，我的力量微不足道，然而，在我想象的世界里，我有如希腊神话里那个挣脱了锁链的赫拉克勒斯。

另外，有一部分遗传是来自我爷爷杰伯，也就是我爸爸的爸爸。据我所知，有一点我跟他很像，那就是，我们都对世界充满了好奇。他今年已经七十六岁了，但个性还是很强硬，硬得像牛肉干一样。他那张嘴很毒，生性刻薄，很难相处。他家农场四周是一大片森林，他一天到晚都在那里晃来晃去，找东找西。他常常会带一些东西回家，把奶奶莎拉吓个半死，比如说，蛇皮，大黄蜂的蜂窝，有时候甚至还会把死掉的动物带回家。他很喜欢用小刀将那些死掉的动物开膛破肚，看看里面有什么东西，然后把那些血淋淋的内脏拿出来摆在报纸上。有一次，他把一只死掉的癞蛤蟆吊在树上，然后叫我去陪他一起看，看成群的苍蝇啃食那只死癞蛤蟆。有一次，他把一只粗麻布袋拿回家，里头全是叶子。他把叶子全部倒在客厅，拿着放大镜一片一片仔细看，然后把每片叶子之间的差异都写在笔记本上。这种笔记本他有好几百本。另外，他会去捡地上的雪茄烟蒂，还有人家吐掉的那种干嚼烟渣，然后拿回家收在玻璃罐里。另外，有时候他也会一个人坐在黑黢黢的房间里，愣愣地看着月亮，一看就是好几个钟头。

也许，他根本就是个疯子。如果一个人已经长大了，却还拥有那种神秘的力量，也许大家就会说他根本就是个疯子。不过，我爷爷会拿着星期天的报纸念上面的漫画给我听。有一次他告诉我，他出生的那个小村子有一间鬼屋，发生过很多恐怖的事。或许爷爷个性尖酸刻薄，有点傻气，也有点小气，不过，他在我心中点燃了一把神奇之火。藉由那神奇的光，我看到了奇风镇外那个无比辽阔、无边无际的神秘世界。

那一天，时间是早上，天还没亮，我和爸妈在位于希尔托普路的家里吃早餐。那一年，是1964年。当时，天气已经开始变化了，但我却浑然无觉。当时，我脑子里唯一的念头，就只是想再多喝一杯橙汁，等一下我就要跟爸爸一起去送牛奶，然后，他会送我去学校。吃完了早餐，洗好了盘子，我走到冷飕飕的门外去跟叛徒说声早安，喂它吃狗粮罐头，接着又走回屋里。妈妈在爸爸和我的额头上亲了一下，跟我们说再见。我穿上那件羊毛衬里的外套，背上书包，然后我们就走出大门，坐上那辆老爷敞篷小货车。刚刚我到后院去喂叛徒的时候，已经打开了狗栏的门。结果，我们车子一开上路，叛徒忽然从狗栏里冲出来，跟在车子后面跑了好长一段路，后来，跟到希尔托普路和肖森路的转角，它忽然停住了，因为它已经侵入了霸狗的地盘。霸狗是拉姆齐家养的杜宾狗。叛徒不甘示弱地狂吠了几声，然后才不卑不亢地跑回家去。

前面就是奇风镇了。一个宁静的小镇。镇上的人都还在睡梦中，一弯明月悬在天际。

有几户人家的灯已经亮了，不过不多。还不到五点。酋长河的河面上倒映着那弯明月，波光粼粼。酋长河有道湾，水流很慢，要是老摩西游经此地，那它皮革般硬实的肚皮一定会贴着河底的淤泥。奇风镇路边的树还是光秃秃的没半片叶子，树枝随风摇曳。有两条路在镇上交叉，那个路口勉强可以称之为十字路口，有四盏信号灯，而每一盏都很有规律地闪着黄灯。往东有一座石桥跨越空荡荡的河面，桥边的护栏上有一座座的雕像，个个表情看起来都像是在沉思冥想。那些雕像是1920年代完成的，而且听说那些雕像的脸，有一些是模仿当年南方联盟几位将军，也有一些雕成堕落天使的模样。往西边是一条公路，一路蜿蜒攀上那座森林密布的小山丘。过了那座山丘就是另外几个小镇。有一条铁路穿过奇风镇一路向北，经过布鲁顿区。布鲁顿区住的全是黑人。南边是一座公园，里面有一座露天音乐台，几个棒球场。那座公园叫做克利福德·格雷·海恩斯公园,是为了纪念奇风镇的创建人。公园里有一座他的雕像。他坐在石头上,两手撑着下巴。有一次爸爸说,那座雕像的模样,看起来好像他患了长期便秘,没办法排便,又离不开马桶。十号州际公路往南经过奇风镇边界之后,一路蜿蜒,仿佛一条百步蛇,经过沼泽森林区,经过一片拖车屋区,经过萨克森湖。听说萨克森湖深不见底。

车子开上商店街,穿过奇风镇中心。商店街,街如其名,沿路两边的人行道上都是商店,有一元理发厅,斯塔格西服店,奇风农牧五金行,奇宝超市,五角商店,爱之颂戏院,还有其他各式各样的小店。然而,看起来很多,但其实没几家,如果你开车经过,眼睛眨几下的瞬间,那条街就已经过了。接着,我们的车越过平交道,往前又开了三公里,然后转弯开进一扇栅栏门。门上方有一块招牌,上面写着:绿茵牧场。一辆辆送牛奶的小货车停在装卸货月台前面,送奶员正忙着把一箱箱的牛奶搬上车。整座牧场到处都有人在忙,因为牧场一大早就开始营业,每个送奶员都有很多地方要送,要跑好几趟。

有时候,如果爸爸要送牛奶的地方太多,他就会叫我帮忙送。我喜欢清晨时分的静谧安详,喜欢日出前的世界,喜欢亲眼看看订牛奶的人都是些什么样的人。为什么会喜欢?我自己也搞不清楚。也许是因为我遗传到爷爷杰伯那种好奇的天性吧。

爸爸过去找工头确认名单。那个人叫鲍尔斯先生,头发很短,块头很大。确认好之后,我和爸爸开始把东西搬上车。一瓶瓶的牛奶,一箱箱的新鲜鸡蛋,一桶桶的白干酪,还有绿茵牧场的招牌产品——马铃薯豌豆色拉。这些东西都是刚从冷藏库里拿出来的,还很冰,牛奶瓶上的水珠在月台的灯光下显得晶莹剔透。瓶子的纸盖上印了几个满脸笑容的送奶员,旁边写了一行标语:营养健康!我们正在忙的时候,鲍尔斯先生忽然走过来看着我们,写字板夹在腋下,钢笔夹在耳朵上。"科里,长大以后想不想当送奶员啊?”他问我。我说也许吧。“送奶员永远不嫌多。”鲍尔斯先生又继续说,“我说得对不对啊,汤姆?”

“如假包换。”爸爸应了一声。那简直是他的口头禅了。每次有人问他什么,而他却心不在焉的时候,他就会随口哼一句“如假包换”。

“等你满十八岁的时候,你就可以来我这里应聘了。”鲍尔斯先生告诉我,“我会帮你安排。”然后他在我肩上拍了一下。被他这样一拍,我全身骨头差点就散了,手上那箱牛奶瓶叮叮当当晃了一阵。

接着,爸爸跳上车坐到驾驶座上,我也跟着上车坐到他旁边。他转动钥匙发动引擎,然后车子开始倒退,载着满车的蔬果和乳制品慢慢离开装卸货月台。车子的正前方,我们看到月亮正慢慢往下沉,远处的天空渐渐明亮起来,星光越来越黯淡。“你觉得呢?”爸爸忽然问我,“我是说,你长大以后想不想当送奶员? 有没有兴趣?”

“这种工作应该很有意思。”我说。

“那可不见得。呃,但还不错就是了。不过,不管什么工作,做久了就会觉得不再像从前那么有意思了。提到这个,我忽然想到,我好像从来没问过你长大以后想做什么,是不是?”

“好像没有。”

“嗯,我只是觉得,你不应该因为爸爸当送奶员,就认为你以后也应该当送奶员。你知道吗,我并不是一开始就想当送奶员。你爷爷杰伯希望我跟他一样当农夫,可是你奶奶莎拉却希望我长大以后要当医生。想不到吧?”他瞥了我一眼,对我笑了一下,“医生! 汤姆医生! 别傻了,我才不想当医生。”

“那你一开始想做什么呢?”

爸爸忽然沉默了好一会儿。他似乎陷入了沉思。我想,大概从来没有人问过他这个问题吧。他那双大手抓着方向盘,眼睛看着车灯照耀的路面。过了一会儿,他说:“我想当第一个上金星的宇航员。另外,我也想过去竞技场当牛仔骑师。或者，当建筑师好像也很不错。你想想看，建筑师看到一片空地，脑海中就会浮现出一栋房子的模样，而且连每个小细节都清清楚楚。另外，当侦探好像也很不错。”爸爸忽然干笑了一声，“只不过，有一天牧场正好在聘送奶员，所以我就当了送奶员。”

“我觉得当赛车手也不错。”我说。爸爸偶尔会带我到巴恩斯伯勒的赛车场去看改装房车大赛。我们坐在观众席上，一边吃热狗，一边看着车子撞来撞去，车身撞得歪歪扭扭，火星满天飞。“不过，要是能当侦探也不错。我可以学《哈迪男孩》那本小说里的两兄弟一样，解开神秘事件。”

“嗯，好像很不错。”爸爸说，“不过，世事难料，你永远无法预料你的人生以后会出现什么变化。真的。有时候，就像射箭一样，你明明瞄准了，而且很笃定自己百分之百会命中，没想到箭射出去，还没射到红心就被一阵突如其来的风刮走了。每个人在你这个年纪都有梦想，不过，有没有人后来真的百分之百梦想成真的？没有。这辈子我还没碰到过半个。”

“我好希望有机会可以变成世界上的每一个人。”我说，“我好希望可以活一百万次，过一百万种人生。”

“嗯——”这次爸爸很严肃地点点头，“——那一定很有意思，不是吗？”说着他伸手指向前面，“我们的第一站到了。”

这第一户人家一定有小孩，因为他们除了订两升的鲜奶外，还订了两升的巧克力牛奶。接下来，我们开车经过一条又一条街道，行经之处依然万籁俱寂，只听得到呼呼的风声，还有隐隐约约的狗吠声。有些狗起得很早。然后，车子来到山塔克街。这户人家订的是脱脂牛奶和白干酪。我猜他们一定很爱吃酸的。然后，我们来到贝佛街，沿路把亮晶晶的牛奶瓶摆在几户人家门口的台阶上。爸爸动作很快，我在旁边核对那张清单，然后从小货车后面把下一样东西拿出来递给他。我们很默契，搭配得天衣无缝。

爸爸说南边萨克森湖那里还有好几户人家要送，等那边送完了，他再绕回到这条街上继续送，这样时间才来得及，可以赶在我上课之前把牛奶全部送完。于是，他开车一路往南，经过公园，慢慢离开奇风镇的范围，没多久，车子来到森林区，沿路两边都是茂密的森林。

已经快六点了，隔着茂密的松树林和葛藤，我看到东边树梢的天际已经泛出淡淡的晨曦。阵阵强风在林间呼啸，而树身仿佛被巨大的铁拳击中似的，一阵阵摇晃。对向的车道上有一辆车迎面而来，和我们擦身而过，一路往北开。开车的人朝我们闪了几下大灯，而爸爸也挥挥手跟他打招呼。"那是马蒂·巴克利，送报纸的。"爸爸告诉我。我忽然想到，在这黎明前的时刻，有一个世界已经苏醒了，很多人开始忙了。只不过，那些刚要起床的人并不属于这个世界。我们沿着十号公路一路往前开，来到一个岔路口，开上那条泥土路，来到森林边。树林里有一栋小房子，我们把鲜奶、脱脂牛奶和马铃薯色拉摆在门口，然后继续往南走，往萨克森湖的方向开过去。"大学，"这时爸爸说，"我觉得你应该去上大学。"

"大概会吧。"我说。问题是，我还只是个小孩子，对我来说，大学似乎是遥不可及的。我所知道的大学，就只是奥本大学有足球队，亚拉巴马州立大学也有足球队。我知道的，就只是有人崇拜亚拉巴马大学的传奇教练大熊布莱恩，有人崇拜奥本大学的杀客詹姆斯·乔丹。对我来说，选择上哪一所大学，好像是要看你最喜欢哪个教练。

"想上大学，成绩要很好。"爸爸说，"所以你要好好用功。"

"如果想当侦探，需要上大学吗？"

"要是你想当很厉害的侦探，可能就必须先上大学。要是当年我去念大学，说不定现在我就是建筑师，盖我梦想中的房子了。你永远无法预料未来的人生会出现什么变化，这就是人——"

他还来不及说完"人生"这两个字，意外就发生了。当时车子正好开到一个弯道，路边是一大片森林，忽然有一辆棕色的车子从森林里冲出来，从我们面前冲过去。爸爸立刻猛踩刹车，惨叫一声，仿佛被大黄蜂蜇到。

那辆棕色车子从我们面前冲过去，爸爸立刻下意识地把方向盘打向左边,车身立刻向左歪,这时候,我转头一看,看到那辆车冲出十号公路,冲下我右边的路边坡。车子的大灯没开,不过我看到驾驶座上有人。那辆车轮胎压过矮树丛,然后冲出那片红岩平台,飞进底下的无边漆黑中。我看到水花溅起来,突然想到车子掉进萨克森湖了。

"他掉进湖里了!"我大叫了一声。爸爸立刻停车,拉起手刹,然后跳下车冲向路边的野草地。后来我走出车子的时候,发现他已经往湖边跑过去了。阵阵强风从我们身边呼啸而过,爸爸站在那片红岩平台上。天上泛着淡淡的晨曦,在微弱的光线下,我们看到那辆车在水里上下颠簸,车身旁边不断冒出大大的水泡。"喂!"爸爸两手拱在嘴边大叫一声,"赶快下车!"大家都知道,萨克森湖深不可测,有如海底深渊,要是有车子掉进漆黑的湖里,恐怕就永远找不到了。"喂! 赶快下车!"爸爸又大叫了一声,可是驾驶座上的那个人毫无反应。"我猜他可能昏过去了!"爸爸边说边脱掉他的鞋子。车子开始向右翻转,车厢里传出很恐怖的咕噜咕噜声,一听就知道是湖水大量灌进了车里。接着爸爸说:"你站旁边一点。"我立刻乖乖退开,然后,他纵身跳进湖里。

爸爸游泳技术很好,手划了几下很快就游到车子旁边。这时候,他看到驾驶座的窗户是开着的,感觉到急速的水流正从他腿边穿过去,灌进车子里,整辆车正开始往下沉,仿佛渐渐被深不见底的黝黑的湖水吞没。"赶快出来!"他大喊,可是开车的那个人却坐在那里一动也不动。爸爸攀住车门,一手伸进车里抓住那个人的肩头。那是一个男人,上身没有穿衣服,皮肤冰冷惨白。这时爸爸不由得打了个冷颤,浑身汗毛直竖。那人头往后仰,嘴巴张得很开。他一头金发剪得很短,眼睛紧闭,眼眶四周都是淤青,满脸浮肿而且扭曲变形,显然受过凌虐。他脖子上缠着一条细细的像是钢琴弦的铁丝,缠得好紧,铁丝深深陷进脖子里,皮开肉绽,血肉模糊。

"噢,上帝!"爸爸暗暗惊呼了一声,两腿猛踢水。

这时车身突然歪了一下,发出嘎吱一声,那人的头忽然往前俯,贴在胸口,那姿态仿佛在祈祷。车里的水已经淹到那个人的膝盖了,这时爸爸才注意到他全身赤裸,一丝不挂。接着他转头一看,发现方向盘上好像有什么东西闪闪发亮。他仔细一看,发现那是一副手铐,那个人两手被铐在方向盘内侧的横杆上。

爸爸今年三十四岁,这辈子也算看过不少尸体了。他有一个很要好的朋友叫做霍奇·克莱姆森。那年他们都才十五岁,霍奇在酋长河里淹死了,三天后,大家才发现他的尸体。他全身浮肿,沾满了黄黄的泥巴,乍看之下很像一具古代的木乃伊。六年前,沃尔特·特雷纳和他太太珍妮开着他们的别克轿车出门,结果和一辆运木材的大卡车迎面对撞。车祸的原因是,开卡车的小伙子嗑了兴奋剂,神智不清。当时现场两具尸体支离破碎的惨状,爸爸都看在眼里。另外,我们镇上的小个子史蒂维·考利有一辆改装短程赛车,名叫午夜梦娜。有一天,他的车在公路上翻车了,着起火来。消防员扑灭火之后,从车子里拖出他焦黑发亮的尸体。多少次了,爸爸看着死神在他面前露出狰狞的笑容,但他都能够冷静面对。可是这次不一样。

这次看起来像是谋杀。

车子开始往下沉,车头朝下,车尾翘起来,驾驶座上的那具尸体又动了一下,这时候,爸爸注意到他肩膀上好像有什么东西。他仔细一看,发现他惨白的皮肤上有一片蓝色。那不是淤青,而是一个刺青图案。一个骷髅头,太阳穴上有一对翅膀向后伸展。

接着,车子里灌进了更多的水,冒出一大团气泡。这湖会吞噬一切,就像一个贪婪的孩子不会拒绝任何玩具。它会把这辆车收在一个秘密的抽屉里。车身慢慢倾斜,慢慢沉入深不可测的漆黑湖底,而下沉的水流产生的强大吸力缠住爸爸的腿,把他也拖向湖底。我站在那片红岩平台上,看着他的头渐渐没入湖里,不由得吓得大喊:“爸爸!”

爸爸在水里拼命挣扎,想挣脱水流。过了一会儿,那辆车越沉越深,拉开了和爸爸之间的距离。爸爸猛踢双腿拼命挣脱,而车子里冒出更多气泡,舒缓了水流的拉力，于是，爸爸就这样随着白花花的气泡渐渐浮到水面上。

我看到他的头冒出水面，立刻大叫一声："爸爸！爸爸！赶快游回来！"

"我没事！"他应了一句，可是声音却在发抖，"我马上就上来了！"他用蛙泳的姿势游回岸边，那模样有气无力，仿佛全身已经瘫软。湖面上，车子沉没的地方依然继续冒出水泡，喷出水花，仿佛湖水把车子吞进肚子里之后，正在消化。爸爸努力了半天，却没力气爬上红岩平台，于是他游到比较低矮的岸边，那里有石块和葛藤可以抓。"我没事！"他又说了一次，然后慢慢爬上岸，两腿深陷在泥浆里，直到膝盖。一只盘子大小的鳖从他旁边慢慢爬过去，然后咕噜一声喷了一下鼻息，钻进泥浆里。就在这时候，我忽然有一种怪异的感觉，于是转头去看我们的小货车。我也搞不懂为什么我会忽然想到那辆车。

那一刹那，我看到马路对面的树林里有个人影。

他站在树林里，身上穿着一件黑色的大衣，领口随风翻飞。也许，刚刚看着爸爸在水里游向那辆车的时候，我就已经感觉到有人在看我。看着那个人，我不由得打了个冷颤，背脊发凉，猛眨了好几下眼睛，然后，那个人不见了，只剩空荡荡的树林在风中摇摆。

"科里？"爸爸又在叫我了，"来，孩子，拉我一下！"

虽然我害怕得浑身发冷，但还是立刻跳进岸边的泥浆里，使尽全力把爸爸拉出来。过了一会儿，他的脚终于踩上结实的地面，然后抬起手把额头上湿透的头发拨开。"我们要赶快去打电话。"他口气很焦急，"车子里有一个人，他沉到湖底去了！"

"我看到……我看到……"我伸手指向十号公路对面那片树林，"有人在——"

"走吧，赶紧走！"爸爸已经跑向马路对面。他脚步很稳，潮湿的裤子发出噗噗的声音，鞋子提在手上。我立刻跳起来跟着跑，像影子一样紧紧跟在他后面。我边跑边看刚刚那个人站的地方，可是他早已不见人影。那个人消失了。

爸爸发动车子的引擎，打开暖气。他的牙齿在打颤。昏暗的晨曦中，他的脸看起来很苍白。“真他妈的太可怕了。”他说。我吓了一大跳，因为他从来没有在我面前骂过脏话。“他的手被铐在方向盘上。手铐。天哪，他的脸被打得血肉模糊！”

“他是谁？”

“我不认识。”他调高暖气的温度，然后开车上路，一路往南，开向距离最近的一栋房子。“他受过酷刑。绝对是！天哪，真冷！”

路边忽然出现一个岔路口。爸爸开下十号公路，开上泥土路，往前开了大约五十米，来到一栋白色小房子前面。那房子门廊外面围着纱网，旁边有一座玫瑰花园。绿色的塑料遮雨棚底下停着两辆车，一辆是红色的野马跑车，另一辆是锈痕斑斑的凯迪拉克老爷车。爸爸走上台阶，转头对我说：“你在这里等一下。”他走到门口，按了一下门铃。他脚上的袜子湿透了。他等了一会儿，没人来开门，于是又按了两下门铃。过了一阵，门终于哐当一声开了，有个红头发的太太站在门口。她大概有妈妈的三倍胖，穿着一件带黑花图案的蓝袍子。

爸爸对她说：“格雷丝小姐。拜托你，电话借我用一下。很紧急。”

“你身上怎么湿成这样！”格雷丝小姐的声音听起来很刺耳，简直就像生锈的锯子。她一手夹着烟，手指上的戒指闪闪发亮。

“出事了！很可怕的事！”爸爸告诉她。她叹了口气。她整个人看起来活像一朵红头发的乌云，声音听起来像打雷。“好吧，进来吧，不过，小心别把我的地毯弄湿了。”爸爸走进屋去，门又哐当一声关上了。我回到车上坐好，看着遥远天际的连绵山岭。山岭边缘开始射出一道橙红色的阳光。驾驶座前面的底板上有一摊水渍，车子里飘着一股湖水的气味。我忽然又想到，刚才看到一个人站在树林里。我知道，我真的看到了。那个人真的站在那里，不是吗？当时他为什么没有过去帮忙救车子里的那个人？还有，车子里的那个人究竟是谁?

这些问题令我十分困惑。接着门又开了,格雷丝小姐走出来,这次她的蓝袍子外套了一件宽松的白毛衣,脚上穿着拖鞋。她的脚踝和小腿肚粗得像小树的树干。她一手拿着一盒饼干,一手夹着烟,烟还在烧。她走到我们小货车旁边,对我淡淡笑了一下。“嗨,”她说,“你叫科里吗?”

“是的。”我说。

格雷丝小姐不怎么喜欢笑,脸上没什么笑意。她嘴唇薄薄的,鼻子又扁又宽,眉毛又细又黑,一双蓝眼睛,眉骨突出,眼眶很深。她把饼干盒推到我面前。“要不要吃点饼干?”

我没什么胃口,不过爸妈常常提醒我,不要拒绝人家的好意。于是我拿了一块。

“来,多拿一块嘛。”格雷丝小姐说。我又拿了一块。她自己吃了一块饼干,然后吸了一口烟,一缕烟从鼻子里喷出来。“我们家的牛奶都是你爸爸在送。”她说,“你手上的清单应该有我们家的东西。牛奶六升,脱脂牛奶两升,巧克力牛奶两升,奶油一升半。”

我低头看看清单。她的名字就在上面——格雷丝·斯塔福德。而且她说得没错,名字后面确实还写着她订的东西。我告诉她东西都准备好了,然后我就到后面把她订的东西一样样拿出来。正忙着,格雷丝小姐忽然问我:“你几岁了? 十二岁?”

“还没有。7 月才满十二岁。”

“我也有个儿子。”格雷丝小姐弹弹手上的烟,把烟灰抖掉,接着又拿了一块饼干塞进嘴里嚼起来。“12 月就满二十岁了。他住在圣安东尼奥。你知道那是在哪里吗?”

“知道。在得克萨斯州。电影《边城英烈传》里的阿拉莫之战就是在那里。”

“没错。他年底就满二十了,这样一来,我就三十八了,变成老太婆了,你说对不对啊？”

我想了一下。女人问这种问题的时候，你千万别当真。于是我回答：“不会啊。”

“嗯，你这孩子还挺机灵的。”她又对我笑了一下，这次是真的眉开眼笑。“来，再吃块饼干。”她把整盒饼干塞给我，然后转身走进屋子里大吼起来：“莱妮！莱妮！该起床了！快点出来！”

这时爸爸出来了。在早晨的阳光下，他看起来很苍老，眼袋黑黑的。“我刚刚打电话给警长。”他坐上湿答答的驾驶座，把脚塞进鞋里，“他会派警察到湖边的现场跟我们碰面。”

“那个人是谁啊？”格雷丝小姐问。

“看不出来。他的脸……”说到一半，他飞快瞄了我一眼，然后告诉格雷丝小姐，“他被打得很惨。”

“我猜他大概是喝多了，神志不清。”

“看样子不像。”爸爸在电话里并没有告诉警长，开车的那个人全身赤裸，被一根钢琴弦勒死，两手被铐在方向盘上。这些事不能让格雷丝小姐或任何人听到，只能当面告诉警长。“你见过谁左肩上有刺青的？那刺青看起来像是一个骷髅头，两边的太阳穴上长了翅膀。你见过吗？”

“我这辈子见过的刺青比谁都多。”格雷丝小姐说，“不过，印象中我没见过这一带谁有那种刺青。怎么？那个人没穿衣服吗？”

“对，他没穿衣服。他这里有个刺青，一个长了翅膀的骷髅头。”说着他伸手拍拍自己的左肩，这时候，他又忍不住打了个哆嗦，握起双手搓了好几下。“我看他们是永远找不到那辆车了。永远找不到了。假如那辆车的长度是一厘米，那萨克森湖的深度恐怕有一百米。”

这时门忽然哐当一声，我立刻转过头去。我手上捧着一只木箱，里头是满满的牛奶瓶。

走出来的是一个女孩子，眼睛肿肿的，一副还没睡醒的样子，穿着一件格子浴袍，打着赤脚。她头发散乱地披在肩上，颜色看起来像玉米穗。她朝我们的小货车走过来，好像觉得阳光很刺眼，猛眨眼睛。“操他妈的起来啦。”

我差点没当场昏倒。长这么大，还是头一次听到女孩子骂得这么难听。当然，我知道“操”是什么意思，只不过，听到一个女孩子随口就说出这种粗鄙的字眼，那种震惊真的无法形容。

“莱妮，这里有小朋友，”格雷丝小姐的口气十分有力，足以让钢钉都弯曲，“嘴巴给我放干净点。”

莱妮瞄了我一眼，眼神冷酷，看得我浑身起鸡皮疙瘩，那种感觉就像小时候有一次把汤匙插进插座里。莱妮的眼睛是深棕色，表情似笑非笑，感觉像是在冷笑。不知道为什么，我总觉得她看起来很强悍，眼神很机警，小心翼翼，仿佛对这世界已经完全失去信任。我注意到她喉咙上有一小块红斑。“这小鬼是谁？”她问。

“麦克森先生的儿子。你讲话能不能放尊重点？”

我用力咽了一口唾液，撇开头不看莱妮。她袍子的前襟不知不觉翻开了。我忽然明白，这个说脏话的女孩是做什么的，而这里又是什么地方了。我听约翰尼·威尔逊说过，奇风镇某个地方有一栋房子，里头住的全是妓女。这件事，本·西尔斯也说过。我们学校里几乎每个小朋友都知道。要是有哪个同学敢骂别人“操你……”，那他铁定会挨拳头。想象中，我总认为妓院应该是那种富丽堂皇的大宅，门前种着几棵弯弯的柳树，门廊上坐着一排嫖客，黑人奴仆伺候他们喝薄荷酒。结果呢，眼前看到的，原来妓院也不过就是一间拖车房改装成的破烂房子，而这个头发像玉米穗、满口秽言的女孩子，就是靠出卖肉体为生的妓女。我的背脊忽然起了一阵鸡皮疙瘩。很难形容，那种感觉仿佛是有一阵毁灭性的风暴席卷了我的脑海。

“把那些牛奶拿到厨房去。”格雷丝小姐对她说。

她忽然冷笑起来，深棕色的眼睛露出凶光。“厨房的杂事不关我的事。

这星期轮到唐娜·安。”

“小姐,哪个星期轮到谁,由我来决定。我说谁就是谁。还有,像你这种态度,这个月厨房的杂事就统统由你负责,明白了吗？好了,叫你拿你就拿,少跟我废话。”

莱妮撅起嘴,嘴唇皱成一团,看样子,她平常一定常常露出那种表情。不过,看她的眼神,她并不是心甘情愿地接受这种处罚。她眼中射出一股冷冷的怒火。她把我手上那只箱子抢过去,接着,她忽然朝我伸出舌头卷成一个圆圈。由于她背对着我爸爸和格雷丝小姐,所以他们都没看到。但那只是短短的一刹那,她舌头很快又缩回去,然后就猛一转身走开了。她头抬得高高的,走路的时候屁股很夸张地扭来扭去,一副趾高气扬的样子,大摇大摆进了屋。莱妮进去之后,格雷丝小姐哼了一声说:“这女孩子脾气又臭又硬,像粪坑里的石头。”

“你这里的女孩子不都是这样吗?”爸爸说。格雷丝小姐吐出一口烟圈,然后说,“没错,只不过她连假装客气一下都不肯,看到谁都不给面子。”接着她转过头来看着我,“科里,那盒饼干就给你吃了,好不好?”

我看了爸爸一眼,他不置可否地耸耸肩。“好,谢谢你。”我说。

“很好。真的很高兴认识你。”接着,格雷丝小姐又转过头去看着爸爸,把香烟塞进嘴里。“要是这案子后面有什么进展,一定要告诉我。”

“我会的。还有,谢谢你借我用电话。”他在驾驶座上坐好,“还有,那只箱子我下次再来拿。”

“你自己要小心点。”格雷丝小姐说,然后就走回那栋白色的房子里。这时候,爸爸发动引擎,放下手刹。

我们开车回到湖边的现场。晨曦中,萨克森湖的水面上一道道蓝色和紫色的水光交相辉映。爸爸把车子开下公路,开上一条泥土路。我们明白,出事的车就是从这条路开过来的。天色越来越亮,天空变成一片蔚蓝。我们坐在车子里等警长来。

我坐在那里，感觉自己的脑袋分成了两半。一半在想那辆车和树林里的黑衣人，而另一半则在纳闷，爸爸怎么会跟妓院的格雷丝小姐那么熟？当然，爸爸认识他的每一个顾客，因为吃晚饭的时候，他会跟妈妈提起他们。只不过，我从来没听他提到过格雷丝小姐或妓院。话说回来，吃饭的时候确实也不适合谈这种事，不是吗？而且另一方面，我在旁边的时候，他们当然不会讨论这种事。其实，我那几个朋友，甚至全四年级的同学都知道，奇风镇附近有一栋房子，里头住的全是坏女人。

而如今，我自己也去过那个地方了，而且亲眼看到了一个坏女人，亲耳听到她骂脏话，看到她身上只穿着一件浴袍，走路的时候屁股扭来扭去。

这下子，我铁定会变成学校里的风云人物。

"科里？"爸爸轻轻叫了我一声，"格雷丝小姐的房子里是做什么的，你知道吗？"

"我……"就算是三年级学生也猜得到，"我知道。"

"平常，我都只是把牛奶放在她家门口。"爸爸愣愣地看着湖面，仿佛还看得到那辆车慢慢沉入湖底，车里有具尸体，手被铐在方向盘上。"格雷丝小姐家的牛奶一直都是我在送，已经两年了。时间很固定，每个星期一和星期四。也许你会想到这个问题，所以我还是先告诉你，妈妈知道我每个星期都会来这里。"

我没说话，但心里暗暗松了一口气。

"我要提醒你，不要让别人知道你去过那里，也不要让别人知道你见过格雷丝小姐。"爸爸继续说，"我希望你就当做自己从来没有去过那里，什么都没看到，什么都没听到，懂吗？"

"为什么？"我忍不住问他。

"因为格雷丝小姐跟你、我和妈妈很不一样。她可能比较粗鲁，脾气暴躁，她的工作也不会讨牧师喜欢，不过，她人还不错。我只是不希望有人说闲话，所以，尽量不要提到格雷丝小姐和那栋房子，这样会比较好，懂吗？"

“我懂了。”

“那就好。”他忽然抓紧方向盘。这件事就到此为止,不再谈了。

我一向说话算话。这下子,变成学校风云人物的梦想泡汤了。不过,也只能这样了。

我正打算告诉他,当时我看到树林里有个人影,忽然看到马路前面的转角有一辆车开过来,停到我们车子旁边。那是一辆黑白相间的福特汽车,车顶上有警灯,驾驶座的车门上有奇风镇的镇徽。那是艾默里警长的车。他的全名是塔尔梅奇·艾默里二世,缩写是 J. T. 。警长开门走出车子,爸爸走到他面前。

艾默里警长瘦瘦高高的,下巴很长。每次看到他,我就会想到华盛顿·欧文的短篇小说《沉睡谷》。故事里那个警察伊卡布·克雷恩整天在追无头骑士。他不但手大脚大,而且耳朵也大得吓人,恐怕连小飞象也要自叹不如。要是他鼻子再长一点,就可以当风向标用了。他的警徽别在帽子前面,帽子底下则是光秃秃的脑袋。他的头几乎已经全秃了,只剩两三根深棕色的头发。他站在湖边跟我爸爸说话的时候,把帽子往后一推,露出油光发亮的额头。我看到爸爸比画着手,跟艾默里警长描述当时车子如何从树林里冲出来,掉进湖里。接着,他们同时转头看着平静的湖面。我知道他们心里在想什么。

那辆车恐怕已经沉到地心去了。就算是生活在湖边的鳄龟,恐怕也没办法游到车子沉下去的深度。无论车子里的那个人是谁,此刻他恐怕已经沉到黑暗的湖底,陷进泥里了。

“手铐?”艾默里警长嘀咕了一声。他的眉毛又黑又浓,眉骨突出,眼眶深陷,眼睛黑得像木炭,皮肤苍白,一看就知道是个夜猫子。“汤姆,你真的确定他被铐上了手铐?还有,你说他脖子上缠着钢琴弦,确定吗?”

“确定。那个人下手很重,他的脖子差不多断了。”

“铐着手铐,”警长又嘀咕了一声,“目的是不让尸体浮上来。”他伸出食指轻轻敲着下唇。“嗯。”最后他终于说，“看样子是谋杀案，没错吧？”

“要是这不叫谋杀，那天底下就没有谋杀了。”

他们说话的时候，我悄悄走下车，走到树林边。先前我看到有个人站在树林里看我，当时那个人就是站在这个位置。此刻，这里什么都没有，只有野草、石头和泥土。我猜应该是个男人。不过，会不会是女人呢？印象中没有看到长头发，不过，当时我看到的就只有一件在狂风中翻飞的大衣。我在林边走来走去，再往里，树林会越来越茂密，而且地面会慢慢变成沼泽。我什么都看不到。

“我看，你跟我到局里去一趟好了，我做个笔录。”警长对我爸爸说，“不过，你可以先回家换一套干衣服。”

爸爸点点头。“我还得先送完车上的牛奶，再送科里去上学。”

“没关系，反正湖底那个人也不太可能捞得出来。”他嘴里嘀咕着，手伸进口袋里，“谋杀案，我们奇风镇上一回发生谋杀案，是1961年的事。那次，波·卡拉冈拿一座保龄球赛的奖杯把他老婆活活打死，你还记得吧？”

我回到车上等爸爸。太阳已经升得很高，照耀着整个世界。或者应该说，照耀着我所知道的这个世界。我忽然感到心头很沉重，因为，我忽然发觉世界似乎有两个。一个是白天的世界，一个是黎明前的世界。假如果真如此，那么，另一个世界说不定也有人住。我们习惯白天这个世界，而另一些人却喜欢黑夜的世界。而我看到的那个人，说不定就是从黑夜世界来的。那个黎明前的世界。接着，我忽然想到一件令人毛骨悚然的事：说不定他已经发现我看到他了。

我发现自己的鞋子上沾满了泥巴，把车子的底板弄脏了。

我抬起脚看看鞋底的泥巴。

左脚的鞋底黏着一根小小的绿色羽毛。

2 黑暗深渊

我把绿羽毛塞进口袋里。回到家之后，我走进房间，把羽毛放进雪茄盒。盒子里还有我收藏的几把旧钥匙和干掉的虫壳。我盖上盒盖，把盒子放进书桌的抽屉里，然后把抽屉推进去。我那张书桌总共有七个神秘的抽屉。

后来，我不知不觉忘了那根羽毛。

我常常会想到那天站在树林边的那个人，可是越想就越觉得自己是看错了。一定是我看到爸爸沉进水里，吓坏了，一时眼花。后来有几次，我正要告诉爸爸我看到的那个人，可都正好有事岔开了。妈妈知道爸爸跳进湖里的事后，气得浑身发抖，边哭边骂。爸爸赶紧扶她坐到餐桌旁边，拼命安抚她，解释他为什么要这样做。“车上有个人。”爸爸说，“当时我并不知道他已经死了，我以为他只是昏过去了。要是我袖手旁观眼睁睁地看着他淹死，那我下半辈子该怎么面对自己？”

“你自己不怕淹死吗？”她破口大骂，泪流满面，“万一你的头撞到石头，你会淹死的！”

“我现在不是好好的吗？我没有撞到石头，也没有淹死。我只是做了我该做的事。”他递给她一张餐巾纸，她拿去擦擦眼睛，又继续骂：“湖里有很多毒蛇，你不怕游到蛇窝里去吗？”

“我现在不是好好的吗？”他说。她叹了口气，摇摇头，那表情仿佛觉得自己嫁了一个天字第一号的笨蛋。

“还不赶紧把湿衣服脱下来！”她的语气慢慢恢复了平静，“你没有跟那个人一起沉到湖底，这都要感谢上帝保佑。”说着她站起来，帮他解开那件湿衬衫上的扣子，“你知道那个人是谁吗？”

“从来没见过。”

“谁这么狠,对人下这种毒手?”

“这就要问J.T.了。”他脱掉衬衫递给妈妈,妈妈伸出两根手指拎着那件衬衫,仿佛湖水会传染麻风病似的。“我要到J.T.的办公室去一趟,做个笔录。告诉你,丽贝卡,当时在湖里看到那个人的脸,我吓得心脏差点就停了。这辈子从来没见过这种场面。求上帝保佑,以后别再让我看到这种东西了。”

“天哪!”妈妈又惊叫了一声,“要是你心脏病发作怎么办,那时候谁会救你呀?”

杞人忧天是妈妈的天性。担心会下雨,担心物价会涨,担心洗衣机可能会坏,担心酋长河被上游亚当谷的纸厂污染,担心买新衣服要花钱。天底下没有一件事是她不担心的。对妈妈来说,整个世界就像一条没缝好的棉被,棉絮总是会漏出来。而她的担心就像针一样,要把那些可怕的裂缝一一缝起来。似乎只要她能想到事情最坏的结果,那么,她就有办法控制住局面。就像我刚刚说的,那就是她的天性。爸爸是那种会掷色子来做决定的人,而妈妈却总是一副随时面临生死关头的姿态。我猜,他们会爱上对方,是因为他们两个正好互补。

我妈妈的父母,奥斯汀外公和艾丽斯外婆,住在南边距离我家十九公里左右的一个小镇,叫沃克西哈奇,那里正好位于罗宾斯空军基地边缘。听说外婆杞人忧天的程度比妈妈更可怕,仿佛她内心深处暗暗渴望上天降临灾祸。外公是一个伐木工人,有一次,他手上的电锯不小心滑落,锯断了自己的腿,所以他有一条腿装的是木头义肢。外婆瞎操心啰嗦个没完,外公被她烦得受不了的时候,就会警告她,叫她马上闭嘴让他清静一下,否则,他就要把那条木腿拆下来敲她脑袋。他给那条木腿取了一个名字,叫做清净棒,不过据我所知,到目前为止,那条腿他一直都只用来走路,没有做过别的事。我妈妈有一个哥哥,还有一个妹妹,可是我爸爸是独子,没有兄弟姐妹。

言归正传,那天到了学校之后,我一碰到戴维·雷、约翰尼和本,就立刻把湖边的事一五一十地全都说出来了。放学回家的路上，我发现那个消息已经如野火燎原般传遍了整个奇风镇，“谋杀”这个词传得沸沸扬扬。回到家之后，我发现爸妈已经被电话包围了。每个人都找他们打听，想知道更多血腥的细节。后来，我跑到屋外去，骑上我那辆锈迹斑斑的破脚踏车，带叛徒到森林里去让它追着我玩。半路上我忽然想到，说不定那些打电话来的人当中，有一个人早就已经知道所有的细节。说不定那个人的目的是要试探，那天有没有人注意到他，还有，艾默里警长究竟知道多少。

我骑着脚踏车在森林间穿梭，叛徒跟在旁边跑。我忽然意识到，我们镇上有个人是杀人凶手。

过了几天，天气越来越暖，已经是春暖花开的季节。距离爸爸跳进萨克森湖那天，已经过了一个星期，案情的进展是：艾默里警长经过清查之后，发现奇风镇上并没有人失踪，而且邻近的几个小镇也都没有人失踪。《亚当谷周报》头版上刊登了有关这个案子的新闻，不过并没有看到什么新的进展。艾默里警长带了几个人到湖里去打捞，包括两名警员，几位消防队员，还有五六个自愿帮忙的人。他们划船到湖里去撒网，来来回回拖了好几趟，结果只抓到几只龟和几条毒蛇。

早在1920年代，萨克森湖的地点本来是萨克森矿区，后来蒸汽挖土机挖矿的时候，挖到一条地下河流。由于矿区是一片洼地，大量涌出的河水无处流泻，淹没了整个矿区，形成了今天的萨克森湖。据估计，萨克森湖的深度大约在一百米到一百六十米之间。地球上恐怕没有任何一种网能够触及这种深度，把那辆车捞出来。

那天傍晚，警长上门来找我爸妈谈事。爸妈没叫我走开，让我坐在旁边听。艾默里警长把帽子搁在大腿上，他的大鼻子的影子投射在帽子上。“现在还不知道凶手是谁，不过，我大概猜得出他的手法。他一定是把车子倒到那条泥土路上，正对着湖面。我们在现场找到了轮胎的痕迹，可是鞋印已经被抹掉了。那凶手一定是用什么东西顶住油门，然后，就在你们的车经过弯道的时候，他放开手刹，关上车门，然后立刻跳开。车子就这么冲过十号公路。当然，他一定没料到你们的车会突然出现。要不是因为你们正好路过，那辆车会无声无息地冲进湖里，沉到湖底，根本不可能会有人知道。”他耸耸肩，“我的推论大概就是这样。”

“你问过送报纸的马蒂·巴克利了吗？”

“问过了。马蒂说他什么都没看到。那条泥土路位置很隐秘，要是车子经过的时候，速度够快，根本不可能会发现。”

“那么，你的结论是什么？”

警长想了一下，帽子上的警徽在灯光下闪闪发亮。叛徒在门外狂吠，附近的狗也跟着狂吠起来，结果，整个奇风镇忽然到处都是狗吠声。警长摊开他那两只大手，低头看着自己的手指。“汤姆，”他说，“眼下我们面对的是一种很离奇的状况。现场只有轮胎痕，没有车子。另外，你说你看到一具尸体被铐在方向盘上，脖子上缠着一根铁丝。问题是，现场没有尸体，而且看样子是不可能找得到了。另外，我们镇上没有人失踪，附近几个镇上也都没有人失踪，除了一个人。有个十几岁的女孩子不见了，不过她妈妈认为她是跟男朋友私奔到纳什维尔去了。噢，对了，顺带提一下，那男孩子身上没有刺青。事实上，我们镇上，没有人身上有你说的那种刺青。”说到这里，艾默里警长忽然转头看看我，看看妈妈，然后又回头看着爸爸。他那双眼睛黑得像木炭。“汤姆，有个谜语你一定听过。树林里有一棵树倒了，可是旁边没有人，那么，有谁会知道树倒了呢？所以，要是现场没有尸体，附近又没有人失踪，那么，谋杀案还能成立吗？”

“我亲眼看到的。”爸爸说，“J. T.，你不相信我说的话吗？”

“不，不，不要误会。我只是说，除非找得到被害人，否则我根本无能为力。汤姆，我必须得看到尸体，我必须知道被害人的身份。找不到被害人，我根本不知道从何调查起。”

“照你这么说，有人杀了人，却可以逍遥法外，大摇大摆地到处跑，根本不用担心被抓。是这样吗?”

“嗯,”警长老实承认,“恐怕就是这样。”

不过,艾默里警长承诺他会继续调查。他说他会打电话到全州的警察局查询,看看有没有人失踪。他说,既然有人掉进湖里,那么,早晚会有人发现家里有人不见了,向警方报案。警长走后,爸爸走到外面的门廊上,关掉电灯,自己一个人默默地坐在黑暗中。一直到深夜,妈妈叫我去睡觉的时候,他还坐在那里。

半夜,我被爸爸的哭声惊醒。

我忽然一阵紧张,立刻从床上坐起来。隔着墙壁,我听到妈妈在跟爸爸说话。“不要怕。”她说,“你只不过是做噩梦。那只是梦,没事了。”

爸爸沉默了好久。后来,我听到浴室传来水声,过了一会儿,我听到他们的弹簧床嘎吱一声。“你做了什么梦?说给我听听?”妈妈问他。

“噢,不要。天哪,我不要。”

“告诉我有什么关系?只不过是做噩梦嘛。”

“就算只是做梦,也够可怕了。感觉好像真的。”

“你还睡得着吗?”

爸爸叹了口气。我想象得到,他躺在漆黑的房间里,伸手捂着脸。“我也不知道睡得着睡不着。”他说。

“我帮你按摩一下背吧。”

妈妈给爸爸按摩的时候,他们的床又发出嘎吱嘎吱的声响。“你背上的肌肉好硬,”妈妈说,“连脖子都硬邦邦的。”

“痛得要命。哎哟,就是那里。就是你拇指刚刚按的地方。”

“那是一种疼痛性的痉挛。你一定是拉伤肌肉了。”

他们房间里忽然又没声音了。妈妈在给爸爸按摩的时候,我感觉脖子和肩膀似乎也舒服多了。接着,我偶尔会听到他们的床嘎吱一声,知道他们还没睡。接着我又听到爸爸说话了:“我又梦见了车子里那个人。很可怕的梦。”

“我猜也是。”

“我一直看着车子里的他。他那张脸被打得扭曲变形,脖子上缠着一根铁丝。他手上铐着手铐,肩膀上有刺青。车子开始往下沉,然后……然后他的眼睛忽然睁开了。”

我忽然打了个哆嗦,那幅画面仿佛也活生生地浮现在我眼前。爸爸说话的声音听起来有点上气不接下气。

“他一直盯着我看。盯着我看。水从他眼眶里流出来。然后,他忽然张开嘴巴,我注意到他舌头是黑的,看起来好像蛇头。然后,他忽然说:‘跟我来’。”

“别再胡思乱想了。”妈妈打断他,“来,眼睛闭起来,好好睡一会儿。”

“我睡不着。我没办法睡觉。”我仿佛看到爸爸在床上蜷成一团,而妈妈正在按摩他背后硬得像铁板的肌肉。“那个梦实在太可怕了。”他又继续说,“车里那个人忽然伸手抓住我的手腕。他的指甲是蓝色的,手指像爪子一样掐进我的皮肤里。然后他说:‘跟我来,跟我到那黑暗世界。’然后那辆车……那辆车开始往下沉,越沉越快,越沉越快。我拼命想挣脱他的手,可是他不放手,一直对我说:‘跟我来,跟我来,跟我到那黑暗世界。’我的头被湖水淹没了。我没办法挣脱他的手,我张开嘴巴想叫喊,可是湖水却灌进我嘴里。噢,天哪!丽贝卡,太可怕了!噢,上帝啊!”

“听我说!那不是真的!你只是做噩梦,现在没事了。”

“你错了,”爸爸说,“这件事很严重。这个梦太可怕了,阴魂不散,一直在折磨我,而且情况越来越严重。本来我还以为我能忘掉这件事,我是说,天哪,我之前也见过死人的。可是这……这次跟从前不太一样。他脖子上的铁丝,他的手铐,他那张被打得扭曲变形的脸……这次和从前完全不一样。我根本不知道他是谁,根本不认识他……这个梦阴魂不散,一直在折磨我。从白天到晚上,没有停过。”

“事情很快就会过去的。”妈妈说，“每次我开始瞎操心的时候，你都会跟我说这句话。你总是说，再忍耐一下，事情很快就会过去的。”

“也许吧。上帝保佑，希望这一切很快就会过去。可是现在，我就是忘不掉。我很希望可以像从前一样过日子，可我就是忘不掉。丽贝卡，这才是最可怕的，这件事一直纠缠着我不放。我不知道这是谁干的，可是我知道，他是我们镇上的人。一定是。因为，他知道那湖有多深。他知道车子一旦沉到湖里，尸体就永远找不到了。丽贝卡……说不定我送过牛奶给他。说不定我们跟他一起上过教堂。说不定我们跟他买过东西，买过衣服。说不定我们已经认识他一辈子了……或者应该说，我们自以为认识。想起来就很害怕。我这辈子从来没有这么害怕过。你知道为什么吗？”他忽然又好一会儿没说话，他的脉搏一定跳得很快，“因为，要是连在这个小镇上我们都没办法安心过日子，那么，这个世界又有什么地方能够让人安心？”说到最后一句，他的声音变得很嘶哑。我忽然很庆幸自己没在他们房间里，看不到他脸上的表情。

两三分钟过去了。我猜爸爸一定正躺在床上让妈妈帮他按摩背。后来，我终于听到妈妈问他：“你想睡觉了吗？你睡得着吗？”他说：“我试试看。”

我又听到他们的床嘎吱了几声，听到妈妈凑在他耳边说了些什么。他说：“但愿如此。”然后他们房间里就没声音了。平常我偶尔会听到爸爸打鼾，可是那天晚上他没有。我不知道妈妈睡着之后，他是不是还醒着。我不知道他是不是又梦见车里那个人伸手要抓他，要把他拖进湖底。我一直在想他刚刚说的话：*要是连在这个小镇上我们都没办法安心过日子，那么，这个世界又有什么地方能够让人安心？*这件事对他伤害很大。那种伤害潜藏在他内心深处，一个比萨克森湖更深的地方。为什么他会受到那么大的伤害？或许是因为事情实在太突然，太血腥残暴，或许是因为凶手实在太冷血，也或许是因为，在这个天底下最宁静安详的小镇上，竟然潜藏着如此可怕的秘密。

我想，爸爸一直相信人性本善。就算每个人内心深处多少都有些不为人知的秘密，但他相信大家都还是有一颗善良的心。而这件事却令他信心动摇了。凶手把死者的手铐在方向盘上的时候，仿佛也把爸爸的灵魂铐在那恐怖的一刻上。我闭上眼睛，开始为爸爸祷告，希望爸爸能够找到出路，挣脱那个黑暗世界。

3 月过去了，然而，凶手仍然逍遥法外，继续作恶。

3 入侵者

后来，事情终究慢慢平息了。

4 月，春暖花开的季节，枝头开始冒出新叶芽，缤纷的花朵遍地绽放。那天是 4 月的第一个星期六下午，我跟两个死党本 · 西尔斯和约翰尼 · 威尔逊窝在电影院里看《人猿泰山》。电影院里人山人海，小孩的尖叫声此起彼伏。银幕上，泰山拿出一把刀刺进鳄鱼的肚子，鲜血四溅。饰演泰山的是戈登 · 斯科特，他是史上最棒的泰山。

“你看到了吗？你看到了吗？”本一边大叫，一边拼命用胳膊肘顶我的肋骨。我当然看到了，他以为我没长眼睛吗？这家电影院每一场都会放两部长片，中场穿插几部短片。看样子，来不及等到中场放短片，我的肋骨恐怕就已经断光了。

爱之颂戏院是 1945 年二战结束后建成的，是奇风镇唯一的电影院。当年，许多奇风镇的子弟从战场上回来。有人平平安安，有人却终身伤残。他们希望生活中能够有点娱乐，帮助他们驱散战场上带回来的梦魇。纳粹的国徽和旭日东升的图腾始终阴魂不散地纠缠着他们。于是，镇上的父老自掏腰包，请伯明翰一位建筑师画了蓝图，然后买下废弃的烟草工厂留下的那块空地。当然，当时我还没出生，没有亲眼目睹，不过，你可以去问多拉尔先生,他会滔滔不绝地告诉你当年戏院兴建的过程。后来,一座富丽堂皇的宫殿诞生了,门口有一座粉刷成白色的天使雕像,而每到星期六下午,你会看到成百上千的小魔头挤进那座宫殿,手里拿着爆米花和糖果,在里头大呼小叫好几个钟头。而那段时间,他们的爸妈可以趁机喘口气。

总之,那个星期六的午后,我和两个死党一起看泰山。我忘了那天戴维·雷为什么没去。我猜可能是因为他拿松果打莫莉·卢杰克,结果被他爸妈关禁闭了。那个星期六的午后,我们把外面的世界抛到脑后,沉浸在泰山的世界里。那个年代,火箭把卫星送上太空,然后卫星环绕着地球轨道,像流星般划过天际。那个年代,佛罗里达州外海一个叫古巴的岛上,鲜血染红了猪猡湾,而那个叫卡斯特罗的大胡子则是一边吸着雪茄,一边用西班牙语诅咒美国人。那个年代,俄罗斯有一个叫赫鲁晓夫的大光头在联合国大会上拿鞋子猛拍桌面。那个年代,美国大兵正忙着收拾行李,准备坐船到一个叫越南的丛林。那个年代,有人在沙漠试爆原子弹,把模型房屋客厅里的假人炸成满天灰。然而,在那个星期六的午后,我们根本不在乎那一切,因为,那个世界不是我们的神秘世界,没有神秘的力量。唯有在星期六的午后,当爱之颂戏院播放两部电影的时候,我们才感受得到那种神秘力量,才会沉浸在那个神秘世界里。

我想到从前看过的一部电视片,片中的男主角也曾经走进一家爱之颂戏院,所以我对爱之颂这个词开始好奇了。这个名字的英文是 Lyric。于是我就去查那本英文超级大词典。那本词典足足有两千四百八十三页,是我十岁那年杰伯爷爷送的生日礼物。词典上写着:“Lyric 这个词有旋律优美的意思,是抒情的,可以吟唱的,比如,抒情诗。”另外,这个词的来源可以追溯到古希腊的七弦琴。我觉得很奇怪,这个名字好像跟电影院扯不上什么关系。后来,我又开始查七弦琴 Lyre,发现这个词也代表吟游诗人。在那个有城堡与国王的年代,吟游诗人会到各城堡去演唱叙事诗,说故事给人听。故事,这个词忽然触动了我的心。我可以想象,从那古老的年代以来,人跟人之间的沟通,都是起源于一种渴望:说故事的渴望。不论是电视、电影,或是书,都是在说故事。这种说故事的强烈渴望是全人类共有的。至于听故事呢,那种感觉就像跳出自己的人生,走进别人的人生,即使只是短暂的片刻。而那种感觉,就像一把钥匙,打开一扇神秘的门,连接上那种我们与生俱来的神秘力量。

优美的旋律,抒情诗,爱之颂。

“用力刺它,泰山!用力刺!”本大嚷着,然后又开始用胳膊肘撞我的肋骨。本是个傻大个,头发短到几乎快变成光头,声音尖得像小女生,戴着一副牛角框眼镜。他的衬衫总是太短,塞不进牛仔裤腰里。他真的很笨手笨脚,就连走路都会被鞋带绊倒。他下巴很宽,脸颊肥嘟嘟的,就算有一天长大了,也永远不可能是女孩子心目中的泰山。但不管怎么样,他毕竟是我的朋友。至于约翰尼,他正好跟本形成鲜明的对比。本圆得像只球,而约翰尼却细细长长的像竹竿。他很安静,很爱看书。他好像有点印第安人的血统,这一点,从他那炯炯发亮的黑眼珠就看得出来。每到夏天,在大太阳底下,他的皮肤都会晒成古铜色。他的头发黑得像木炭,用发油往后梳,只不过前额分线处的头发会翘起来,乍看之下很像一片片的野洋葱,和他爸爸的发型一模一样。他爸爸是石膏板工厂的工头,工厂位于奇风镇和联合镇中间的位置,而他妈妈是奇风小学的老师兼图书馆员。我猜,大概就是因为这样,他才会那么喜欢看书。约翰尼啃起百科全书就像别的小孩在啃糖果和饼干一样。他的鼻子又尖又挺,就像印第安人的小斧头。他右眉毛上有一道伤疤,那是1960年他和表弟菲宝玩官兵捉强盗的时候,被表弟用一根树枝打伤的。约翰尼在学校里总是被人嘲笑,说他是“印第安小孩”,说他是“黑人的种”,而且更过分的是,他们说他的脚天生就像怪物一样畸形。但这一切约翰尼都默默忍受下来。他像个斯多葛主义者,很能克制自己。不过,当然是很久以后我才知道斯多葛主义是什么意思。

电影已经快接近尾声了,仿佛一条河快流到大海了。泰山打败了那几个邪恶的猎象人,把所罗门之星送回大象群里,然后在晚霞的衬托下,拉住树上的藤条摇荡着渐渐远去。电影结束后,开始放那几部短片。我们不晓得已经看过多少次了。

没多久,短片一放完,第二部电影立刻就开演了。

没想到是一部黑白片。全影院的小孩立刻一片哀叹,因为大家都觉得彩色片看起来比较刺激。接着,银幕上出现片头字幕:火星人入侵。那部电影似乎很老了,看起来好像是1950年代拍的。“我要去买爆米花,”本忽然说,“你们俩想吃什么吗?”我们说不要,他就一个人沿着坐得满满的座椅一路挤过去。

过了一会儿,片头字幕消失了,电影开演了。

这时本手上抱着一大盒奶油爆米花回来了,正好看到银幕上的小男孩用望远镜看着狂风暴雨的夜空。望远镜里出现一艘飞碟,降落在他家后面的沙丘里。通常,星期六下午这个时间,只要银幕上停止打斗,全场的小孩就会又笑又叫。但那一刻,当大家看到银幕上那艘阴森森的飞碟缓缓下降时,忽然全场鸦雀无声。

我相信,在后来的一个半钟头里,小卖部一定是门可罗雀。虽然有几个小孩中途离座,跑到外面有阳光的地方,但绝大多数的孩子都看得目瞪口呆。电影里那个小男孩告诉大家,他在望远镜里看到一艘飞碟降落在他家后面的沙丘上,而且看到一个警察被旋涡般的沙坑吸进去,仿佛被一个古怪的吸尘器吸进去,那种画面看起来简直像幻觉。后来,那个警察竟然跑到他家。他安慰那个小男孩说绝对没有什么飞碟降落,根本没有别的人看到飞碟降落,不是吗?可是,那警察的动作看起来……特别古怪,感觉好像机器人。他脸色苍白,眼神死气沉沉。而且,那孩子注意到警察的脖子后面有一个X形的伤口。那警察本来是一个很和气、很开朗的人,然而,自从去过沙丘之后,就变得死气沉沉,脸上完全没有笑容。他变了。

后来,那孩子还看到很多人脖子后面都出现那种X形的伤口。他一直告诉他爸妈,他们家后面的沙丘里有一大堆火星人,可是他们根本不相信。后来,他们自己跑到沙丘那里去看。

本看得全神贯注,完全忘了大腿上的那盒爆米花。而约翰尼窝在椅子里,两腿缩起来贴着胸口。而我呢,我紧张得连气都喘不过来。

后来,电影里孩子的爸妈回来了,两个人都变得面无表情,完全不会笑。他们对孩子说:噢,你这个傻孩子。没什么好怕的,那里什么都没有。没事了。对了,你刚刚说你看到飞碟降落,你是在哪里看到的? 来,我们上去看看。你这个傻孩子,到时候你就明白自己有多傻了。

"不要去!"本喃喃嘀咕着,"不要去! 不要去!"我听到他用指甲猛抓座椅扶手的声音。

那男孩转身就跑,跑出家门,越跑越远,远远离开那些不会笑的奇怪的人。可是,不管跑到哪里,他都能看到每个人脖子后面的那种 X 形的伤口。警察局长脖子后面也有一个伤口。他认识的每一个人忽然都变得不一样了,而且每个人都拉着他叫他不要走,叫他等爸妈来接他回去。他们说,你真是个傻孩子,你说火星人登陆了,要占领地球,这么荒唐的事谁会相信呢?

实在太恐怖了。电影最后,军队来了。他们发现火星人在沙丘底下挖了好几条蜂巢形的地道。地道里有一部机器。火星人用那部机器在人类脖子后面割开一个洞,把人类变成火星人。后来,火星人的首领出现了。他在一只玻璃盆里,模样看起来像是一颗腐烂的头,上面长了触须。男孩、士兵开始和火星人战斗。火星人从地道里跑出来,走起路来摇摇晃晃,似乎承受不了地心引力。后来,军队的坦克车撞上了火星人的那部机器,沙土飞扬,什么都看不清楚……

就在这时,男孩醒过来了。

他爸爸对他说,孩子,那只是梦。妈妈笑着对他说,没什么好怕的,只不过是个梦,好了,赶快睡吧,我们明天再上来看你。

只是在做梦。做了个噩梦。

过了一会儿，男孩又醒过来了。房间里一片漆黑。他拿起望远镜往外看，看到一艘飞碟正从狂风暴雨的夜空降下来，降落在他家后面的沙丘上。

故事结束了吗？

电影院里的灯忽然亮起来。电影演完了，星期六下午的欢乐时光也告一段落了。

成群的孩子排队沿着走道往外走。我忽然听到电影院的经理斯特尔科先生在说话。他对一个服务生说："这些孩子是怎么搞的？怎么今天这么安静？"

恐惧会令人沉默。

我们魂不守舍地骑上脚踏车，不自觉地开始踩踏板骑上路。有些孩子走路回家，有些等爸妈来接他们。所有的孩子看完那部电影之后，彼此之间仿佛突然产生了某种联系。后来，我和本、约翰尼骑到里奇顿街的时候，在加油站停下来帮约翰尼的脚踏车前轮打气。我发现本一直盯着怀特先生脖子后面看。怀特先生很胖，脖子上一圈圈的肥肉，皮肤被太阳晒得黝黑。

来到邦纳路和希尔托普路路口，我们就分开各自走了。约翰尼一阵风似的骑回家去了，而本则是用他那两条肥嘟嘟的腿很吃力地踩着踏板，模样看起来很笨拙。至于我呢，我的脚踏车链条都生锈了，踩起来有如千斤重，几乎是寸步难行。看样子，我的脚踏车寿命已经差不多了。那辆车是当年在跳蚤市场买的，本来就已经是老爷车。我一直请求爸妈给我买一辆新的，可是爸爸叫我忍耐一下，将就着骑。这几个月来，家里没什么钱，星期六还让我去看电影，已经很奢侈了。后来我才发现，也只有在星期六下午那段时间，爸妈那张弹簧床才会发出一种悦耳的美妙旋律。既然我不在家，我当然就不会觉得奇怪，问东问西。

回到家之后，我先在门口跟叛徒玩了一下，然后才走进门。一进门妈妈就问我："电影好看吗？"

"不错啊，"我说，"泰山的电影很好看。"

“不是放了两部吗?”爸爸问我。他坐在沙发上,跷着腿,电视上正在播棒球赛。又一个赛季快到了。

“是啊。”我从他们前面走过去。我想去厨房拿个苹果。

“那么,另一部电影讲的什么啊?”

“呃……没什么。”我回答说。

父母对自己的孩子都是很敏感的。孩子哪里不对劲,他们立刻就会察觉,就像屋子哪里有老鼠,猫一下子就能嗅到一样。不过,他们并没有马上追问。我走进厨房,拿了一个苹果,打开水龙头洗干净,擦干,然后回到客厅,开始啃苹果。这时候,爸爸才抬起头来看着我。他问我:“你怎么了?”

我嚼着满嘴的苹果。妈妈坐在爸爸旁边,两个人眼睛都盯着我。“什么怎么了?”我问他们。

“平常每到星期六下午,你都会一阵风似的冲进来,迫不及待想告诉我们电影演了什么。你甚至还会比手画脚表演剧情给我们看,想叫你停下来都很难。所以,你今天到底怎么了?”

“呃……没什么……我也不知道该怎么说。”

“你过来一下。”妈妈说。我一走过去,她立刻伸手摸摸我的额头,“没有发烧嘛。科里,你哪里不舒服吗?”

“没有啊,我很好啊。”

“一部是泰山的电影。”爸爸还是不罢休,他很顽固。“那另外一部演什么?”

我想了想。告诉他片名应该没什么关系,可是,那部电影真正的内容是什么,我怎么能说呢?那部电影说出了每个小孩内心深处最大的恐惧:在某些无可奈何的情况下,他们的父母会被夺走,取而代之的,是面无表情的冷酷外星人。这个,怎么能告诉他们?“那……那是一部怪物的电影。”我最终这样说道。

“看样子,你是真的被吓到了。”这时电视里传来清脆的喀的一声,球被打中了，爸爸立刻转头去看电视上的球赛。“哇哈！赶快跑，米基，赶快跑！”

这时电话铃忽然响了，我立刻跑过去接，以免爸妈继续穷追猛打。“嗨，是科里吗？我是西尔斯太太，能不能麻烦请你妈妈听一下电话？”

“请稍候一下。妈妈！”我喊了一声，“找你的！”

妈妈从我手上接过话筒，然后我立刻跑进厕所。还好只是尿急。当时我满脑子都是那个长满了触须的火星人头，在这种情况下，我不确定自己敢不敢一个人关在厕所里坐马桶。

“丽贝卡吗？”西尔斯太太问，“最近还好吗？”

“谢谢你，莉丝贝特，我很好。奖券你买到了吗？”

“买到了。总共四张，上帝保佑，希望好歹可以中一张。”

“但愿如此。”

“呃，对了，今天打电话给你，是有一件事想问你。刚刚本看完电影回来了，你们家科里还好吗？”

“科里？他——”她迟疑了一下。我知道她心里一定在想我那种怪异的举动。“他说他没怎么样。”

“本的反应也一样，可是我总觉得他有点怪怪的……我也不知道该怎么形容，怎么说呢，好像有点不安吧。平常他一回来都很兴奋，急着告诉我和西姆电影演了什么。可是今天他什么都不说。不管我们怎么问，他就是不说。现在他跑到我们家后面去了，说要检查一下那里有没有问题。可是，问他要看什么，他就是不说。”

“科里在浴室里。”妈妈的口气好像也有点困惑。她听到我在尿尿，接着她压低声音问西尔斯太太，好像怕我听到。“他也有点怪怪的。会不会是他们俩看电影的时候有什么不愉快？你觉得呢？”

“这个我也想过。说不定他们吵架了。”

“嗯，他们是好朋友，两个人已经在一起玩很久了。不过，男孩子嘛，有些矛盾难免的。”

“我和埃米·琳恩·麦格劳也闹过别扭。我和她已经认识六年了,是很要好的朋友。后来,为了一个小针线包,我整整一年没有和她说话。不过我是在想,这两个小朋友应该赶快和好。吵了架,就应该赶快化解误会,和好如初。”

“有道理。”

“这样吧,我去问一下本,看他愿不愿意科里晚上来我们家睡觉。你觉得怎么样?”

“当然好。不过,我要先问一下汤姆和科里。”

“噢,你等我一下,”西尔斯太太说,“本进来了。”妈妈听到电话里纱门砰的一声关上。“本,我正在和科里的妈妈打电话。你愿不愿意叫科里到我们家来过夜?”妈妈静静听着,可这时候我冲了马桶,她没听清楚本说了什么。“他说好。”西尔斯太太告诉她。

我从浴室里走出来。两个妈妈正在阴谋串通,但我知道她们是好意。“科里,你想到本家里去过夜吗?”

我想了一下。“去本家过夜? 呃……”我的口气有点犹豫,可是我却不能告诉她为什么。上一次我去他家过夜是 2 月份,那天西尔斯先生整夜都没回家,而西尔斯太太在客厅里踱来踱去,嘴里喃喃嘀咕着说不知道他跑到哪里去了。本告诉我,他爸爸常常整夜不回家,他叫我不要告诉别人。

“可是本说他希望你去。”妈妈鼓励我。她误会了。她根本不知道我为什么会犹豫。

我耸耸肩。“好吧。”

“那好,你去问一下爸爸,看看他怎么说。”于是我跑到客厅去问爸爸。这时候,妈妈对西尔斯太太说:“朋友是很重要的。要是他们之间真有什么不愉快,我们得想办法让他们和好。”

我从客厅走回来,告诉她:“爸爸说可以。”每次爸爸看棒球赛的时候,不管你问他什么，他都会说好。就算你问他可不可以把带刺的铁丝网拿来当牙签用，他也照样会说好。

“莉丝贝特，他大概傍晚六点左右到你们家，可以吗？”接着她用手遮住话筒，转头对我说：“他们家今天晚上吃炸鸡。”

我点点头，勉强挤出一丝微笑，然而，当时我满脑子想的，都是地道里那些火星人。他们阴谋要消灭人类，一个城镇接着一个城镇。

“丽贝卡，情况还好吗？”西尔斯太太问，“我想你应该知道我的意思。”

“科里，你先到客厅去看电视好不好？”我乖乖走出去，但我心里明白，她们要谈很重要的事。“呃，莉丝贝特，”妈妈对西尔斯太太说，“汤姆最近睡得比较好了。不过，他还是会做噩梦。真希望我有办法帮他，可是我觉得，他终究还是要靠自己克服。”

“听说警长已经快放弃了。”

“已经三个星期了，案子完全没有进展。星期五那天，J. T. 告诉汤姆，他已经跟全州的警察局联络过，甚至还通知了佐治亚州和密西西比州的警方，可是到目前为止，他们都说当地并没有人失踪。感觉车子里那个人好像根本不存在。”

“听起来怪恐怖的。”

“还有别的，”妈妈深深叹了一口气说，“汤姆……他有点变了。你知道吗，莉丝贝特，他不光做噩梦。”说到这里她转身面向厨房门口，往前走了几步，把电话线拉到最长，以免爸爸听到她说的话。“他变得很小心，随时都会把门窗锁好。从前他根本不会去注意门窗有没有锁。在那件事还没发生之前，我们也跟大家一样，平常很少锁门。可是现在，汤姆常常一个晚上爬起来两三次，检查门闩有没有插好。还有，上星期他送牛奶回来的时候，鞋子上有红色的泥巴。奇怪的是，那天并没有下雨。我猜他一定是又跑回湖边去了。”

“他跑去那里干什么？”

“我也弄不懂。可能是去散散步,想点事情吧。我还记得小时候我养了一只小黄猫,叫卡利克。九岁那年,它在我们家门口被车子轧死了,当时人行道上全是它的血,好久都洗不掉。它死去的地点仿佛有一种魔力,一直在召唤我。我很痛恨那地方,却又忍不住常常跑到那里去。我常常在想,也许我有办法让它活过来。在那之前,我一直以为任何东西都会永远活着。”说到这里她停了一下,愣愣地看着后门上那些铅笔刻痕。那是我从小到大她帮我量身高时做的记号。“我觉得汤姆现在有很多心事。”

接下来她们继续聊了一些别的事,不过话题主要还是围绕着萨克森湖。我坐在客厅陪爸爸看棒球赛。我注意到他右手一会儿握成拳头,一会儿又放开,不断重复同样的动作,看起来很像是想抓住什么东西,又有点像是想挣脱别人的手。后来,时间差不多了,我也该走了,于是我就进房间去整理行李。睡衣,牙刷,一双干净的袜子,一套内衣裤。我把这些东西全部塞进一只军用背包里。爸爸叫我要小心一点,妈妈叫我好好玩一玩,不过明天一大早就要回来,准备去上主日学校。我摸摸叛徒的头,从地上捡起一根树枝扔得远远的让它去追,接着跳上脚踏车骑走了。

本的家在迪尔曼街的尽头,离我们家不远,大约不到一公里。车子骑到迪尔曼街的时候,我立刻放慢速度,轻轻踩着踏板,尽量不弄出声音。因为,迪尔曼街和山塔克街转角的地方是一栋阴森森的灰色房子。布兰林家两兄弟就住在那里。布兰林家兄弟,一个十三岁,一个十四岁,都把头发染成金色。他们是出了名的破坏狂,见了东西就想砸烂。他们常常骑着两辆一模一样的黑色脚踏车在他们家那一带游荡,就像两头猛兽在搜寻猎物。听戴维·雷说,他们常常骑着那两辆脚踏车在街上和汽车赛跑,而且他亲耳听到戈萨·布兰林咒骂他妈妈,叫她快去死。那两兄弟,大的叫戈萨,小的叫戈多。他们是那一带的瘟神。你最好向上帝祷告,希望他们不要找上你,否则,一旦他们找上你,你就跑不掉了。

到目前为止,那对邪恶的兄弟对我还没产生兴趣。我打算继续维持现状。

本家的房子和我家很像。他也养了一只狗。那是一只棕色的狗,名叫南哥。它本来趴在门廊上,一看到我靠近,立刻跳起来狂吠。本立刻跑出来接我。西尔斯太太也跟着出来招呼我,问我要不要喝麦根啤汁。她长得很漂亮,一头黑发,屁股圆得像西瓜。一进到屋里,西尔斯先生立刻从地下室的木工作坊跑上来跟我聊天。他块头很大,又高又胖,下巴很圆,满面红光,一头棕发剃成平头。西尔斯先生很开朗,笑口常开,露出一口大龅牙。他身上穿着一件条纹衬衫,上面沾满了锯木屑。他说了一个笑话给我听,似乎扯到一个浸礼会牧师和一间屋外厕所之类的。我听不太懂,不过看到他笑,我也只好跟着笑。这时候本忽然叫了一声:“噢,爸爸!”看样子,他一定是觉得那笑话很烂,而且,显然他已经听了不知道多少遍了。

我跟着本走进他房间,把背包里的东西拿出来。他房间里挂满了棒球卡,瓶盖,大黄蜂窝,琳琅满目。过了一会儿,我把东西都整理好了,本坐到他那张铺着超人床单的床上。他问我:“你有没有告诉你爸妈那部电影演了什么?”

“没有。你呢?”

“呃……”床单上的超人脸上有一根线头松了,他伸手去扯那根线头,“你为什么不说?”

“我也不知道。那你呢?你为什么不告诉他们?”

本耸耸肩,不过,看得出来他有心事。“我是觉得,那部电影实在太恐怖了,还是不要告诉他们比较好。”

“也对。”

“刚刚我跑到后面去看了一下。”本说,“我们家后面没有沙丘,只有大岩石。”

我们的看法一致。奇风镇到处都是那种红岩山丘,要是火星人真的来了,想在那些大岩石上打洞,恐怕没那么容易。接着,本打开一只纸箱给我看。里头全是南北战争泡泡糖收集卡,上面的图案都很血腥,有人被子弹打得肚破肠流,有人被刺刀刺得皮开肉绽,有人被炮弹炸得血肉横飞。我们坐在床沿,给每一张卡片编了一个故事,后来,我们听到他妈妈拉了叫人铃,叫我们去吃炸鸡。

除了炸鸡,西尔斯太太还准备了巧克力馅饼和绿茵牧场的冰牛奶。吃过晚饭之后,我们玩了一盘英文图案拼字游戏,本的爸妈一组,我和本一组。他爸爸总是拼出一些奇怪的词,我一看就知道他是瞎编的,词典里根本找不到,比如说"kafloom"和"goganus"。西尔斯太太说他这个人就是这样疯疯癫癫的,活像吃到辣椒的猴子,不过她还是被他逗笑了。我也一样。"科里,"他对我说,"三个牧师要上天堂那个笑话你听过没有?"我还来不及说没有,他又开始唾沫横飞地说起来了。他好像很喜欢拿牧师开玩笑。真不知道卫理公会教堂的拉佛伊牧师对他们这一家人会作何感想。

八点多,我们正准备玩第二盘,忽然听到南哥在门廊上狂吠起来。过了一会儿,有人敲门。"我去开门。"西尔斯先生说。他打开门,有个人站在门口。那个人瘦瘦的,不过看起来很结实,脸上有很多皱纹,五官分明,穿一条牛仔裤和一件红格子衬衫。"嗨,唐尼!"西尔斯先生跟他打了声招呼,"进来吧,你这个浑小子!"

西尔斯太太一直盯着她丈夫和那个叫唐尼的男人。她忽然露出一种咬紧牙关的表情。

唐尼凑在西尔斯先生耳边悄悄说了几句,西尔斯先生转过头来对我们说:"我和唐尼到门廊上坐一下,你们自己先玩。"

"西姆,"西尔斯太太勉强挤出一丝笑容,"你不玩,我一个人怎么玩呢?"

但西尔斯先生还是走出去了。纱门砰的一声关上了。

好一会儿,西尔斯太太一动也不动,愣愣地看着门口,脸上的笑容不见了。

“妈妈?”本叫了她一声,“该你了。”

“好。”她试着集中精神玩拼字游戏,眼睛却不由自主地一直瞄向纱门。外面的门廊上,西尔斯先生和那个叫唐尼的人坐在折叠椅上,低声交头接耳,一脸严肃。“好,”本的妈妈又继续说,“给我一分钟好不好? 让我想一下。”

可是,一分钟过去了,几分钟过去了,她还在想。后来,远远的地方忽然有一只狗吠起来,接着,另外两只狗也跟着吠起来。没多久,南哥也加入了它们的阵容。西尔斯太太正低头挑选字母卡片,门忽然被推开了。

“嘿,莉丝贝特! 本! 赶快出来! 赶快!”

“怎么了,西姆? 什么——”

“赶快出来!”他大叫起来。我们立刻从桌边的椅子上站起来,跑到外面去看是怎么回事。

唐尼站在院子里看着西边的天空。附近的狗已经吠得有点歇斯底里。家家户户窗口透出灯光。人们纷纷开门走到外面看个究竟。西尔斯先生抬起手指向唐尼看的方向。“你们看过那种东西吗?”

我和本抬头去看。接着,我听到他倒吸了一口气,仿佛肚子上被人打了一拳似的。

繁星闪烁,遍洒夜空,我看到那个东西从漆黑的天空掉下来,看起来像一团红色的光球,后面拖着长长的紫色火焰和一道长长的白烟,在夜空的衬托下格外耀眼。

那一刻我的心脏差点爆炸。本忽然往后退了一步,还好他妈妈在后面挡住了他,要不然他可能会摔到地上。我的心脏怦怦狂跳。我忽然想到,全奇风镇的孩子,只要是那天下午在爱之颂戏院看过电影的,那一刻一定都跟我一样抬头看着天空,吓得目瞪口呆。

我吓得差点当场尿裤子,但我还是硬憋住了。只不过,我知道自己快憋不住了。

本开始啜泣起来。他嘶哑着嗓子结结巴巴地说:“那是……那是……那是……”

“那是陨石!”西尔斯先生大叫了一声,“你们看,它掉下来了!”

唐尼哼了一声,努努嘴唇把牙签挤到嘴角。我瞄了他一眼。在门廊的灯光下,我注意到他的指甲很脏。

陨石掉落的速度不快,后面拖着长长的火花,形成一条螺旋形的轨迹。陨石本身并没有发出声音,倒是我们这些观看的人大呼小叫,叫别人也一起来看。另外,有些狗也开始发出令人毛骨悚然的号叫。

“看样子,那东西会掉在我们奇风镇和联合镇中间的位置。”唐尼歪着头估算。他的脸瘦削憔悴,一头黑发油光发亮。“他妈的鬼玩意儿。”

奇风镇和联合镇相隔十二公里,中间是连绵的山岭,森林,沼泽,酋长河蜿蜒其间。我忽然想到,要是火星人真的来了,那里真的是他们的温床。想到这里,我感觉自己的脑海中仿佛开始启动了警报。我扭头看看本,他的眼球都快从眼眶跳出来了,显然已经恐惧到了极点。接着,我又抬头看看天上那团火球,脑海中第一个浮现出来的,就是玻璃盆里那个长满了触须的头。那是一张邪恶的脸,一张看起来有点像东方人的脸。我感觉自己两腿发软,简直快站不起来了。

“嘿,西姆。”唐尼忽然开口了。他说话的时候还嚼着牙签,说得很慢,声音低沉。“要不要跟我去看看那鬼玩意儿掉在哪里?”他转头看着西尔斯先生。他的鼻子又塌又扁,仿佛脸上挨过拳头。“怎么样,西姆? 去不去?”

“好啊!”他说,“好,我们去追,看看它落在哪里!”

“求求你,西姆!”西尔斯太太说,她的口气听起来已经像在哀求了。“不要去,今天晚上你应该留下来陪我跟孩子!”

“那可是陨石呢,莉丝贝特!”他笑着对她说,“人一辈子能有几次机会去追陨石啊?”

“求你了,西姆。”她抓住了他的手臂,“留下来吧,好吗?”我看见她的手指抓得紧紧的。

“快落到地面了。”唐尼嚼牙签的时候，下巴肌肉一扭一扭地绷得好紧。“快来不及了。”

“没错！别再浪费时间了，莉丝贝特。”西尔斯先生转身往后走。“我去拿外套！”他三步并作两步跳上门前的台阶，冲进屋子里。纱门都还来不及关上，本已经跟在爸爸后面冲进去了。

西尔斯先生走进卧室里，打开衣橱，拿出他那件棕色的粗棉布外套穿到身上。接着，他踮起脚，把手伸到衣橱最上面的架子上，在一条红毯子底下摸索。他手拿出来的时候，本正好走进卧室，瞥见他爸爸手上好像拿着某种金属物品。

本知道那是什么东西。他知道那是干什么用的。

“爸爸？”他说，“求求你，不要出去，留在家里好不好？”

“嘿，孩子！”他爸爸转头看着他，面带微笑，然后把那个看起来像金属的东西塞进外套里，拉上拉链。“我要跟布莱洛克先生去看看陨石掉在哪里，马上就回来。”

本站在门口，好像要把他爸爸和外面的世界隔开。他心里很害怕，眼中泛着泪光，“爸爸，让我跟你一起去好不好？”

“不行，本。这次不行。时间差不多了，我该走了。”

“爸爸，求你，带我一起去好不好？我一定不会吵你。”

“不行啊，孩子，”西尔斯先生拍拍本的肩膀，“你一定要留下来陪妈妈和科里。”说着他轻轻推了一下本，想把他从门口推开。虽然本硬是不肯让开，但最后还是被他爸爸推开了。“乖乖听话，知道吗？”西尔斯先生边说边走出房间。

本没办法了，只好抓住爸爸的手想拉住他，“爸爸，求求你不要去！”他大叫着，“不要去！求求你不要去！”

“本，不要像小孩子一样。赶快放手。”

“我不要，”本大叫着，眼眶里的泪水开始往下掉，流了满脸，“我不让你去。”

“我只是去看看那颗陨石落在哪里，一会儿就回来了。”

“要是……要是你去了……”本实在太激动，喉咙哽住了，几乎说不出话来，“你回来的时候会变成另外一个人。”

“西姆，快点，该走啦！”唐尼·布莱洛克在门廊那边催他。

“本，”西尔斯先生口气开始严厉了，“我要跟布莱洛克先生出去了。别再闹了，男孩子要有男孩子的样子。”说着他用力把手抽回来。本抬头看着他，表情非常痛苦。这时他爸爸伸手摸摸本那头短发。“好儿子，我会带一小块陨石回来给你，好不好？”

“求求你不要去！”本啜泣着说。

他爸爸忽然转身，迈开大步走出纱门。唐尼·布莱洛克在门廊上等他。当时我和西尔斯太太一起站在庭院里，两人都抬头看着天上那个光亮耀眼的东西。那颗陨石已经快要落到地面了。西尔斯太太忽然说：“西姆，求求你不要去。”她说得有气无力，西尔斯先生根本没听到。他没跟太太说什么，直接跟他的朋友走到路边，坐上那辆深蓝色的雪佛兰。车顶的天线头上吊着几个红色的泡沫色子，车头右边被撞凹了。唐尼·布莱洛克坐上驾驶座，西尔斯先生坐在右前座。车子发动了，排气管冒出一阵烟，车子一阵风似的开走了。我忽然听到西尔斯先生大笑起来，好像又讲了一个牧师的笑话。唐尼·布莱洛克一定是把油门踩到底了，因为车子沿着迪尔曼街开动的那一瞬间，后轮摩擦地面发出刺耳的吱吱声。

我转头看向西边的天空，发现那颗耀眼的陨石已经掉落在山丘上的森林里。它掉落的时候，仿佛一颗跳动的心脏划过天际。那一刻，它已经落在荒野上的某个地方。

我心里想，那片荒野没有沙，火星人恐怕得跟泥巴和水草缠斗了。

接着，我听到纱门砰的一声，立刻调头去看。我看到本站在门廊上，抬起一只手,用手背揉着眼睛。他沿着迪尔曼街,目送那辆雪佛兰渐渐远去。不一会儿,车子向右转到山塔克街,消失了踪影。

远处有几只狗还在叫。可能是布鲁顿区那边的狗。西尔斯太太深深叹了一口气。“好了,我们进去吧。”她说。

本的眼睛肿肿的,不过他已经没有再哭了。这时候,好像已经没人有心情继续玩拼字游戏了。西尔斯太太说:“本,你们两个到房间去玩好吗?”本慢慢地点点头,两眼发直,仿佛被人敲昏了头。西尔斯太太走回厨房,打开水龙头。我跟着本回到他房间,满地全是泡泡糖收集卡。我一屁股坐到地上,本却走过去站在窗口。

我知道他心里很痛苦。我从来没有看过他这样。我忽然觉得应该安慰他两句。“不用担心,”我对他说,“根本就没有火星人。那只是一颗陨石,没什么。”

他没吭声。

“所谓陨石,也不过就是一大块热石头,”我说,“里面根本就没有火星人。”

本还是没吭声。他心事重重。

“你爸爸不会有事的。”我说。

这时本开口了。他口气很平静,听起来却有点令人毛骨悚然。“他回来的时候会变成另外一个人。”

“不会的。你听我说……那只是电影,是虚构的。”我心里明白,我说出这句话的时候,内心深处有某种东西也跟着失去了。那种感觉有点痛苦,但也有一种轻松自在。“你听我说,根本没有那种会在人脖子后面挖一个洞的机器,也没有那种住在玻璃盆里的巨大的火星人头。这都是编的故事,根本没什么好怕的,你懂吗?”

“他回来的时候会变成另外一个人。”本又说了一次。

我已经尽力了,可是不管我说什么,都没法让他放心。这时西尔斯太太进来了，她眼睛也肿肿的，但还是硬挤出笑容。看她那样子，我心里好难过。她说：“科里，你要不要先去洗澡？”

一直到了晚上十点，西尔斯先生还是没回家。西尔斯太太又走进本的房间帮我们关灯。我和本一起躺在床上，身上盖着雪白的被子。夜深人静，万籁俱寂，远处有时会传来几声狗吠，而南哥也偶尔会叫两声。“本？”我小声问他，“你还没睡吧？”他没吭声，不过听他的呼吸声，我知道他还没睡。“别再胡思乱想了，”我说，“没什么好担心的，知道吗？”

他忽然翻身背向我，脸埋进枕头里。

我不知不觉睡着了。意外的是，我没有梦见火星人，也没有梦见爸妈脖子后面出现X形的伤口。我梦见的，是爸爸跳进湖里，游向那辆逐渐下沉的车子。我梦见他的头被湖水淹没，一直没有浮上来。我站在那片红岩平台上，声嘶力竭地喊他。接着，格雷丝小姐家那个莱妮忽然出现了，整个人看起来像一团缥缈的白雾。她抓住我的手，她的手湿湿的。她拉着我离开湖边。我听到妈妈在远处呼唤我，而我看到有个人站在马路对面的树林边，身上那件长大衣随风飘扬。

这时我忽然感到一阵摇晃，立刻惊醒过来。

我睁开眼睛，心脏怦怦狂跳。好像有什么东西被撞到，那声巨响仿佛还在我脑海中回荡。没有人开灯，屋子里还是黑黢黢的。我伸手摸摸旁边的本。结果，我只不过轻轻碰到他，他却立刻倒吸了一口气，好像受到很大的惊吓。我听到一阵引擎声，立刻跑到窗口看看外面的迪尔曼街。那辆雪佛兰的车尾灯渐渐远去，是唐尼·布莱洛克开车走了。

接着我忽然想到，刚刚我被那声轰然巨响惊醒，那一定是关纱门的声音。

“本，”我刚醒过来，声音很嘶哑，“你爸爸回来了！”

接着，我又听到客厅里传来砰的一声，整栋房子仿佛都摇晃起来。

“西姆？”是西尔斯太太的声音，听起来很尖锐刺耳，“西姆？”

我跳下床，但本还躺在床上一动也不动。他好像在愣愣地看着天花板。我走出房间，在黑暗中沿着走廊摸索前进，脚底下的木板地面嘎吱嘎吱响。过了一会儿，我忽然撞上西尔斯太太。她站在走廊的出口，面对着客厅。屋子里的灯都没开，四下一片漆黑。

这时候，我忽然听到一阵浑浊的呼吸声，听起来有点可怕。

我忽然想到，说不定是火星人的肺呼吸到我们地球的空气，才会发出那种声音。

“西姆？”西尔斯太太又轻轻叫了一声，“我在这里。”

“在这里，”那个人说话了，“在……这里。在……他妈的……这里。”

没错，是西尔斯先生的声音，可是听起来有点怪怪的，跟平常不太一样。他的口气听不出半点轻松幽默，完全不像平常他说牧师笑话的时候那么愉快。那声音死气沉沉，而且阴森森的。

“西姆，我要开灯了。”

咔嚓。

看到了。

西尔斯先生跪趴在地上，低垂着头，半边脸贴在地毯上。他脸上全是汗，看起来肿肿的，眼皮也肿肿的。他外套的右肩上脏兮兮的，牛仔裤上全是泥巴，好像在森林里摔倒了。灯一开，他忽然猛眨眼睛。我注意到他下唇上拖着一条长长的口水。“那东西在哪里？”他忽然说，“你看到了吗？”

“在你……在你右手边。”

他伸出左手摸索了一下。“他妈的你骗我。”他咒骂了一声。

“西姆，我说的是另外一只手。”她口气很疲惫。

他伸出右手摸向那个亮亮的金属物。那是一个威士忌小酒瓶。他摸到了那个小酒瓶，立刻一把抓住。

接着他跪起来，愣愣地盯着他太太，眼中闪过一丝凶光，那模样邪恶而丑陋。“你敢跟我耍嘴皮子？”他咒骂着，“小心你那张臭嘴。”

我慢慢往后退,退到走廊。眼前,我仿佛看到一头怪物剥开身上的人类外皮露出本来面目。

西尔斯先生挣扎着想站起来。他扶住桌子,桌子猛然一歪,桌上的拼字游戏盘忽然飞起来,字母片撒了满地。他慢慢站起来,伸手拧开酒瓶的盖子,然后把瓶口凑到嘴边舔了一下。

“西姆,我们去睡觉好吗?”她问。听得出来她鼓足了勇气才敢开口,仿佛她很清楚问这句话会导致什么后果。

“我们去睡觉?”他忽然冷笑起来,“我们去睡觉!”他嘴角往下一沉,“我不想去睡觉！你这只大屁股的臭母猪!”

西尔斯太太忽然浑身颤抖,就像被棍子抽到身上。她伸手捂住嘴巴。“噢……西姆。”她啜泣起来,那哭声听起来特别酸楚。

我又往后退了一步。这时候,本忽然从我旁边挤到前面去。他穿着那件黄睡衣,面无表情,眼中闪烁着泪花。

人世间有些东西比怪物电影更可怕。那种感觉就像你最亲爱的人忽然变得很怪异,变成像电影里或书里那些骇人的怪物,满脸狰狞地对着你笑。那一刻,我能体会本心里的感受。我相信,他一定宁愿面对玻璃盆里那个长满了触须的火星怪物,也不想面对酒醉的爸爸那布满血丝的双眼。

“嘿,本!”西尔斯先生叫了一声。他身体摇晃了几下,赶紧伸手抓住椅子站稳。“嘿,你知道自己是什么货色吗？你知道吗？那个烂货生你的时候没生好,你的脑子有一大半还在她肚子里。结果生下你这个蠢货。”

本走到妈妈旁边,停下来。无论那一刻他心里是什么滋味,他并没有表露出来。他一定早就料到会是这种场面。爸爸和唐尼·布莱洛克一起出去的时候,本就已经知道,爸爸回来的时候会变成另外一个人,只不过,那不是火星人造成的,而是酒瓶里那些私酿的酒。

“真是世界奇观哪,你们两个。”西尔斯先生想把瓶盖重新拧紧,手却不听使唤,怎么也拧不回去。“臭小子,敢跟我要嘴皮子,怎么,你觉得很好玩是吗?”

“不是。”

“不是才怪！你巴不得想到处张扬,让全世界都知道,是不是？对了,麦克森家那小子在哪里？嘿,就是你!”他看到我了。当时我站在走廊上吓得不停往后退。“你可以他妈的回去告诉你那个送牛奶的老头,叫他快去死,听到了吗?”

我点点头。接着,他撇开头不再看我。我知道,眼前这个言语恶毒的人并不是西尔斯先生。不完全是。他的灵魂被酒精摧残得血肉模糊,体无完肤。而那些恶毒的言语,仿佛是他的灵魂为了摆脱折磨所发出的呐喊。

“你说什么?”他忽然转头瞪着西尔斯太太。他眼睛已经肿得快睁不开了。“你刚刚说什么?”

“没有,我……我没有说——”

他忽然扑向她,宛如一头斗牛。西尔斯太太惊叫了一声,往后退缩,可是他一只手抓住了她睡袍前襟,另一只手抓着酒瓶举到半空中,似乎想砸她的脸。“还说没有!”他大吼,“你还敢跟我顶嘴!”

“爸爸,不要!”本哀求他,而且跪到地上紧紧抱住爸爸的大腿。西尔斯先生举着酒瓶要打他太太,本抱着他的大腿,而我站在走廊上吓得呆若木鸡,三人就这样僵持着,不知道过了多久。

后来,西尔斯太太终于开口了。面对即将迎面砸来的酒瓶,她的嘴唇在颤抖。“我……我说……我和本都很爱你。还有……我们希望你过得快乐。就这样,没有别的。”她泪水盈眶,一滴滴往下掉,“我们只希望你快乐。”

西尔斯先生没有说话,一直闭着眼睛。过了不知道多久,他才奋力睁开眼睛。

“快乐?”他嘴里喃喃嘀咕着。本也在啜泣,脸贴在爸爸大腿上。他的手抱着爸爸的大腿,抱得太紧,指关节都泛青了。西尔斯先生那只拿着酒瓶的手慢慢放下来,然后放开太太的睡袍。“快乐。你们看,我很快乐。你们看，我不是在笑吗？”

他面无表情。

他就这样站在那里，拼命喘气，手抓着酒瓶垂在身旁。他往旁边跨了一步，但接着又往另一边跨了一步，似乎不知道该往哪边走。

“西姆，要不要坐坐？”西尔斯太太问。她吸了一下鼻子，抬起手擦掉鼻涕。“我扶你过去坐着好不好？”

他点点头。“好。”

本放开他的腿，西尔斯太太扶着他走到椅子前面。他像一摊烂泥似的跌坐在椅子上，张着嘴呆呆地看着对面的墙壁。她拖了一把椅子到他椅子旁边，坐下来。暴风雨似乎已经平息。也许，将来哪天晚上暴风雨又会来临，但最起码，此刻暴风雨已经过去了。

“我觉得——”说到一半他忽然停住了，仿佛忘了要说什么。他眨了几下眼睛，努力想了想，“我好像不太舒服。”他说。

西尔斯太太轻轻揽住他的头，让他把头靠在自己肩头。他紧紧闭着眼睛，胸口剧烈起伏了几下，然后开始哭起来。我立刻走到门外，因为我忽然觉得自己不该待在屋子里。那是属于他们一家人的时刻，痛苦的时刻，我不能侵犯他们。我只穿着睡衣，感觉屋外凉飕飕的。

我坐到台阶上，南哥也慢慢走到我旁边坐下来，开始舔我的手。我忽然觉得家变得很遥远。

本一直都心里有数。我忽然想到，刚刚他躺在床上装睡，那需要多大的勇气。他心里明白，三更半夜的时候，如果听到纱门发出砰的一声巨响，那就代表爸爸回来了。只不过，那个人不再是他的爸爸，而是一个入侵者。我忽然想到，如果你知道接下来即将是这种可怕的结果，那么，等待的过程会是一种多可怕的煎熬。

过了一会儿，本也走出来了。他坐到我旁边，问我还好吗。我说没事，然后，我也问他还好吗。他说他没事。我相信他，因为，尽管他的处境如此悲惨,但他已经想办法适应了。

“我爸爸就像中了邪一样,”本解释说,“他会说很可怕的话,可是他不是故意的。”

我点点头。

“他并不是故意骂你爸爸的,希望你不要恨他。”

“没有,”我说,“我不会恨他。”

“你会恨我吗?”

“怎么会呢?”我对他说,“我怎么可能会恨你们? 我不会恨任何人。”

“你真是我的好兄弟。”说着本忽然紧紧搂住我的肩头。

接着,西尔斯太太也走出来了。她拿了一条毯子给我们,一条红毯子。我们就这么坐着,看着满天的星星在夜空中缓缓移动。没多久,我们听到阵阵鸟鸣,这才意识到天快亮了。

早餐,我们吃了燕麦粥和蓝莓松饼。西尔斯太太告诉我们,西尔斯先生还在睡觉,而且,他会睡上一整天。她问我,等一下我回到家之后,能不能请我妈妈打个电话给她,她有很多话想跟我妈妈说。吃完早餐之后,我换上衣服,把衣服和盥洗用具塞进背包里,然后跟西尔斯太太道谢,谢谢她请我到她家来过夜。然后,本说明天我们学校见。他陪我走到脚踏车旁边,我们就站在那里继续聊了一会儿。我们聊到我们的少年棒球联盟的棒球队快要开始练习了。又一个赛季快到了。

后来,我们一直没有再提起那部火星人的电影。那部电影里,火星人阴谋要征服地球,一个城镇接着一个城镇,先征服爸爸妈妈,然后就会轮到小孩子。那天晚上,我们都看到了入侵者是什么模样。

那是星期天的早晨。我骑着脚踏车回家的时候,一路上不时回头看看迪尔曼街尽头那栋房子。我看到我的好朋友一直跟我挥手,挥了好久好久。

4 复活节的大黄蜂

后来我们发现,那颗陨石掉落到地面之后只剩下一些残渣。一定是从外层空间穿越大气层的时候烧毁的。有几棵松树起火燃烧,不过星期天晚上忽然开始下雨,火势很快就被扑灭了。而一直到了星期一早上上课时间,那场雨还没停。而且那一整天,天空始终一片灰暗阴沉,雨一直都没停。气象预报说,整个星期都会断断续续一直下雨。问题是,星期天就是复活节了,妈妈一直祈祷,希望雨赶快停,要不然星期六商店街的复活节游行恐怕会大煞风景。

其实,奇风镇还有另一类型的游行。复活节前的星期五一大早,早上六点左右游行就开始了,是布鲁顿区先开始的。那里有一户人家把房子粉刷成五颜六色,紫色、橘色、红色,还有橙黄色。有一队黑人已经从那里出发开始游行了。男人穿着白衬衫、黑西装,还打领带,女人和小孩则是穿着素淡灰暗的衣服。男人在前面带头,女人和小孩跟在后面。其中两个男人身上还背着鼓,随着步伐敲着缓慢的节拍。游行队伍一路经过大街小巷,越过平交道,经过商店街,经过奇风镇中心,一路上都没人说话。由于这是一年一度的例行仪式,奇风镇的白人都从屋子里走出来,站在路边默默看着游行队伍。我妈妈也不例外,而爸爸呢,早上这个时间他已经出去送牛奶了。从前我都会跟妈妈一起去,因为我跟所有的人一样,知道复活节的游行是很重要的仪式。

走在队伍最前面的是三个男人,他们都背着一只粗麻布袋,脖子上挂着一串项链压在领带上。那串项链是由很多东西串成的,包括琥珀珠、鸡骨头,还有河里的小贝壳。在那个复活节前夕的星期五,马路上湿答答的,天空依然阴雨绵绵,但游行队伍里的人都没有打伞。一路上,他们都没有跟路边围观的人说话,就算有人不懂规矩开口跟他们说话,他们也都不回答。我注意到游行队伍正中央那个人就是莱特富特先生。虽然全奇风镇的人他都认识,但他并没有左顾右盼。他眼睛直视着前方,盯着他前面那个人的背。奇风镇和布鲁顿区是两个紧密相连的小世界,而马库斯·莱特富特则是这两个世界共有的珍贵资产。他有一双灵巧的手,天底下没有任何东西是他修不好的。只要是人的头脑设计得出来的东西,他都有办法修好,只不过,他修东西的速度慢得出奇。等到他修好一样东西,原本光秃秃的地上大概都已经长出比人高的草了。另外,我看到丹尼斯先生也在游行队伍里。他是奇风小学的警卫。还有,我也看到了卫佛丹恩太太。她是教会的厨师。另外还有珀尔太太,她是商店街面包店的老板娘,个性很活泼开朗,平常一看到人总是笑呵呵的。可是今天她却是一脸严肃,头上戴着一顶透明的塑料雨帽。

队伍最后面,远在妇女和小孩后面,是一个瘦瘦高高的男人。他穿着一套黑色燕尾礼服,戴着一顶高礼帽,身上背着一面鼓,一只手戴着黑手套,轻轻拍打着鼓面。今天早上,镇上这么多人顶着寒风、冒着大雨站在街头,就是在等着看这个人,还有,他的太太。此刻,他独自一人走在队伍最后面,低着头。不过,再过不久他太太就来了。

我们都叫他月亮人,因为没有人知道他叫什么名字。大家都知道他已经很老很老,可是却也没人知道他究竟多少岁了。平常他总是深居简出,从不离开布鲁顿区,只有在每年复活节的时候才会出现。他太太也一样。他的脸又窄又长,半边脸的皮肤呈现出一种蜡黄色,而另外半边脸却又黑得像木炭。不知道那是因为天生的,还是因为染上了什么皮肤病。两种颜色在他脸的正中央交会,呈现出一种斑点状的融合,那条分界线沿着额头、沿着高挺的鼻梁一路向下延伸到下巴。他下巴上长满了白花花的胡子。这位月亮人是一个谜样的人物,他两只手上各戴着一只手表,脖子上挂着一条链子,上面吊着一个大得像猪脚关节的镀金十字架。我们猜,他不但是这个游行队伍的固定成员,而且,游行队伍的行进速度就是他负责掌控的。

游行队伍保持着一种稳定的速度继续往前走,慢慢穿过奇风镇中心,走向酋长河上那座石像桥。要等队伍走到那边,恐怕还要等上一段时间,不过,就算上学迟到也要继续等,因为绝对值得。事实上,每逢复活节前夕的星期五,学校都会特别把上课时间延后到十点,不会准时上课。

最前面那三个背着麻布袋的人慢慢走上桥,走到桥中央时忽然停下脚步,一动也不动,乍看之下好像三座黑色的雕像。而后面队伍里的人虽然紧紧挤成一团,但他们并不至于把整个桥面挡住。艾默里警长已经事先沿着游行路线安置了很多路障,但其实那根本是多余的,因为游行队伍自发留出了通路。

没多久,一辆大型老式轿车沿着商店街慢慢开过来了。那辆车是从布鲁顿区出发的,沿着游行路线一路开过来。车身上镶满了闪闪发亮的塑料钻石,从引擎盖一直铺到后行李箱盖上。车子开到桥中央的时候忽然停下来,接着,司机走下车,拉开后车门。有人从车子里钻出来,月亮人赶紧搀住她满是皱纹的手,扶她站起来。那就是他太太。

女王到了。

她很瘦,身子单薄得像一片影子,而且,也黑得像影子。她的头发白得像雪,脖子很长,肩膀纤细,可是仪态却很挺拔,整个人散发出一种帝王般的气质。她穿的衣服并不华丽,也不是什么名牌。相反的,她穿的只是一件黑袍,腰上系着一条银带子,脚上是一双白鞋,头上戴着一顶圆盒形的小白帽,帽檐垂着白纱。她手上的白手套很长,一直拉到手肘。月亮人扶她下车的时候,司机立刻打开一把伞撑在她头上。

听说女王是1858年出生的,推算下来,她已经一百零六岁了。听我妈说,女王本来是路易斯安那州的黑奴,南北战争前夕,她妈妈带着她逃到沼泽区,后来一路逃到了新奥尔良附近的海湾。她就是在那里长大的。住在那里的人全是麻风病患,逃犯,还有逃亡的黑奴。而也就是在那里,她学会了一身神秘的本事。

她就是女王，而布鲁顿区就是她的王国。整个奇风镇没有人知道她叫什么名字，只知道她叫女王。事实上，就连整个布鲁顿区也没人知道她真正的名字。称呼她女王确实很贴切。她整个人散发出一种无与伦比的高贵优雅。

有人拿了一座小钟给她。她站在桥中央，低头看着缓缓流动的黄浊河水，然后开始轻轻摆动手上的小钟，不停地摆动。

我知道她在做什么。妈妈也知道。事实上，在场围观的人都知道。

女王要召唤河底的怪物。怪物深藏在河底的泥沙里，女王要把它召唤到河面上来。

它叫老摩西。我从来没有亲眼看过老摩西，不过九岁那年有一天晚上，我听到过它的吼声。至少，我认定那就是老摩西的吼声。当时刚下过一场大雨，空气很潮湿凝滞。我听到一阵低沉的轰轰声，听起来很像教堂里老风琴最低的那个音。那声音非常低沉，仿佛你的身体先感觉到震动，然后才听到声音。没多久，那低沉的隆隆声渐渐变成一种嘶吼。听到那声音，全奇风镇的狗都发了疯似的狂吠起来。但没多久，那吼声忽然又不见了。回想起来，那大概持续了五六秒钟。第二天，全校的学生都议论纷纷。本和戴维·雷认为那是火车的汽笛声，而约翰尼则不发表任何意见。回到家之后，爸妈也说那一定是火车的汽笛声。问题是，几天后我们却发现奇风镇外三十公里处有一段铁轨被大雨冲毁了，而且那天晚上并没有列车从伯明翰那边开过来。

那么，你怎么解释那神秘的吼声？

不久前，有一具残缺不全的牛尸被河水冲到石像桥下，头和内脏都不见了。这件事是听多拉尔先生说的。那次我和爸爸到他店里去理发，他神秘兮兮地跟我们说了这件事。另外，有两个人在奇风镇外的河边撒网捕河虾，结果却看到一具尸体浮在河面上漂过去。他们说，尸体的胸口被剖开，乍看之下很像沙丁鱼罐头的盖子被掀开一样，而且，双臂双腿被连根扯掉。问题是,下游并没有人看到那具尸体。另外,10 月有一天晚上,石像桥有一座桥墩水底的部位被某种东西撞到,结果上面的好几根支柱出现裂痕,必须用水泥补上。后来镇长在《亚当谷日报》发表了一篇声明说:桥墩是被一根漂流木撞到的。

女王继续摇着小钟,手臂摆来摆去,那动作看起来有点像节拍器。接着她忽然开始吟诵咒语,声音听起来清晰而嘹亮。那些咒语是用非洲语念的,我一句也听不懂,感觉上就像核物理学一样深奥。有时候她会停一下,然后歪着头,仿佛在凝视什么,或是仔细聆听什么。接着,她又开始摇小钟。她从头到尾没有念出老摩西这个名字,而是反复念着“丹巴拉,丹巴拉,丹巴拉”。而念出这个名字之后,她又继续用非洲语大声吟诵咒语。

后来,她终于停止摇晃小钟,手臂慢慢垂下来,然后点点头,月亮人立刻把她手上的小钟接过去。她眼睛凝视着河面,然而,我不知道她究竟看到了什么。接着,她往后退了一步,而那三个背着麻布袋的男人立刻站到桥边,打开身上的袋子,从里面拿出好几个纸包。纸包都用细绳子绑住,其中几个被鲜血浸透了,散发出一股生肉的腥味。他们打开纸包,把里面的东西一样样拿出来扔进黄浊的河里。有牛排,牛胸肉,牛肋条,还有一只拔了毛的鸡。接着,他们拿出一只塑料罐,里头装的是鸡内脏;一只绿色的大碗,里面是几副小牛脑;一个血淋淋的纸包,里面是牛肾和牛肝;还有一只玻璃瓶,里面是腌猪脚。他们依序把那些东西扔进河里。扔完猪脚之后,接着是猪鼻子和猪耳朵。最后一项,是一颗比巨人拳头还大的牛心。牛心掉进水里,有如一颗红石头,溅起高高的水花。那三个人扔完东西之后,立刻把袋子折好,往后退开。这时,女王又往前跨了几步,低头看着自己的脚。地面上有一大摊血,她的鞋子踩在里面。

我忽然想到,他们刚刚扔进河里的,说不定就是他们的复活节大餐。

“丹巴拉,丹巴拉,丹巴拉!”女王又继续召唤了几声,一动也不动地站在桥边低头看着桥下的水流,就这样站了大概有三四分钟。最后,她深深叹了口气，转身走回那辆镶满了塑料钻石的老式轿车。隔着她帽檐的白纱，我注意到她眉头紧锁。她是看到了什么吗？还是说，她没看到她预期应该要看到的东西？她坐上车，月亮人也跟着坐上车。司机关上车门之后，坐上驾驶座，然后车子开始倒退，退到路面比较宽的地方，车子掉了个头，往布鲁顿区方向开回去。这时候，游行队伍也开始沿着原路往回走。通常在这时候，那些游行的黑人会开始有说有笑，会停下来跟路边围观的白人朋友聊天。可是那天，在那个复活节前夕的星期五，在那个异乎寻常的日子，女王郁闷的心情似乎感染了每个人，大家都没什么心情说笑。

我很清楚这个仪式的用意是什么。全镇的人都知道。那代表女王对老摩西一年一度的供奉。我不知道这个仪式是从什么时候开始的，不过我听说，那早在我出生之前就已经开始了。也许你会觉得那是一种异教徒的仪式，一种崇拜魔鬼的行径，镇长和镇民大会应该要勒令禁止。自由浸礼会教会的布莱萨牧师就是这么认为的。然而，镇上很多白人都相信老摩西的存在，他们根本不理会牧师的反对。那种感觉，就像有人身上会带着兔掌当护身符，有人会拿盐从肩膀上撒向身后求平安，那些都已经成为生命中的一部分，大家都是宁可信其有，因为，上帝彰显神迹的方式有时候是超乎我们凡人所能想象的，就算你是基督徒也不见得完全懂。

第二天，雨势更大了，雷电交加，乌云笼罩了整个奇风镇上空。商店街的复活节游行取消了，镇上文艺委员会和商会的人都大失所望，比如小范德康先生。小范德康先生家里经营农牧五金行，过去的六年来，每年复活节他都打扮成复活兔，开车跟在游行队伍最后面。这项任务本来一直是他爸爸老范德康先生负责的，可是后来老范德康年纪大了，跳不动了，只好交给他。每年复活节，商店街沿路的店家都会撒糖蛋给小朋友，而且，不但在店门口撒，他们的家人也会在游行的时候开车沿路撒。另外，阳光会的那些太太、小姐们也可以趁机展示她们的漂亮衣服，而全镇的男人和小孩，还有退伍军人协会的老兵，也可以趁机会威风凛凛地跟在掌旗人后面。还有，亚当谷中学的年轻女孩子组成了一个南方美国甜心会,每年复活节的时候,她们都会穿上环状裙,在游行队伍里耍阳伞。结果,游行取消了,这一切就全部泡汤了。

到了复活节那天早上,天气还是没有好转,风雨交加。起床后,我和爸爸穿上烫得笔挺的白衬衫和西装,把鞋子刷得锃亮的,边打扮边抱怨。面对这种抱怨,妈妈永远都是那句“标准答案”。她说:“才一天嘛。”那跟爸爸的口头禅“如假包换”有异曲同工之妙,仿佛只要她说上这么一句,我们就会忽然觉得打领带很舒服,也不会觉得领口被勒得喘不过气来。复活节是我们这个家族的大日子,妈妈会打电话给外公、外婆,而爸爸也会接着打电话给我爷爷杰伯和奶奶莎拉。每年复活节,我们全家族的人都会在奇风第一卫理公会教堂齐聚一堂,听牧师传扬主耶稣基督死后复活的奇迹。

白人教堂在雪松街。雪松街分别和两条街交叉,一条是邦纳路,一条是山塔克街,教堂就坐落在两个路口之间的路段上。我们开车抵达的时候,教堂里早已挤得水泄不通。雨雾蒙蒙,隐隐约约看得到教堂的雾面玻璃窗口透出灯光。我们下了车,朝灯光的方向走过去。地上湿答答的,我们辛辛苦苦擦亮的皮鞋很快就湿透了。教堂门口的屋檐下已经挤了一堆人,有人正在脱雨衣,有人正在收伞。那座教堂是1939年建的,算起来已经有点历史了,白色粉刷已经剥落得差不多了,整栋建筑看起来显得斑驳灰暗。通常每到复活节那天,教堂都会特别粉刷一下,把门面装点得漂漂亮亮,干干净净。可是今年忽然下了大雨,根本没办法粉刷,而院子里的杂草也没办法修剪,一塌糊涂。

“欢迎欢迎,各位太阳王子!请进请进,各位月花公主!小朋友,走路小心不要跌倒哟!大家复活节早安!”在教堂门口负责接待的是乐善德医生。据我所知,他从来没错过一次教堂礼拜。他是奇风镇的兽医。有一次叛徒身上长了虱子,就是他治好的。他是荷兰人,说起话来还有很重的口音,不过我听爸爸说过,早在我出生之前,他和他太太韦罗妮卡就已经从荷兰移民到美国来了。他大概五十五岁左右，身高大约一米八，肩膀宽阔，头已经秃了，满脸灰白的胡子修剪得整整齐齐。他身上穿着一套三件式的西装，感觉很整齐，领口打着蝴蝶结，衣襟上还别了一朵康乃馨。人们走进教堂时，他会给他们取好玩的名字。我们走到教堂门口，妈妈对他笑了笑，他立刻热情洋溢地跟她打招呼："早安！桃子公主！"接着他和我爸爸握握手："今年这雨下得可真大，雷鸟勇士！"接着轮到我了。他用力抓住我的肩膀，咧开嘴对我笑笑，露出两颗银光闪闪的门牙："请进请进，小野马！"

"刚刚乐善德医生叫我什么你听到了吗？"一进入教堂，我立刻跟爸爸说，"他竟然叫我小野马！"也许是因为我才刚受洗没多久，他认定我野性未脱吧。

教堂的木质天花板上有好几个吊扇哗啦啦转个不停，但里头依然热气蒸腾。格拉斯家两姐妹坐在教堂最前面，一个弹钢琴，一个弹风琴。这两姐妹可以说是"怪异"这两个字最完美的诠释。虽然她们不是那种同一个模子刻出来的同卵双胞胎，但也长得够像的了。如果她们两个人面对面站着，你很可能会误以为是其中一个站在镜子前面，只是镜面稍微有点扭曲。两个人个子都很高，都是瘦骨嶙峋，而且都梳着尖塔般的高耸发型，唯一的差别在于，索妮亚头发的颜色是淡金色，而凯塔琳娜则是金黄色。两个人都戴着厚厚的黑框眼镜。另外，索妮亚只会弹钢琴，不会弹风琴，而凯塔琳娜则刚好相反。两姐妹都没结婚，常常吵架，可是偏偏却又住在一起。她们住在山塔克街，她们家房子的形状看起来很像一个姜饼屋。要是你当面问她们的年龄，你会得到好几种不同版本的答案，五十八岁，六十二岁，六十五岁，就看你问的是谁。她们最怪异的地方，应该就是她们的衣着了：索妮亚的衣服全是蓝色的，只是深浅不同，而凯塔琳娜则全是绿色的。这么一来，无可避免的，我们这些小孩称呼她们的时候，一个理所当然就是"蓝色格拉斯小姐"，而凯塔琳娜理所当然就是……自己猜吧。不过，尽管怪异，她们弹琴的技术可真是好得没话说。

教堂里已经人山人海，乍看之下仿佛一间温室花房，各式各样的帽子像花朵一样争奇斗艳。很多人想找位子坐，霍勒斯·凯勒先生沿着走道向我们走过来，帮我们找位子。他也是负责接待的。他满脸白胡子，左眼有点歪斜。看到他那只眼睛，我不觉有点毛骨悚然。

“汤姆！这边这边！老天，你眼睛瞎了吗？”

全世界只有一个人敢在教堂里大呼小叫。

放眼望去，教堂里无数的帽子仿佛一大片起伏不定的海面，而他就站在那片帽海中，高举双手挥舞。我感觉到妈妈很尴尬地低下了头，而爸爸赶紧搂住她，仿佛怕她会羞愧到当场昏倒。有一次我无意间听到爸爸说，爷爷常常会做一些类似“当众亮屁股”的丑事。当时他以为我不会听到，但我听得可清楚了。而那天在教堂里，爷爷果然又在“当众亮屁股”了。

“我帮你们留了位子！”爷爷大嚷着。台上的格拉斯两姐妹被他吓得乱了手脚，钢琴、风琴都走了音。“你们还不快点！再慢位子就被人抢走了！”

外公外婆也坐在同一排长椅上。外公穿了一套皱条纹西装，可是尺寸太大，乍看之下仿佛被雨水浸湿了，整整大了两号。他满头白发往后梳得很平整，穿着白衬衫，打着蓝蝴蝶结，脖子被领口勒住了，皮肤上挤出一堆褶皱。他那条木头义肢的腿伸到前面那排椅子底下，眼神看起来好像很痛苦，而且，再加上他的位子就在我爷爷旁边，那就更痛苦了。他们两个坐在一起显得很不协调。至于我外婆呢，她就显得喜气洋洋。她穿着一套如青草般翠绿的洋装，戴着白手套，帽子上插了好几朵小白花。她那可爱的椭圆形脸蛋显得容光焕发。她坐在我奶奶莎拉旁边，两个人看起来就像姐妹花。奶奶一直伸手去扯爷爷的西装外套，拼命想叫他坐下来别再丢人现眼。爷爷一年到头永远是那套黑西装，复活节是那套，参加葬礼也是那套。爷爷站在那边像个交通警察一样，叫他那一排的人坐进去一点，挤一下，腾出位置来，然后大叫了一声：“来，这边又多了两个座位！”

“杰伯，你给我坐下！坐下！”奶奶最后没办法，只好用力捶了一下爷爷瘦巴巴的屁股。爷爷皱起眉头瞪了她一眼,然后心不甘情不愿地坐下。

爸妈和我挤进那排座椅。外公跟爸爸打招呼说:“汤姆,真高兴又见到你了。”两个人握握手,然后他又接着说:“可惜我好像看不清楚。”他眼镜上结了一层白雾,于是他把眼镜摘下来,掏出手帕擦擦镜片,“这五六年来的复活节礼拜,今年是我见过人最多的——”

他话都还没说完,突然听到爷爷插嘴大叫说:“这里快挤死了,还真像妓院发薪水的日子,你说对不对呀,汤姆?”奶奶立刻抬起手肘用力撞他的肋骨,震得他假牙差点掉出来。

“我在跟汤姆讲话,你能不能不要插嘴?”外公忍不住开口骂爷爷,他的脸涨红了。“打从我坐下来到现在,还没有机会开口说半句——”

“乖孩子,你看起来气色真好!”爷爷又插嘴了。他手伸得好长,从奶奶面前伸过来拍拍我的膝盖。“丽贝卡,你有没有让这孩子多吃点肉呢?小孩子正在长,要多吃点肉才长得出肉,知道吗?”

“你耳朵聋了吗?我刚刚说什么你没听到吗?”外公的脸越来越红了。

“听到什么?”爷爷问他。

“杰伯,把助听器打开。”奶奶提醒了他一句。

“你说什么?”他问她。

“助听器!”她终于忍不住大叫起来,“把助听器打开啊!”

看样子,今年的复活节有好戏看了。

雨势越来越大,雨水劈里啪啦打在教堂屋顶上。教堂里的人都在互相打招呼,而同一时间,人潮还在陆续涌进教堂,每个人都淋得浑身湿透。爷爷的脸又瘦又长,一头白发剪得很短。他抓着爸爸不放,拼命追问他谋杀案的事,可是爸爸却一直摇头,什么都不肯说。奶奶问我今年是不是要开始打棒球了,我说是。奶奶圆圆的脸上满是皱纹,一双蓝眼睛,神情看起来好慈祥,不过据我所知,她常常被爷爷气得往地上吐口水。

由于下雨,窗户都紧紧关着,里头空气很滞闷。地板上湿答答的,墙壁在渗水，天花板上的吊扇转动时嘎吱作响。教堂里飘散着一股混杂到无法形容的气味，有成百上千种香水味，刮胡水味，洗发精味，还有花香味，因为有人衣领上、帽子上插着花。接着，穿着紫袍的唱诗班排成一列走进教堂。结果，他们第一首圣诗都还没唱完，我已经汗流浃背。圣诗唱完之后，全教堂的人都站起来唱一首赞美诗。唱完了，大家又坐下。接着，两个又圆又胖的太太走到前台，开始劝大家捐献，说是要救济亚当谷的穷苦人家。那是加里森太太和普拉斯摩太太。接下来，大家又站起来唱了另一首赞美诗，唱完了又坐下。爷爷和外公唱起歌来声音洪亮得惊人，简直就像沼泽池塘里的牛蛙。

接着，里士满·拉佛伊牧师上台了。他身体圆滚滚的，脸蛋肥嘟嘟的。他站到讲坛后面，开始宣扬耶稣基督死而复生的奇迹，他说，这真是一个神圣的日子。拉佛伊牧师左眼上方的头上有一撮棕色的头发，两鬓的头发已经灰白。每到礼拜日，他的头发总是往后梳得很整齐，可是一开始讲道，他开始手舞足蹈，唾沫横飞，那撮棕发就会开始散乱，垂到前面像一道金黄色的瀑布遮住他的脸。他的太太叫埃丝特，三个孩子分别是马太、路加和约翰。

拉佛伊牧师讲道讲到一半，外面忽然雷声大作。那一刹那，我忽然察觉到坐在我前面的那个人是谁了。

魔女。

她有心灵感应，能够看穿别人的心思。这是大家都知道的。当我注意到她坐在我前面的那一刹那，她立刻就感应到了。她忽然转过头来，用那双深邃乌黑的眼睛盯着我。她那种眼神仿佛能够瞬间将人冻结，就连女巫也无力抵抗。魔女的名字叫布伦达·萨特利，一个十岁的小女孩。她一头红发细得像丝，脸色苍白，脸上满是棕色的雀斑。她的眉毛又黑又浓，粗得像毛毛虫，五官歪歪扭扭，仿佛那张脸曾经被人用铲子狠狠打了一下。她右眼看起来比左眼大，鼻子尖得像老鹰嘴，底下露出两个黑洞，而且，她嘴巴很大，两片薄薄的嘴唇几乎横跨了下半边的脸。只不过，这样的长相并不能怪她，只能说是遗传基因作祟。她妈妈跟她一样也是火红的头发，而且还有棕色的胡子。而她爸爸则是满脸的红色大胡子，瘦得像竹竿。有这样的遗传基因，难怪她看起来像幽灵一样令人毛骨悚然。

大家之所以会叫她魔女，是因为她曾经给她爸爸画过一幅画。在那幅画里，她在她爸爸头上画了两只角，身体后面还长了一根尾巴，尾端像一只叉子。而且那天，她亲口告诉美术老师狄克逊太太和全班同学，她爸爸衣橱后面藏了一堆杂志，杂志里有很多男生魔鬼，他们把尾巴插进女生魔鬼的洞洞里。不过，魔鬼对她们一家人的诅咒，并不止于衣橱后面的秘密。有一次上看东西说故事课的时候，她用鞋盒装了一只死猫带到学校去，猫的眼睛上还贴着两枚一分钱的硬币。另外，有一次上手工课的时候，她用绿色和白色两种黏土堆成一片草地，草地上是一片墓园，墓园里有好几座坟墓，墓碑上写着几个同学的名字，还有他们死亡的日期。有几个同学吓得差点精神错乱，因为他们看到墓碑上的日期之后，以为自己真的活不过十六岁。另外，她还很喜欢那种很恶心的恶作剧，比如说，汉堡面包里夹了狗大便之类的。去年 12 月，奇风小学女厕所发生水管爆裂的意外事件。事后发现，每一个马桶里都塞满了笔记纸。大家议论纷纷，认为那件事一定和她脱不了干系。

如果你要我用一个词来形容她，那就是，诡异。

而那一刻，那个诡异的女孩正死盯着我。

她那张歪歪扭扭的嘴忽然露出一抹微笑。我拼命想移开视线，然而，她那乌黑锐利的眼睛仿佛有一股魔力，我像中邪了一般根本无法移开视线。我心里想，我被她制住了。有时候，当你希望大人多注意你，多关心你一下，他们偏偏就心不在焉。而有时候，当你希望大人不要来管你，他们偏偏就会死盯着你。大人好像都是这样。就像那一刻，我好希望爸爸或妈妈开口叫布伦达转头看前面，专心听拉佛伊牧师讲道，偏偏他们浑然无觉，仿佛魔女施展法力变成了隐形人，他们根本看不见她。除了我，没有人看得见她。此时此刻,我成了她的猎物。

她慢慢抬起右手。她的右手仿佛一个白色的小蛇头,长着脏兮兮的绿色尖牙。接着,她慢慢地伸出食指,伸向她的鼻孔,那动作既邪恶又优雅。然后,那根手指慢慢伸进鼻孔里,那一刹那,我脑海里忽然浮现出一种怪异的幻想,以为她会把整根手指头塞进去,没想到她手指头很快又拿出来了,指尖上有一团玉米粒大小的东西,绿绿的,亮亮的。

她那双黑眼珠一眨也不眨,嘴巴开始慢慢张开。

不要。我心里暗暗呐喊。*不要,求求你不要!*

但魔女依然把指尖那团绿绿的东西伸向她的舌头。

我根本无法动弹,只能眼睁睁地看着她的动作,感觉整个胃忽然扭绞成一团。

她的舌尖碰触到那团绿绿的东西、脏兮兮的指甲,一条黏黏的东西垂了下来。

魔女用舌头舔自己的手指,舔掉了那团绿绿的东西。我猜,那时我可能浑身都在剧烈地颤抖,因为爸爸忽然摸摸我的膝盖,凑在我耳边悄悄说:"专心点!"只是,他当然看不到眼前那隐形的魔女,也没有注意到她那恶心的动作。魔女对我嫣然一笑,那双黑眼珠露出一种满足的神色,然后就转回头去了。恐怖的梦魇结束了。她妈妈抬起一只毛茸茸的手,摸摸她那火红的头发,那模样仿佛她女儿是天底下最可爱的女孩,美得会令上帝屏息。

接下来,拉佛伊牧师要大家祷告,我立刻低下头,用力闭上眼睛。

祷告进行了五秒钟,我忽然感觉有东西重重敲到了我后脑勺上。

我转头去看。

那一刹那,我整个人立刻被一股无比的恐惧淹没。坐在我后面的人,眼睛是灰色的,眼神比刀锋更凌厉。是布兰林兄弟:戈萨和戈多。他们的爸妈分别坐在他们两边,正低头全神贯注地祷告。我猜想,他们一定是在为他们的骨肉祷告。两兄弟都穿着白衬衫,蓝西装,而且都打着条纹领带,不过,颜色不太一样。戈萨是白底黑条纹，戈多是白底红条纹。大一岁的戈萨头发比较白，而小一岁的戈多头发比较黄。他们的脸看起来很像那种魔鬼的雕像，连脸型的骨架都充满杀气——下巴有点突出，额头像大理石板，而那高耸的颧骨锐利如刀锋，仿佛你不小心碰到就会皮开肉绽。我转头去看他们，只有短短的一刹那，但我已经看到两张杀气腾腾的脸，看到戈多伸出中指朝我比一个很粗鄙的手势，而戈萨正把一颗小黑豆塞进吸管里，准备下一波攻击。

"科里，别看后面！"妈妈凑在我耳边悄悄说，然后扯了一下我的衣服。"眼睛闭起来，专心祷告！"

我乖乖闭上眼睛。没多久，第二颗黑豆又击中了我的头。那种痛，会让人忍不住想大声惨叫。祷告的那段时间，我听到布兰林兄弟在我背后窃笑不已，你一句我一句好像在唱双簧，真是邪恶到极点。看样子，这一整天我的后脑勺会变成他们吸管吹黑豆的靶子。

过了一会儿，祷告结束了，大家又站起来唱另一首赞美诗。接着牧师通知了几件事，对第一次来教堂的人表示欢迎，然后宣布要开始募捐了。捐献盘从前面的座位依序传过来。爸爸事先已经拿了一张一块钱的钞票给我，就是准备捐献用的。我把那张钞票放进盘子里。接着，格拉斯姐妹又开始弹琴，唱诗班开始唱起另一首圣诗。布兰林兄弟在后面咯咯窃笑。后来，拉佛伊牧师又站起来做复活节的布道。就在那时候，我发现一只大黄蜂飞过来停在我手上。

我的手放在膝盖上。虽然那一刹那我仿佛被闪电击中了，但我的手还是不敢动，不敢把它赶走。那只大黄蜂慢慢爬到我食指和中指之间，然后就停住了。它尾巴上那根黑蓝色的毒针在扭来扭去。

我还是先告诉大家一些关于大黄蜂的知识。

大黄蜂和蜜蜂不太一样。蜜蜂的身体圆圆胖胖的，性情温和，整天忙着在花丛间穿梭，对人类没什么兴趣。至于胡蜂，虽然好奇心比较强，也比较凶猛，不过它们也和蜜蜂一样，有某种固定的习性，只要你对它们够熟悉，就可以预防被它们攻击。然而，大黄蜂就不一样了，尤其是那种身体细长的黑腹大黄蜂。黑腹大黄蜂的体型像一把有头的匕首，天生就有强烈的攻击性，而且毒性极强，一旦被它蜇到，你的惨叫声会连你自己都不忍心听。听说，假如你把头伸进大黄蜂窝里，那种感觉会很像是被机关枪打到一样。有一年夏天，有个小男孩到一栋废弃的老房子里去探险，结果嘴唇和眼皮被大黄蜂蜇到。我看过那男孩子的脸，肿得不成人形，惨不忍睹。我甚至不忍心看到布兰林兄弟被大黄蜂蜇成那样。大黄蜂具有一种近乎疯狂的野性，会突如其来地攻击人。而且，它们会竭力把毒针深深刺进你的皮肉里。它们就跟布兰林兄弟一样生性凶残。如果你要选一种最像魔鬼的动物，那么，那绝对不会是黑猫，不会是猴子，甚至不会是最毒的蜥蜴科摩多龙。最像魔鬼的动物，永远是大黄蜂。

这时候，第三颗豆子又击中了我的后脑勺。好痛，但我还是紧盯着那只大黄蜂。我的心在狂跳，浑身直起鸡皮疙瘩。接着，忽然有个东西从我面前飞过去，我抬头一看，看到第二只大黄蜂在魔女头上盘旋，然后停在她头发上。魔女一定是感觉到头上有什么东西，很快就抬起手把那只大黄蜂挥开。显然她还没弄清楚自己面对的是什么。那只大黄蜂立刻往上飞，黑色的翅膀急速拍击，那嗡嗡声听起来仿佛是在怒吼。当时我以为她这下子完了，那只大黄蜂一定会立刻冲过去狠狠地蜇她。没想到，那只大黄蜂竟然飞向天花板。我猜，那一定是因为它感觉到了魔女是它的同类。

那时候，拉佛伊牧师正讲得入神，讲到耶稣基督被钉上十字架，马利亚伤心哭泣，然后天使把洞口那块巨石移开。

我抬头看着天花板。

天花板上有好几个吊扇，其中一个旁边有一个小洞，大概有一枚硬币那么大。我看到三只大黄蜂从洞口飞进来，飞向底下的人群。过了几秒钟，又有两只飞进来了。教堂里很闷，几只大黄蜂在凝滞潮湿的空气中盘旋飞舞，仿佛在寻找新鲜空气。

拉佛伊牧师抑扬顿挫的声音是如此洪亮，然而，教堂外雷声轰隆，滂沱大雨哗啦啦打在屋顶上，几乎快把他的声音掩盖住了。我几乎听不见他说了什么。我低头看看指间那只大黄蜂，然后又抬头看看天花板那个洞。

又有更多的大黄蜂飞进来了。密闭的教堂里空气很潮湿，热气蒸腾，大黄蜂在半空中盘旋。我开始计算。八……九……十……十一。有几只停在旋转的扇叶上，仿佛正在玩旋转木马。十四……十五……十六……十七。接着，又有一群黑压压的大黄蜂从洞口钻进来了。二十……二十一……二十二。数到第二十五只，我就没再往下数了。

我想，教堂潮湿阴暗的阁楼上一定有一个大蜂窝，而且，铁定大得像一只足球。接着，当我看到又有十几只大黄蜂从那个洞口钻进来时，吓得目瞪口呆。故事里，马利亚在路上遇见一个陌生人，陌生人掀开衣服，让她看看他身体上的伤口。我猜，她内心的惊骇一定跟此刻的我差不多。而且，其他人似乎都没有注意到。刚刚魔女挖鼻屎的时候，没有人注意到，仿佛她是隐形的，那么，难道那些大黄蜂也是隐形的吗？成群的大黄蜂在天花板上缓缓盘旋，缓缓盘旋，好像在跟吊扇的叶片赛跑。此刻，它们看起来已经开始像一朵乌云，仿佛屋外的暴风雨已经设法渗透进来了。

这时候，我指间那只大黄蜂开始动了。我紧盯着它。接着，我忽然感到脖子后面又是一阵剧痛，不禁皱起眉头。又一颗豆子打中我了。那只大黄蜂沿着我的食指慢慢往上爬，然后停在我的指关节上。它的毒针已经碰触到了我的皮肤，那针尖感觉很像一片极细、极尖锐的碎玻璃。

拉佛伊牧师正讲到他认为最精彩的地方，眉飞色舞，两手在半空中挥舞，头发开始往下垂，遮住了他的脸。教堂外雷声隆隆，雨水重重地打在屋顶上，那轰然巨响听起来仿佛世界末日已经降临，仿佛我们应该开始效法诺亚，开始打造方舟，把成双成对的动物送上船。不过，这次一定要把大黄蜂排除在外。诺亚犯了一个致命的错误，我们一定要设法弥补。我一直看着天花板上的那个洞,恐惧在我脑海中挥之不去。我忽然想到,可能是撒旦忽然找到了办法毁灭我们的复活节礼拜,而那一刻,在我们头顶上盘旋的就是撒旦的化身,它们正虎视眈眈。

这时候,两件事同时发生了。

拉佛伊牧师高举双手,用一种收尾的口气大声说:“最黑暗的日子过去了,在那个光辉灿烂的早晨,天使降临,啊啊啊——!”他本来高举双手要迎接天使,没想到却突然发现手上爬满了小小的翅膀。

同一时间,妈妈忽然伸手按在我手上,压住了那只大黄蜂。接着,她无限温柔地轻轻握了一下我的手。

好像就是在那一刹那,大黄蜂仿佛认为拉佛伊牧师的布道差不多该结束了,于是,它们同时展开行动,攻击妈妈和牧师。

妈妈忽然惨叫一声,同一时间,牧师也惨叫起来。那仿佛是一个信号,那群大黄蜂已经等很久了。

上百根毒针组合成的一团乌云凌空压下,有如一张网,罩向底下那群惊慌失措的猎物头顶。

我听到爷爷惨叫了一声:“该死的!”大黄蜂蜇上他了。外婆则是一声尖叫,那声音听起来好像歌剧的女高音。魔女的妈妈被大黄蜂蜇到脖子后面,立刻大声哀号起来,魔女的爸爸则是高举着两只瘦骨嶙峋的手臂在半空中挥舞,而她却放声狂笑起来。而我后面,布兰林兄弟的惨叫声听起来有点沙哑。那根用来吹豆子的吸管已经被他们丢在地上了。凄厉的惨叫声响彻了整间教堂。放眼望去,只看到盛装打扮的男男女女跳来跳去,两手在半空中疯狂挥舞,仿佛在奋力抗拒来自另一个时空的恶魔。拉佛伊牧师间歇性地狂跳了好几次,仿佛每被大黄蜂蜇上一口,他就会痛得跳一下。他那双手已经肿了好几个包,只见他发了疯似的拼命甩手,仿佛想把手掌从手腕上甩掉。整个唱诗班的人也在放声高唱,只不过,这次唱的不是圣诗,而是凄厉的惨叫声。有人被蜇到脸颊,有人被蜇到下巴,有人被蜇到脖子。眼前的景象，仿佛一道黑色旋风在教堂里盘旋扫荡，扫过每个人脸上，绕着每个人头上盘旋，就像一顶顶黑色的皇冠。这时有人忽然大叫起来："赶快出去！赶快出去！"接着我听到有人在我背后大叫："到门外去！赶快跑！"格拉斯两姐妹跑散了，各自冲向门口，大黄蜂停在她们头发上。那一瞬间，大家立刻站起来往门口冲过去。才不过十秒钟之前，这群教友是那么的宁静祥和，而此刻，他们仿佛突然变成了惊慌逃窜的牛群。

大黄蜂就是有这种威力。

"我的腿卡住了！"外公大叫起来。

"杰伯！赶快去帮他！"奶奶大叫。没想到，爷爷已经自顾自跟一群人挤在走道上冲向门口去了。

爸爸拉我站起来。我听到左耳边传来可怕的嗡嗡声，那短短的一刹那，我立刻感觉到耳垂被蜇了一口。我痛得眼泪差点掉出来。"哎哟！"我听到自己惨叫了一声。然而，整间教堂里充满了此起彼伏的惨叫声，再多一声惨叫也不会有人特别注意，不过，另外两只大黄蜂注意到了。其中一只飞到我肩膀上，毒针刺穿了我的西装外套，刺穿了我的衬衫，而另一只冲向我的脸，我立刻感觉上唇仿佛被一根非洲土人的长矛刺中。我发出一声凄厉的怪叫：噢哇哇噢哇！你一定听不懂我在叫什么，但你一定感觉得到我痛到什么程度。于是我也跟大家一样，两手在半空中疯狂挥舞，跟那团黑压压的旋风搏斗。这时候，我忽然听到一声刺耳的尖叫，但听起来又有点像狂笑。我已经痛得泪眼模糊，但我还是转头去看，结果，我看到魔女站在长椅上跳来跳去，咧开血盆大口狂笑，脸上爬满了大黄蜂。

"大家赶快出去！"乐善德医生大喊。我看到三只大黄蜂缠着他光秃秃的头顶不放，毒针连番刺进去，仿佛在他头顶上跳跃。他太太跟在他后面跑。她满头灰发，铁青着脸，头上那顶插满蓝花的帽子已经歪了，大黄蜂在她宽阔的肩膀上爬来爬去。她一手抓着《圣经》，一手抓着皮包，跟在人群后面。她气得龇牙咧嘴，拳头在半空中疯狂挥舞，仿佛想反击那团攻击她的乌云。

大家奋不顾身地冲向门口，雨衣和雨伞扔了一地。大家都顾不了那么多了。他们满脑子只想赶快逃脱这种万箭穿心般的煎熬，他们宁愿到外面去面对那洪水般的滂沱大雨。这群教友刚进教堂做复活节礼拜的时候，个个都是彬彬有礼的基督徒，堪称文明人的典范，然而一到了外面，他们都变成了彻底的野蛮人。女人和小孩在泥泞的院子里摔得东倒西歪，而男人被他们绊倒，摔成狗吃屎的姿势，整个脸摔进泥浆里。湿答答的复活节纸帽像轮子一样满地乱滚，最后被倾盆大雨淋得湿透，变成一摊摊的烂纸。

我帮爸爸把外公的木头义肢从椅子下面拉出来。大黄蜂疯狂叮上了爸爸的手，毒针每刺一下，爸爸就倒吸一口气。妈妈、外婆和奶奶挣扎着跑向走道，可是走道上挤满了人，有人摔倒在地上，后面的人被绊倒又叠上去，好像在叠罗汉。拉佛伊牧师和他太太埃丝特把他们的孩子围在中间。他五根手指肿得像五根并排的香肠，但他还是拼命用手去护住孩子们的脸。埃丝特一直在哭。唱诗班一哄而散，有人甚至把身上的紫袍脱下来丢在地上，我和爸爸把外公扶到走道上。大黄蜂一直蜇他脖子后面，他痛得满头大汗。爸爸帮他把大黄蜂赶开，可是成群的大黄蜂还是绕着我们盘旋，虎视眈眈，仿佛印第安人包围拓荒者的车队。小孩子放声大哭，太太们惊声尖叫，然而，大黄蜂还是不断地扑向他们，用毒针蜇人。“赶快出去！赶快出去！”乐善德医生在门口大喊。他一边大喊，一边把挤在门口的教友一个个推出去。他太太韦罗妮卡身材粗壮，简直堪称虎背熊腰。她甚至有力气把男人一把提起来往门外扔。

我们快走到门口的时候，外公忽然又绊倒了。爸爸立刻把他扶起来。妈妈正忙着挥开奶奶头发上的大黄蜂。接着，我脖子后面又是一阵火辣辣的刺痛。又被蜇了两下，而且相隔不到一秒，那种剧痛感觉很像我的头已经快要炸开了。爸爸搀住我的手臂，把我拉到门外。一出门口，滂沱大雨立刻打在我的头上和脸上。大家都已经跑到门外了，然而，爸爸踩到一摊水，滑了一跤,整个人跪倒在泥浆里。我手按在脖子后面,绕着圈跑个不停,边跑边哭,因为实在太痛了。跑了一会儿,我脚下滑了一跤,整个人立刻摔倒在泥泞的地面上,西装沾满了泥巴。

拉佛伊牧师是最后一个出来的。他一冲出来就立刻关上教堂大门,然后转身用背顶住门,那副模样仿佛被他关在里面的是魔鬼。

天上雷声隆隆,下着倾盆大雨。豆大的雨点打在大家身上,可是大家却好像浑然无觉。有人呆呆地坐在泥浆里,有人茫然地踱来踱去,而有些人就只是站着淋雨,让冰凉的雨水冷却一下蜇伤处的灼热剧痛。

我也痛得要命,有点神志不清了,不由得开始胡思乱想。我仿佛看到教堂里那些大黄蜂正在庆祝,毕竟,对它们来说,复活节一样是复活节。冬天的时候,蜂巢被冻干了,而冬眠的幼蜂也都冻僵了。而此刻,它们刚从死寂的冬季苏醒过来,仿佛《圣经》故事中的天使滚开墓穴的巨石,迎接春天的重生。而且,它们也等于给我们上了一课,告诉我们生命是多么的坚韧,多么的不屈不挠。它们用毒针给我们上的这一课,比拉佛伊牧师的任何一次布道都更有说服力,我们一辈子都忘不了。我们每个人都亲身体验到最残酷的人生教育。

接着,我注意到有人走到我旁边弯腰看着我。我感觉到冷冰冰的泥巴贴到我脖子后面蜇伤的地方。我抬头一看,看到爷爷那张满是雨水的脸。他的头发像刺猬一样一根根竖起来,那模样仿佛刚刚遭到电击。

“小子,你还好吗?”他问我。

他刚刚抛下我们一家人自顾自跑掉了。我忽然觉得他真是个懦夫,而且就像背叛耶稣的犹大一样。虽然他拿泥巴敷在我脖子上,但我一点都不感谢他。

我没吭声。虽然我眼睛看着他,可是感觉上却好像看不见他。他说:“你不会有事的。”说完他就挺身站起来,走过去看奶奶。奶奶和妈妈、外婆三个人抱成一团。那一刻,我忽然觉得他看起来好像一只全身湿透的瘦巴巴的老鼠。鼠辈。

我感到很羞愧。要是我长得像爸爸一样高大,说不定我会忍不住冲上去揍他。有这样的爷爷,真是一种耻辱,简直是无地自容。我想,不知道自己会不会也遗传到爷爷那种怯懦的性格。当时我还不知道,不过,后来隔了没多久我就知道了。

这时候,我们听到奇风镇某个角落的另一间教堂响起钟声,那钟声在滂沱大雨中隐隐约约回荡着,听起来恍如在梦中。我不自觉地站起来。我的下唇、肩膀和脖子后面阵阵抽痛。然而,痛苦能够教我们学会谦卑。就连布兰林兄弟那种狠角色也痛到像小女生一样哭得稀里哗啦。要是你全身插满了大黄蜂的毒针,那么,你还狠得起来吗?

滂沱大雨中,复活节的钟声响彻了整个奇风镇。

礼拜结束了。

哈利路亚。

5 脚踏车之死

大雨持续不断。

乌云笼罩了整个奇风镇。巨大浓密的云团夹带着惊人的雨水。滂沱大雨打在屋顶上,我总是在哗啦啦的雨声中不知不觉睡着,但很快又被雷声惊醒。叛徒躲在它的狗屋里呜呜哀鸣,浑身发抖。我知道它一定很怕。几天过去了,我身上被大黄蜂蜇到的伤口已经慢慢痊愈,变成一颗颗红红的小肿块,然而,奇风镇依然看不到半点阳光,大雨依然持续不断。我窝在房间里写功课,功课写完了就看《怪物世界》杂志,或是看我那一大堆漫画。

屋子里飘散着一股雨水味,还有从地下室飘上来的湿木板和湿泥巴的气味。由于雨势太大,爱之颂戏院屋顶漏水,取消了星期六的放映。弥漫的湿气已经浓到化不开,感觉仿佛连空气都要发霉了。复活节过了一个星期之后，那天吃晚饭时，爸爸看着雾茫茫的窗户，忽然说："雨再这样继续下不停，我们恐怕得像鱼一样用鳃呼吸了。"

雨果然一直没停，空气已经潮湿到快要凝结成水了。乌云笼罩了整个天空，半点阳光都透不进来，整个奇风镇仿佛变成了一片阴暗的沼泽。家家户户的院子都变成了小池塘，街道变成了溪流，学校开始提早放学，让大家可以早点回家。那个星期三下午，我永远记得，就在两点四十三分的时候，我的脚踏车死了。

当时我正用力踩着踏板，在水流成河的迪尔曼街上挣扎前进。没多久，我忽然感觉车身一震，发现前轮陷进了一个水坑。那是路面上的一道裂缝形成的水坑。那一刻，我那辆被铁锈蚀烂的古董脚踏车彻底解体：把手应声断裂，前轮的轮辐也咔嚓一声全部断开，坐垫松脱，车体的每一个接合点也全部断裂。我整个人摔到地上，趴在水里，水流灌进我那件黄色的雨衣里。我趴在那里，整个人愣住了，一时反应不过来自己到底是怎么摔倒的。后来，我坐起来，伸手揉揉眼睛，擦掉脸上的水，然后低头看看脚踏车。那一刹那，我明白，它已经死了。

我的脚踏车是在跳蚤市场买的，当年刚买的时候就已经是十几年的老爷车了。而那一刻，滂沱大雨中，我坐在地上，心里已经明白，它终于寿终正寝了。人类曾经用工具赋予它生命，而此刻，它的灵魂已经脱离了断裂的车体，在大雨中飘向天堂。车体已经扭曲断裂，而固定把手的螺丝钉只剩一颗，整只把手就悬在那颗螺丝钉上。坐垫一百八十度向后倒转，仿佛一颗脖子被扭断的头颅。链条从齿轮上松脱，轮胎从轮框上脱落，断裂的轮辐一根根横七竖八。看到眼前的残破景象，我差点就哭出来。尽管我很伤心，我明白哭是没有用的。总之，脚踏车已经彻底解体了，它寿命到了。就这么简单。而且，我不是它的第一任主人，对它的感情毕竟没那么深。而且，这辆脚踏车在它第一任主人手中已经很多年了，长年累月在路上奔驰，在风吹日晒中损耗，它已经衰老了。既然已经被主人遗弃，既然已经衰老不堪，要是它真的有灵魂,那么,说不定它渴望早日解脱。其实,它从来不曾真正属于我。尽管它曾经陪着我东奔西跑,然而,踏板和把手上却还残留着前一任主人的记忆。也许,在那个下雨的星期三下午,它终于决定结束自己的生命,因为它知道,我渴望的是一辆真正属于我的脚踏车。也许就是这回事吧。而我唯一能够确定的是,接下来回家的路程,我只能走路了,而且,我没办法拖着脚踏车残骸一起走。

我把车子拖到路边一户人家的院子里,放在一棵橡树下。然后把湿透的背包背到肩上,开始走回家。我的鞋子也已经湿透了,走起路来噗嗤噗嗤响。

后来,爸爸送完牛奶回到家,听我说脚踏车坏了,立刻叫我上车,然后载我回迪尔曼街,回到我放脚踏车的地点。“还是有办法修的。”雨刷在挡风玻璃上扫来扫去。他说:“我会找人把它焊接起来,或是看看还有没有什么别的办法,再怎么样也比买新车便宜。”

“好吧。”我应了一声,可是我心里明白,那脚踏车已经没救了。不管怎么焊接都救不活了。“可是前轮已经整个散了。”我又补了一句,可是爸爸全神贯注地在开车,好像没听到我的话。

没多久,车子开到我刚刚放脚踏车的那棵橡树旁边。“车子呢?”爸爸问,“你确定是这里吗?”

就是这里没错,可是,脚踏车的残骸已经不见了。爸爸把车停到路边,跳下车,走到那户人家门口敲敲门。我看到门开了,一位白头发的太太从门缝探头出来。爸爸跟她说了几句话,然后我看到那位太太伸手指向马路。接着,爸爸又回到车子旁边,帽檐滴着水,身上那件制服外套也湿透了。他缩起身体坐上驾驶座,关上车门,然后说:“是这么回事儿,她说她刚刚到门外的信箱拿信,看到有辆脚踏车在橡树下,就打电话给斯卡利先生,请他来把脚踏车收走。”埃米特·斯卡利是我们奇风镇的回收业者。他常常开着那辆浅蓝色的敞篷小货车在镇上跑来跑去,车身上用红油漆喷了“斯卡利旧货回收场”几个字和电话号码。爸爸发动引擎，转头瞪着我。那种严厉的眼神我很熟悉。他生气了。而且我知道，接下来我一定有苦头吃的。“你为什么不去找那位太太，告诉她你暂时先把脚踏车放在那边，等一下会回来拿？你有想到过吗？”

“没有，”我老实承认，“我没想到。”

于是，爸爸把车子开上公路，我们又上路了，不过，不是开回家，而是往西边开。我知道爸爸要去什么地方。奇风镇西侧的边界是一片树林，过了那片树林就会看到斯卡利先生开的旧货回收场。一路上，爸爸又开始细说从前，当年他们如何如何。那真是一种疲劳轰炸。通常都是这么开始的：“当年我在你这个年纪的时候，不管想去什么地方，都只能走路。当年我很希望有辆脚踏车，就算是用旧的也好。哼，当年我和我那群朋友常常得走四五公里的路，根本不当一回事。而且，就是因为这样，当年我们比你们现在强壮多了。风吹日晒、倾盆大雨，这些根本没什么。不管要去什么地方，都靠我们的两条——”接下去的就不用再说了，你自己不难想象，就是那种代代相传的欢乐童年的赞美诗。

车子来到小镇边界，眼前湿漉漉的路面闪闪发亮，一路蜿蜒进入青翠的树林。雨还是下个不停，薄雾缭绕，飘过树梢，飘过路面。车子必须慢慢开，因为这段路很危险。即使是大晴天，即使路面是干的，这段路都依然暗藏凶险。爸爸一边开着车，嘴里一边还是在唠叨个没完，说当年就算没有脚踏车，童年还是一样过得很快乐。这时候，我终于明白他是在暗示我，万一那辆旧脚踏车修不好，我也只能认命乖乖走路了。远处云雾缭绕的山岭传来阵阵雷声。眼前的马路百转千回，必须小心翼翼，感觉上像是牛仔驯服野马。那一刹那我忽然有一种奇怪的感觉，于是就回头往后看。我不知道自己为什么会突然心血来潮，但我就是回头了。

那一刹那，我看到后面有一辆车正朝我们的车子冲过来。速度非常快。

我立刻汗毛直竖，猛站起来，全身起了鸡皮疙瘩，感觉仿佛成千上万的蚂蚁在我身上爬。那是一辆黑色的车子,底盘很低,外形很剽悍,镀铬的水箱罩闪闪发亮,像黑豹的森然利齿。我们后面是一条长长的弯道,刚刚爸爸开过来的时候小心翼翼,不断地交互踩刹车和油门,然而,那辆车却一转眼就绕过那个弯道,快如闪电。我们车子的引擎轰轰作响,可是后面那辆车却悄无声息。我看到驾驶座上有个人影,而且那人脸色一片惨白。我注意到乌黑的引擎盖上有橙红色的火焰图案。那辆车迅速逼近,几乎快要撞上我们了,而且丝毫没有要减速或转弯的迹象。我立刻转头朝爸爸大喊了一声:“爸爸!”

爸爸被我吓得全身一震,方向盘歪了一下,车身立刻向左打滑,偏过中线,但爸爸一回过神来,赶紧把方向盘打正,车子才没有冲进树林里。接着,车子终于又切回车道,停住了。爸爸立刻转过头来看我,我注意到他眼中射出怒火。“你疯了吗?”他大吼,“你想害我们两个一起送命吗?”

我又转头看后面。

那辆黑车不见了。

他没有超车,也没有转弯,就这么不见了。

“我看到……我看到……”

“看到什么? 在哪里?”他继续逼问。

“我……我……我好像看到……看到一辆车。”我说,“那辆车差一点……差一点就撞上我们的车。”

他抬头看看后视镜,当然什么都没看到,只看到路面上空荡荡的,下着滂沱大雨。接着他忽然伸手摸摸我的额头。“你还好吗?”

“我没怎么样。”我没有发烧。至少这是我可以百分之百确定的。爸爸发现我没发烧,似乎松了一口气,立刻把手缩回去握住方向盘。“你坐好。”他说。我赶紧乖乖坐好。接着,他又全神贯注看着前面湿漉漉的马路,开动车子,不过,我注意到他咬紧牙关,而且越咬越用力。我猜,他一定是在盘算,究竟是该带我去看帕里什医生,还是应该把我抓去打屁股。

我没有再提到那辆黑色的车子,因为我知道爸爸不可能相信我。然而,我真的认得那辆车。我见过,就在奇风镇的马路上。它常常沿着马路呼啸而过,轰隆隆的引擎声惊天动地,让人很难不去注意。每次那辆车从我眼前冲过去的时候,我都感觉得到那股热气,看到路面上闪闪发亮。有一年 8 月的时候,天气热得吓人,那天,我跟几个死党在商店街的制冰厂前面晃来晃去,享受冰块散发出来的凉气。当时戴维·雷告诉我:“那是全镇跑得最快的车。我爸爸说,没有一辆车能够跑得赢午夜梦娜。”

没错,那辆车就叫做午夜梦娜。那辆车的主人叫史蒂维·考利,大家都叫他小个子,因为他虽然已经二十岁了,但身高差不多只有一米六。他抽烟抽得很凶,一根接着一根,也许就是因为这样他才会长不高。

我不敢告诉他,在这条大雨湿滑的公路上,跟在我们后面的车子,就是午夜梦娜,因为,去年 10 月的一个晚上,它就在这条公路上发生了意外。那天晚上,担任义务消防队员的爸爸接到一通电话。他告诉妈妈说是消防队的马凯特队长打来的。有一辆车在十六号公路出了车祸,冲进树林里,车子起火燃烧。爸爸立刻就赶过去帮忙。没想到几个钟头后,爸爸回到家的时候,头发上全是灰,衣服上飘散着一股烧焦味。而自从那天晚上以后,自从看到现场的景象之后,他就不愿意再担任义务消防队员了。

而此刻,我们就是在十六号公路上。而当初那辆烧毁的车,就是午夜梦娜。史蒂维·考利当时就在车上。

后来,小个子史蒂维·考利的尸体——或者应该说,尸体的残骸——埋葬在波特山上的墓园里。而午夜梦娜也就被送进了废车场。

然而,我真的看到了。午夜梦娜真的从雾气中冲出来,从后面冲向我们的车子。而且,我看到有人坐在驾驶座上。

但我不敢说。我的麻烦已经够多了。

接着,爸爸忽然开下十六号公路,转上一条穿过森林的泥土小路,没多久,我们来到一个地方,看到很多棵树上都钉着锈痕累累的铁制广告招牌,上面写着各式各样的物品名称。我算了一下，广告招牌至少有上百面，有橘子汽水广告，头痛药广告，广播电台广告。穿过那片挂满了广告招牌的树林之后，我们沿着那条路来到了一栋灰灰的木头房子前。房子的门廊看起来好像快要塌了，而庭院里杂草丛生，恐怕没有人会认为那是庭院。里面摆着堆积如山的报废家具，五花八门什么都有，有锈痕斑斑的老式手摇转轮衣服轧干机，有厨房用的火炉，电灯，床架，电风扇，冰箱，还有其他比较小型的家电用品。几个巨大的电线轴，几乎跟我爸爸一样高。几个装满了瓶子的大铁桶。而在那堆垃圾正中央的位置，有一面人形的铁牌。那是一个警察的人形牌，面带微笑，胸口用红漆喷了几个字：注意！严禁偷窃！还有，警察头上有三个弹孔。

我觉得斯卡利先生好像不需要担心有人会来偷他的东西，因为，门廊上有两只红色的猎犬趴在地上。我们车子才刚停好，爸爸才刚打开车门，那两只猎犬就立刻跳起来，疯狂挣扎，仿佛想把绳子扯断。过了几秒钟，纱门哗啦一声打开了，一位太太从屋子里走出来。她个子小小的，看起来有点虚弱，一头白发绑成一条辫子，手上抓着一支来复枪。

“是谁？”她大吼了一声，声音听起来像锯木材，“有什么事吗？”

爸爸举起双手。“斯卡利太太，我叫汤姆·麦克森，奇风镇来的。”

“汤姆什么？”

“麦克森！”那两只狗吠得惊天动地，他只好声嘶力竭地大喊，“奇风镇来的！”

斯卡利太太忽然大吼一声：“别叫了！”她伸手到墙上，从钩子上抓起一把苍蝇拍，然后在那两只狗头上猛拍了好几下。两只狗立刻就不敢吠了。

我跳下车，站到爸爸旁边。我们站在满是泥泞的野草丛里，鞋子上全是泥巴。“斯卡利太太，我想找你先生。”爸爸对她说，“他不小心搞错了，把我儿子的脚踏车收走了。”

“哼，”她说，“埃米特绝对不会搞错。”

“他在家吗？麻烦一下，我只是想问他几句话。”

“他在房子后面。”她举起手上的来复枪指向后面，“后面有两间库房，你到那里去找找看。”

“谢谢你。”他转身往后面走去，我跟在他身后。我们走了大概五六步，斯卡利太太忽然大声说：“嘿，我先声明，要是你们被什么东西绊倒了，摔断了腿，我们可不负责任。听到了吗？”

如果说前面的庭院像一座垃圾山，那么，房子后面的景象恐怕只有做噩梦的时候才看得到。那两间所谓的库房，其实只是瓦楞铁皮搭成的棚子，大小和储存烟草的仓房差不多。你必须沿着一条曲折蜿蜒的小路才走得到那里。那条小路上有很深的车轮痕迹，两边是堆积如山的废弃物，有电唱机，破雕像，橡皮水管，破椅子，除草机，破门框，破炉台，破锅破盆，旧砖头，破瓦片，旧熨斗，汽车水箱，浴缸，五花八门什么都有。“天哪。”爸爸喃喃自语惊叹了一声。我们在垃圾山间穿梭，雨水稀里哗啦打在那些垃圾上，而某些地方，雨水沿着凹陷顺势往下流，犹如一道道的小瀑布。接着，我们走到一堆歪歪扭扭、纠结缠绕的废弃物前面，那时，我忽然觉得自己来到了一个怪异扭曲的世界。

眼前是一整堆成千上万的脚踏车体，用生锈的铁链串在一起，轮胎都不见了，支架也支离破碎。

听说非洲某些地方有大象的秘密坟场。垂死的大象会自己走到那里，找个地方躺下来，卸下满是皱纹的笨重躯壳，灵魂慢慢飞上天。我相信，当时我看到的，就是脚踏车的秘密坟场。年复一年，那些脚踏车在风吹日晒下逐渐腐朽，然而，它们的灵魂早已告别了奔驰的岁月，消散无踪。在那一大堆脚踏车的残骸中，有些早已被铁锈彻底蚀烂，就像一片片的金属枯叶，等着在秋天的某个午后被人一把火烧成灰。而有些车体上还残留着某些破碎的零件，比如说，有几盏头灯早已破碎，但它挂在车上那种姿态却仿佛依然目空一切。另外，有些把手早已扭曲变形，但上面的橡皮握把还在，彩色橡皮丝垂下来,乍看之下仿佛一道道快熄灭的火苗。那一刻,我脑海中忽然浮现出一幕景象,我仿佛看到很久以前,那些脚踏车上的烤漆都还是新的,轮胎也是新的,新齿轮油光发亮,新的链条绕着齿轮嘎嘎旋转。我忽然一阵感伤。当时我不明白自己为什么会有这种感触,也许,那是因为我忽然体会到,天地万物都有尽头,无论我们多爱,无论我们多想挽留,它们终究会有消失的一天。

"嗨,你们好!"我忽然听到有人在跟我们打招呼,"刚刚我好像听到那两只狗在叫。"

爸爸和我立刻转头去看那个人。他推着一辆大型的手推车从一片泥泞中走过来,身上穿着一条连身工装裤,鞋子上满是泥巴,肚子很大,脸上满是老人斑,头顶上有一撮白发。斯卡利先生满脸皱纹,灰色的眼睛,戴着圆框眼镜,鼻子圆圆的像蒜头,鼻头有几条青丝。那是微血管爆裂造成的。他的笑容很灿烂,露出一嘴的大黄牙,灰白胡子的下巴上有一颗痣,上面冒出三根白毛。"想找什么东西吗?"

"我叫汤姆·麦克森。"说着爸爸伸出手要跟他握手,"杰伯是我爸爸。"

"噢,对了!真不好意思,我竟然没有一眼认出是你。"斯卡利先生跟爸爸握握手,"那么,这就是杰伯的孙子?"

"对,他叫科里。"

"我相信我一定见过你。"斯卡利先生对我说,"当年你爷爷跟我还有点交情,我还记得你爸爸在你这个年纪的时候的样子。"

"对了,斯卡利先生,今天下午你是不是去收了一辆脚踏车?"爸爸问他,"在迪尔曼街一栋房子前面。"

"对呀。不过,那车已经完蛋了,整辆车都差不多解体了。"

"呃,那是科里的脚踏车。不知道能不能麻烦你还给我,我想,应该还是有办法修的。"

"噢,"斯卡利先生忽然笑不出来了,"汤姆,恐怕没办法了。"

“怎么了？车子不是在这里吗？”

“嗯，是在这里没错。或者应该说，本来是在这里。”斯卡利先生伸手指向一间库房。“几分钟前我才把车子拖到那里去。”

“那我们去拿回来不就好了吗？”

斯卡利先生忽然咬咬下唇，看看我，然后又转头看看爸爸。“恐怕没办法了，汤姆。”他把那辆推车推到那堆脚踏车残骸旁边。“来吧，我带你去看看。”于是我们跟在他后面走向那间库房。他走起路来一跛一跛的，那模样有点像机器人。

“是这样的，”他说，“这一年来，我一直想把那些旧脚踏车处理掉，腾出一些空间，这样新的东西进来才有地方放。所以，我跟我太太贝拉说，‘贝拉，要是哪天再让我回收到一辆脚踏车，我就要动手了。再一辆就好。’”他带着我们走到库房敞开的门口。里头很阴凉，天花板上有电线悬着一盏灯泡。里头有好几堆杂七杂八的东西，在灯光的照耀下，在旁边的地上拉出长长的影子。阴暗处有些大型的东西特别突出，有的是圆弧形，有的有尖角，看起来很像火星人的机器。另外，好像有什么东西在上面窜来窜去，发出阵阵的吱吱声。可能是老鼠，也可能是蝙蝠，我也搞不清楚。那地方看起来真的很像一个坟场。《汤姆·索亚历险记》里那个印第安人乔一定很喜欢躲在这种地方。

斯卡利先生带我们走进另一间库房，进门的时候他转头提醒我们：“小心地上，别摔倒了。”他走到一部四方形的机器旁边，停下脚步，“这部是碾碎机。十五分钟前，你的脚踏车已经被我扔进去了。我扔了好几辆进去，你的是最先扔进去的。”说着他把手伸进旁边的一个大桶里，里头装满了扭曲压扁的金属碎片。旁边还有好几个桶，也是准备用来装金属碎片的。“是这样的，这些脚踏车碾碎之后，可以当废五金来卖。我一直在等，等我再回收到一辆脚踏车，我就要开始把那些脚踏车一起碾碎。结果，我等到的就是你的脚踏车。”他转头看着我，眼神很慈祥。在灯光的照耀下，他头顶上的水滴晶莹闪烁。“很抱歉，科里，要是早知道你还想留着这辆脚踏车，我一定会帮你留着。不过，我还是要告诉你，其实它早就已经死了。”

“死了？”爸爸似乎有点惊讶。

“没错。天地万物都会死。那辆脚踏车寿命已经到了，不管你有多爱它，不管你花多少钱，都不可能修得好。就这么回事。有时候，有人会把脚踏车送来我这边，有时候是有人打电话叫我过去收。那些脚踏车都一样，都已经死了。科里，在我还没有过去收你的脚踏车之前，你应该就已经知道它死了，对不对？”

“对，”我说，“我知道。”

“它完全没有痛苦。”斯卡利先生对我说。我点点头。

我觉得斯卡利先生已经完全领悟到天地万物的本质，而且，虽然他已经日渐衰老，但他还是保有一颗年轻的心，还是能够用年轻人纯真的眼光去看这个世界。他一眼就能够看透天地万物的根本法则，而且他领悟到，并非只是有血有肉的生物才有生命，事实上，天地万物都有生命——那双你穿了很多年的宝贝鞋子，那辆永远不会出毛病的车，那支永远写不坏的笔，那辆陪伴你跑遍天涯海角的脚踏车。我们全心全意地信赖他们，而他们也回过头来保护我们，带给我们许多美好的回忆。

有些人心灵已经苍老，冥顽不化，他们会嘲笑你说：“太荒唐了！”然而，我想问他们一个问题：你内心深处是否闪现过一个渴望，渴望你曾经拥有过的第一辆脚踏车能够回到你身边？即使只是电光火石的一瞬间，你是否渴望过？你一定记得那种美好的感觉。你一定记得。当年，你一定帮它取过名字，对不对？比如说，飞鹰，疾风，或是闪电，有没有？当初是谁把它带走的？它在哪里？你一定想过的，对不对？

“科里，有些东西我想带你去看看。”斯卡利先生拍拍我的肩膀，“来，跟我来。”

我跟在他后面走出碾碎机的房间，走进另一个房间。爸爸也跟来了。

那里面有一盏灯,还有一扇窗户,玻璃很脏,昏暗的光线从窗口透进来,感觉绿绿的。斯卡利先生的办公桌就在这里,还有一个档案柜。他打开柜门,手伸到最上面那个架子上。“这东西我没有拿给别人看过。”他告诉我们,“不过,我觉得你们一定会很想看看。”他的手在架子上摸索了半天,把上面的盒子移来移去,然后忽然说:“找到了。”他把手从黑黢黢的架子上抽出来,举到有光线的地方。

我看到他手上有一块木头。那是一小块树干的破片,树皮已经褪色,上面还有一些干掉的小虫残骸。另外,那块木头上还插着一根东西,看起来很像一把象牙雕成的匕首,大概十三厘米长。斯卡利先生把那块木头举高,举到灯下。隔着他的眼镜,我注意到他眼中闪出一丝异样的光芒。“看到了吗？你们知道那是什么吗?”

“看不出来。”爸爸说。我也摇摇头。

“仔细看。”他把那块木头举到我面前,让我仔细看看上面那把象牙匕首。我注意到匕首上有一些小洞和裂痕,边缘的锯齿看起来像鱼刀。

“这是一颗牙齿。”斯卡利先生说,“或者应该说是一颗动物的尖牙。”

“尖牙?”爸爸皱起眉头,一下看看斯卡利先生,一下又看看那块木头。“那条蛇一定大得吓人!”

“汤姆,那不是蛇的尖牙。三年前的夏天,有一次我到河边去捡瓶子,结果看到这块木头被冲到岸上。你看看树皮,那棵树一定很老了,而且可能已经沉在河底很多年了。说不定那棵树是那次被洪水冲倒的,整棵树被连根拔起。”他手上戴着手套,小心翼翼地摸着尖牙锯齿状的边缘。“我相信,我手上的东西大概就是唯一的证据了。”

“不会吧？你意思是……”爸爸才刚开口,我就知道他说的是什么了。

“没错。这就是老摩西的尖牙。”他又把那块木头举到我面前,但我却不由得往后退了一步。“说不定是因为它的视力退化了。”斯卡利先生开玩笑说,“说不定它把那块木头看成是一只特大号的鳄龟,也说不定那天它只是凶性大发,看到东西就咬。”他用手指头轻抚着锯齿状边缘。“我实在不敢想象,人被这种牙齿咬到会怎么样。一定很恐怖吧,你觉得呢?”

“可以给我看看吗?”爸爸问。斯卡利先生把木头递给他,然后走到窗口看看外面。爸爸仔细看了一下,过了一会儿,他忽然说:“天啊,你说得一点都没错！这真的是一颗尖牙!”

“本来就是。”斯卡利先生强调,“你以为我会骗人吗?”

“你应该把这东西拿给几个人看！比如说艾默里警长,或是斯沃普镇长。老天,你甚至应该把这拿去给州长看!”

“我已经拿给斯沃普看过了。”斯卡利先生说,“可是他叫我把这东西藏起来,不要让别人看到!”

“为什么？这东西会变成头条新闻!”

“我们的斯沃普镇长可不这么认为。”他站在窗口转过来面向我们,我注意到他眼中闪过一丝阴影。“一开始斯沃普认为我在骗他,后来,他叫帕里什医生过来看看,结果,帕里什医生又叫乐善德医生也过来看。他们俩都认为那是某种爬虫类的尖牙。后来,我们在镇长办公室开了一个会。那是秘密会议,没有人知道。斯沃普说他不想让外界知道这件事。他说尖牙可能是真的,也可能是假的,贸然发布,可能会引起不必要的恐慌,那太不值得。”说着,他把爸爸手上的那块木头拿回去。“当时我说,‘卢瑟·斯沃普,要是酋长河里真的有一只怪兽,大家一定会很想看看证据,你不觉得吗?’结果他看看我,嘴里咬着烟斗,然后说,‘大家都知道河里有一只怪兽,不过,要是真的看到证据,大家会被吓死。’接着斯沃普又说,‘要是河里真的有一只怪兽,那么,那也是我们奇风镇的怪兽,不要让外面的人知道。’所以,这件事就这样了结了。”斯卡利先生把那块木头拿给我,“科里,想摸摸看吗？这样你就可以去告诉你的朋友说你摸过这颗尖牙,要不要?”

于是我把那块木头拿过来,伸出食指小心翼翼地摸了一下。那根尖牙摸起来冷冰冰的。我想,河底一定很冷。

接着，斯卡利先生把那块木头放回架子上，关上柜门。屋外又开始下大雨了，劈里啪啦打在铁皮屋顶上。“下这么大的雨，”斯卡利先生说，“老摩西一定很乐。”

“我还是觉得你应该把这东西拿给其他人看看。”爸爸对他说，“比如说，伯明翰那边的报社。”

“我本来也想过，可是，汤姆，我觉得斯沃普说的也不无道理。老摩西是属于我们奇风镇的，要是让外面的人知道了，说不定会来把它抢走。说不定他们会用鱼网去抓它，把它当成一条特大号的鲶鱼，放在大鱼缸里让游客观赏。”斯卡利先生皱起眉头，摇摇头，“不行，我不想看到这种场面。我相信，女王也不想看到这种场面。我活了大半辈子，这么多年来，每年复活节的星期五，她都会准备食物供奉老摩西，可是今年有点怪怪的，它好像不太喜欢那些东西，没有上来吃。”

“不太喜欢那些东西？”爸爸追问他，“什么意思？”

“今年的游行你没看到吧？”斯卡利先生等了一下，爸爸说他没看到，于是斯卡利先生又继续往下说，“往年老摩西吃完东西之后，都会故意用尾巴扫一下桥墩，意思是说谢谢。它动作很快，轻轻扫一下，声音不大，不过，如果你已经听很多年了，你一定听得出来。可是今年，它却没有这样做。”

这我还有印象。那天女王离开石像桥的时候，脸色很难看，眉头深锁，那些游行的人走回布鲁顿区的时候，心情也都很恶劣。那一定是因为女王没听到老摩西用尾巴去扫桥墩。不过，我不懂的是，它今年没有这样做，到底代表什么？

“很难说那代表什么意思。”斯卡利先生仿佛看穿了我的心思，“不过，可以确定，女王有点担心。”

外头天色越来越暗了，爸爸说我们该回家了。他跟斯卡利先生说了声谢谢，耽误了他不少时间，并且谢谢他带我们去看脚踏车是怎么处理掉的。斯卡利先生一跛一跛地带我们走出去，走到一半爸爸又对他说：“这不能怪你。这本来就是你该做的。”

“是啊。我刚刚说过,我一直在等着要再回收一辆脚踏车。不过,我还是要提醒你,反正那辆脚踏车也已经没办法修了。”

本来我也可以自己告诉爸爸,说那辆脚踏车根本修不好。而事实上,我也真的说了,只可惜,小孩子讲的话,大人通常都不当一回事。

快走到门口的时候,斯卡利先生忽然说:“车子沉到湖里那件事,我听说了。”他的声音在库房里回荡着,这时我感觉到爸爸忽然紧张起来。“一个人那样死去,真的很悲哀,没办法举行基督徒式的葬礼。”斯卡利先生又继续说,“艾默里警长找到线索了吗?”

“据我所知,目前还没有。”爸爸的声音有点颤抖。每天晚上睡觉的时候,他眼前一定会浮现出当时的景象,仿佛看到车子在他面前往下沉,仿佛又看到那个人两手被铐在方向盘上。

“我大概猜得出来那个人是谁,还有,是谁杀了他。”斯卡利先生说。我们走到门口了,可是雨势还是很大,劈里啪啦打在那堆积如山的废弃物上。天色已经变成青色。斯卡利先生靠在门框上,眼睛盯着我爸爸。“那个人一定是不小心踩到了布莱洛克那一家人的地盘。他不可能是我们镇上的人,因为,只要你住在奇风镇,你一定知道布莱洛克那家人是天底下最狠毒、最好色的恶棍。韦德·布莱洛克,霸丁·布莱洛克,还有唐尼·布莱洛克,他们一定还躲在山上的森林里。还有他们的爸爸毕刚,那个人比撒旦还恶毒。错不了,那个人铁定是被布莱洛克他们那一家子干掉的,然后扔进了湖里。绝对错不了。”

“我想,警长大概也想过了。”

“大概吧。不过问题是,没有人知道布莱洛克那一家子躲在哪里。他们偶尔会出现。每次哪里出了什么事,你一定会碰到他们,但问题是,要想找出他们的老巢,简直比登天还难。”说到这里,斯卡利先生转头看看门外,“雨比较小了,你们应该不会怕淋雨吧?”

我们很费力地踩过满地的泥泞,走回爸爸车上。经过那堆脚踏车旁边的时候,我忍不住又回头看了一眼。没想到,我看到一个刚刚没注意到的东西:忍冬藤。那堆破脚踏车正中央爬满了忍冬藤,红红的铁锈堆里冒出一朵朵喇叭状的白花。

爸爸也注意到另一样东西。那堆破脚踏车旁边还摆着另一样东西,刚刚我们进来的时候也没注意到。他忽然停下脚步,愣愣地盯着那个东西,而我也停下脚步。斯卡利先生本来一跛一跛地要走进库房里,但他似乎感觉到我们两个愣在那里,于是又转身走过来。

"我本来一直猜不透它被丢到哪里去了。"爸爸说。

"嗯,我看我也要赶快把它弄走,你也知道,我得赶快挪出一点空间放别的东西。"

说真的,我们几乎已经快要认不出它了。它已经生满了锈,整个扭曲变形,皱成了一团废铁,挡风玻璃不见了,车顶也被压扁了,不过,车身的黑色烤漆还没有完全剥落。引擎盖只剩一小片,然而,那一小片上却清清楚楚看到一团火焰图案。

它曾经受过很大的痛苦。

爸爸转身走回车上,我赶紧跟在他后面。我必须说,我几乎是紧贴在他身后。

"有空随时欢迎再来!"斯卡利先生跟我们说了再见。那两只猎犬又开始狂吠,而斯卡利太太也走到门廊上,不过这一次,她手上没拿枪。我和爸爸沿着那条路开回家。那是一条被诅咒的路。

6 老摩西现身

那天去过斯卡利的回收场之后,隔了大概一个星期,有一天晚上,电话忽然响了。妈妈很快就接起电话。

“汤姆！是 J. T. 打来的！”她的声音很紧张，仿佛已经快到崩溃边缘了，“他说霍尔曼湖的水坝裂开了！他打电话通知所有的人，叫我们到法院去集合！”

“噢，天哪！”爸爸本来坐在沙发上看电视新闻，一听到妈妈的话立刻从沙发上跳起来。“洪水马上就来了！科里！”他大喊着，“赶快穿衣服！”

听他那种口气，我立刻就明白这事非同小可，动作最好快点。我本来在写一篇故事，内容描写的是一个鬼魂驾驶一辆黑色的赛车，但一听到爸爸大喊，我立刻穿上牛仔裤。当你发现连爸妈都开始害怕的时候，你的心脏大概会开始一分钟跳两百下。刚刚好像听爸爸提到“洪水”这两个字。上一次洪水来，是在我五岁那一年，但那次并没有造成太大的损害，只不过惊动了沼泽里的蛇。不过，我读过奇风镇的历史，知道 1938 年的时候，酋长河泛滥成灾，奇风镇街上的积水高达一米多。另外，1930 年春天那次洪水，布鲁顿区有些房子甚至被水淹到屋顶的高度。这么看来，我们奇风镇的洪水由来已久，而且，如果你算算今年从 4 月初到现在为止已经下了多少雨，再加上南方其他地区的总雨量，那么，说今年洪水会来，没人会感到意外。

酋长河发源于奇风镇北边六十公里的霍尔曼湖。根据常识，无论是滔滔江河，或是潺潺小溪，最后都会流进大海，那么，酋长河贯穿的奇风镇当然逃不过洪水的命运。

我跑到后院去看看叛徒。看样子，它在狗栏里应该不会有事。于是，我和爸妈飞快坐上车子，往法院的方向开过去。法院是一栋哥特式建筑，坐落在商店街的尽头。一路上几乎家家户户都亮灯了，一传十，十传百，消息很快就传遍了整个奇风镇。虽然现在只是下着毛毛雨，但水已经淹到车子轮胎下缘，因为排水管的水已经漫出来了，而且很多房子的地下室都已经被水淹没，水都溢出来了。就是因为这样，我的好朋友约翰尼他们一家人才不得不搬到联合镇的亲戚家去暂住。

法院的停车场上已经挤满了轿车和敞篷小货车。一道道的闪电划过远处的天际，照亮了低悬的乌云。所有的人都挤进法院的大会议厅。里面很宽敞，天花板上有壁画，画中的天使绕着一包包的棉花飞翔。那是二十年前留下的遗迹，因为这个法院当年曾经是棉花拍卖场。后来，轧棉厂和仓库都搬到不会淹水的联合镇去了，拍卖场才变成了法院。我们走到一台裂开的漂白机旁边，找到位子坐下来。人潮不断涌进大会议厅，很快就挤得人山人海，空气闷得快没办法呼吸了。看样子我们运气还不错，还有位子坐。有些人还挺机灵的，很快就打开了吊扇。问题是，大家不断呼出热气，温度还是持续升高。凯蒂·亚伯勒一家人挤到我妈妈旁边坐下。她是全奇风镇最喋喋不休的女人，而她丈夫是我爸爸的同事，也是绿茵牧场的送奶员。她一坐下就开始抓着她丈夫喋喋不休起来，眉飞色舞，唾沫横飞，我爸爸被她轰炸得快受不了了。接着，我看到本跟在他爸妈后面进来了，不过他们坐在会议厅的另一头，离我们很远。接着，我看到魔女了。她的头发红得发亮，仿佛刚刚抹了一层油。她那个长得像怪兽的妈妈和骨瘦如柴的爸爸进来了，她跟在后面。他们在离我们不远的地方找到了位子。接着，魔女注意到我那种厌恶的眼神，立刻对我露出一种狰狞的微笑。接着，我看到拉佛伊牧师一家人进来了，艾默里警长也带着太太、女儿进来了，还有布兰林兄弟一家，帕洛先生一家，多拉尔先生一家，戴维·雷和他爸妈，蓝绿双色格拉斯姐妹，还有更多我不太熟的人都陆续进来了。整间会议厅挤得像沙丁鱼罐头。

“请大家安静一下！安静一下！”副镇长韦恩·吉利站到讲台上。多年以前，站在那上面的人本来是拍卖会主持人。副镇长后面有一张桌子，镇长卢瑟·斯沃普和消防队队长杰克·马凯特坐在那张桌子后面。马凯特队长也兼任民防局长。“麻烦安静一下！”吉利副镇长喊得声嘶力竭，粗壮的脖子上青筋暴露。大家开始安静下来，接着，斯沃普镇长站起来发言了。他长得高高瘦瘦，大概五十岁出头，下巴很长，一脸忧郁，满头灰发往后梳，前面的发际呈现出一个 V 字形，嘴上永远叼着一根木制烟斗，从早到晚吞云吐雾，仿佛一列奋力开上陡坡的火车头。他身上的打褶裤烫得很笔挺，衬衫前胸的口袋上绣着他姓名开头字母的缩写。他浑身散发出一股成功商人的气息,而他的事业也确实经营得有声有色。他是斯塔格西服店和奇风制冰厂的老板。那是他们家族代代相传的事业,历史悠久。他太太拉娜·琼旁边坐的是柯蒂斯·帕里什医生和他太太布赖蒂。

“我想,大家应该都听到消息了。”斯沃普镇长开门见山就说。他外表确实很有镇长的威严,只可惜讲起话来却含含糊糊,仿佛嘴里塞满了燕麦粥。“各位乡亲,时间已经不多了。马凯特队长告诉我,酋长河的水已经快要溢出来了,等到霍尔曼湖的洪水一来,我们麻烦就大了。到时候,我们可能就会见识到‘洪水’这两个字真正的含义。也就是说,布鲁顿区会先淹水,因为它最靠近河边。范德康,你在哪里?”镇长转头看看四周,老范德康立刻举起手。他患了软骨病,手抖个不停。“范德康先生的五金行开门了。”镇长向大家宣布,“他店里有铲子和沙包,我们可以到布鲁顿区的河边筑堤防,运气好的话,说不定可以挡得住大洪水。换句话说,全镇的人都必须动员,大家一起帮忙。我说全镇的人,包括男人、女人和小孩。我会打电话通知罗宾斯空军基地,他们会派人过来帮忙。联合镇的人也已经出发要过来支持了。所以,只要不是行动不方便的,大家都要到布鲁顿区待命,准备搬土。”

“等一下,卢瑟!”

说话的人站起来了。那个人不管在哪里都很显眼。每次看到他,我就会想到那本描写白鲸的小说。当年我总觉得那本小说的书名跟他的名字很像。他就是迪克·穆特里。他脸肥肥的,红光满面,头发剃成了平头,整个头顶看起来很像一个黄黄的插针垫。他穿着超大号的 T 恤和牛仔裤,那种尺寸大概可以同时塞进三个人,包括我爸爸、马凯特队长和斯沃普镇长。他抬起一条湿答答的手臂,手指头正对着镇长。“刚刚你叫我们去帮别人筑堤,在我看来,那等于是叫我们把自己的家撇在一边!就是这么回事!把我们自己的家撇在一边,去为那群黑鬼卖命!”

他的话立刻引起一阵骚动，全场的群众立刻分成两个阵营。有人大喊说穆特里胡说八道，也有人喊说他说的有道理。

“迪克，”斯沃普镇长把烟斗塞进嘴里，“你应该知道，每次河水泛滥，永远都是从布鲁顿区先开始的，因为那里地势比较低，所以说，只要我们能够把那边的河水堵住，那我们——”

“那布鲁顿区那边的人在干什么？”穆特里继续追问。他那颗大脑袋左右晃来晃去。“现场看不到半张黑脸嘛！他们人呢？怎么没看到有人来求我们帮忙？”

“因为他们从来不求人帮忙。”镇长喷出一口烟，那模样仿佛火车头引擎开始启动了。“我跟你打赌，他们现在一定都已经在河边开始筑堤了。只不过，就算水都淹上屋顶，他们也不会来求我们帮忙。女王无法容忍这种事。问题是，他们确实需要我们的帮助，迪克。就跟上次一样。”

“要是那些人长脑袋，那他们早就应该搬走了！”穆特里还是不罢休，“还有，我真他妈的受不了那个什么女王！她以为自己是什么东西？她真他妈的自以为是女王吗？”

“坐下吧，迪克。”马凯特队长叫他坐下。消防队长块头很大，脸型轮廓很深，那双蓝眼睛炯炯有神，“现在没时间吵这个了。”

“轮不到你废话！”穆特里摆出强硬的姿态。他的脸越涨越红，简直红得像消防栓。“叫那个什么女王过来，当面跟我们白人求情，求我们救命！”整个会场又是一阵骚动，有人附和，有人叫骂。穆特里的太太费瑟立刻站起来大吼：“哼！没错！”她那银灰色的头发看起来像白金。她的咆哮声有如雷霆，盖过了众人的喧哗。“叫我为那帮黑鬼送命，别做梦！”

“可是迪克，”斯沃普镇长的口气听起来有点为难，“就算他们是黑奴，好歹也是我们的黑奴。”

众人还是吵成一团，叫骂声此起彼伏。有人说，如果你是基督徒，那你就应该帮助布鲁顿区的人，免得他们的家园被洪水淹没。不过也有人说，真希望这次干脆来场真正的大洪水，把布鲁顿区的人全部冲得干干净净，一了百了。我爸妈都没说话。大多数在场的人都没说话。吵架是讲话大声的人的专利。

接着，全场的嘈杂声忽然慢慢消失了，大家渐渐安静下来。最先安静下来的是会议厅最后面。我听到有人大笑起来，但很快又憋住不敢笑。有人开始交头接耳喃喃低语。这时候，我看到有个男人走进会议厅，人群立刻从中间散开让路给他，那种场面仿佛红海在摩西面前分开。

那个人面带微笑，长相有点孩子气，额头很高，一头淡金色的头发。

“大家在吵什么？”他问。他说话有南方口音，不过你一定听得出来他受过教育。“斯沃普镇长，这里有什么问题吗？”

“呃……没有，没有。弗农，没问题。你说是不是啊，迪克？”

迪克・穆特里阴沉着脸，仿佛憋不住快要骂人了。而他太太则是涨红了脸，红得像圣诞老人的衣服。我听到布兰林兄弟在窃笑，可是有人立刻就叫他们闭嘴。

“没问题最好。”弗农说。他脸上还是带着笑，“大家应该知道，我爸爸最讨厌有问题。”

“你们还不快点坐下。”斯沃普镇长对穆特里夫妇吼了一声。他们立刻乖乖一屁股坐下，那条长椅差点就被他们坐垮了。

“嗯，我有种奇怪的感觉……好像……大家有点不太团结。”弗农说。我忽然感觉喉咙咯咯作响，憋不住快笑出来了，但爸爸立刻掐住我的手腕，掐得好用力，我立刻就笑不出来了。很多人坐在椅子上扭来扭去，好像坐得很不自在，特别是那几位上了年纪的老太太。“斯沃普镇长，我可以上台说几句话吗？”

“天啊，求上帝赦免我们。”爸爸嘴里嘀咕着。我感觉到妈妈在颤抖，拼命想憋住笑。

“呃……我……当然可以，弗农。当然可以。请上来。”斯沃普镇长往后退开，烟斗冒出的一缕烟在他头顶上盘旋。

弗农·撒克斯特一步步走上讲台，然后转身面向底下的人群。灯光下，他看起来很苍白。全身上下都很苍白。

他全身赤裸，一丝不挂。

他的鸟儿和蛋蛋在两腿间晃荡，一览无遗。他全身瘦骨嶙峋，可能是因为走路太多，脚跟硬得像牛皮。他浑身都是雨滴的水珠，晶莹剔透，头发贴在头皮上。我发觉他看起来很像那种黑皮肤的印度神秘教徒。我在《国家地理杂志》上看到过。不过，当然他的皮肤并不黑，也不是印度人，而且，他也不是什么神秘教徒。事实上，弗农·撒克斯特只不过是个疯子。如假包换、百分之百的疯子。

当然，对奇风镇的人来说，看到弗农·撒克斯特光溜溜地在街上晃荡，早已不是什么新鲜事。只要天气一开始回暖，你就会看到他从早到晚一丝不挂地到处遛鸟。不过，一到深秋，或是到了冬季，你就很难看到他了。每年春天刚到的时候，你还会觉得有点看头。到了7月，已经不会有人想再多看他一眼。到了10月，你一定会觉得看他还不如去看落叶。然后，等到来年春回大地，春暖花开，你就会看到弗农·撒克斯特又开始在大庭广众之下献宝了。

也许你会觉得奇怪，艾默里警长为什么不出面制止他，把弗农拖下台关到监狱里，告他妨害风化罪？很简单，原因就是穆伍德·撒克斯特。穆伍德就是弗农的爸爸，他是开银行的，另外，他也是绿茵牧场和奇风房地产公司的老板。全奇风镇的房子，几乎每一栋都是抵押给穆伍德的银行贷款的。爱之颂戏院那块地是他的，法院这块地也是他的，全商店街上的房子也都是他的，布鲁顿区那些小木屋也都是他的。而且，他自己住的是一栋有二十八个房间的豪宅，在坦普尔街的山坡顶上。穆伍德已经七十多岁了，而且深居简出，很难得看到他。然而，他依然是整个奇风镇上最令人畏惧的人。这也就是为什么四十岁的弗农光溜溜地在街上晃荡，艾默里警长却只能眼睁睁地看着,连个屁也不敢放。在我印象中,长久以来一直都是这样。

我听妈妈说过,弗农本来很正常,可是,有一次他写了一本书,然后带着那本书到纽约去,结果,一年后,他回来了,可是却已经疯了,整天光溜溜地在街上晃。

“各位先生,各位女士,”弗农说,“还有各位小朋友。”他抬起细瘦的双手抓住讲桌边缘。“眼前我们面临一个很大的难题。”

“妈!”魔女忽然大叫起来,“你看!你看那个人的小鸡——”

她话还没说完,嘴巴就被她妈妈毛茸茸的手捂住了。我猜他们家的房子一定也是跟穆伍德的银行贷款的。

“很大的难题。”弗农又说了一次。他对外界的一切浑然无觉,自顾自讲他的。

“我爸爸叫我来跟大家说一件事。他说,在这个艰难的时刻,他希望大家要展现同胞之爱,展现基督徒的精神,当然,除非你行动不方便。范德康先生在吗?”

“我在这里,弗农。请问有什么事吗?”

“等一下全镇的人都会到你店里去借挖掘工具。只要是四肢健全,头脑清楚的,一定会去。然后,他们会到布鲁顿区去帮忙。我爸爸说,不知道能不能麻烦你把他们的名字记下来?他会很感激。”

“非常乐意。”老范德康说。他很有钱,可是跟穆伍德·撒克斯特比起来还差得很远。

“谢谢你。这样一来,我爸爸手上就可以有一份名单。大家都知道,目前经济环境很不稳定,利息免不了会调升。不过,我爸爸对那些勤奋又肯热心帮助邻居的人,不分男女,一向都很尊重。到时候,如果要调升利息,他一定会特别关照他们,给他们一点特别的优惠。有了这份名单,事情就好办了。”他微微一笑,锐利的目光扫过面前的人群,“还有人有意见吗?”

谁敢有意见?更何况,面对一个全身光溜溜的男人,你还说得出话吗?

虽然有人很想问他为什么不穿衣服,可是,谁敢挑起这么敏感的话题?

“我想,该怎么做,大家已经很清楚了。”弗农说,“祝大家一切顺利。”说完他转身向斯沃普镇长道谢,谢谢他让他上台说话。接着,他走下讲台,朝会议厅门口走过去。人群又自动分开,仿佛红海在摩西面前分开一样。等他一出去,人群又合拢了。

足足有一分钟,全场鸦雀无声。可能是因为大家在等弗农·撒克斯特走远一点,远到听不到他们说话为止。接着,有人忽然开始大笑起来,其他人也跟着笑起来。魔女开始尖叫狂笑,在椅子上跳上跳下,不过,也有一些人大吼着叫大家不要再笑,那一刻,整个会议厅吵成一团,闹哄哄的有如世界末日。“大家安静! 大家安静!”斯沃普镇长大喊。马凯特队长也站起来叫大家安静,吼得声嘶力竭。

“他妈的,那根本就是威胁!”穆特里先生又站起来了,“真他妈百分之百的威胁!”有几个人附和他,不过,爸爸却站起来叫他闭嘴,叫大家仔细听消防队长说话。

马凯特队长说,只要有人愿意帮忙,就自己到布鲁顿区去。河水已经沿着奇风镇外围往石像桥的方向冲过去了。另外,他已经找人开卡车到范德康先生的店里,把圆锹、十字镐和别的工具装上车。结果,马凯特队长话才刚说完,全场的人立刻动身赶往布鲁顿区,就连穆特里先生也不例外。穆伍德·撒克斯特的权威大到什么程度? 看这种场面你就知道了。

布鲁顿区狭小的街道已经水满为患,好几只鸡在水面上挣扎着猛拍翅膀,好几只狗在水里挣扎。雨越下越大,劈里啪啦打在铁皮屋顶上像喧嚣的音乐声。我们看到好多黑人正忙着从小屋里把他们的家当抬出来,抬到地势较高的地方。奇风镇来的车子开过马路激起波浪,波浪沿着水面漾开,漫过被水淹没的院子。房子地基的边缘浮着泡沫。爸爸说:“这次洪水恐怕不是闹着玩的。”

河边是木头堆成的堤岸。布鲁顿区绝大多数的居民都已经在这里忙着堵水了。水已经淹到他们膝盖的高度。他们在河边堆起一道土墙,可是水势太汹涌,那道墙好像有点顶不住。我们把车子停在布鲁顿娱乐中心旁边的篮球场上。那里已经停了不少车。接着,我们涉水往河边走过去。水面越升越高,而且飘散着薄雾,一道道的闪电划过夜空,电光闪闪,雷声隆隆。我听到有人声嘶力竭地大喊,叫大家动作快点,动作快点。妈妈拉住我的手,越抓越紧。爸爸看到前面有几个布鲁顿区的黑人,立刻跑过去找他们。有人开着一辆倾倒式的沙石车,往河岸的方向慢慢倒车。车上载满了沙子。我看到一个黑人拉着爸爸爬上车,两个人开始把沙子装进麻布袋里,然后把袋子丢到底下给其他几个浑身湿透的人。“这边!这边!”有人大喊,“这边快挡不住了!”另外一个人也在喊。喊叫声像天上的闪电一样此起彼伏。他们的声音透露出一种恐惧。我也很害怕。

失控的大自然会在我们内心激起一种最原始的恐惧。我们一直深信,人类是天地万物的主宰,是上帝将这片大地交给我们统治。我们需要这种幻觉,就像夜里我们需要灯火。但真相却比我们想象的更残酷、更可怕:原来,我们是那么的脆弱,仿佛被龙卷风席卷的小树,而我们深爱的家园根本经不起洪水的摧残,很可能转眼之间就会变成一根根的漂木。我们把根基扎在动荡不安的大地上,千万年来,山峦起起伏伏,干涸的海洋化为平野,而我们的家园就建立在这不断变迁的大地上。人类无法永生不死,而我们一手建立的城镇也不可能永恒不变。大地只不过就像一列路过的火车。此刻,站在混浊的泥水里,眼看着水面慢慢淹到腰部,四周是无边的黑暗,回荡着惊慌失措的喊叫声。眼看着大家奋力挣扎,拼命想挡住那沛然莫之能御的滚滚洪流,你就会明白这一切所代表的真理:人类永远无法战胜大自然,但我们不能放弃。眼看着河岸一寸寸被冲毁,眼看着滂沱大雨滔滔而下,没有人相信酋长河会为我们改变流向。从来不可能。然而,我们依然必须坚持下去。卡车从五金行载来了满车的工具,小范德康先生手上拿着一面写字板,大家轮流在上面签名,然后领一把铲子。土墙和沙包越堆越高,然而,泥水从隙缝间泉涌而出，仿佛浓汤从断裂牙齿的空隙流出来。水面越升越高，淹没了我腰带上的铜环。

刺眼的闪电仿佛从天堂劈向大地，紧接着就是震耳欲聋的雷声。女人们被那惊天动地的雷声吓得尖叫起来。“差一点就被雷打到！”拉佛伊牧师说。他手上拿着铲子，满身泥巴，乍看之下仿佛一座泥像。过了几秒钟，忽然听到有人大叫：“电灯快熄了！”真的，整个奇风镇和布鲁顿区眼看就要停电了。我看到屋子窗户里的灯光闪了几下，然后就灭了。我的家乡陷入一片漆黑，天上水上，到处一片漆黑，你根本分不清哪里是水哪里是天。接着，我看到远处亮起灯光，像是蜡烛的光亮。感觉上，那栋房子离布鲁顿区很远，但还在奇风镇的范围内。我看到那栋房子一整排的窗口逐一亮起灯光。我忽然明白，那就是穆伍德·撒克斯特的豪宅。那里就是坦普尔街的坡顶。

就在这时候，我忽然感觉到了。紧接着，我看到了。

我感觉到有个人站在我旁边。他一直盯着我看。他穿着一件长大衣，两手插在口袋里。雷电交加，狂风大作，他那湿透的衣领在风中翻飞飘荡。那一瞬间，我的心脏差点就停止跳动了，因为，我忽然想到，那天在萨克森湖边，我看到一个人站在马路对面的树林边。好像就是这个人。

接着，那个人从我和妈妈旁边擦身而过，走向那群忙着筑土墙的人。他个子很高，看那模样应该是个男人。看他走路的姿态，仿佛在盘算着什么，仿佛决心要做一件事。这时候，忽然有两道手电筒的光束在半空中短暂交会，那一刹那，那个穿大衣的男人正好走进交叉的光束里。虽然光束并没有照到那个人的脸，但我看到了别的东西。

那个人戴着一顶湿透的软呢帽，帽檐滴着水，两边有帽带。帽带和帽檐衔接的地方有一个银色的小圆片，大小和五角钱的硬币差不多。还有，圆片上插着一根羽毛。

一根羽毛。虽然羽毛被雨水打湿了，颜色变得深暗，但我百分之百确定，那是一根绿色的羽毛。

我忽然想到，那天早上在湖边，我发现一根羽毛黏在我的鞋底。

我脑海中飞快地闪过无数思绪。有没有可能，帽带上本来有两根羽毛，结果那天被风刮掉了一根？

这时候，其中一道手电筒的光束掉头射向反方向，而另一道光束也移开了。那个人在黑暗中继续向前走。

“妈妈！”我叫了一声，“妈妈！”

那个人越走越远，不过距离我站的位置大概只有两三米。他抬起手抓住帽檐，我注意到他的手皮肤很白。“妈妈！”我又叫了一声。虽然四周很嘈杂，但这次她终于听到了。于是她问我：“怎么了？”

“我……我……”我一时也说不上来自己究竟在想什么。我无法确定那个人是否就是湖边的那个人。

那个人在黄浊的水里一步步往前走。

我忽然甩开妈妈的手，走过去追他。

“科里！”妈妈大叫一声，“科里！快牵住我的手！”

我听到她在叫我，可是我没理她。我在汹涌的水流中一步步往前走。

“科里！”妈妈喊得声嘶力竭。

我一定要看看他的脸。

“先生！”我朝他大喊。可是旁边实在太吵，哗啦啦的水声，嘈杂的喧哗声。他听不到我在叫他。然而，就算他听到了，也不会回头。我感觉酋长河的强劲水流已经快把我的鞋子扯掉了。冰冷漆黑的水已经淹到我腰部的高度。那个人正朝河边走过去。爸爸就在那边。天上又划过几道闪电，一瞬间，水面泛出亮光，我注意到那个人右手从大衣口袋里掏出某个东西。

那是一个金属物体，闪闪发亮。

边缘很锋利。

我的心脏差点停止跳动。

那个人要去河边找爸爸。说不定他已经计划很久了。那天，那辆车沉进湖里，爸爸跳下水去救人。说不定就从那天起，他就已经开始盘算这件事。此刻，人声嘈杂，雷电交加，水流声哗啦啦，四周一片漆黑，他终于找到机会在爸爸背后捅一刀了。这是不是他的盘算？我看不到爸爸。不过，看不到是当然，因为周围一片黑暗，我根本认不出谁是谁。我只看到一个个被电光照亮的人影，只看到他们拼命想挡住那不可能挡得住的洪流。

他力气比较大，顶着水流行进的速度比我快，我们两个距离越拉越远。我硬撑着水流拼命往前走，突然脚底一个踩空，整个人沉进水里，混浊的泥水迅速淹没了我的头。我两手拼命往上伸，拼命想抓住什么东西，可是什么都抓不到，两脚也踩不到地。我内心暗暗惊叫：我快淹死了。我拼命挣扎，两手在水面上拍打溅起水花。这时候，突然有人抓住我，把我举起来。我满头满脸全是泥水，一直往下滴。

“不用怕，我抓住你了。”那个人说，“没事了。”

“科里！你到底怎么了？”我听到妈妈在大喊，听得出来她已经惊骇到极点，“你疯了吗？”

“丽贝卡，我猜他是踩到了一个坑。”那个人把我放下来。水面的高度还是在我腰部，不过最起码我踩得到地面了。我伸手揉掉眼皮上的泥巴，然后抬头一看。原来是柯蒂斯·帕里什医生。他穿着灰色的雨衣，戴着灰色的雨帽。不过，他的雨帽没有帽带，所以当然也就没有银色的小圆片和绿色的羽毛。我转头看看四周，寻找刚刚那个人影，可是他已经隐没在河边的人群里了。我没有忘记，片刻之前我看到他从口袋里掏出一把刀。

“爸爸呢？”我声嘶力竭地大喊，声音很刺耳，“我一定要赶快找到爸爸！”

“喔，喔，冷静一下。”帕里什医生伸出一只手按住我的肩膀。他另一只手上拿着手电筒。“汤姆在那边。”他把手电筒照向一群浑身淤泥的人。我注意到他手电筒照的方向跟刚刚那个人走的方向不一样。我看到爸爸了。他正忙着和两个黑人一起堆沙包。亚伯勒先生也跟他在一起。“看到他了吗?”

“看到了。”接着我转头寻找那个神秘的人影。他不见了。

“科里,下次不可以再这样乱跑了!”妈妈大声呵斥,“差点被你吓死了!”她一把抓住我的手,像一把铁钳子似的。

帕里什医生块头很大,年纪大概四十八九岁,下巴宽阔结实,鼻子扁扁的。一看到他的鼻子,大家就会想到他年轻的时候,在军队里是拳击冠军。当年,就是帕里什医生的手把我从妈妈的子宫里引导出来,而此刻,又是同一双手把我从水里捞起来。他眉毛又黑又浓,灰色的眼睛如钢铁般坚毅。虽然他头上戴着雨帽,但我注意到他两鬓的头发已经斑白。帕里什医生对妈妈说:“我刚刚听马凯特队长说,学校的体育馆已经开放了,里面点了很多煤油灯,而且还准备了很多行军床和毯子。水越涨越高了,他们打算把大部分的妇女和小孩都集中到那里。”

“你是要我们到那里去吗?”

“我觉得你们应该去。这里乱成一团,你和科里在这里其实帮不上什么忙。”说着他又举起手电筒,不过这次他没有照向后面,而是照向我们停车的那个篮球场。“现在有一辆车在那边,他们打算先送一部分妇女、小孩过去。再过几分钟还有一辆大卡车会过来。”

“可是爸爸会找不到我们的!”我还是不罢休。我满脑子想的都是那根绿色羽毛和那把刀。

“我会转告他。汤姆一定希望你们待在安全的地方。而且,丽贝卡,老实说,看样子水势已经控制不了了,我敢跟你打赌,明天早上你甚至可以在阁楼上抓鲶鱼。”

其实用不着他再多催促,我们也已经打算要去了。“布赖蒂已经在那边了。”帕里什医生说,“我觉得你们应该赶快到篮球场那边去,说不定还来得及搭上那辆卡车。来,这个给你。”他把手电筒递给妈妈。然后我们就转身往篮球场走过去。酋长河滚滚洪流持续暴涨,水已经快淹到篮球场那边了。

“抓紧我的手!”妈妈又交代了一句。我们在奔流的水中小心翼翼地前进。我回头看了一眼,只看到手电筒的光束在黑暗中飞舞,汹涌的水面反射出闪烁的光。“小心点! 注意脚底下!”妈妈说。这时候,我忽然听到河岸那边有几个人同时大叫起来。那几个人的位置和我爸爸隔着一段距离。我后来才知道,一波大水冲破了土堤的最高处,滚滚洪流夹带着泡沫瞬间涌向那几个人,他们眼看就要被冲走了。接着,手电筒的光束照向黄浊浮着泡沫的水面,发现水面上有某种东西。那东西身上有棕色斑点的鳞片。有人立刻大叫起来:“有蛇!”转眼之间,那几个人很快就被汹涌的水流冲倒。那一刹那,爱之颂戏院的经理斯特尔科先生伸手想去抓东西稳住身体,没想到却摸到了另一种东西,它随着汹涌的水流从他身边漂了过去。那东西粗得像树干,全身长满鳞片。斯特尔科先生吓呆了,不由自主地尿了裤子。过了几秒钟,他终于回过神来,立刻声嘶力竭地惨叫起来。然而,那条爬虫类的巨大怪物已经不见了,随着水流漂到布鲁顿区的街道上了。

“救命啊! 有没有谁可以帮我一下!”

我们听到附近有个女人在大喊。妈妈立刻对我说:“等一下。”

接着,我们看到有人提着一盏煤油灯朝我们跑过来。雨水打在炽热的灯罩上发出嗞嗞的声响,然后很快就蒸发了。“求求你帮我一下好吗?”那女人哭着说。

“怎么了?”妈妈拿手电筒照向那个惊慌失措的女人。她是黑人,看起来很年轻。我不认识她,不过妈妈好像认识。“妮娜·卡斯蒂尔? 是你吗?”

“是的,我是妮娜! 请问您是?”

“我是丽贝卡·麦克森。以前我常常念书给你妈妈听。”

我想,那一定是我出生之前的事了。

“丽贝卡小姐,我爸爸有麻烦了!”妮娜说,“他好像是心脏病发作!”

“他在哪里?”

“在家里！那边！”她伸手指向一个黑黢黢的地方。汹涌的水流淹到她腰部的高度，不过，已经淹到我胸口了。“他站不起来！”

“没关系，妮娜，不要急。”妈妈平常没事也会大惊小怪，可是一到紧要关头，碰到有人需要帮助的时候，她居然表现出一种异乎寻常的冷静。我想，大人大概就是这样吧。一到紧要关头，妈妈会展现出一种爷爷所缺乏的特质：勇气。“你带我去。”她说。

水流正逐渐涌进布鲁顿区的房子里。妮娜家是一栋窄窄的灰色小木屋。这一带几乎都是这种房子。她带我们走进去，汹涌的水流已经在屋子里流动了。她一走到客厅就立刻大喊：“加文！我回来了！”

她手上的煤油灯和妈妈的手电筒同时照向一把椅子。椅子上坐着一位黑人老爷爷，水已经淹到他的膝盖了，报纸、杂志在涌动的水面上起起落落。他一只手抓着胸口湿透的衬衫，黝黑的脸上露出痛苦的表情，两眼紧闭。有个小男孩站在他旁边紧紧抓住他的手。他看起来大概只有七八岁。

“妈妈，外公在哭。”小男孩说。

“我知道，加文。爸，我找到人来帮忙了。”妮娜把煤油灯放到桌上。“爸，你听得到我说话吗？”

“噢……呃……”老人呻吟着，“这次痛……痛得好厉害……”

“我们要扶你站起来。我们要赶快带你离开这里。”

“不行啊，孩子。”他摇摇头，“我的腿……没知觉了。”

“现在怎么办？”妮娜转头看着妈妈。我注意到她眼里已经噙着泪水。

水流不断涌进屋子里，水越涨越高，屋外雷声隆隆，电光闪闪。眼前的景象如果是电视影片，那么，到了这种紧张的时刻，大概就准备要进广告了。

只可惜，真实的世界是无法暂停的。“对了，手推车！”妈妈忽然叫了一声，“你们家里有没有手推车？”

妮娜说没有，不过，他们先前跟邻居借过一辆，现在应该还摆在后面的露台上。妈妈立刻转头对我说：“你待在这里。”然后她把煤油灯递给我。

此刻,不管我心里有多害怕,我都必须鼓起勇气了。妈妈和妮娜拿着手电筒走了,留下我一个人站在水流汹涌的客厅里,旁边只有一个小孩和一个老人。

“我叫加文·卡斯蒂尔。”那小男孩说。

“我叫科里·麦克森。”我告诉他。

此刻,我们泡在水里,黄浊的泥水淹到我们腰部的高度,煤油灯火苗闪动摇曳,光线很微弱,整个客厅一片幽暗,这个节骨眼实在不是寒暄客套的时候。

“他叫布克·索恩伯里,是我外公。”加文又继续说。他紧紧握着老人的手。“他身体不太舒服。”

“大家都已经走了,你们怎么还没走?”

这时索恩伯里老先生说话了。“因为,孩子,这里是我家。我的家。我才不怕什么洪水。”

“每个人都怕。”我说。其实我心里想说的是,每个脑筋正常的人都会怕。

“怕就赶快走。”索恩伯里先生说。这时我忽然明白,原来这位索恩伯里先生和我爷爷杰伯一样,比牛还顽固。他心脏的痛是一阵一阵的,每次阵痛一来,他就会皱一下眉头。他慢慢地眨了几下眼睛,乌黑的眼珠子紧盯着我。他的脸看起来很憔悴,瘦骨嶙峋。“我最亲爱的露比就是在这间屋子里过世的。说什么我都不愿意死在白人的医院里。”

“你希望自己死吗?”我问他。

他想了一下,似乎在思考该怎么回答。“就算死,我也要死在自己家里。”他回答道。

“水淹得越来越高了。”我说,“你不走,你的家人都会跟你一起淹死。”

老人皱起眉头,然后转头看看旁边那个小男孩。小男孩的小手紧紧抓住他的手。

“我外公带我去看过电影呢!”加文说。水已经快淹到他的脖子了,他不由自主地紧紧抓住老人的手臂。“我们看过宾尼兔的卡通片!”

“还有兔八哥。”老人说,“兔八哥和那只说话结结巴巴的小猪,对不对呀,加文?”

“对啊!”加文咧开嘴笑得好灿烂,“我们很快就要再去看另外一部了,对不对,外公?”

索恩伯里外公没说话。加文紧紧抓着他的手。

我忽然明白,原来,勇气就是这样来的。当你爱一个人远超过爱自己的时候,你就变得很勇敢。

这时候,妈妈和妮娜拖着一辆手推车回来了。“爸,我要扶你坐到里面。”妮娜对他说。“丽贝卡小姐说,等一下卡车会开到篮球场上载人,我们要用推车送你去那里。”

索恩伯里先生深深吸了一口气,屏住呼吸,过了好久才吁出那口气。“该死。”他嘀咕了一声,“该死,老头子的烂心脏。”说到最后面那三个字,他声音忽然有点嘶哑。

“老先生,我们扶你起来好不好?”妈妈说。

他点点头。“好吧,”他说,“也差不多该走了。”

她们把他抬进手推车。没多久,妈妈和妮娜忽然明白了一件事,那就是,虽然索恩伯里先生瘦骨嶙峋,但是,要用手推车推着他在水里跋涉,而且还要让他的头保持在水面上,恐怕还是很吃力。而且,我还注意到,一旦到了外面的街上,水会变得更深,到时候,加文的头恐怕会被水淹没,而且强劲的水流随时会把他卷走。那么,谁来抱他?

“我们等一下再进来接这两个孩子。”妈妈盘算好了,“科里,你把灯提在手上,然后你和加文两个都站到桌子上去。”这时候,水也已经淹到桌面上了,不过最起码我们还可以站在上面,不至于被水冲走。我照妈妈说的爬上桌子,而加文也自己爬上桌子。我们两个紧紧靠在一起,我手上提着煤油灯。那一刻,我们仿佛站在一座木头孤岛上。“就这样。”妈妈说,“科里,乖乖待在这里不准动。要是你敢乱跑,我一定会拿棍子狠狠抽你一顿,保证你痛到一辈子都忘不了,懂吗?”

“知道了,妈妈。”

“加文,我们马上就回来。”妮娜说,“我们先把外公送到安全的地方,让别人照顾他,然后我们再回来接你,知道吗?”

“知道了,妈妈。”加文说。

“你们两个一定要乖乖听妈妈的话。”索恩伯里的声音听起来很嘶哑。他一定很痛,“否则我一定会拿棍子狠狠抽你们的屁股。”

“知道了。”我们两个异口同声地说。看样子,索恩伯里先生已经打算要好好活下去了。

妈妈和妮娜开始用力推着推车里的索恩伯里,在混浊的泥水里一步步往前走。她们一人推一边,而妈妈还另外腾出一只手拿手电筒。她们推的时候还尽全力把推车后半部往上抬,而索恩伯里先生则是尽量仰起头。我注意到他脖子上青筋毕露。我听到妈妈累得直喘气。手推车慢慢动了,于是她们就这样推着车子在水里缓缓前进,慢慢走出门口,走到外面的门廊上。门外的水流更汹涌了。当推车下了两层台阶之后,水已经淹到索恩伯里先生脖子上,而且水花喷到了他脸上。他们慢慢往前走,而刚好他们走的方向和水流一样,有水的助力,推起来就比较轻松了。以前我总觉得妈妈怎么看都不像有力气的人,看样子,一个人的潜力没到紧要关头是看不出来的。

过了一会儿,加文忽然叫了我一声,“科里!”

“怎么了,加文?”

“我不会游泳。”他说。

他紧贴在我身旁。他已经开始发抖了。既然外公已经不在旁边了,他就不需要再假装勇敢了。“没关系。”我告诉他,“你不需要游泳,你妈妈会抱你的。”

但愿如此。

于是我们就这样站在那里等。我相信她们一定很快就会回来。水已经淹没了我们的鞋子。我问加文会不会唱什么歌,他说他会唱《王老先生有块地》。接着,他就开始唱起来了。虽然他的声音在颤抖,不过好像已经没那么害怕了。

他的歌声听起来有点像用假声在唱歌。过了一会儿,他的歌声好像引起了什么东西的注意,我听到门口有某种东西慢慢朝我们游过来。我吓得喘不过气来,立刻把手上的煤油灯朝门口的方向举起来照亮那个东西。

原来是一只土黄色的小狗。它满身泥巴,眼中闪烁着我手上的火光。它奋力游过客厅,穿过满水面的报纸、杂志、垃圾,朝我们游过来,喘得上气不接下气。“小狗快来,快点快点!”我一直给它加油。看不出来是公狗还是母狗,不过那已经不重要了。重要的是它需要找个地方休息。“小狗快来啊! 加油加油!”我把煤油灯递给加文。这时候,门口忽然有一道浪涌进来,小狗随着浪头起伏了一下,忽然哀鸣了一声,吠了一声,然后那道浪慢慢涌向墙壁。

“小狗乖,赶快过来!”我弯腰去抱那只在水里挣扎的小狗。我抓住它的前爪,它抬起头看着我的脸。在昏黄的灯光下,我看到它伸长了舌头,那种神情仿佛一个重生的基督徒满怀渴望祈求救世主降临。

接着,我抓着它的前爪把它提起来,那一刹那,我忽然感觉它浑身剧烈颤抖了一下。

那一刹那,我同时听到了咔嚓一声。

那只是电光火石的一刹那。

它的头和肩膀露出水面了,然后,突然间,我发现它下半身不见了。没有后腿,没有尾巴,只剩一个黑黢黢的大窟窿,鲜血狂喷,肠子垂挂下来。

小狗轻轻哀鸣了一声,然后就没声音了。它两只前爪抽搐了几下,眼睛还看着我。那种极度痛苦的神情,恐怕我下半辈子永远忘不了了。

我惨叫一声,立刻丢下手上那只只剩半截的小狗。它掉进水里,溅起水花,沉下去,又浮上来了一下,两只前爪还在挣扎。我听到加文大叫了一声,听起来好像是什么"水底有火星人"。接着,小狗四周涌起一圈圈的水波向外扩散,肠子在后面拖得长长的,看起来好像一条尾巴,那景象真是恐怖到极点。接着,我看到有东西浮出水面。那是某种动物的外皮。

它全身都是钻石形状的鳞片,颜色看起来很像秋天落叶的繁复色泽,有淡棕色,亮紫色,金色,黄褐色,还要再加上河水本身的土黄色和淡红色,缤纷绚烂。而且,我注意到它身上沾了很多小贝壳,还有很深的灰色伤疤,锈红的鱼钩。它的身体粗得像老橡树干,在水里缓缓扭动,仿佛很悠闲。我被眼前的景象吓呆了,几乎听不到加文在我旁边惊叫。我的心都快跳出来了,喘不过气来,但我心里明白眼前看到的是什么。我忽然觉得那真是上帝的杰作,美得令人不敢逼视。

但紧接着我忽然想到,那天在斯卡利先生的回收场,我看到那块木头上插着一颗尖牙。尽管老摩西美得令人不敢逼视,但它刚刚把一只小狗活生生扯成了两半。

它还很饿,因为我看到它的嘴巴慢慢地张开,露出闪闪发亮的森然利齿。这一切发生得太快,我一时反应不过来。我眼看着它张开嘴巴,脑海中却是一片空白。它的尖牙上钩着一双破靴子,还有一条挣扎扭动的银鱼。接着,它忽然低吼一声,用力吸了一口水,那半截小狗的尸体随着哗啦啦的水流被它吸进肚子里,然后,它的嘴又无声无息地闭上了,那动作好利落,就像我们看电影的时候吞下一颗柠檬糖。接着,我注意到它的眼睛。它的眼睛差不多有棒球那么大,发出幽幽的绿光,看起来像猫眼,上面覆着一层胶状薄膜。就在这时候,加文忽然往后一倒掉进了水里,他手上的煤油灯立刻熄灭了。

那一刹那,我根本没想到自己是不是勇敢,根本没想到自己怕不怕。

我不会游泳!

我只想到刚刚加文说的那句话。

我想都没想就跳进水里,跳到加文落水的地方。水里全是泥沙,感觉好混浊。水已经淹到我肩膀那么高了,那一会儿我立刻想到,水深已经淹过加文的鼻子了。他挥舞着双手拼命挣扎,两腿在水里乱踢。我抱住他的腰,可是他却拼命挣扎想推开我的手。我知道他一定以为是老摩西咬到他了。“加文!不要再踢了!”我把他抱起来,让他的脸露出水面。“呜哇……呜哇……”他含糊不清地大叫着,那声音听起来仿佛被雨淋湿的引擎发不动而发出一种隆隆的闷响。

接着,我忽然听到背后有声音。我身后一片漆黑,弥漫着浓浓的湿气。那声音听起来很像是有什么东西冒出水面。

我转头去看。加文尖叫个不停,两手紧紧抱住我的脖子。我被他勒得快窒息了。

我看到老摩西巨大的躯体在水里朝我们逼近。它的身体好巨大,大得吓人,令人毛骨悚然,感觉仿佛沼泽里的巨木活过来了。它的头是扁平的三角形,形状有点像蛇,可是我又觉得它看起来并不是那么像蛇,因为它好像有脖子,而且脖子底下还有两只小小的前腿,脚趾上有爪。我听到有东西砰的一声撞上墙壁,整栋房子都晃了起来。那应该是它的尾巴。接着,我又听到它的头砰的一声撞上天花板。我的脖子被加文勒得使整张脸都肿胀充血了。

我感觉得到,老摩西正抬起头瞪着我们。它视力惊人,就算是大半夜,它也能够在混浊的水里看到鲶鱼。此刻,我感觉它仿佛是在评估我们能不能吃。它那种锐利的目光仿佛一把利刃顶住我的额头。我暗暗祈祷,希望它不会以为我们是两只小狗。

老摩西身上的味道闻起来像中午的河流,沼泽蒸腾的热气,一种火辣辣的生命气息。“敬畏”这个字眼还不足以形容我对眼前这头庞然巨兽的感觉。然而,此时此刻,我真希望自己不在它面前。我真希望自己是在别的地方,随便什么地方都好,就算是学校也没关系。然而,我已经没时间胡思乱想了,因为我感觉到老摩西的头正慢慢低下来朝我们逼近,就像挖土机的铲子渐渐往下垂。接着,我听到它嘴巴张开的嘶嘶声。我立刻往后退,大喊着叫加文放开我,可是他死都不肯放。不过话说回来,假如我是他,我一定也一样打死都不放手。它的头慢慢逼近,接着,我忽然发觉我已经退到走廊入口了。我原先没注意到这里有一条走廊。此刻,老摩西的嘴撞上了门框的两边。它好像很不高兴,于是它往后退了一下,然后再往前冲,但结果还是一样,它的嘴还是卡在门框上,只不过,这次门框两边都裂开了。加文开始哭起来,发出一种呜呜呜的哭声。老摩西的身体不断扭动,激起一波波的浪,浪花溅得我满头满脸。这时候,我忽然感觉有个东西碰到我的右肩,吓得我浑身汗毛直竖。我伸手去摸,发现那是一根浮在水面上的扫帚柄。

接着,老摩西忽然发出一声惊天动地的怒吼,那声音很像快要爆炸的蒸汽火车头。我看到他那令人惊骇的头朝走廊入口撞过来,那一刻,我忽然想到泰山的电影。他拿着一根长矛和一条巨蟒搏斗。接着,老摩西又张开嘴冲向走廊入口,那一瞬间,我立刻抓起那根扫帚柄,用力刺进它的喉咙。

如果你把手指伸进喉咙里,那种感觉你应该不难想象。那么,这一点,怪物应该和我们人类差不多。老摩西喉咙里立刻发出一阵咯咯巨响,那声音听起来仿佛闷在管子里的雷声。它的头立刻往后缩,那根扫帚柄还插在它喉咙里。如果要我形容的话,那种感觉应该很像一根吸管卡在你喉咙里。老摩西吐了。我是说真的。我听到液体和残渣从它嘴里涌出来的声音。它吐出来的东西飞过我们头顶,溅得到处都是。我看到很多鱼,有些还活蹦乱跳,有些已经死了。还有腐烂的大龙虾,乌龟壳,贝壳,黏黏的石头,泥巴,还有骨头。那种味道……呃,你自己想象吧。在学校里,你可能碰到过有同学当你的面把早上吃的燕麦粥吐在桌上,那种味道……跟我此刻闻到的味道比起来,也许算得上是一种享受了。我立刻把头埋进水里,避开那种味道。

当然,加文也一样,不管他愿不愿意。我的头埋在水里,脑子里却开始胡思乱想:希望老摩西以后吃东西要多挑一下,酋长河底不是什么东西都能吃的。

接着,我感觉到水底一阵涌动,于是就把头探出水面。加文深深吸了一口气,然后立刻声嘶力竭地大叫起来。那一刹那,我也开始大喊:"救命啊!救命啊!"

接着我看到门口射进一道手电筒的光束,沿着起伏不定的水面照到我脸上。

"科里!"她口气很凶,"我不是叫你不要乱跑吗?"

"加文?加文?"

"天哪!"我妈妈忽然惊呼了一声,"那是什么味道?"

水面已经渐渐恢复平静。我心里明白,老摩西已经走了。混浊的水面上浮着一大片烂糊糊的东西,可是妈妈没注意到。她的注意力全在我身上。"科里·麦克森,我要剥了你的皮!"她慢慢走进来,妮娜跟在她后面。

接着,她们慢慢靠近老摩西吐出来的那堆东西。然后,我听到妈妈发出奇怪的声音。我心里想,我不相信她还会有力气用棍子抽我了。

运气真好。

7 女王的召唤

结果,我那群死党当然都不相信。

戴维·雷·卡伦笑到肚子痛,拼命摇头,他说他已经算是很会编故事的了,但显然还差我一大截,这种故事他想破了脑袋也编不出来。而本用一种怜悯的眼神看着我,仿佛认为我怪兽电影看太多了。约翰尼想了一下,然后才慢条斯理地、用他那种一贯正经八百的口气告诉我:"不可能。不可能会有这种事。"

“真的！我没骗你们!”我们一伙人坐在我家的门廊上。蔚蓝的天空清朗明丽,门廊下的阴影很凉快。“我真的碰到了老摩西,我对天发誓!”

“哦,是吗?”戴维·雷冷笑了一声。在我们这群死党中,戴维·雷是最爱跟人唱反调,也是最会吹得天花乱坠的一个。他常会编出一些匪夷所思的故事。此刻,他低着头,用他那双淡蓝色的眼睛盯着我。每次看到他出现那种表情,你就知道他快要疯狂大笑了。“那么,你怎么没有被老摩西一口吞掉?这么大的一个怪物,竟然会被一个小孩子用一根扫帚柄打得落荒而逃?”

“因为……”我又气又无奈,“因为那天我没有带我的秘密武器死光枪,所以只好拿扫帚柄,就这么回事！反正我也不知道该怎么说,不过那是真的！不信你可以问——”

“科里,”我听到妈妈在门里叫了我一声,“我觉得你最好还是不要再说这些了。”

我只好闭嘴了。而且我明白她的意思。没有人会相信的。妈妈自己就不太相信。尽管加文已经把那件事告诉了他妈妈,但我妈妈还是不太相信。另外,奇迹似的,索恩伯里先生痊愈了,而且一天比一天健康。我明白,他之所以会努力让自己恢复健康,纯粹是因为他想陪加文多看几部卡通影片。

可惜我那天穿的衣服被妈妈拿去扔掉了,要不然,如果我把那些衣服拿给那些死党闻一闻,说不定他们就相信了。另外,她自己那些脏衣服也扔掉了。那件事我也说给爸爸听过。他坐在椅子上,两手交叉在胸前,手上包着绷带,因为那天他拿铲子筑土堤,结果手掌和手指都起了大水泡。他就这样坐着听我说,微微点着头。

“嗯,”爸爸开口了,“我只能说,要是我们能够活十辈子,一百辈子,说不定就有机会碰到更难以想象的怪事。不过,不管怎么样,感谢上帝,你们两个都平安无事,而且这次洪水没有人伤亡。好啦,晚上吃什么?”

于是,两个星期就这样过去了,4 月也过了。5 月到了。阳光灿烂的 5

月。酋长河已经又恢复到平日的面貌。这一次,酋长河已经提醒我们谁才是真正的老大。布鲁顿区有将近四分之一的房子被彻底摧毁,根本没法住人了,包括妮娜·卡斯蒂尔的家。于是,整个布鲁顿区又开始昼夜不停地大兴土木。说起来,豪雨和洪水也不是完全没有好处的,在灿烂的阳光下,奇风镇百花绽放,缤纷灿烂,碧绿青翠的草坪上开满了雪白的忍冬花,山岭上覆盖着连绵不尽的葛藤。夏天快到了。

期末考试快到了,我开始专心念书。我的数学一向不怎么样,所以必须加倍用功。我一定要考出好成绩,这样才可以不用上暑期辅导班。暑期辅导班,光想都会吓出一身冷汗。

夜深人静的时候,我不由自主地会胡思乱想。我想到自己竟然用一根扫帚柄打败了老摩西,越想越觉得不可思议。扫帚柄正好刺进那只大怪物的喉咙,这绝对是老天保佑。不过,有时候我也会想,说不定那另有原因。虽然老摩西是如此巨大凶狠,但在某些方面,我却觉得它有点像我爷爷杰伯。爷爷说话比谁都大声,可是一碰到麻烦,却跑得比谁都快。而就老摩西来说,应该说它游得比谁都快。说不定它根本就是个懦夫,说不定它专吃那种无力反抗的可怜虫,比如说鲶鱼,乌龟,或是在水里挣扎的可怜小狗。它已经习惯了。结果,被我用扫帚柄刺进喉咙之后,说不定老摩西开始后悔了,说不定它忽然觉得它还是回它河底的老窝去吃那些鱼虾乌龟比较保险,因为那些东西绝不会反咬它一口。

不过,这只是我自己一厢情愿的想象推论。我祈祷自己永远不需要再去证明自己的理论。我一点都不想。

我做过一个梦。我梦见那个穿长大衣、帽子上有绿羽毛的人。在梦里,我在水里拼命跋涉想追上他,后来,我好不容易追上他,抓住他的手臂,结果,他忽然转身面向我,可是他的脸根本不是人类的脸,而是长满了钻石形的鳞片,颜色像秋天落叶的缤纷色泽。他嘴里长满了形状像匕首的尖牙,鲜血沿着他的下巴往下滴。接着我发觉,原来他正在吃一只棕色的小狗,而我打扰到他了。那只只剩半截的小狗在他左手上挣扎。

做了那种梦,心情很不好。

然而,那个梦或许暗藏了某种道理。

这阵子,我告别了两个轮子的日子,全靠两条腿。上学放学都是走路,感觉还挺不错的。只是,我那几个死党都有自己的脚踏车,我总觉得自己仿佛突然矮了半截。有一天下午,我在庭院的草坪上陪叛徒玩。我丢棍子给它接,跟它在草坪上滚来滚去。玩到一半,我忽然听到一阵金属碰撞叮叮当当的声音。我抬起头来看,叛徒也跟着抬起头来。我看到一辆小货车慢慢朝我们家开过来。

我认得那辆车。那辆车锈迹斑斑,悬吊系统很低,那嘎嘎吱吱的声音真是惊天动地。附近的狗一听到那声音都立刻狂吠起来。叛徒也开始狂吠起来,我费了好大的力气才让它安静下来。那小货车后面的平台上钉了一个架子,上面吊着各种奇形怪状的工具,摇晃碰撞发出千奇百怪的当啷声。那些工具看起来都像不值钱的古董,就跟车子本身一样。驾驶座的车门上印了几个模模糊糊的字:莱特富特维修。

车子开到我家门口就停住了。那嘈杂声惊动了妈妈。她立刻从门里走出来站到门廊上,而爸爸出去送牛奶了,大概还要一个小时才会回来。小货车门开了,有个黑人慢慢走下车。他长得高高瘦瘦,身上的灰色工装裤满是灰尘。他下车的动作好慢好慢,仿佛一动就会痛。他戴着一顶灰帽子,黑皮肤上也蒙着一层灰。他慢慢地一步步走向门廊。我忽然觉得,就算此刻有一头凶猛的斗牛在后面追他,马库斯·莱特富特也不会因此加快脚步。

“早安,莱特富特先生。”妈妈跟他打招呼。她刚刚还在厨房里忙,身上穿着围裙,手上拿着一张餐巾纸擦手。“最近还好吗?”

莱特富特先生咧开嘴微笑了一下。他牙齿小小的,可是很白很整齐,帽子旁边翘起一根根的灰头发。他说话的速度好慢,仿佛声音是从堵塞的管子里一个字一个字漏出来的,比如说:“早……安,麦……克……森……

太……太。嗨，科……里，你……好。”

其实我这样形容还算是快的了，实际上他说话的速度更慢。他是我们镇上双手最灵巧的人，专门帮别人修东西。他做这一行三十多年了，这是他的家传事业，从他爸爸手上接过来的。不管是奇风镇，还是布鲁顿区，只要谁家有东西坏了，都会找他。他最擅长修电器。尽管他动作实在慢得离谱，但不管东西坏到什么地步，他照样修得好。“天……气……真……”说到一半他忽然停住，然后抬头看着蔚蓝的天空，没再继续往下说。时间一秒一秒过去了，他还是停在那边。叛徒又开始吠了，我立刻伸手按住它的嘴。

“……好。”他终于说完了那句话。

“天气真的很好。”说完妈妈又开始等他回答，可是他还是站在那里没吭声，只是瞪着眼睛看。这次他看的是我们家的房子。他裤子上有好多口袋。他把手伸进其中一个口袋里，拿出一把小铁钉，然后放在手心上晃着晃着，仿佛也在等妈妈说话。“呃……”妈妈清了清喉咙，“请问有什么事吗？”

“我……正……好……路……过。”他说话实在慢得会让人想打瞌睡，“不……知……道……你……们……家——”说到这里他又停住了，低头看了一下手上的铁钉，“——有没……有……东……西……要……修？”

“呃，没有，好像没有，我一时也想不起来——”说到一半她忽然停住了。看她的表情，她似乎想到什么了。“对了，烤面包机。前天坏了。我本来要打电话给你，可是——”

“嗯，我……知……道。”莱特富特先生慢慢地点了一下头。他的表情看起来是那么的善解人意。“你……一……定……是……太……忙……了。”

他走回车子旁边拿工具箱。那是一只旧铁箱，里面有很多小抽屉，抽屉里摆着尺寸齐全的螺钉和螺帽。接着，他围上工具腰带，上面挂着各式各样的铁锤，螺丝起子，还有形状很奇怪的铁钳。妈妈拉开门让莱特富特先生进去。莱特富特先生走进去的时候，妈妈朝我耸耸肩，仿佛在说：我也不知道他怎么会突然跑来。我把那根咬烂的棍子丢给叛徒,然后也跟着走进屋子里。厨房里很凉快。我手里拿着一杯冰红茶,边喝边看莱特富特先生低头检查那台烤面包机。

“莱特富特先生,你要喝点东西吗?”妈妈问他。

“不……用……了。”

“要不要吃一块燕麦饼?”

“不……用……了。谢……谢……你。”他从另一个口袋里掏出一块折得方方正正的干净白布,小心翼翼地掀开,然后铺在餐桌旁边的一把椅子上。接着,他把插头拔掉,把烤面包机摆在餐桌上的工具箱旁边,然后坐到那把铺着白布的椅子上。这一连串的动作慢得有如电影的慢动作。

接着,莱特富特先生挑了一把螺丝起子。他手指修长而秀气,看起来好像外科医生或艺术家的手。看着他工作,对自己的耐性是一种极大的考验,近乎折磨,然而,他的技术真是好得没话说。他一下子就把烤面包机拆开了,然后坐在那里盯着里面的烤架。“嗯哼。”他哼了一声,然后过了好久好久才又哼了一声。“嗯哼。”

“怎么了?”妈妈转头瞄了他一眼,“修得好吗?”

“看……到……那……条……小……红……线……了……吗?”他用螺丝起子的末端敲敲那条红色的小电线。“松……掉……了。”

“就这样而已?就只是那条电线松掉了?”

“是的。”他小心翼翼地把线头重新缠在接头上。看他的动作,感觉很奇怪,仿佛有一种催眠效果。“好了。”他终于弄好了。接着,他把烤面包机组装回去,接上插头,然后转了一下时间转盘,于是,我们看到里面的线圈开始发红了。“有……时……候……”莱特富特先生说。

我们又开始等着听他接下去要说什么。我忽然觉得我的头发好像变长了。

“只是……”

仿佛又过了一个世纪。

“小……毛……病。”他边说边拿起那块白布，重新折整齐。我们还在等，等着听他接下去要说什么，但他没有再往下说。可能是他思绪突然中断了，要不然就是又想到别的了。莱特富特先生转头看看厨房四周。“还……有……别……的……东……西……要……修……吗？”

“没有了。别的东西都没问题。”

莱特富特先生点点头，但我感觉得出来他还在搜寻，看看有没有别的东西坏掉，那模样很像猎犬伸长鼻子在半空中猛嗅。他在厨房里慢慢绕着圈子，伸手摸摸冰箱，摸摸火炉，摸摸水龙头，仿佛用手摸一下就知道机器有没有出问题。我和妈妈互看了一眼，两个人都一头雾水。莱特富特先生的举动真的很怪异。

“冰……箱……好……像……有……怪……声……音。”他说，“要……我……检……查……一……下……吗？声……音……真……的……怪……怪……的……”

“谢谢你，不用了。”妈妈说，“莱特富特先生，你是不是哪里不舒服？”

“没……有。我……很……好。”他打开杯盘柜，听到铰链嘎吱了一声。他立刻从腰带上抽出一把螺丝起子，把柜子的两个铰链上紧，然后又走到另一个柜子前面，把铰链也上紧。这时妈妈忽然清了清喉咙。她开始紧张了。她说：“呃……莱特富特先生，刚刚修烤面包机多少钱呢？”

“已经……”他拉了几下厨房的门，试试铰链，然后走到碗柜前面，开始检查摆在上面的搅拌器。“付……过……了。”他终于说完了那句话。

“付过了？可是……我被你搞糊涂了。”妈妈正伸手到架子上拿那只玻璃罐。里头装满了零钱。

“是……的。付……过……了。”

“可是我还没给你钱啊！”

莱特富特先生把手伸进另一个口袋里。这次他掏出来的是一只白信封。他把信封递给妈妈。我注意到信封上用蓝笔写着“麦克森”几个字，背面用白蜡封着。“嗯。”最后他终于说，“今……天……就……先……检……查……到……这……里。”

“今天?”妈妈越来越困惑了。

“是的。你……有……”莱特富特先生开始盯着灯座看，那模样仿佛他看得到里面的电流，“我……的……电……话……号……码……”他说，“要……是……有……什……么……东……西……坏……了……”他对我们笑了一下，“随……时……打……给……我。”

我们送莱特富特先生走出大门，然后，他就开着那辆老爷车走了，手伸到车窗外跟我们挥了几下。吊在车上的工具又开始惊天动地地当啷起来，于是附近的狗也开始跟着狂吠。妈妈喃喃自语地嘀咕着:“说给汤姆听，他打死都不会相信。”接着她拆开信封，抽出里面的信看了一下。“哇!”她说，“你想听听信上写了什么吗?”

“好啊。”

于是她就念给我听。“‘星期五晚上七点，希望有这个荣幸邀请贤伉俪光临寒舍，另外，麻烦带你们的孩子一起来。’你猜这封信是谁写的?”妈妈把信递给我。我看了一下上面的签名。

女王。

后来，爸爸回到家的时候，妈妈立刻告诉他今天莱特富特先生到我们家来，拿了这封信给她。爸爸问她:“你觉得她找我们去是为了什么事?”

“我也不知道，不过，我知道她打算付钱给莱特富特先生帮我们家修东西。”

爸爸又仔细看看那封信。“没想到她字写得这么漂亮。本来我还以为她年纪这么大了，写字一定没人看得懂。”他咬咬下唇。看他的表情，我知道他开始有点不耐烦了。“我从来没有仔细看过女王，只是偶尔在路上看到过她，不过……”他摇摇头，“不要。我不想去。”

“什么!”妈妈一脸的不敢置信,“女王邀请我们去她家呢!”

“那又怎么样。”爸爸把信递还给妈妈,“我不想去。”

“为什么？说个理由来听听!”

“星期五晚上收音机要转播费城人队跟海盗队的比赛。”他一屁股坐到他那把休闲椅上,“这就是理由。”

“是吗?”妈妈一脸不高兴。

这种场面在我们家是很罕见的。我相信我父母很可能是全奇风镇最恩爱的一对夫妻,两个人的感情比奇风镇上其他百分之九十九的夫妻都要好,但尽管如此,他们偶尔还是会针锋相对。天底下没有完美的人,所以,两个不完美的人结合,怎么可能会没有摩擦呢？有一次,爸爸只因为找不到他的一双袜子竟然就暴跳如雷,而其实我知道真正的原因是牧场没有给他加薪。至于妈妈,她平常总是文静又温柔,可是有一次,她在刚擦干净的地板上看到一个泥巴鞋印,立刻就气得七窍生烟,但事实上,我知道真正的原因是她听到邻居说她坏话。日常生活中,有时候两个人表面上客客气气,其实可能暗潮汹涌,这种错综复杂的情绪像网一样交缠纠结。这就是所谓的人生吧。而此刻,爸妈两个人之间开始暗潮汹涌了。

“我看是因为她是黑人吧?”妈妈开了第一炮,“这才是真正的原因吧?”

“没这回事。”

“我看你跟你爸爸没什么两样嘛。你给我听着,汤姆——”

“你闭嘴!”他忽然大吼起来,连我都被他吓了一跳。爷爷杰伯非常歧视黑人,那种偏见根深蒂固。妈妈提到爷爷,可以说是在爸爸的伤口上撒盐。爸爸并不讨厌黑人,这一点我可以百分之百确定,不过,别忘了爸爸是谁养大的。我爷爷杰伯每天早上起床还会对着当年南方联邦的国旗敬礼,而且他甚至认为黑皮肤的人就是魔鬼的化身。对爸爸来说,那真是一种沉重的负担,因为他爱爷爷,可是他却又有他自己的信仰,就像,他常常告诉我,恨别人——不论什么原因——是一种罪恶,违反上帝的旨意。接着爸爸忿忿地说:“更何况,我绝不接受那个女人的施舍!”我相信,他说这种话只是因为妈妈的话伤了他的自尊。

“科里,”妈妈忽然对我说,“你还有功课要做吧?”

我只好乖乖回房间去了。不过,我还是听得到他们吵架。

他们真的吵得很凶。我想,今天他们会吵起来,恐怕是冰冻三尺非一日之寒,而且原因很复杂。沉到湖里的那辆车,复活节教堂里的大黄蜂,前阵子那场洪水,再加上爸爸没钱给我买一辆新脚踏车,这些都是原因。我听到爸爸对妈妈大吼说,就算妈妈用绳子套住他的脖子,他也不会跟她到那个女王家。我忽然感觉到,爸爸不肯去她家,骨子里真正的原因恐怕是:他怕女王。

“想都别想!”他大吼,“那种人玩死人骨头,还玩死猫死狗,你竟然叫我去找她?还有——”说到一半他忽然停住了。我猜,他可能发觉爷爷好像也是他讲的那种人。“反正我就是不去。”最后一句话他说得有点心虚。

妈妈大概觉得没指望了,因为我听到她叹了口气,“你不去就算了,不过我想去看看她找我们究竟有什么事,可以吗?”

爸爸没吭声,接着,我听到他喃喃说了一声:“你想去就去。”

“我要带科里一起去。”

这下爸爸又发火了。“什么!为什么?那女人家的衣柜里可能挂满了死人骨头,你要带科里去看那种东西?丽贝卡,我不知道她想干什么,我也不在乎,不过,那女人会用人形木偶念咒语施法术,还养黑猫,天晓得还有什么稀奇古怪的玩意儿!而你竟然要带科里去那种地方!”

“是她邀请的啊。信上不是这么写的吗?叫我们带科里去,看到没有?”

“我眼睛没瞎。不过我就是搞不懂。而且我要跟你说清楚:那个女王可不是好惹的。你还记得伯克·哈彻吧?1958 年的时候,他还在牧场当助理领班,记得吗?”

“记得。”

“伯克以前爱嚼烟草，从早嚼到晚，而且老是随地乱吐。这习惯很糟糕，偏偏他自己没有警觉。有好几次他不知不觉地把烟草汁吐进牛奶桶里——对了，这件事你千万不要告诉别人。”

“噢，天哪！是真的吗？”

“如假包换。好了，你也知道，伯克头发又浓又密，用梳子都很难梳得动。有一次他到商店街多拉尔先生的店里去理头发，出来的时候，习惯性地又朝人行道上吐了一口烟草汁，问题是，这次他没有吐到地上，而是吐到了别人鞋子上，而且刚好是月亮人的鞋子。吐得他满鞋子都是。据我所知，他不是故意的，而月亮人也没说什么，自顾自就走了。麻烦的是，伯克这个人很爱笑，随便什么鸡毛蒜皮的事他都觉得好笑。而偏偏他忽然觉得这件事很好笑，于是就当着月亮人的面大笑起来。结果，后来怎么样了你知道吗？”

“怎么样？”妈妈问。

“过了一个星期，伯克开始不停地掉头发。”

“啊，真的假的？”

“千真万确！”听爸爸那种斩钉截铁的口气，我想，最起码他自己深信不疑。“又过了一个月之后，他头发全部掉光了！后来他只好戴假发！天啊，戴假发！他差点没疯掉！”我猜此刻爸爸一定是弯腰凑向前，咧开嘴笑着，而妈妈一定是拼命忍住笑。“我跟你打赌，这件事百分之百是女王的杰作！”

“汤姆，我一直不知道你这么相信巫术这种东西。”

“人最好不要不信邪！我亲眼看到伯克头发掉光！老天，而且我还听别人说了很多那个老女人的事！比如说，有人从嘴里吐出青蛙，还有人喝汤喝到一半发现碗里面有蛇……呃，天哪！打死我都不去她家！”

“可是，要是我们不去，她会不会不高兴？”妈妈问爸爸。

爸爸忽然没声音了。

“要是我不带科里去找她，她会不会对我们家下诅咒？”

妈妈的口气是在拐弯抹角地挖苦爸爸。不过,爸爸没有回嘴。我觉得他好像有点怕,要是真的惹女王不高兴,说不定会祸从天降,闹得家里鸡飞狗跳。

“我想我最好还是带科里一起去吧。”妈妈还不罢休,“这表示我们很尊重她。更何况,难道你真的一点都不好奇吗? 你真的不想知道她为什么要找我们?”

“不想!”

“真的一点都不想?”

“天哪,”爸爸又想了一下,最后终于说,“算我服了你。你连死人都有办法说活。不过我警告你,女王家里可能有一大堆瓶瓶罐罐,里面装的全是青蛙和蛇,还有死人的骨灰,还有蝙蝠翅膀!”

结果,最后的结论是,到了星期五那天黄昏,当太阳快下山,凉风轻拂过奇风镇的时候,妈妈会开那辆小货车载我出去。至于爸爸呢,他会一个人留在家里听他的收音机里的棒球转播。不过我相信,他的心将会与我们同在。我知道他只是怕,怕万一他做错了什么,或是说错了什么话,女王会不高兴。我必须承认,我自己心里也是有点毛毛的。妈妈给我穿了一件白衬衫,领口还贴着一条假领带,这身打扮总该不会惹女王不高兴了吧。然而,我还是越来越紧张。

布鲁顿区的重建工作还在进行,到处都看得到黑人在锯木头、敲铁钉,整修他们的房子。我们的车子经过布鲁顿区小小的商业街,看到街上只有一家理发店,一家杂货店,一家鞋店,一家服饰店,还有一些当地人经营的小店。过了商业街之后,车子转了个弯开上茉莉街,一路开到底,然后停在一栋房子前面。那房子灯火通明,每扇窗户都透出灯光。

我在前面提到过,那是一栋四四方方的小木屋,外表漆成五颜六色,有橘色,紫色,红色,还有橙黄色。旁边有一间车库,我猜,那辆镶满塑料钻石的车子应该就在里面。庭院的草坪修剪得整整齐齐,门旁的台阶前面有一条步行道通往路边。那栋房子没有我们想象中那么恐怖，也不像豪宅，而只是一栋平平凡凡的房子。除了颜色比较鲜艳，基本上和街上其他的房子没什么两样。

妈妈下了车，绕过来帮我拉开车门。这时我忽然又害怕起来。

“走吧。”她说。虽然她的表情看不出她有些紧张，但她的声音听得出来。她身上穿的是星期天上教堂时穿的那套最好的衣服，鞋子也是最好的那双。“快七点了。”

七点。我忽然想到，七这个数字不就是巫毒教的神秘数字吗？“也许爸爸说得对，”我对她说，“也许我们根本就不应该来。”

“不会怎么样的。你看，屋子里的灯那么亮。”

她是想安慰我吗？恐怕没什么用。

“没什么好怕的。”妈妈说。最近我们学校教室的天花板上涂了灰色的隔热漆，而妈妈又开始杞人忧天，担心隔热漆的挥发气体会伤害到我的呼吸道。一个什么都怕的人，居然叫我不要怕，还真是有说服力。

最后，我终于鼓起勇气走上台阶，站在门口。门廊上的灯泡涂成了黄色，散发出昏黄的光晕。听说这样蚊虫就不敢靠近了。本来我以为女王家的门一定很可怕，说不定门环上有一个骷髅头，或是两根交叉的死人骨头。结果我猜错了。门上只有一个银色的把手。妈妈说：“好了，我们准备进去吧。”说着她抬起手敲敲门。

我们听到里头有人在说话，还有脚步声。我忽然想到，这下子想跑也来不及了。妈妈伸手搂着我，我似乎感觉到她剧烈的心跳。接着，有人转动门把手，门开了，里面就是女王的家了。门里站着一个黑人。他身材高大，体格魁梧，身上穿着白衬衫和蓝西装，打着领带。他巨大的身形几乎把整个门都挡住了。在我眼里，他简直就像一棵黑色的大橡树。他那两只手大得吓人，仿佛轻轻一抓就可以捏碎一只保龄球。他的鼻子显然曾经被人用剃刀切掉了一块，他两道眉毛又黑又浓，几乎连成一片，乍看之下很像狼人。

那一刹那，我的感觉只能用一句话来形容：吓得屁滚尿流。

“呃……”妈妈有点结结巴巴，“呃……”

“请进请进，麦克森太太。”他对我们露出笑容。他这么一笑，那张脸忽然显得比较亲切，似乎没有那么可怕了。他声音低沉，听起来简直就像定音鼓的鼓声，连身体都感觉得到震动。他往旁边一站，然后妈妈就拉着我的手走进门。

我们一进去，门立刻就关上了。

有个年轻女孩子走过来迎接我们。她皮肤的颜色看起来像巧克力牛奶，瓜子脸，黄褐色的眼睛。她和妈妈握握手，然后笑着说：“我叫阿梅莉亚·德马龙，真高兴认识你。”她手臂上戴满了手镯，两边的耳朵各戴着五个耳环。

“谢谢你，这是我儿子科里。”

“噢，原来你就是那位勇敢的小朋友！”阿梅莉亚转过头来看着我。她身上仿佛散发出一种魔力，那种感觉，就像我和她之间产生了一种无形的电流。“也很高兴认识你。这位是我先生查尔斯。”那位巨大的黑人朝我们点点头。阿梅莉亚站在他旁边，身高只到他腋窝。“我们负责帮女王处理一些杂务。”阿梅莉亚说。

“原来是这样。”妈妈还握着我的手。我不停地转头东张西望。人心真是一种很奇怪的东西，不是吗？明明没有蜘蛛，你心里却结满了虚幻的蜘蛛网。明明阳光普照，你的心却笼罩在一个想象的黑暗世界里。女王家的客厅根本就不是我想象中的魔鬼的殿堂，看不到成群的黑猫，也看不到沸腾的大锅。客厅里就只有一把椅子，一张沙发，一张小茶几，茶几上摆着几个小装饰品。墙边还有几座书架，上面摆满了书。墙上挂了几幅色彩鲜艳的裱框油画。我注意到其中一幅画：画中的人是一个满脸大胡子的黑人，闭着眼睛，那神情好像很痛苦，又好像很陶醉，头上戴着一顶荆棘冠。

我从来没看过黑人耶稣。眼前的景象令我感到震惊，也开启了我心灵的视野。原来，我的心灵是那么的需要光明。

这时候，月亮人忽然从里面的走廊出来了，走进客厅。第一次在这么近的距离看到他，我和妈妈都吓了一跳。他穿着一条黑色的背带裤，一件淡蓝色的衬衫，袖子往上卷。今天晚上他只有一只手戴着手表，而且他衬衫的领口里露出一件白色T恤的圆领，原先脖子上那条链子和镀金十字架都不见了。另外，他头上戴的也不是那顶高礼帽，而是一顶白色的羊毛帽。不过，他的脸还是一样从中间分成黑黄两色。他下巴上的白胡子直挺挺的，末端有点往上翘。他那双黑眼睛，眼角有鱼尾纹。他先看看妈妈，然后再看看我。过了一会儿，他终于笑了，然后朝我们点点头。接着，他抬起手，用一根细瘦的手指指向走廊，叫我们往里面走。

时候到了，该进去见女王了。

“她身体不太舒服。”阿梅莉亚告诉我们，“帕里什医生开了不少维他命给她吃。”

“应该没什么太大的问题吧？”妈妈问。

“总是下雨，她肺部有点积水。天气太潮湿，她的肺受不了。不过，夏天到了，太阳一出来，她就会慢慢恢复了。”

我们走到一扇门口。月亮人弯腰帮我们打开门。我忽然闻到一股紫罗兰的香气，还有一丝淡淡的灰尘味。

阿梅莉亚先探头进去看了一下。“夫人，客人到了。”

我们听到房间里传来被褥窸窸窣窣的声音。“请进。”我们听到一个苍老的女人的声音，那声音有点颤抖，“请他们进来。”

妈妈深深吸了一口气，然后跨进房间。而我也只能跟进去，因为我的手臂被她紧紧抓住了。月亮人没有进房间。阿梅莉亚说：“要是你们需要什么东西，叫我一声。”说完她就轻轻关上了门。

女王就在我们面前了。

她坐在一张白铁框床上，背靠着一只绣花枕头，被子拉到胸口。她房间的墙上画满了绿叶，要不是因为房间里还有电扇细微的嗡嗡声，你会误以为自己站在一片热带森林里。床头柜上有一盏台灯，一沓书和杂志，还有一副金丝框眼镜，伸手就拿得到。

女王静静看着我们，看了好一会儿，而我们也看着她。在白床单的衬托下，她整个人显得更黑。她脸上满是皱纹，看起来很像那种作法用的人偶，被正中午的太阳晒得整个脸都皱了。我见过从冰库管子上落下来的霜花，她的头发比那种霜花还要白。她穿着一件蓝色的睡袍，睡袍的肩带挂在消瘦的肩上，锁骨异常突出。而且，她颧骨很高，仿佛尖锐得可以拿来削梨子。说真的，女王骨瘦如柴，头微微颤抖，整个人感觉很苍老。不过，她脸上有一个地方完全没有苍老的迹象。

她的眼睛。她那双绿眼睛。

而且，她的眼睛不是普通的绿色，而是一种晶莹剔透的碧绿，颜色就像泰山在电影里到处搜寻的那种翡翠宝石。她的眼睛炯炯有神，仿佛眼睛深处有火焰在缓缓燃烧。当你凝视着她的眼睛，你会感觉自己内心最深处仿佛开启了一扇门，感觉所有的秘密毫无保留地流泻而出。然而，你不但不会在乎，反而还会渴望这种感觉。我从来没看过这样的眼睛，而且后来，一辈子都没有再看到过。那种感觉有点可怕，但却又没办法移开视线，因为，她的眼睛实在太美了，看起来很像丛林里猛兽的眼睛，眼神时时刻刻充满警觉。

接着，女王忽然眨眨眼，满是皱纹的嘴角漾起一抹微笑，露出一口雪白整齐的牙齿。分辨不出那是真的牙齿还是假牙。“你们两位看起来气色真好。”她的声音有点颤抖。

“谢谢你。”妈妈鼓起勇气开口了。

“你先生怎么没来呢？他不想来吗？”

“呃……不是。他……他说他要听收音机转播的棒球赛。”

“我看那是借口吧，麦克森太太？”她忽然扬了一下眉毛。

“我……不好意思,我不太懂。你是说……”

“有些人很怕我。”女王说,“你不觉得这很荒唐吗? 我都已经一百零六岁了,一个老太婆有什么好怕的? 你看看我,躺在床上,连吃东西都要人伺候。麦克森太太,你爱你先生吗?”

“是的。我很爱他。”

“那很好。只要你心中有爱,坚定不移的爱,全心全意的爱,你就能够克服很多乱七八糟的人生难题。告诉你,要活到我这把年纪,你要摆平的麻烦事还多得很。”接着,她忽然转过头来看我。在她那满是皱纹的乌黑的脸上,那双绿眼睛更显得炯炯有神。她的眼神是如此奇妙,散发出一种慑人的光芒。“嗨,小朋友。”她对我说,“你有没有帮妈妈做家务?”

“有……有啊。”我喉咙忽然哽住了,说得支支吾吾。

“你有没有帮妈妈洗盘子? 有没有把房间整理干净? 有没有帮妈妈打扫门廊?”

“有……有啊。”

“那就好。那天你在妮娜·卡斯蒂尔家里,看你用扫帚的本事还真不小,不过,我猜你在家里一定很少用,对不对?”

我咽了一大口唾液。这时我和妈妈都明白了,今天她为什么会找我们到这里来。

女王露出笑容。“真希望当时我也在现场,真的!”

“妮娜告诉过你了吗?”妈妈问她。

“她告诉我了。而且,我也跟加文聊了很久。”她凝视着我,“小朋友,你救了加文的命。对我来说,那意义有多重大,你知道吗?”我摇摇头。“妮娜的妈妈是我很要好的朋友,所以,从某个角度来看,妮娜也可以算是我女儿。换句话说,加文也等于是我的孙子。这孩子以后会很有前途的。多亏了你,今天他还能好好地活着,不然前途再好也没用了。”

“我只是……我只是怕被它吃掉。”我说。

她大笑起来。“它竟然被你用一根扫帚柄吓跑了。天啊！天啊！那个凶神，它本来打算从河里游出来享受大餐，没想到竟然被你用一根扫帚柄喂饱了，天啊！”

“它吃掉了一只小狗。”我说。

“嗯，我知道。”这时女王忽然不笑了。她十指交叉在胸前，转头看着妈妈。“你帮了妮娜和她爸爸很大的忙，所以，只要你家里有什么东西坏了需要修理，随时打电话给莱特富特先生，他一定会帮你修好。另外，你儿子救了加文的命，所以，我也希望有机会能够好好答谢他，不过，当然必须先征求你的同意，可以吗？”

“你不需要这么客气。”

“绝对需要！”女王眼神忽然变得很凌厉。那一刻，我忽然想到，她年轻的时候一定很剽悍，“所以我一定要好好答谢你的孩子。”

“好吧。”妈妈完全屈服了。

“小朋友？”女王又转头过来看我了，“你想要什么？”

我想了一下。“什么都可以吗？”我问。

“当然有个限度。”妈妈立刻提醒我。

“你想要什么都可以。”女王说。

我又想了一下，但我很快就想到了。“脚踏车。我想要一辆全新的脚踏车，没有别人骑过的。”

“新脚踏车。”她点点头，“车头要有灯吗？”

“好啊。”

“要有喇叭吗？”

“有当然更好。”我说。

“你希望车子可以骑很快吗？像美洲豹一样快，够不够？”

“那太好了，”我越来越兴奋了，“当然好。”

“那你就等着吧！等我起得了床，我马上就帮你准备。”

“你对我们太好了。”妈妈说，“真是太谢谢你了。不过，我和科里他爸爸可以去店里取回来，这样应该就——”

“店里没得买。”女王忽然打断她。

“不好意思，你是说……”

“店里没得买。”说到这里，她发现妈妈还是不太懂她的意思，于是又继续说：“店里的脚踏车不够好，不够特别。小朋友，你想要的应该是一辆独一无二的脚踏车吧？”

“我……有得骑我就很高兴了。”

女王又咯咯笑起来，“嗯，看不出来你还真有绅士风度。好吧，就这样，我会把莱特富特先生找来一起研究研究，看看他有什么好办法。这样可以吗？”

我说当然好，不过我还是一头雾水，不知道他们两个要怎么研究出一辆新脚踏车给我。

“来，过来一点。”女王对我说，“到我旁边来。”

妈妈放开我的手，于是我就走到床边。一靠近她，我清楚地看到她那碧绿的双眼有如两盏幽幽的神灯。

“除了骑脚踏车，你还喜欢做什么？”

“我喜欢打棒球，喜欢看看书，喜欢写故事。”

“写故事？”女王又扬起了眉毛，“上帝啊！上帝啊！没想到我们镇上出了个作家！”

“科里一直都很喜欢看书。”妈妈说，“他喜欢写一些小故事，比如说牛仔故事，侦探故事，还有——”

“还有怪兽的故事。”我说，“有时候会写。”

“怪兽的故事？”女王说，“你是打算写老摩西的故事吗？”

“有可能。”

“你长大以后有没有打算写一本书？有没有想过，以后要为我们奇风镇，还有镇上所有的人写一个故事？”

我耸耸肩。“也许吧。”

“来，眼睛看着我。”她说。于是我乖乖看着她。“仔细看。”她说。

这时候，奇怪的事发生了。她开始说话，可是就在她说话的同时，我们两个人中间忽然出现一道淡蓝色的光晕。她的眼睛仿佛散发出一种魔力，锁住了我的双眼，我根本无法移开视线。“从前，有人叫我怪物。”女王说，“甚至还有人用更可怕的字眼形容我。我在比你现在大一点的时候，就亲眼看到自己的妈妈被人杀害。那是一个女人，她忌妒我妈妈的天赋，于是就杀了她。我发过誓，无论追到天涯海角，一定要找到那个女人。她全身穿着红衣服，而且不管走到哪里，她肩上都会坐着一只猴子。那只猴子会告诉她很多肉眼看不到的东西。她叫红魔女。我已经追她追了一辈子。我曾经追她追到麻风村，我曾经划船穿越洪水淹没的地方。”隔着那道迷蒙闪烁的光晕，我凝视着她的脸。我发现她脸上的皱纹慢慢消失了，变得越来越年轻。“我亲眼看到过死去的人在走动，亲眼看到自己最要好的朋友长出鳞片，在地上爬。”她的脸越来越年轻，越来越漂亮，美得令人不敢逼视。“我曾经看过活死人，曾经当面咒骂撒旦，曾经在黑魔法的殿堂里跳舞。”这时候，她已经变成一位少女，一头黑色的长发，高高的颧骨，露出一种不可一世的表情。她眼中仿佛深藏着无数的记忆，眼神是如此凌厉慑人。“我已经活了一百辈子，一直到现在，我还活着。小朋友，你看到我了吗？”

“看到了。”我听到自己的声音，但那声音仿佛好遥远好遥远。“我看到了。”

这时候，她散发出来的魔力忽然消失了。瞬间就消失了。片刻之前，我眼前看到的是一个美丽的少女，而转眼之间，她忽然又变回了原来的女王，一百零六岁的女王。她的眼神平静了下来，而我却激动得浑身发热。

“也许有一天，你会把我一生的故事写出来。”女王对我说。可是，她的口气不像鼓励，反而像在下命令。“好了，我有话要和你妈妈谈，你先到隔壁去找阿梅莉亚和查尔斯,好吗?”

我当然说好。我从妈妈旁边走过去,走向门口,两腿有点发软,衬衫领口全是汗。到了门口,我忽然想到一件事,于是立刻转身看着女王。“对不起,女士。”我鼓起勇气问她,“不知道你有没有……有没有……有没有什么东西可以帮我考好数学?我的意思是,魔法药水之类的东西?”

“科里!”妈妈骂了我一声。

但女王却只是对我笑笑,然后说:“有啊,小朋友。等一下你去找阿梅莉亚,叫她拿十号药水给你。然后,你回到家就要开始用功,非常非常用功,用功到做梦都会梦到自己在算数学。”说着她伸出一根手指,“这样应该就会有效。”

于是我走出房间,关上门,迫不及待地想去试试神奇的魔法药水。

“什么是十号魔法药水?”妈妈问她。

“加了豆蔻香料的牛奶。”女王说,“我和阿梅莉亚研究出一大堆这种‘魔法药水’,碰到那些缺乏自信或是缺乏勇气的人,我就会拿给他们喝。”

“这么说来,你用的法术就是这样而已吗?”

“绝大多数。其实,只要给他们一把钥匙,他们自己就能够打开自己心里的锁。”女王歪了一下头,“不过,事实上确实还有另一种魔法。这就是我找你来的原因。”

妈妈忽然说不出话来。她一头雾水,不知道女王接下来要做什么。

“最近我一直做梦。”女王说,“睡觉的时候做梦,醒着的时候也做梦。事情有点不太对劲。另外一边出问题了。”

“另外一边?”

“死者的世界。”她说,“过了一条河,就会到那个世界。不过,我说的不是酋长河。我说的是一条又黑又宽的大河。我想,要不了多久,我自己也要过河了。到时候,当我回头看我们这边,我一定会大笑,然后说:‘原来如此!’”

妈妈摇摇头,听得一头雾水。

“出了很严重的问题。”女王又继续说,“我们的世界,还有死者的世界,两边都出了很严重的问题。那天,丹巴拉不肯吃我给它的东西,我就知道事情不太对劲了。詹娜·卫佛丹恩告诉我,复活节那天你们教堂里出现大黄蜂。这也是表示那边有东西在作怪。”

“那只是大黄蜂。”妈妈说。

“对你来说那只是大黄蜂,但对我来说,那代表一种讯息,一种语言。那表示在另外那个世界里,有一个灵魂正遭受极大的痛苦。”

“我不——”

“不懂。对不对?”女王截住她的话头,“你当然不懂。有时候,连我自己也不太懂。不过,麦克森太太,我听得懂那种讯息,感受得到那种痛苦。那种语言我从小就懂了,而且会说。”女王朝床头桌伸出手,打开一个抽屉,拿出一张有横线的笔记,然后递给我妈妈。“你认得这是什么吗?”

妈妈仔细看了一下,发现那张纸上画了一个头:看起来像骷髅头,太阳穴上长出一对翅膀向后伸展。

“这是我在梦里看到的。我看到一个肩膀上有刺青的人。另外,我还看到两只手。那是另外一个人的手。他一只手上拿着一把缠着黑胶布的警棍——我们称之为‘碎骨锤’,另一只手上拿着一根铁丝。另外,我还听到有人说话的声音,不过我听不清楚他们在说什么。我听到有人在惨叫,还有音乐声,很大声。”

“音乐声?”妈妈忽然感觉自己全身的血液仿佛都冻结了。她一眼就认出了纸上画的那个长了翅膀的骷髅头。爸爸告诉过她,车里那具尸体上的刺青就是那样。

“那音乐声可能是有人在放唱片。”女王说,“也有可能是有人在弹钢琴,弹得很用力。我把这件事说给查尔斯听,他立刻就想到3月的时候,他在报上看到一则新闻,说有人看到一辆车掉进萨克森湖,车上有一个死人。

我猜,现场那个目击者就是你先生,没错吧?"

"没错。"

"这张纸上的骷髅头和那件事有关系吗?"

妈妈深深吸了一口气,憋了好一会儿才吁出来。"对。"她说。

"我大概也猜得到。你先生晚上睡得好吗?"

"不太好。他……他一直做梦。梦见萨克森湖,还有……还有车里那个人。"

"你先生会做梦就是因为那个人的关系。他拼命想跟你先生联系。"女王说,"他想引起你先生的注意。而我刚好也同时接收到那个讯息,打个比方,就像是电话系统的合用线。"

"讯息?"妈妈问她,"什么讯息?"

"我还不知道。"女王说,"不过,我知道那种痛苦。那种痛苦强烈到足以把一个大男人逼疯。"

妈妈开始泪眼模糊了。"我……我没办法……我不……"她说话开始颤抖了,眼泪开始沿着脸颊滚下来。

"你把这张纸拿给他看,叫他来找我,如果他愿意的话,我想跟他谈一谈。你回去告诉他,说我在等他。"

"他一定不肯来的。他怕你。"

"你回去告诉他。"女王说,"要是不解决这个问题,他早晚会崩溃的。你回去告诉他,我是他的朋友。说不定我会是他这辈子最好的朋友。"

妈妈点点头,然后把那张纸折好,紧紧抓在手里。

"好了,把眼泪擦干。"女王对她说,"不要让孩子看到你这样子。"过了一会儿,妈妈慢慢平静下来了。女王似乎满意了,轻轻哼了一声,"这样才对。女人一哭就丑了。好了,你去告诉你们家的孩子,说他的新脚踏车我很快就会准备好。还有,你要盯着他好好念书。要是爸妈不盯紧一点,十号魔法药水喝再多也没用。"

妈妈跟女王道了谢，说她会叫爸爸来找她，可是她不确定爸爸肯不肯来。“我会等他来。”女王说，“好好照顾自己，还有你的家人。”

然后，妈妈和我走出女王家，坐上车。我嘴角还残留着十号魔法药水的味道。我已经盘算好了，一回家就要把数学课本撕掉。

我们开车离开布鲁顿区。酋长河静静奔流。树林间，晚风轻拂。家家户户窗口透出灯光，大家都已经吃过晚饭了。此刻，我脑海中缠绕着两样东西：那位美得令人不敢逼视的少女，还有她的绿眼睛。另外，就是那辆有头灯、有喇叭的新脚踏车。

而妈妈则是一直在想车子里的那个人。那个人已经陈尸在萨克森湖底，然而，他的灵魂却一直在纠缠我爸爸。爸爸总是梦见他，而女王也同样梦见他。

夏天快到了，大地散发出忍冬花和紫罗兰的清香。那是夏天的气息。

而奇风镇的某个角落里，有人正在弹钢琴。

第二部　天使与魔鬼的夏季

1　学期最后一天

滴答……滴答……滴答

不管月历上是怎么计算的，对我来说，学期结束那天，才是夏季开始的第一天。天气越来越热，白天的时间越来越长。大地一片青翠，天空清朗剔透，淡淡的云轻柔如棉絮。咄咄逼人的热浪一阵阵随风飘散，仿佛在向我们示威，提醒我们夏天快来了。棒球场的草皮都已经修剪整齐，重新画上白线。另外，游泳池也已经重新粉刷过，放满了水。塞尔玛·内维尔太太是我们班的导师。期末考的煎熬已经结束了，大家排排坐在教室里听内维尔老师的精神讲话。她说，我们就像一棵棵的小树，这一年来，在知识的灌溉下，我们渐渐茁壮成长。我们听着她催眠般的声音，眼睛盯着墙上的时钟。

滴答……滴答……滴答

我坐在座位上，耳朵听着老师的长篇大论，心里却暗暗祈祷她赶快结束。我脑子里塞了太多金玉良言，真希望能够把脑袋打开，把那些金玉良言倒出来，让它们在灿烂的夏日里随风飘散。只可惜，在下课铃响之前，我们还是内维尔老师的囚犯。我们只能乖乖坐在那里忍受煎熬，等待时间之神来解救我们。说不定时间之神会像电视里的原野奇侠一样，在夕阳余晖中出现在远处的山巅上。

滴答……滴答……滴答

求上帝赦免我们。

从教室四四方方的窗口望出去，外面那辽阔的世界正等着我们。在这个 1964 年的夏天，我和我那几个死党将会有什么样惊心动魄的冒险奇遇呢？我不知道，不过，我可以确定的是，这将会是一个漫长而悠缓的夏天。当太阳渐渐隐没在天际，当夜幕渐渐笼罩大地，我们将会听到此起彼伏的蝉鸣声，看到漫天飞舞的萤火虫，而且，更重要的是，不用再做功课了。噢，那真是无限美好的夏日时光。我数学及格了（想知道我考了几分吗？偷偷告诉你，学期平均负 C），总算逃过了暑期辅导的厄运。不过，当我们在那自由的天地尽情奔驰的时候，我们也不会忘记为那些没有逃过暑期辅导的苦难同学默哀三分钟，因为，我们的好兄弟本去年就没有逃过厄运。对他们来说，那种感觉仿佛就像时间静止了，他们跳过了生命中的这段夏日时光，只可惜，他们并没有因此变得比较年轻。

滴答……滴答……滴答

时间是最无情的。

我听到走廊那边传来一阵骚动，接着，有人开始大笑大叫。听得出来，那是一种纯然的快乐，沸腾的喜悦。看样子，别班的老师决定提早放学了。我心里忽然觉得很不是滋味。只可惜，戴着助听器的内维尔老师仿佛听不到门外惊天动地的喧闹声，继续说她的。她应该已经有六十岁了，一头橘色的头发。我忽然觉得，她根本就不想放我们走。她想把我们留在教室里，越久越好。而且，说不定那并不是因为她比别的老师严格，而是因为她太寂寞，家里只有她孤零零的一个人。一个人，又怎能体会得到夏日时光的美妙？

“暑假期间，希望各位同学要记得多到图书馆去借书。”内维尔老师的声音听起来很慈祥，不过，万一惹毛了她，她爆发出来的怒火绝对比国庆节的烟火还壮观。“希望大家不要因为放暑假了就不读书了。大脑不用是会退化的，所以，在9月开学之前，大家还是要尽量多用头脑——”

铃铃铃铃铃铃——！

全班同学立刻像蚱蜢一样跳起来。

“等一下等一下，”老师说，“再等一下。还没下课。”

噢，真要命！那一刹那，我忽然想到，说不定内维尔老师有某种不为人知的黑暗面，比如说，抓苍蝇来扯掉翅膀。

“出教室不要争先恐后，要有规矩。”她大声说，“大家排好队一个一个出去。奥尔科特，你来带队。”

嗯，虽然慢了一点，但最起码大家一个个出去了。后来，教室里的同学都走光了，我是最后一个。我听到走廊里回荡着一阵阵的笑声。这时候，我忽然听到内维尔老师在背后叫了我一声：“科里·麦克森，麻烦你过来一下。”

我只好乖乖走到她桌子前面。内维尔老师对我笑了一下，“你数学考及格了，应该很开心吧？”

“是的。”

“要是你这整个学年都这么用功，说不定拿得到奖学金。”

“我知道。”我还想到，要是去年秋天开学的时候就喝了十号魔法药水，那该有多好。

教室里已经没有别人了，走廊上回荡的喧闹声也渐渐变得遥远。空气中飘散着粉笔灰的味道，餐厅的辣椒味，还有削铅笔机里的碎屑的味道。我感觉得到，幽灵已经开始在教室里聚集了。

“你很喜欢写文章，对不对？”内维尔老师的目光隔着眼镜凝视着我。

“还挺喜欢的。”

“你的作文是全班最好的，拼字课的成绩也是全班最高的。我忽然想到，不知道今年你有没有打算参加比赛？”

“比赛?”

“写作竞赛。”她说,“每年8月,文艺委员会都会举办写作竞赛。”

我根本没想过。文艺委员会的主席是格罗夫·迪安先生和伊夫琳·普拉斯摩太太,写作竞赛就是他们出钱赞助的,竞赛项目包括散文和小说。得奖者会拿到一面奖牌,并且会应邀在图书馆的餐会上当众宣读他们的作品。问题是,我写的故事,不是妖魔鬼怪,牛仔侦探,就是外星怪物,这种东西怎么看都不像是会得奖的东西。那些都只是写给我自己看的,自得其乐。

“你真的应该好好考虑去参加比赛。”内维尔老师继续说,“你很有写作的天分。”

我耸耸肩。老师忽然把你当成是大人,用一种对等的姿态跟你说话,我觉得有点不自在。

“那么,祝你暑假愉快。”内维尔老师说。我忽然明白她这句话的意思是说我可以走了。

那一刹那,我兴奋得心脏差点从嘴里跳出来。我立刻说:“谢谢你!”然后立刻转身往门口冲过去。到了门口的那一刹那,我回头看了内维尔老师一眼。她坐在办公桌后面,而桌面上看不到考卷,也看不到半本书。她已经不需要再改考卷,也不需要再看教科书准备讲课的材料。她桌上空荡荡的,除了一个削铅笔机,一片吸墨纸板,就只剩下一个红苹果。那是葆拉·厄斯金拿来给她的。阳光从窗口透进来,照在内维尔老师身上,而她慢慢伸手拿起那个苹果。看着眼前的景象,我忽然觉得很像是在看电影里的慢动作。空荡荡的教室里,那张桌子上刻满了历届毕业生姓名的缩写。一代又一代的学生都曾经是这间教室的过客,从这里走向他们未来的人生。内维尔老师愣愣地看着窗外,那一刹那,我忽然觉得她看起来很苍老。

“老师,祝你暑假愉快。”我站在门口对她说。

“再见。”她微微一笑。

我沿着走廊一路横冲直撞,手上没有拿书,而数字、等号、历史年代,学校里的一切都被我抛到脑后。我奔向金黄灿烂的阳光。暑假开始了。

问题是,我还是少了一辆脚踏车。自从那天和妈妈去找过女王之后,到现在已经三个星期了,我一直求妈妈打电话给她,可是妈妈叫我要有耐性一点,等女王准备好了,我的新脚踏车自然就会出现,急也没有用。有一次我听到爸妈谈起女王的事。那天一大早,天都还没亮,他们坐在门廊上谈了好久。我是无意间偷听到的。我听到爸爸说:"我才不管她梦见什么。反正我不去。"有时候我半夜醒过来,总是会听到爸爸在哭,然后妈妈在一旁拼命安抚他。我隐隐约约听到他说了一些话,像是"……在湖里面……",或是"……那里面好黑……"。我心里明白,这些东西已经像水蛭一样缠在他内心深处。有几次吃晚饭的时候,我注意到爸爸东西都没吃完就把盘子推开。他好像忘了平常他总是教训我:"科里,把盘子里的东西吃干净,你别忘了,在印度还有多少小孩子没饭吃。"他越来越瘦,每次穿上送奶员的制服,他的腰带都必须扣到最后一个洞眼才绑得紧。他的脸越来越瘦削,颧骨越来越突出,眼眶深陷。他整天听收音机的棒球转播,要不然就是看电视上的现场转播。有时候,他会坐在那把他心爱的休闲椅上张开嘴呼呼大睡,可是就算在睡觉,他脸上还是露出一种畏惧的表情。

我越来越担心他了。

我觉得我明白是什么东西在吞噬爸爸的心。那并不单纯只是因为他亲眼目睹死人,也不是因为那个人是被谋杀的,毕竟,那并不是奇风镇第一次出现谋杀案。尽管我们这里难得碰到这种案子,但终究不是第一次了。我认为,令爸爸内心饱受折磨的,是那种残酷冷血的行径,那种恶毒。爸爸算是一个聪明人,很多东西他都懂。在日常生活的范围内,他通常都很快就能够判断是非对错。而且,他说话算话,言出必行。只不过,在某些事情上,他却显得过度天真。我觉得他好像不相信奇风镇上会有邪恶的人。没想到,他竟然亲眼看到一个人被严刑拷打,活活勒死,两手被铐在方向盘上,而且还没办法用基督教的仪式好好安葬,灵魂永远不得安息。更可怕的是,这种事竟然发生在他出生长大的故乡。这才是最令他感到痛心的。他内心受到太深的创伤,已经没办法靠自己的力量复原了。另外,也可能是因为那位被人谋杀的死者到现在还查不到身份,而且,尽管艾默里警长已经查遍了全国各地,却没有半个人回报失踪人口。仿佛那个人从来不曾存在过。

“他一定有个身份。”有一天晚上我隔着墙壁听到爸爸对妈妈说,“难道他没有妻儿吗？难道他没有兄弟姐妹吗？难道他没有父母吗？老天,丽贝卡,他一定有个身份,他一定有个名字！他到底是谁？他到底是从哪里来的？”

“这就是警长该去查的。”

“J. T. 不可能查得到。他早就放弃了！”

“汤姆,我还是觉得你应该去找女王。”

“不要。”

“为什么？她画的那张图你不是也看到了吗？你心里很清楚,那跟你看到的刺青一模一样。你最起码可以去找她谈一谈,不是吗？”

“因为——”他迟疑了一下,我感觉得出来他在考虑该怎么回答,“因为我不相信她那种法术。这就是为什么。那是骗人的东西。她一定在报上看到过刺青的事。”

“你明知道报上根本就没有报道得那么详细。而且她说她听到有人在讲话,听到有人在弹钢琴,而且她看到一双手。去吧,汤姆,去找她谈一谈。求你去一趟,好不好？”

“我不觉得她能告诉我什么。”爸爸还是很强硬,“而且,我也不想听。”

这件事就这样不了了之。然而,那个沉冤湖底的无名幽灵依然在梦中纠缠着我爸爸。

不过,在这夏日开始的第一天,我没有去想这些,也没有去想老摩西,没有去想午夜梦娜,没有去想那个帽子上有绿羽毛的人。我只想去找我那群死党,想跟他们一起庆祝夏天的来临。这是我们一年一度的盛典。

我从学校一路跑回家，叛徒早就在门廊上等我了。我跟妈妈说我要出去一下，很快就回来，然后我就朝我们家后面那片森林跑过去，叛徒跟在我后面。森林里苍翠蓊郁，温煦的风轻拂过树梢，枝叶随风摇曳，阳光灿烂遍洒林间。我沿着那条小径往森林里面跑，叛徒偶尔会跑到旁边去追松鼠，而松鼠总是一溜烟就蹿到树上去。大约十分钟后，我终于跑出了森林，来到一片草地。那片草地坐落在起伏的山腰上，而山底下，我们的奇风镇一览无遗。我那几个死党都已经到了。他们都是骑脚踏车来的，而且他们的狗也都跟来了。约翰尼带着他的红酋长，本带着他的南哥，而戴维·雷则是带着他那只身上有黄白斑点的巴弟。

山上风比较强，仿佛龙卷风绕着这片草地盘旋，仿佛随着快乐的夏日回旋起舞。“我们终于熬过来了！”戴维·雷大喊，“放暑假了！”

“放暑假了！”本一边大喊一边像白痴一样绕圈子跳来跳去。南哥在他旁边猛吠。

而约翰尼却只是淡淡笑着，眺望着底下的奇风镇。阳光照在他脸上。

“你准备好了吗？”本问我。

“准备好了。”我说。我心跳越来越快了。

“大家都准备好了吗？”本大叫了一声。

我们都准备好了。

“好，我们走！夏天开始了！”本开始绕着草地边缘奔跑起来，南哥跟在他后面。我也开始跟在他后面跑，而叛徒也跟在我后面。我跑的时候忽左忽右，它也跟着忽左忽右。约翰尼和戴维·雷也跟在我后面开始跑，他们的狗也一前一后地跑过那片草地，边跑边互相咬来咬去。

我们越跑越快，越跑越快。一开始，我们迎风奔驰，可是后来，我们越跑越快，于是，渐渐的，风落到我们后面了。我们跑得比风还快，风追不上了。我们绕着草地尽情狂奔。草地四周环绕着松树、橡树交织的森林，强劲的风在林间呼啸。“再快一点！再快一点！”约翰尼大喊。他的脚有点畸形，跑起来一跛一跛的，“一定要再快一点！”

于是，我们迎着风一直跑，到后来，我们仿佛开始迎风翱翔起来。小狗跟在我们旁边跑，兴奋得边跑边吠。阳光照在酋长河上，河面波光粼粼，天空碧蓝如洗。我们大口大口呼吸，夏天的热气充满了我们的胸膛。

时候到了。大家都知道时候到了。

“本先上去！”我大喊，“他准备好了！他快要——”

这时本忽然大叫了一声，一对翅膀忽然从他肩胛骨的位置穿破衬衫伸展开来。

“你们看，他的翅膀越来越大了！”我大声说，“颜色跟他的头发一样，而且，他伸展翅膀的动作好像有点笨拙，一定是太久没用了。不过，哇！你们看！他开始拍翅膀了，你们看！你们看！”

本两只脚慢慢离开地面了。他双翅不断挥舞，越飞越高。

“本！等一下！”我叫道，“南哥也要跟你一起飞！你等它一下！”

这时候，南哥的翅膀也伸出来了。它有点紧张，吠个不停，接着，它也跟在主人后面飞起来了。“快点，南哥！”本大叫，“我们走！”

“戴维·雷！”我大喊，“你感觉到了吗？”

我知道他很想飞，他真的很想。可是我感觉得到，他还没准备好。“约翰尼！”我大叫，“你可以准备飞了！”

约翰尼的肩头已经伸出翅膀。他的翅膀是黑色的，闪闪发亮。渐渐地，他飞上去了，红酋长也跟在他旁边飞上去了。我抬头看看本，看到他已经飞到五米高了，整个人看起来很像一只胖胖的老鹰。“戴维·雷！本已经飞上去了！你看看他！喂，本，你叫一下戴维·雷！”

“赶快飞上来啊，戴维·雷！”本大喊，然后在半空中翻滚了一圈。“这风很棒！”

“我准备好了！”戴维·雷大叫一声，然后咬紧牙关。“我准备好了！科里，带我上去！”

“你的翅膀已经快伸出来了,你感觉到了吗? 哇,我看到了! 看到了! 快伸出来了! 你看! 伸出来了! 翅膀伸出来了!”

“我感觉到了! 我感觉到了!”戴维·雷咧开嘴笑起来,满头大汗。他开始挥舞那双红褐色的翅膀,开始慢慢往上升,那动作有点像游泳。我知道戴维·雷不怕飞,不过,今年夏天他是第一次跟我们到这里来,他只是有点怕从地面上飞起来那一刹那的感觉。“你看,巴弟也跟在你后面飞起来了!”我大叫了一声。巴弟展开那对黄白斑点相间的翅膀凌空飞起。它的动作也有点像划水。

这时候,我自己的肩头忽然伸出两只翅膀,乍看之下很像一对棕色的旗帜。翅膀穿破我的衬衫,迫不及待地想迎风翱翔。我感受到一种极度奔放的自由,全身突然变得轻飘飘的,开始悬浮起来。那种感觉,仿佛好不容易等到夏天,公共游泳池终于开放了,而你迫不及待地跳下去。在那短暂的片刻,我忽然感到一种莫名的惊慌,那种感觉就像第一天跳下水。自从去年8月过后,我的翅膀一直紧紧蛰伏在体内。万圣节那天,感恩节那天,圣诞节那几天,还有复活节那几天,我都感觉到翅膀在我体内抖动,不过,也仅止于抖动。它们一直静静等待这一天。此刻,我感觉翅膀有点沉重,有点笨拙。我很好奇,翅膀怎么能自己感应到风。自从几年前我们开始这项仪式之后,每年夏天的此刻,我都忍不住会觉得好奇。接着,我的翅膀迎风鼓起来,那一刹那,我立刻感受到翅膀是多么强而有力。一开始,翅膀抖了一下,感觉仿佛打了个喷嚏。接着,翅膀挥了第二下,那动作开始变得更有规律,更有力。到了第三下,那挥舞的姿态已经美得像一首诗。我的翅膀开始迎风上升了。“我飞起来了!”我大喊。我开始慢慢上升,而我那几个死党和他们的狗已经在蔚蓝的天空翱翔了。

接着,我忽然听到一声熟悉的狗吠,就在我后面。我转头一看,看到叛徒伸出一对白色的翅膀,紧紧跟在我后面。我猛拍翅膀往上飞,跟着飞往那群朋友后面。本在最前面,飞得最高。“本,不要飞那么快!”我警告他。但他还是越飞越高,已经飞到二十米高了。想到他在地面的世界里吃了那么多苦头,我忽然觉得他比谁都有资格自由飞翔。南哥和巴弟在半空中绕着大圈子,绕了一圈又一圈,没多久,叛徒也飞过去跟它们玩在一起。叛徒吠个不停,因为它们肯跟它一起玩,它很开心。至于红酋长呢,它就像它的主人约翰尼一样喜欢独来独往。接着,叛徒忽然在半空中绕了一个大圆弧,飞到我旁边,伸出舌头在我脸上舔了一下。我伸手搂住它的脖子,然后跟它一起飞过树梢。

戴维·雷已经不害怕了。他像乌鸦一样呱呱叫了几声,接着,他的头忽然往下一沉,两手紧贴在身旁,整个人像彗星一样往地面俯冲,放声大笑。他肩上的翅膀向后伸展,脸上的肌肉在强风的冲击下扭曲变形。“赶快往上飞！戴维·雷！赶快往上飞!”我大喊。他像流星一样从我旁边飞过去,巴弟紧紧跟在他后面。“赶快往上飞!”

可是戴维·雷还是一直朝底下绿色的森林俯冲。就在快要撞击到森林那一刻,他的翅膀忽然展开,仿佛一面美丽的扇子,飞行路线在树梢上方一个急转弯,整个人开始平飞。那一刹那,他几乎已经碰触到松树梢上的针叶了。戴维·雷掠过森林的树梢,兴奋得大吼大叫。可是巴弟却先撞到了几根树枝,然后才飞升起来。它飞上来的时候,发出阵阵低吼。树上的松鼠大概被它吓坏了。

我一直往上飞,朝本飞过去。约翰尼飞得很慢,在半空中绕着8字形,绕了一次又一次。叛徒和南哥在十八米高的半空中飞来飞去,互相追逐。本对我笑了一下。他满头都是汗,衬衫也湿透了,衬衫下摆露在外面。“科里!”他大叫,“你看!”接着他忽然两手抱住肚子,两腿缩到胸前,整个人像炮弹一样往下飞。后来,快接近地面的时候,他学戴维·雷一样展开翅膀减速,可是就在这时候,情况有点不太对劲。他一边的翅膀伸展不开。本立刻大叫起来。他知道自己碰到麻烦了。他开始在半空中翻跟斗,双手拼命挥舞。“我快掉下去了!”本边叫边祈祷。

接着，他肚子撞上了树梢。

“你没事吧？”戴维·雷问他。

“你还好吗？”我也问他。

约翰尼也立刻停下来。南哥立刻跑到主人身边，舔了一下本的脸。本坐起来，抬起手肘让我们看。他手肘破皮了。“哇，”他呻吟了一声，“有点痛呢。”伤口有点流血。

“哼，谁叫你冲那么快！”戴维·雷骂了他一句，“笨蛋！”

“我没事啦。真的。”本慢慢站起来，“我们还没飞过瘾吧，对不对，科里？”

他又可以开始了。于是我又开始往前跑，两只手臂往两边伸开。他们几个也伸开双臂，跟在我旁边一起跑。风一阵阵迎面吹来。“戴维·雷刚刚到了二十米的高度。”我说，“巴弟也跟他一样。约翰尼在十八米的高度划了一个 8 字形。来，本！不要赖在树林里，到这里来！”

本慢慢飞上来，头发上全是针叶。他咧开嘴对我笑了一下。

夏季的第一天永远是那么美好。

“大家跟我来，往这边飞！”戴维·雷大叫了一声，开始往奇风镇飞去。我跟在他后面。我的翅膀认得那几条蓝色的路。

炽热的阳光照在我们背后。放眼望去，底下奇风镇的房子像一栋栋的玩具房子，街道看起来像一条条纵横交错的线，车子看起来像五角商店卖的那种火柴盒小汽车。我们一路飞过波光粼粼的酋长河，飞过石像桥，飞过废弃的铁路高架桥。我看到几个渔夫在河上划船。要是老摩西忽然心血来潮去吃他们的钓饵，他们恐怕就没心情气定神闲地坐在那边钓鲶鱼了。

我们和几只狗在地面上投映出小小的影子。影子在地面上快速移动。我们飞过萨克森湖深棕色的椭圆形湖面。这时一阵强风迎面而来，我展翅乘风飞到二十米的高空。我不喜欢那个湖。我会想到在那漆黑的湖底，有一具尸体正在慢慢腐烂。戴维·雷忽然又往下俯冲，冲到距离湖面两三米的高度。我觉得他最好还是小心一点，因为，万一翅膀打湿了，他就必须等到翅膀干了才能再飞。接着，他又俯冲了一次，于是我们大家都跟着他往下飞，飞过萨克森湖，飞过更远处绿油油的森林和土黄色的田地。

“科里，我们现在在哪里？”戴维·雷问我。

我说：“我们快到……”

罗宾斯空军基地。那是一大片辽阔的平地，四周环绕着森林。我伸手指向一架战斗机。那架战斗机正朝那片平地飞过去，准备降落。那片平地再过去，是一片投弹训练靶场。镇上的人都没去过。就连我们这些长了翅膀的孩子也没去过。那里的地面上树立了很多人形标靶，专门给战斗机的飞行员练习射击，练习投弹。有时候，他们会投实弹，那种惊天动地的震动，就连奇风镇的窗户都会摇晃。空军基地是我们活动范围的边界。我们在蔚蓝的天空回旋掉头，开始飞回我们的家。我们又飞过田地，飞过森林，飞过湖面，飞过河面，飞过一栋栋的房子上空。

我绕着我家上空盘旋了一会儿，叛徒跟在我旁边。我那几个死党也都各自到他们家上空盘旋，他们的狗都兴奋得吠个不停。我忽然体会到，在四周那辽阔世界的衬托下，我的家是那么的渺小。从这个高度，我可以看到长长的公路不断向四方延伸，一路延伸到天际。公路上，卡车和小轿车来来去去，各自奔向不知名的远方。流浪的渴望也是夏日的一部分。我感觉得到。我忽然想到，不知道有一天我会不会沿着那些公路奔向不知名的远方？如果有一天我真的上路了，我会去什么地方？接着我也想到，要是这时候爸妈忽然走到屋外，看到地上有我和叛徒的影子，会不会抬头来看我们？我很好奇，不知道他们究竟知不知道他们的儿子会飞。

我飞到坡顶上的坦普尔街，绕着撒克斯特家豪宅的烟囱和高塔盘旋了一圈，然后又飞回那几个死党旁边。这时候，我们都累了，快飞不动了，于是我们慢慢飞向那片空地。

我们又绕了几圈，然后一个接着一个降落到地面上，仿佛叶子一片片飘落。脚落到地面上的那一刹那,我感到轻微的震动。我继续往前跑了一下,让翅膀和身体适应回到地面的感觉。没多久,大家都落回到地面上,绕着那片空地跑了一阵子,狗也跟在后面跑。一开始的感觉是风迎面扑来,但没多久,速度慢下来了,开始觉得风从背后吹过来。我们的翅膀已经缩回到肩胛骨底下,而那几只狗的翅膀也都缩回去了,身体表面又回复到平常的皮毛——白色的,棕色的,红色的,还有黄白双色斑点的。而我们衬衫上的破洞也奇迹似的恢复了原状,我们的妈妈绝不会发现衣服曾经破过。我们都满身大汗,湿透的脸上和手臂上闪闪发亮。此刻,既然都已经回到地面上站稳了,我们都停下脚步,倒在草地上,累得气喘吁吁。

几只狗立刻扑到我们身上,拼命舔我们的脸。这个夏天的飞行仪式终于完成了。

那种兴奋的感觉慢慢消退了,大家慢慢平静下来,于是,我们围成一圈坐在草地上聊天。大家开始聊起今年夏天要做什么。好玩的事情太多了,可以做的事太多了,一个夏天怎么够呢?不过,大家一致认定,有一件事是非做不可的:露营。非去不可。

该回家了。本第一个跳上脚踏车骑走了,南哥跟在他后面。“大家再见了!”他转头对我们说:“回头见。”接着戴维·雷也跳上脚踏车骑走了,可是巴弟却跑去追一只兔子。他也转头对我们说:“大伙儿回头见!”约翰尼骑上脚踏车走了,红酋长乖乖跟在他旁边。我对他挥挥手。“再见了兄弟!”我在后面大喊。

然后我慢慢走回家。半路上我丢了几颗松果给叛徒追。后来它发现了一个蛇洞,立刻狂吠起来,我趁那条蛇还没有冲出来之前赶紧把它拖走。那蛇洞很大。

回到家,我慢慢走到厨房。妈妈一看到我,立刻目瞪口呆。“怎么搞的,看你浑身都湿透了!”她说,“你刚刚干什么去了?”

我耸耸肩,然后伸手去拿那壶冰柠檬汁。

“没什么啊。”我说。

2 理发厅里的神枪手

“头顶不要剪太短，两边剃短一点，这样可以吗，汤姆？”

“这样可以。”

“知道了。”

每次佩里·多拉尔先生给客人理发之前，一定会先来上这么一段开场白。他是商店街一元理发厅的老板。不管你告诉他要怎么剪，他剪出来的永远都是他的招牌发型：头顶不要剪太短，两边剃短一点。当然，现在我说的可不是他那种招牌发型，而是真正的“理发”了。一块五毛钱，你会得到真正贵宾级的待遇。他会在你脖子上围上一条蓝色镶边的罩袍，然后用剪刀慢慢剪，用推剪修边，接着在你脖子后面涂上热热的肥皂泡，用锋利的剃刀剃掉上面的细毛。最后，他还会从那些神秘的瓶子里倒出很多发蜡帮你抹上。我说的“神秘的瓶子”，是理发椅上方那个架子上摆的各种牌子的瓶瓶罐罐。每次到多拉尔先生店里去理头发，我都会注意到那些瓶子里的液体都是半满的，而且每次看，瓶子里那些液体始终维持在同样的高度，没有变多也没有变少。而每次理完发之后，准确地说是“剃光”之后，多拉尔先生会把你身上的罩袍拿掉，然后用一把刷子把你衣领上的头发刷干净。那根刷子的毛感觉好粗，仿佛是用猪鬃做成的。接着，多拉尔先生会请客人吃东西。最上面那个架子上摆了一罐花生糖，那是大人吃的。至于小孩子，则是有各种不同口味的棒棒糖可以选择——柠檬的，葡萄的，樱桃的。

“天气真热啊。”多拉尔先生用一把梳子撩起爸爸的头发，剪掉发梢。

“真是热。”

“不过，还没有热到破纪录。1936 年的今天，气温热到摄氏三十九度。”

“1927 年的今天热到摄氏四十度！”理发厅后面的欧文突然插嘴。理发厅后面常常有一群狂热的棋迷聚在那边下西洋棋,头顶的风扇正好把那里吹得最凉快,我们这位上了年纪的欧文·凯斯科特先生就是代表人物。常常可以看到他和爵士人加布里埃尔·杰克逊两个人在那里捉对厮杀。老欧文满脸都是皱纹和老人斑,整张脸看起来很像某个奇怪国家的地图。他眼睛又细又长,手指头很长,乳白色的头发披散到肩上。对多拉尔先生来说,帮老欧文理头发肯定是一种酷刑。至于那位加布里埃尔·杰克逊先生,他是一位修鞋匠,他的小铺子就在理发厅后面。他是黑人,一头铁灰色的头发,肚子很大,留着小胡子。爸爸告诉过我,加布里埃尔之所以会有爵士人这个绰号,主要是因为他会吹竖笛,不过,只要他一吹起竖笛,连死人都会吓醒。杰克逊先生把他那根宝贝竖笛收在一只黑色盒子里,片刻不离身。

"到了7月还会更热。"杰克逊先生说。他手上拿着一颗棋子,正在考虑要怎么下。"欧文,你已经打算要将我军了吗?"

"还早呢,杰克逊先生。"

"噢,你这个狡猾的老狐狸!"爵士人已经发现,我们这位老欧文不动声色地下了一步看似简单的棋,其实已经布下一个致命的天罗地网。"看样子,你是打算把我生吞活剥,连骨头都不剩,是不是?哼,我骨头硬得很,你不怕咬断牙齿吗?"于是他下了一步棋,危机立刻解除了。

多拉尔先生身材矮矮壮壮,那张脸看起来活像斗牛犬。他那灰色的眉毛又粗又浓,而且像杂草一样东翘西翘,头发剃得很短,几乎快变成光头了。他简直是奇风镇上的活百科全书,无所不知。你随便在路上挑一个人,他可以立刻告诉你那个人的祖宗八代,如数家珍。为什么呢?因为过去这二十几年来,他是奇风镇上唯一的理发师。这些年来,他每天听客人东家长西家短,奇风镇上任何芝麻绿豆大的小事都逃不过他的耳朵。所以,只要哪天你有时间到他店里坐坐,不管你想听什么他都可以告诉你,巨细靡遗。另外,他还收藏了数不清的漫画书、《鱼猎杂志》和《体育画报》。而且,戴维·雷偷偷告诉我,理发店后面还藏了一整箱的成人杂志,不过,当然他只会拿给大人看。

“科里，”多拉尔先生边给我爸爸剪头发边问我，“你见过那个刚搬来的孩子没有？”

“没有啊。什么刚搬来的孩子？”我根本不知道有谁刚搬来。

“昨天他爸爸到我店里来剪头发。他发质不错，不过太卷了，差点毁了我的宝贝剪刀。”咔嚓、咔嚓、咔嚓。“他们上个星期刚搬来的。”

“有人租了山塔克街和格林霍尔街路口转角那栋房子。就是他们吗？”爸爸问。

“没错，就是他们。他们姓科理斯，人挺好的，他们一家人发质都不错。”

“那位科理斯先生是做哪一行的？”

“推销员。”多拉尔先生说，“给亚特兰大一家公司推销衬衫。那孩子比科里小了一两岁。我把他放到那匹马上，他动都没动半下。”

多拉尔先生说的马，是从报废的旋转木马台上拆下来的一匹玩具马。多拉尔先生把那匹马固定在理发椅旁边的地上。只有小小孩可以坐在那匹马上让多拉尔先生给他理头发。有时候我甚至偷偷有点渴望有机会再坐上去，把两只脚放在马镫上。不过，科理斯家那小孩只比我小一两岁，竟然吵着要坐那匹马，我猜，他铁定是个娘娘腔。

“那位科理斯先生看起来是个很正派的人。”多拉尔先生手上那把剪刀在爸爸头上游走。“不过，他不太爱讲话。我是觉得有点奇怪，这么害羞的人，怎么干得了推销员。这一行不是普通人做得来的。”

“那还用说。”爸爸说。

“我有一种感觉，那位科理斯先生好像经常搬家。他告诉我他们一家人住过哪些地方，不过话说回来，推销员嘛，公司叫你去哪里你就得去哪里，不是吗？”

“那我可吃不消。”爸爸说，“再怎么样人都得有个根。”多拉尔先生点点头,没有再往下说。接着,他又转移话题了。多拉尔先生变换话题速度之快,有如在海边捡贝壳的小男孩,永远都在等下一颗更漂亮的。“一点都没错。”他说,“要是什么‘披头士’那几个小鬼到我店里来,我跟你保证,他们走出去的时候就会像个男人样了,而不是像现在这样披头散发娘娘腔似的。”他忽然皱起眉头,接着又转移话题了,“共产党说他们要来解放我们,看样子,趁现在我们还有办法的时候,一定要挡住他们,否则,一旦让他们踏上我们这个国家,那就完了。让我们的年轻人到他们那边去把他们打得稀巴烂……我说的是那个到处都是竹子的地方。”

“越南。”爸爸说。

“对了。就是那里。到他们那里去宰了那些兔崽子,那我们就可以高枕无忧了。”多拉尔先生的剪刀咔嚓咔嚓越剪越快。接着,多拉尔先生又想到了新的话题。“汤姆,沉到萨克森湖底那个人到底是谁,J.T.查到了没有?”

我看着爸爸的脸。他面无表情,但我感觉得到这问题刺激到他了。“还没。他根本没去查。”

“他很可能是政府派来的。”爵士人忽然说,“可能是来查私酒的。我想,他铁定是被布莱洛克那家子干掉的。”

“斯卡利先生也是这么说。”爸爸说。

“没有人不知道,布莱洛克那一家子都是天杀的凶神恶煞。”多拉尔先生放下剪刀,拿起推剪,准备帮爸爸修鬓角。“冤死鬼绝对不止湖底那一个。”

“什么意思?”

“西姆·西尔斯跟那一家子最小的那个叫唐尼的买过威士忌,噢——”多拉尔先生忽然转过头来瞄我一眼,“讲这个没关系吧?”

“没关系。”爸爸对他说,“尽管说没关系。”

“呃,这是西姆亲口告诉我的。所以我猜,他大概知道真相。总之,唐尼·布莱洛克卖过私酒给西姆,后来,西姆告诉我说,有一天晚上,对了,那天晚上好像有一块陨石掉到联合镇和我们奇风镇中间。反正，就是那天晚上，他和唐尼两个人跑到森林里去喝酒了。结果，两个人都喝多了，唐尼就跟他说了一些事。”

“一些事？”爸爸继续追问，“什么事？”

“唐尼告诉西姆，说他杀了一个人。”多拉尔先生说，“不过，他并没有告诉他为什么要杀人，也没有说什么时候，也没有说杀了谁。就只是说他杀了一个人，而且还很得意。”

“这件事 J. T. 知道吗？”

“不知道。不过，我也绝对不会告诉他。我不想害死 J. T. 。你见过毕刚 · 布莱洛克吗？”

“没看过。”

“那家伙块头比熊还大，比魔鬼还恐怖。要是我把西姆告诉我的事说给 J. T. 听，那他就非得去找布莱洛克那伙人不可。我想，他不太可能找得到那伙人，不过，万一真的被他找到了，那群王八蛋一定会把他倒吊在树上，然后一刀割断他的喉咙，就像——”说到这里多拉尔先生又转头瞄了我一眼。我坐在那边，面前捧着一本漫画，不过，我根本没在看漫画。我一直竖着耳朵偷听他们说话，听得可清楚了。“你看，这一来，我们奇风镇恐怕又要少一个警长了。”多拉尔先生说。

“怎么，布莱洛克那家子是我们这个县的皇帝吗？”爸爸说，“杀人偿命，他们敢杀人，当然要接受法律制裁！”

“这道理谁都知道。他们本来就该死。”多拉尔先生又放下推剪，换了剪刀。“问题是，去年 12 月，毕刚跑到我们镇上来拿他的靴子。先前他那双靴子的鞋底坏了，拿来换鞋底。喂，爵士人，你还记得吧？”

“当然记得。那双靴子还真是上等货，我吓得要死，真怕不小心刮到。”

“我把靴子交给毕刚，他拿钱给我的时候，你知道他说了什么吗？”多拉尔先生问我爸爸，“他说，那双靴子是他专门穿着踩人用的，被那双靴子踩过的人，没有一个活着站起来。我猜，他的意思是，看有谁敢去挡他财路。只有白痴才会找上布莱洛克那伙人，因为那根本就是找死。”

“这就是沉在湖底那个人的下场。”爵士人说，“他挡了布莱洛克那伙人的财路。”

“我知道他们在酿私酒，我知道他们开车到处兜售，不过我不在乎，反正我不喝酒。”多拉尔先生说，“我知道赛车签赌他们也在背后做手脚，不过我不在乎，反正我不赌。我知道格雷丝·斯塔福德那边的女孩子跟他们有瓜葛，不过我不在乎，因为我有老婆、孩子，她们做不到我的生意。”

“等一下，等一下。”爸爸忽然问，“格雷丝·斯塔福德跟他们有什么瓜葛？”

“真正的老板不是她。她只是个工头。布莱洛克那伙人才是幕后真正的老板。那些女孩子从头到脚都是他们的。”

爸爸轻轻叹了口气。“这我倒是第一次听到。”

“噢，你不知道的可多了。”多拉尔先生在我爸爸脖子后面涂了一些肥皂泡，然后拿起剃刀在磨刀带上擦了几下。“布莱洛克那伙人赚进了大把钞票。空军基地那些小伙子的血都被他们吸干了。”他开始帮爸爸刮掉脖子后面的细毛，手上的剃刀完全不会抖。“布莱洛克那伙人不是 J. T. 对付得了的。想把他们抓进去吃牢饭，恐怕需要联邦调查局的胡佛局长亲自出马。”

“怀特·厄普一定治得了他们。”老欧文忽然说话了，“要是他现在还活着的话。”

“他应该有办法，欧文。”多拉尔先生又转头瞄了我一眼，看看我有没有兴趣听。接着，他又回头对老欧文说，“嘿，欧文！我猜我们的小科里一定没听过你和怀特·厄普的故事！”多拉尔先生朝我使了个眼色，“告诉他嘛，把那个故事说给他听，怎么样？”

老欧文没吭声。该他下棋了，可是他却愣愣地看着棋盘，看了好久都没动。“算了，扯那个干什么呢。”最后他终于开口了，“过去的已经过去了。”

“哎呀，说嘛，欧文！说给我们小科里听听！你一定很想听吧，科里？”我都还来不及开口回答，多拉尔先生又开始自顾自说他的，“你看，人家有兴趣嘛！”

“很久很久以前。”老欧文开始说了。

“1881 年，对吧？10 月 26 日，在亚利桑那州墓碑镇。当年你才九岁，对吧？”

“没错。”欧文点点头，“当年我才九岁。”

“那天你做了什么，来，赶快说给科里听。”

老欧文还是愣愣地盯着棋盘。“说嘛，欧文。”这次换成是爵士人在催他了，“说给他听听嘛。”

“我……那天我杀了一个人。”老欧文说，“那天我在 O. K. 牧场救了怀特·厄普的命。”

“你看，科里！”多拉尔先生对我笑笑，“坐在你面前的是一个活生生的西部神枪手，想不到吧？”听多拉尔先生说话的口气，我忽然觉得他自己根本不相信。他只是喜欢逗老欧文。

我当然听说过 O. K. 牧场的故事。我们这个年纪的小孩，就算对西部牛仔再怎么没兴趣，好歹也听过那个故事。厄普家三兄弟怀特、弗吉尔和摩根，再加上绰号叫医生的霍利迪，那一天，在热浪滚滚、黄沙漫天的墓碑镇，他们和克莱顿家族、麦克罗瑞家族决一死战。“是真的吗，凯斯科特先生？”我问他。

“是真的。不过，只能说那天我运气很好，因为我还很小，根本不会用枪，差点把自己的脚打烂。”

“那天你是怎么救了怀特·厄普的命，赶快说给他听听。”多拉尔先生又在爸爸脖子后面抹了一些肥皂泡，然后盖上一条热腾腾的毛巾。

老欧文皱起眉头。看他的模样，他似乎不太愿意去回想这件事，要不然就是努力在回想当天的细节。他已经九十二岁了，而当年他才九岁，隔着那么遥远的时间,记忆恐怕早已模糊难辨。不过我觉得,像那样一个特别的日子,值得永留记忆。

最后,老欧文终于开口了,“照理说,那天不会有人敢到街上,因为大家都知道他们要决一死战。怀特·厄普家兄弟,霍利迪,麦克罗瑞家族,克莱顿家族,腥风血雨的战斗即将展开。那已经是很久以前的事了,但那天我正好就在那里,躲在一间小木屋后面。真是个小白痴。”说到这里,他两腿一撑,顶着椅子往后退,十指交叉在胸前,电风扇哗啦拉吹乱了他的头发。“我听到很多人在大叫,听到枪声大作,听到子弹打在人身上。那种声音,就算我活到一百九十二岁也忘不了。”他斜着眼睛看向我这边,但我感觉得到他的视线其实是看向我身后,仿佛看到那天沙尘漫天飞扬,地上鲜血四溅,看到六个举枪瞄准的黑影。“算不清他们开了多少枪。”他说,“接着,有一颗子弹从我头旁边飞过去,打在小木屋上。我听到有人呻吟了一声,立刻趴到地上动都不敢动。接着,我看到一个人摇摇晃晃从我身边走过去,然后跪到地上。是比利·克莱顿。他中弹了,可是他手上还拿着枪。他转头瞄了我一眼,然后鼻子和嘴巴忽然喷出血,接着就倒下去,整个人趴在我旁边。”

“哇!”我惊呼了一声,手臂上起了一阵鸡皮疙瘩。

“噢,故事还没完呢!”多拉尔先生说,“欧文,继续说!”

“接着,我感觉到有人影笼罩在我身上。”老欧文的声音忽然变得有点嘶哑,“我抬头一看,没想到竟然是怀特·厄普。他满脸都是沙尘。我趴在地上看着他,感觉上他像是个三米高的巨人。他对我说:‘孩子,赶快回家。’他声如洪钟,我听得清清楚楚,但我实在吓坏了,动都不敢动。接着怀特·厄普又继续往前走,绕过小木屋的转角。战斗结束了。克莱顿和麦克罗瑞两家族的人都被打得血肉模糊,横七竖八倒在地上。就在这时候,忽然发生了一件事。”

“什么事?”老欧文停下来喘口气,但我迫不及待地追问。

“有个家伙一直躲在木头水桶里。当时他忽然从水桶里站起来,举枪瞄准怀特·厄普背后。我从来没见过那个人,而当时他就在我前面,距离大概只有两三米。他瞄准怀特·厄普,接着,我听到他咔嚓一声开始扣扳机。”

“最精彩的来了。”多拉尔先生说,“然后呢,欧文?”

“然后……我立刻从地上把比利·克莱顿的枪捡起来。那把枪好重,简直像大炮一样重,而且枪柄上全是血,滑溜溜的,我简直握不住。”说到这里老欧文又停住了。我注意到他闭上眼睛。接着他又继续说:“当时已经来不及大喊一声叫怀特·厄普小心。当时,我已经别无选择,只好开枪了。不过,我只是想朝天上开枪吓吓那家伙,并且提醒怀特·厄普他背后有人。没想到枪突然走火,就这样砰的一声。”说着他忽然睁开眼睛,仿佛眼前又浮现出当时的情景,“那枪的后坐力好大,枪身往后弹,差点打到我肩膀。我整个人被震倒在地上。我听到那颗子弹打在我旁边距离两米的一块石头上,然后弹向那个人,结果,子弹贯穿了那个人拿枪的那只手腕。他手上的枪立刻被撞飞,腕骨被打断,皮开肉绽,骨头都露出来了,血一直喷出来。后来,他失血过多死掉了。我站在他旁边,嘴里一直说对不起、对不起、对不起。因为,我不是故意要杀人的,我只是不想眼睁睁地看着怀特·厄普被杀。”他深深叹了口气,那声音听起来仿佛一阵风轻拂过波特山上的坟墓。“当时,我站在尸体旁边,手上拿着比利·克莱顿的枪。霍利迪忽然走到我旁边,拿了一枚五角钱的硬币给我,然后对我说:‘小子,去买棒棒糖吃吧。’这就是为什么大家会叫我那个绰号。”

“绰号?什么绰号?”我问他。

“棒棒糖小子。”老欧文又继续说,“后来,怀特·厄普到我们家吃晚饭。我爸爸只是个小农夫,家里没什么好吃的,不过我们还是想尽办法把家里最好的东西拿出来招待怀特·厄普。他把比利·克莱顿的枪和枪套腰带都送给我做纪念,说要谢谢我救了他一命。”老欧文摇摇头,“当时我实在应该听妈妈的话,把那把要命的枪丢掉,丢到井里去。”

“为什么?”

“因为，”说到这里他似乎有点激动，“因为我实在太喜欢那把枪了。这就是为什么！我开始学着用那把枪！我开始喜欢那把枪的味道，喜欢握在手中那种沉甸甸的感觉，喜欢开枪之后那种温温的感觉，喜欢瞄准的那个玻璃瓶瞬间破成碎片的感觉。这就是为什么。”他忽然皱起眉头，那模样像是吃到一个又苦又涩的苹果。“我开始拿枪去打天上的小鸟，而且开始自认为是拔枪最快的神枪手。后来，我开始有一种念头，心里很好奇，如果有一天，我和另一个拿枪的小伙子面对面的时候，我拔枪的速度可以快到什么地步。我拼命练习把枪从枪套里拔出来，一次又一次拼命地练。后来，十六岁那年，我搭驿马车到犹玛镇去，开枪打死了一个叫爱德华·邦特的枪手。从那一刻起，我一只脚就已经踩进地狱了。”

“当时我们老欧文已经是响当当的大人物了。”多拉尔先生拿刷子扫掉爸爸肩上的头发，“大名鼎鼎的棒棒糖小子。欧文，当年你干掉了多少人？”多拉尔先生瞄了我一眼，对我使了个眼色。

“十四个人被我杀了。”欧文说。然而，他的口气听不出半点得意。“十四个人。”他低头凝视着红黑方格的棋盘。“年纪最小的只有十九岁。年纪最大的四十二岁。或许其中几个真的死有余辜，不过，这轮不到我来判断。他们一个个被我杀了。虽然那是正大光明的决斗，但我却亲眼看着自己开枪打死他们，然后眼看着自己越来越有名，变成大人物。后来有一天，我被一个比我年轻的小伙子开枪打倒了。那一刻我忽然明白，原来自己能够活到今天，纯粹是因为运气好。于是，我决定从此退出江湖。”

“你中枪了？”我问，“你被子弹打中了哪里？”

“身体左边。可是我瞄得更准，一枪命中他的额头。不过，不管怎么样，我的枪手生涯结束了。我一路往东部流浪，最后来到奇风镇，于是决定在这里落脚。好啦，我的故事就到此为止了。”

“棒棒糖小子，那把枪和枪套腰带现在还在你手上吗？”多拉尔先生问。

老欧文没吭声，坐在那里一动也不动。虽然他睁着眼睛，但我却觉得他看起来好像睡着了。接着，他忽然站起来，一瘸一拐地走到多拉尔先生面前，然后猛然凑近多拉尔先生的脸。我从镜子里看到他的表情。老欧文紧抿着嘴唇，铁青着脸，表情忽然变得像恶魔一样阴森。他咧开嘴笑了一下，但那并不是快乐的微笑，而是一种恶魔般的狞笑。多拉尔先生吓了一跳，整个人往后退。

“佩里，”欧文说，“我知道你一定以为我疯了，以为我只是个白痴糟老头。我知道你背地里一直在嘲笑我，以为我没看到。不过，佩里，要不是因为我背后长了眼睛，你以为我能活到今天吗？”

“呃……呃……没有没有，欧文！”多拉尔先生结结巴巴地说，“我绝对没有嘲笑你！真的！”

“你说你没骗人，那意思就是说我骗人啦？”老欧文口气很温和，可是不知道为什么，我却听得汗毛直竖。

“我不……对不起，你大概误会——”

“没错。那把枪和枪套腰带还在我手上。”老欧文忽然打断他的话，“我到现在还留着那些东西，只是为了做纪念。好了，佩里，有句话我要跟你说清楚。”他的脸又凑近多拉尔先生。多拉尔先生勉强笑了一下，可是却笑不太出来，“你可以叫我欧文，叫我凯斯科特先生，叫我‘嗨’，或是叫我糟老头都没关系。不过，从今以后，不准你再叫我当年枪手时代的绰号。就从今天开始，明天，后天，永远不准再叫。佩里，你听清楚了吗？”

“欧文，何必这——”

“听清楚了吗？”老欧文又问了一次。

“嗯……听清楚了。当然听清楚了。”多拉尔先生点点头，“欧文，你想怎么样就怎么样，我都没问题。”

“别的事我不管。我只要你记住这件事。”

“好啊，没问题。”

老欧文盯着多拉尔先生的眼睛，盯了好久，那眼神仿佛想看透多拉尔先生是不是认真的。最后,他终于说了一句:“好了,我走了。”然后他就转身走向门口。

“嘿,欧文,这盘棋还下不下?”爵士人问他。

欧文愣了一下。“我不想玩了。”他说。然后他就推开门走出去了。外头,7 月午后的阳光热气逼人。后来门一关上,我立刻感到一阵热气扑面而来。我站起来,走到窗口,看着老欧文沿着商店街的人行道渐渐走远,两手插在口袋里。

“嗯,他到底怎么回事?”多拉尔先生问,“他干吗气成这样?”

“因为他知道你根本不相信他说的故事。”爵士人说。他开始收拾棋盘和棋子。

“他说的那些事,到底是真的还是假的?”爸爸站起来。剪过头发之后,他耳朵的位置好像变低了,而且脖子后面的头发都被刮掉了,看起来光秃秃的。

“当然不是真的!”多拉尔先生冷笑了一声,“老欧文根本就疯了! 这些年来他一直都是这么疯疯癫癫的!”

“你是说,刚刚他说的故事都不是真的?”我一直看着人行道上的老欧文越走越远。

“当然不是真的。那都是他瞎编的。”

“你真的这么确定吗?”爸爸问。

“算了吧,汤姆! 假如他真的是当年那个西部大枪手,那他干吗窝在我们奇风镇? 更何况,当年 O. K. 牧场那场战役,要是真的有个小孩救了怀特 · 厄普的命,那历史书上一定有记载的,不是吗? 我到图书馆去查过。书上根本没有提到有哪个小孩救了怀特 · 厄普的命,而且,书上也没提到当年有个叫棒棒糖小子的枪手。”多拉尔先生忿忿地把椅子上的头发刷干净。“该你了,科里。坐吧。”

我正转身要从窗口前面走开时,忽然看到老欧文好像在跟谁挥手。我仔细一看，原来是弗农·撒克斯特。他还是像平常一样，浑身光溜溜的，沿着商店街对面的人行道匆匆往前走，仿佛有什么很重要的事所以急着要赶去什么地方。不过，他也抬起手跟老欧文打了个招呼。

这两个疯子在路上交会，然后各自奔向目的地。

我并不觉得好笑。我忽然很纳闷，老欧文为什么深信自己曾经是个枪手？还有，弗农·撒克斯特为什么深信自己还有重要的工作要做？为什么？

我坐上理发椅。多拉尔先生把罩袍套在我脖子上，然后用梳子梳梳我的头发，梳了好几次。爸爸坐到旁边的椅子上，开始看他的《运动画刊》。

“头顶不要剪太短，两边剃短一点，这样可以吗？”多拉尔先生问。

“可以。”我说，“这样可以。”

剪刀开始咔嚓咔嚓起来。那一刹那，我忽然感觉内心深处好像有某种细微的东西死去了，消失了。

3 神臂小子

剪完头发之后，爸爸开车载我回家。一到家门口，我立刻就看到它了。它就摆在门廊上。

就在门廊上，停车支架撑着地面。

一辆全新的脚踏车。

“天啊！”我惊呼了一声，立刻跳下车。我已经说不出话来了。我三步并作两步跳上门廊，然后伸手去摸它。

原来我不是在做梦。是真的。好漂亮的脚踏车。

爸爸吹了一声口哨，一脸赞赏的表情。他是很有眼光的，脚踏车漂不漂亮，他看一眼就知道。“嗯，好车。”

“真的好棒。”我觉得自己仿佛还在做梦。这是我梦寐以求、渴望已久的东西。我已经等了好久好久了。现在，它是我的了。我忽然觉得自己是全世界最幸福的人。

在往后的岁月里,我见识过很多美好的事物,但没有一样比得上它。它那种灿烂鲜艳的红,没有任何一个漂亮女人的嘴唇比得上。虽然那只是一辆脚踏车,但它所散发出来的力量,足以令全世界各大名牌跑车相形失色,就算马力再大、底盘再低也一样望尘莫及。车身上镀铬的部位是如此光亮夺目,有如夏夜皎洁的明月。车头有一个大圆灯,把手的橡皮握把上装了一个喇叭。而车身看起来是如此结实坚固,就像是赫拉克勒斯壮硕的肌肉。而且,它看起来似乎有一种无法形容的冲力,一种绝对的速度感。另外,它把手两边向前垂弯成一个半圆形,仿佛迫不及待想迎风冲刺,而且,那黑色的橡胶踏板显然没有被别人踩过。爸爸伸手摸了一下头灯,然后一手把整辆车提起来。“天哪,我没见过这么轻的东西。”他赞叹了一声,“我这辈子没见过这么轻的金属!”他放下脚踏车。停车支架又撑到地面上,于是,车子又稳稳矗立着,仿佛一头温驯而又充满野性的猛兽。

我迫不及待地跨上车。一开始,我觉得不太习惯,由于把手的形状和坐垫向前倾斜的角度,我不太能保持平衡。骑在车上,我的头被迫往前伸,几乎和前轮切齐,而我整个背往前俯,几乎和车身的主横杆平行。我觉得,要是不小心的话,车子可能会失控。这脚踏车仿佛散发出一种力量,令我惊叹,令我畏惧。

妈妈从屋子里走出来。她告诉我们,车子是大约一个钟头前送来的,是莱特富特用他的小货车送过来的。“他说,女王特别交代,在车子还没有习惯你之前,千万不要骑太快。”她说。接着,她看了爸爸一眼。爸爸正绕着那辆新脚踏车踱来踱去。“车子应该可以交给科里吧?”

“你应该知道,我不喜欢别人施舍。”

“这怎么能算施舍呢?她是为了答谢我们家科里。”

爸爸还是继续踱来踱去,走到车子前面,他忽然停下脚步用鞋子踢踢轮胎。“这车恐怕花了她不少钱。这绝对是很高级的脚踏车。”

“爸爸，车子可以给我吗？”我问。

他站在那边看着我，手扶在坐垫上。接着，他咬咬下唇，然后转头看着妈妈。“你确定这不是施舍？”

“绝对不是。”

爸爸又转过头来看我。“好吧。”他终于说。那是我最想听到的一句话。“车子是你的了。”

“谢谢你！谢谢你！”

“好啦，现在你有一辆新脚踏车了。那么，你打算给它取什么名字？”爸爸问我。

这我倒没想到过。我摇摇头。骑在车上，整个人往前倾，那种姿势我还是不太习惯。

“怎么样？想不想先去试骑看看？”他伸手搂住妈妈的腰，对我笑了一下。

“好啊。”我立刻跳下车把停车支架踢上去，然后抬起车子走下门廊前的台阶。我小心翼翼，尽量不让车子受到碰撞，因为我跟它还不太熟，要是不小心碰撞到它，那种感觉仿佛对它很不尊重。大概是这个原因吧，不过，也有可能是因为我怕惊醒它，因为我还没有心理准备。接着，我又骑上坐垫，两脚撑在地上。

“去吧。”爸爸说，“小心点，别骑太快。”

我点点头，但我还是没骑走。这时候，我忽然感觉脚踏车震动了一下。我对天发誓，它真的震动了一下，仿佛它已经迫不及待了。不过，也可能只是我的错觉吧。

“上路吧。”爸爸说。

这真是历史性的一刻。我深深吸了一口气，一只脚踩到踏板上，另一只脚往地上一蹬，把车子往前推。车子往前一动，我两脚立刻开始踩踏板，朝马路骑过去。轮子转动的时候几乎听不到半点声音，只有很细微的滴答……滴答……滴答,听起来像是炸弹快爆炸了。

“好好玩吧!”妈妈开门要进去的时候,回头朝我喊了一声。

我回头看了她一眼,一只手放开把手对她挥挥手。那一刹那,脚踏车猛然往前蹿,我一时控制不住,开始左右摇晃,差一点就翻车。但我立刻抓稳把手,车身立刻又打直了。踏板踩起来好顺滑,车轮越转越快,飞快掠过热腾腾的路面。那一刹那,我忽然明白,这辆脚踏车可以快得像火箭一样。我开始沿着街道快速奔驰,风从我旁边呼啸而过,拂过我刚剪好的头发。但老实说,我紧紧抓着把手,很怕会摔倒。从前那辆破脚踏车,链条齿轮嘎吱嘎吱仿佛有千斤重,我已经习惯用力踩,而这辆新脚踏车踩起来却毫不费力。接着,我试捏了一下刹车,结果整个人差点飞出去。我绕了一大圈把车子掉头,然后又开始往前冲,骑得更快。我飞快踩着踏板,车子加速得非常快,没多久我头上开始冒汗了。车子的速度快得惊人,仿佛再踩一下踏板它就会凌空飞起,然而,我紧紧抓住把手,车子好像感应得到我的意志,我想转向哪个方向,车子就会转向哪个方向。我骑着脚踏车在绿荫蔽天的大街小巷风驰电掣,仿佛乘着火箭划破长空。那一刹那,我忽然想到应该给它取什么名字了。

“火箭。”我喊了一声。那声音仿佛随着高速的气流向后飞逝,“你喜欢这个名字吗?”

结果我并没有摔下车,而车子也没有忽然转弯撞上旁边的树。我猜它应该喜欢吧。

接着,我胆子越来越大了。我开始骑着火箭蛇行,绕 8 字形,压过路边的台阶,而它也任凭我随心所欲地做出这些疯狂的动作。接着,我整个人往前俯,用尽全力踩踏板,于是,火箭以迅雷不及掩耳的速度冲过山塔克街,路面上斑驳的光影向后飞逝。接着,我猛拉车头冲上人行道,轮胎压过隆起处时甚至没有震动。凉风迎面吹来,感觉好凉爽,而我的胸膛却充溢着满满的热气。一栋栋的房子、一棵棵的树迅速向后飞逝,一片模糊。那一刻,我感觉自己和火箭已经融合为一体，感觉火箭已经成为我身体的一部分。我咧开嘴大笑起来，结果一只虫子飞进了我嘴里。但我根本不在乎。我把那只虫子吞了下去，因为我忽然觉得自己变成了金刚不坏之身。

但没多久，这种疯狂的念头立刻出现后遗症了。

我看到前面的人行道上有一道裂缝，但我根本没减速，也没转弯避开，硬是从那道裂缝上骑了过去。那一刻，我立刻感觉到火箭震动了一下，那股震动瞬间从前轮传到后轮，车身立刻发出喀的一声。我一只手被震得松开了把手，而前轮撞上了裂缝的水泥边缘，整辆车突然弹起来，在半空中偏向歪斜，而我两脚脱离了踏板，屁股也脱离了坐垫，整个人飞起来。那一刹那，我忽然想到了妈妈的话：女王特别交代，在车子还没有习惯你之前，千万不要骑太快。

不过，我已经没时间反省了。转眼之间，我飞过篱笆，飞进人家的院子里，闷哼了一声重重摔在草坪上，差一点就撞破了人家的篱笆。我的手臂和脸颊都擦破了一点皮，不过并没有流血。我从篱笆里走出来，拍掉身上的落叶，接着，我看到火箭横倒在草地上。那时，我吓出了一身冷汗。万一这辆全新的脚踏车撞烂了，回家铁定被爸爸修理。我跪在火箭旁边，检查看看车身上有没有损毁。结果，我发现前轮的轮胎有点磨损，挡泥板有点小凹陷，不过，链条并没有松脱，而且把手没有撞歪，车灯没破，车身也没有扭曲。整体说来，火箭有点轻微磨损，可是奇迹似的完好无缺。我把车扶起来，暗暗谢天谢地。刚刚一定有天使在旁边保护我。接着，我伸手摸摸挡泥板，那一瞬间，我看到车头灯忽然变成了一只眼睛。

黄色的眼球，黑色的瞳孔。那只眼睛正凝视着我，眼神流露出无限包容。

我愣住了，猛眨了几下眼睛。

接着，转眼之间，那只眼睛又消失了。车头灯又恢复到原来的模样，只是一颗小灯泡，外面是一层玻璃。

我一直盯着车头灯,看了好久。结果,那只眼睛再没有出现。我把火箭抬起来转圈,一下让车头对着阳光,一下对着暗处,结果,那只眼睛还是没出现。

我摸摸自己的头,看看有没有哪里肿起来。结果什么都没摸到。

太荒唐了。小男孩就是喜欢胡思乱想。

接着,我又跨上车,开始慢慢踩踏板,沿着人行道慢慢骑。这次我骑得很慢很慢,结果,骑了不到八米,我就看到前面的人行道上有一摊碎玻璃。我转了个弯骑到路面上,免得火箭轧到碎玻璃爆胎。我简直不敢想象,要是刚刚高速冲过那摊碎玻璃会有什么后果。比较起来,摔在满是落叶的草坪上,擦破了一点皮,简直可以算是一种享受。

一定是老天保佑火箭和我。

戴维·雷的家就在附近。我骑到他家门口,可是他妈妈告诉我,他和约翰尼一起到棒球场去练习了。我在我们的少年棒球队——印第安队担任二垒手。今年我们已经跟别人打了四场,结果四场全输,所以,我们必须加紧练习了。我跟戴维·雷的妈妈说了声谢谢,然后就骑着车往棒球场去了。

棒球场没多远。球场上阳光灿烂,我看到戴维·雷和约翰尼站在内野,两个人拿着球传来传去。我骑着车进了球场,然后围着他们转圈。他们一看到火箭,都惊呆了。接着,他们当然要用手摸一摸,亲自坐上车踩踩踏板骑两圈。跟火箭比起来,他们的脚踏车简直像破烂古董。戴维·雷试骑了两圈之后,他对火箭的感觉是:“把手好像不太好控制,对不对?”而约翰尼的感觉是:“真漂亮,可是踏板踩起来好吃力。”我知道他们绝对不是故意要泼我冷水。他们是我的好朋友,他们都替我高兴。所以,他们会有这种反应,纯粹是因为他们喜欢自己的脚踏车。火箭是属于我的,为我量身打造的。

我把火箭的停车支架踢下来,然后站在旁边看他们投球。戴维·雷传了一个高飞球给约翰尼。我看到几只黄蝴蝶飞过草地,然后我抬头看看天空。蔚蓝的天空万里无云。接着，我看向土黄色的露天看台。看台边缘是一整排的广告海报，都是商店街上的店家提供的。接着，我忽然看到看台最上面那排座位有个人坐在那边。

“嘿，戴维·雷！”我叫了一声，“那是谁？”

戴维·雷转头瞄了一眼，然后抬起手套接住约翰尼丢过来的球，“我不知道，不知道哪儿来的小孩。我们刚来的时候就看到他已经坐在那里了。”

我看着那个小孩。他弯腰向前倾，一只手肘撑在膝盖上，手掌撑着下巴，眼睛盯着我们。我转身从戴维·雷旁边走向看台。这时候，看台上的小孩忽然站起来，好像准备要跑了。

“你怎么会坐在那里？”我大声问他。

他没吭声，就只是愣愣地站在那里。我看得出来他正在盘算要不要跑。

我慢慢靠近他，可是却认不出他是谁。他一头棕发，剃得很短，额头左边的头发翘得乱七八糟。他戴着眼镜，可是那眼镜却大得离谱，几乎快把他整张脸都遮住了。他大概只有九岁或十岁吧，瘦巴巴的，看起来有点笨手笨脚。他穿着白色的T恤和牛仔裤，裤子的膝盖上全是补丁。他脸色苍白，一看就知道他很少出门。我走到看台的围栏旁边，然后开口问他：“你叫什么名字？”

他还是没吭声。

“你不会说话吗？”

我注意到他在发抖。他好像很害怕。

“我叫科里·麦克森。”我说。我站在围栏边，手指头扣在围栏的铁丝网上。“你有名字吗？”

“有啊。”那孩子终于说话了。

起先我还以为他说他的名字叫“优雅”，后来我想了一下，忽然想到他可能有点结巴。“你叫什么名字？”

“尼莫。”他说。

“尼莫？跟鹦鹉螺号那个尼莫舰长一样的名字吗?”

“什么鹦鹉螺号?”

显然他没读过凡尔纳写的《海底两万里》。“你姓什么?”

“科理斯。”他说。

科理斯。我想了好一会儿才想到在哪里听过这个姓。原来他就是那个刚搬来的小孩。他爸爸就是那个推销员。多拉尔先生让他坐在那匹玩具马上给他理头发。那个娘娘腔。

尼莫·科理斯。嗯,这名字倒还挺适合他的。他看起来就像是那种两万里深的海底才捞得到的怪异生物。不过,爸妈一再提醒我要懂得尊重别人,不论那个人是不是长得像娘娘腔。而且老实说,我自己也长得不是很帅。“你是刚搬来的对不对?”

他点点头。

“多拉尔先生跟我提到过你。”

“是吗?”

“对,他说——”我差点就说漏嘴说“你坐在玩具马上”,“他说他帮你剪过头发。”

“是的,我的头发差点就被他剃光了。”尼莫抬起手搔搔头顶。他手指头细得可怜,手腕瘦得皮包骨头,皮肤非常苍白。

“科里！小心上面!”我忽然听到戴维·雷大喊了一声。我立刻抬头一看,看到约翰尼使尽全力传了一个高飞球,结果球不但从戴维·雷头顶上飞过去,甚至飞过看台的围栏,掉到第二排看台上,然后滚到最底下的地上。

“嘿！小弟,请你帮忙捡一下!”戴维·雷用拳头拍拍手套内侧大声对尼莫说。

尼莫走到看台最底下,把球捡起来。他恐怕是我这辈子见过最矮的矮冬瓜。另外,我自己手臂已经够瘦了,可是他却瘦到皮包骨头。他看了我一眼。巨大的眼镜后面是两只棕色的眼睛,他整张脸看起来真像猫头鹰。“我可以丢回去给他吗?”他问我。

我耸耸肩。“可以啊。”接着我转身看着戴维·雷。我知道这样很残忍,可是我实在忍不住笑。“戴维·雷,球要过去啦。”

“噢,噢!”戴维·雷立刻很夸张地往后退,装出一副快吓死的样子,“小弟,请你不要丢得太用力哦。”

尼莫又走回最上面那排看台,然后眯起眼睛盯着球场。“你准备好了吗?”他大喊了一声。

“准备好了! 丢吧,大个子!”戴维·雷说。

“不,不是你。”尼莫立刻纠正他,“我说的是你后面那一个。”接着,他拿着球,手臂往后拉,然后用力一投。那一刹那,只见他的手臂以一种快到不可思议的速度在半空中划了一个大圆弧,然后只看到一团模糊的白影从他手上飞出去。

我听到那只球咻的一声宛如冲天炮一样飞向半空中。

戴维·雷大叫了一声:“嘿!”然后立刻向后跑想去接球,可是球从他头顶上飞了过去,他根本碰不到。远处的约翰尼盯着那个高飞球,往前面跨了三步,然后,退了两步,接着,又退了一步,回到他原先站的位置。然后,他把手套举到面前。

啪! 球不偏不倚落进他的手套里。

“正中红心!”戴维·雷大叫了一声,“天哪! 那只球是怎么飞的你们看到没有?”

站在一垒旁边的约翰尼忽然脱下手套拼命甩手。那只球速度实在太快,他的手指头被震得好痛。

我抬头看着尼莫,目瞪口呆。我简直不敢相信,他个子那么小,又瘦巴巴的,怎么能把球从看台围栏上丢过去,然后飞过大半个球场,不偏不倚飞进约翰尼手套里? 更不可思议的是,看尼莫那个样子,他好像根本不觉得手臂会痛。换成是我,就算我有办法把球投那么远,我的肩膀铁定会痛上一整个星期。虽然我没亲眼看过大联盟比赛，不过我相信，那种球速已经达到大联盟的水平了。“尼莫！”我大叫一声，“你投球是跟谁学的？”

他愣愣地眨眨眼。“什么投球？”他问。

“你下来好不好？”

“干吗？”尼莫忽然害怕起来。那一刹那我忽然明白，平常他在孩子群中的下场是什么。全国各地到处都有我们这样的小镇，而像这样的小镇一定有三个共同点：教堂，秘密，还有欺凌。像他这样矮小瘦弱、手无缚鸡之力的小孩，绝对是那些恶霸小孩优先下手的梦幻目标。不难想象，当尼莫·科理斯跟着他那个推销员爸爸来到我们这个小镇，他一定已经意识到自己的命运。想到自己刚刚竟然还暗暗嘲笑他，我忽然觉得很羞愧。“没事啦，”我说，“下来嘛。”

约翰尼把球传还给戴维·雷。戴维·雷三步并作两步地冲到球员出入口前面。“哇！小朋友，刚刚那一球你是怎么丢的！”尼莫刚从那个门走出来。“太准了！太厉害了！你几岁啊？”

“九岁，”他说，“快九岁半了。”

戴维·雷露出困惑的表情。我知道他跟我一样困惑。这孩子个子这么小，怎么可能投得出这么强劲有力的球，而且还投得这么准？“约翰尼，你去站在二垒！”我大叫了一声。约翰尼对我挥挥手，然后立刻就跑到二垒。“尼莫，想不想再多投几球？”

“这个……我差不多该回家了。”

“就随便投几球，要不了多久的。我很想看看你投球到底厉害到什么地步。戴维·雷，你的手套可以借他一下吗？”

戴维·雷脱下手套，尼莫立刻接过去戴到手上。那手套戴在他手上简直大得离谱。“你去站在投手丘上，投几个球给约翰尼接，好不好？”我怂恿他。

尼莫看看投手丘，看看二垒，接着，他忽然转头看着本垒板。“我站那边好了。”说着他就朝打击区走过去。我和戴维·雷愣在那里目瞪口呆。从本垒板到二垒,这种距离就连我们都会丢得很吃力,更何况是一个九岁半的小鬼。“你不是在开玩笑吧,尼莫?”我问他。可是他说:“不是。”

尼莫拿出手套里的球,那一刻,我似乎看到他脸上露出一种庄重的神色。他修长的手指抓住那只球,转动了几下,慢慢转到有缝线的地方,那个时候,他立刻扣紧手指。“准备好了吗?”他大喊了一声。

“好了,我准备好了!你投——”

啪!

要不是亲眼看到,打死我们都不相信。就在心脏跳一下的瞬间,尼莫的球已经投进约翰尼手套里了。要不是因为约翰尼反应够快,那只球可能会砸在他胸口上,让他当场倒地不起。甚至,尽管约翰尼接到了球,那股巨大的冲力还是把他撞得倒退了好几步,手套里的球扬起一股灰尘。约翰尼忽然开始绕圈踱步,露出一种痛苦的表情。

“你没事吧?”戴维·雷大声问他。

“有点痛。”约翰尼说。我和戴维·雷都很了解约翰尼。他嘴里说有点痛,但一定是痛死了。“我可以再接一球。”但接着他好像又嘀咕了一句什么,我们距离太远听不太清楚,好像是:“上帝保佑。”接着他把球还给尼莫。他球投得很高,尼莫往前跨了六步,眼睛看着那个球朝他脸上飞过来,然后,就在球快要打到他脸上的那一瞬间,他猛然抬起手套接住了球。那真是电光火石的一刹那,那小子时间掐得真准——百分之百精准。但我发誓,就差0.1秒,他的鼻子就要被球打扁了。

尼莫又走回打击区。接着,他忽然抬起脚,脚上的棕色球鞋在牛仔裤上搓了几下,搓掉上面的沙尘,然后,他又摆出投球的姿势,约翰尼立刻提高警觉。接着,尼莫忽然又站直身体,把球放回手套里。“这样投球没什么了不起。”他对我们说。好像我们盯着他看,令他很不自在。“这谁都会——除非你没有手。”

“开什么玩笑！谁能这样投球?”戴维·雷说。

“你们好像觉得这样投球很了不起是不是?”

“你的球速真快。”我说,“快得吓人,尼莫。连我们队上的投手都没办法投得像你那么快,而且他块头还是你的两倍大。”

“这根本没什么。”接着,尼莫对约翰尼大喊:“你往三垒跑!”

“什么?”

“往三垒跑!”尼莫又喊了一次,“还有,把手套抬起来,张开,举在我看得到的地方!”

“什么?”

“尽量跑,用最快的速度跑!”尼莫催他,“反正你张开手套举起来就对了！眼睛不要看我!”

“跑啊,约翰尼!”戴维·雷喊着,“听他的就对了!”

约翰尼这小子很勇敢,他果然毫不犹豫地开始跑向三垒,脚下扬起漫天黄沙。只是,他虽然没有转头看本垒,但心里还是有点怕。他缩着脖子,手套平举在胸前的高度,手套开口朝着尼莫。

尼莫猛吸一口气,手臂往后拉,接着,我们只见他的手臂在半空中划了一个圆弧,白影一闪,球立刻像子弹一样从他手上飞了出去。

约翰尼用尽全力拼命狂奔,眼睛盯着三垒,接着,就在他距离三垒只剩五六步的时候,他忽然感觉有一团沉甸甸的东西结结实实飞进了他手套里。那一刹那他吓了一大跳,身体忽然失去平衡,整个人摔倒在地上往前滑,扬起一片黄沙。后来,当黄沙渐渐消散,我们只看到他坐在三垒垒包上,低头呆呆地看着手套里的球。“哇!”他嘴里嘀咕着,惊呆了,“哇!”

我从来没见过有人能把球投得那么准。准得吓人。约翰尼根本不需要伸手去接球,因为,等到他察觉的时候,球已经在他手套里了。“尼莫?”我问他,“你在少年棒球联盟的比赛投过球吗?”

“没有。”

“你打过棒球吗?”戴维·雷问。

“没有。”他皱起眉头,伸出一根手指把眼镜往上推。他鼻子上全是汗水,镜框一直往下滑。“我妈不准我打棒球,她怕我会受伤。”

“你是说,你从来没有参加过棒球队?”

“是这样,我家里有一只棒球,还有手套。有时候我会自己练习接高飞球,有时候我会试试看自己能投多远。我把玻璃瓶放在栏杆柱子上,然后拿球去投。大概就是这样。”

“你爸爸从来没想要叫你去打棒球吗?”我问他。

尼莫耸耸肩,脚上的球鞋往地上踢,扬起了一些沙尘。“他对棒球没什么兴趣。”

我忽然感到很困惑。站在我面前的是一个矮冬瓜,瘦得皮包骨头,戴着大眼镜,讲话结结巴巴,但谁想象得到,他却是举世无双的棒球天才。“你投几个球给我接好不好?”我问他。他说好。于是我跟约翰尼借了手套,然后把球传给尼莫。跟约翰尼借手套,他显然很乐意,因为他的手已经快痛死了。接着,我跑到二垒上站好。“尼莫,丢到这里给我!”我大喊了一声,然后把手套伸出去,举在肩膀的高度。尼莫点点头,摆出投球的姿势,然后用力一投。结果,我的手根本连动都没动一下,球就啪的一声结结实实砸进了我手套里。那力道好猛,我立刻感到一阵剧痛沿着手指头一路蔓延到肩膀。然后,我再把球传给尼莫,他往前跑了好几步,然后猛然往前一蹿才接到那个球。接着,我开始往后退,退到中外野最外围。外野边缘长满了杂草。我把手套高举在头顶上。“尼莫,投到这里!”

尼莫忽然弯腰屈膝压低身体,几乎已经快跪到地上去了。他的头垂得好低,整个人几乎缩成一团。他一直维持着这个姿势,持续了好几秒钟,眼镜在阳光下闪闪发亮。接着,他全身忽然像快爆炸似的伸展开来。

那种气势,仿佛超人从电话亭里飞出来,他手臂猛然往后拉,然后瞬间只见一团模糊的影像,他的手臂划了一个圆弧甩出去。当时要是有人站在他后面，被他瘦骨嶙峋的手肘撞到下巴，那牙齿肯定要掉光。球从尼莫手上飞出去，夹带着腾腾杀气朝我飞过来。

那只球一开始飞得很低，从本垒板到投手板之间这段距离，球几乎是贴着地面飞行，几乎快扬起沙尘。过了投球区，球开始慢慢往上升，而且似乎越飞越快，接着过了二垒上方，球还在往上升。这时候，我忽然听到戴维·雷对我大喊，可是我不知道他在喊什么。我全神贯注看着那只风驰电掣的小白球，手套举在头的高度，从他投球的那一刻就一直维持在这个高度。但这时候，我已经本能地准备要压低身体了，因为怕被球打到。接着，球飞进外野了，我听得到它划破长空的嘶嘶声，充满杀气，充满惊人的力道。我两脚定在原地，正准备要咽下一口唾液，结果咽到一半——咕噜！—— 球已经飞到我面前了。

球啪的一声飞进手套，那力道之强，震得我连退了好几步。我用力夹住手套，把球紧紧握住。隔着那层皮革，我感觉得到那只球的温度，那只球的热力。

"科里！"戴维·雷又在叫我了。他两手围在嘴巴旁边大喊，"科里！"

我不知道戴维·雷为什么要叫我，也没放在心上。尼莫·科理斯的手臂真的太神了，简直不是人的手。我不知道那有多少是天生的，有多少是苦练出来的，不过，有一点是可以确定的：尼莫不只是手臂具有可怕的神力，而且他手眼协调的精准度已经达到天衣无缝、出神入化的境界。那不是凡人做得到的。我只能说，他真是万中选一的顶尖高手。

"科里！"这次是约翰尼在叫我，"小心！"

"什么？"我大声问他。

"小心你后面！"约翰尼大叫。

这时我听到声音了。听起来像是镰刀划过麦秆的声音。我立刻回头看后面。我看到了。

原来是戈萨和戈多。两兄弟骑着他们的黑色脚踏车往我们这边过来了，脸上露出狰狞的笑容。他们的金发在阳光下闪闪发亮。外野后面是一大片草地，草大概齐膝盖那么高。他们用力踩着踏板，骑车穿过那片草地，朝我骑过来，沿路经过的草丛里不时跳出蚱蜢和蟋蟀。我很想跑，可是两腿却不听使唤。没多久，布兰林兄弟已经骑到我旁边，把我夹在中间。戈萨在我右边，戈多在我左边。他们满头满脸都是亮晶晶的汗，眼睛死盯着我。这时候，我听到远处忽然传来乌鸦的啼叫，那声音听起来仿佛是魔鬼在狂笑。

十四岁的哥哥戈萨伸出食指勾住我的手套。"科里，原来你会玩球啊？"他的口气很猥亵。

"他一天到晚都在玩他的球球。"戈多笑得很淫秽。他今年十三岁，只比戈萨矮了一点点。他们两个块头都不大，不过肌肉很结实，而且身手矫捷。戈多眉心的位置有一道伤疤，而戈萨则是下巴有一道伤疤。这意味着他们两个好勇斗狠，根本没把头破血流当一回事。接着，戈多看向本垒板。戴维·雷、约翰尼和尼莫都站在那里。"妈的那臭小子是谁？"

"他是刚搬来的。"我说，"他叫尼莫。"

"泥魔？"戈萨也死盯着尼莫。我注意到他们两个都露出饿狼的表情。他们已经闻到血腥味了。"走，我们去见见那个泥魔。"戈萨跟戈多说了一句，然后就开始踩踏板骑向尼莫。戈多在我手套上打了一拳，里面的球立刻掉到地上。我弯腰去捡的时候，他朝我的头发吐了一口唾液，然后也骑车走了，跟在他哥哥后面。

我立刻就明白事情不妙了。尼莫又瘦又小，已经够悲惨了，要是这两个凶神恶煞发现他说话结结巴巴，那就更惨了。接着，那两兄弟慢慢靠近我的火箭，那一刹那，我不由得倒吸了一口凉气。他们从火箭旁边经过的时候，戈萨突然毫不在乎地一脚把火箭踹倒在地上。我拼命按捺住一肚子火，只是当时我还不知道，到最后我的火气还是会爆发的。

那两兄弟骑到他们三个旁边，停住车，把他们围在中间。"你们这几个臭小子在比赛吗？"戈萨问。他脸上那种狰狞的笑容看起来活像伊甸园里的那条蛇。

“我们只是在练习传球。”戴维·雷告诉他。

“喂,小杂种。”戈多对约翰尼说,“你看什么看?”

约翰尼耸耸肩,低头看看地上。

“知不知道你臭得像大便?”戈多对他冷嘲热讽。

“我们不想惹麻烦,”戴维·雷说,“放过我们,可以吗?”

“干吗,又不会把你们吃掉,怕什么怕?”戈萨跳下脚踏车,站到他们面前。他把脚踏车的支架踢下来,然后整个人靠在车上。“我们有说要把你们怎么样吗? 喂,戈多,来根烟。”

戈多手伸进裤子后的口袋里,掏出一包烟丢给他哥哥。戈萨从胸前的口袋里掏出一包折页火柴。他抽出一根烟塞进嘴里,然后把火柴丢给尼莫。“来,帮我划一根火柴。”

尼莫接过火柴。他的手在发抖。他拿下一根火柴,划了三次才点着。

“帮我点烟。”戈萨命令他。

尼莫可能已经在别的小镇上见识过太多戈萨和戈多这种货色,所以他乖乖听话。戈萨吸了一口烟,然后从鼻孔喷出来,“听说你叫泥魔,是真的吗?”

“我……我叫……尼莫。”

“尼……尼莫?”戈多吐了一口唾液,“尼……尼莫? 你没长舌头吗,泥魔?”

我把倒在草地上的火箭扶正。此刻,我面临一个抉择。我大可骑着火箭逃之夭夭,抛下我的好朋友和尼莫,让他们自己去面对那两个恶魔。或者,我可以选择和他们并肩作战。我很清楚自己不是什么英雄好汉。我根本不是打架的料。尽管我心里很怕,尽管我的理智告诉我三十六计走为上策,但我心里明白,在这样的时刻,要是我真的夹着尾巴逃了,我会一辈子都抬不起头来。

虽然理智可以教你明哲保身,但那种后果却不见得是你承受得了的。

我开始朝他们走过去,心脏剧烈地狂跳。

“你看起来很像个娘娘腔。”戈多对尼莫说,“你是不是啊?”

“嘿……老兄,”戴维·雷硬挤出笑脸,“帮个忙好不好——”

戈萨猛然转过去看着他,往前跨了两步,一手抓住戴维·雷胸口用力一推,然后伸出一只脚勾住戴维·雷的脚踝,把他推倒在地上,扬起了一片沙尘。戴维·雷重重摔到地上,忍不住呻吟起来。然后,戈萨站在他旁边,居高临下看着他,嘴里抽着烟。“你!”他说,“你给我闭嘴!”

“我该回家了。”尼莫准备离开,但戈多一把抓住他的手臂。

“臭小子。”戈多说,“谁说你可以走的?”

“可是我妈妈叫我要赶快回——”

戈多仰天狂笑起来。棒球场四周树林里的鸟被他吓得纷纷飞出来。“戈萨,你听听看!他好像嘴里含着大便在讲话!”

这两兄弟为什么会变成这种凶神恶煞,没有人知道。也许他们两个本来就是天生的坏胚子,也或许是因为老鼠生的儿子会打洞,有样学样。不管是什么原因,反正布兰林兄弟就是无法无天,横行霸道,目无法纪。而且,这种习性越演越烈,一发不可收拾,两个人离那种杀人放火的罪犯只差半步了。

戈多抓住尼莫双臂一阵猛摇,“我说得对不对?”

“不对。”尼莫喉咙哽住了。

“不对才怪。”戈萨说。他的阴影笼罩在戴维·雷身上。

“不对,真的不是那样的。”尼莫胸口开始颤抖,忽然哭出声来。

“噢,妈妈的心肝宝贝哭了!”戈多说。他笑得很狰狞。

“我……我要……我要回家……”尼莫开始啜泣,眼泪滴到他眼镜上。

天底下最残酷的,莫过于满腔愤怒却饱受欺压无力还手,只能默默忍受委屈。而更残酷的是欺负你的人卑鄙无耻,只敢欺负弱小。布兰林兄弟绝对不会找上那种跟他们同年纪或是比他们大的孩子。

我扭头看看四周，忽然看到一辆车从棒球场旁边经过，可是开车的人却没注意到棒球场里面出事了。我们只能想办法靠自己脱困了。此刻，我忽然感觉头顶上的太阳格外的毒辣火热。

"戈多，把那小鬼放到地上。"戈萨说。于是戈多把尼莫推倒在地上。接着戈萨说："戈多，喂他喝个饱。"于是戈多开始拉开牛仔裤上的拉链。

"喂，别这样！"约翰尼说话了，"不要！"

戈多站在尼莫旁边，准备向他脸上撒尿。"臭杂种，你给我闭嘴，不然我就先喂你喝个饱。"

我已经按捺不住了。我低头看看手上的棒球。尼莫一直在哭，戈多已经准备要在他脸上撒尿了。我受不了了。

我想到火箭被他踢倒在地上，想到尼莫的满脸泪痕。于是，我不由自主地把那只球丢向三米外的戈多。

棒球并不是什么多要命的东西，但还是结结实实地打中了戈多的右肩。他惨叫了一声，然后摇摇晃晃地从尼莫旁边退开，而那一刹那他正好尿了出来，他的裤裆立刻湿掉，尿液沿着大腿往下流。戈多立刻按住自己的肩膀，整张脸皱成一团，哀声惨叫，而且突然哭了出来。戈萨立刻转身面向我，牙齿上还咬着那根香烟，嘴里喷出一团烟。他脸涨得通红，立刻扑到我身上。我还来不及躲开就被他扑倒了，然后他抡起拳头用尽全力在我身上一阵猛打。过了好一会儿我才意识到自己平躺在地上，而戈萨坐在我胸口，全身重量压得我喘不过气来。"我……我没……没办法……呼吸了……"我已经快说不出话来了。

"那最好。"说着他又抡起右拳重重打在我脸上。

一开始那两拳很痛。真的很痛。然而，接下来那两拳，我已经差不多昏倒了，没什么感觉了。不过，我还是继续挣扎，大声惨叫，拼命想挣脱。接着我注意到，戈萨的拳头上满是鲜血。"噢，妈的，我的手断了！"我听到戈多在呻吟,看到他跪在草地上。

就在这时候,忽然有人抓住戈萨的头发,他的头立刻往后一仰,嘴上的香烟掉到了地上。接着,我看到约翰尼站在他后面,然后听到戴维·雷大叫了一声:“抓紧他!”然后他就一拳重重地打在戈萨鼻子上。

戈萨的鼻子立刻肿了起来,血从鼻孔里喷出来。戈萨发出野兽般的一声怒吼,从我身上跳起来,转身扑向戴维·雷,然后拳头如雨点般打在戴维·雷身上。约翰尼立刻冲上去,拼命想抓住戈萨的两条手臂,但戈萨甩开约翰尼的手,然后猛一转身一拳打在约翰尼脑袋上。这时候,戈多也挣扎着爬起来了。他气得龇牙咧嘴,一脸狰狞,立刻冲上去猛踢约翰尼的大腿。约翰尼倒在地上,我看到他眼睛上被人打了一拳。戴维·雷忽然大吼:“你们这两个王八蛋!”接着他猛然扑到戈萨身上。但戈萨抓住他的衣领,把他整个人提起来甩了一圈,然后用力一丢,把他摔到了地上。这时我已经坐起来了,嘴里全是血。尼莫也已经站起来,而且开始逃,可是他太紧张,被自己的脚绊倒摔到草丛里。

后来我一直不太愿意去回想接下来那三十秒里的景象。一开始戈萨和戈多把戴维·雷打倒在地上,打到他哭出来。接着,他们开始狠狠殴打约翰尼,一拳比一拳狠。后来,约翰尼已经被他们打得快喘不过气来了,鼻孔鲜血直喷,于是那两兄弟又过来对付我了。

“你这臭小子。”戈萨嘴里咒骂着。血从他鼻孔里滴下来。他用脚踩住我胸口,把我踩到地上。戈多手还抓着他的肩膀,嘴里说:“这小子交给我。”

我被打得头昏脑涨,根本无力还手。事实上,就算我没有头昏脑涨,我还是一样不是他们的对手,除非我手上忽然多出一根狼牙棒,除非我身上忽然多出三十公斤的肉。

“揍扁他,戈多。”戈萨怂恿他。

戈多立刻抓住我衬衫的衣领,把我从地上拖起来。我的衬衫被扯破了,我忽然想到我一定会被妈妈骂个狗血淋头。

“我要杀了你。”我忽然听到有人说话。

戈萨大笑起来。“小子,把那玩意儿放下。”

“我要杀了你。你死定了!”

我眨了几下眼睛,吐掉嘴里的血,然后转头看着尼莫。他站在五米外的地方,手上拿着那只棒球,手臂向后伸展。

这下子好玩了。刚刚戈多只是被我的球打中肩膀,算他命大。现在,球在尼莫手上,那就真的会要命了。我百分之百确定,那只球一定会精准无比地正中他们当中某一个人的眉心,而且我也百分之百确定尼莫一定会出手,因为我注意到在他那副大眼镜后面,眼睛炯炯发亮,眼里燃烧着熊熊怒火,射出腾腾杀气,仿佛一股火苗即将变成一发不可收拾的燎原大火。他已经不哭了,也没在发抖了。手上拿着棒球,他简直就是主宰宇宙的天神。我忽然觉得他真的很想杀人。也许是因为他天生个子矮小,说话又结结巴巴,特别容易成为恶霸小孩的目标,就好像瘦弱无力的小牛特别容易引起恶狼的虎视眈眈。这种处境令他感到愤怒。不过也可能是因为,他一天到晚被人欺负,已经忍耐到极限了。无论是什么原因,我在他眼里看到的是一种令人不寒而栗的决心。他已经打算要用一种最致命的方式改变一切。

戈多立刻放开我。我坐在草地上,嘴唇裂开了,衬衫也扯破了。

“好恐怖哦,你看我都开始发抖了。”戈萨满脸狰狞地笑着,往前跨了一步,向尼莫走过去。

戈多也跟在他哥哥后面。他牛仔裤的拉链还没拉上。我忽然想到,那应该是一个理想的目标。“扔啊,窝囊废。”戈多说。

这两兄弟还不知道自己已经快走到鬼门关了。

“嘿,小朋友! 嘿! 小朋友!”

我忽然听到球场外面有人在大喊。声音是从球场旁边那条路上来的。“嘿,你们没事吧?”

虽然我感觉脑袋昏昏沉沉重得像石头，但我还是扭头去看了看。我看到邮局的厢式货车停在路边，而开车的邮差正朝我们走过来。他头上戴着一顶遮阳帽，穿着短裤，脚上是黑袜子，身上那件蓝衬衫被汗水浸湿了，颜色变得很深暗。

布兰林兄弟就像动物一样警觉性很高，对铁笼子打开的声音非常敏感。他们一声不吭地转身冲向脚踏车，丢下满目疮痍的现场。戈多匆匆拉上拉链，然后立刻飞身跨上脚踏车骑走了。临走之前，戈萨又一脚踹翻了火箭，我想，他那种破坏欲真是根深蒂固。接着，他也跳上脚踏车，两兄弟开始疯狂猛踩踏板，朝他们刚刚过来的方向一溜烟骑走了。"等一下！"邮差在他们后面大喊，但布兰林兄弟根本不理他。他们飞快地骑过棒球场，扬起一片沙尘，然后冲上刚刚那条草丛间的小路，很快就消失在前面的树林里。我听到树林里传来乌鸦的啼叫，看样子，那些吃腐肉的动物正在欢迎它们的同类。

战争结束了，接下来要清理战场了。

邮差的名字叫杰拉尔德·哈奇森，每个月他都会送一只牛皮纸信封到我家来，里面装的就是我订的《怪物世界》杂志。他走到我面前看到我的脸。"天哪！"他惊呼了一声，"是你吗，科里？"

我点点头。我下唇肿得比鸡蛋还大，左眼也肿了。

"你没事吧，科里？"

我有点头昏脑涨，不过还是站了起来。我摸摸嘴巴，发现牙齿都还在。戴维·雷也还好，不过他脸上肿得青一块紫一块，而且手指头被那两个王八蛋狠狠踩了一下。而约翰尼呢，他伤势最严重。哈奇森先生脸圆圆的，脸色红润，送信的时候喜欢边走路边抽雪茄。他扶约翰尼站起来，发现约翰尼那印第安人特有的高挺鼻梁显然断了，鼻孔流出黑黑浓浓的血，而且整个眼睛肿起来，视线有点模糊。"你看到几根手指头？"他在约翰尼面前举起三根手指头。

“六根。”约翰尼说。

“我想他很可能有——”

接下来他说出的那个词，是一个令人畏惧的词，很容易令人联想到脑部受创的人淌口水的画面。

“——脑震荡。我要赶快送他去看帕里什医生。你们两个能自己回家吗？”

我们两个？我立刻转头看旁边。我看到戴维·雷了，可是，尼莫呢？我看到那只球丢在本垒板旁边，可是那个拥有一双神奇手臂的小男孩却不见了。

“是布兰林兄弟干的，对不对？”哈奇森先生扶约翰尼站起来，然后从短裤口袋里掏出一条手帕压住他的鼻孔。没多久，那条手帕迅速被鲜血染红了。“那两个家伙真的需要好好教训一下。”

“约翰尼，你不会有事的。”我告诉约翰尼，可是他没吭声。他有气无力地跟着哈奇森先生走向那辆厢式货车。哈奇森先生把他扶上车，然后自己绕到另一边，坐上驾驶座，发动引擎。约翰尼往后靠在椅背上，垂着头。他真的伤得很重。

后来，哈奇森先生开着货车绕过街角，然后加快速度朝帕里什医生的诊所开过去。这时候，我和戴维·雷把约翰尼的脚踏车塞进看台底下，藏在那里比较不容易被人看到。约翰尼的爸爸可能会来找这辆脚踏车，可是万一布兰林兄弟早一步回到棒球场，铁定会把他的脚踏车砸个稀烂，所以藏起来比较安全，不过，我们也只能做这些了。接着，我们两个忽然都想到，那两兄弟可能还躲在树林里等哈奇森先生离开。

想到这里，我们不由自主地加快动作。戴维·雷把棒球用具收了起来，骑上车，而我走过去把火箭扶起来。那一刹那，我仿佛看到头灯里那只金黄色的眼睛又出现了。它用一种怜悯的眼神看着我，仿佛在说：“原来我的新主人这么没用？看样子以后要自求多福了。”今天是火箭第一天上路，没想到却多灾多难。但愿我们两个以后可以很愉快地在一起。

然后，戴维·雷和我也骑着车离开棒球场，两个人都浑身酸痛。我们都预料得到接下来会发生什么：爸妈看到我们的模样，一定会吓得魂飞魄散，接着，一听我们说这是布兰林兄弟干的好事，他们一定会气冲冲地打电话去兴师问罪，说不定还会惊动警长。接下来，布兰林兄弟的爸妈一定会敷衍大家，保证以后一定不会再发生这种事。

只是，我们心里明白，没这么简单。

这一次我们侥幸逃过了布兰林兄弟的毒手，但戈萨和戈多必定会怀恨在心。那两辆黑色的脚踏车随时会冒出来偷袭我们，完成那天未完成的任务。或者应该说，找我把账算清楚，因为我用那只球打了戈多的肩膀。

布兰林兄弟阴魂不散，我们的夏日时光忽然变得不是那么美好了。我们还要熬过 7 月和 8 月。但愿到 9 月的时候，我们的牙齿还在。

4 奔向自由

果然不出我们所料。

我们的爸妈果然都吓坏了，气冲冲地打电话去兴师问罪。艾默里警长也亲自到布兰林家去登门拜访。后来他告诉我爸爸，戈萨和戈多两兄弟那天都不在家。不过，他说他已经告诉他们的爸妈说，他们的儿子打断了约翰尼的鼻子，甚至差一点就打裂了他的头骨。没想到，布兰林先生的反应竟然只是耸耸肩，然后说：“噢，警长，小孩子就是这样嘛，打打闹闹没什么大不了，而且这也是一种很好的学习，让他们早点看清楚现实世界是什么样子。”

艾默里警长按捺住满肚子火，指着布兰林先生的鼻子说：“你给我听清楚！我劝你好好管管你那两个儿子，要不然，他们迟早会被送进少年犯管教所。要是你不管教你儿子，那就我来管！”

“随便你。”布兰林先生满不在乎地说。他懒洋洋地坐在电视前面，客厅里衬衫和袜子丢得到处都是，而且还听得到布兰林太太在房间里抱怨说她背痛。“他们根本就不怕我。他们谁都不怕。要是他们真的被送去少管所，那我跟你保证，那里会被他们一把火烧掉。”

“你叫他们自己来找我，不然，我就自己到你们家来找人！”

布兰林先生一边拿着牙签剔牙，一边摇摇头。“J. T. ，你追过风吗？那两个孩子野得跟什么似的。”说着，他忽然不看电视了，抬起头来盯着艾默里警长，牙签还咬在嘴里。“你刚刚说我们家戈萨和戈多把四个男孩子打得很惨，是吗？奇怪了，这听起来很像是他们只是为了保护自己。我不相信他们会同时找四个男生打架，除非他们疯了，你不觉得吗？”

“那几个孩子告诉我，那根本就不是你说的那种自卫。”

“我儿子也告诉我——”布兰林先生忽然停了一下，牙签举在面前，眼睛盯着牙签上那团东西，“——麦克森家那孩子用棒球打了戈多的肩膀，差点把他骨头都打碎了。我看过戈多肩膀上的淤青，整片都黑了。要是那些人再逼我，那我可能就要对麦克森家那孩子提出控告了。”说着他把牙签塞回嘴里，又开始低头看电视。电视上正在播《罗宾汉》那部电影。“哼，麦克森那一家子每个星期天都上教堂，虔诚得跟什么一样，结果他们竟然教儿子拿棒球打我儿子，然后竟然还做贼的喊捉贼。”他很不屑地哼了一声，“好个虔诚的基督徒！”

不过到最后，艾默里警长还是占了上风。帕里什医生给约翰尼治疗，这笔医药费布兰林先生愿意支付。另外，警长坚持要戈萨和戈多到警察局的拘留所去打扫卫生，而且一个星期不准去游泳池。可想而知，这只会令他们更痛恨戴维·雷和我。我下唇的伤口缝了六针，那种痛跟被打的时候差不多。不过，这笔医药费，布兰林先生就不肯付了，因为我拿球打了戈多的肩膀。我妈妈气坏了，可是爸爸却不想再追究。戴维·雷晚上睡觉的时候必须放冰袋，脸上是又青又紫的一大片。后来听爸爸说，约翰尼的脑震荡挺严重的，要等帕里什医生评估没问题才准下床。那可能要等上好几个星期。

后来,约翰尼虽然可以下床走动了,可是还是不准跑,不准做任何剧烈运动,不准骑脚踏车。至于藏在看台底下的那辆脚踏车,他爸爸已经取回家了。说起来,布兰林兄弟不光是打了我们,还对我们造成了更大的伤害。他们剥夺了约翰尼的美好夏日时光。6 月他才刚过了十二岁生日。十二岁的生日,一生只有一次。也就是说,那个日子所代表的意义被布兰林兄弟摧毁了。

这阵子,我眼睛一直肿肿的,很怕光,所以白天都把窗帘拉上。而也就是这段时间,我开始从杂志里剪下一堆怪物的图片。我常常把一整沓的《怪物世界》杂志摆在大腿上,把里面的怪物图片剪下来,然后用胶带贴在墙上、书桌前面、衣橱门上,反正,能贴的地方全贴了。后来,等到我贴完了,这才发现我的房间已经变成一间"怪物博物馆"了。四面墙上贴满了著名的怪物,有《歌剧魅影》里那个戴面具的怪人,还有吸血鬼、科学怪人、木乃伊,仿佛那些怪物从四面八方凝视着我。我床铺四周贴满了恐怖电影的黑白剧照,像是《暗夜伦敦》、《畸形人》、《黑猫》、《魔山古屋》之类的。衣橱门上贴的是电影里的各种怪兽图片。至于我书桌前面,那就比较特别了,上面贴的都是我特别崇拜的偶像,比如,有一张是文森·普莱斯,那是他在爱伦·坡的小说《阿夏家的没落》改编的电影里扮演的斐德列克·阿夏。另外一张是克里斯托弗·李,他扮演的是经典小说《德古拉伯爵》改编的电影里那个永生不死的吸血鬼。有一天妈妈跑进来,看到我满房间的照片,吓得差点当场昏倒。她赶紧扶住门框。"科里!"她大叫了一声,"墙上那些图片吓死人了,还不赶快拿下来!"

"为什么?"我问她。我缝了六针的下唇还在痛。"这是我的房间,我爱怎么贴就怎么贴,不可以吗?"

"没错,可是,那些怪物整天盯着你,你不怕做噩梦吗?"

"不会啦,"我说,"真的不会。"

她没再说什么,然后就默默地出去了。于是,图片就这么贴着了。

真正会害我做噩梦的不是墙上那些怪物,而是布兰林兄弟。我反倒觉得那些怪物就像我的守护神,令我很有安全感。有他们守护我,布兰林兄弟绝对不敢从窗户爬进来找我。甚至,在夜深人静的时刻,我仿佛听得到他们跟我说话,鼓励我,安慰我,叫我要勇敢面对外面那个世界。在那个世界里,大家只要碰到难以理解无法解释的事物,本能的反应就是畏惧。

而我从来就不怕那些怪物,因为我觉得我能够控制他们。黑夜里,我就睡在他们旁边,但他们绝不会越过那条界线侵犯我。我的怪物并不是天生就喜欢自己脖子上有螺丝钉,喜欢自己长着布满鳞片的翅膀,喜欢吸人血,喜欢自己有一张会吓坏女孩子的脸。我的怪物并不邪恶,他们只是想在那个古老的险恶世界里寻找一个安身立命的所在。看到那些怪物,我会想到自己,还有我那几个朋友。他们都很笨拙,长相平庸,一天到晚被欺负,可是,他们绝对不让自己被击倒。他们是一群边缘人,他们只是想在那个充满敌意的世界里找到自己的归宿。在那个世界里,有人拿着火把,有人拿着护身符,有人拿着十字架,有人枪里装了银子弹。在那个世界里,有原子弹,战斗机,火焰枪。在那个世界里,大家都要对付他们。他们并不完美,他们饱受折磨,然而,他们才是真正的英雄。

不过,还是有些东西会令我感到畏惧。是什么呢?

有一天下午,妈妈整理了一沓旧杂志放在门廊上准备要拿去扔掉,结果我发现里面有一本旧的《生活》杂志,于是就坐在门廊上看起来。叛徒懒洋洋地趴在我旁边,树上传来阵阵蝉鸣,清澈蔚蓝的天空美得像一幅画。杂志里有几张照片。那些照片和一桩震惊全国的事件有关。时间是 1963 年 12 月,地点在得克萨斯州的达拉斯城。照片里阳光灿烂,总统和他的夫人坐在一辆黑色的加长敞篷礼车上,面带微笑向四周的民众挥手致意。接着,我忽然看到一张模糊的照片。照片中的那一刻,我们国家遭遇了惊天动地的巨变。我在电视上看过那个叫奥斯瓦尔德的家伙被人开枪打死。我还记得,电视里那家伙看起来个子好小,而那声枪响也只是啪的一声,听起来像气球破掉，完全不像西部片里那种六发左轮枪的轰然巨响。我记得，当时奥斯只是轻轻叫了一声，然后就倒下去了。有一次我的脚指头被石头砸中，叫得比他还大声。

接着，我看到肯尼迪总统葬礼的照片。照片里，队伍中的马都没有人骑，而总统的孩子摆出敬礼的姿势，夹道的人群看着棺木从他们面前经过。看着那张照片，感觉十分怪异，甚至有点毛骨悚然。那些照片里，你可以看到地上是一团又一团的黑影。也许你会认为那是光线的关系，或者是底片之类的问题。不过在我看来，那些照片里充满了黑暗。路口的转角是一个个漆黑的人影。男人穿着西装，女人在哭泣，有人把卷曲的细纸条撒在他们身上。照片里有车队，有一栋栋的大楼，还有修剪得很整齐的草坪，而一片片的黑暗把那些都串连在一起。照片里的人，脸部都笼罩在黑暗中，而脚下也是如沥青般黑暗的一片。那些照片里，黑暗仿佛变成了活生生的东西，生长在人群中，感觉上就像病毒一样，迫不及待想扩散到照片外面。

接着，我翻到下一页，看到另一张照片。照片里有一个全身着火的人。他是一个光头的东方人，盘腿坐在马路上，全身都是火。尽管火焰已经逐渐吞噬他的脸，但他却还是闭着眼睛，神情安详而神圣。每次爸爸在收音机里听到洛伊·欧宾森的歌声，也会出现那种神情。有人说洛伊·欧宾森是1960年代最伟大的白人摇滚歌手。那张照片底下有一行字，上面说明拍摄的地点是一个叫做西贡的城市，而那个光头的男人是一个和尚，他把汽油浇在自己身上，然后点燃了一根火柴。

接着，我又看到第三张令我心惊胆战的照片。照片上是一间被烧毁的教堂，窗户的彩绘玻璃支离破碎，消防队员在废墟里搜寻东西。有几个黑人站在教堂四周，脸上露出那种震惊过度的呆滞表情。教堂前面的树都光秃秃的看不到半片叶子，但奇怪的是，照片底下的文字说，这件事是发生在1963年9月15日，当时应该还是夏天不是吗？文字里还提到，那片废墟本来是位于伯明翰十六街的浸礼会教堂，当时正在上主日学，结果有人引爆了一枚预先埋设的炸弹,炸死了四个小女孩。

我转头看看远处的奇风镇。这是我的家乡,青翠的山岭连绵起伏,天空碧蓝如洗,而且远远就看得到布鲁顿区家家户户的屋顶。叛徒在我旁边呜呜哼着,我猜它一定是梦见了美味的骨头。

我从来不曾真正了解什么叫仇恨,直到我看到这些照片。我无法想象,竟然会有人在礼拜日把炸弹放在教堂里,炸死那些小女孩。

我忽然觉得不太舒服。那天我的头被戈萨揍了好几拳,到现在还是会痛。于是我回到房间,躺到床上。在那些怪物的怀抱里,我不知不觉睡着了。

这是我们的奇风镇,夏天才刚开始。清晨,空气中弥漫着薄雾,接着,太阳出来了,晨雾渐渐消散,空气中开始弥漫着浓浓的湿气。那湿气有多重呢?就算你只是走过院子到信箱去拿信,等你走回屋里的时候,你会发现衣服已经湿透,整个黏在皮肤上。到了中午,你会感觉地球仿佛已经停止转动,那蒸腾的热气足以把半空中飞过的小鸟烤熟。到了下午,你会看到西北边的天际涌起一团暗紫色的浓云。你可以坐在门廊上,打开收音机,一边喝着冰凉的柠檬汁,一边听棒球转播,看着那团乌云缓缓飘过眼前。没多久,你会听到远处的天空传来隐隐约约的雷声,云端闪着电光,而收音机会出现噪声。有时候可能会突然下起滂沱大雨,下个三十分钟,不过,绝大多数的时候,你只会听到飘过的云团里传来隐隐的雷声,却看不到半滴雨。到了黄昏,大地的热气渐渐消散,你会听到树林里响起蝉鸣,一波接着一波,仿佛树林里成百上千的蝉齐声鸣叫。成群的萤火虫从草丛里飞出来,飞到树上,停在树枝上,这时候,你会看到树枝上闪烁着无数光点,一片灿烂,仿佛整串的圣诞灯。那种感觉,仿佛盛夏的 7 月飘散着圣诞节气息。接着,天空开始依次绽放出点点星光,慢慢浮现出一弯明月。在这样的夜里,要是爸妈心情好,他们就不会硬逼着我早早上床睡觉。我可以熬到十一点再睡。这样一来,我就可以坐在门廊上,看着家家户户的灯光渐次熄灭,看着夜色慢慢笼罩整个奇风镇。灯光熄灭之后,天上的星光就会越来越明亮。你抬头看着满天回旋流转的灿烂星光,那种感觉,就像看着宇宙的心脏缓缓搏动。微风轻拂,大地的清香随风飘散,枝叶随风摇曳。在这样的时刻,你一定会觉得这是一个和谐而有秩序的世界,就像电影中那静谧安详的农场,而且,你一定深信住在这里的人都是纯朴善良的人。而我也一直如此憧憬。我渴望自己的家乡就是一个这样的世界。然而,我看到了那些照片。我看到重重黑暗逐渐笼罩了这个世界,看到一个全身是火的人,看到一座被炸毁的教堂。于是,我开始看到这个世界的真相。

后来,爸妈终于又准许我骑脚踏车出去了,而我对火箭也渐渐越来越熟悉了。不过,妈妈话说得很清楚。“要是你再摔下来,嘴唇的伤口又裂开,那这次帕里什医生恐怕需要给你缝二十针!”而我自己也心知肚明,运气是靠不住的,小心为妙。于是,我都只绕着我家附近骑,而且小心翼翼,仿佛在巡回马戏团的会场上骑小马,一步一步慢慢走。有时候,我会看到车头灯里似乎又出现那只眼睛,可是当我仔细一看,那只眼睛又不见了。火箭似乎明白我的心意,于是也乖乖配合我慢慢来。然而,链条齿轮的运转是如此顺滑,脚踏板踩起来是如此轻盈,如此灵活,我感觉得到,它渴望尽情奔驰。我感觉得到,我还没有见识到真正的火箭。

我嘴唇的伤口愈合了,头也消肿了,然而,我受创的自尊和自信并没有随之复原。心里的创伤,外表是看不见的。我也只能默默承受。

星期六那天,爸妈带我去公共游泳池游泳。游泳池里人山人海,挤满了中学生。我必须顺带提一下,这座游泳池只有白人才可以进来。妈妈一看到那清澈碧绿的池水就迫不及待地跳下去了。爸爸在池边找了把椅子坐下,不管我和妈妈怎么拉他,他就是不肯下水。过了一阵子我才想到,他上一次下水,就是在萨克森湖里,结果,他眼看着那个人沉进湖底。我陪他坐了一下,看妈妈在水里游了好几趟。这时我终于有机会再跟他说一次尼莫·科理斯的事。尼莫拥有异于常人的手臂,投球的速度快得吓人。这件事我已经告诉过他两三次了,可是当时他不是在看电视就是在听收音机,根本没有专心听。而这次机会来了,因为他显然没什么兴趣下水游泳,而旁边也没有电视或收音机会让他分心,所以他就只好专心听我说话。听我说完之后,他说我应该去找默多克教练,把尼莫的事说给他听听,说不定他会去找尼莫的妈妈,劝她让尼莫参加棒球队。我决定过些时候再去找教练。

到了下午,我看到戴维・雷也跑到游泳池来了。跟他一起来的有他爸妈,还有他那个六岁的小弟安迪。戴维・雷脸上那些淤青几乎都不见了。他爸妈过来坐在我爸妈旁边,接着,他们的话题开始绕着布兰林兄弟打转。听他们说,被布兰林兄弟修理过的人,好像不止我们这几个。我和戴维・雷都不想再听一次那天的事,所以我们就跟爸妈要钱,说我们要去飞轮露天冰店喝冰奶昔。爸妈果真塞了几块钱给我们,于是我们就穿着拖鞋顶着大太阳一溜烟跑掉了。安迪哭着说他也要跟着去,但最后还是被戴维・雷的妈妈拉住了。

飞轮露天冰店就在游泳池对面,是一栋白色粉刷的建筑,屋檐底下垂着一排白色灰泥粉刷的假冰柱,门口有一只北极熊的雕像,上面画满了各式涂鸦。有人写道:“没人能打败我们! 我们是 64 届高三!”还有人写“路易! 路易!”甚至还有“戴比爱高柏!”等等各种标榜独立的话。飞轮可以算是我们奇风镇青少年消磨时间的大本营,店里卖汉堡,热狗,薯条,还有三十几种不同口味的奶昔。平常,你可以看到很多十几岁的男生女生开着父母的车到这里来,把停车场挤得水泄不通,而这个星期六也不例外。停车场上的车子一辆接着一辆,挤得像沙丁鱼罐头,窗户大开着,收音机放得很大声,音乐声充满了整个停车场。记得有一次,我看到小个子史蒂维・考利开着他的午夜梦娜到这里来,停在一个角落里,车上有个金发美女,头靠在他肩上。我从他车子旁边经过的时候,史蒂维瞄了我一眼。他一头黑发,眼睛蓝得像游泳池里的水。我没看到那女孩子的脸。我忽然有点好奇,不知道那女孩子究竟是谁,还有,不晓得她知不知道,在奇风镇和联合镇中间那条公路上,小个子史蒂维和午夜梦娜依然阴魂不散。

戴维·雷一向胆子比较大,什么都敢尝试。他买了一杯巨无霸薄荷奶昔,花了五角钱。我想买一杯香草奶昔,可是他劝我不要买。“香草奶昔有什么稀罕!”他说,“你应该试试——”说着他抬头看看价目表,上面什么口味都有。“我觉得你应该试试花生奶油!”

我听他的话买了一杯,结果没有让我失望。那是我这辈子喝过最好喝的奶昔,味道很像融化的花生巧克力棒。接着,奇怪的事发生了。

我们手上端着冰凉的白色大纸杯,杯子上有两个红色的大飞轮图案。头顶艳阳高照,我们慢慢走过停车场。就在这时候,那声音出现了。那是音乐声,一开始是从几辆车里的收音机传出来的,接着,别的车里的年轻人也纷纷打开收音机,转到同一家电台的频率,而且把音量调得很高。于是,音乐声从小小的喇叭流泻出来,铺天盖地充满了整个停车场,飞扬在夏日灿烂的天空。没几秒钟,停车场上每一辆车里的收音机都在播放同一首歌,而且,有几辆车子甚至发动引擎,欢笑声此起彼伏。

我忽然停下脚步,因为我完全被那首歌吸引住了。那跟我从前听过的音乐截然不同。听得出来那首歌是好几个男的同时唱出来的,乍听之下,他们有时候好像各唱各的,但有时候又变成合唱,变幻莫测。他们的声音交织在一起,融合成一种浑然天成的完美和音。他们高亢嘹亮的歌声充满喜悦,仿佛小鸟自由自在飞入云端。另外,在那完美的和声背后,还交织着令人振奋的鼓声,还有轻盈的吉他声。听着那首歌,我忽然感觉从背脊传来一股兴奋的战栗。

“戴维·雷,那是什么?”我问,“那是什么歌?”

自由……自由……奔向自由……

“那是什么歌?”我又问了他一次。那一刻,心里的感觉是一种无法形容的惊慌,怕自己不能知道歌名。

“你还没听过吗?中学那边每个人都会唱了。”

……一成不变的日子太无聊,我受不了……我要到另一个地方,寻找跟我一样的孩子……

“这首歌到底叫什么名字?”我一直追问。我感觉得到整个停车场已经陷入一种狂乱痴迷中。

“电台一直在播这首歌,已经很久了。叫做——”

这时候,全停车场的孩子都开始跟着唱起来,有人甚至开动车子忽前忽后地移动,仿佛车子在前后摇晃。我呆呆地站在那里,手上端着一杯花生奶油奶昔,太阳照在我脸上,消毒水的味道从马路对面的游泳池飘过来。

“——海滩男孩唱的。”戴维·雷说。

“什么?”

“海滩男孩。就是他们唱的。”

“上帝!”我赞叹了一声,“那听起来……听起来……”

那种感觉简直不知该怎么形容。那首歌道尽了年轻人的希望、自由、热血,道尽了他们渴望流浪的心,道尽了他们对朋友的热情。当你沉浸在那灿烂奔放的歌声中,你会感觉自己已经和他们融合为一体,感觉自己已经成为那无拘无束、热情狂放的年轻生命的一部分。

“太酷了。”戴维·雷说。

没话说的酷。

坏蛋知道我们是什么人,不敢来找我们麻烦……奔向自由……

我惊讶得不知该怎么形容。我完全被迷住了。我仿佛随着那飞扬的歌声飞向天空,随着他们飞向那不知名的远方。我从来没去过海边,从来没亲眼看过海洋,只在杂志、电视和电影里看过海洋的景象。海滩男孩。他们的和声如此完美,如此浑然天成,震撼了我的灵魂,有那么一刹那,我忽然感觉自己仿佛也穿着一件印着字母的夹克,开着一辆红色跑车,路上的金发美女拼命对我招手。而我,奔向了自由。

后来,那首歌结束了,仿佛歌声又回到了喇叭里。而我,忽然又变回了原来的科里·麦克森,一个奇风镇的孩子。然而,在刚刚那短暂的片刻,我仿佛感受到了另一个世界,感受到了另一个太阳的热力。

“我忽然很想求我爸妈让我去学吉他。”戴维·雷说。我们走到马路对面。

我忽然想到,等一下回到家之后,我一定要拿出二号笔记本,在上面写一个故事。我要描写飞扬的音乐会飘到什么地方。我知道,有些音乐飘进了戴维·雷的脑海,因为我们走回游泳池的时候,他一直在哼那首歌。

没多久,7 月 4 日到了,公园里举办了一场大规模的烤肉餐会,而旁边的棒球场正在进行一场比赛。结果,我们镇上的成人棒球队鹌鹑队输给了联合镇的火球队,三比七。我注意到尼莫也在场边看那场比赛。他两边坐着一男一女。那个女人穿着红花图案的洋装,而那男人瘦瘦高高的,戴着厚厚的近视眼镜,身上的白衬衫已经被汗水浸透了。尼莫的爸爸并没有一直陪着太太和孩子。球赛第二局结束之后,他就走开了。后来,我看到他在现场的人群中穿梭,手上拿着一本衬衫的样品册,一脸沮丧的表情。

另外,我一直没有忘记那个帽子上有绿色羽毛的男人。我和爸妈坐在树荫下的一张野餐桌旁边,津津有味地啃着烤排骨。旁边有几位老先生在玩丢马蹄铁套柱子的游戏,而年轻小伙子则是大玩橄榄球。我扫视着现场的人群,看看有没有谁帽子上有绿色的羽毛。结果我发现,大家戴帽子都不一样了。冬天那种厚帽子已经没人戴了,大家头上戴的都是凉快的草帽。斯沃普镇长戴着一顶软草帽。他一边抽着烟斗,一边在人群中穿梭,两手沾满了烤肉酱。另外,消防队长马凯特和多拉尔先生也都戴着草帽。而乐善德医生那光秃秃的头顶上也戴着一顶平顶硬草帽,绑着红色的帽带。他朝我们这桌走过来,走到我旁边看看我嘴唇上那白色的伤疤。他凝视着我,露出一种严峻的眼神。“要是那两个小子敢再找你麻烦,”他的荷兰口音很明显,“你就来告诉我,我就用阉割剪来伺候他们。”说着他用手肘轻轻顶了我一下,咧开嘴对我笑笑,露出那两颗银色的门牙。这时乐善德太太忽然走过来把他拉走了。乐善德太太跟他一样也是荷兰人。她下巴很长,每次看到她的脸,我总是忍不住会想到马脸。乐善德太太有点冷漠孤僻,平常很少跟别的太太打交道。妈妈说,她大哥在荷兰和纳粹德军对抗,结果全家都被杀了。我想,那样的遭遇确实很可能会损害到一个人对人的信任。乐善德夫妇在荷兰沦陷之前及时逃出了祖国,而且,乐善德医生自己就亲手开枪打死了一名德军士兵,因为那名士兵破门闯进他家里。我对这件事很好奇,因为,戴维·雷、本、约翰尼和我常常在森林里玩打仗的游戏,所以我很想当面问问乐善德医生,真实的战场究竟是什么模样。可是爸爸不准我跟乐善德医生提这件事,因为那会很像刻意去撕裂人家内心的伤痛。

而弗农·撒克斯特也没缺席那天的烤肉餐会。他一出现,在场的太太们立刻红了脸,而男人忽然都开始埋头猛吃盘里的烤肉,假装没看到他。面对他,大多数人都是一副视若无睹的样子,仿佛当他是隐形人。弗农手上也端着一盘烤肉走到棒球场边那棵树下。那里有一张桌子。严格说来,那天他并非一丝不挂,因为他头上戴着一顶软草帽,那模样看起来很像哈克贝里·费恩。我相信,科理斯先生一定没把他那本衬衫样品册拿给弗农看,没找他推销。他应该是在场唯一幸免的人。

整个下午,我一直听到手提收音机在播放海滩男孩的那首歌,听了好几次。每次听,感觉都比前一次更棒。爸爸一听到那首歌,立刻皱起鼻头,那表情仿佛闻到了馊掉的牛奶。而妈妈呢,她一副耳膜快破掉的模样。不过我倒是觉得很棒。十几岁的年轻小伙子一定会疯狂爱上那首歌。后来,当那首歌播放到第五次的时候,我们忽然听到不远的地方传来一阵吵闹声。就在玩橄榄球那几个男孩子那边。我和爸爸立刻从那群看热闹的人中间挤过去,看看究竟是怎么回事。

我们看到了。那个人身高大概有一米九,满头拳曲的红发随风飘扬。他一副怒气冲天的样子,那张马脸般的长脸显得更狰狞。他穿着一套淡蓝色西装,领口别了一枚美国国旗的胸针,还有一个小十字架。我们注意到他脚上那双黑皮鞋擦得亮亮的，而此刻，那双黑皮鞋正踩在一台红色的收音机上，把它踩得稀烂。“够了！我忍不下去了！”他一边踹那台收音机，嘴里一边大吼。那几个男孩子忽然都不打球了，全都目瞪口呆地看着安格思·布莱萨牧师。旁边一个十六岁的女孩子忽然开始哭起来。那台被踩烂的收音机就是她的。海滩男孩的歌声仿佛被牧师的脚踩得无影无踪。“这根本就是撒旦的呼唤，一定要制止他！”这位自由浸礼会的布莱萨牧师对全场的人大喊。“这种垃圾音乐从早轰炸到晚，没完没了，所以上帝叫我来消灭他！”说着他又用力踹了收音机最后一下，结果里头的线圈和电池都被他踩得飞出来。布莱萨牧师满脸通红，满头大汗，他转头看看那个哭得很伤心的女孩，然后伸出双手想过去抱她。“我爱你！”他大喊着说，“上帝爱你！”

她立刻转身跑掉了。这能怪她吗？要是我眼看着一台那么时髦的收音机在我面前被人踹烂，我也绝不会想让任何人碰我。

布莱萨牧师去年就曾经发起一个活动，要求政府勒令停止女王的复活节仪式，不准她在石像桥上供奉老摩西，闹得很凶。接着，他转过来面向围观的人群。“大家看到了吗？那可怜的孩子已经迷失了，她甚至分不清谁是圣人谁是罪人！大家知道原因是什么吗？因为她听那种垃圾音乐，听撒旦的呐喊！”他指向那台被踹烂的收音机，“今年夏天，你们的孩子听的是什么样的音乐，大家都注意到了吗？”

“我只是觉得那听起来像是一大群吵死人的蜜蜂。”有人忽然冒出这么一句，大家都笑起来。我转头一看，发现原来是迪克·穆特里。他那张肥脸上全是汗，衬衫前面沾满了烤肉酱。

“笑啊！尽管笑没关系！不过我警告你们，上帝可不会觉得那很好笑。”布莱萨牧师越说越气。印象中，我好像没看过布莱萨牧师心平气和地讲过话。“你们仔细听过那首歌吗？我一听到那首歌，马上就全身汗毛直竖，难道你们都不会吗？”

“噢，算了吧，牧师！”爸爸忽然笑起来，“不过就是一首歌嘛！”

“不过就是一首歌?”布莱萨牧师脸涨得通红,立刻转过头来狠狠瞪着爸爸,那双灰色的眼珠子仿佛快要冒出火来,而他的眉毛也红得像着了火一样。“不过就是一首歌? 汤姆·麦克森,你怎么敢说这种话? 告诉你,那首歌会蛊惑我们的年轻人,会引诱他们堕落! 告诉你,那首歌鼓励年轻人淫荡放浪,鼓励年轻人在街上飙车,鼓励年轻人追求纸醉金迷的万恶城市生活! 汤姆·麦克森,难道你都听不出来吗?”

爸爸耸耸肩。“那我只能说,你的听力真是太惊人了,比猎狗还厉害,听一次就能听那么清楚! 我半个字都听不懂。”

“啊哈! 这就对了! 你明白了吗,这就是撒旦的伎俩!”布莱萨牧师伸出食指在爸爸胸口上戳了一下。他指尖上沾着烤肉酱,把爸爸的衬衫弄脏了。“那首歌就是这样不知不觉地渗透到我们年轻人的脑子里,而他们根本就搞不清楚自己听到的是什么!”

“哦? 是这样吗?”爸爸反问他。这时候妈妈忽然跑到爸爸旁边,一把抱住他的手臂。爸爸一向都不怎么吃布莱萨牧师那一套,妈妈大概是担心他一时按捺不住出手打人。

这时布莱萨牧师忽然往后退开,然后转头扫视围观的人群。看眼前这种情况,要是想拉拢在场的群众,说话一定要够大声,而且要抬出撒旦来恐吓众人。“我知道大家都是纯朴善良的人,所以,星期三晚上,欢迎大家到自由浸礼会教堂来,我会向大家说明我刚刚说的那些话!”他逐一扫视着四周每个人的脸,“如果你爱上帝,如果你爱我们的小镇,如果你爱自己的孩子,那么,你们一定要把收音机都砸烂,因为收音机播放那种垃圾音乐,散播撒旦的诱惑!”而令我惊讶的是,真的有几个人露出茫然的表情,嘴里嚷嚷着说他们会去。“赞美主! 各位亲爱的兄弟姐妹! 赞美主!”布莱萨牧师一路挤过人群,看到人就拍拍人家肩膀,拍拍人家后背,到处跟人握手。

“你看他把烤肉酱弄到我衣服上了!”爸爸低头看着自己的衬衫。

“好啦,没关系的。”妈妈硬是把他拖走了,“走吧,我们到树下去,那边比较凉快。”

我也跟在他们后面走过去,边走边回头看看布莱萨牧师。他得意洋洋地渐渐走远,一群人簇拥着他,个个都涨红了脸。布莱萨牧师西装外套背后已经湿了一大片。我第一次听到这首歌,是在飞轮露天冰店的停车场上,但我实在听不出来,这首歌到底哪里邪恶。我不知道纸醉金迷的万恶城市到底长什么样,但我自己很清楚,我并没有受到魔鬼诱惑,我并没有堕落。那只不过是一首很酷的歌,而且他让我感觉到……感觉到……呃……感觉很酷。而且,除了开头自由……自由……奔向自由那几句,后面的歌词我半句也听不懂。而且,本、戴维·雷和约翰尼也都听不懂。约翰尼头上还缠着绷带。他身体还没复原,暂时还不能出门。我很好奇,布莱萨牧师到底在那首歌里听到了什么,因为我自己实在听不出来。

于是我决定,星期三晚上我一定要到他的教堂去听听他怎么说。

到了晚上,镇上还放了烟火。红色、白色、蓝色的烟火照亮了奇风镇的夜空。

而就在半夜十二点左右,有人在女王家门口插了一根十字架。十字架还被点燃了。

5 撒旦降临

我忽然闻到一股东西被烧焦的味道,于是就醒过来了。

太阳已经出来了,而且我听到了鸟鸣声,但我却忽然想到一件很可怕的事。三年前,我们家那条路南边距离两个路口的地方,有一栋房子失火了。当时也是夏天,天气又干又热,火势凶猛,烧得很快。住在那栋房子里的,是贝尔伍德夫妇,还有他们的两个孩子,十岁的女儿埃米和八岁的儿子卡尔。事后调查,那场火是电线走火引起的。由于火势又快又猛,贝尔伍德夫妇措手不及,来不及冲到卡尔房间把他拉出来,于是,卡尔就这样在睡梦中被烧成重伤，几天后就死了。后来，他被埋在波特山的墓园里，墓碑上刻着“我们挚爱的儿子”几个字。没多久，贝尔伍德夫妇就搬走了，留下卡尔长眠在奇风镇的地底。我对卡尔印象很深，因为他妈妈对动物过敏，不准他养狗，所以他常常跑到我家来跟叛徒玩。他个子瘦瘦小小的，一头黄色的鬈发，颜色看起来像香蕉口味的棒冰。有一次他告诉我，他这辈子最渴望的，就是能够养一只小狗。后来，那场大火夺走了他的生命。葬礼上，爸爸坐在我旁边。他告诉我，冥冥中，上帝对万事万物都有安排，然而，有时候，上帝的旨意却是那么令人费解。

7 月 5 日这天早上，爸爸出去送牛奶，只剩我和妈妈两个人在家。于是，妈妈跟我解释，刚刚我闻到的烧焦味是从哪里来的。她几乎整个早上都在打电话。奇风镇的太太、妈妈们没事就打电话东家长西家短，无形中构成了一个准确率和效率都十分惊人的消息网络。我坐在餐桌旁边吃我的早餐——煎蛋和玉米饼。妈妈坐在餐桌对面陪我。“你知道什么是三 K 党吗?”她问我。

我点点头。我在电视新闻上看过三 K 党徒。他们身穿白袍，头上套着兜帽，手上抱着霰弹枪或来复枪，然后绕着一根火烧的十字架转圈。他们的发言人拉掉了头上的兜帽，露出一张大肥脸，脸上仿佛涂满了猪油。他嘴里滔滔不绝，好像在说什么誓死捍卫南方精神，叫大家勇敢站出来，“华盛顿那些政客叫我们跟那些黑鬼一家亲，他们是在做梦!”那个人怒气冲天，脸涨得通红，满脸浮肿，眼窝也是肿的。而他身后就是那根火烧的十字架，那群身穿白袍的人绕着十字架转圈。

“昨天晚上，三 K 党在女王家的院子里烧掉了一根十字架。”妈妈说，“他们一定是在警告她，逼她离开我们奇风镇。”

“女王？为什么?”

“你爸爸说，有人很怕她。他说，很多人觉得她对布鲁顿区的人影响太大了。”

“她住在布鲁顿区，这有什么好奇怪的吗？”我说。

“没错，可是有些人怕她会想干预我们奇风镇的事。去年夏天，她要求斯沃普镇长开放游泳池，让黑人去那边游泳。结果今年她又提了一次。”

“爸爸也怕她，对不对？”

妈妈说：“对，可是那不一样。他怕她，并不是因为她是黑人。他怕，只是因为……”她耸耸肩，“因为他不了解她。”

我拿叉子戳戳盘子里的玉米饼，仔细想想妈妈刚刚说的话。“斯沃普镇长为什么不肯让布鲁顿区的人到游泳池去游泳？”

“因为他们是黑人，”妈妈说，“白人不喜欢跟黑人泡在同一池水里。”

“可是上次洪水的时候，我们不是跟他们一起泡在水里吗？”

“那是河水，不一样。”妈妈说，“总之，镇上的游泳池一直都不准他们进来。女王写了好几份请愿书给政府，希望政府能够让布鲁顿区的人进游泳池，要不然就应该在布鲁顿区盖一座游泳池。我想，这大概就是为什么三K党的人要赶她走。”

“她已经在那里住了那么久了，她还有别的地方能去吗？”

“我不知道。不过，我认为烧十字架那帮人根本不会管她的死活。”妈妈皱起眉头，眼角出现了鱼尾纹。“我没想到的是，奇风镇竟然也有三K党。你爸爸说，那些人心里怕得要命，他们希望时间能够倒流，回到从前那个时代。他说，情况恐怕会继续恶化。”

“万一女王不肯走，会怎么样？”我问，“那些人会伤害她吗？”

“有可能。最起码他们一定会试试看。”

“她不会走的。”我说。我还记得那一天，我看到满脸皱纹的女王忽然变成一个漂亮的少女，她凝视着我，那双绿眼睛充满威严。“那些人赶不走她的。”

“你说得没错。”妈妈突然站起来，“而且，我是绝对不想惹毛她的。对了，要不要再喝一杯橙汁？”

我说不要，于是妈妈就自己倒了一杯。我把盘子里剩下的蛋吃掉，然后跟妈妈说：“我想到布莱萨牧师的教堂去一下。我想听听他说些什么。”妈妈目瞪口呆地看着我，那表情仿佛我跟她说我要上月球。“是因为那首歌。”我又说，“我很想知道他为什么那么痛恨那首歌。”

“安格思·布莱萨看什么都不顺眼。他什么都讨厌。”妈妈说，她从吃惊中恢复了平静，“就算你只是穿着拖鞋逛街，一旦被他看到，他都会觉得世界末日快到了。”

“那是我最爱的一首歌，可是我听不太懂。我很想知道他到底在那首歌里听到了什么东西。”

“那还不简单。因为他年纪大了。”她淡淡笑了一下，“大概就像我一样吧。那首歌我也听不太下去，不过，我并不觉得那首歌有他说的那么邪恶。”

“我想去听听嘛。”我还是不罢休。

这是我第一次自己想上教堂。过去，我从来没有像这样吵着要上教堂，而且，那甚至还不是我们教区的教堂。后来，爸爸回来了，他费尽唇舌劝我打消这个念头。他说布莱萨牧师狂热过头了，他说他打死都不肯踏进布莱萨牧师的教堂一步。此外，他还说了很多的理由，但我就是不罢休。最后，他实在被我缠得没办法，只好和妈妈两个人关到房间里商量。我偷听到妈妈好像说了什么“好奇心”“让他自己去体会”之类的话。最后，爸爸终于老大不情愿地答应了。他说星期三晚上会带我们去。

于是，那天晚上，我们经过肖森路靠近石像桥的路段，来到自由浸礼会教堂，里面坐了一百多人，已经挤得人山人海，热气腾腾，活像烤箱。我和爸爸都没穿西装，也没打领带，因为那又不是星期天上教堂做礼拜。而且，我们甚至看到还有人穿的是脏兮兮的连身工装裤。我们看到几个认识的人，由于讲道的时间还没到，大家都站着聊天。还有好几个十几岁的年轻人。他们显然是被爸妈硬拉来的，个个都是一脸不情愿，而他们的爸妈也是臭着一张脸。我猜，牧师那种迫切的呼吁已经传遍了小镇，而且，他在镇上到处贴满了标语告示，宣称他“星期三晚上要和魔鬼搏斗——为我们的下一代搏斗”。另外，我看到他在讲台上摆了电唱机和喇叭。没多久，布莱萨牧师终于出现了。他穿着一套白西装，一件红衬衫，满头大汗，满脸通红。他一步步踏上讲台，一只手上拿着一张黑胶唱片，另一只手上提着一只木盒子，盒子旁边有几个小洞。走上讲台之后，他把那只木盒摆在旁边的地上，对全场的听众笑了一下，然后大声问道：“各位兄弟姐妹，今天晚上我们要跟撒旦搏斗，大家准备好了吗？”

阿门！大家都跟着大喊起来。阿门！阿门！

好吧，看样子他们是准备好了。

布莱萨牧师开始了。首先，他开始声嘶力竭地控诉，说大城市的魔鬼已经渗透到我们奇风镇来了，撒旦打算把我们奇风镇的年轻人都拖进地狱。他呼吁大家要奋力和魔鬼搏斗，一分一秒都不能松懈，免得到地狱被烈火焚烧。布莱萨牧师满头大汗，高举双臂在半空中挥舞，而且来回走来走去，那模样还真有点像被魔鬼附身。我必须承认，他真是唱做俱佳，连我都忍不住开始相信撒旦真的躲在我床底下，要是哪天我又翻开《国家地理杂志》上那些裸女图片，说不定撒旦真的会从床底下冒出来把我拖进地狱。

接着，他忽然停下脚步，脸上露出灿烂的笑容。教堂大门开着，可是里头依然是热气蒸腾。我满身大汗，湿透的衬衫整个黏在皮肤上。明亮的灯光照在布莱萨牧师身上，他头上仿佛冒出蒸汽来了。他把手上的唱片举在半空中。“来，大家仔细听。”他说，“你们就会听到那首歌究竟在说什么。”

接着，他打开电唱机的开关，把那张唱片放到转盘上，一根手指抬着唱针头悬在唱片外缘上方。“你们听，”他说，“这就是魔鬼的声音。”接着他把唱针放下去，喇叭里立刻传出一阵摩擦声。

歌声出现了。那是魔鬼的声音，还是天使的歌声？噢，那歌声！自由，自由，奔向自由，远走高飞……

“大家听到了吗？”他忽然把唱针抬起来，“就是这里！你们听，这首歌是不是在告诉我们的孩子,外面的世界比我们的故乡更美丽,草地更翠绿?这首歌是不是在告诉他们,不要留恋自己的家乡?这首歌说的就是魔鬼的流浪的渴望!"说到这里,他又放下唱针。接下来,那首歌的歌词正好提到有人飙车从来没输过,而且,碰上的女孩子个个都投怀送抱。听到这里,布莱萨牧师简直已经是怒发冲冠了。"听到了吗?这首歌是不是在鼓励我们的年轻人到街上飙车?是不是在鼓励他们放纵自己的肉欲?"他的吼声充满轻蔑,"大家想象一下!要是大家的儿子、女儿被这种垃圾音乐煽动了,那我们岂不是会被撒旦笑死?大家想象一下,说不定有一天,我们奇风镇满街都是撞烂的车子,地上血迹斑斑,而且常常会有某个人家的女儿大肚子,某个人家的儿子沉迷肉欲,那多可怕呀!你以为只有大城市才会出现这种事吗?你以为撒旦不会找上我们奇风镇吗?来,大家再仔细听听这首歌,你就会知道自己错得有多离谱!"这时他又放下唱针,那首歌又出现了。电唱机播出来的杂音很多,显然那张唱片已经磨损得差不多了,由此可见,布莱萨牧师可能已经听了不下几十次。我根本不在乎他说什么,因为,我觉得那首歌真正想表达的是一种无与伦比的自由和欢乐,绝对不是鼓励年轻人到街上飙车。我在这首歌里听到的,和布莱萨牧师听到的根本不一样。我听到的,是灿烂明亮的夏日,是人间天堂。可是他听到的,却是地狱的景象,魔鬼的诱惑。我觉得很奇怪,既然他是上帝的使者,那他听到的为什么总是撒旦的声音?《圣经》上说,上帝无所不知,无所不能,不是吗?既然如此,为什么布莱萨牧师这么惧怕魔鬼?

接着,海滩男孩又唱到了下一段。这段的歌词说,漂亮的女孩子那么多,星期六晚上怎么忍心让她们窝在家里忍受寂寞的煎熬?听到这里布莱萨牧师又开始咆哮:"邪恶的垃圾音乐!色情淫秽!主啊,求求你拯救我们的女儿!"

这时爸爸忽然凑到妈妈耳边说:"这人根本就是疯子。"

那首歌还在播放,布莱萨牧师又开始咒骂那首歌摧毁家庭伦理价值,藐视法律，然后又扯到夏娃的罪，还有伊甸园里的那条蛇。他说得唾沫横飞，满头大汗，满脸通红，那模样仿佛整个人已经快爆炸了。“海滩男孩！”他口气中的不屑已经达到极点，“大家知道他们是什么货色吗？根本就是一群混混，每天游手好闲不务正业！他们整天在加州闲晃，整天像野兽一样在沙滩上鬼混！结果，我们的年轻人一天到晚听的就是这种歌？主啊，求求你解救我们！”

“阿门！”有人忽然大喊了一声。现场的人群已经被他鼓动起来了。“阿门，各位兄弟姐妹！”另外一个人也大喊了一声。

“更可怕的大家还没听到呢！”布莱萨牧师忽然大吼了一声。他抬起唱针，手压在唱片上，让唱片无法转动。电唱机发出了嘎吱嘎吱的声响，而牧师则是忙着在唱片上寻找某一道凹槽。“来，大家听听看！”说着他把唱针慢慢放下去，然后用另一只手倒转唱盘。

这时大家开始听到一阵缓慢的怪声音：嗒……嘀……呦……啪……

“听到了吗？听到了吗？”牧师眼中射出一种得意的神色。不得了，这首歌隐藏的秘密被他破解了。“魔鬼是我的爱人！这首歌真正想说的就是这个！清清楚楚！他们唱的是一首赞美撒旦的歌，而且他们根本不怕别人知道！现在，全美国的广播电台一天到晚都在播这首歌！我们的孩子整天听这首歌，可是他们根本搞不清楚自己听的是什么！撒旦打算要摧毁他们的灵魂！要是我们再不赶快阻止他，一切就太迟了！”

“当初20年代流行查尔斯登舞的时候，他们也说那种舞是撒旦用来摧毁我们灵魂的工具。”爸爸又凑在妈妈耳边说。只不过，鼓噪的人群大喊着阿门阿门，根本没人听得到他说什么。

人世间就是这么回事。大家都渴望相信这个世界是美好的，可是却老是认定这个世界残酷又丑陋。我不难想象，就算是最纯真无邪的一首歌，要是你心里有鬼，那不管怎么听，你都会听到歌里有魔鬼。尤其是，有些歌的内容会提到我们这个世界，还有世间的人，那么，这样的歌特别容易被人咒骂,因为,就算是天底下最好的人,也免不了会犯错,内心也都有复杂的一面,而且,对有些人来说,面对这个世界的真相往往是很痛苦的。我坐在教堂里,听着牧师怒气冲冲地大吼大叫,看到他气得满脸通红,两眼发红,唾沫横飞。那一刹那,我忽然觉得他只不过是心里很害怕。所以,他拼命想激起教友内心的恐惧,拼命挑拨。他一直反转那张唱片,不断发出那些奇怪的声音。在我听来,那只是一堆杂音,可是在他听来,他认为那里面暗藏着魔鬼撒旦的讯息。我忽然想到,他不知道在那台电唱机上耗了多少时间,而那张唱片他不知道反复听了多少次,拼命寻找魔鬼的讯息。他真正的目的究竟是想保护大家,还是拼命想误导大家,我实在猜不透。不过,可以确定的是,在误导大家这一点上,他是非常成功的,因为没多久,现场绝大多数的人已经开始呐喊阿门阿门,他们就像亚当谷高中的拉拉队一样卖力。爸爸一直摇头,两手交叉在胸前。而妈妈似乎搞不懂现场的骚乱到底是怎么回事。

布莱萨牧师满头大汗,眼神越来越狂乱,汗水沿着他的下巴往下滴。接着,他忽然大喊:“来,我们来看撒旦跳舞。我们来看他随着自己的音乐节拍跳舞!”接着,他打开那只木盒子,然后从里面抓出某个东西。那好像是什么小动物,双手双腿拼命挣扎。那小东西脖子上绑着一条细链子,链子另一头被布莱萨牧师抓在手里。海滩男孩的歌声依然回荡在整间教堂,布莱萨牧师甩了一下链子,那只小动物立刻开始随着音乐疯狂地跳起舞来。

那是一只小猴子,手脚细瘦。每当布莱萨牧师甩一下链子,它脸上就露出愤怒的表情。“跳啊,撒旦!”牧师疯狂大喊,他的声音听起来甚至已经有点像海滩男孩了。“那就是你的音乐！跳啊!”那只叫撒旦的猴子不知道已经被关在盒子里多久了,因为它显然很不高兴。它气得吱吱叫,尾巴疯狂地甩来甩去,仿佛一条毛茸茸的灰色鞭子。布莱萨牧师继续大喊:“跳啊！撒旦！继续跳啊!”他猛甩手上的链子,那只猴子被他甩得晃来晃去。这时候,现场有人开始站起来拼命拍手,浑身扭来扭去。接着,有个女人突然站起来哭喊主耶稣基督。她肚子大得像水桶,两条腿粗得像树干,浑身猛烈摇晃。

“跳啊！ 撒旦！”牧师继续大喊。有那么一瞬间，我忽然觉得他可能会开始挥舞链子，把那只可怜的猴子甩到半空中转圈。接着，我们这排座位有个男人突然站起来，张开双臂开始声嘶力竭地大喊。我听到他好像喊了什么“主啊！”“赞美主！”“消灭异教徒！”之类的话。我不由自主地看着他脖子后面被太阳晒得黝黑的皮肤，想看看有没有那种 X 形的伤口。

我忽然觉得整间教堂仿佛变成了疯人院。爸爸拉住妈妈的手说：“我们赶快出去吧！”大家开始在原地转圈，疯狂地手舞足蹈。真没想到，我还一直以为浸礼会教徒不会跳舞！

这时候，布莱萨牧师忽然用力甩了一下链子。“跳啊！ 撒旦！”他在惊天动地的音乐声中大吼着，“让大家看看你的能耐！”

那一刹那，撒旦突然做出一个举动。它真的让大家看到了它的能耐。

那只猴子突然尖叫起来。刚刚被牧师疯狂拉扯，甩来甩去，它显然受不了了。它忽然跳到牧师头上，双手双腿紧紧抱住牧师的脑袋，接着，它张开嘴，露出一口尖牙咬住牧师的右耳。布莱萨牧师吓得惨叫起来。接着，撒旦的肛门忽然喷出一条黄黄的东西，喷到了牧师的白西装上。那一刹那，原本陷入痴狂、念念有词的全场教友忽然都鸦雀无声了。牧师摇摇晃晃地跳来跳去，拼命想把头上的猴子抓开，而撒旦喷出来的东西沿着他的白西装不断往下流。那个肚子大得像水桶的女人突然尖叫起来。坐在前排的几个男人立刻冲上去救牧师。牧师的耳朵已经被咬得皮开肉绽。那几个男人慢慢靠近牧师，伸出手想去抓猴子，那时候，撒旦转头看到那几只手，立刻龇牙咧嘴露出一口尖牙，尖牙上还黏着一小片血肉模糊的耳朵。接着，它忽然放开布莱萨牧师的头，尖叫一声跳向那几个男人头上，屁股继续喷出一条条黄黄的东西。那几个人立刻大喊大叫蹲下去闪躲，但还是被那些黄黄的东西喷了满头满身。这时候，牧师忽然放开手，链子脱手而飞。撒旦自由了。

牧师给那只猴子取的名字真是取得好。它真的就像撒旦的化身。它在全场教友头顶上跳来跳去，咬他们的耳朵，扯破他们的衣服。我不知道牧师喂它吃了什么，不过我可以确定，它一定吃坏了肚子。接着，撒旦忽然从我们头上跳过去，妈妈吓得尖叫起来，而爸爸立刻飞身闪开。上帝保佑，那些黄黄的东西差一点就喷到我们身上。接着，撒旦忽然从长椅上跳起来，一把抓住天花板上的吊灯，吊在上面摇了几下，然后又跳到一位太太的蓝帽子上，又拉了一堆黄黄的东西在帽檐的一朵康乃馨上。接着，它又继续跳来跳去，爪子乱抓，尾巴乱甩，龇牙咧嘴地乱咬，连声尖叫，而且那种黄黄的东西到处乱喷。那种味道很像烂掉的香蕉，闻了就想吐。有一位勇敢的基督徒奋不顾身冲上去想抓住那条链子，可是却被撒旦喷了一脸，忽然什么都看不见了，连忙退开。那一刹那，撒旦又尖叫了一声，那声音听起来像是狂笑。而那个人的太太立刻躲得远远的。接着，撒旦忽然一口咬上一位太太的鼻子，然后又跳到一个年轻人头上喷出一坨东西。它在一条条的长椅间跳来跳去，看起来好像一个被魔鬼附身的舞王。

“抓住它！”布莱萨牧师抓着血流如注的耳朵，嘴里大叫，“抓住那只该死的猴子！”

接着，有个男人真的抓到了撒旦，但很快又把手缩回来，因为他手指关节上多了好几个齿洞。那只猴子动作快如闪电，而且真的像恶魔一样凶狠。大多数人脑子里想的都不是要去抓猴子，而是忙着闪避猴子喷出来的东西。我趴在一条长椅上，而爸妈蹲在走道上。布莱萨牧师大喊：“大门！把大门关起来！”

这是很明智的判断，只可惜晚了点。撒旦已经开始朝门口冲过去了，它那两只小小的眼睛闪烁着胜利的光芒。它飞身跳到墙上然后又立刻弹开，墙上立刻就留下一条条黄黄的痕迹。“抓住它！”牧师大吼。然而，撒旦从一个男人肩膀上跳过去，然后又从一位太太头上跳过去，然后尖叫着蹿出门去，冲进无边的夜色中。

有几个人跑出去追他，而其他人终于可以松一口气了。大家拼命喘气，可惜教堂里的空气实在不太适合人类呼吸。爸爸和妈妈站起来，然后又过去帮另外两个先生把那位胖太太扶起来。她昏倒了，整个人像树干一样倒在地上。“大家冷静一点！”牧师颤抖着声音说，“没事了！没事了！”

我忽然有点佩服他。他的耳朵被那只猴子咬烂了，白西装上全是猴子大便，而他竟然还说得出这样的话。

今天大家齐聚一堂，本来是为了要讨论那首罪恶的歌，而此刻，那首歌仿佛已经被遗忘了。此刻，跟大家一肚子的火气比起来，那首歌忽然变得没那么重要了。有人开口大骂布莱萨牧师，说他不应该放开那只猴子。接着，有人说他明天一大早就要把清洗衣服的账单寄给牧师。而那个鼻子被咬烂的太太更是声嘶力竭地说她要告牧师。叫骂声此起彼伏，这时我发现布莱萨牧师忽然显得有点畏缩，原先那种威严气势已经荡然无存了。他看起来很困惑，惨兮兮的。其实，全场的人都差不多。

过了一会儿，那几个跑出去追猴子的人都回来了。他们个个满头大汗，气喘如牛。他们说，猴子爬到一棵树上去，一下就不见了。有人说，明天天亮之后，那只猴子一定会出现在某个地方，到时候也许可以用网设陷阱诱捕它。

我忽然想到，通常都是撒旦诱捕人类，倒是很少听说人类要去诱捕撒旦。这种话听起来既古怪又好笑。这时候我忽然听到爸爸说了一句：“别做梦了。”

布莱萨牧师坐在讲台上一动也不动，低头看着自己的手。他那套白西装上全是猴子大便。教堂里的人都走光了，只剩下那台电唱机还在转着，唱针发出咔嚓……咔嚓……咔嚓的声音。

而我们也开车回家了。夏夜的空气飘散着浓浓的湿气。街道上悄然无声，只听到树梢上传来阵阵虫鸣。我忽然想到，说不定撒旦此刻正躲在哪棵树上偷看我们。现在它自由了，谁还有办法把它抓回笼子里呢？

此刻，我仿佛又闻到那股十字架被烧焦的气味。那股焦味弥漫了整个奇风镇。我告诉自己，那应该只是有人在烤热狗，不小心烤焦了。

6 尼莫的妈妈

漫漫长夏，日子一如以往。

布莱萨牧师还是不肯放过那首歌，还是闹个没完，另外还有少数几个人写信到报社去呼吁当局查禁那首歌，禁止卖他们的唱片，但除此之外，这场风波已经差不多算是平息了。这可能跟7月慵懒漫长的炎炎夏日有关吧。另外，也可能是因为有人在女王家的院子里放火烧了一根十字架，分散了大家的注意力。另外，也有可能是因为大家都仔细听过了那首歌，看法和布莱萨牧师不一样。不管是哪个原因，奇风镇上的人似乎认为布莱萨牧师的疯狂行径只不过是无的放矢。后来，斯沃普镇长甚至亲自登门拜访，叫他不准再搬出撒旦来恐吓镇上的人，因为，好像只有布莱萨牧师自己看得到撒旦，其他人根本看不到。

至于撒旦，后来大概有五六个人看到它在树林里游荡。另外，有一次格拉斯姐妹把香蕉馅饼放在窗台上吹凉，后来发现被抓得一塌糊涂。平常，大家一定会认定是布兰林兄弟干的，不过这阵子他们一直都很收敛，所以大家都认为很可能是撒旦干的好事。这些日子，撒旦和布兰林兄弟正好形成鲜明的对比。两兄弟很收敛，而我们的撒旦却招摇到极点。马凯特队长试过想抓它，而且还有另外几个人也尝试拿网想去抓它，结果下场都很悲惨。他们全都被那只猴子喷得满衣服都是。我们的撒旦喷东西显然很准，而且弹药充足，无论从嘴巴或是从屁眼。爸爸觉得很好笑，他说那真是绝佳的防卫武器。可是妈妈说，看那只猴子在我们镇上横行霸道，她觉得很不自在。

白天的时间，撒旦通常都不见踪影，不过，一到夜晚降临，大家就会听到它尖声号叫，那惊天动地的声音恐怕足以把波特山上的死人都吵醒。有一两次，我听到霰弹枪的枪声，原来是有人被撒旦的叫声吵醒，气得拿出霰弹枪想在它身上打几个洞，结果，子弹没打到撒旦，枪声倒是把附近的狗都吵醒了，然后，此起彼伏的狗吠声把全奇风镇的人都吵醒了。后来，奇风镇的镇民大会通过了一条规定，晚上八点以后全镇禁止开枪。没多久，撒旦开始学会翻垃圾桶，从此乐此不疲，而且通常都是利用半夜三点到凌晨六点这段时间下手。斯沃普镇长摆了很多有毒的香蕉想捕杀它，但它都不上当，而且搞坏了那个陷阱。后来，它开始把大便拉在人家刚洗好的车上。而且有一天下午，杰拉尔德·哈奇森正在送信，结果半路上，撒旦忽然从一棵树上跳下来，在他耳朵上咬了一口。那天哈奇森先生送信到我们家，在门廊上陪爸爸坐了一下，顺便抽两口雪茄，然后把这件事告诉爸爸。他左边的耳朵上缠着绷带。

“真可惜那天没带枪，不然我一定亲手宰了那小王八蛋。”哈奇森先生说，“不过我必须承认，它动作真是快。它突然咬了我一口，然后一转眼就不见了，我几乎没看到它。”他叹了口气，摇摇头，“好端端地走在路上都会被猴子咬，真是要命。”

“说不定它很快就会被抓到了。”爸爸安慰他。

“也许吧。”哈奇森先生喷出一口烟，看着那团烟雾袅袅上升，“你知道我有什么感觉吗，汤姆？”

“什么？”

“我有一种感觉，那只该死的猴子到处乱咬人，这事恐怕不简单。”

“什么意思？”

“你有没有想过，那只该死的猴子为什么一直赖在我们奇风镇不走？为什么它不到布鲁顿区去撒野？”

“我不知道。”爸爸说，“我没想过。”

“我认为这件事跟那个女人一定脱不了干系。”

“什么女人，杰拉尔德？”

“你应该知道。”他朝布鲁顿区的方向歪歪头，“就是她，那个老女人。”

“你是说女王？”

“没错，就是她。我认为她一定是施了什么法术，叫那只猴子来找我们麻烦，因为……因为……因为那件事。”

“你是说烧十字架的事？”

“嗯。”太阳已经照到哈奇森先生的大腿上了，于是他挪了一下屁股，坐进阴影的范围里。“我认为就是她在用巫毒教的法术对付我们。而且真的很邪门，怎么也逮不到那只该死的猴子。有一天晚上，它跑到我们家窗户外面鬼叫，琳达差点就被它吓出心脏病！”

“那只猴子到处乱跑，罪魁祸首就是那个布莱萨牧师。”爸爸提醒他，“这跟女王哪有什么关系？”

“你确定吗？”哈奇森先生把雪茄的烟灰抖到草地上，然后又把雪茄塞回嘴里。“我们根本不知道她的法术厉害到什么程度。告诉你，我认为三 K 党说得有道理，不应该让那个女人住在我们这边。她竟然还敢跟镇长请愿。”

“我可不认同三 K 党那种做法，杰拉尔德。”爸爸对他说，“我无法接受烧十字架这种事。我认为那根本就是懦夫的行径。”

哈奇森先生哼了一声，嘴里又喷出一口烟。“没想到我们这一带也有三 K 党。”他说，“不过，我倒是听到一些消息。”

“比如说？”

“呃……就只是传言。你也知道，我们干邮差的常常有机会听人家东家长西家短。有人觉得三 K 党很厉害，敢烧十字架警告那个女人。有人觉得时候也差不多了，应该趁早把那女人赶走，免得她毁了我们奇风镇。”

“你知道她已经在我们这里住多久了吗？我们奇风镇不是一直都好好的？”

“嗯，前几年她还算安分，不会乱讲话。可是现在她开始会制造麻烦了。你能想象吗，黑人和白人在同一池水里游泳！而且你知道吗，斯沃普镇长竟然答应了她的请愿！”

“嗯，”爸爸说，“时代不一样了嘛。”

“天啊！”哈奇森先生忽然瞪着我爸爸，“汤姆，你该不会是跟她一个鼻孔出气吧？”

“我没有跟谁同一个鼻孔出气。我只是说，从前那个警长‘公牛’尤金·康纳的时代已经过去了。我们奇风镇不需要用消防水龙头和警犬对付抗议的民众。在我看来，时代不一样了，现在的世界已经不再像从前一样了。”爸爸耸耸肩，“我们挡不住未来的，杰拉尔德。就这么回事。”

“我想，三K党的人恐怕不会同意你的说法。”

“大概吧。不过，他们的时代也已经过去了。冤冤相报何时了。”

哈奇森先生忽然沉默了好一会儿。他看着远处布鲁顿区的房子，但他的视线却仿佛落在不知名的远方。后来，他站起来，把他的邮件包甩到肩上。“汤姆，我一直以为你是个很有理智的人。”说着，他开始朝车子那边走过去。

“杰拉尔德？等一下！你回来，我有话跟你说。”爸爸在后面叫他，可是哈奇森先生却一直走，根本不理他。爸爸和哈奇森先生当年都是亚当谷中学毕业的，他们是同班同学。他们虽不是十分亲近，但年轻的岁月也有许多共同的回忆。有一次爸爸告诉我，哈奇森先生当年是橄榄队的四分卫，到现在学校的荣誉榜上还有一枚银牌刻着他的名字。“嘿，大熊！”爸爸一直叫他。那是哈奇森先生高中时代的绰号。然而，哈奇森先生把雪茄烟蒂丢进路边沟里，然后就开车走了。

我的生日到了。我邀了戴维·雷、本和约翰尼到我们家来吃蛋糕和冰淇淋。蛋糕上插了十二根蜡烛。后来，蛋糕吃到一半，爸爸不知什么时候摸进我房间，偷偷把礼物放在我桌上。

后来，约翰尼不得不提早回家。他的头有时候还会痛，而且会头昏眼花。他送我两只白色的箭头。那是他自己的宝贝收藏。戴维·雷买了一个木乃伊模型送我当礼物。本则是送了我一整袋的塑料恐龙。

我走进房间,赫然发现书桌上有一台皇家牌的打字机,转轮上还夹着一张白纸。那打字机看起来很像一艘灰色的战舰。

那打字机显然已经被人用过很多年了,上面的按键有点磨损。打字机的侧面刻着“Z、P、L”三个字母。我后来才想到,那三个字母就是“奇风镇公共图书馆”的简写,而那台打字机就是他们拍卖的旧设备。E 的按键卡住了,而小写字母 i 上面那个点不见了。然而,我还是兴奋得心脏猛跳,整夜睡不着觉。我在那台打字机前面坐了一整夜,一直到天亮。我把一笔筒的铅笔丢到一边,然后小心翼翼地在那张纸上打出我的名字。

我的科技时代来临了。

后来,我很快就明白打字并没有我想象中那么容易。我的手指头老是不听使唤,必须好好训练一下。我一直练,练到三更半夜。妈妈叫我去睡觉,但我不理她。我在纸上打了一堆字,但字母老是拼错:科里・麦克森,戴维・雷・卡伦,约翰尼・威尔逊,本・西尔斯,叛徒,老摩西,女王,火烧十字架,帽子上的绿羽毛,奇风镇,奇风镇,奇风镇。

看样子,我恐怕还有得练呢!不过,我感觉得到一种兴奋感在慢慢滋生,仿佛我脑海中那无数故事中的人物迫不及待想在那张纸上重新活过来。西部牛仔,印第安战士,英勇的士兵,私家侦探,还有乌贼海怪。

有一天下午刚下过一场雨,我骑着火箭去兜风。路面上热气蒸腾,感觉很像是在腾云驾雾。后来,我不知不觉骑到尼莫家附近,立刻就看到他那瘦小的身形。他站在院子里,把棒球丢到半空中,然后等球掉下来再一把接住。我把火箭停到旁边,然后跟他说我想跟他丢几球。其实,我是很渴望再见识一下尼莫那惊人的臂力。不管那条手臂看起来多细瘦,我确定尼莫绝对是上帝最得意的杰作。后来,我注意到马路对面有一棵橡树,树上有个洞。于是我就叫尼莫把球丢进那洞里。结果,他轻而易举地就把球丢进了洞里,而且球还卡在洞里没掉下来。连续三次。我差点就忍不住当场跪下来膜拜他。

这时候，尼莫家的前门忽然哐当一声打开了，尼莫的妈妈走到门廊上。我注意到尼莫的眼神忽然畏缩起来，那模样仿佛认定自己快被打了。“尼莫！”她大吼了一声。听到她的声音，我忽然联想到那天被虎头蜂蜇到的感觉。“告诉你多少次了，不准玩棒球，你听不懂吗？我刚刚一直站在窗户前面看你，看好久了！”

尼莫的妈妈慢慢走下门廊前的台阶，走到我们旁边，那股气势仿佛暴风雨来临。她一头长发是深棕色的，脸色铁青。我感觉得到，她从前应该很漂亮，可是现在整个人都变了样。她那双棕色眼睛眼神好凌厉，眼角有深深的鱼尾纹，脸上的粉涂得很厚，整张脸看起来像橘红色。她穿着一条紧身的五分裤，一件红色圆点花样的白上衣，手上戴着一双黄色的橡胶手套。她嘴唇上涂着大红色的口红，感觉很怪异。我有点纳闷，做家事干吗打扮得这么漂亮？“我要告诉你爸爸！”她说。

告诉他什么？我觉得很奇怪。尼莫只不过是在院子里丢棒球。

“我又没跌倒。”尼莫说。

“你很可能会跌倒！”他妈妈大声呵斥，“你知道自己有多脆弱吗？万一你摔断了骨头，我们该怎么办？我们拿什么付医药费？你这孩子脑筋一定有问题！”接着她视线忽然扫到我身上，仿佛监狱里的探照灯。“你是谁？”

“他叫科里。他是我的朋友。”尼莫说。

“朋友。嗯哼。”科理斯太太从头到脚打量了我一眼。看她那种眼神，还有她皱起鼻头的那种表情，我感觉得到，在她眼里我跟麻风病患者没什么两样。“你姓什么，科里？”

“麦克森。”我告诉她。

“你爸爸买过我们的衬衫吗？”

“没有。”

“那算什么朋友。”她说。接着她又转头狠狠盯着尼莫，“告诉你多少次了，不要跑到外面像野孩子一样，不要玩棒球，你是听不懂吗？”

“我没有野啊。我只是——”

“你总是不听我的话。”她突然打断他，“天啊，家里都没规矩了吗？必须得有点规矩啦！你爸爸整天在外面跑，然而赚的钱还不够他的开销。结果呢，你还敢跑出来，害我整天提心吊胆！”她脸上的肌肉绷得好紧，仿佛快要绷破了。她眼中露出一种怪异的光彩，“你不知道自己很脆弱吗？”她逼问他，“你不知道自己的骨头风一吹就会断掉吗？”

“妈妈，我没怎么样啊。”尼莫小声说道，脖子后面一直冒汗。“真的。”

“是吗？你不怕突然心脏病发作昏过去？你不怕摔到地上撞断牙齿？谁要帮你付医药费？你好朋友的爸爸会帮你付钱给牙医吗？”这时她又狠狠瞪着我，“难道这镇上的人都不穿好一点的衬衫吗？都没人穿手工订制的上等白衬衫吗？”

“没有，”我不得不老实承认，“据我所知没有。”

“哦，真了不起啊！”她咧开嘴笑起来，但眼中毫无笑意。她那种笑就像太阳一样，看了很刺眼。“你们这个镇上的人水平真高啊！”她忽然伸出戴黄手套的一只手，一把抓住尼莫肩头。“你给我进去！”她对他说，“马上进去！”说着她开始拖着他走向门廊。他转头看了我一眼，眼中流露出既渴望又遗憾的神色。

这时我终于忍不住开口问了。“科理斯太太？你为什么不肯让尼莫参加棒球队？”

这时她已经快走上门廊了。本来我以为她会马上进门，根本不会理我，但没想到她忽然停下脚步，然后猛一转身瞪着我，眼中仿佛快喷出火来。“你刚刚说什么？”

“我……我只是想问问你……为什么不让尼莫参加棒球队。我的意思是……他的手臂……”

“我说我儿子很脆弱，你听不懂吗？你知道脆弱是什么意思吗？”我还来不及回答她立刻就接着说，“意思就是他的骨头很脆弱。他没办法像别的孩子一样整天在外面野！意思就是他不是野蛮人！”

“我知道。可是——”

“尼莫跟你们不一样！他不是你们那种孩子，懂吗？他是有教养的孩子，他不会像别的孩子一样整天在泥巴里打滚，像野兽一样！”

“我……我只是觉得他好像喜欢……”

“你给我听着！”她忽然嘶吼起来，“你竟敢跑到我家来教我怎么教育我的孩子！他三岁的时候得了肺炎差点死掉，我急得差点发疯，那是什么滋味你懂吗？他爸爸呢？他爸爸整天在外面跑，拼命想多卖一件衬衫，免得我们家破产！可是最后呢？我们家的房子还是没了！那栋房子有三面凸窗，多漂亮你知道吗？结果呢，房子最后还是没了！有谁帮过我们吗？大家都号称是基督徒，可是有谁帮过我们吗？没半个人！于是，我的房子没了，当年我养的那只漂亮的小狗就埋在那房子的后院里！”那一刹那，我忽然发觉她的表情好像没那么严厉了。我发现，她那愤怒的面具背后隐藏的是令人心酸的恐惧和悲伤。她一直紧抓着尼莫肩头。接着，她很快又变回原先那种冷漠的表情，然后冷笑着说：“噢，你以为我没见过你这种小孩吗？告诉你，我见多了！从前我们住过的每个镇上都有你这种小孩！你们只是想伤害我儿子，背地里嘲笑他！你们巴不得他跌倒，摔得头破血流，你们巴不得听他讲话结结巴巴，把他当笑话！哼，想欺负人，去找别的小孩，不要找我儿子！”

“我没有要欺负——”

“你给我进去！”她忽然对尼莫大吼了一声，而后把他推上台阶。

“我要进去了！”尼莫拼命想表现出不以为意的样子，“不好意思！”

接着，纱门砰的一声关上了，而里面那扇门也砰的一声关上了。到此为止了。

旁边树梢的鸟儿好像浑然无觉，啾啾叫得很开心。我站在绿油油的草地上，阳光照在我身上，在草地上拖出长长的影子。接着，我注意到房子的窗户忽然拉上了窗帘。我已经不知道该说什么，也不知道该怎么办了。于是,我转身走到火箭旁边,骑上去,然后一路骑回家。

回家的路上,夏日的微风夹带着清香迎面吹来,小虫子绕着我团团转。当时,我忽然意识到,监狱不止一种。那种灰色的石头建筑,四周的高塔上有荷枪实弹的警卫,高墙上有带刺的铁丝网。没错,那是监狱。但有时候,被窗帘密封、透不进阳光的房间也是一种监狱。束缚自由的脆弱骨骼也是一种监狱。有的监狱还有红色圆点花样的铁栅栏。事实上,你必须亲眼见到囚犯,感受到他那被囚禁的灵魂,你才会知道什么叫监狱。我骑车的时候,满脑子想的都是这些。过了一会儿,我感觉到火箭的把手忽然往旁边一偏,车子在人行道上和弗农·撒克斯特擦身而过。我心里想,要是火箭看到弗农在光天化日之下一丝不挂,说不定它那只金黄色的眼睛会猛眨好几下。

整个7月恍恍惚惚就过去了,有如一场梦。那段时间,套句我们奇风镇的名言,我"好像很忙,可是却不知道忙了些什么"。约翰尼的伤势渐渐复原了,不会再晕眩,于是,他爸妈也就答应让他偶尔跟我们一起到外面走一走。于是,约翰尼、本、戴维·雷,还有我,偶尔会骑车到处兜风。不过,约翰尼总是尽量放慢动作,不敢太激烈,因为帕里什医生告诉他爸妈,头部创伤必须长期观察。约翰尼还是跟从前一样沉默拘谨,不过我注意到,他的动作变得比从前迟缓了。我们骑车兜风的时候,他总是骑得特别慢,常常落在后面,甚至比身材笨重的本还慢。自从那天被布兰林兄弟疯狂殴打之后,他似乎变得跟我们有点疏离。那种感觉很微妙,我无法形容。我觉得那是因为他尝到了痛苦的滋味,所以,他灵魂中那种自由奔放的神秘力量似乎已经消失了,而那种神秘力量,正是小孩和大人之间最大的区别。唯独小孩子才具有那种神秘的力量。如今,不管他如何奋力踩踏板,不管他骑得多快,他也永远追不回那种神秘力量了。约翰尼还那么年轻,但他却已经看到了死亡的黑暗深渊,而我们三个都还没看到。而且他已经意识到,有一天,当夏天再次来临,他恐怕无法和我们一起在灿烂的阳光下翱翔天际了。

我们躲在制冰厂门口,听着制冰机轰轰作响,享受吹出来的凉风。我们聊着聊着，不知不觉忽然聊到死亡这个话题。最先扯到这个话题的是戴维·雷。他告诉我们，他爸爸开车撞到一只猫，结果回到家之后，发现右前轮上黏满了那只猫的内脏。我们都相信，猫和狗也有它们自己的天堂，不过我们好奇的是，它们也有地狱吗？本认为没有，因为猫和狗不会犯罪。可是戴维·雷立刻反问他，要是有只狗发疯咬死人，被抓去安乐死，那它会下地狱吗？这个问题立刻引发了更多的问题。

约翰尼靠在一棵树旁边。他忽然说："有时候我会把收藏的那些箭头拿出来看。我忍不住会想，那些箭头到底是谁做的。我很好奇，不知道他们的灵魂是不是还附在那些箭头上，渴望看到箭头落在什么地方。"

"没这回事！"本大叫了一声，"天底下根本就没有鬼！你说对不对，科里？"

我耸耸肩。我一直没有告诉他们那天我在路上看到午夜梦娜。要是他们不相信我把扫帚柄插进老摩西的喉咙，那么，他们怎么可能会相信我看到过午夜梦娜和史蒂维的鬼魂？

"我爸爸说雪灵就是鬼魂。"戴维·雷说，"他说那就是为什么没有人能够开枪打中它，因为它早就死了。"

"根本就没有鬼这种东西。"本说，"也没有所谓的雪灵。"

"当然有！"戴维·雷挺身捍卫他爸爸的信念，"我爸说，我爷爷小时候看到过雪灵！看过一次。而且我爸还说，他认识一个造纸厂的人，那个人说去年他的朋友亲眼看到了雪灵！那个人说，当时雪灵就出现在森林里。那是一片大得吓人的森林！那个人说他朝雪灵开了一枪，可是子弹都还来不及飞到，只见雪灵影子一闪，转眼就不见了！"

"哪有这种事！"本说。

"就是有！"

"没有！"

"就有！"

“没有!”

这样扯下去会没完没了。于是我从地上捡起一颗松果往本的肚子上砸过去。本吓了一跳,大叫了一声,大家都忍不住笑起来。在奇风镇那群猎人的心目中,雪灵是一种希望的象征,一个神秘的传说。据说,奇风镇和联合镇之间那片广袤的森林里,有一只巨大的白鹿。它头上的鹿角巨大无比,交错扭曲有如橡树的树枝,你甚至可以抓在上面荡来荡去。有一位猎人信誓旦旦地说,通常每年一到猎鹿季节,雪灵就会出现。他说他每年至少会看到一次。他还说,他看到雪灵跃向空中,没入茂密的枝叶间,然后就消失了。一大群男人拿着来复枪去追踪雪灵,后来,他们回来之后说了很多不可思议的事,比如,他们看到地上有巨大的蹄印,树根上有磨损的痕迹。他们说,一定是雪灵在树干上磨它的鹿角。而且他们说,雪灵是不可能抓得到的。我心里想,要是森林里真的有那只巨大的白鹿,那么,我相信没有任何一位猎人真的会开枪打它,因为对他们来说,雪灵象征着生命中某种无法触及的神秘力量。雪灵永远深藏在那深邃茂密的森林中,它永远在秋日林间的空地上漫步。雪灵永生不死,它的传奇在猎人的家族里一代代流传不息。每一个猎人心中都怀有一个憧憬,总有一天,他一定会猎到传说中的雪灵,那人类永远无法企及的自由狂野的灵魂。我爸爸不是猎人,所以我不会像戴维·雷那样,对雪灵的传说那么着迷。戴维·雷的爸爸对打猎十分狂热,每年一到狩猎季节,他就迫不及待地想大显身手。

“我爸说他今年要带我一起去。”戴维·雷说,“他已经答应我了。所以,爱怎么笑随便你们,到时候,等我真的带着雪灵从森林里出来,你们就笑不出来了。”

其实我觉得,就算他们真的看到雪灵,他们也不会开枪。不管是戴维·雷还是他爸爸,都不会。戴维·雷有一支青少年专用的来复枪,有时候,他会开枪吓唬松鼠,可是却从来没有真的打中过什么。

本拿着一根野草放进嘴里嚼,然后用力吸了一口制冰厂里吹出来的冷气。“有一件事我一直非常好奇，”他说，“沉在萨克森湖底的那个人到底是谁？”

我缩起双腿，抬头看着两只乌鸦在半空中盘旋。

“你不觉得很诡异吗？”本问我，“你爸爸看到那个人沉到湖里，可是现在呢，那个人可能已经全身长满了水草，而且全身的肉都被乌龟吃光了。”

“我不知道。”我说。

“难道你都没想过吗？我是说，当时你就在现场不是吗？”

“没错，我确实想过。”可是，我说不出口的是，我几乎没有一天不会想到那天的情景。那辆车从我们车子前面冲进湖里，爸爸跳下水去救人，然后，我看到有个人站在树林边，帽子上有绿色的羽毛，还有那个手上拿着一把刀的人。我几乎每天都会想到。

“真是毛骨悚然。”戴维・雷说，“奇怪的是，为什么没人认识那个人？为什么没有人找他？”

“因为他不是我们这边的人。”约翰尼说。

“这一点警长也想到过了，”我说，“所以他打电话到别的警察局去问过。”

“话虽如此，”本又继续说，“可是全美国的警察局他都问过了吗？他应该没有问过加州或阿拉斯加的警察局吧？”

“笨蛋，加州人或阿拉斯加人怎么可能跑到我们奇风镇来？”戴维・雷反问他。

“你又知道了，天才！你怎么知道他们不会来？”

“只有笨蛋才不知道！”

本正准备要骂回去的时候，约翰尼忽然说：“说不定他是间谍。”他一开口，本立刻就闭嘴了。

“间谍？”我问，“我们奇风镇又不是什么大不了的地方，间谍跑到这里来干什么？”

“罗宾斯空军基地。”约翰尼开始按他的指关节，按得嘎吱嘎吱响，“说不定那个人是俄国间谍。说不定他是来监视我们的飞机投掷炸弹，也说不定基地里正在进行什么秘密计划。”

我们忽然都兴奋得说不出话来。俄国间谍在我们奇风镇被人杀了，这实在太刺激了。

“那么，他是被谁杀的？”戴维·雷问，“另外一个间谍吗？”

“有可能。”约翰尼歪着头想了一下，他的左眼皮又开始有点抽搐。这是他上次受伤的另一个后遗症。“不过，也说不定沉在湖底的那个人是美国间谍。他发现了那个俄国间谍，结果反而被他杀了。”

“哇！”本忽然笑起来，“你是说可能有一个俄国间谍躲在我们这里，是不是？”

“有可能。”约翰尼说。本忽然笑不出来了。约翰尼转过头来看我。“你爸爸说那个人全身赤裸，是不是？”我点点头。“你知道为什么会这样吗？”我又摇摇头。“因为……”约翰尼继续说，“杀他的人很聪明，知道必须脱光他的衣服，衣服才不会浮到水面上。而且，杀他的人一定是我们镇上的人，因为他知道湖水有多深。另外，那个死掉的人知道某个秘密。”

“秘密？”戴维·雷很专心地在听，“什么样的秘密？”

“我不知道。”约翰尼说，“反正就是秘密。”接着他又转头看着我。“你爸爸说那个人被打得很惨，很像是被人严刑拷打，对不对？想想看，既然你已经打算要杀人了，为什么还要先把他打个半死？”

“为什么？”我问。

“因为凶手在逼问他。这就是为什么。就像我们在电影里看到的，坏人抓到好人之后，总是把他绑在椅子上逼他说出密码。”

“什么密码？”戴维·雷又问。

“我只是打个比方。”约翰尼说，“不过，我是觉得，既然凶手已经打算要杀人了，他不会无缘无故先把那个人打一顿。”

“也对，不过，说不定凶手本来就是打算把那个人活活打死。”本说。

“不对。”我告诉他，“那个人脖子上缠着一条铁丝。他是被活活勒死的。要是他早就被打死了，那凶手干吗还要多此一举，拿铁丝勒死他？”

“天哪！”本又拔了一根野草放进嘴里嚼起来。半空中，那两只乌鸦拍着翅膀呱呱叫个不停。“有个杀人凶手躲在我们奇风镇！搞不好他还是个俄国间谍！”说到这里，他愣住了，嘴里的野草也不嚼了。“嘿！”他好像忽然想到了什么，“他为什么没有继续杀人？”

这时候，我决定要说出来了。我清了清喉咙，开始告诉他们，那天我看到一个人站在树林边，我在地上捡到了一根绿色的羽毛。后来，发洪水那天，我看到一个人的帽子上有绿色的羽毛。“我没看到他的脸，”我说，“不过，我看到他帽子上有绿色的羽毛。而且，我看到他从大衣口袋里掏出一把刀。我以为他打算偷偷靠近我爸爸，然后从背后刺他一刀。说不定他本来真的打算这样做，可是因为怕自己跑不掉，所以才没下手。说不定就是因为我爸爸看见那辆车掉进湖里，跑去告诉艾默里警长，所以他很不高兴。也说不定他注意到那天我看见他了。只不过，我并没有看到他的脸。根本没看到。”

我说完之后，他们几个好一会儿都没说话。后来是本先开口了，“这件事你为什么一直没告诉我们？你怕我们知道吗？”

“我本来是打算要告诉你们的，可是自从那天老摩西——”

“噢，别再扯那个了！”戴维·雷警告我。

“我不知道那个帽子上有绿色羽毛的人是谁。”我说，“不过，我们奇风镇上的任何一个人都有可能是他。甚至……说不定是我们很熟的人，而且，我们绝对想不到他会做这种事。我爸爸说过，知人知面不知心，每个人心里或多或少都有不为人知的一面。所以，奇风镇上的每个人都有可能就是他。”

听我说了这件事，他们都很兴奋，个个都跃跃欲试，想尝尝干侦探的滋味。他们都说一定会帮我留意那个帽子上有绿羽毛的人。不过,我们也说好了,这件事就只有我们几个人知道,绝不能告诉我们的爸妈,免得我们的爸妈无意间碰到那个杀人凶手的时候说出这件事。此刻,卸下了千斤重担,心里轻松多了,不过,我还是有点不安。我忽然想到,那天在理发厅里,多拉尔先生说唐尼·布莱洛克杀了一个人。那么,他杀的是谁?另外,女王告诉妈妈说她梦见有人在弹钢琴,那又代表什么意义?爸爸还是不肯去找女王,我也还是常常听到他睡觉做梦的时候在哭。我心里明白,虽然那个可怕的早晨已经过去很久了,但爸爸始终忘不了那个两手被铐在方向盘上的人。那一幕依然阴魂不散地纠缠着他。不知道后来爸爸是不是瞒着我偷偷跑回萨克森湖边,但我怀疑他很可能回去过,因为有好几个下午,我看到门廊前的台阶上沾了一些红土。那很可能是因为他进门前在台阶上刮掉了鞋子上的泥沙。

没多久,8 月到了,带来一波更惊人的热浪。有一天早上我醒过来的时候,忽然想到再过几天我又得去爷爷家住一个星期。想到这件事,我立刻把被子拉上来盖住头。

只可惜我没办法让时间静止,而墙上那些怪物也救不了我。每年夏天,我都必须到爷爷奶奶家去住一个星期,不想去也得去。其实,我周末常常会到外公外婆家去玩,每年都会去个好几次,不过问题是,那和去爷爷家根本就是两回事。去爷爷奶奶家,就算只待一个星期,都足以让人发疯。

不过今年,我决定跟爸妈谈个条件。我告诉他们,每次去爷爷家的农场,爷爷总是大清早五点就把我叫起来,然后六点就开始除草。我告诉他们,如果非去不可,那他们要答应让我跟戴维·雷和本去露营。爸爸说他会考虑。看样子,我也只能祈求上帝保佑了。于是,那天终于来临了,临走之前,我跟叛徒说,我们一个星期后再见了。我把行李箱丢到车子后面,然后爸妈就开车载着我出发了。我们一路从奇风镇开到乡间,然后,车子转了个弯开上一条崎岖不平的泥土路,穿过一大片玉米田,于是,我爷爷的农场到了。

奶奶一直性格温柔,待人很好。我想爷爷年轻的时候一定是英俊潇洒,活力充沛,充满魅力。只可惜,随着时间一年一年过去,他脑袋里的螺丝好像越来越松。如果是妈妈,她大概会说爷爷“有点脱轨”。我觉得爷爷根本就是脑袋有问题,心肠不好,自以为是。不过,有一点我必须承认:要不是因为爷爷,我永远写不出我的第一篇故事。

我从来没看过爷爷表现出和蔼体贴的一面,从来没听他赞美过奶奶或爸爸。每次和他相处,我总是觉得他只是把我当作他的临时财产。他很情绪化,心情仿佛随着月亮圆缺不断变化。不过,他倒是很会说故事。他真是天生的说故事高手。每当他兴致一来,开始说起鬼屋,魔鬼附身的稻草人,印第安人的坟场,狗灵之类的故事,你一定会情不自禁地彻底被他迷住。

也许可以这么说,那个阴森森的死亡世界简直就是他生命的一部分。他绝顶聪明,可是在现实生活中却是个白痴。有时候我觉得很奇怪,爸爸跟爷爷在一起生活了十七年,在那种诡异阴森的阴影下成长,长大以后怎么还会那么“正常”。不过,我先前提到过,爷爷并不是一开始就那么疯。他是在我出生以后才开始变得不正常的,而且,奶奶头脑很清楚,也许爸爸遗传了不少她的优良基因。接下来的一个星期,免不了是一场煎熬。我不知道那几天会发生什么事,不过可以确定的是,那绝对会是惊心动魄。

爷爷家虽然住起来还挺舒服的,但没有什么特别之处。房子外面,除了那一大片发育不良的玉米田和一小片草地之外,四面八方几乎全是茂密的森林。爷爷平常就是在那片森林里找他的猎物。奶奶看到我们来了,非常高兴,立刻把我们拉进客厅里坐。客厅里很闷热,电风扇哗啦啦吹个不停。接着,爷爷也出现了。他还是穿着那条连身工装裤,手上端着一只大玻璃瓶,里头装满了琥珀色液体。他说那是“忍冬茶”。“这壶茶已经整整浸泡了两个星期。”他说,“这样香气才出得来,喝起来才会甘醇。”这壶茶是他特地准备要给我们喝的。“来,喝喝看!”

我不得不承认，真的很好喝，除了爷爷自己，每个人至少都喝了两杯。只不过，我猜他大概知道这玩意儿威力惊人，因为，大概十二个钟头后，我坐在马桶上起不来了，拉肚子拉到五脏六腑都快要出来了。至于爸妈呢，我相信他们一回到家就知道厉害了。不过，奶奶还是一觉到天亮，因为她对这东西大概已经免疫了，不过，我听到她半夜发出一种很可怕的声音，差点没把我吓死。

后来，时间也差不多了，爸妈该回奇风镇去了。我感觉得到自己整张脸都垮了。我知道，我的表情看起来一定很像受伤的小狗，因为妈妈在门廊上紧紧搂了我一下，然后跟我说："不用怕，科里。晚上记得要打电话给我，知道吗？"

"我知道。"我站在门廊上看着他们的车子越开越远，扬起漫天沙尘，然后那些沙尘又慢慢落到满地的玉米梗上。只不过一个星期。一个星期应该不会太糟糕吧。

"嘿，科里！"爷爷坐在摇椅上叫了我一声。我转头一看，看到他正咧开嘴对我笑。我心里暗叫不妙。"来，说个笑话给你听！有三根绳子走进了一家酒吧，第一根绳子说：'给我来一杯！'酒保看着它，说：'我们这儿不接待绳子，你走吧！'第二根绳子想碰碰运气，于是说：'就给我来一杯吧！'酒保对它说：'我说过了，我们不接待绳子，你也赶紧走吧！'第三根绳子实在快渴死了，于是也试了试：'快给我来一杯！'酒保斜眼看着它，说：'你不也是根该死的绳子吗？'第三根绳子把胸口的线散开来，说：'不，我是个磨坏的结！'"说完爷爷立刻大笑起来，但我却愣愣地站在那里看着他。"你听懂了吗？听懂了吗？"我摇摇头，"不太懂。"爷爷忽然皱起眉头，"哼！"他凶巴巴地说，"你跟你爸一样都没什么幽默感！"

一整个星期。老天啊。

有两个话题爷爷最感兴趣，一开口就没完没了，一说就是好几个钟头。第一个话题是：他是如何熬过当年的经济大萧条时期。当年，他曾经在殡仪馆给死人擦过棺材，当过铁路平交道守卫员，干过马戏团的杂工。至于第二个话题呢，就是女人。他说他年轻的时候对女人是手到擒来，无往不利，就连大情圣瓦伦蒂诺也要自叹不如。真可惜我不知道瓦伦蒂诺是什么人物，要不然我一定会更佩服爷爷。只要奶奶不在旁边，爷爷就会开始细数他的丰功伟业，比如那个“牧师的女儿伊迪丝”，或是那个“列车长的女儿南茜”，或是那个“一天到晚吃糖葫芦的龅牙女生”。他唾沫横飞地吹嘘自己的“强宝”有多厉害，说那些女人如何被他的“强宝”迷得神魂颠倒。他说，他曾经被十几个人追杀过，他们不是那些女孩子的丈夫，就是她们的男朋友。只不过，他反应很快，只要一有什么风吹草动，他立刻就逃之夭夭。他说，有一次他躲在铁路高架桥底下，紧紧抱住一根支架，底下就是五十米深的山谷，而上面有两个人手上拿着霰弹枪在找他。他听到那两个人说什么要活活剥掉他的皮，然后把他的皮吊在树干上示众。“说实在的，”爷爷拿起一根野草放进嘴里嚼，“我惹上了人家的老婆、女朋友。没错，就是我，还有我的‘强宝’，我们曾经有过辉煌的日子。”每次说到这里，他就会露出一种哀伤的眼神，而昔日那个年轻人还有他的“强宝”仿佛逐渐变得模糊黯淡。“我跟你打赌，要是哪天在街上碰到当年那些女孩子，我一定认不出她们。不可能了。因为现在她们都老了，我恐怕一个也认不出来了。”

爷爷很排斥睡觉。也许是因为他知道自己日子不多了。不管大晴天还是刮风下雨，他每天都是五点就起床，然后冲进我房间把我从被窝里拉出来，嘴里一边大吼：“起床啦，小子！时间宝贵，你以为自己可以活到一百岁吗？”

而我也一定迷迷糊糊地嘀咕一声说，“没有啊。”然后立刻坐起来。接着，爷爷会去把奶奶也叫起床，叫她去准备早餐，而每次奶奶做出来的早餐大概够一整个军团吃了。

住在爷爷家那几天，每天吃过早餐之后，爷爷都会叫我去做些事，至于做什么倒是没有一定的规律。有时候，他会扔一把锄头给我，叫我去整理花园。有时候,他也会叫我到房子后面的森林里去玩,那里有一个池塘。爷爷养了几十只鸡,还有三只羊。那三只羊看起来长得都很像他。另外,基于某种奇怪的理由,他还在后院的一个玻璃缸里养了一只会咬人的鳄龟。他帮那只鳄龟取了一个名字,叫天才。那个玻璃缸里的水黏糊糊的,看了好恶心。那几只羊偶尔会把头探进玻璃缸里去喝水,这时鳄龟就会一口咬上去。这一来,免不了就是一场天翻地覆。爷爷家永远都像战场一样,而他最喜欢形容那叫做妖魔乱斗。就像那天,天才咬上羊的鼻子,那只羊立刻痛得横冲直撞,然后一头撞上奶奶晾在晒衣绳上的那些刚洗好的衣服,然后全身被一条被单裹住,然后拖着那条被单一路冲过我刚整理好的花园。另外,爷爷收藏了一些小动物的骨头,而且还用细绳子串在一起。那是他的得意杰作。你永远无法预料那些骨头什么时候会突然出现在你眼前。爷爷很喜欢故意把那些骨头藏在那种你看都不看就会把手伸进去的地方,比如说,枕头底下,或是鞋子里。然后,一听到你被吓得尖叫起来,他就会笑得东倒西歪。说得含蓄一点,他的幽默感真是有点不太正常。有一个星期三下午他告诉我,他上星期在房子附近发现了一窝响尾蛇,然后全部都被他拿铲子打死了。结果那天晚上当我正准备要上床睡觉的时候,他忽然开门探头进来。房间里黑黢黢的,我听到他用那种淡淡的、阴森森的口气告诉我:“科里?如果你半夜起来撒尿,最好小心一点,因为你奶奶告诉我,今天早上她在你床底下看到一条刚蜕掉的蛇皮,上面有一个好大的蛇尾。好啦,晚安了。”

接着他关上门。结果,到了早上五点,我眼睛还睁得大大的。

很久以后,我回想起来,慢慢觉得当时那很像是爷爷在训练我。那种训练的方式仿佛在磨刀子。我不觉得他是有意的,可是对我来说,那是一种严酷的磨炼。就拿响尾蛇那件事来说吧,那天夜里我紧张得睡不着,房间里一片漆黑,我的膀胱已经胀得快爆炸了,但我满脑子想的都是那条蛇。我仿佛看到那条响尾蛇盘踞在房间的某个角落里,等着我的脚嘎吱一声踩到地板上。我仿佛看得到那灰灰白白的鳞皮,那恐怖的扁平形蛇头仰在半空中,毒液从两颗尖牙上往下滴。我仿佛看得到它在半空中猛嗅我的味道，体侧肌肉缓缓蠕动。我仿佛看得到它对我露出狰狞的笑容，似乎在告诉我："你跑不掉了，臭小子。"

要是有人想办一所学校训练小孩子发挥想象力，那么，他真的应该把爷爷找去当校长。他真是不二人选。一直到很久以后，那天晚上的情景依然历历在目。而那天晚上我学到的东西，就算进了最顶尖的大学付出再高昂的学费也是学不到的。另外，我也学会了忍受痛苦的折磨，因为，吃晚饭的时候，我总是被迫喝好几杯牛奶。对我来说，那真是无比的煎熬。

所以，你懂了吗，爷爷给了我很严格的磨炼，尽管他自己并不知道。

另外，我还学到了许多很宝贵的经验，也接受了不少考验。有一个星期五下午，奶奶叫爷爷去杂货店买一盒冰淇淋盐。爷爷平常是不管这种事的，可是那天他却一反常态地答应了，而且，他叫我跟他一起去。奶奶叫我们早点回来，越早回来就越快有冰淇淋可以吃。

那真是一个吃冰淇淋的大好日子。那天，就算躲在阴影里，气温都高达摄氏三十二度，而一旦你走到太阳底下，那火辣的阳光仿佛会把你的影子烙印在地上。我们买到冰淇淋盐之后，立刻就开车回家。而也就是在这个时候，我的另一项考验又开始了。

"杰里米·克莱普尔就住在这条路上。"他说，"他人还不错，我们去跟他打个招呼怎么样？"

"我们还是快点把冰淇淋盐拿回去——"

"嗯，杰里米人真的很不错。"说着爷爷已经转弯开向他朋友家了。

车子开了十公里之后，停在一栋快要倒塌的房子前面。院子里摆着一张破破烂烂的沙发，一台报废的榨汁机，一堆烂掉的轮胎，还有一个锈迹斑斑的汽车水箱。我想，我们已经沿着烟草路越过奇风镇边界，来到德帕奇镇了。不过看起来，这位杰里米·克莱普尔好像真的挺受欢迎的，因为他家门口还停了另外四辆车。"下来吧，科里。"爷爷推开驾驶座的车门，"我们进去一下就好，马上就走。”

我才走上门廊，立刻就闻到一股又浓又呛的廉价雪茄烟味。爷爷敲了几下门：咚、咚、咚咚。“谁啊？”门里那个人的声音听起来充满警觉。爷爷立刻回答：“来抢劫的！”我立刻目瞪口呆地看着他，心里想，他一定是疯了。接着门忽然嘎吱一声开了，那声音好刺耳。我看到一个人站在门口，他下巴好长，一双黑眼睛，眼角全是鱼尾纹。接着，那个人忽然盯着我。“他是谁？”

“我孙子。”爷爷伸手搭住我肩膀，“他叫科里。”

“天啊，杰伯！”那人皱起眉头，“你带小孩子来这里干什么？”

“应该没什么关系吧。他不会说出去的。对不对，科里？”他用力掐住我肩膀。

我搞不清楚到底怎么回事，不过显然这里不是什么好地方。要是奶奶知道了，她一定会不高兴。我忽然想到萨克森湖附近的格雷丝小姐家，想到那个对我吐舌头的女孩子莱妮。“对，我不会讲出去。”我说。然后爷爷就放开了我的肩膀。他安心了，知道我不会泄露他的秘密。

“霸丁一定会不高兴。”那个人警告爷爷。

“我才懒得管霸丁高不高兴，叫他去死吧。杰里米，你到底要不要让我进去？”

“有带钱吗？”

“多的是。”爷爷拍拍口袋。

接着爷爷拉住我准备要进门了，但我忽然害怕起来。“奶奶还在等冰淇淋盐——”

他瞪了我一眼，那一刻，我注意到他眼中闪过一丝怪异的光芒，忽然明白那是他深藏的本性。他脸上显现出一种饥渴。不知道那房子里究竟是什么东西，不过那显然激起了他内心强烈的渴望。他已经把冰淇淋抛到九霄云外了。“进来！”他忽然大叫一声。

我站在原地不肯动。“可是这样好像不太——”

“小孩子少啰嗦！”他的表情忽然变得很狰狞，仿佛那屋子里的诱惑已经彻底淹没了他。“叫你干什么你就干什么，懂吗？”

接着他用力一扯，我就被他拖进去了。我心里忽然好难过。克莱普尔先生关上门，拉上门闩。窗户都用木板封死了，透不进半点阳光，只点了几盏灯泡，屋子里弥漫着雪茄烟雾。我们跟在克莱普尔先生后面穿过一条走廊，走到房子最里面，接着，他又打开另一扇门。我们走进那房间，发现里面没有窗户，而且也是烟雾弥漫。房间正中央有一张圆桌，天花板上悬着一盏灯，光线很刺眼，四个人坐在桌子四周，桌上有好几堆扑克牌，而每个人手边都摆着一只装着琥珀色液体的玻璃杯。“他妈的！”其中一个人忽然大叫起来，那声音震得我耳朵很不舒服，“你以为我在唬你吗？老兄，你搞错了！”

“哦，是吗？那我跟，五块钱。”另一个人说。接着他把一片红色的东西丢到桌子中央。那里已经堆了一堆。他猛吸了一口雪茄，烟头烧出一小团红光，看起来仿佛火山口的岩浆。“再加五块。”第三个人说。他嘴唇上满是疤痕，咬着一根雪茄。他慢慢把雪茄挤到嘴角。“下注下注，快点，要不然就闭——”这时他忽然转过头来，用他那猪眼般的小眼睛狠狠瞪着我，然后立刻把手上的牌盖到桌上。“这小鬼到这里来干吗？”

那一刹那，所有的人忽然都转过头来看我。“杰伯，你疯了吗？”其中一个人问，“把他带出去！”

“他不会惹麻烦的。”爷爷说，“他是我孙子。”

“他是你孙子，不是我孙子！”那个嘴里咬着雪茄的人忽然皱起眉头，两条粗壮的手臂撑在桌面上。他一头棕发剃成平头，右手小指上戴着一枚钻石戒指。接着，他把嘴边的雪茄拿下来夹在手指上，然后眯起眼睛盯着我爷爷。“杰伯，你应该知道规矩。没有我的允许，谁都不准进来。”

“他不会惹麻烦的。他是我孙子。”

“他是天王老子我也不管。你破坏了规矩。”

“哎呀，别这样嘛，只不过是——”

“你这白痴！”那个人忽然大吼了一声，龇牙咧嘴，面露狰狞，满脸的汗珠在灯光下闪闪发亮，身上的白衬衫已经湿透，胸前的口袋上有一小块烟草渣的污痕，旁边还绣着两个英文字母：BB。“白痴！”他又继续骂，“你是想把警察引到这里来吗？你想坐牢吗？我看你干脆画一张地图给他妈的警长看好了！”

“科里不会说出去的，他很乖。”

“是吗？”那双猪眼般的小眼睛忽然转过来盯着我，“小鬼，我看你跟你爷爷一样是猪脑袋，对不对？”

“不是。”我说。

他忽然大笑起来。听到他那种笑声，我忽然联想起4月那一天，菲利浦在教室里把早上吃的燕麦粥吐得干干净净。那声音听起来真像。只是，那个人虽然在笑，眼里却完全没有笑意。“哼，看你这小子倒还不像笨蛋。”

“布莱洛克先生，我生的孙子当然不会是笨蛋。”杰伯说。这时我才明白，原来眼前这个说我不像笨蛋的人就是霸丁·布莱洛克。他弟弟就是唐尼和韦德，而他爸爸就是恶名昭彰的毕刚。我忽然想到，爷爷刚刚在门口骂他骂得很难听，说什么叫他去死，这下子，要死的恐怕是爷爷了。

“哼哼，还真不愧是你的种。”霸丁忽然又大笑起来，然后转头看看另外几个人，于是他们也跟着大笑起来。老大都笑了，他们敢不笑？“杰伯，你滚出去吧。”他说，“等一下有几位贵宾会上门。是基地那边的飞行员，他们说要让我输到脱裤子。”

爷爷有点紧张地清清喉咙，眼睛死盯着桌上的扑克牌。“呃……我是想……既然我都已经来了，那就让我玩两把吧，可以吗？”

“赶快把这小鬼带走。”霸丁说，“我这里是开赌场的，不是托儿所。”

“噢，我可以叫科里在外面等。”爷爷说，“他一定会乖乖在外面等的，对不对，科里？”

“奶奶叫我们赶快把冰淇淋盐带回去。”我说。

霸丁·布莱洛克又大笑起来。这时我注意到爷爷脸红了。“去他妈的冰淇淋！”爷爷忽然破口大骂，眼中仿佛快喷出火来。“让她等到天亮好了，管他的！我爱怎么样就怎么样，谁管得着！”

“杰伯，乖乖听话，赶快回去吧。”另一个人调侃他，“赶快回去吃冰淇淋，不要在外面当野孩子。”

“闭上你的臭嘴！”爷爷大吼，“你们看！”他忽然把手伸进口袋，掏出一张二十块钱的钞票，然后砰一声压在桌上。“怎么样，要不要让我玩？”

那一刹那我差点窒息。爷爷竟然要拿二十块钱来赌博。二十块钱是多少钱你知道吗？霸丁·布莱洛克默默抽了一口雪茄，看看桌上的钱，再看看爷爷的脸。“才二十块，”他说，“塞牙缝都不够。”

“我还有。不用怕我没钱。”

那时我忽然想到，爷爷一定是把奶奶那个玻璃罐里的钱都拿光了，要不然就是他藏了一堆私房钱，专门赌博用的。要是奶奶知道他打算来赌博，一定不会让他出来，所以，他出来买冰淇淋盐，显然只是个幌子。不过，也说不定他只是过来瞧瞧，看今天是谁在玩牌。不过，我感觉得出来他已经按捺不住了，不坐下来玩两把他会浑身不对劲。“怎么样，到底玩不玩？”

“叫这小鬼出去。”

“科里，去外面。到车上去坐。”爷爷说，“我马上就出去了。”

“可是奶奶要——”

“叫你去就去，快点！”爷爷又开始大吼了。霸丁在弥漫的烟雾中凝视着我，他的表情仿佛在说：小鬼，看到了吗，碰到我，你爷爷还是一样要乖乖听话。

于是我只好乖乖走出去，快到门口的时候，我听到有人拖了一把椅子到桌子旁边。我走到门外的大太阳底下，手插进口袋里，抬起脚把地上的一颗松果踢得远远的。于是，我就这样等着。十分钟过去了，二十分钟过去了，接着，有一辆车开到门口停下来，三个年轻人钻出车子，走到门口敲敲门，克莱普尔就开门让他们进去了，然后又关上门。爷爷还是没出来。我又在车子里坐了好一会儿，可是车子里被太阳晒得好热，我很快就浑身大汗，衬衫都湿透了。于是我只好又跳下车，在门口踱来踱去，然后偶尔停下脚步看看地上那只死鸽子。鸽子已经被蚂蚁啃得几乎只剩下骨头了。我算了一下，大概已经等了一个钟头了。我忽然觉得，爷爷根本没把我当回事，而且，他也没把奶奶当回事。我开始不高兴了，怒火在我心头缓缓燃烧，越烧越旺。我转身盯着门口，我想试试看能不能用意念的力量把爷爷召唤出来。结果，门还是紧紧关着，纹丝不动。

接着，我脑海中忽然浮现出一个念头。一个很坚决的念头：管他的！

于是，我拿着那盒冰淇淋盐开始走回家。

刚开始那三公里路感觉还好。但接下来那一公里，我已经被太阳晒得开始头昏了，汗水沿着我的脸颊往下滴，头顶上仿佛一团火在烧。公路两边是茂密的森林，路面的柏油被太阳晒得发亮。一路上偶尔有几辆车子开过去，可惜都是反方向。鞋子踩在热腾腾的路面上，我甚至感觉脚有点烫了。我很想到树荫下坐下来休息，但我还是忍住了，因为我觉得那表示我已经开始软弱了。软弱，意味着我会开始后悔当初决定要走这十公里的路。太阳那么大，气温高达摄氏三十七度，我实在应该留在那边等，等爷爷玩过瘾了，他就会心甘情愿载我回家。不行，我不能软弱，我一定要继续走。虽然我的脚已经起水泡了，但我决定不去想它。

我开始构思我的故事，我打算把这件事写出来。故事里，有人把一盒价值连城的水晶交给一个男孩，而男孩打算带着那盒水晶穿越那片炙热如地狱般的沙漠。我抬头看看天空，看到几只老鹰随着热气流向上盘旋，然而，我光顾着看天空，没注意到路上有一个坑。结果，我的脚踩了个空，扭到脚踝，整个人摔到地上，那盒冰淇淋盐被我压扁了。

我差点哭出来。

差一点。

我的脚踝痛得要命，但我勉强还站得起来。真正令我心痛的，是撒了满地的冰淇淋盐，盒子底端破了一个洞。我用手捧起冰淇淋盐，装进口袋里，然后又开始一跛一跛地往前走。

冰淇淋盐一直从我口袋里漏出来。我说什么都不肯停下来，不想躲到树荫底下去。而且，我绝不能哭。我绝对不让爷爷把我击倒。

又走了差不多一公里之后，忽然有一辆车在我背后按喇叭。我回头一看，本来以为会看到爷爷的车，但没想到却是一辆黄铜色的车。那辆车慢慢减速，然后，我发现开车的人是柯蒂斯·帕里什医生。他把车窗摇下来看着我。“科里？要我载你一程吗？”

“好啊。”我暗暗谢天谢地，然后立刻就钻进车子里。我的脚已经痛得快麻掉了，脚踝整个肿起来。接着，帕里什医生踩下油门又开上路了。“我住在爷爷家。”我说，“沿这条路大概五公里就到了。”

“我知道你爷爷家。”帕里什医生忽然从前座的夹缝里提起他的诊疗包，然后扔到后座去。“天气真的好热。你从哪里走过来的？”

“我……呃……”我面临天人交战，不知道到底该不该说，“我……我去帮奶奶买东西。”我决定还是别说的好。

“噢。”他忽然沉默了一下，然后问，“你口袋里好像有东西漏出来，那是什么？沙吗？”

“盐。”我说。

“噢。”他点点头，仿佛明白了什么。“你爸爸最近怎么样了？工作轻松一点了吗？”

“嗯？”

“我是问他工作状况有没有改善。几个星期前汤姆来找我，说他工作压力太大，晚上都睡不好，所以我就开了一些药给他。你知道的，压力是很可怕的，所以我叫你爸爸去度个假。”

“噢。”这下轮到我点点头，仿佛明白了什么。“我觉得他应该好多了。”我说。接着我忽然想到帕里什医生刚刚说的：我就开了一些药给他。奇怪，我从来没听爸爸提到过他工作压力很大，也没听说他去找过帕里什医生。我就开了一些药给他。我愣愣地看着前方笔直的马路。爸爸还在挣扎，拼命想躲开湖底亡灵的纠缠。我忽然想到，也许长久以来，爸爸一直把内心的某一面隐藏起来，不让妈妈和我看到。就好像爷爷一样，他不让奶奶知道他在赌牌。

帕里什医生送我回到爷爷家之后，还扶我下车走到门口。他敲敲门，奶奶很快就过来开了门。帕里什医生告诉她，他半路上看到我一个人在路上走，就顺便把我送回来。“你爷爷呢？”她问我。我想，我的表情一定很痛苦，她立刻就猜到答案了。“他一定又是去干坏事了。哼，他就是这种人。”

“冰淇淋盐的盒子破掉了。”我从口袋里掏出一把盐给她看。我满头大汗，头发全湿了。

“我们再去买一盒新的就好了，至于漏出来的这些，就留给你爷爷吃。”本来我听不懂她这话是什么意思，过了好久我才明白。在往后的那一整个星期，每当爷爷坐下来吃饭，他那盘东西里一定撒满了盐，咸得他哇哇叫。“帕里什医生，要不要进来喝杯柠檬汁？”

“不用了，谢谢你。我要赶快回诊所去了。”说着他脸上忽然闪过一丝阴霾，表情很沮丧。“麦克森太太，你认识塞尔玛·内维尔吗？”

“认识啊。不过我大概有一个多月没看到她了。”

“我刚刚才从她家里出来。”帕里什医生说，“她得了癌症，已经治疗很久了，大概整整一年了。”

“什么？怎么会这样？”

“她很勇敢，跟病魔斗争了那么久。但很遗憾，两个钟头前，她已经过世了。她不想待在医院。她希望能够在自己家里离开人世。”

“天哪，我竟然一直不知道塞尔玛生病了！”

“她不想惊动别人。过去这一年来她竟然还坚持教书,我真不知道她是怎么办到的。”

这时候,我才意识到他们说的人是谁。原来就是内维尔老师。就是她鼓励我去参加今年的写作竞赛。我还记得,学期结束那天我要离开教室之前,她忽然对我说了一句“再见”。我还记得,当时她说的不是9月再见,或是下学期再见,而是斩钉截铁的一句“再见”。她一定知道自己快死了,所以那天她坐在教室的办公桌前面,心里感触一定很多。也许她是在想,她已经等不到9月再带一班野孩子了。

“我只是觉得应该跟你说一声。”帕里什医生说。他拍拍我肩膀。我忽然想到,两个钟头前,他就是用那只手把被单拉上去盖住内维尔老师的脸。“科里,下次要注意一点哦。”说完他就转身朝车子走过去。我目送着他的车子渐渐远去。

一个钟头后,爷爷回来了。看他的表情,仿佛刚刚被人一脚踢出大门,而且口袋里的钞票也已经被人洗劫一空了。他拼命想装出一副很不高兴的样子,怪我自己“跑掉了”,害他担心得要死,没想到很快就被奶奶拆穿了。奶奶只是淡淡问了他一句:冰淇淋盐在哪里?他立刻哑口无言了。结果,他一个人跑去坐在门廊上。天色渐渐暗了,一大群飞蛾绕着他盘旋飞舞。他那张长脸显得好憔悴,心情很低落,就像他那疲软下垂的“强宝”一样。我忽然有点可怜他。真的。但问题是,爷爷不是那种值得同情的人。只要我开口对他说出任何道歉的话,他一定会立刻反唇相讥,气焰又开始高涨起来。爷爷从来不曾对人说抱歉。他永远不会错。而这也就是为什么他没有半个真正的朋友。这也就是为什么他会一个人孤零零地坐在门廊上。此刻,成群的飞蛾绕着他盘旋飞舞,仿佛昔日的记忆依然缠绕着他。他的记忆里,曾经有很多漂亮的农夫的女儿。

后来又发生了一件事,为我和爷爷奶奶同住的那个星期画下了句点。星期五那天晚上,我睡得不太好。我梦见自己走进教室。教室里空荡荡的,同学都跑光了，只剩下内维尔老师一个人。她坐在办公桌后面改考卷。金黄的阳光斜照在地上，斜照在黑板上。内维尔老师脸色好憔悴，但眼睛却又大又亮，看起来像婴儿的眼睛。她坐得直挺挺的。我站在教室门口，她忽然转过头来看着我。“科里，”她叫了我一声，“科里·麦克森。”

“老师。”我答了一声。

“你过来一下。”她说。

我乖乖走过去，走到她办公桌旁边。我注意到办公桌边缘那个红苹果已经枯干了。

“暑假快结束了。”内维尔老师对我说。我点点头。“你又长大一岁了，对不对？”

“我刚过生日。”我说。

“那很好。”她叹了口气。她呼出来的气虽然还不至于难闻，但闻起来很像一朵快枯死的花。“这辈子，我看过太多男孩子来来去去。”她说，“有些男生长大了，还是一直住在这里，而有些孩子长大了就搬走了。科里，男孩的童年总是很快就结束了。”她淡淡一笑。“男孩总是希望自己快点长大变成男人。然而，总有一天，他们一定会希望自己可以再回到童年时光。不过，我要告诉你一个秘密，科里。想听听吗？”

我点点头。

“从来没有人真正长大过。”内维尔老师悄悄说。

我皱起眉头。这算是哪门子秘密？我爸妈都是大人了，不是吗？多拉尔先生，马凯特队长，帕里什医生，拉佛伊牧师，女王，他们都已经长大了，都是大人了，不是吗？任何人，只要过了十八岁，就是大人了。

“也许他们看起来像大人，”她继续说，“但那只是一种幻象，就像时间雕塑出来的泥偶。不管男人还是女人，在内心深处，他们永远都只是孩子。他们心里都渴望能够像童年时代一样蹦蹦跳跳，自由自在，然而，他们泥偶般的身体太重了，跳不动了。这个世界在他们身上套上了太多无形的枷锁，然而，内心深处，他们都渴望能够甩掉那一切。他们渴望能够丢掉手上的手表，脱掉领带，脱掉礼拜日穿的皮鞋，解开身上衣服的束缚，赤裸裸地跳进游泳池。就算只是一天也好。内心深处，他们都渴望自由，渴望家里永远有爸妈会照顾他们，无条件地爱他们。就算是那些最残忍恶毒的人，内心深处也都只是个小男孩。他们的种种凶狠行径，其实都只是把自己缩在一个角落里，避免自己受伤害。”说着，她把考卷推开，两手摆在桌面上，“我亲眼看过太多男孩长大，变成大人，所以，科里，有一件事我希望你一定要做到。你一定要‘记得’。”

“记得？记得什么？”

“把所有的事都记下来。”她说，“无论什么事都要尽量记住。你一定要好好记下你活过的每一个日子，一定要记得某些事。而且，你一定要好好珍惜那些记忆，因为那真的太珍贵了。科里，那些记忆就像一扇扇的门，他们是你的老师，你的朋友，甚至是你的教练。每当你看到某种东西，不要光是用眼睛看，要用心去看。当你体会到了，你就把它写下来，这样一来，别人就有机会体会到你感受到的一切。太多人活了一辈子却什么都没看到，什么都没体会到，对一切浑然无觉。科里，你认识的人，见过的人，绝大多数都是这样。也许他们曾经有过某些奇妙的经历，可是他们却从来不曾多看一眼。然而，科里，如果你愿意，你可以活一千辈子，体验每一个人的生活。如果你愿意，你会有机会看到很多人。那些人，尽管你并没有真的亲眼见到，但你却能够跟他们说话。你会有机会去很多地方。虽然你并没有真正去过，但你却能够身临其境一样去感受。”说到这里她点点头，凝视着我的眼睛。“如果你够厉害，如果你够幸运，如果你有能力告诉大家一些有意义的事，说出一些有意义的话。那么，你就有机会永远活在世人心中，即使——”说到这里她停了一下，仿佛在考虑该怎么说，“即使在很久很久以后。”

“我怎么才能办得到呢？”我问。

“一步一步慢慢来。你要做的第一件事，就是去参加写作竞赛。我先前已经告诉过你了。怎么样,你愿意吗?”

“我写得还不好。”

“我没说你现在能写得很好,至少目前如此。你只要尽力去做就行,就参与一下比赛。你愿意吗?”

我耸耸肩。“我不知道能写什么。”

“到时候你就会知道了。”内维尔老师说,“如果你面对一张空白的纸,时间够久,你就会知道要写什么了。还有,不要觉得自己是在写文章。你就想象自己只是想说个动人的故事给你的好朋友听。所以,你愿意试试看吗?”

“我会考虑的。”我说。

“不要把它想得太难。”她提醒我,“有时候想太多,你反而做不了。”

“我知道了。”

“嗯。”内维尔老师深深吸了一口气,然后慢慢呼出来。她转头看看教室里的桌椅。那些桌子上都刻着学生姓名字母的缩写。“我已经尽力了。”她轻声说,“我已经尽力了。噢,孩子,你的人生还很长呢。”她又转过头来看我。“好了,下课了。”她说。

然后,我醒过来了。天还没亮,但我听到远处传来鸡啼。黎明快到了。爷爷的房间里传来收音机的声音。他们听的是乡村音乐电台。那孤零零的吉他旋律仿佛在夜色中千里跋涉,越过森林,越过绿野,越过漫漫长路。那凄清的吉他声总是令我心碎。

那天下午,爸妈开车来接我。我在奶奶脸上亲了一下,跟她告别,然后和爷爷握握手。他跟我握手的时候特别用力捏了一下,而我也用力捏一下他的手。我们心照不宣。然后,我走到门外,和爸妈一起坐上那辆敞篷小货车。这时候,我发现他们把叛徒也带来了,于是立刻跳上小货车后面的平台,坐在车尾,脚悬在外面。叛徒扑到我身上,朝我脸上喷气,我也随它高兴。

爷爷和奶奶站在门廊上跟我们挥手道别。终于可以回家了。

7 露营

面对一张空白的稿纸。天底下大概没有比这更令人害怕又令人兴奋的事了。害怕,是因为你只能靠自己,那种感觉,就像在一团无边的黑暗中独自穿过一片白茫茫的雪地。而兴奋,是因为全世界只有你知道目的地在哪里,然而,你却又没把握自己最后抵达的会是什么样的地方。此刻,我坐在打字机前面,开始动手打出自己生平第一篇故事,准备参加奇风镇文艺委员会写作竞赛。我心里好害怕,因为到目前为止,我打出来的只有自己的名字。写故事有两种方式,一种是写给自己消遣的,另一种是写出来给大家看的。虽然同样是写故事,但两种感觉却有天壤之别。写第一种故事,你会觉得很轻松自在,仿佛一匹温驯的小马,至于第二种呢,那简直就像脱缰的野马,你必须紧紧抓住,否则就会摔得鼻青脸肿。

不知道过了多久,那张空白的稿纸就这样一直凝视着我。最后,我终于决定要写一个男孩的故事。我要描写他逃离故乡的小镇,到外面去看看那广大的世界。结果,写了两页之后,我就发现我根本没心思再写下去了。接着,我开始描写一个男孩到旧货回收场去找一盏神灯。结果,那张纸最后也被我丢进了垃圾桶。接着,我开始写一篇幽灵车的故事。一开始感觉还不错,可是后来,那辆车仿佛撞上了我想象力的围墙,瞬间化为一团火焰。

于是,我又继续坐在那里愣愣地盯着另一张空白稿纸。

屋外笼罩在无边的夜色中,树林里传来阵阵蝉鸣,叛徒吠了几声。我听到远处有一辆车的引擎发出隆隆怒吼。接着,我想到那天梦见内维尔老师。我想到她说的那句话:不要觉得自己是在写文章。你就想象自己只是想说个动人的故事给你的好朋友听。

接着,我忽然想到,为什么不写一些真正发生过的事呢?

比如说……斯卡利先生和老摩西的尖牙。不行,斯卡利先生一定不希望一堆人跑到他那里去围观。那算了。那么……也许我可以写女王和月亮人。不行,我对他们还不够了解。也许……

……也许我可以写萨克森湖底那辆车,还有那个死去的人。

也许我可以把那天清晨发生的事写出来。我可以描写那辆车如何冲进湖里,然后爸爸跳下水想去救人。那个3月的早晨,那黎明前的时刻,我亲眼看到那一切发生,也许,我可以把当时的感受写下来。还有,当时我看到一个人站在树林边,那人帽子上有绿色羽毛。也许……也许……我可以把这些写下来。

这故事我就有感觉了。于是我开始写下一行:"科里?科里?孩子,天亮了,该起床啦。"于是,那一刹那,我仿佛又回到了那辆送牛奶的小货车上,爸爸坐在我旁边。我们开车驶过清晨寂静的街道,穿过奇风镇。当时我们聊着未来。爸爸问我长大以后想做什么。接着,忽然有一辆车从树林里冲出来,从我们面前冲过去,爸爸立刻猛打方向盘,车子立刻向左偏移。那辆车冲出那片红岩平台,掉进了萨克森湖里。我还记得当时爸爸立刻冲到湖边。我还记得,他跳进湖里那一刻,我感觉自己的心脏仿佛瞬间缩成一团。我还记得,我眼看着那辆车开始往下沉,四周的水面不断冒出水泡。我还记得,我忽然转头看向马路对面的树林,看到一个人站在树林边,身上穿着一件长大衣,衣领随风飘扬,而且他帽子上有绿色的——

等一下。

不对,事情的经过并不是这样。那根绿色的羽毛是我在鞋底发现的。不过,它一定是从帽带上掉下来的,不是吗?但不管怎么样,既然我要写的是真正发生过的事,那么,我就应该忠于事实。那顶帽带上有绿羽毛的帽子,我是在大洪水那天晚上才看到的。于是,我修改了一下故事。我写的是:那根绿羽毛是我在鞋底发现的。至于格雷丝小姐,莱妮,还有那栋住了很多坏女孩的房子,我没有写进故事里。妈妈一定不喜欢看到故事里有那种东西。我一遍又一遍地大声念出那个故事，觉得我应该可以写得更好，于是又重写。对话的部分很难写，很难写得真的像是在讲话。最后，我用打字机打了三次之后，总算满意了。我整整写了两页。我的杰作。

后来，爸爸走进我房间。他身上穿着那套红条纹睡衣，而且因为刚洗完澡，头发还是湿的。他是进来跟我说晚安的。我把那两页故事拿给他看。

“这是什么？”他把那两页稿纸拿到我台灯底下，“黎明前的时刻。”他念出那个标题，然后转头看着我，眼中露出疑惑的神色。

“这是要参加写作竞赛的故事。”我说，“我刚写的。”

“哦，我可以看看吗？”

“当然可以。”

于是他开始读了。我一直看着他。当他读到车子从树林里冲出来的那个段落时，我注意到他忽然咬紧了牙关。接着，当我看到他伸手扶住墙壁，我就知道他读到他挣扎着浮出水面那个段落了。我看到他慢慢握紧拳头，然后又放开，握紧拳头，然后又放开。“科里？”妈妈在外面叫我，“很晚了，你出去把叛徒关进狗栏里吧！”我站起来正要出去的时候，爸爸忽然说：“等一下。”然后他又继续看那篇故事。

“科里？”妈妈又在叫了。客厅里传来电视的声音。

“丽贝卡，我在跟科里说话。”爸爸朝外面喊了一声。接着，他右手忽然垂下来，手上抓着那两页稿纸。然后他转头看着我，他脸上有一半笼罩在阴影中。

“写得还可以吗？”我问他。

“这不太像你平常写的东西。”他轻声说，“你平常写的都是些鬼怪，牛仔，要不然就是超人。你怎么突然会想到要写这种东西？”

我耸耸肩。“我也不知道。我只是想……我忽然很想写一些真正发生过的事。”

“照你这么说，这是真的？你故事里提到，你看到一个人站在树林边，这是真的吗?”

“是真的。”

“那你怎么没告诉我?你怎么没告诉艾默里警长?”

“我也不知道。可能是……可能是因为当时我不敢确定我真的看到了那个人。”

“那你现在确定了吗?那已经是六个月前的事了,你现在怎么能确定?另外,这件事你实在应该告诉艾默里警长的,你为什么不说呢?”

“我……我后来觉得那应该是真的。我是说……我认为我真的看到有人站在树林边。他身上穿着一件长大衣,而且他——”

“你真的能确定那是一个男人吗?”爸爸问我,“你看到他的脸了吗?”

“没有。我没看到他的脸。”

爸爸摇摇头,又咬紧牙关,而且我注意到他太阳穴上的血管怦怦跳着。“这阵子,我一直拼命向上帝祷告。”他说,“真希望那天我没有开车经过那条路;真希望那天我没有跳进湖里去救车里那个人;真希望湖底那个人不要再害我做噩梦,不要再来纠缠我。”他紧紧闭上眼睛,过了一会儿,他再睁开眼睛的时候,我注意到他眼中闪烁着泪光,露出饱受折磨的神色。“科里,这篇故事不要让别人看到,懂吗?”

“可是……我想去参加比赛——”

“不行!天哪,不行!”他一手搭住我肩膀,“乖乖听话。那已经是六个月前的事了。都已经过去了,不要再把这件事扯出来。”

“可是那件事真的发生过。”我说,“那是真的。”

“那是一场噩梦。”爸爸说,“一场很可怕的噩梦。警长并没有发现我们镇上有人失踪,而且镇上也没有任何人身上有那种刺青。没有任何家属在寻找他。你懂吗,科里?”

“我不懂。”我说。

“萨克森湖底那个人等于根本不存在。”爸爸的声音有点嘶哑,口气听起来很痛苦,“他好像根本没有亲人,没有朋友,因为根本没有人在找他。而且,我看到他的时候,他已经被打得不成人形,而且,我们甚至无法为他举行葬礼。我是最后一个看到他的人。你知道那对我造成了什么样的伤害吗,科里?”

我摇摇头。

爸爸又低头看看那篇故事,然后把那两张稿纸放回书桌上的打字机旁边。“我知道这个世界有时候很残酷。”他说话的时候眼睛并没有看我,他的视线仿佛飘向了不知名的远方。“生命中有些事是很残酷的,可是……我们这里从来没有过。那些残酷的事,永远都发生在别的地方,一直到后来……当年我还担任义务消防员的时候,有一辆车在我们奇风镇和联合镇之间的路段出了事,撞得稀烂。当时我也赶到了现场。那件事你还记得吗?”

“那是小个子史蒂维·考利的车。”我说,“午夜梦娜。”

“没错。从地面上的轮胎痕迹判断,史蒂维·考利是被另一辆车硬挤下公路的。有人故意撞他。而且车子的油箱爆炸,被炸飞了。那真是无比凶残的行径。而且,当我看到史蒂维的遗骸时,我——”他忽然打了个哆嗦,仿佛回想起那支离破碎的残骸,“我无法想象的是,人为什么能做出那么残酷的事,用那么凶残的手段伤害另一个人。我无法想象的是,人为什么会有那样的仇恨。我的意思是……一个人到底有过什么样的遭遇,才会变成那样?你的灵魂必须扭曲到什么程度,才会变得杀人不眨眼?”这时他转过头来凝视着我的双眼,“我在你这个年纪的时候,爷爷都叫我什么,你知道吗?”

“不知道。”

“他叫我小懦夫。因为我不喜欢打猎,因为我不喜欢跟人打架,因为那个年纪的男孩子喜欢的东西,我都不喜欢。他逼我去打橄榄球,其实我不太会打,但我还是硬着头皮去打,那是为了他。有一次他告诉我,‘小子,要是你没有那种杀手的本能,你这辈子休想有出息。’他就是这么说的。‘揍扁他们,踹倒他们,让他们看看谁狠。'问题是……我实在一点都狠不起来。我从来就不是那块料。我只想平平静静过日子。这样就够了。平平静静。"他慢慢走到我房间窗口,在那里站了好一会儿,听着窗外的蝉鸣。"我想,"他说,"我并没有表面上那么强悍。那都是装出来的。已经很久了。我一直以为我能够忘掉湖底那个人,彻底把他抛到脑后。可是我错了,科里。我办不到。他一直在呼唤我。"

"他……他呼唤你?"我问。

"对,他一直在呼唤我。"爸爸站在窗口背对着我。我注意到他垂在两旁的手又握成了拳头。"他说他希望我知道他是谁,他希望我知道他的家人在哪里,他想知道这个世界上是否有人在为他伤心痛苦。他希望我知道是谁杀了他。还有,为什么要杀他。他要我记得他,而且他还说,杀死他的人到现在还逍遥法外。一天找不到那个人,我就一天得不到安宁。"爸爸忽然转过头来看我。我感觉他一下子老了十岁。"我在你这个年纪的时候,很渴望相信自己是住在一个神奇的小镇上。"他轻声说,"在我们的小镇上,永远看不到邪恶。我很渴望能够相信这里的人都是正直善良的。我很渴望能够相信,只要努力就有收获,而且每个人都守信用,言出必行。我渴望相信每个人都有基督徒的博爱精神,而且是随时随地,并非只有礼拜日才是基督徒。我渴望相信,法律面前人人平等,而从政的人都很睿智英明。只要你行得正,你就会得到你所渴望的平静。"说到这里,他微微一笑,但他的笑容却是如此苦涩。有那么一刻,我仿佛看到他内心深处的那个小男孩。那个小男孩困在内维尔老师说的那种时间的泥偶里。"然而,天底下根本没有那种地方,"爸爸说,"永远不会有。然而,就算你明白那个残酷的事实,你还是忍不住会渴望。每天晚上,当我闭上眼睛想睡觉的时候,萨克森湖底那个人就会嘲笑我,说我傻。"

这时候,不知道为什么,我忽然告诉他:"说不定女王有办法帮你。"

"帮我?怎么帮?把骨头丢在我身上?还是为我点一根蜡烛,烧一炷香?”

“不是,你可以跟她谈一谈。”我说。

他低头看着地上,深深吸了一口气,然后慢慢呼出来。接着他又说:“我该去休息一下了。”说着他就走向门口。

“爸爸!”

他停下脚步。

“你要我把这篇故事撕掉吗?”

他没吭声。我以为他会叫我撕掉。他看看我,然后又看看桌上那两张稿纸。“不用了,”他终于说,“不要撕掉。这篇故事写得不错,而且那是真的不是吗?”

“对,是真的。”

“你已经尽力了吗?”

“是的。”

他转头看看四周墙上那些怪物的图片,然后又回过头来看着我。“你想不想写一篇鬼故事,或是火星人的故事?”他笑着问我。

“这次我不想写那些了。”我说。

他点点头,然后轻轻咬了一下嘴唇。“好吧,那你就把这篇故事拿去参加比赛吧。”说完他就出去了。

隔天早上,我把那篇稿子放进一只牛皮纸袋,然后骑着火箭到商店街的法院附近。图书馆就在那里。里面很凉爽,天花板上的吊扇嗡嗡旋转,阳光从百叶窗的缝隙透进来。我把牛皮纸袋交给柜台的伊夫琳·普拉斯摩太太。纸袋上用深咖啡色的字写着“短篇小说”。“能不能透露一下你写了什么故事啊?”普拉斯摩太太笑着问我。

“我写的是一个谋杀的故事。”我说。她忽然笑不出来了。“普拉斯摩太太,能不能请问一下今年的评审是谁?”

“我,格罗夫·狄安先生,亚当谷中学英语科的老师莱尔·雷德蒙先生,斯沃普镇长，那位出版过诗集的女诗人特雷莎·阿伯克龙比，还有《亚当谷日报》的编辑詹姆斯·康纳豪特先生。"她用两根手指头捏起我的牛皮纸袋，仿佛那是一条很腥臭的鱼。"你刚刚说这是一个关于谋杀的故事，对吗？"她低着头，眼睛从眼镜上方瞄着我。

"是的。"

"像你这么乖的孩子怎么会想到要写谋杀呢？找不到比较欢快的题材可以写吗？比如说……你的狗，或是你的好朋友，或是——"说到这里她忽然皱起眉头，"类似这种比较能够振奋人心的题材，或是比较有趣的题材。"

"我想不出来。"我说，"我一定要把萨克森湖底那个人的事写出来。"

"噢，"普拉斯摩太太又低头看看那只牛皮纸袋，"我懂了。科里，你爸妈知不知道你写这篇故事来参加比赛？"

"知道。我爸爸昨天晚上看过。"

普拉斯摩太太拿起一支圆珠笔，在纸袋上写下我的名字。"你家电话号码是多少？"她问。我把电话号码告诉她，然后她就写在我名字下面。"好了，科里。"说着她对我微微一笑，"我会把你的稿子交给文艺委员会的人。"

我跟她说了声谢谢，然后就转身走向门口。临出门之前，我回头看了看普拉斯摩太太，看到她正要拆开那只牛皮纸袋。她发现我在看她，立刻停止了动作。我觉得这是个好兆头，因为她显然迫不及待想读那篇故事。我走出图书馆大门，解开火箭锁在停车架上的铁链，然后就一路骑回家了。

夏天的威力显然已经渐渐减弱了。

早晨变得比较凉爽，而天黑的时间也渐渐提早。蝉鸣声渐渐变得微弱，它们的翅膀似乎越来越没劲了。站在我们家门廊上，朝正东方看过去，可以看到森林茂密的山上有一棵洋苏木，树叶仿佛一夕之间变成红色，在一片翠绿中看起来特别显眼。更令人沮丧的是，电视上开始出现那种文具用品的广告，提醒大家快开学了。对我们这些热爱夏天的孩子们来说，这真是令人沮丧。

夏天快过去了,时间紧迫。于是,一天晚上吃饭的时候,我终于鼓起勇气开口了。就算是枪林弹雨,也得冲锋陷阵。

“我能不能跟我那几个朋友去露营?”餐桌上静悄悄的,这问题显得很突兀。

妈妈转头看看爸爸,爸爸转头看看妈妈,两个人就是不看我。“你们答应过我,只要我到爷爷家去住一个星期,你们就要让我去露营。”我提醒他们。

爸爸清清喉咙,拿叉子搅拌着盘子里的土豆泥。“嗯,”他说,“去露营应该没什么关系。没问题。你们可以到我们家后面搭个帐篷,生一堆营火。”

“我说的不是这种露营。我说的是到野外去露营。比如说,到森林里。”

“我们家后面就有森林啊。”他说,“那不也是森林吗?”

“那怎么能算森林呢?”我的心跳得飞快,因为我知道提出这样的要求是很大胆的。“我说的是真正野外的森林。一个看不到奇风镇和任何灯光的地方。那才是真正的野营。”

“噢,天哪。”妈妈叹了口气。

爸爸哼了一声,放下叉子,然后两手摆在桌上十指交叉,皱起眉头。看他这一连串的动作,我知道他已准备要说“不行”了。“野外的森林?”他问,“多远的野外?”

“现在还不知道。看我们能走多远。我们走路过去,在那边过夜,然后隔天早上就回来。我们会带指南针,三明治,还有饮料。另外,我们会带背包和一些装备去。”

“万一你们哪个扭伤了脚踝,那怎么办?”妈妈问,“万一被响尾蛇咬了,或是被毒葛藤刺到,那怎么办?你们不知道夏天到处都是毒葛藤和响尾蛇吗?”我只能先见机行事了。她那种杞人忧天的本事已经准备要火力全开了。“万一你们哪个被山猫咬了,那怎么办?天哪,天晓得森林里还有什么奇奇怪怪的东西?那有多可怕你们知道吗?”

“妈妈,不会啦。”我说,“我们已经不是小孩子了。”

“哼,是吗?你们已经是大人了吗?可以自己跑到荒郊野外的森林去了吗?跑到离家里好几公里的野外,万一暴风雨来了,那怎么办?你们不怕闪电打雷吗?万一你们哪个临时肚子痛,那怎么办?搞清楚,荒郊野外可没电话让你们打回家。汤姆,你告诉他,叫他别想那些没用的。”

他扮了个鬼脸。唱黑脸的永远是爸爸。

“说嘛,”妈妈催他,“跟他说等他十三岁再去。”

“你去年也是说等我十二岁就可以去。”我提醒她。

“少跟我耍嘴皮子。汤姆,你跟他说。”

我已经做好了最坏的打算。他一定会斩钉截铁地告诉我“不行”。没想到,出乎我的意料之外,爸爸竟然问我:“你们要去哪里弄指南针?”

妈妈不敢置信地看着他,一脸惊恐。我心里忽然燃起一线希望。“戴维·雷他爸爸有指南针。”我说,“他每次去打猎的时候都会用。”

“指南针也可能会坏掉啊!”妈妈还是不罢休,“不是吗?”她问爸爸。

爸爸一直看着我,没有理她。他表情很严肃。“到野外去过夜可不是玩过家家。据我所知,很多大人到森林里都会迷路,而且,要是你去问他们,他们一定会告诉你那是什么滋味。没有床,没有房间,睡在湿答答的树叶上,整夜被蚊虫咬。你觉得那样会很好玩吗?”

“我还是想试试看。”我说。

“你和你那几个朋友讨论过了吗?”

“讨论过了。只要他们的爸妈肯答应,他们都很想去。”

“汤姆,他还太小!”妈妈说,“明年再让他去好了!”

“不可以这样。”爸爸说,“他已经不小了。”妈妈一脸受伤害的表情。她还想再说什么,可是爸爸却伸出食指抵住她的嘴唇。“我已经答应过他了。”他对妈妈说，“在我们家里，男人说话算话。”接着他又转过头来看我。“好吧，那你去打电话给你那几个朋友。只要他们的爸妈都同意，我们就让你去。不过，你要去多远，什么时候回来，我们要先说清楚。要是你没有在我们约好的时间回来，那你就准备一个星期不准出门了。懂吗？”

“懂了！”说着我已经准备要冲过去打电话了，但爸爸却把我叫住。“等一下，先吃完饭再说。”

自从那天以后，事情就开始有进展了。本的爸妈同意了，戴维·雷的爸妈也同意了。可惜的是，约翰尼没法跟我们一起去。他拜托我爸爸去跟他爸爸求情，而我爸爸也想尽办法去说服他爸爸，只可惜终究还是无法说服。因为，约翰尼还是有晕眩的症状。他爸妈担心的是，他跑到森林里去过夜，万一昏倒了，那就麻烦了。看起来，布兰林兄弟无意间又剥夺了他的快乐。

于是，在一个阳光灿烂的星期五下午，我们准备了背包，三明治，水壶，防蚊剂，蛇毒液吸取器，火柴，手电筒，而且还跑到法院去拿了一份全县的地图。然后，戴维·雷，本，还有我，从我家出发，准备走进森林。我们已经跟爸妈说过了再见，把我们的狗关进了狗栏里，脚踏车用铁链锁在门廊上，戴维·雷带了他爸爸的指南针，头上还戴着一顶骆驼图案的猎帽。我们都穿着长裤，另外，为了避免被毒葛藤刺到，被蛇咬到，我们都穿了冬天的长靴。我们已经准备好要踏上我们的漫长旅途了。我们面向着太阳，一步步走向我家后面那片树林，感觉自己很像当年的拓荒者。结果，我们都还没走进树林，妈妈已经紧张兮兮地站在后阳台上大呼小叫，“科里！你带的卫生纸够用吗？”

我说够用，但我实在很难想象，当年那些西部拓荒者的妈妈会问他们这种问题。

我们一步步爬上山坡，经过那片空地。那里就是我们暑假第一天举行仪式的地方。过了那片空地之后，树林越来越茂密，放眼望去只见一片苍翠。我回头看看山下的奇风镇，接着，本也停下脚步回头看，然后，戴维·雷也一样。一切都是那么井井有条——街道,家家户户的屋顶,修整得很整齐的草坪,人行道,花圃。而眼前,我们即将进入的是一片未知的蛮荒。那里面暗藏凶险,极不舒服,又不安全。换句话说,那一刹那我忽然明白了自己面对的是什么样的状况。

"好了,"戴维·雷终于开口了,"我们该走了。"

"嗯,"本也小声说,"是该走了。"

"嗯哼。"我也哼了一声。

我们站在那片空地上,微风迎面吹来,脖子后面开始冒汗。我们身后那一大片森林在风中窸窣作响。我忽然想到怪物电影《杰逊王子战群妖》里的那条九头蛇,那些蛇头不断地左右摇晃,吐着信子嘶嘶作响。

"我要进去了。"戴维·雷开始往前走。我也转身跟在他后面,因为指南针在他身上。于是,我们一步步离开了奇风镇。本把他背包的背带拉紧,结果,他衬衫的下摆已经快从裤腰里跑出来了。他说:"等我一下!"然后就拼命跑过来追我们。

眼前的森林仿佛一直在等待我们这样的孩子,已经等了一百多年了。我们进去之后,身后那无数茂密的枝叶仿佛变成了一道屏障,封住了那条进来的路,把我们围在里面。现在,我们走进了一个蛮荒世界,我们只能靠自己了。

没多久,我们已经浑身大汗。在8月的艳阳下,我们在茂密的森林中爬上爬下,翻过一座座小山岭。本已经开始气喘如牛,一直叫戴维·雷走慢一点。"你看,有蛇洞!"戴维·雷忽然喊了一声,伸手指向本脚边的地上。其实,根本没有蛇洞,但本走路忽然又变快了。阳光遍洒林间,在地面上映照出斑驳的光影。遍地绽放的忍冬香气四溢,黑莓也长得到处都是。当然,我们偶尔会停下脚步摘几颗来吃,然后又继续往前走。我们遵照指南针和太阳的方向前进。走到一座山顶上,我们看到几块巨大的鹅卵石,于是就坐下来休息。没多久,我们就发现那些石头上刻着印第安人的图腾,但紧接着,我们也发现我们并不是第一个看到这些石头的人,因为旁边的地上有一些馅饼的包装纸,还有几个破掉的汽水瓶。我们又继续往前走,越来越深入森林。我们决心要找到一个没有人到过的地方。后来,我们来到一条干枯的河床,于是就沿着河床往前走,我们的靴子踩在河底的小石头上嘎吱嘎吱响。接着,我们看到一只死掉的山鼠,成群的苍蝇绕着它嗡嗡盘旋,戴维·雷威胁本说他要把山鼠捡起来扔给他。本吓得浑身发抖。后来我劝戴维·雷别闹了,太恶心了。本终于松了口气。我们又继续往前走,走了很远一段路,来到一片树林比较稀疏的地方。地面上有一块块的白色岩石凸出来,看起来好像恐龙的肋骨。戴维·雷忽然停下脚步,弯腰看着地上。然后从地上捡起一个黑色的箭头。箭头的形状还很完整,于是他把箭头塞进口袋里,准备带回去送给约翰尼。

太阳渐渐下山了。我们浑身大汗,灰头土脸。成群的小蚊子在我们头上盘旋,而且不停地扑向我们的眼睛。到今天我才知道,原来小蚊子对人类的眼球这么有兴趣。我猜,那应该就像飞蛾对火焰特别有兴趣吧。总之,我们的眼睛痛得要命,而且我们不知道花了多少时间才把飞进眼睛里的小蚊子弄出来。后来,太阳终于下山了,气温越来越凉爽,而那些小蚊子忽然都不见了。这时候,我们开始怀疑了,不知道能不能找得到地方过夜。而也就是在那一刻,我们终于领悟到一件事。

爸爸妈妈已经不在身边了,没有人会做饭给我们吃。而且,这里没有电视,没有收音机,没有浴缸,没有床,没有电灯。我们不知道已经离家多远了,不过,在过去的两个钟头里,我们没有看到任何文明的痕迹。"我看,我们走到这里就行了。"我对戴维·雷说,伸手指向一片空地,可是他说:"噢,我们可以再走远一点。"我知道他很好奇,很想知道前面那座山后面是什么。本和我也只能乖乖跟着他,因为,我刚刚说过,指南针在他身上。

夜色已经笼罩了大地,我们把手电筒拿了出来。我感觉到有个东西从我面前飞过去:那是一只蝙蝠,它在找吃的。接着,我们靠近一堆矮树丛的时候，听到里头发出一阵窸窸窣窣的声响，好像有什么东西在跑。本紧张得要命，一直问：“那是什么？那是什么？”但我们两个都没理他。后来，戴维·雷终于停下脚步，然后拿着手电筒朝四周照了一圈。“我们在这里搭帐篷。”我和本当然都没意见，因为我们都已经两腿发软。我们卸下肩上的背包，走到矮树丛里撒了泡尿，然后到附近找木头来生火。我们运气还不错，因为这附近有很多松树枝和松果，而且，一根火柴就点燃了。没多久，我已经用石头堆了一个火坑，很快就生起了一堆火。堆石头是爸爸教我的。于是，我们三位探险家围着火堆猛啃妈妈帮我们准备的三明治。

火堆劈啪作响。本在他的背包里找到一包棉花糖，那是他妈妈偷偷塞进去的。我们捡了一些树枝，然后就开始高高兴兴地烤棉花糖来吃。摇曳的火光在火堆四周形成一团半球体的光晕，然而，在火光的范围外，四面八方完全笼罩在漆黑的夜色中，什么都看不见，森林里只见萤火虫点点闪烁。一阵风轻拂过树梢，晶莹闪烁的银河横跨整个夜空。

静谧的森林散发出一种庄严神圣的气息，我们说话的时候都不自觉地压低声音。聊到下一季少年棒球联盟的比赛，我们一致认为，无论如何都要想办法把尼莫拉进我们球队，另外，我们也聊到布兰林兄弟。那两个浑球害约翰尼的暑假泡汤了，真希望有人能够替天行道好好修理他们。接着，我们也聊到，这地方离我们家一定很远。戴维·雷认为最起码有十公里，可是本却认为最起码有二十公里。另外，我们都很好奇，不知道这个时间我们的爸妈都在做些什么，不过我们一致同意，他们现在可能紧张得睡不着觉，然而，有过一次这样的经验，他们以后就会慢慢习惯了。我们渐渐长大了，所以一定要让他们明白，我们已经不再是小孩子了。

远处开始传来猫头鹰咕咕的叫声。戴维·雷又开始兴冲冲地聊到雪灵。此刻，雪灵一定也躲在森林中的某个角落里，和我们一样享受着眼前的景致和静谧。说不定，它也听到那只猫头鹰在叫。接着，本忽然说学校快开学了，我们立刻叫他闭嘴。火堆里的火焰渐渐变得微弱，我们躺下来，看着天上的银河，聊着奇风镇上的点点滴滴。我们都认为，那真是一个神奇的小镇。而且，一定是因为某种神秘力量，我们才有幸在这个神奇的小镇出生长大。

后来，火堆终于熄灭了，只剩余烬散发出淡淡的红晕。猫头鹰似乎也已经睡着了，野樱桃的清香随着微风飘散到我们火堆附近。我们看着流星划过天际，点点蓝光后面拖着一条金黄灿烂的轨迹。又过了一会儿，天空已经看不到流星了，于是我们默默躺在地上沉思冥想。这时戴维·雷忽然说："嘿，科里，说个故事来听听吧。"

"算啦，"我说，"我想不出有什么故事好讲的。"

"随便编一个嘛，"戴维·雷怂恿我，"随便说一个。"

"对呀，不过不要说那种太恐怖的。"本说，"我不想做噩梦。"

我想了一下，于是就开始说了。"你们知不知道，这附近有一座纳粹囚犯的监狱？我爸爸告诉过我。他说森林里有一座监狱，专门关纳粹囚犯，而且，他们都是那种你难以想象的杀人魔王。就在空军基地旁边，只不过，空军基地还没盖之前，那座监狱就已经在这里了。"

"是真的吗？"本紧张兮兮地问。

"当然不是真的，白痴！"戴维·雷说，"他是瞎编的！"

"随便你怎么想。"我对戴维·雷说，"可能是瞎编的，也可能不是。"

戴维·雷忽然不吭声了。

"总而言之，"我继续说，"有一次，那座监狱忽然失火了，有几个纳粹囚犯逃出来，不过其中有几个被火烧伤，烧得面目全非。不过，他们终究还是逃出来了，跑到森林里面，然后——"

"这是你在杂志里看到的吗？"戴维·雷问。

"不是，"我说，"是我爸爸告诉我的。那是很久以前的事了，我们还没出生之前的事。总之，那些纳粹囚犯逃到森林里，就在这附近。那群人的首领叫布鲁诺，块头很大，脸被火烧得不成人形，看起来很恐怖。他找到了一个洞穴，于是大家都躲在里面。问题是，东西不够吃，所以后来，有几个人死掉了，其他人就拿刀子把尸体切开——”

“噢，真恶心！”本惊呼了一声。

“然后他们就把那些尸体吃掉了。而且，脑子永远都是被布鲁诺吃掉的。他把尸体的头盖骨敲烂，然后用两手把脑子挖出来塞进嘴里。”

“我快吐了！”戴维·雷忽然大叫起来，故意从喉咙挤出一种咯咯的声音，然后大笑起来。本也跟着笑起来。

“过了很久，大概两年后，那群人中只剩下布鲁诺还活着。他块头变得比从前更高大。”我继续说，“可是，他那张被火烧伤的脸一直没有痊愈。他一只眼睛长在额头上，一只眼睛垂到下巴。”他们两个越笑越大声。“而且，长年累月躲在洞穴里，而且又吃了太多人肉，布鲁诺终于发疯了。他还是很饿，但问题是，他只想吃人脑。”

“太恶心了！”本叫了一声。

“他只想吃人脑。”我继续说，“他身高两米二，体重一百五十公斤，手上拿着一把长刀。那把刀很锋利，一刀就可以砍掉你的头。另外，自从监狱失火之后，警察和军队一直在找他。后来，他们在森林里发现了一个森林巡逻员的尸体。他脑袋上半部被砍掉了，脑子不见了。后来，他们又发现一个卖私酒的老头的尸体，他也一样，脑子也不见了。警方推测，布鲁诺越来越靠近奇风镇了。”

“然后警察就把007和蝙蝠侠都找来了！”戴维·雷说。

“少鬼扯了！”我摇摇头，“他们并没有找谁来帮忙。就只有警察和军队的士兵。于是，每天晚上，布鲁诺在森林里游荡，手上拿着那把长刀和一盏煤油灯。他的脸真的太恐怖了，一看到他的脸，你就会吓得浑身无法动弹，就好像看到蛇发女妖你就会变成石头一样。然后，咔嚓一声，你的头就被砍掉了，然后，噗嗤一声，你的脑子就被他吞下去了。”

“噢，是哦！”本笑起来，“我敢打赌，布鲁诺现在一定还在森林里到处找人脑吃,对吧?”

“没有,”故事该收尾了,“后来警察和士兵找到了布鲁诺,开枪杀了他。他们开了不知道多少枪,把他打成了蜂窝。不过,从此以后,如果你在没有月亮的夜晚走进森林,你可能会看到布鲁诺的煤油灯在森林里若隐若现。”说到这里我故意压低声音,装出一种阴森的腔调。这时候,戴维·雷和本忽然都不笑了。“没错,你会看到他提着煤油灯在森林里游荡,到处找人脑吃。他提着煤油灯四处照亮,只要你一靠近,你就会看到他手上的长刀闪闪发亮。这时候,千万不要看他的脸!”我忽然竖起一根手指,“绝对绝对不要看他的脸,因为,只要一看到他的脸,你就会跟他一样发疯,你会跟他一样想吃人脑!”最后一句我是吼出来的,而且忽然跳起来。本吓得大叫一声,但戴维·雷又开始笑了。

“喂,不好笑!”本骂他。

“你根本不用怕那个布鲁诺。”戴维·雷对他说,“因为你根本没长脑子,所以他不会吃掉你——”

说到这里戴维·雷忽然停住了,瞪大眼睛看着前面漆黑的森林。

“怎么了?”我问他。

“哼,他故意吓我们的!”本嗤之以鼻,“哼,骗不了我的!”

戴维·雷的脸突然一片惨白。我对天发誓,我真的看到他头皮在抖,头发一根根竖起来。他张开嘴巴:“咯……咯……咯……”然后他慢慢抬起手指向我后面。

我立刻扭头顺着他手指的方向看过去。那一刹那,我听到本倒吸了一口气,而我自己也全身汗毛直竖,心脏咚咚狂跳。

我看到森林里有一盏灯朝我们的方向移动过来。

“咯……咯……天啊!”戴维·雷喉咙哽住了,声音嘶哑。

我们三个都吓坏了,那种恐惧无法形容,觉得很想赶快挖个地洞钻进去。那盏灯移动得很慢,慢慢靠近。后来,接近到某个距离的时候,那盏灯忽然变成两盏。我们三个都趴到地上。过了一会儿,我忽然想到,那是车子的大灯。看它前进的方向,感觉上仿佛会冲到我们身上。但过了一会儿,车子忽然转了个弯,我们看到车尾的刹车灯一闪一闪的。显然是开车那个人在踩刹车。车子沿着一条弯弯曲曲的小路一直往前开。那条小路距离我们所在的位置大概只有二十米。过了几分钟后,那辆车又消失在森林里。

“你们看到没有?”戴维·雷压低声音问。

“废话,我又不是瞎子!”本低声咒骂了一句,“我们不是在你旁边吗?”

“不知道开车的人是谁,他们跑来这里干什么?”戴维·雷转头看着我,“科里,想去看看吗?”

“可能是那些卖私酒的家伙。”我的声音在发抖,“我看算了,别去惹他们。”

戴维·雷忽然拿起他的手电筒。他脸色还是一片苍白,但眼中射出一种兴奋的光。“我要去看看到底怎么回事!你们两个,去不去随便你们!”说着他站起来,打开手电筒,然后开始蹑手蹑脚朝车子的方向走过去。走了两步,发现我们没跟上去,他立刻又停下脚步。“不会有事的。”他说,“我知道你们两个一定不会怕的,对不对?”

“本来就没什么好怕的,”本说,“所以我待在这里就好。”

这时我站起来了。要是戴维·雷敢去,那我怕什么呢?更何况,我也很好奇,很想知道开车的人到底是谁,还有,他们三更半夜跑到森林里来干什么。“走吧!”他说,“不过走路小心点!”

“不要把我一个人丢在这里!”本也心不甘情不愿地站起来,“你们两个真他妈疯了。”

“是啊。”戴维·雷口气很得意,“你们两个身体压低一点,不要讲话!”

我们压低身体,蹑手蹑脚地在森林里穿梭,从一棵树后面跑到另一棵树后面,沿着那条小路躲躲藏藏慢慢前进。奇怪,刚刚我们生火的时候竟然没发现这条小路。戴维·雷把手电筒照向地面,以免被前面那些人发现。那条小路在树林间蜿蜒。那只猫头鹰又开始叫了,萤火虫绕着我们飞舞闪烁。我们沿着那条小路走了几十米之后,戴维·雷忽然停住脚步压低声音说:“在那里!”

我们看到了。车子就在前面,已经停了,可是大灯还亮着,引擎也没熄火。我们立刻趴到地上。我的心跳恐怕一分钟已经快两百下了。不知道他们两个是不是也跟我一样。车子停在那里没动,开车那个人也没下车。“我要尿尿!”本压低声音说,口气听起来很急迫。戴维·雷叫他憋住。

就这样,大概过了五六分钟,我们看到森林另一头也出现了灯光。是另一辆车,一辆黑色的凯迪拉克。它开到第一辆车正前方,面对面停好。戴维·雷转头看看我,仿佛在说:这次我们碰到真正的大场面了。我并不在乎他们想干什么,我只想赶快逃之夭夭。我猜,那些人大概是来买卖私酒的。这时候,第一辆车的车门开了,两个人走下车。

“噢,上帝啊!”戴维·雷轻轻惊呼了一声。

两辆车大灯的光束在车前交错,那两个人就站在交错的光束中。他们穿的衣服跟一般人没什么两样,不过,脸上都戴着白色的面罩。其中一个中等身材,一个又高又胖,肚子被牛仔裤上的腰带挤出一圈肥肉。那个中等身材的人嘴里叼着烟。看不出来那是雪茄还是一般的香烟。他歪着头,烟从嘴角喷出来。接着,那辆凯迪拉克的车门也开了,那一刹那,我的心脏差点停止跳动。从驾驶座上走下来的人竟然是霸丁·布莱洛克。就是他没错。那天在赌场里我亲眼看过他。我记得他的长相。另外,从右座下来的那个人又瘦又高,一头黑发往后梳,下巴尖尖的,穿着一条黑色紧身裤,一件红衬衫,肩膀上点缀着一排金属亮片。本来我以为那一定是唐尼·布莱洛克。不过仔细一想,唐尼的下巴并不是那样。接着,那个人走过去打开凯迪拉克右边的后门,坐在里面的人开始钻出来。那一刻,整辆车立刻摇晃起来。

那个人简直就像一座长了两条腿的山。

他的肚子大得吓人,把身上那件红色格子花纹衬衫和连身工装裤绷得紧紧的。接着,当他站直身体,我发现他身高至少有两米。他的头发几乎已经掉光了,椭圆形的头上只剩一小撮卷卷的灰发。他满脸灰胡子修剪得很整齐,下巴部位的胡子有点翘。他的呼吸声大得像打雷,满脸横肉。“你们两个是要去参加化装舞会吗?”他的声音洪亮得吓人,听起来很像水泥搅拌机。而且,他那种呵呵的笑声很像在发动一台老旧的引擎。霸丁笑了,另外那个人也笑了。那两个戴面罩的人浑身扭动了一下,好像有点不安。“你们两个看起来真像两袋大便。”那个像山一样的人又说话了。他开始一步步往前走。我对天发誓,他那两只手大得像整只的火腿。他脚上穿着高筒靴。他的脚也是大得吓人,感觉仿佛一脚就能踢倒小树。

那个戴面具挺着大肚子的人说:“我们是秘密组织……我们的行动是非公开的……我们不想暴露身份。”

“去你妈的,迪克!”那大胡子又开始大笑起来,“你那个大肚子、肥屁股谁认不出来啊?除非谁他妈的眼睛瞎了!”我心里想,听起来有点像五十步笑百步。

“噢,布莱洛克先生,没想到还是被你认出来了!”那个叫迪克的人口气有点不高兴。那一刹那我惊讶得无法形容。原来眼前这两个人,一个就是迪克·穆特里先生,而另一个就是毕刚,也就是布莱洛克家族的老大。

这时本也认出来了。“我们赶快走吧!”他压低声音说。可是戴维·雷却嘘了他一声,“小声一点!”

“哦,”毕刚两手叉在屁股上,“你爱装神弄鬼是你家的事。钱带了没有?”

“带了。”穆特里先生手伸进口袋里掏出一沓钞票。

“数数看。”毕刚说。

“好。五十……一百……一百五……两百……”他就这样数到四百块。“韦德,去把钱拿过来。”毕刚说。那个穿着金属亮片衬衫的人立刻走过去拿钱。

“等一下。”另外那个戴面罩的人说，“东西呢？”他声音很粗很嘶哑。我忽然觉得好像在哪里听过他的声音。

“霸丁，你去把他们的东西拿过来。”毕刚说，于是霸丁把凯迪拉克的车钥匙从点火开关上拔起来，然后走到后行李箱。毕刚眼睛一直盯着那个戴面罩的人。我暗暗庆幸，还好他眼睛不是盯着我。因为他的眼神十分冷酷凌厉，仿佛能够凿穿钢铁。“这可是上等货，”毕刚说，“完全符合你们要求的标准。”

“最好是。我们一分钱也没少给你。”

“怎么样，要不要我示范一下？”毕刚笑得好狰狞，露出满嘴金牙。“还有，老兄，我劝你最好先把雪茄丢掉。”

那个戴面罩的人吸了最后一口烟，然后转身面向我们躲藏的位置，把烟头朝我们弹过来。那烟头落在我面前一米的地方，我注意到尾端的塑料过滤嘴被嚼得稀烂。我忽然想到有一个人抽雪茄的时候会这样嚼过滤嘴。是哈奇森先生——我们镇上的邮差。

霸丁打开后行李箱，然后很快又盖上。接着，他手上捧着一只小小的木盒走向那两个戴面罩的人。他动作很轻，仿佛抱着一个小婴儿。

“我要看看里面的东西。”哈奇森先生说。我从来没听过他用这种口气说话。

“打开让他看看。”毕刚说。霸丁小心翼翼地打开扣环，掀开盖子，露出里面的东西。我们三个都看不到，不过，穆特里先生走到他面前，低头瞄了一眼，然后吹了声口哨。

“满意了吗？”毕刚问。

“应该可以了。”哈奇森先生说，“等到他们飞上天，然后一路下地狱，可能都还搞不清楚到底怎么回事。”

“我还多送了一个给你。”毕刚又露出那种狰狞的笑容。我忽然觉得他看起来很像撒旦。“讨个吉利。”他说，“好了，霸丁，盖起来吧。拿钱。”

“戴维·雷!”本忽然压低声音说,“有东西在我身上爬!”

“小声一点！白痴!”

“我不是在开玩笑！真的有东西在我身上爬!”

“你听到了吗?”穆特里先生忽然问。那一刹那,我感觉自己全身血液仿佛瞬间冻结了。

那几个人忽然都安静下来。哈奇森先生两手抱住盒子,韦德·布莱洛克紧紧抓着那沓钞票。毕刚慢慢转头看看四周的森林。咕咕……咕咕,远处那只猫头鹰又在叫了。这时本忽然轻轻哼了一声,那声音听起来充满恐惧。我整个人趴在地上,下巴埋进满地的松针里。我看到哈奇森先生的烟蒂还冒着烟。

“没听到什么声音。”韦德·布莱洛克说。他把钱拿给他爸爸。毕刚又拿起来数了一下,舌头不断舔着下唇。最后,他把那沓钞票塞进口袋里。“好了,”他对那两个戴面罩的人说,“银货两讫,这笔生意搞定了。要是下次还想要什么稀奇古怪的东西,随时联络。”说着他开始走回那辆凯迪拉克,霸丁立刻快步走过去帮他开门。

“多谢你的帮忙,布莱洛克先生。”听穆特里先生那种口气,我忽然觉得他好像一只谄媚的小狗拼命想舔凶恶的主人,“真的非常感谢——”

“蜘——蛛!”

那一刹那,整个地球仿佛瞬间停止转动。那只猫头鹰忽然也没声音了。天上的银河仿佛也快熄灭了。

接着本又大喊了一声:“蜘蛛!”然后他开始在满地的松针上打滚。“我全身都是蜘蛛!”

我吓得喘不过气来,完全喘不过气来。本满地挣扎惨叫,戴维·雷狠狠瞪着他,目瞪口呆。那五个人也愣住了,站在原地动也不动,眼睛都看向我们这边。我的心脏已经快爆炸了。那短短的三秒钟仿佛一辈子那么长。接着,毕刚·布莱洛克的喊叫声划破了夜空:“抓住他们!”

“跑啊!”戴维·雷一边大喊一边挣扎着站起来,“赶快跑!”

韦德和霸丁朝我们冲过来,车灯照在他们身上,在地上拖出巨大的黑影。戴维·雷已经开始往我们营地的方向跑。于是我也大叫了一声:“跑啊,本!”然后我也站起来拔腿就跑。本一边尖叫一边挣扎着站起来,两手发了疯似的猛拍衣服。我边跑边回头看,看到韦德已经快抓到本了,接着,本猛然往前一蹿,韦德扑了空。霸丁跟在我和戴维·雷后面追,边追边喊着:“臭小子,回来!”而毕刚也在后面大喊:“他妈的,把他们抓回来!别让他们跑了!”

我必须说,戴维·雷跑得真是快,速度惊人。他已经跑得不见踪影,我还远远落在后面。麻烦的是,手电筒在他手上,我根本看不清方向。而且,我听到霸丁的呼吸声就在我后面。我鼓起勇气回头一看,发现本已经跑向另一个方向,而韦德紧跟在他后面追。我不知道哈奇森先生和穆特里先生是不是也跑过来追我们。霸丁几乎已经快追上我,他的手已经快抓到我的衣领了。我赶紧低头,转弯跑向另一个方向,结果,他踩到地上的松针滑了一跤。我还是拼命跑,在黑黢黢的荒野上拔腿狂奔。“戴维·雷!”我大叫了一声,因为我已经看不到他手电筒的光了。“你在哪里?”

“我在这里,科里!”他也大喊了一声,可是我听不出他在哪个方向。接着,我听到霸丁穿过后面的矮树丛,于是我又继续跑,满头大汗。“科里!戴维·雷!”我听到本在我右边某个地方大喊。“他妈的,把他们抓回来!”毕刚大吼,听得出来他火冒三丈。我忽然很害怕,不知道那一家子凶神恶煞会怎么对付我们,因为我们刚刚看到了不该看的东西。虽然我不清楚他们究竟在做什么,但我知道毕刚一定不想让任何人知道。我又开始叫本,可是才一开口,我右脚忽然踩到一堆松针,滑了一跤,整个人像沙包一样滚下山坡。后来,我滚到一堆矮树丛和葛藤旁边,终于停住了。我吓得半死,头好昏,差点把刚刚吃的烤棉花糖吐出来。刚刚滚下来的时候,下巴好像撞到了什么东西,擦破了皮。我趴在地上一动也不动,因为我已经有心理准备,等着一只手突然从黑暗中伸出来抓住我的脖子，这时候，我听到一阵枝叶摩擦的窸窣声。霸丁离我不远了。我屏住呼吸，很怕他会听到我的心跳声。因为我听得到自己的心跳有如惊天动地的鼓声。如果霸丁听不到我的心跳声，那他铁定是个聋子。

接着，我听到他的声音从左边传过来。“小子，不要再跑了。我知道你躲在哪里。”

他的口气好像很有把握似的。我差点就忍不住要回答他，可是我忽然想到，他跟我一样在摸黑。于是我闭住嘴巴没吭声，头贴在地上。

过了一会儿，霸丁又开始大喊。这次，他的声音听起来比较远了。“我们一定会找到你们的！没错，你们跑不掉的，我们一定会把你们这几个臭小子一个个揪出来！”

他越走越远了。我趴在那里等了好几分钟，听着布莱洛克一家人互相叫唤。显然，戴维·雷和本都跑掉了，毕刚火冒三丈。“你们把那几个臭小子给我找出来！整夜不睡觉也要给我找出来！”他朝他的儿子大吼，而他们也只能畏畏缩缩地回答：“知道了。”我心里想，我应该趁他们继续搜索之前赶快离开这里，于是我站起来，蹑手蹑脚地走开了。

我根本不清楚自己在往哪个方向走。我只知道，我一定要想办法离他们远一点。我考虑过回去找戴维·雷和本，可是又怕被布莱洛克那家子抓住。于是，我只好摸黑继续往前走。就算这附近有山猫或响尾蛇，它们也不会比我后面那几个两条腿的禽兽更可怕。就这样，我走了大半个钟头之后，终于看到一块大鹅卵石，于是就坐下来休息。满天繁星灿烂闪烁，我忽然想到自己面临什么处境了。我们的背包还在营地，东西都在里面，而且我已经不清楚营地在哪个方向了。我没东西可以吃，没水可以喝，没有手电筒，没有火柴，而且，指南针在戴维·雷身上。

我忽然想到：妈妈说对了。我真的应该等十三岁再来。

8 奇利·威洛

我知道漫漫长夜是什么滋味。有一次我喉咙发炎，整夜没法睡觉，每分每秒都是无比的煎熬。还有一次，叛徒肚子里长了虫，躺在地上哀鸣，一直咳嗽。我担心得要命，陪了它一整夜。然而，这天晚上，我躺在那块鹅卵石上整个人缩成一团，那种滋味远比从前那几次更难以忍受。这天晚上，时间仿佛静止了，每一分每一秒都有如一个世纪那么漫长。整整六个钟头，我沉浸在无边的恐惧与悔恨中，身体还很不舒服。我可以百分之百确定，这是我这辈子最后一次露营了。这天晚上，我简直是草木皆兵，满脑子胡思乱想，一听到有什么风吹草动都会立刻吓得跳起来。我看着四周漆黑的森林，常常被奇怪的黑影吓得半死，可是后来才发现原来那只是扭曲的松树枝。要是此刻能够吃到一块花生酱三明治，喝一罐汽水，我愿意拿满书架的《国家地理杂志》来交换。快天亮的时候，蚊子开始找上我了。那些蚊子大得吓人，仿佛只要抓住它们的脚，它们就能够拖着我飞回奇风镇。我肚子饿得咕噜咕噜叫，被蚊子咬得满身包，那滋味真是难受。

那真是无比漫长的夜晚。整夜，我忙着打蚊子，一边竖起耳朵仔细听听看有没有脚步声偷偷靠近我。另外，我也想到，穆特里先生和哈奇森先生花了四百块买了一盒东西。四百块，那真是好大的一笔钱！我一直在想，不知道那盒子里究竟是什么东西。不过，既然扯上布莱洛克那帮凶神恶煞，那铁定不是什么好东西。穆特里先生和哈奇森先生究竟要那些东西做什么？我忽然想到，当时哈奇森先生说了一句话：等到他们飞上天，然后一路下地狱，可能都还搞不清楚到底怎么回事。

虽然我不知道那是什么东西，不过，他们三更半夜偷偷摸摸躲在森林里，绝对不会是什么好东西。而且我相信，布莱洛克父子一定会毫不犹豫地一刀割断我们的喉咙，而且，说不定穆特里先生和哈奇森先生也一样，因为他们必须——杀人灭口。

后来,太阳终于快出来了,暗紫色的天际浮现出一丝淡淡的红光。我知道我该走了,因为布莱洛克兄弟说不定就在附近。昨天我们出发的时候,时间是下午,我们一路面对太阳的方向,所以,现在我选择朝正东方走。虽然我两条腿痛得快走不动了,但我很想回家,于是,我打起精神开始走。

我打算走到地势比较高的位置,说不定可以看得到奇风镇,或是萨克森湖,或最起码看得到公路,没想到,走到山顶上,我看到的却只是更多的森林。走了两个钟头之后,运气来了:一架战斗机从我头上呼啸而过,我看到它正要放下起落架。于是,我改变行进方向,比原先的正东方偏了几度,我猜,空军基地应该就在那个方向。没想到,越往前走,森林里的树不但没有变少,反而越来越茂密。阳光越来越热,地面凹凸不平,我很快就满身大汗,浑身都湿透了。而且,那些蚊子又出现了,而且这次是倾巢而出,好像一团黑压压的龙卷风把我的脑袋团团围住。

没多久,我又听到了更多架战斗机的引擎声。虽然我在森林里看不见飞机,但却听得到声音。接着,我忽然听到轰隆!轰隆!轰隆!的爆炸声,立刻停下脚步。我忽然明白我已经很接近投弹训练靶场了。我看到前面那座山头后面冒出一团团的黑烟,扬起漫天沙尘。那个方向应该是东北方。那意味着,我距离我家还有十万八千里。

此刻,我饿坏了,而太阳正好在我头顶上,所以我知道,时间是正中午。照昨天跟爸妈说好的计划,这个时间应该已经到家了。我想,妈妈一定已经开始发狂了,至于爸爸呢,他大概已经打算要好好修理我了。然而,最令我难过的是,昨天我还觉得自己已经长大了,已经是大人了,可是今天,我不得不承认,我距离那种境界恐怕还遥远得很。

我继续往前走,绕着训练靶场外围走,因为,被几百公斤重的炸弹炸到,那可不是好玩的。我在荆棘丛里穿梭,衣服被扯得支离破碎,身上被刺得皮破血流,但我还是咬牙硬撑着继续走。我心头不时会涌现一阵惊慌,因为我总是觉得每个黑暗的阴影里都躲着响尾蛇。我一直很渴望自己会飞。要是真的能飞,现在就是最好的时机。

就这样走着走着,不知道过了多久,我发觉自己忽然走出了松树林,眼前出现一片小池塘,水面在阳光下波光粼粼,而且有个年轻女孩子正在水里游泳。她一定是刚刚才下水的,因为她那头长长的金发只有下端是湿的。她两条手臂交替着划水,我注意到她全身被太阳晒成了古铜色,手臂和肩膀皮肤上的水珠在阳光下闪闪发亮。我正打算要开口叫她的时候,她忽然翻了个身,变成仰泳的姿势,这时我才发现她全身赤裸。

我立刻心跳加速,赶紧躲到一棵树后面。我忽然很怕惊动到她。这样偷看人家,我觉得很惭愧,可是不知道为什么,我的眼睛仿佛中邪了一样就是无法移开视线。接着,她又翻了个身潜进水里,后来,当她又浮出水面的时候,她已经游过了半个池塘。她伸手拨开额头上的湿头发,然后又飞快翻了个身,仰身浮在水上看着蔚蓝的天空。

此刻,我发觉自己面临的状况还真是有点啼笑皆非。我又饿又渴,被蚊子咬得满身是包,全身被荆棘刺得皮破血流,而我爸妈一定正急着打电话给警长和消防队长,而就在此刻,我面前十米远的地方是一片碧绿的池塘,而且,一个全身赤裸的年轻女孩正在水里游泳。我还没看清楚她的脸,但我看得出来,她年纪一定比我大,应该是十五六岁左右。她身材窈窕修长,而且游起泳来姿态优雅,不像小孩子那样猛拍猛踢溅起漫天的水花。我注意到她的衣服摆在池塘对面的一棵树下,那里有条小路延伸进森林里。那女孩忽然又潜进水里,两腿踢着水,接着又浮出水面,慢慢游向岸边的衣服。过了一会儿,她忽然停住了,两脚踩在池底,然后开始一步步走向岸边。时候到了,不赶快叫她就来不及了。

“等一下!”我大叫了一声。

她立刻转身,满脸飞红,手飞快遮住胸部,然后整个人坐进水里,只剩下头露在水面上。“是谁？谁在叫我?”

“是我。”我畏畏缩缩地从树后面走出来，“对不起。”

“你是谁？你在这里多久了？”

“我才刚来没几分钟。”接着我又补了一句，“我什么都没看到。”此地无银三百两。

那女孩张大嘴，凶巴巴地瞪着我，湿答答的头发披散在肩上。一道阳光穿透林间照在她脸上，这时我才发现她长得很漂亮。那瞬间的一瞥，实在太突然了，那一刹那的感觉只能用震惊来形容。那是一种摄人心魄的美，美得令人震惊，我根本已经忘了她在生气。会让小男孩觉得漂亮的东西很多，比如说，亮晶晶的崭新脚踏车，一只可爱的小狗，悠悠球上下甩动时的嗡嗡声，金黄的满月，青翠的草坪，还有自由自在尽情地奔跑。这一切都是小男孩心目中的美好事物。然而，女孩子的脸蛋并不包括在内。不管女孩子长得有多美，小男孩通常都不会有什么感觉。然而，那一刻，我完全忘了自己又渴又饿，完全忘了自己被蚊子咬得满身是包，完全忘了全身被荆棘刺得皮破血流。此刻，站在我面前的，是全世界最漂亮的女孩。她瞪着我，那眼睛如水晶般清澈。那一刹那的感觉，仿佛刚睡醒，睡眼惺忪，却突然发现自己置身在一个从来没见过的奇异世界。

“我迷路了。”我愣了好半天才说出话来。

“你从哪里来的？你在偷看我吗？”

“没有。我……我从那个方向来的。”我伸手指向身后。

“你骗人！”她呵斥了一声，“那边的山里根本没人住！”

“是，”我说，“我知道。”

她还躲在水里，两手紧抱在胸前。我感觉得到她已经渐渐不生气了，因为她的眼神已经没那么凶了。“迷路？”她说，“你家住哪里？”

“奇风镇。”

“哼，你又在骗人了！奇风镇在山谷的另一边，离这里很远！”

“我昨天晚上出来露营。”我告诉她，“我，还有几个朋友。后来出了一件事,我就迷路了。”

“出了什么事?”

我耸耸肩。“有人在追我们。”

“你说的是真的吗?”

“是真的。我对天发誓。”

“奇风镇? 那很远哦,你一定累坏了!”

“是有点累。”我说。

“好了,你转过身去。”她对我说,“不准回头偷看,等我说好你才可以转过来,懂吗?”

“我知道了。”我说。于是我转身背对她。我听到她从水里站起来,脑海中忽然浮现出她全身赤裸的模样。接着,我听到她窸窸窣窣穿上衣服的声音。过了大概一两分钟之后,我听到她说:“好了,你可以转过来了。”于是我又转身看着她。她已经穿上一件粉红色的T恤,一条牛仔裤,脚上穿着拖鞋。“你叫什么名字?”她伸手把额头上的头发往后拨。

“科里·麦克森。”

“我叫奇利·威洛。”她说,“走吧,科里,跟我来。”

噢,她把我的名字叫得真好听。

我跟在她后面沿着那条小路穿过树林。她个子比我高,而且走路已经不再是小女孩的模样。我想,她应该有十六岁了。走在她后面,我闻到她身上散发出一股幽幽的清香,那味道很像清晨的露珠。我尝试踩着她的足迹往前走。假如我是小狗,此刻我一定是猛摇尾巴。“我家不远。”奇利对我说。我赶紧回答:“那太好了。”

接着,我看到一条泥土路上有一栋小木屋。小木屋外面墙上贴满了防水纸,旁边有一个鸡栏,杂草丛生的院子里有几块木头,木头上架了一具锈迹斑斑的报废车壳。那房子比爷爷上次带我去的赌场还要破烂。我想到,那次爷爷赌扑克牌几乎连衬衫都输掉了。刚刚我已经注意到,奇利的牛仔裤破破烂烂的，上面全是补丁，而且T恤上有好几个硬币大小的破洞。跟她家的房子比起来，布鲁顿区最破烂的房子看起来都像皇宫。她拉开纱门，铰链嘎吱嘎吱的声音听起来好刺耳。她朝昏暗的屋里喊了一声："妈妈！我碰到一个人！"

我跟在她后面走进屋子里。客厅弥漫着浓浓的烟味，还有甘蓝菜的味道。有一位太太坐在摇椅上，边摇着椅子边织毛线。她抬起头来看看我，那湛蓝的眼睛看起来和她女儿的一模一样，不同的是，她满脸皱纹，而且因为长年在大太阳底下工作，皮肤晒得又黑又干。"叫他出去。"她嘴里咕哝了一句，手一直没停，继续织她的毛线。

"他迷路了。"奇利告诉她，"他说他是从奇风镇来的。"

"奇风镇。"那位太太又转过头来看我。她穿着一条深蓝色的连衣裙，胸口有黄色的绣花图案，脚上穿着夹趾拖鞋。"小朋友，你怎么会跑到这么远的地方来呢？"她的声音低沉嘶哑，听起来仿佛她的肺也已经被太阳晒干了。她椅子旁边有一张刮痕累累的小茶几，上面摆着一个烟灰缸，里头堆满了烟蒂，而且有一根烟还冒着烟。

"我知道。我想打电话给我爸妈。不知道能不能借用一下你的电话？"

"我家没电话。"她说，"我们这里没奇风镇那么方便。"

"噢，那……不知道有没有人可以送我回家？"

奇利的妈妈拿起烟灰缸上那根烟，深深吸了一口，然后又把烟放回去。接着，她说话的时候，烟从她嘴里缓缓喷出来。"车子被比尔开走了。他应该很快就回来了。"

我很想问她"很快"的意思是多快，可是那样很没礼貌。"我可以喝杯水吗？"我问奇利。

"当然可以。还有，我看你衬衫都湿透了，最好先脱掉。快呀，快点脱掉。"奇利走进那间简陋的小厨房帮我倒水，我立刻解开纽扣，然后剥掉那件黏在皮肤上的衬衫。"小朋友，我看你身上全是荆棘刺。"奇利的妈妈嘴里又开始喷烟了，“奇利，把碘酒拿过来帮这孩子擦一下伤口。”奇利说：“我知道了。”我把那件湿透的衬衫折好，然后站在那里等她来。我知道等一下一定会痛死，可是心里却很兴奋。

厨房里用的是那种手压式的抽水机。奇利用力压了几下，水龙头立刻咕噜咕噜地喷出水来。然后，奇利端着一只大玻璃杯走到我面前。我注意到那杯子上有摩登原始人的卡通图案，里头的水温温的，而且很混浊。接着，奇利忽然凑近我的脸，她呼出来的气有如玫瑰般芬芳。她手上拿着一团棉花，还有一瓶碘酒。“可能会有点痛。”她说。

“没问题的，再痛他也忍得住。”我还没开口，她妈妈就替我说了。

于是奇利开始帮我擦碘酒。一开始有点刺痛，但很快就变成刀割般的剧痛。我立刻皱起眉头，呼出了一口气。我强忍着痛，看着奇利的脸。她的头发已经渐渐干了，有如金黄色的波浪披散在肩上。她跪在我面前，那团红褐色棉花在我皮肤上留下红红的痕迹。我心跳越来越快，愣愣地看着她那湛蓝色的双眼。她发现我在看她，于是就对我笑了一下。“你挺勇敢的。”虽然我痛得眼泪都快掉出来了，但我还是对她笑了一下。

“小朋友，你几岁了？”奇利的妈妈问我。

“十二岁。”我又在睁着眼睛说瞎话了，“再过几天就十三岁了。”我一直盯着奇利的眼睛。“你几岁？”我问她。

“我？我已经不是小孩子了。我今年十六岁。”

“你在念高中吗？”

“念过一年。”她说，“不过，念了一年我就不想再念了。”

“你已经没上学了？”我吓了一跳，“哇！”

“她还在念啊。”她妈妈嘴巴说话，手还是没停，“她念的是社会大学。跟我一样。”

“别说了，妈妈。”奇利嘀咕了一声。她那樱桃小嘴不管说什么，听起来都有如音乐般悦耳。

我已经忘记痛了。男子汉大丈夫,这点痛算什么。奇利的妈妈说得一点都没错,再怎么痛我都忍得住。我转头看看昏暗的客厅。客厅里的家具又破又脏。接着我又回头看着奇利的脸。那种感觉就仿佛熬过风雨交加的漫漫长夜后看到灿烂的阳光。虽然碘酒擦在伤口上有如刀割,但她温柔的抚摸却令人通体舒畅。我觉得她一定喜欢我,所以才会那么温柔。我看过她赤裸的身体。从小到大我从来没看过女人赤裸的身体,除了妈妈。我见到奇利·威洛也才不过短短的几十分钟,然而,当你内心开始激荡,时间就已经变得不重要了。此时此刻,她为我擦拭伤口,对着我微笑。我心中暗暗对她呐喊:如果你是我的女朋友,我会抓一百只萤火虫送给你,把它们放在绿色的玻璃罐里,永远为你照亮前面的路。我会送你一片青翠的草地,草地上开满了成千上万朵缤纷灿烂的野花,每一朵都不一样。我要把我的脚踏车送给你,那辆车有一只金黄灿烂的眼睛,它会保护你。我要为你写一篇故事,故事里,你就是那住在白色城堡里的公主。只要你喜欢我,我会送你一个神奇的世界。只要你喜欢我。

只要你——

"你挺勇敢的。"奇利说。

这时我听到屋里传来婴儿的哭声。

"噢,天哪。"奇利的妈妈把针线丢到一边,"巴伯醒了。"她站起来朝哭声的方向走过去,她的拖鞋劈里啪啦踩在满是裂痕的地板上。

"我马上就去喂他。"奇利说。

"不用了,我来喂就好。比尔马上就进来了,我劝你最好赶快戴上戒指,要不然他铁定会发飙。那个人发飙有多恐怖,你又不是没见过。"

"哼,看过太多次了。"说这句话的时候奇利几乎是自言自语。我注意到她眼中闪过一丝阴影。接着,她用那团棉花擦过我身上最后一处伤口。"好了。"

这时奇利的妈妈回来了。她手上抱着一个婴儿,看起来好像还不到一岁。奇利站起来走进厨房。过了一会儿,她出来的时候左手无名指上多了一枚小小的金戒指。她从妈妈手上把那个婴儿抱过来,然后开始轻轻摇着他,轻声细语唱起歌来。

“这小子脾气不太好。”奇利的妈妈说,“长大以后铁定是个大麻烦。”接着她走到窗口掀开脏兮兮的窗帘。“比尔回来了。小朋友,等一下他会送你回家。”

那辆小货车嘎吱嘎吱地开到门廊前,接着,我听到车门开了,然后又砰的一声关上。接着,纱门被推开了,那个叫比尔的人走了进来。他个子高高瘦瘦的,头发剃成了平头,看起来大概十八岁左右。他穿着一条脏兮兮的牛仔裤,一件蓝衬衫,胸口有一片油污。他嘴里嚼着一根火柴,那双棕色的眼睛看起来眼神很呆滞。“他是谁?”他劈头就问。

“你开车送这孩子回奇风镇吧。”奇利的妈妈对他说,“他在森林里迷路了。”

“我干吗要开车送他回奇风镇?”比尔大吼,“车子里热得要命!”

“你刚刚去了哪里?”奇利手里抱着婴儿。

“帮华尔斯那老头修引擎。哼,你问这干吗?你以为我去玩吗?你说话小心点!”他从她面前走过去,走向厨房,眼睛一直盯着她。我注意到他的眼神很冷漠,仿佛当她不存在。而奇利眼中忽然失去了神采。

“他有给你钱吗?”奇利的妈妈大声问他。

“废话,当然有给钱!你以为我是白痴吗?干那种活怎么可能不收钱?”

“要买点新鲜牛奶给巴伯喝!”奇利说。

我听到水龙头哗啦啦的水流声。“妈的。”比尔低声咒骂了一句。

“你到底要不要送这孩子回奇风镇?”奇利的妈妈又问了一次。

“不要!”他说。

“哦,”奇利把孩子抱给她妈妈,“那我开车送他回去好了。”

“你说什么！”比尔又回到了客厅，手上端着一只摩登原始人图案的大玻璃杯。“你开什么车？你又没驾照！”

“我跟你说过多少次了，我早就该去——”

“轮不到你开车。”比尔说。他又用那种视若无睹的眼神看着她，“你乖乖待在家里就对了。珀塞尔太太，教教你女儿吧！”

“你们的事我管不了。”她嘴里这样说，但她并没有把奇利的孩子抱过去。她还是一样坐在摇椅上，嘴里叼着烟，手上继续织她的毛线。

比尔仰头喝掉那杯混浊的水，然后皱了一下眉头。“算了，他妈的，我送他去空军基地附近那间加油站算了。那里有公用电话。”

“这样可以吗，科里？”奇利问我。

“我……”看到她手上的金戒指，我心里很不舒服，头有点晕。“这样就可以了。”

“哼，这样已经很不错了，不然你还想怎样？没把你一脚踢出去就很不错了。”比尔威胁我。

“可是我没钱打电话。”我说。

“臭小子，我看你真他妈的够惨了。”比尔把杯子拿回厨房，“我赚的是血汗钱，少打我主意。一毛钱都不会给你！”

这时奇利把手伸进牛仔裤口袋里。“我这里有。”她说。接着她掏出一个红色的心形小钱包。那钱包很像五角商店卖的那种便宜货，而且破破烂烂的，一看就知道用了很多年了。她打开钱包，我注意到里面有几枚硬币。“一毛钱就够了。”我对她说。于是她拿了一枚一毛钱的硬币给我。我立刻塞进口袋里。她对我笑了一下，那一刻，我忽然觉得自己是全世界最有钱的人。“你会平安到家的。”

“我知道。”我低头看看那婴儿的脸，发现他那湛蓝的眼睛跟他妈妈一样漂亮。

“要走就快点。”比尔从我面前走过去，走向门口。他对自己的太太和孩子好像视若无睹,连看都不看一眼。他推开纱门走出去,纱门又砰的一声关上了。接着我听到他发动了引擎。

那一刻,我忽然很舍不得离开奇利·威洛。直到很久以后,我才明白男女之间“来电”是什么意思。爸爸可能会用抽象到没人听得懂的方式跟我解释男女之间的事,不过,大概不需要他来教吧,学校里那些死党一定会教我。那一刻,我只感觉到一种渴望:好希望自己年纪大一点,长得高一点,强壮一点,帅一点。我好渴望吻一下她的嘴唇,希望时间能够倒流,回到她还没有为比尔生下那孩子的时光。那一刻,我最想问她的一句话是:你为什么不等我?

“回家去吧,孩子。”珀塞尔太太说。她若有所思地盯着我,手上的针线已经停下来了。不知道她是不是已经猜到我心里在想什么。

这辈子我不可能再到这里来了。我永远不会再见到奇利·威洛。我明白,所以我凝视着她,努力把她此刻的模样烙印在脑海中。

比尔很不耐烦地趴在方向盘上,宝宝又开始哭了。

“谢谢你。”我对奇利说。接着我把那件湿透的衬衫拿起来,走出大门。那辆车的烤漆是暗绿色的,车身两侧凹痕累累,整个车身向左倾。后视镜上吊着一个红色的天鹅绒色子。我爬上右座,坐垫上的弹簧刺到了我的屁股。座位前面的底板上塞了一只工具箱和几捆电线。虽然车窗已经摇下来了,但车子里依然弥漫着一股汗臭味,还有一种怪异的香甜味。在往后的岁月里,每当我闻到那种气味,我都会联想到那种一贫如洗的穷困。我转头看看门口,看到奇利正从屋里走出来,手上抱着婴儿。“比尔,别忘了去帮他买点牛奶!”她喊了一声。我注意到她妈妈就站在她后面,整个人笼罩在阴影中。我忽然发觉她们两个人长得很像,只不过,其中一个已经被时间和贫苦的生活折磨得很苍老,而且,说不定她心里埋藏了太多失望和辛酸。但愿奇利永远不要步上她的后尘,但愿她那灿烂的笑容永远不会被残酷的现实磨灭。

“再见啦!”她对我说。

我向她挥挥手，然后比尔就开车上路了。我看着后面的房子越来越远，车子扬起的沙尘遮蔽了视线，奇利 · 威洛的身影渐渐隐没。

车子在那条泥土路上开了大概两公里之后，终于开上了柏油路。一路上比尔都没说话，后来，车子终于抵达空军基地旁边那座加油站，他就叫我下车了。我正要下车的时候，他忽然对我说："嘿，小子，以后碰到女孩子要千万小心，不然你会跟我一样的下场。"说完他就开车走了，只剩我一个人站在热腾腾的柏油路面上。

男子汉大丈夫，这点痛苦算什么。

我问加油站老板公用电话在哪里，他指给我看。于是我从口袋里掏出那枚一毛钱的硬币准备要投进电话机，但那一刹那，我忽然犹豫了，忽然很舍不得投进去。这是奇利 · 威洛送给我的，我不能就这样把它抛弃。我不能。于是我问老板能不能借我一毛钱，我说等一下爸爸来了就还他。"我这里又不是开银行。"老板嘴里嘀咕着，但他还是从收款机里拿了一毛钱给我。我立刻拿着那枚硬币去打电话。电话响了第二声，妈妈就接起来了。

不到半个钟头，爸妈就开车来接我了。我本来已经做了最坏的打算，但没想到妈妈竟然只是紧紧抱住我，抱得好紧，害我差点就没办法呼吸了。而爸爸只是笑着拍拍我的后脑勺，那时候，我立刻就明白我已经化险为夷了。开车回家的路上，爸妈告诉我，早上七点钟左右，戴维 · 雷和本两个人已经一起回到了奇风镇，而且已经把事情的经过都告诉了艾默里警长。他们说，有两个蒙面人跟毕刚 · 布莱洛克买了一只木盒子，里面有某种东西。可是后来我们的行踪被发现了，布莱洛克兄弟就一直追我们。"那两个蒙面人就是哈奇森先生和穆特里先生。"我告诉他们。其实我心里很难过，因为我还记得那天我们被布兰林兄弟痛殴的时候，是哈奇森先生救了我们。但不管怎样，该说的还是要说。

我们经过空军基地的时候，看到里面有跑道、营房和几栋楼房，外面围着铁丝网墙，墙上有带刺的铁蒺藜。我们开车穿过森林里那条公路，中途还经过了格雷丝小姐家那个路口。后来，车子经过萨克森湖的时候，我感觉到车速似乎有点慢下来，不过，爸爸并没有转头去看湖面。另外，我也注意到树林边那个地方已经长满了杂草。那天，那个人影就是站在那个位置，身上穿着长大衣，衣领随风飘扬。后来，萨克森湖终于过了，爸爸又开始加速。

回到家之后，我受到贵宾级的款待。妈妈拿了一大桶巧克力冰淇淋给我吃，而且还有整盒的奥利奥巧克力夹心饼干，爱吃多少随我高兴。爸爸每隔几秒钟就会叫我一声"小老弟"，而叛徒也扑上来拼命舔，我的脸几乎快被它舔烂了。我终于摆脱了那个蛮荒世界，而且，平安无事地回来了。

当然，他们迫不及待地想知道我有过什么惊心动魄的遭遇，而且，他们最有兴趣的是那个给我疗伤的女孩子。他们追问不休。我告诉他们，她叫奇利·威洛，今年十六岁，而且，她美得就像迪士尼卡通《仙履奇缘》里的灰姑娘。"嗯，看样子我们这位小老弟对人家有意思哦。"爸爸对妈妈使了个眼色，露出一种诡异的笑容。我说："我？她年纪太大了，我没兴趣。"

然而，后来我躺在沙发上睡着的时候，手上还抓着她给我的那枚硬币。

后来，星期六黄昏的时候，艾默里警长到我们家来了。他已经去找过戴维·雷和本，现在轮到我了。我们坐在门廊的椅子上，叛徒趴在我椅子旁边，偶尔会抬起头来舔一下我的手。浓密的乌云渐渐凝聚在远处的天际，云中偶尔会传来隐隐的雷声。他仔细聆听我描述事情的经过。我告诉他，那只盒子里装了某种东西，还有，那两个蒙面人，一个是迪克·穆特里先生，一个是杰拉尔德·哈奇森先生。这时他问我："科里，你并没有看到他们的脸，为什么会认为就是他们？"

"因为毕刚·布莱洛克叫了'迪克'这个名字。他叫的是那个胖胖的蒙面人。还有，另外那个蒙面人抽完雪茄之后，把烟蒂丢向我这边，正好掉在我面前。我发现，那个烟蒂就是哈奇森先生平常抽的那种牌子的雪茄，末端有白色的塑料过滤嘴。"

"我明白了。"他点点头，不动声色。"不过，那种牌子的雪茄可能不止他一个人抽。而且，就算毕刚·布莱洛克叫那个人迪克，我们也不能一口咬定他就是迪克·穆特里。”

“绝对是他们。”我说，“就是他们两个。”

“戴维·雷和本告诉我，他们都不知道那两个蒙面人是谁。”

“他们可能不知道。不过，我知道。”

“好吧，我会去找迪克和杰拉尔德。我会问问他们，昨天晚上十一点的时候，他们人在什么地方。另外，我也问过戴维·雷和本，看他们能不能带我去昨天的现场，可是他们说他们已经找不到了。你找得到吗？”

“我也找不到了。不过，我知道那个地方离小路不远。”

“嗯，那是从前用来运木材的小路。问题是，那个山区里，那种小路实在太多了。噢，对了，你刚刚提到那只木盒子，里面装的是什么东西，你看到了吗？”

“没有。我不知道那是什么，不过，哈奇森先生说，那东西可以让他们飞上天，然后一路下地狱。”

艾默里警长皱起眉头，眼中闪过一丝热切、好奇的光芒。“嗯，你觉得他说那句话什么意思？”

“我不知道。不过，毕刚·布莱洛克应该知道。因为他说他多放了一个在盒子里。”

“多放了一个？多放了一个什么？”

“我也不知道。”我看着远处天际的电光闪闪，“你要去找毕刚·布莱洛克问问看吗？”

“没人找得到毕刚·布莱洛克。”警长说，“没人找得到他。我听说过他这个人，而且我知道他和他那几个儿子干了什么勾当。不过，我从来没有看见过他。我猜，他在森林里一定有一个秘密巢穴，说不定就在你们那天去的那地方附近。”说到这里他也转头看着远处的闪电，接着他忽然开始按自己的指关节，按得劈啪作响。“要是我有机会趁他那几个儿子干坏事的时候逮到其中一个,那我就有办法把毕刚引出来。只不过,科里,我必须老实告诉你,整个奇风镇算起来只有我一个警察。县政府分配给我的预算很有限。唉,真要命。”他忽然苦笑了一下,“我之所以会当上警长,纯粹只是因为没有别人肯干。我太太一直劝我不要干了,她叫我干脆回去干我的油漆工。”他耸耸肩,“唉,算了,不说这个了。”接着他又说,“镇上的人多半都很怕布莱洛克一家人。尤其是毕刚。要是我打算到森林里去找他,我必须找人帮忙,但问题是,敢出面帮我的人恐怕不会超过六个。而且,就算我们真的去找他,他也一定很快就会察觉,所以,我们还没找到他,他大概就已经跑了。所以,科里,我的困难在哪里,你明白了吗?”

“明白了。布莱洛克一家人的势力比警察更大。”

“倒也不是说他们的势力比警察大。”他纠正我,“他们只是比警察更凶狠。”

暴风雨快来了,森林里已经传来呼啸的风声。叛徒忽然站起来,伸长鼻子在半空中猛嗅。

艾默里警长也站了起来。“我该走了。”他说,“谢谢你帮忙。”天色渐渐暗了,黯淡的晚霞照在他脸上,我忽然发觉他看起来十分苍老,心情沉重,有点垂头丧气。接着,他隔着纱门跟我爸妈说了声再见,于是爸爸也走出来跟他道别。“科里,你要多保重。”他说。然后爸爸就陪他走到车子旁边。我坐在门廊上,伸手摸摸叛徒,看着艾默里警长又和我爸爸谈了好几分钟。后来,警长终于开车走了,爸爸转身走回门廊上。我发觉他忽然也变得好沉重。“进来了,小老弟。”说着他拉开门让我进去,“暴风雨快来了。”

那天晚上,我听到屋外狂风呼号,听到大雨劈里啪啦打在屋顶上。一道道的闪电仿佛一只神秘的魔爪,从天空抓向我们的奇风镇。

而也就是在那天晚上,我第一次梦见那四个黑人小女孩。她们都穿着漂亮的衣服,鞋子擦得亮亮的。她们站在一棵光秃秃的树下不断地叫我的名字——一遍又一遍地叫着。

9 夏日的尾声

8月快过去了,夏天已接近尾声,而金黄灿烂的秋天正逐渐逼近。那意味着,快开学了,又要开始听老师教我们人生的大道理。

每年夏天一接近尾声,这一切就要开始了。我听说艾默里警长真的去找过哈奇森先生和穆特里先生。结果,他们的太太告诉警长,那天晚上他们整夜都在家里,根本没有跨出门口半步。警长也无可奈何,因为,那两个蒙面人从毕刚·布莱洛克手中拿走那只木盒的时候,我毕竟没有亲眼看到他们的脸。

9月号的《怪兽世界》杂志寄来了。封套上有我的名字,可是我的名字上有一团绿绿的鼻屎。

有一天早上电话响了,妈妈接了电话之后叫了我一声:"科里! 找你的!"

我立刻跑过去接电话。是伊夫琳·普拉斯摩太太打来的。她是来通知我,奇风镇文艺委员会举办的写作竞赛,我得了个短篇小说类的第三名。她告诉我,我会得到一枚奖牌,而且奖牌会刻上我的名字。另外她还说,9月的第二个星期六,他们会在图书馆举行颁奖典礼,到时候,我必须在现场当众朗读我的作品。她问我准备好了没有?

我愣住了,支支吾吾地说我准备好了,然后就挂了电话。那一刻,我瞬间被一阵狂喜淹没,感觉飘飘然仿佛在腾云驾雾,但紧接着,我又感觉到一阵莫名的恐惧,于是立刻又重重摔回地面。当众朗读我的故事? 当众朗读? 对着满屋子不认识的人?

妈妈立刻过来安抚我。这早已是她例行日常工作的一部分。她告诉我,时间还很充裕,我可以好好练习。她说她以我为荣,而且还说她兴奋得快爆炸了。她立刻打电话到牧场叫爸爸回来,爸爸说他会带两瓶巧克力牛奶回来给我喝。接着我打电话给约翰尼、戴维·雷和本,告诉他们这个消息。他们都说那真是太棒了,恭喜我得奖,不过,一听说我要当众朗读那篇故事,他们的反应反而更加深了我的恐惧。戴维·雷立刻问我,万一我裤子的拉链在台上忽然裂开了,那怎么办?本问我,万一我忽然开始发抖,抖得连手上的稿纸都拿不住,那怎么办?接着约翰尼问我,万一我一开口却发现喉咙哽住了,根本发不出声音,那怎么办?

上帝啊,这就是我的朋友。他们永远在紧要关头把我吓得屁滚尿流,真有一套。

还有三天就要开学了,那天下午,天气很晴朗,天空只有几朵棉絮般的淡云,阵阵微风轻拂。我们四个骑脚踏车到棒球场,把棒球手套挂在把手上。棒球场内野的草皮还没有完全长好,所以四周打了几根木桩,围着绳子。我们各自站在外围的一角。从记分板上可以看得出来,被打得落花流水的不光是我们少年棒球队。我们镇上的成人棒球队——鹌鹑队也一样,被空军基地的捍卫战士队打得片甲不留,五比零。已经是中午了,我们分别站在内野外围的四个角落,球依序传来传去,边传球边聊天。提到夏天快过去了,我们都有点感伤。不过,快开学了,我们心中也有一种莫名的兴奋,因为,有时候,自由太过头了也……我们已经准备回学校再学点规矩,然后,到了明年夏天,我们又可以再度凌空翱翔。

我们就这样不知道传了多少球,有的是快速球,有的是曲球,有的是高飞球,也有那种挖地瓜的滚地球。本绝对是你生平仅见的挖地瓜高手。而约翰尼会投一种很奇特的变化球,球飞进你手套之前会像鱼摆尾一样飘来飘去。谈到击球,我们几个都是三振高手。噢,不要误会,我的意思是我们老是被人三振出局。没有一个例外。不过话说回来,永远都会有下一个赛季的,不是吗?

我们就这样传着传着,大概过了四十分钟,都满头大汗。这时戴维·雷叫了一声:“嘿,你们看谁来了!”我们立刻转头去看,看到尼莫正从外野的野草从那边走过来。他低垂着头，两手插在牛仔裤口袋里。他还是一样瘦得像竹竿，皮肤还是一样苍白。不过也难怪，他根本就等于被他妈妈关在笼子里。

“嗨!”我跟他打了声招呼。“嗨，尼莫!”戴维·雷也打了声招呼。“过来投几球嘛!”

“噢，天啊!”约翰尼忽然想到上次为了接他的球，手肿了好几天。“呃……这次你投几球给本接好了。”

尼莫摇摇头。他一直低着头往前走，一路穿过整个球场，从约翰尼和本旁边走过去，一直朝本垒板上的我走过来。后来，他终于走到我面前，停下脚步，抬起头看着我。我发现他在哭。隔着他那副大大的眼镜，我注意到他眼睛肿肿的，脸上挂着晶莹的泪珠。

“怎么了?”我问他，“有人打你吗?”

“没有。”他说，“我……我……”

戴维·雷也凑过来了，手上拿着球。“怎么了，尼莫？你怎么在哭?”

“我……”他忽然又啜泣起来。他拼命想忍住不哭，可是却怎么也忍不住，“我要走了。”他说。

“要走了?”我皱起眉头，“走去哪里，尼莫?”

“离开这里。反正……”他摊开瘦巴巴的两条手臂摆出一种无奈的姿势，“反正就是离开这里。”

接着本和约翰尼也走到本垒板来。我们站成一圈把尼莫围在中间。他一直啜泣，一直伸手擦鼻涕。本不忍心看，于是就走开了几步，站在旁边踢地上的石头，踢过来踢过去。“我……我刚刚去你家，想告诉你这件事，结果你妈妈说你在这里。”尼莫说，“我想让你知道这件事。”

“可是，你到底要去哪里？你们是要去找亲戚朋友吗?”我问。

“不是。”他又掉下泪来，那模样看了真令人心疼，“我们要搬家了，科里。”

“搬家？搬去哪里？”

“我不知道。不知道什么地方，反正就是要离开这里。”

“天哪，”约翰尼说，“今年夏天你们才刚搬来奇风镇，现在夏天都还没过你们又要搬走？”

“我们本来还打算下学期要把你拉进我们球队呢！”戴维·雷说。

“对呀。”我说，“而且我们本来以为你会来上我们学校。”

“没办法。”尼莫一直摇头，眼中露出痛苦的神色，“没办法，没办法，我就是没办法。我们要搬家了，我们明天就要搬了。”

“明天？这么快？”

“我妈妈说非搬不可，因为我爸爸的衬衫都卖不掉。”

衬衫。对了，那些衬衫。奇风镇根本没有人会穿手工制作的白衬衫。而且，不光是我们奇风镇，我相信别的地方恐怕也都没人会穿那种衬衫。科理斯先生带着太太和孩子跑了那么多地方，结果恐怕都一样。我猜，根本没人买过他的衬衫。

“我根本……”尼莫凝视着我。看他那种痛苦的眼神，我心里好难过。“我根本……我根本交不到朋友，”他说，“因为……因为我们一直在搬家。”

“我真的很难过，尼莫。”我说，“真的很难过。我真的希望你不要搬走。”说到这里我忽然想到一件事。于是，我把手套里那只棒球拿出来递给他。“这个送你。你留着做纪念，这样你就不会忘记奇风镇的这些好朋友。好不好？”

尼莫迟疑了一下，然后，他伸出那只充满神奇力量的手，用细瘦的手指抓住那只球。这样的时刻，你就可以看出约翰尼这个人的气度。那只球是他的，可是他完全没吭声。

尼莫把球拿在手上转了几下，两手交替。我看到他的镜片上反射出棒球上的红色缝线。他凝视着那球，仿佛凝视着一只神奇的水晶球。“我好想留在这里。”他轻声说着，鼻涕又开始流下来。他用力吸吸鼻子。“我好想留在这里，我好想跟你们一起去上学，好想跟你们做朋友。”他抬头看着我，“我好想跟大家一样。我真的好想留在这里。”

“有一天你可以再回来啊。”约翰尼说。可惜说这些根本毫无意义。“也许有一天——”

“不可能的！”尼莫忽然打断他，“我永远不可能再回来了。永远不可能！永远不可能！”说着他忽然转头看着他家的方向，一行眼泪沿着他的脸颊往下流，悬在他下巴底下。“我妈妈说，要是爸爸卖不掉衬衫，我们就没钱吃饭。有时候一到晚上，她会对我爸爸大吼大叫，骂他懒惰，说当初实在不该嫁给他。然后我爸爸就会说，‘我们到别的地方去吧。到了下一个镇就没问题了。到了下一个镇，说不定运气就来了。’”说到这里尼莫又回头看着我。那时，他的表情忽然变了。他还在哭，可是他眼中射出一股咄咄逼人的怒火。我吓了一跳，不由自主地往后退了一步。“就算到了别的镇上结果还是一样。”他说，“我们还是一样，会不停地搬家，一直搬，一直搬，然后我妈妈还是一样会一直骂我爸爸，然后他就会说到下一个镇上就没问题了。可是根本没用！全都是骗人的！”

然后尼莫忽然不说话了，但他眼中的怒火并没有消失。他忽然紧紧抓住棒球，抓得好用力，指关节都泛白了。他的眼睛仿佛被熊熊怒火遮蔽了，什么都看不见。

“我们会想念你的，尼莫。”我说。

“对呀。”约翰尼说，“我们都喜欢你。”

“尼莫，有一天你一定会变成一个很厉害的投手。”戴维·雷对他说，“等到那一天，根本没人会是你的对手，知道吗？”

“嗯。”他应了一声，可是他的口气却好像没怎么当一回事，“真希望我不用……”说到一半他忽然没声音了。说什么都没用，因为他只是个小孩子，就算他想留下来也没用。

然后，尼莫转身准备要走回家了。他慢慢走过整个球场，手上还抓着棒球。“再见了！”我对他喊了一声。可是他却没反应。我体会得到他过的是什么样的日子。他天生就是打棒球的料，可是他妈妈却不准他打棒球。他跟着爸妈到处流浪，不停地搬家，从一个小镇搬到另一个小镇，而且每到一个地方都待不了多久。每到一个地方，他都只是被人欺负，根本没机会认识朋友。在别人眼里，他就只是个苍白瘦小的孩子，讲话结结巴巴，戴着一副大眼镜。没人有机会认识真正的他。换成是我，我恐怕承受不了这种煎熬。

这时候，尼莫忽然放开嗓门大叫起来。

听得出来那是用尽全身力气的呐喊，那声音是如此惊天动地，吓了我们一大跳。接着，他的喊叫声忽然变得不太一样，变成一种哀号，越来越尖锐，越来越凄厉，充满痛苦，充满渴望。接着，尼莫忽然猛一转身，我注意到他眼睛瞪得好大，眼中满是怒火。我看到他身体猛然一扭，整个背往后拱，然后手臂像一团幻影似的划了个圆弧甩出去，棒球立刻笔直地飞向天空。

我看着球往上飞，一直往上飞，直到变成一个小黑点，然后，仿佛被太阳吞没了似的，不见了。

尼莫还跪在地上，那凄厉的哀号声渐渐沉寂了，仿佛他全身力气已经耗尽。他眨眨眼睛，脸上的眼镜已经歪了。

“准备接球！”戴维·雷叫了一声，抬头盯着天空，“快掉下来了！”

“在哪里？”约翰尼高举着手套。

“在哪里？”我往后退了一步，想避开刺眼的阳光。

本也抬头看着天空，但他的手套并没有举起来。“那球，”他说得很小声，“不见了。”

我们仔细看着天空，等球掉下来。

我们一直等，手套举得高高的。

我们一直等。

接着我转头看看尼莫，发现他已经站起来了。他正一步步走回家。他的脚步不紧不慢，仿佛他已经认命了。他心里明白到了下一个小镇会有什么遭遇。一个小镇接着一个小镇。“尼莫!”我又对他大喊了一声,可是他却头也不回地一直往前走。

我们一直在等球掉下来。

过了一会儿,我们都坐到地上。我们抬头看着天空,看着一朵朵的云飞快飘过天空,看着太阳逐渐西沉。

我们都没说话。我们都不知道该说什么。

几天后,我们又谈起那只棒球。本认为球是被风吹跑的,很可能掉进河里了。约翰尼认为球可能打中了天上的鸟群,结果方向偏了。戴维·雷则认为那球一定有问题,很可能飞到半空中忽然裂开,变成碎片掉下来,只是我们没注意到。

而我呢,我相信都有可能。

夕阳余晖逐渐笼罩了大地。最后,我终于骑上火箭,戴维·雷、本和约翰尼也各自骑上他们的脚踏车。我们离开球场,告别夏日的美梦。接下来,我们准备要迎接秋天了。我一直梦见那四个黑人小女孩。她们穿着漂亮的衣服,站在一棵光秃秃的树下呼喊我的名字。这件事我一定要想办法告诉别人。另外,我写了一篇故事,故事里写的是沉在萨克森湖底的那个人。而且,我必须当众朗读那篇故事。另外,我一定要想办法查清楚那只木盒子里究竟装了什么东西。那天半夜在森林里,两个蒙面人花了四百块跟毕刚·布莱洛克买了那盒东西。

我一定要想办法帮助爸爸,让他内心能够恢复往日的平静。

我用力踩着脚踏车迎风奔驰,他们三个跟在我后面。我们沿着那条路向前奔驰,奔向未来。

第三部　燃烧的秋天

1 帽子上的绿羽毛

“科里!”

有人压低声音叫我。一听到那个声音我就知道麻烦来了。我假装没听到。

“科里!”

不行,不能回头看。绰号老铁肺的朱迪丝·哈珀老师正在黑板前面教我们分数的除法计算。对我来说,每次上数学课,感觉就像走进电视里那种“阴阳魔界”的世界,而分数计算令人眼花缭乱的程度有如走进异次元空间。

“科里!”她又在叫我了。她就坐在我后面。“我手指上有一团绿绿的、黏黏的东西喔。”

噢,天哪!又来了!

“你马上转头过来笑一个给我看,否则我就把这个黏黏的东西抹在你脖子后面。”

今天是开学第四天。打从开学第一天,我就已经知道今年日子难过了。因为不知道哪个白痴老师说魔女是“资质优异儿童”,让她连跳两个年级,结果,她竟然变成了我的同班同学。再加上,我们这位老铁肺老师分配座位有个怪癖——男生、女生、男生、女生、男生、女生,结果,魔女就坐在我后面的位子上了。

而这还不是最恐怖的。最恐怖的是,那天戴维·雷把我拉到一边偷偷告诉我,说魔女对我有意思,非常非常有意思。他边说边笑,笑得好邪门。

“科里!”我已经没办法假装没听到了。

于是我只好回头看看她。上次她叫我回头,我不理她,结果她用手指蘸口水在我脖子后面画了一颗心。

布伦达·萨特利露出狰狞的笑容,她那满头红发油腻腻、脏兮兮的,乱得像杂草,两只眼睛骨碌碌转来转去,满是狡猾的神色。接着她伸出食指给我看,我才发现她手指上根本没有什么黏黏绿绿的东西,只不过是指甲有点脏。

“你上当了。”她压低声音说。

“科里·杰伊·麦克森!”老铁肺忽然大吼了一声,“你眼睛在看哪里?”

我赶紧回头看前面,差点扭到脖子。我听到旁边有人在窃笑。真是一群不讲义气的家伙。我心里明白,老铁肺不会这么轻易放过我。她最恨学生没把她放在眼里。“哼,看样子,你分数的除法一定很厉害,是不是?”她两手叉在肥得像汽油桶的屁股上,“那么,就请你上来算几题给大家看看,教教大家怎么算,好不好?”说着她伸长手臂,要把手上那截黄色粉笔递给我。

从我的座位上走到她面前,这短短的几步路,简直比死刑犯从牢房走到电椅前更恐怖。接着我从老铁肺手中接过那截粉笔,走到黑板前面,垂头丧气像一只可怜兮兮的小狗。“好,”她说,“我念几个分数,你写到黑板上。”于是她开始念,而我就乖乖写到黑板上,可是写到一半粉笔忽然断了。这时纳尔逊·比特纳忽然大笑起来。这下子可妙了,不到两秒钟,我身边又多出一个倒霉鬼。

大家都已经明白,我们是没有能力和哈珀老师正面对抗的。我们根本不是她手上那本数学书的对手。要是想征服她,我们必须慢慢来,而且必须像狙击手一样暗中攻击,设置机关伺机而动,慢慢摸出她的弱点。现在,我们已经摸出了每位老师的弱点:有人痛恨学生嚼口香糖,有人痛恨学生在他背后偷笑,也有人受不了学生在油布毯上磨鞋底。另外,像是咳嗽咳个不停,或是发出像猪一样的咕噜声,或是不停地清喉咙,或是把口水吐在黑板上,类似以上种种行径,都会被那些像希特勒一样专制的老师视为挑衅。也许哪天我们应该怂恿魔女用鞋盒装一只发臭的动物尸体带到学校来,或是怂恿她从她那神奇的鼻孔里喷出一坨鼻屎,把哈珀老师吓到头发一根根竖起来。

“错了错了错了!”我好不容易把黑板上的题目算出来,老铁肺却立刻咆哮起来,“你这个蠢材! 回去坐好! 上课专心听讲!”

被老铁肺和魔女前后夹攻,真是要命。

到了下午三点,放学的钟声响了,我和戴维·雷、约翰尼、本聊了几句,然后就骑上火箭回家了。天色一片灰暗阴沉。回到家,我走进厨房,看到妈妈正在清洗烤箱。她拼命想把黏在烤箱里的饼干屑刷干净。她一看到我立刻说:“科里! 刚刚镇长办公室有一位小姐打电话来找你。大概是十分钟前。她说斯沃普镇长要找你。”

“斯沃普镇长?”我正伸手要去拿饼干,听到这句话忽然愣了一下,“找我有什么事?”

“她没说。不过她说是很重要的事。”妈妈转头瞥了窗外一眼,“暴风雨快来了。看看你要不要再等一个钟头,等你爸爸回来,让他开车送你去法院。”

这时我忽然觉得很好奇。斯沃普镇长找我到底有什么事? 妈妈又钻进烤箱里继续猛刷,我转头看看窗外越来越浓的乌云。“我应该可以在下雨之前赶到。”我说。

妈妈又从烤箱里钻出来,抬头看看外面的天空,皱起眉头。“很难说。

我看雨随时可能会下,我怕你会淋到雨。”

我耸耸肩。“应该不会啦。”

我看她那种杞人忧天的习性又快发作了,但没想到她忽然迟疑了一下,没有再说什么。自从上次露营回来之后,我看得出来她拼命告诉自己,不需要再替我操那么多心了。虽然我在森林里迷了路,碰到危险,但我毕竟平安无恙地度过了。于是她终于说:“好吧,那你就去吧。”

我拿了两块饼干,然后就转身走向门廊。

“万一雨下得太大,你就先待在法院等雨停!”她忽然又喊了一声,“听到了没?”

“听到了!”我应了一声,然后就跳上火箭骑上路,边骑边嚼饼干。结果,离开家还没多远,火箭突然震了一下,接着我感觉到把手忽然向左偏。这时候我看到了。我看到布兰林兄弟就在前面。他们并肩骑着那两辆黑色的脚踏车,不过,他们和我同方向,所以没看到我。我忽然明白了,原来火箭是叫我在下一个路口向左转,于是,我也就乖乖照它的意思绕路走。

法院坐落在商店街的尽头,是一栋哥特式建筑,外墙灰灰暗暗的。我骑到那里的时候,天上已经开始打雷,而且开始飘下雨丝。雨水打在身上凉飕飕的,感觉得到,夏天真的已经是过去式了。我用铁链把火箭锁在一根消防栓上,然后就走进法院大门。里头飘散着一股地下室的霉味,墙上有一面指示牌,上面写着斯沃普镇长办公室在二楼,于是我开始爬上楼梯。楼梯很宽,四面墙上都是那种高高的长窗,看得到外头那阴沉黑暗的天空。楼梯最顶端的栏杆上有三座怪兽石像,它们两条长满鳞片的腿缩到胸口,两只爪子环抱在胸前。有一面墙上挂着一面破烂不堪的南方联盟的国旗,底下有几个展示柜,里头摆了几套当年南军的棕色制服,制服上满是虫蛀的破洞。我头顶上是高高的玻璃穹顶,必须架梯子才上得去。轰隆隆的雷声在穹顶里回荡着。

我沿着那条长长的走廊一路往里面走。走廊地上铺着黑白双色的油布毯，两边是一间间的办公室：工商管理处，税务处，遗嘱认证法庭，交通裁决法庭，诸如此类。里面的灯都关了。这时我看到一个男人从一个房间里走出来。那扇门上有一扇雾面玻璃小窗，玻璃上写着：清洁工具房。那个人一头黑发，领口打着一个蓝色的蝴蝶结。他从口袋里掏出一串钥匙，找出其中一把锁上门，然后转头看着我。“有什么事吗，小朋友？”他问我。

“我跟斯沃普镇长有约。”我说。

“走廊最里面那间就是他的办公室。”接着他低头看看手表，“不过，他可能已经走了。通常下午三点半左右，办公室的人就都走了。”

“谢谢你。”我跟他说了声谢谢，然后继续往前走。他朝楼梯口走过去，我听到他嘴里哼着一首我没听过的曲子，口袋里的钥匙叮叮当当地响。

接着，我经过漆黑的会议室和档案室，来到走廊尽头。那里有一扇很大的橡木门，门上贴几个黄铜字：镇长办公室。门边也看不到电铃。我犹豫了一下，不知道该不该敲门。我就这样站在那边犹豫了好半天，外头雷声隆隆。最后，我终于举起拳头敲敲门。

过了一会儿，门开了，有一位女士探头出来。她戴着牛角框眼镜，满头银灰色的头发，脸型有如大理石雕像，轮廓很深。她扬起眉毛，露出疑惑的眼神。

“我是……我跟斯沃普镇长有约。”我说。

“哦，你是科里·麦克森对吗？”

“是的。”

“请进。”她拉开门，我立刻走进去。一进门，我立刻闻到一股紫罗兰的香味。不知道是她喷的香水，还是她头发的味道。办公室里铺着红地毯，摆着一张办公桌，几把椅子，还有一座摆满了杂志的书架。有一面墙上挂了一张奇风镇的地图，边缘已经发黄。办公桌上有一个文件收发盘，一沓堆得很整齐的纸，还有一张裱框的照片，上面是一对年轻男女，面带微笑，两人一起抱着一个小婴儿。另外，桌上还有一个名牌，上面写着：“伊内兹·阿克斯福德”,底下还有一行更小的字:镇长秘书。

“你先坐一下。”阿克斯福德太太说。办公室另一头有另一扇门,她走到门口轻轻敲了一下。接着我听到斯沃普镇长在里面问了一声:“什么事?”阿克斯福德太太开门对他说:“那孩子来了。”

“谢谢你,伊内兹。”我听到椅子嘎吱一声。“今天的事也处理得差不多了,你可以下班了。”

“要叫他进来吗?”

“请他再等两分钟,我马上就好。”

“知道了。噢,对了……交通信号灯申请书你签名了吗?”

“我还要再仔细看看,伊内兹。我明天一大早就看。”

“好的,那我就明天早上再处理。”说完她就转身走出来,关上门,然后对我说:“你再等两分钟,镇长马上就好。”于是我乖乖站在那边等。阿克斯福德太太把办公桌的抽屉锁好,拿出她那个咖啡色小皮包,把桌上的相框扶正。接着,她把皮包夹在腋下,转头看看四周,好像在检查看看是否有什么东西没收好。然后她就一声不吭地走出门口,甚至没跟我说声再见。

我只好继续等。屋外雷声隆隆,回荡在空荡荡的法院里。我听到外面开始下雨了,一开始雨势不大,但很快就劈里啪啦下起了滂沱大雨。

这时候,镇长办公室的门突然开了,斯沃普镇长从里面走出来。他穿着一件蓝衬衫,卷着袖子,胸前的口袋上用白线绣着他姓名的缩写字母。他裤子上的背带是红条纹的。“科里!”他笑着对我说,“来,请进,我们聊一聊。”

我无法形容此刻的感受。当然,我认识斯沃普镇长,不过,我从来没跟他讲过话。而此刻,他就站在我面前对着我微笑,叫我进他的办公室!这件事要是说给我那几个死党听,他们一定不相信,就好像上次我告诉他们老摩西的事,他们也是打死都不相信!

“请进请进!”镇长又说了一次。

于是我走进他的办公室。里面到处都是擦得明亮的木头家具,空气中飘散着烟草的香气。里头有一张很大的办公桌，大得像航空母舰。书架上摆满了厚厚的皮面精装书，不过我觉得那些书好像根本没人翻过，因为侧边的书页上看不到书签条。而且，每一本都一样。另外，那张办公桌前面铺着波斯地毯，上面摆着两把黑色的皮椅。从窗口望出去，可以看得到整条商店街，只是现在大雨滂沱，窗外一片雾蒙蒙的。

斯沃普镇长一头灰发往后梳得很整齐，一双深蓝色的眼睛，神情很亲切。他关上门，走回办公桌后面，然后对我说："坐啊，科里。"我迟疑了一下，不知道该坐哪把椅子。"随便坐没关系。"于是我选了左边那把椅子坐下。我一坐下就听到坐垫发出噗嗤一声。斯沃普镇长坐回他自己的椅子上。那把椅子有雕花扶手，看起来很考究。偌大的桌面上只摆了一部电话，一盒烟草，一个皮面笔筒，里面插满了钢笔，一只烟斗架，上面插着四只烟斗，其中一只是白色的，上面雕着一张大胡子的脸孔。

"这雨下得可真不小，是吧？"他两手摆在桌面上，十指交叉，然后又对我笑了一下。这次我注意到他的牙齿很白。

"真的很大。"

"嗯，下点雨也好，农夫的田里需要雨水，不过，希望不要像上次那样变成大洪水就好了。"

"嗯。"

接着，斯沃普镇长清清喉咙，手指在桌上敲个不停。"你爸妈在外面等你吗？"他问。

"没有。我自己骑脚踏车来的。"

"噢，天哪，那你等一下骑回家不是要淋成落汤鸡了？"

"没关系。"

"那可不太好。"他说，"万一半路上出了什么意外，那怎么办？雨势这么大，视线不好，万一开车的人没看到你，你可能会被车子撞到，或者，你有可能会摔进水沟里，而且……"刚刚他表情忽然变得很严肃，但说到这里他忽然又对我笑起来，“哎，反正这样不太好。”

“我知道。”

“你一定很好奇，不知道我为什么要找你，对不对？”

我点点头。

“这次的写作竞赛，我也是评审委员之一，你应该知道吧？我很喜欢你的故事。真的，得奖是应该的。”他拿起一只烟斗，打开那盒烟草。“实至名归。你是有史以来最年轻的得奖者。”他用手指捏起烟草塞进烟斗里，我一直看着他的动作。“我查过从前的记录，你是有史以来最年轻的一个。你爸妈真的应该引以为荣，而且，你应该也感到很骄傲。”

“那没什么。”

“噢，你太谦虚了。科里！换成是我，当年在你这个年纪，我根本不可能写得出这样的故事！绝不可能！我数学还不错，可是英文就很不怎么样。”他从口袋里掏出一盒火柴，点燃一根，把火头凑近烟斗里的烟草，用力吸了几口，然后嘴里喷出一团烟。他眼睛一直看着我。“你很有想象力。”他说，“你故事里有一段提到说，你看到一个人站在马路对面的树林边上。我很喜欢那一段。你怎么想得出这种东西？”

“我真的——”我本来要说我真的看到，可是话说到一半忽然听到有人敲门，然后阿克斯福德太太又走进来了。“斯沃普镇长，”她说，“外面雨实在下得太大了，真可怕！我想走到车子那边都走不过去。而且，我的头发昨天才烫过！你这里有雨伞可以借我一下吗？”

“应该有。你到那边的柜子里去找找看。”

她打开柜子，在里面摸了半天。“角落里应该有一把。”斯沃普镇长告诉她。“哎哟，里面霉味怎么那么重！”阿克斯福德太太惊呼了一声，“一定有东西发霉了！”

“是啊，改天应该好好清理一下。”他说。

阿克斯福德太太从柜子里拿出一把雨伞，皱着鼻头。她另一只手从里面拿出两团看起来像布的东西，上面全是白白的霉。“你看看这个！”她说，“里面一定是发霉了！”

那一刹那，我感觉自己全身的血液仿佛瞬间冻结了。

阿克斯福德太太手上拿的是一件长满了霉的雨衣，还有一顶皱巴巴的帽子。那顶帽子仿佛被水泡过太久，几乎快烂了。

而帽子上有一个银色的小圆片，上面绑着一根绿羽毛。

“天哪！你闻闻看！”阿克斯福德太太眼睛、鼻子皱成一团，“你把这些东西收起来干什么？”

“那是我最喜欢的帽子。不过，也许应该说是我从前最喜欢的帽子。大洪水那天晚上被水泡烂了。本来想找人修理一下，看看能不能修得好。还有那件雨衣，我已经穿了十五年了。”

“难怪你一直不肯让我给你清理柜子！里面到底还藏了什么东西？”

“你就别管了！赶快回去吧！勒罗伊还在家里等你呢！”

“这个要我顺便拿出去扔掉吗？”

“不要！不要！”斯沃普镇长说，“你就放回柜子里好了！然后把柜子的门关起来！”

“天哪。”阿克斯福德太太把东西放回柜子里，嘴里一边嘀咕着，“你们这些男人比小孩子还糟糕！小孩子总是黏着他们小时候用的毯子不放，而你们这些男人老是把垃圾当宝！”她砰的一声用力关上柜子的门，“好了，放回去了！门关上了都还闻得到霉味，真受不了！”

“好了，没关系的。你赶快回家吧，路上小心。”

“我知道。”她瞥了我一眼，然后就拿着雨伞走出了办公室。

刚刚他们说话的时候，我紧张得连气都不敢喘。此刻我才回过神来，吸了一口气，感觉整个肺仿佛火在烧。我开始发抖了。

“科里，”斯沃普镇长说，“我们刚刚说到哪里了？哦，对了，你说你看到一个男人站在马路对面的树林边。你怎么想得出这种东西？”

“我……我……”那顶绿羽毛的帽子就在我前面三米远的柜子里。而斯沃普镇长就是那个人。大洪水那天晚上，穿着雨衣、戴着那顶帽子的人就是他。“我……我故事里并没有说那个人是男人。”我说，“我故事里写的只是……只是有人站在那边。”

“嗯，那里写得不错。那天早上你一定很激动吧？”他手伸进另一只口袋里。过了一会儿，他手又拿出来了，手上抓着一把银色的小刀。

大洪水那天晚上，他手上拿的就是那把刀。当时我好怕他会偷偷走到爸爸后面捅他一刀，因为爸爸在萨克森湖边看到了不该看的东西。

“真希望我能写得像你这么好。”斯沃普镇长说。他把手上的刀倒转过来，刀柄末端有一根细铁条。他用那根细铁条翻搅烟斗里烧红的烟丝。“我一直都很喜欢看推理小说。”

“我也是。”我好不容易才说出话来。

接着他忽然站起来，雨水劈里啪啦打在他身后的玻璃窗上。这时，忽然有一道闪电划过天空，照亮了整个奇风镇，那一瞬间，办公室里的灯忽然闪了一下。接着，轰隆隆的雷声响彻云霄。“噢，上帝啊。”斯沃普镇长惊呼了一声，“好险，这雷好像差点就打到地上。”

“是的。”我紧紧抓住椅子的扶手，那扶手已经快被我抓断了。

“你在这里等我一下。”他忽然说，“我要拿个东西给你看，看了你就明白了。”他走向门口，嘴上叼着烟斗，身后拖着一团烟雾，一步步走到门外阿克斯福德太太的办公桌旁边。门半开着，我看到他正在打开档案柜的抽屉。

这时我眼睛瞄向那个柜子。

那根绿羽毛就在里面，伸手就拿得到。也许，我应该偷偷把那根羽毛拔下来带走，回家和那天黏在我鞋底那根羽毛比对一下。我是不是该这样做？要是比对的结果吻合，我又该怎么办？

假如真的要做，那动作就要快。

这时候，斯沃普镇长又打开一个抽屉，“你再等我一下！”他大声对我说,“奇怪,怎么不在这里?”

该动手了。马上。

我两腿发软,但我还是硬撑着站起来,打开那个柜子。一打开,一股霉味立刻迎面扑来。我看到那件雨衣和那顶帽子丢在最底下的角落里。接着我听到斯沃普镇长关上了那个抽屉。我立刻抓住那根羽毛用力一扯,没想到竟然扯不掉。

斯沃普镇长已经快走回到办公室了。我的心脏仿佛快要爆炸了。外头雷声隆隆,大雨哗啦啦打在玻璃窗上。接着我又用力一扯,这一次,帽带上的那根绿羽毛终于被我扯掉了。我拿到了。

“科里?你在干什——”

这时窗外又划过一道闪电,距离好近,那嘶嘶声仿佛就在窗外。那一刹那,办公室里的灯忽然熄了,紧接着,一阵惊天动地的雷声震得窗户劈啪作响。

办公室里一片漆黑。那根羽毛在我手上,而斯沃普镇长站在门口。

“科里,不要动。”他说,“你在哪里?”

我不敢吭声。我慢慢走到墙边,背靠在墙上。

“科里?别闹了。”办公室里一片死寂。我听到他关上门,接着,我听到鞋子踩在地板上的嘎吱声——他已经朝我走过来了。“科里,坐下来,我要跟你好好聊聊。有些事我一定要跟你说清楚。”

此刻,窗外乌云密布,办公室里宛如一座黑暗的地牢。我似乎看到他那瘦瘦高高的身影渐渐靠近。我必须绕过他才能出去。

“别这样。”斯沃普镇长的口气很平静,拼命想安抚我,但那种口气一听就知道很虚假,跟哈奇森先生一样。“科里?”我听到他深深叹了口气,“你已经知道了,对不对?”

没错。

“你在哪里,科里?你怎么不说话?”

我根本不敢吭声。

“你是怎么知道的?”他问,“告诉我。”

这时窗外再次划过一道闪电。那一刹那的光亮,我看到了斯沃普镇长。他脸色苍白,显得死气沉沉,站在办公室一角,烟斗冒出一阵阵烟雾,像幽灵一样缠绕着他。我心脏已经快从嘴里跳出来了。因为在刚刚那片刻的闪光中,我看到他手上拿着某种亮亮的金属物。

“没想到竟然被你发现了,科里。”斯沃普镇长说,“我只是不希望你受到伤害。”

这时我再也忍不住了。我惊慌失措地大喊:“我要回家!”

“我不能让你回去。”他的身影在黑暗中一步步向我逼近,“你懂吗?”

我懂。那一刻,我闭住气,抓紧那根羽毛,从他旁边绕过去冲向门口。我不知道自己绕得够不够远,不过我很顺利地就跑到了门口。我立刻抓住门锁用力转,可是我手上全是汗,太滑了,转不动。他一定是听到了门锁转动的声音,因为我听到他说:“不要跑!”这时我感觉到他又逼近了。接着,门锁终于被我转开了,门应声打开,我立刻像箭一样冲出去,结果不小心撞到了阿克斯福德太太的办公桌,桌上的相框啪的一声倒了。

“科里!”他大叫了一声,“不要跑!”

我撞到桌子之后立刻弹开,结果却又撞上那排椅子,右边膝盖撞到硬邦邦的木头。我立刻痛得惨叫一声,然后继续挣扎着想冲向门口,可是,那几把椅子仿佛突然变成了活生生的东西,挡住了我的去路。就在这时候,斯沃普镇长忽然抓住我的肩膀,此时,我背脊立刻蹿起一股凉意。

“不要跑!”他又叫了一声,手指越掐越紧。

我奋力挣脱他的手。我看到旁边有一把椅子,立刻把椅子朝他推过去。他撞到那把椅子,绊了一跤,接着只听到他大叫了一声:“哎哟!”然后就摔倒在地上。我转身拔腿就跑,拼命冲向门口。我本来已经有心理准备,他随时可能抓住我的脚踝。那时,我忽然想到《火星人入侵》那部电影,想到那个关在玻璃盆里的火星人头。此刻，我想象斯沃普镇长的手会像那个火星人的触须一样伸过来缠住我的脚踝。我心里很害怕，眼泪都快掉下来了。但我用力眨了几下眼睛，强忍住泪水。接着，我忽然摸到了门锁，于是就转动门锁用力一推，门开了。终于逃出来了。我立刻拔腿狂奔，一路冲过漆黑的走廊。我的鞋子踩在油布毯上嘎吱嘎吱响，轰隆隆的雷声回荡在空荡荡的法院里。

“科里！快回来！”他声嘶力竭地大喊，那口气仿佛真的以为我会乖乖回去。接着，他开始跑过来追我。这时我脑海中开始浮现出可怕的想法。我想象自己被他打得不成人形，两手被他铐在火箭上，然后被他连人带车丢进萨克森湖里。于是，我就随着火箭往下沉，一直往下沉，沉到深不可测的湖底。

我冲得太快，不小心绊到了自己的脚，整个人摔到地上往前滑，下巴撞到了墙脚。但我立刻挣扎着站起来继续跑。我听到斯沃普镇长的脚步声就在我后面。“科里！”他的喊叫声充满愤怒，听起来真像疯狂的杀手，“不要跑！”

我心里暗忖着，不要跑？不跑岂不是死定了！

接着我注意到昏暗的光线从楼梯上方的穹顶透进来，于是立刻冲下楼梯。我下楼梯的时候根本没想到要去扶栏杆，要是妈妈在这里，她铁定当场吓昏。我听到斯沃普镇长在我后面猛喘气，喊叫声渐渐变得有气无力：“不要跑，科里！不要跑！”我一路冲到楼梯最底下，冲过大厅，冲出大门，雨水打在身上感觉凉飕飕的。暴风雨的威力已经减弱了，我注意到那一大团乌云已经飘过奇风镇上空，飘到远处的山岭上，乍看之下仿佛一大群灰压压的癞蛤蟆。我解开火箭上的铁链，随手往地上一丢，然后飞快跳上车猛踩踏板一溜烟骑走了。斯沃普镇长冲出法院大门，站在门口大喊，只是那时候我已经骑得很远了。

我听到他最后喊的一句话是：“上帝保佑！小心点骑车！”这倒很奇怪，

疯狂杀手怎么会说出这种话。

马路上到处都是一摊摊的积水，火箭在积水间穿梭，它那只金黄色的眼睛仿佛自己会找路。乌云已经渐渐散了，一道道金黄灿烂的阳光从云间洒落。爸爸从前告诉过我，等雨停了，太阳出来了，那就代表魔鬼已经退缩了。商店街上的车子溅起水花，火箭一路闪躲，而我也只好死命抓紧把手。

一回到家，我把火箭停在门廊的台阶前面，然后飞也似的冲进屋里。我头发湿透了，整个贴在头皮上，手上还抓着那根绿羽毛。

“科里！”妈妈听到纱门关上的声音，立刻叫了我一声，“科里·麦克森，你过来！”

“等一下！”我飞快冲进房间，把那七个神秘抽屉一个个拉开，找了半天终于找到那只雪茄盒。我打开盒盖拿出那根绿羽毛。就是那天在萨克森湖边黏在我鞋底的那根绿羽毛。

“马上给我过来！”妈妈又大吼一声。

“等一下！”我把湖边那根羽毛摆在书桌上，然后把刚刚拿到的那根羽毛摆在它旁边。

“科里！马上过来！我正在跟斯沃普镇长通电话！”

完了！

我本来很兴奋，以为自己解开了一个天大的秘密，但那种得意很快就烟消云散了。

湖边的那根羽毛颜色比较深，是翡翠绿，而镇长帽带上的那根羽毛却是浅绿色的。而且，镇长的羽毛比湖边那根羽毛足足大了两倍。

两根羽毛没有半点相像的地方。

“科里！快点过来！镇长有话要跟你说。再不来我就要修理人了。”

我鼓起勇气走进厨房，发现妈妈气得满脸通红。她对着话筒说：“没有，我保证科里的精神状态绝对没有问题。他也没有受到惊吓。他已经过来了。我叫他听电话。”她把话筒递给我，然后狠狠瞪我一眼，“你发什么神经？快点，镇长有话要跟你说！”

我接过话筒，嗫嗫嚅嚅地嘀咕了一声：“你好。”

“科里！”斯沃普镇长说，“我急着打电话到你家，是想确定你有没有出什么事！刚刚法院里黑黢黢的，我真怕你从楼梯上摔下去，摔断脖子！刚刚你忽然跑掉，我还以为……我还以为你受到了什么惊吓！”

“没有，”我有点不好意思地说，“我没有受到什么惊吓。”

“哦，刚刚灯突然熄了，我以为你怕黑，被吓到了。我怕你会受伤，所以拼命想安抚你。而且，风雨这么大，我想你爸妈一定不希望你冒雨回家！万一车子不小心擦撞到你……哎，谢天谢地，还好你没事。”

“我……我以为……”我喉咙忽然哽住了，说不出话来。我注意到妈妈一直瞪着我。“我以为……我以为你想杀我。”我说。

镇长沉默了好一会儿。我猜得到他心里在想什么。他一定以为我是天字第一号的神经病。“杀你？为什么要杀你？”

“科里！”妈妈大骂，“你疯了吗？”

“对不起。”我对镇长说，“我……大概是我胡思乱想吧。不过，你刚刚问我是不是知道了你的什么事，而且你问我是怎么知道的。然后——”

“你错了。我不是问你知不知道我的什么事。”镇长说，“那件事和你得奖有关。”

“得奖？”

“你的奖牌。这次的写作竞赛，你得了短篇小说类的第三名。这就是我叫你来的原因。我怕哪个评审委员不小心说溜嘴，太早把那件事告诉你。我必须先亲口告诉你。”

“告诉我什么？”

“是这样的，我想先把奖牌拿给你看看。刚刚我正要给你看的时候，灯忽然熄了，结果你吓坏了，突然就跑掉了。事情是这样的，刻奖牌的人把你的名字拼错了。他把‘科里’写成了‘柯利’。我想先拿给你看看，免得颁奖典礼的时候你发现了,心里会不舒服。刻奖牌的人答应要帮你重做一个,可是目前他忙着赶工,要先把网球比赛的奖牌做出来,所以必须等两个星期才能做你的。你明白吗?”

噢,太丢人了。

“我知道了。”我说。我忽然觉得有点头昏,而且右膝盖又开始痛了。“我知道了。”

“你是不是……你是不是在吃什么药?”镇长问我。

“没有。”

他轻轻哼了一声。听得出来他心里一定是在想:我看你是真的需要吃点药了。

“真对不起,做了这种傻事。”我说,“我也不知道自己到底怎么回事。”我心里想,现在他一定以为我脑子出了什么问题,不过,等到他看到他的帽子,他一定会认为我真是天字第一号的神经病。但我还是决定先不要告诉他,等他自己发现再说吧。

“嗯。”这时镇长笑了一下,好像忽然觉得这件事很好笑。“科里,今天下午还真是惊险刺激,你说对不对?”

“是……是啊。呃……镇长?”

“什么事?”

“那个……奖牌的事就算了。名字刻错了没关系,不用再重做了。”我想,这样也算是赎罪吧。以后,每次看到那枚奖牌,我一定会想到那天我把椅子推到镇长身上,害他摔倒。

“那怎么行。一定要重做。”

“反正我很快就会拿到那枚做错的奖牌。”我说。我猜镇长一定听得出来我态度很坚决,因为他接着又说:“好吧,科里,要是你真的觉得没关系,那就算了。”

接着他说他需要去泡个热水澡,等颁奖典礼那天我们再见了。然后他就挂了电话。接下来，我不得不跟妈妈解释一下这件事。我告诉她我为什么会认为斯沃普镇长想杀我。讲到一半，爸爸也走进来了。本来我认定，干了这种傻事，爸妈一定会修理我，但没想到他们只是叫我回房间去面壁思过一个钟头。其实这算不上什么处罚，因为我本来就要回房间。

回到房间，我看着桌上那两根绿羽毛。一根是浅绿色，一根是深绿色，一根比较小，一根比较大。我拿起在萨克森湖畔捡到的那根羽毛，摆在手掌心，然后拿出我的放大镜，仔细检查上面的纹路和凸起的部位。假如福尔摩斯在这里，他应该能够从羽毛上推敲出某些线索。只可惜我不是福尔摩斯，我就跟华生医生一样愣头愣脑。

大洪水那天晚上，我看到一个帽子上有绿羽毛的人。原来，那个人就是斯沃普镇长，而他手上的“刀子”根本就只是他用来清烟斗的工具。所以，我手上这根羽毛，跟斯沃普镇长根本毫无关系。另一方面，这根羽毛和那天站在树林边的那个人有关系吗？跟沉到湖底的那个人有关系吗？不过，有一点是可以确定的：奇风镇这一带的树林，没有任何一种鸟身上有这种翡翠绿的羽毛。那么，这根羽毛到底是哪儿来的？

我把镇长那根羽毛放到一边。我很想拿去还他，只是，我心里很清楚，我恐怕永远没那种勇气。我把在萨克森湖捡到的那根羽毛放回雪茄盒，然后把盒子塞进抽屉里。

这天晚上，我又做梦了。我又梦见那四个黑人小女孩。她们都打扮得很漂亮，像是准备要上教堂。我猜最小的那个大概十岁或十一岁，另外三个大概十四岁左右。不过这次做的梦和先前那几次有点不太一样。这次她们站在一棵枝叶茂密的大树底下，四个人互相交谈，其中两个手上拿着《圣经》。我听不到她们在说些什么，不过，我看到其中一个小女孩忽然笑起来，然后另外几个也跟着笑起来，那笑声听起来有如水波荡漾。接着，我忽然看到一道强烈的闪光，非常刺眼，我不由得闭上眼睛。这时我才发现自己全身被一道闪电的光焰笼罩住了，我的衣服和头发被狂风吹得劈啪作响。当我再度睁开眼睛的时候,那四个小女孩已经不见了,而那棵树也变得光秃秃的。

这时我醒过来了。我发现自己脸上全是汗,仿佛刚经历过一场暴风雨。我听到叛徒在后院一阵狂吠,立刻转头看看闹钟上的夜光刻度。差几分钟就半夜两点半了。叛徒还是吠个不停,结果它的叫声刺激到别处的狗,于是它们也跟着叫起来。我心里想,既然已经醒了,干脆到外面去安抚它一下。我走出房间,忽然看到书房里的灯还亮着。

我听到一阵沙沙的声音,立刻循着那声音走到书房门口。书房里有一张书桌,爸爸平常都是坐在那里开付账单用的支票。我看到爸爸穿着睡衣坐在书桌后面,桌上台灯亮着,他拿着一支笔在纸上写东西。不过,看不出来他是在写还是在画。他眼窝深陷,两眼布满血丝,而且,他也跟我一样,额头上满是汗珠。

这时候,叛徒忽然不吠了。它开始号叫。

爸爸嘴里嘀咕了一声:“真要命。”接着他站起来,轻轻把椅子往后推。我立刻躲进阴影中。我不知道自己为什么要躲,我只是觉得,爸爸似乎不想让别人知道他在这里。他走向后门,然后我听到他走到门外去叫叛徒闭嘴。

叛徒立刻安静下来。我估计爸爸大概再一两分钟就回来了。

我实在很好奇。我一定要弄清楚他为什么半夜两点半一个人躲在书房里。他在做什么?

我走进书房,低头看看那张纸。

我看到了。爸爸在纸上画了五六个骷髅头,而每个骷髅头的太阳穴上都伸出一对翅膀。接着他还画了一长串的问号,旁边写了五次“萨克森湖”这几个字。另外,我看到他写了“女王”两个字,旁边又是一大串问号。接着,我看到“跟我到那黑暗世界”这几个字,写得非常用力,几乎把纸都划破了。接着是一行大大的字:

他到底是谁?到底为什么?

底下还有几行字。看到那些字，我忽然感觉整个胃仿佛扭成一团。

我……

我好怕……

我快发疯了

这时我听到后门开了，我看着爸爸走进书房。他又坐回书桌后面，愣愣地盯着那张纸。

黎明前的时刻，万籁俱寂。而此刻，坐在书桌后面的人，是一个我从来没见过的人。此刻，他不再是平常的爸爸，而是一个满脸惊恐的小男孩。他面对超乎他理解的事物，内心饱受折磨。

他拉开抽屉，拿出一只咖啡杯。杯子上有绿茵牧场的商标。接着他拿出一盒火柴，然后把那张纸折起来，慢慢撕开，把碎片放进咖啡杯里。最后，那张纸已经被撕成碎片，全部丢进咖啡杯里了。这时爸爸点燃一根火柴，丢进咖啡杯里。

杯子里冒出一小团烟。他走过去打开窗户，没多久，那团烟都散掉了。

我悄悄溜回房间，躺回床上，脑海中思绪起伏。

刚刚我梦见那四个黑人小女孩的时候，爸爸梦见了什么？他是不是又梦见了湖底那个人？说不定爸爸梦见一群鳄龟把那个人从湖底抬上来，而那个人全身都是泥巴，整张脸被打得不成人形。那个人嘴里喃喃说着：跟我来。跟我来。跟我到那黑暗世界。他手上戴着手铐，肩膀上有刺青。或者，爸爸梦见的不一定是那个人，而是一个有家庭、有妻儿的男人。那个人孤零零地陈尸湖底，被这世界彻底遗忘。这就是爸爸梦见的吗？

我不知道。我不敢想象。但我很确定一件事：凶手杀死的不是只有那个人。他也正用一种方式慢慢在杀我爸爸。

后来，我不知不觉睡着了。那些纷乱骇人的思绪终于消失了。墙上那些怪物的图片环绕着我。有它们保护，我安心地睡着了。

2 神奇的盒子

星期六的夜晚终于来临了。今天晚上就要举行“奇风镇文艺委员会写作竞赛”的颁奖典礼。我和爸妈都穿上最漂亮的衣服，坐上我们那辆敞篷小货车，出发前往图书馆。如果以满分一百来衡量，前些时候我紧张的程度大概是八十分左右，但此刻已经超过九十分了。过去这个星期以来，我那几个所谓的死党好像唯恐天下不乱，不断摧毁我的自信。他们一直恐吓我，告诉我当众朗读我的故事可能会发生什么恐怖的状况。要是真的被他们说中了，那我很可能会当场崩溃，当场吓得尿裤子，当场上吐下泻。戴维·雷叫我准备一个软木塞，把该塞的地方塞住，以防万一。本不断提醒我，在众目睽睽之下走上讲台的时候要特别小心，因为那是最容易发生意外的时刻。至于约翰尼呢，他说他听说有个小男孩上台去朗诵文章，结果一上台就忘了要念什么，然后，他嘴里开始嘀咕一种没人听得懂的语言，很像是火星话。

呵，什么软木塞，太胡扯了。然而，当我们的车来到灯火通明的图书馆，当我看到门前的广场上挤满了车，我立刻后悔了。我真的应该准备软木塞。妈妈搂搂我的肩头。“不要怕，你没问题的。”她说。

“对呀。”爸爸说。此刻他又恢复了平常的模样，然而，我注意到他的眼神很阴郁，而妈妈说他该考虑吃点安眠药了。当然，她知道事情不太对劲，可是她却不清楚爸爸的状况有多严重。“你没问题的。”爸爸又对我说。

图书馆的会议厅里满满的全是椅子，最前面有一张桌子，而桌子前面就是恐怖的讲台。更恐怖的是，讲台上有一只麦克风！现场大概已经坐了四十几个人，有斯沃普镇长，普拉斯摩太太，格罗夫·狄安先生。他们和另外那几个评审凑在一起聊天。斯沃普镇长一看到我们进门，立刻朝我们走过来。那一刻，我忽然好希望可以像梦游仙境的爱丽丝一样，整个人忽然缩小，然后找个角落躲起来。只可惜爸爸抓住我的肩头，我动都动不了。

“嗨，科里！”斯沃普镇长对我笑了一下，但他的眼神却是小心翼翼的。他大概觉得我随时可能还会再发神经。“今天晚上你就要朗读故事了，准备好了吗？”

还没。我心里暗暗呐喊，但我嘴里却说：“准备好了。”

“嗯，相信今天晚上一切都会圆满顺利。”接着他转头看着我爸妈，“我相信你们一定很骄傲有这样的孩子。”

“确实很骄傲。”妈妈说，“我们家族里还没有出过作家呢。”

“他真的很有想象力。”斯沃普镇长又对我笑了一下，只不过笑得很僵。“对了，科里，前两天我从柜子里拿出那顶帽子，本来想拿去给人修理一下，可是……你知不知道那顶帽子的——”

“卢瑟！”忽然有人打断了他的话，“终于找到你了！”

原来是多拉尔先生。他急冲冲地走到镇长旁边。他穿着一套黑西装，浑身散发出刮胡水的味道。我立刻松了一口气，他来得真是时候。“什么事，佩里？”镇长转过头去问他。

“卢瑟，那只该死的猴子！你一定要想个办法！”多拉尔先生气急败坏地说，“那只死猴子昨天晚上跑到我们家屋顶上，吵得我跟埃伦整晚都没睡！更该死的是，它竟然把大便拉在我车上！我就不相信抓不到它！一定有办法！”

噢，撒旦。那只猴子还在奇风镇的树林里游荡，没事就跑到人家屋顶上撒野，谁家被它挑上谁倒霉。布莱萨牧师早在8月中旬就已经逃之夭夭，不知去向，因为很多人的房子和车子被那只猴子搞得乱七八糟，大家都把这笔账算到牧师头上，威胁要告他。

“要是你想得出什么好办法，赶快来告诉我。”斯沃普镇长的口气已经有点不耐烦了，“什么办法都试过了，就差没有请空军基地派一架战斗机到我们奇风镇来丢几颗炸弹。”

“说不定乐善德医生逮得到它，或者，我们可以花点钱请动物园的人到这里来——”斯沃普镇长都已经转身走了，多拉尔先生却还是缠着他啰嗦个没完。爸妈跟我找了个位子坐下来。这时候，眼看越来越多的人走进会议厅，我也越来越坐立不安。接着，帕里什医生也带着他太太进来了。然后，老天，魔女也来了，还有她那个头发红得像火烧一样的妈妈和瘦得像竹竿的爸爸。我坐在椅子上拼命压低身体，但还是被她看到了。她很兴奋地挥手跟我打招呼。还好，上帝保佑，我们椅子四周已经没有空座位，否则的话，等一下我走上讲台的时候，说不定脖子后面会黏着一团鼻屎。接着，我又受到另一次惊吓，约翰尼和他爸妈走进来了。又隔了两分钟，本和他爸妈也进来了，而戴维·雷和他爸妈就跟在他们后面。他们是来看好戏的，我一定要振作起来，不能让他们看笑话。不过，我还是很高兴他们来了。我记得有一次本告诉我，他们都是我的好兄弟。

看到来的人这么踊跃，我只能说，奇风镇的人对自己家乡的事一定很热心。如果不是这样，那就可能是因为星期六晚上的电视不好看。有人打开会议厅的柜子，拿出更多椅子。接着，弗农·撒克斯特进来了。一看到他，大家忽然安静下来。他迈着大步走进会议厅，面带微笑，而且还是老样子，全身赤条条的，只是因为过了一个夏天，皮晒得比较黑。现在大家都已经习惯弗农了，知道眼睛该看哪里，还有，不该看哪里。“妈妈，那个人还是没穿衣服！”魔女叫得好大声，然而，除了少数几个人窃笑了几声，几个太太、小姐有点脸红之外，其他人都没什么反应。大家都已经见怪不怪了。弗农拖了一把椅子摆在会议厅最后面的角落，坐下来，一副心满意足的表情。

后来，斯沃普镇长和普拉斯摩太太把一只装满了奖牌的箱子搬到桌上，这时候，现场大概已经来了七十多个“爱好文艺”的奇风镇镇民。格罗夫·狄安先生大概四十多岁，瘦高的身材，戴着一副银丝框眼镜。虽然他头上戴的是一顶棕色的假发，但他还是梳得很整齐。他背着一个小背包走到最前面，然后坐到桌子后面，就在镇长和普拉斯摩太太旁边。他拉开背包的拉链，从里面拿出一沓文件。我猜那应该就是得奖作品。总共三个奖项：短篇小说，散文，还有诗歌。

斯沃普镇长站起来走到讲台上，用手指敲敲麦克风，没想到扩音系统突然发出一阵刺耳的巨响，结果全场的人都哄笑起来。斯沃普镇长立刻对控制广播系统的人比了个手势。过了一会儿，麦克风音量调整好了，大家也跟着静下来。镇长清清喉咙正要开口说话，底下的观众忽然起了一阵小骚动，大家在窃窃私语。我回头去看门口，那一刹那，我的心立刻剧烈地跳动起来。女王走进来了。

她一身紫衣，戴着一顶圆盆帽，手上戴着手套，帽檐垂下一层薄纱遮住了她的脸。她双臂、双腿瘦得像竹竿，看起来弱不禁风。查尔斯·德马龙在她旁边搀着她的手肘。他还是老样子，虎背熊腰，凸出的眉骨看起来真像狼人。月亮人跟在女王后面走进来，隔着三步的距离。他拿着拐杖，穿着一套黑得发亮的西装，打着红领带。他没戴帽子，所以那张黑白双色的脸看起来格外分明。

那一刻，全场鸦雀无声，要是当时有根针掉到地上，大家一定能听得清清楚楚。或者，形容得更传神一点，要是当时有一团鼻屎从魔女鼻孔里掉出来，掉到地上，大家一定也能听得清清楚楚。"噢，上帝啊。"妈妈惊呼了一声。爸爸有点紧张地调整了一下坐姿。我觉得要不是因为我的关系，他很可能会当场站起来走出大门。

女王转头看看全场的人。座位都已经满了。我偷偷瞄了她一眼。看到她那碧绿的双眼，那一瞬间我仿佛闻到一股潮湿的气息，一种沼泽里特有的花香。接着，弗农突然站起来向女王鞠了个躬，把位子让给她坐。她边坐下边对弗农说："噢，谢谢你。"她的声音还是像平常一样有点微微颤抖。弗农还是站在后面，而查尔斯·德马龙和月亮人则分别站在女王两边。这时候，大概有五六个人忽然站起来走出去。其实，他们走出去，并不是因为跟我爸爸一样怕女王。那纯粹是一种表达不满的举动，因为女王未经允许就贸然走进一个全是白人的地方。我们都心知肚明，而女王自己也心里有数。我们就是活在这样的时代里。

“好了,时间差不多了,可以开始了。”斯沃普镇长说。他转头看看全场的观众,接着看看坐在最后面的女王和月亮人,然后又再看看全场的观众。“各位先生,各位女士,欢迎莅临1964年奇风镇文艺委员会写作竞赛颁奖典礼。首先,我要感谢大家的热烈参与。要不是因为大家热烈参与,写作竞赛根本无法顺利进行。”

于是,他就这样说了一大串场面话。要不是因为太紧张,我可能早就睡着了。接着,斯沃普镇长逐一介绍了每位评审,还有文艺委员会的全体委员,然后是《亚当谷日报》的记者昆丁·法拉迪。他今天是特地来采访得奖人,拍几张照片。后来,斯沃普镇长终于坐下,轮到普拉斯摩太太上台。她开始宣布散文组第三名的得主。得奖人是一位叫德洛笛斯·海托华的老太太。她慢吞吞地站起来,从狄安先生手上接过稿子,然后慢慢走上讲台开始朗读。那篇作品描写的是她种药草的乐趣,她足足念了十五分钟。念完之后,她拿到奖牌,然后就回到座位上去。散文组第一名是一位老先生,叫乔治·伊格斯,体格很魁梧,牙齿已经掉了好几颗。文章里描写,有一次他开车去杜斯卡萝莎市,结果快到市区的时候,车子突然爆胎。当时路上很多车子来来去去,可是却没有人愿意停下来帮他。后来,我们镇上人称大熊的布莱恩教练正好路过,立刻停车问他需不需要帮忙。于是,这篇文章证明了大熊教练果然是个大好人。

接下来宣布的是诗歌组的得奖人。没想到,当普拉斯摩太太宣布第二名的时候,观众席中站起来的人竟然是魔女的妈妈。你一定不难想象我当时的惊讶。那首诗的部分内容是这样的:“那个夏日,太阳对雨说,雨啊,请别再下,因为我必须让阳光洒遍大地,然而,看着那蔽天的乌云,我好想哭泣……”她朗诵那首诗的时候,情绪非常激动,我真怕她会当场哭出来,仿佛整间会议厅就快下起她诗中的大雨。她才刚念完那首诗,魔女和她爸爸立刻拼命鼓掌,拍得好大声,仿佛她妈妈是希腊诗人荷马再世。

第一名的得主是一位满脸皱纹的老太太，叫海伦·特罗特。基本上，那首诗的内容是一封情书，第一段是："他满腔热血，捍卫正义，无惧一切……"而最后一段是："噢，他的笑容如此可亲，我们挚爱的州长，乔治·华莱士。"

"噢，天哪。"爸爸暗暗嘀咕了一声。那个乔治·华莱士公然鼓吹种族隔离政策，是歧视黑人的急先锋。女王，查尔斯·德马龙，还有月亮人，他们没有当场站起来抗议，真是很有风度。

这时普拉斯摩太太又宣布："接下来是短篇小说组。"

我忽然很后悔没带软木塞来，后悔莫及。

"我们奇风镇从1955年开始举办写作竞赛，今年的得主是有史以来年纪最小的一位。由于这篇作品的内容是真实事件，所以评审委员都有点为难，不知道该把它归类为短篇小说，还是散文。不过，最后我们一致认为作者才华横溢，充满想象力，所以还是决定把它归类为短篇小说。那么，我们欢迎第三名得主上台为我们朗读他的作品。作品的标题是《黎明前的时刻》，作者是科里·麦克森。"说着普拉斯摩太太开始带头鼓掌。爸爸为我打气说："上去吧，让他们瞧瞧。"于是我只好站起来。

我战战兢兢地走上讲台。这时候，我听到戴维·雷叽叽咯咯地笑起来，然后听到啪的一声，看到他爸爸在他脖子后面用力拍了一下。狄安先生把我的作品递给我，接着普拉斯摩太太把麦克风往下压到我嘴巴的高度。我看着底下的人群，忽然感觉他们变成了模糊的一片，只看到无数的眼睛、鼻子和嘴巴。那时，我忽然恐慌起来，开始想到裤裆的拉链。拉链有没有拉上来？要不要低头去看看？接着我忽然看到《亚当谷日报》那个摄影记者，他那巨大的镜头正对准着我。我的心脏差点从嘴里跳出来，而且感到一阵反胃。可是我知道，万一我当场吐出来，我这辈子就不用再见人了。我听到有人咳了几声，有人在清喉咙。每一双眼睛都盯着我。我手上拿着稿纸，抖个不停。

“慢慢来没关系，科里，慢慢念。”普拉斯摩太太安慰我。

我低头看看稿纸上的标题，准备念出来，但我忽然觉得喉咙好像被什么东西哽住了，根本发不出声音。我开始眼前发黑，难道，我真的快要在众目睽睽之下昏倒了吗？难道我真的会变成《亚当谷日报》的头条新闻吗？想象报纸上出现一张照片，照片中的我翻白眼，倒在地上浑身发抖，裤裆拉链没拉上，露出里面的白内裤。难道报上真的会出现那种照片？

“放轻松。”普拉斯摩太太安慰我。我听得出来她已经开始紧张了。

我感觉眼球仿佛快要从眼眶里爆出来掉到地上到处乱跳。我看到戴维·雷、本和约翰尼。他们都已经笑不出来了。看样子不妙。我注意到散文组第一名那位乔治·伊格斯先生一直低头看手表。这也不妙。我听到观众席里有人低声嘀咕着：“可怜哪，看那孩子吓坏了！”

这时，我注意到坐在最后面的女王忽然站起来了。她的眼睛隔着面纱凝视着我，那眼神是如此平静祥和。她扬起下巴，那姿态仿佛在对我说两个字：勇气。

我深深吸了一口气，感觉整个肺都震动起来。今天是我的大日子，就在此时此地。无论如何，我一定要振作起来。

于是我开口了。“黎明前——”透过麦克风，我听到自己的声音突然变成惊天动地的巨响。我吓了一跳，忽然又愣住了。普拉斯摩太太拍拍我背后，仿佛想安抚我。“——的时刻。”我要继续念，“作者科——科——科里·麦克森。”

于是我开始念了。那些字句，那个故事，早已深深烙印在我的脑海中。虽然我的声音听起来不像自己的声音，但那个故事却是我生命中的一部分。当我继续一字一句地往下念，我发觉现场忽然不再有人咳嗽，不再有人清喉咙，不再有人窃窃私语了。读着故事，感觉就好像沿着一条熟悉的小路穿过森林。我知道该往哪个方向走，那种感觉是如此的自在安心。当我鼓起勇气抬头看看底下的观众，那一刻，我真的感觉到了那种自在。

这是我有生以来第一次当众朗读自己的作品。而就像生命中许许多多第一次的体验,那时的感觉会跟着你一辈子。我也说不上来那种感觉是什么,不过,那种感觉深深烙印在我内心深处,永远无法磨灭。每个人都看着我,每个人都在听我说故事。当那些字句在我脑海中酝酿成形,然后从我口中流泻而出,时间仿佛也随之静止了,凝固了。那些字句仿佛带着满屋子的人踏上一段旅程,而沿途他们都会看到同样的景象,听到同样的声音,感应到同样的思绪。虽然,3 月那个冷冽的早晨,他们并没有跟我一起在萨克森湖边,但当时的景象却随着那些字句渗透到他们脑海中,渗透到他们的记忆中。当我看着现场的观众,我感觉得到他们都渴望跟随我。我想带他们去一个地方,而他们也渴望跟着我到那里去。那种感觉是最棒的了。

当然,这些都是我很久以后才想通的。当时,稿子已经快念完了,我忽然察觉全场的观众变得好安静。我发现了启动时光机器的奥秘,我发现自己竟然拥有一种做梦都想不到的力量。我发现了一只神奇的盒子,叫打字机。

我发觉自己的声音越来越洪亮,表情越来越丰富,口齿越来越清晰,完全不像刚开始的时候那么含混不清。我又惊讶又兴奋。没想到我是这么喜欢大声朗诵。这真是奇迹中的奇迹。

最后,我终于念完了最后一个句子,说完了这个故事。

或者说,暂时告一段落。

妈妈第一个带头鼓掌,接着是爸爸,然后全场的观众也都跟着开始鼓掌。我看到女王也在鼓掌。满场的掌声感觉真好,然而,刚刚我带着全场观众踏上一段旅程,而他们全然地信任我,相信我一定知道方向,那种感觉更美好。也许,明天我会想跟爸爸一样,长大要当送奶员,或许我会想当战斗机驾驶员,或是侦探。然而,此时此刻,我最希望的,是有一天自己能够成为一个作家。这远超过世上其他的一切。

我从斯沃普镇长手中接过那枚奖牌,然后走回座位上。我一坐下,旁边的人纷纷拍着我的背。我注意到爸妈露出笑容,感觉到他们为我感到骄傲。我并不在乎奖牌上的名字刻错了,因为,重要的是,我知道自己是谁。这样就够了。

小说组第二名是特伦斯·霍斯默先生,他的故事描写一个农夫在玉米收成之后如何和一群乌鸦斗智。第一名的得主是埃达·耶尔拜太太,她的故事描写耶稣诞生的那一天,所有的动物在午夜时分都跪到地上。然后,斯沃普镇长又上台致词,他谢谢大家的热情参与,最后希望大家平安回家。我和爸妈开始往门口走过去,半路上戴维·雷、约翰尼和本跑过来把我围住。我感觉得到我比耶尔拜太太受到更多人的瞩目。魔女的妈妈也挤过来向我道贺。她那宽大的脸上长满了汗毛。她看着我妈妈说:“是这样的,下星期六我们要给布伦达办生日宴会,布伦达很希望你们家科里能过来。其实,刚刚那首诗是为布伦达写的,因为她是个很敏感的孩子。不知道科里可不可以来参加布伦达的生日宴会?对了,不需要准备礼物,什么都不用带。”

妈妈转头看看我,看我有什么反应。我看到魔女了,她和她爸爸站在会议厅另一头。她对我挥挥手,一直窃笑。戴维·雷用手肘顶了我一下,笑得很邪门。那小子搞不清楚状况,不知道自己死期快到了。我说:“可是,萨特利太太,星期六我好像要帮忙做点家事。对不对,妈妈?”

妈妈,我爱死妈妈了。她反应真快。“对呀!你要除草,还要帮你爸粉刷门廊。”

“啊?”爸愣了一下。

“门廊不粉刷不行了。”妈妈盯着他的眼睛,“只有星期六我们才能全家一起动员,把这些工作处理掉。”

“说不定我还可以找几个朋友来帮忙。”我说。这下子,我那几个死党一定马上就不见踪影了。

“总之,只要你想来参加布伦达的宴会,她一定很欢迎。所有的亲戚都会来。”她心里有数。接着她转身走回魔女旁边,跟她说了几句话。魔女还是跟刚刚一样在窃笑。我忽然感觉脚底发冷。可是，我绝不能让魔女对我存有任何幻想。绝对不能！叫我去她家，实在太惨无人道了。而且，天啊，她们家的亲戚会是什么模样，实在不难想象。跟他们比起来，杂志里那些怪物说不定还可爱得多。

就在我们快到门口的时候，忽然听到背后有人轻轻叫了一声："汤姆？汤姆·麦克森？"

爸爸立刻停下脚步转身去看是谁。

站在他面前的是女王。

她比我印象中更矮，身高几乎还不到我爸爸的肩膀。然而，她浑身散发出来的那种力量，十个男人加起来也比不上。你可以感觉到她的生命力。她就像一棵斑驳的老树，历经无数狂风暴雨却依然屹立不摇。德马龙先生和月亮人并没有跟着她走过来。他们站得远远的。她是自己一个人走过来的。

"你好，我们又见面了。"妈妈说。女王朝她点点头。爸爸的表情看起来很像那种被困在陷阱里的小动物。他左顾右盼，那模样仿佛拼命想找地方逃。不过，他这个人非常有绅士风度，不会对人这么没礼貌。

"汤姆·麦克森，"她又说，"你和你太太教出了一个很有天分的儿子。"

"我……我们……我们尽量想把他教好。谢谢你。"

"他口才真好。"说着女王对我笑了一下，"你表现得很不错哦。"她说。

"谢谢。"

"那辆脚踏车好不好骑？"

"很棒。我给它取了个名字叫火箭。"

"嗯，好名字。"

"我喜欢这个名字。而且……"我想了一下，决定告诉她，"而且车灯里有一只眼睛。"

她略略扬了一下眉毛。虽然那动作轻微到无法察觉，但我还是注意到了。“真的?”

“科里!”爸爸呵斥了我一声,“别胡说八道!”

“我倒觉得,”她说,“男孩子的脚踏车必须很清楚自己该往哪个方向走。它必须能够判断前面的道路安不安全,会不会碰到麻烦。在我看来,男孩子的脚踏车应该具备某些特性,比如说,应该要像马一样有活力,像鹿一样灵敏,有时候,甚至应该要像蛇一样狡猾。你不觉得吗?”

“是的。”我说。看样子,她知道火箭的秘密。

“谢谢你的好意,送了科里一辆脚踏车。”爸爸对她说,“虽然我们家不随便接受别人施舍,不过——”

“噢,麦克森先生,你怎么可以说那叫施舍呢?那是为了表达我的谢意,因为科里帮了我很大的忙。麦克森先生,你家里还有什么东西坏了吗?我可以请莱特富特先生过去帮你修。”

“谢谢你,不用了。家里的东西都很好。”

“嗯,”她忽然凝视着我爸爸,“其实,东西什么时候会突然坏掉,是很难说的,不是吗?人也是一样。”

“很高兴见到你……呃……夫人。”爸爸忽然搀住妈妈的手肘,“不过,我们该回家了。”

“麦克森先生,有件事我必须跟你谈一谈。”我们转身正要走开的时候,女王忽然说,“那是人命关天的事。我想,你应该懂我的意思。”

爸爸立刻停住脚步。我注意到他在用力咬牙。看得出来他很想转身走开,可是却被她慑住了,动弹不得。说不定他也跟我一样,感受到她浑身散发出来的生命力越来越强烈——那种原始的、充满野性的生命力。他似乎很想往前跨出一步,可是两条腿却被钉在地上无法动弹。

“你相信主耶稣基督吗,麦克森先生?”女王问他。

这问题终于突破了他最后的心理防线。他立刻转身面对她。“我相信。”他一脸庄严。

“我也相信。耶稣基督是天底下最完美的人。但尽管如此，他也会痛苦，也会挣扎，也会流泪，也会有茫然无助的时候。那些麻风病人和重病的人把他团团围住，哀求他为他们施行神迹。他们纠缠不休，耶稣基督被他们缠得筋疲力尽。麦克森先生，我的意思是，即使是耶稣基督有时候也需要帮助，而且对他来说，开口求别人帮助也是一件很痛苦的事。”

“我不需要……”他说到一半就说不下去了。

“我相信任何人脑海中偶尔都会浮现出某些景象。”女王说，“那是人类的一种本能。而我们看到的那些景象都只是片断的画面，只是整个大景象的一小部分，就像整张大拼图的一小片。虽然我们看到了那些画面，可是却不知道那是整体画面的哪个部分。那些景象，通常都是在我们睡觉的时候出现在我们梦里，不过也有时候，大白天我们也会看到。每个人或多或少都会有这样的经验，只不过，大家都猜不透那代表什么意义。你懂吗？”

“不懂。”我爸说。

“噢，你当然懂。”她忽然举起一根枯瘦的手指，“我们这个世界就像一团黏黏的胶带，大家的眼睛都被蒙住了，耳朵被捂住了，根本看不到，也听不到另外一个。”

“另外一个？另外一个什么？”

“另外一个世界。隔着一条河，有另一个世界。”她说，“萨克森湖底那个人就是在那个世界呼唤你。”

“我不想听这些。”虽然嘴里这么说，他却一动也不动。

“他在呼唤你。”她继续说，“我也听得到他的呼唤。他害得我没办法睡觉。我年纪大了，需要休息，需要清静。”她往前跨了一步凑近爸爸，盯着他的眼睛。“那个人想告诉你是谁杀了他，这样他才能安息。噢，他拼命想引起你的注意，可是他却说不出凶手的名字，也说不出他的长相。他能让我们看到的，也就只有那些零星片断的画面。要是你愿意来找我，那我们就可以把我们脑海中的影像拿出来讨论，一起归纳分析，把完整的真相拼凑出来。

这样一来,以后你晚上就可以好好睡觉,我也一样,而他的灵魂也可以安息了。更重要的是,我们可以抓到凶手。我们可以把那个躲在我们奇风镇的凶手揪出来。"

"我不……我不相信……我不相信那种——"

"不管你相不相信,你自己决定。"女王打断他的话,"不过,要是今天晚上那个人又来找你,你一定要认真听他说话。你别无选择。而且我相信今天晚上他一定会来找你。所以,麦克森先生,我的建议是,你最好认真听他说什么。"

爸爸似乎想说什么。他张开嘴,可是却说不出半句话。

"对不起。"我忍不住开口问女王,"不知道能不能请教你一个问题……请问你有没有……有没有做过别的梦。"

"噢,当然有。我常常做梦。"她说,"不过问题是,在我这个年纪,我做的梦常常是重复的。"

"呃……请问……请问你有没有梦见过四个小女孩?"

"四个小女孩?"她问。

"对,四个小女孩。她们就像你一样,黑皮肤。她们都穿得很漂亮,就像礼拜日上教堂那样。"

"没有,"她说,"好像没有。"

"我常常梦见她们。虽然不是每天晚上都会梦到,可是常常会。你觉得那代表什么意义呢?"

"一个大真相的片断。"她说,"很可能是一件你已经知道的事,可是你却不清楚究竟是哪件事。"

"怎么说?"

"也许那并不是幽灵在呼唤你。"她解释说,"说不定那只是你自己内心深处的某种疑惑,你拼命想解开某个谜团。"

"哦。"我说。女王也梦见了我爸爸梦见的东西,可是她却没有梦见我梦中的景象，那一定是因为那并不是过去的幽灵在呼唤我，而是某种对未来的隐忧。

“等我们布鲁顿区的新博物馆落成之后，你们一定要来参观。”女王对妈妈说，“我们募到了一些钱，娱乐中心已经开始盖了，应该再过几个月就完工了。里面的展览厅一定很漂亮。”

“我听说过。”妈妈说，“祝福你们。”

“谢谢。嗯，等开幕典礼日期确定之后，我一定会通知你。还有，麦克森先生，别忘了我刚刚说的话。考虑一下。”她伸出一只戴着紫手套的手，爸爸立刻抬起手跟她握握手。爸爸虽然有点怕女王，不过，再怎么样他还是很有绅士风度的。“你随时可以来找我。”

说完女王就走回月亮人和德马龙先生旁边，然后他们一起走出了门。外头夜色已深，四下一片寂静，空气中带着一丝暖意。我们也很快就跟在他们后面走出去。一走出大门，正好看到他们开车走了。不过，他们这次开的并不是那辆镶满了塑料钻石的大轿车，而是一辆淡蓝色的雪佛兰。有几个观众还站在路边的人行道上聊天，他们一看到我立刻又赞美了我几句，说他们很喜欢听我朗读。“一定要继续写啊！多写一些那样的好故事！”多拉尔先生鼓励我。接着我听到他得意洋洋地对另一个人说：“你知道吗，那孩子的头发都是在我那里剪的。告诉你，我已经给他剪了好几年了！”

然后我们开车回家。我两手抓着奖牌摆在大腿上。“妈妈，”我问，“布鲁顿区的博物馆是哪种博物馆？里面摆的是恐龙骨头吗？”

“不是。”爸爸告诉我，“里面展览的是黑人民权运动的东西，像是文件、信件和照片之类的。”

“我听说是黑奴的历史文物。”妈妈说，“可能是像脚镣、手铐、烙铁之类的东西。莉丝贝特·西尔斯告诉我，女王把她那辆宝贝的老爷车卖了，钱都捐出来当建筑经费。”

“还记不记得有人在她家院子里烧掉了一个十字架？我保证那些人对

那座博物馆一定很有意见。”爸爸说，“三 K 党那帮人一定会有所行动。”

“我觉得那座博物馆很有意义。”妈妈说，“我觉得他们一定要了解自己的过去，才知道未来该往哪个方向走。”

“哼，我也知道三 K 党希望他们往哪个方向走。”爸爸开始减速，转个弯开上希尔托普路。我注意到远处撒克斯特家的豪宅在树林间的隙缝里忽隐忽现，整座屋子灯火通明。“她很厉害。”爸爸忽然说。他很像在自言自语。“我是说那个女王。”我们都知道他说的是谁，“她真的很厉害。我觉得自己好像被她看透了。我无法抗拒她那种眼神。她知道我在想——”说到这里他好像猛然意识到我们在旁边，于是又不说了。

“我陪你一起去。”妈妈鼓励他，“要是你想去找她，我一定会守在你旁边。她想帮助你。我真希望你能接受她的好意。”

他没吭声。车子已经快开到家了。“我会考虑的。”他说。他的意思是叫我们不要再提女王了。

爸爸知道自己随时可以去找女王，也知道自己确实需要她的帮助。萨克森湖底那个幽灵一直在纠缠他，而他知道她有办法赶走那个幽灵。问题是，他还没有心理准备。我不知道他最终能不能下定决心去找女王。那只能看他自己了。他必须自己决定要不要跨出第一步，没人能够强迫他。眼前我必须先应付自己的难题。第一，我一直梦见那四个黑人小女孩，第二，魔女对我有意思，第三，我该怎么应付老铁肺，第四，我下一篇作品该写什么？

还有那根绿羽毛。永远都是那根绿羽毛。那根绿羽毛被我收在一个神秘的抽屉里，然而，羽毛背后隐藏的谜团却依然阴魂不散地纠缠着我。

那天晚上，爸爸帮我把奖牌挂到房间的墙上，正好在打字机上面。那奖牌挂在两张图片中间，看起来很舒服。左边的图片是脖子上钉了一根螺栓的科学怪人，右边的图片是穿着黑斗篷露出两颗獠牙的吸血鬼。

3 弗农的晚餐之约

接下来那几天，魔女一直纠缠不休，逼我去参加她的生日宴会，就好像猫死缠着老鼠要跟它做朋友。那几天，后面是魔女在我背后喋喋不休，前面是老铁肺在讲台上河东狮吼，到了星期三，我已经濒临精神崩溃的边缘。而且，我还是搞不懂分数除法该怎么算。

星期三那天晚上，吃过晚饭之后我到厨房帮妈妈擦盘子，爸爸坐在客厅的椅子上看报纸。我忽然听到爸爸说："有车子停在我们家门口。我们跟谁有约吗？"

"好像没有吧。"妈妈说。

我听到椅子嘎吱一声，爸爸站起来走过去开门。走到门口，他忽然吹了声口哨。"哇，你们过来看看！"说完他就走到门外。当然，我和妈妈都忍不住好奇立刻跟着走到外面去。门口停着一辆长长的礼车，黑色的车身闪闪发亮。轮框是钢丝轮辐，车头是白白亮亮的镀铬水箱罩，挡风玻璃十分得宽敞。那真是我这辈子见过最长、最漂亮的车，我们那辆敞篷小货车摆在旁边简直就像破铜烂铁。接着，驾驶座的车门开了，有个穿黑西装的人走出来。他绕过车子，穿过我们家的草坪，边走边对我们说："晚上好。"他的口音不像我们这一带的人。他沿着门前的步行道朝我们走过来，没多久，门廊上的灯光渐渐照亮了他。我们看到他满头白发，嘴唇上方有两撇白胡子，皮鞋也像车子一样黑得发亮。

"请问有什么事吗？"爸爸问他。

"请问是汤姆·麦克森先生吗？"

"我就是。"

"太好了，"他走到门旁的台阶前面，停下脚步，"麦克森先生。"他向妈点点头，然后转头看着我。"科里少爷吗？"

“嗯……我是科里。”我说。

“噢，太好了。”他微微一笑，然后手伸进西装内口袋里掏出一只信封。“这是要给你的。”他把信封递给我。

我转头看看爸爸，他点点头，意思是叫我收下。我接过那只信封，慢慢拆开，而那位白头发的先生两手交叉在背后看着我拆信。信封用一圈红蜡封着，蜡上印着一个英文字母 T。我从信封里抽出一张白白的小卡片，上面有几行打字机打出来的字。

“上面写什么？”妈妈凑近我肩头想看看卡片上写了什么。

我大声念出来。“弗农·撒克斯特先生诚挚邀请您共进晚餐。时间是 1964 年 9 月 19 日晚上七点。穿着不拘。”

“最好是平常的穿着。”那位白头发的先生特别强调。

“噢，天哪。”妈妈每次一紧张就会冒出这句口头禅。她立刻皱起眉头。

“呃……不好意思，请问您是……”爸爸开口问对方，然后把我手上那张卡片拿过去看了一下。

“麦克森先生，我叫西里尔·普里查德，我在撒克斯特先生家里帮忙。我太太和我负责照料穆伍德先生和弗农少爷的生活起居。已经八年了。”

“哦，这么说，你……你是撒克斯特家的管家吗？”

“我和我太太遵照撒克斯特先生的指示办事。”

爸爸嗯了一声，皱起眉头。他也开始有点担心了。“请你送这封邀请函过来的是弗农，不是他爸爸。为什么会这样？”

“因为想邀你们家科里共进晚餐的人是弗农。”

“为什么？印象中弗农好像并没见过我儿子。”

“写作竞赛颁奖典礼，弗农少爷也去参加了。他很欣赏你们家科里的写作天分。我想你应该也知道，从前他自己也想过要当作家。”

“他写过一本书不是吗？”妈妈问。

“是的。那本书叫做《月亮是我的情人》，是 1958 年纽约索诺顿公司出版的。”

“我在图书馆借过。”妈妈老实承认道，“老实说，光看封面那把血淋淋的切肉刀，我大概不会花钱去买那本书。我一直觉得那封面看起来怪怪的，因为那本书描写的多半是小镇的生活，而不是那个屠夫……呃，你应该知道我的意思。”

“是的，我明白。”普里查德先生说。

后来我才知道，弗农那本书里写的是一个屠夫。每逢月圆时刻，他就会杀害一个女人，取出她的内脏。他前后杀了好几个女人，而且每次他从尸体里取出来的内脏都是不一样的部位。小说里描写的那个虚构的小镇上，每个人都对屠夫卖的东西赞不绝口，比如肾脏、排骨、肉馅、辣味香肠，还有女人的手指肉做成的三明治。

“虽然那只是他的第一本小说，但我觉得已经写得很不错了。”妈妈说，“他为什么没有再写第二本？”

“很不幸的是，不知道为什么，那本小说卖得并不好。所以弗农少爷就……怎么说呢……他就不再抱希望了。”接着普里查德先生转头过来看着我，“那么，弗农少爷邀请您共进晚餐的事，不知道我该怎么跟他回复？”

“噢，你先别急。”爸爸说话了，“本来我不想说得太直接，不过，弗农好像不太……呃，他的精神状况好像不太稳定，好像没办法接待客人，是吧？”

这时普里查德先生的眼神忽然变得有点冷。“麦克森先生，弗农少爷绝对有能力好好款待他的客人。我知道你的顾虑，不过我可以告诉你，你的孩子和他在一起绝不会有任何安全上的问题。”

“我无意冒犯，不过，平常他总是不穿衣服到处走来走去，大家当然会认为他神志不是很清楚。我真搞不懂，穆伍德为什么能容忍他这样光着身体到处乱跑。”

“弗农少爷有他自己的生活方式。撒克斯特先生不想干涉他。”

“那很明显。”爸爸说，“提到这个，我已经很久没看到穆伍德了……嗯，好像有三年了吧。我知道他一向行踪很隐秘,可是,难道他完全不需要出来透透气吗?”

“撒克斯特先生的事业有专人在处理,租金都有专人在收,土地有专人在管理维护。他喜欢这种隐秘的生活,所以,到现在他还是保持这种生活方式。好了,你要我怎么回复弗农少爷呢?”

弗农·撒克斯特出版过一本书,似乎是一本推理小说。那是纽约一家公司出版的,一本真正出版的书。我忽然想到,说不定这辈子我不会再有机会和一个真正的作家见面。所以,不管他有没有发疯,不管他是不是光着身体到处走来走去,我都不在乎。他见识过奇风镇外那个广大的世界。尽管那样的经验对他来说是一种折磨,但不管怎么样,我很想知道他对打字机那只神奇的盒子有什么感觉。“我想去看看他。”我说。

“这么说,你们愿意接受他的邀请了吗?”普里查德先生问我爸妈。

“这样好吗,汤姆?”我妈说,“也许我们俩应该有一个人陪他去。以防万一。”

“麦克森太太,我了解你的顾虑。不过,我可以告诉你,我和我太太都很了解弗农少爷。他很亲切,很聪明,感情丰富,虽然他没有半个朋友。他爸爸跟他有距离。多年来一直都是这样,到现在也还是。”这时他又露出那种冷冰冰的眼神,“撒克斯特先生是很固执的人。他一直都很不希望弗农少爷成为作家。事实上,不久之前,他甚至还不准图书馆采购《月亮是我的情人》这本书。”

“那现在他为什么忽然又同意了?”我妈问。

“一方面是时间久了,一方面是因为某些情势慢慢在改变。”普里查德先生说,“撒克斯特先生已经明白弗农少爷对他的事业根本没兴趣。我刚刚说过,弗农少爷感情很丰富。”这时他眼神中的那种冰冷渐渐消退,渐渐变得温和。他眨眨眼,淡淡笑了一下。“很抱歉,恕我直言,我知道你们有很多顾虑,所以我相信你们一定不太愿意让你们的孩子去赴约。问题是,我时间有限，弗农少爷正等我去回复。那么，我是不是可以回去告诉他，你们已经答应了？”

“如果大人可以陪他一起去，”爸爸对他说，“那么，我倒是很想去参观一下那栋传奇豪宅。”他转头看了妈妈一眼，“这样行吗？”

她想了好一会儿。我一直在看她的表情，看她有什么反应。要是她开始咬下唇，那就代表她不同意，要是她右边的嘴角开始微微抽搐，那就代表她快要答应了。结果，我发现她的嘴角开始抽搐了。“好吧。”她终于说。

“太好了。”普里查德先生笑了，这次是真的露出了笑意。我爸妈答应了，他似乎松了一口气。“弗农少爷交代，星期六晚上六点半，我会开车到府上来接你。这个时间可以吗？”

这个问题他是对着我问的。我说没问题。

“那么，我们就星期六见。”他往后退了一步，对我们微微鞠了个躬，然后就转身走回那辆黑色大礼车。车头的引擎发出一阵低沉的隆隆声，听起来有如音乐般悦耳。接着，普里查德先生就开车上路，开到下一个路口，车子向右转上坦普尔街。

“但愿不会出什么问题。”我们一回到屋子里，妈妈立刻说，“老实说，看了弗农的书，那种感觉让人有点毛骨悚然。”

爸爸又坐回到椅子上，拿起刚刚没看完的报纸上的体育版。报上的标题全是亚拉巴马大学和奥本大学橄榄球队决战的新闻。这有点像是每年秋天的盛大庆典。“我一直很想到穆伍德家去看看里面是什么样子，这倒是个好机会。至少，科里也可以有个机会和弗农聊聊写作。”

“天哪，如果哪天你也写出一本书，千万不要是那种恐怖兮兮的书。”妈妈对我说，“而且有点奇怪的是，书里那些恐怖的情节好像是硬拼凑上去的，好像本来没有要写那些。那本书描写的是小镇生活，本来应该是一本很好的书，要不是因为书里穿插了那些谋杀场面。”

“谋杀没什么好奇怪的，”爸爸说，“到处都看得到。”

“没错,可是单纯地描写小镇生活,不是已经很好了吗? 还有封面那把血淋淋的切肉刀……要不是因为封面上有弗农的名字,我根本不会去看那本书。”

“这世界不可能十全十美。”爸爸放下手上的报纸,“我也希望这个世界是一个完美无缺的世界。我真的希望。但事实上不可能。人生有欢乐,但痛苦并不少于欢乐。这个世界有某种秩序,但也有混乱的时刻,甚至很可能混乱的时候居多。我想,如果有一天你也领悟到这个道理——”他苦笑了一下,转头看着我,眼神好哀伤,“那就代表你长大了。”然后他又低头继续看他的报纸。他看的是奥本大学橄榄球队的报道。过了一会儿,他忽然又想到了一件事。“丽贝卡,有一件事很奇怪。这两三年来你有没有看到过穆伍德·撒克斯特? 你一定一次也没看到过,对不对? 你去银行,或是去剪头发,或是去镇上随便哪个地方,你看到过他吗?”

“没有,没看到过。不过,也可能是因为我连他长什么样都不清楚。”

“一个瘦瘦的老头,老是穿着黑西装,打着黑领结。我还记得小时候见过穆伍德。当时他看起来就很苍老,干干瘪瘪的。自从他太太死了以后,他就很少走出家门。不过,我觉得以后我们应该不可能再看到他了,你不觉得吗?”

“我从来没见过那位普里查德先生。大概他们都喜欢过那种隐秘的生活。”

“除了弗农。”我说,“当然,等天气一冷,连他也看不见了。”

“没错,就是这样。”爸爸说,“不过,明天我打算到附近找人打听一下,看看有没有人最近见过穆伍德。”

“干吗?”妈妈皱起眉头,“那关你什么事? 说不定星期六晚上你就会见到他了。”

“他可能已经死了。”爸爸说,“哼,那就好玩了不是吗? 说不定穆伍德已经死了两三年了,但他的死讯却一直被隐瞒着,结果,整个奇风镇的人一听到他的名字还是一样吓得发抖。”

“干吗隐瞒他的死讯？目的是什么？”

爸爸耸耸肩，但我看得出来他拼命在想。“可能是想逃避遗产税，要不然就是怕那些虎视眈眈的亲戚觊觎他的财产。可能是法律上有什么麻烦。什么都有可能。”这时他嘴角泛起一抹微笑，眼睛忽然亮起来，“弗农一定知道，假如拥有全镇半数以上房地产的人是一个整天不穿衣服的神经病，而大家都战战兢兢，以为幕后发号施令的人是穆伍德，那不是太可笑了吗？比如说，大洪水那天晚上，弗农要我们到布鲁顿区去帮忙，免得那里被洪水淹没，你不觉得那件事有点怪吗？穆伍德这个人宁可把钱放在自己口袋里发霉，也不会愿意施舍半毛钱给那些黑人。在他眼里，黑人根本就是低贱的动物。”

“说不定他忽然大彻大悟，变了一个人。”妈妈说。

“是啊，大概要等他死了以后才有可能吧。”

“反正星期六晚上你就有机会知道了。”妈妈说。

所以我们就开始等待那一天来临。不过，从那天到星期六期间，我还是必须要面对魔女。她还是缠着我不放，一直告诉我什么她的生日宴会一定会很好玩，而且全班同学都会去。那几天，爸爸到处找人打听，看看有谁见过穆伍德·撒克斯特，而我则是找每个同学打听，看看有谁要去参加魔女的生日宴会。

结果我发现根本没人要去。那些同学宁可吃狗屎也不去她家。一旦去了她家，就会进入她鼻屎的射程范围，还会看到她那些长得像怪物的亲戚。我说我宁可躺在烧红的木炭上，宁可亲吻那个俄国佬赫鲁晓夫的光头，也不去参加魔女的生日宴会。我也不想看到她那些稀奇古怪的亲戚。

不过，我说这些话的时候当然不会让她听到。事实上，我甚至开始有点同情她，因为我发现根本没有同学打算去参加她的生日宴会。

我也不知道为什么我会同情她。或许是因为我体会得到那种感觉。如果你准备了满屋子吃不完的冰淇淋和蛋糕，打算邀请全班同学参加你的生日宴会，而且还特别强调不需要带礼物，结果却还是没有人领情，每个人都当面拒绝你，那会是什么滋味？那一定会很伤心。我想，接下来的几天里，魔女一定会不断地遭到拒绝。问题是，我绝对不能去参加，因为那会很像是自投罗网，后患无穷。于是，星期四放学后，我骑着火箭到商店街上的五角商店，花一毛五买了一张生日卡片。卡片正面有一只小狗戴着生日帽，内页有一首诗。我在那首诗底下写了一行字：全班同学祝你生日快乐。然后我把那张卡片塞进一只粉红色的信封里。星期五那天一大早，我趁同学都还没上学的时候就跑到学校去，把那只信封放在魔女桌上。谢天谢地，还好没有人看到我，要不然我就算跳进密西西比河都洗不清了。

后来，上课铃响了，老铁肺走进教室开始发号施令。魔女走到我后面的座位坐下。我听到她打开信封的声音。这时老铁肺又开始河东狮吼了，因为有一个叫雷吉·达菲的同学在嚼葡萄口香糖。这是全班同学共同策划的阴谋的一部分：我们知道她最痛恨葡萄口香糖的味道，所以几乎每天都会有一个同学故意嚼葡萄口香糖。

这时，我听到背后传来轻微的啜泣声。

就只是轻微的啜泣声。但我想到，那种喜极而泣的泪水，居然只花了我一毛五，忽然感觉有点心酸。

下课的时候，大家都跑到学校后面那片满地沙尘的操场去玩。魔女到处跑来跑去，把那张卡片轮番拿给每个同学看。还好大家反应都很快，都假装早就知道这件事。其中有个同学叫拉德·迪瓦恩，个子高高瘦瘦的，红头发，剃个小平头。他是大家公认的橄榄球队的明日之星，他跑得很快，传球动作灵敏，而且有暴力倾向。他听到有些女孩子说买那张卡片的人真的很体贴，所以他就告诉全班女孩子，那卡片是他买的。我没吭声。结果，魔女开始用爱慕的眼神看着拉德，一边用手指去挖鼻孔。

到了星期六那天晚上约定的时间，普里查德先生又开着那辆黑色的长礼车来到我们家门口。“要注意礼貌!”妈妈交代我,不过她也是在交代爸爸。我们没有穿西装,上次普里查德先生特别强调“平常的穿着”,于是我们穿的是短袖衬衫和牛仔裤。我和爸爸坐进礼车的后座,忽然觉得自己仿佛走进了一座貂皮和皮革装潢的山洞。普里查德先生坐在驾驶座上,和后座隔着一层透明塑料窗。车子从我们家出发,然后转弯开上坦普尔街的坡道。一路上,我们几乎听不见引擎声,而且车子平稳到几乎不会颠簸。

坦普尔街沿路都是橡树和白杨树,奇风镇的上流阶层都住在这条路上。我们看到斯沃普镇长家那栋红砖房,门前有环状车道。过了一会儿,爸爸指着一栋白色的石头豪宅叫我看——那是银行总裁的家。沿着蜿蜒的坡道开了一小段之后,我们看到森普特·沃马克先生家的房子。他就是飞轮露天冰店的老板。而他家正对面那栋房子有白色的希腊式柱子。那就是帕里什医生的家。后来,车子来到坦普尔街的尽头,眼前出现一扇卷轴形雕花的铁栅栏门。门里是一条弯弯曲曲的鹅卵石车道,车道两旁是整排笔直挺立的长青树,乍看之下有如一个个的卫兵。撒克斯特家豪宅的窗口灯火通明,屋顶上是一根根的烟囱和一座座的洋葱形塔楼。普里查德先生停住车子,下车打开那扇栅栏门,开车进门,然后又下车把门关上。接着车子开始往里面走,车轮在鹅卵石车道上留下两道痕迹。车道蜿蜒,两边的松树散发出阵阵清香。普里查德先生把车子开到一座巨大的帆布棚底下,那里有一条石砖步道通往豪宅的大门。爸爸正想拉开车门把手的时候,普里查德先生已经帮他开了车门。接着,普里查德先生飞快地走到门口打开门,那动作迅速而优雅,无声无息。于是我们走进了屋子里。

一进门,爸爸忽然停下脚步。“天哪。”他惊讶得说不出话来。

我也跟他一样愣住了。撒克斯特家豪宅里富丽堂皇的程度是语言无法形容的。不过,最令我震惊的是那种宽敞辽阔的感觉。天花板高得吓人,一根根的横梁显得很突出,枝形吊灯从天花板上垂下来。屋子里每样东西都光滑洁净,闪闪发亮,地上铺满了东方地毯,空气中飘散着雪松和皮革清洁剂的香气。墙上挂满了裱框的画像,每幅画上方都有一盏灯,光线明亮。有一整面墙上挂着一幅巨大的织锦,上面的图画的是中世纪的景象。宽阔的回旋梯通往二楼。放眼望去,满屋子里到处都是木纹、皮革、天鹅绒、彩色玻璃,甚至连吊灯上的灯泡都干干净净,闪闪发亮,完全看不到蜘蛛网。

这时一位太太从走廊里走出来。她年纪看起来和普里查德先生差不多,身上穿着白制服,雪白的头发往后梳,用几根银发夹挽成一个发髻。她脸圆圆的,长得很漂亮,眼睛湛蓝清澈。她跟我们打了声招呼,口音听起来和她丈夫一模一样。爸爸偷偷告诉我那是英国腔。“弗农少爷在玩火车。”她对我们说,“他请你们过去找他。”

“谢谢你,关朵琳。”普里查德先生说,“两位请跟我来。”说着他走进走廊,我们立刻快步跟上去。走廊两边有无数的房间。光看一眼就知道,这栋豪宅里可以塞进好几栋我们家那种房子,而且多出来的空间甚至还可以再塞进一座谷仓。普里查德先生来到一道巨大的双扇门前面,停下脚步打开门。我们立刻听到轻微的火车汽笛声。

我看到弗农了。他还是一样全身光溜溜的。他弯腰低头仔细打量着手上的某种东西。从我们站的位置看过去,他的屁股一览无遗。

普里查德先生清了一下喉咙,弗农立刻转身面向我们。我注意到他手上拿着一个玩具火车头。他立刻露出笑容,嘴巴咧得好开,乍看之下仿佛整张脸上下分成两半。“噢,你来了!”他说,“请进请进!”于是我们就走进去。那房间里没有任何家具,只有一张巨大无比的桌子,上面是一个野外的全景模型,有山岭、森林、绿油油的田野,还有一个小镇,一列列的玩具小火车在田野山岭间穿梭。弗农正拿着一把刷子拨弄着玩具火车头的轮子。“轨道上有灰尘。”他解释说,“如果灰尘堆得太厚,火车会脱轨的。”

我看到那么多的玩具火车模型,不由得愣住了。总共有七列玩具火车同时在上面跑。模型上有小小的转辙杆摆来摆去,小小的信号灯不断闪烁,小小的汽车模型停在平交道前面。绿油油的田野上到处点缀着红叶的洋苏木。模型里的小镇上有一栋栋火柴盒大小的房子，漆成红砖和石头的色泽。商店街的尽头有一栋穹顶的哥特式建筑。那里就是法院，那天我就是在里面和斯沃普镇长见面，结果吓得逃出来。一条条的公路在重重山岭间蜿蜒，有一座桥跨越一条碧绿的河流。镇外有一片巨大的椭圆形物体，像一面涂黑的镜子。我知道那就是萨克森湖。弗农甚至把湖岸漆成了红色，象征那些红岩平台。我看到棒球场，游泳池，还有布鲁顿区的房子。我甚至看到某一条路的尽头有一栋七彩缤纷的房子。那条路一定是茉莉街。另外，萨克森湖四周环绕着森林，十号公路穿过那片连绵无尽的森林。我试着从那座模型里找出某栋房子。嗯，找到了，和我的大拇指指甲差不多大小。那是格雷丝小姐家，也就是那群坏女孩住的地方。森林遍布的山岭一路往西连绵起伏，边缘有一块圆形的烧焦痕迹。那个位置是在奇风镇和联合镇中间。当然，这座模型上看不到联合镇。“好像有什么东西着火了。”我说。

“那里就是陨石掉落的地点。”弗农头也不抬地说。他全神贯注地朝着火车头的轮子吹气，那模样看起来很像《怪兽大战外星人》电影里那个失控的巨人。接着，我看到希尔托普路了。我认出树林边缘那栋房子就是我家。接着，我的视线沿着蜿蜒的坦普尔街一路往上看，终于看到那栋厚纸板拼成的豪宅。此刻，爸爸和我就在里面。

“你们就在那里面，科里。你们两个都在里面。”弗农伸手指向他右手边那只鞋盒。鞋盒旁边有几节火车厢，几节片段的轨道，还有几条电线。鞋盒盖上用黑笔写了一个大大的“人”字。我掀开盖子，看到盒子里有好几百个模型小人，上面都涂着头发和皮肤的颜色，做工非常精致细腻，一丝不苟。而且，都没穿衣服。

这时有一列火车忽然发出一阵细微而尖锐的汽笛声，而另外一列火车的车头冒出一小团白烟。显然那火车头用的是蒸汽引擎。爸爸绕着巨大的模型走来走去，看得目瞪口呆。“我们整个奇风镇都在这模型上了，对不对？”他问，“连波特山上的墓碑都看得到！撒克斯特先生，你是怎么做出来的?”

他抬头看了爸爸一眼。“我不叫撒克斯特先生。”他说,“我叫弗农。”

“噢,好吧,弗农。你是怎么做出来的?”

“我只能说,当然不是一天做出来的。”弗农说,他又笑了。远远看过去,他的脸看起来很孩子气,可是一旦走近看,你会发现他眼角已经有了鱼尾纹,而且鼻翼两侧也有两道很深的法令纹延伸到嘴角。“我爱奇风镇,所以我做了这座模型。奇风镇是我永远的爱,以后也一样。”他转头瞥了普里查德先生一眼。普里查德先生一直站在门口等。“谢谢你,西里尔。你可以先下去了。噢……等一下,你跟麦克森先生说明过了吗?”

“说明什么?”爸爸问。

“呃……弗农少爷希望能够单独和你的孩子共进晚餐。希望你到厨房用餐。”

“我不懂,为什么要这样?”

弗农一直盯着普里查德先生。于是那位老先生又继续说:“因为弗农少爷邀请的是你的孩子。是这样的,你陪孩子一起来,角色是监护人,这我了解,所以,如果你还有任何……呃……还有任何顾虑的话,我可以保证你的顾虑是多余的,因为厨房就在餐厅旁边。弗农少爷和你的孩子在餐厅用餐,而我们就在隔壁用餐。麦克森先生,这是弗农少爷的心愿。”最后一句话的口气听起来有点像祈求。

爸爸转头看看我,我耸耸肩。我看得出来他不喜欢这样的安排,而且,他好像有点按捺不住了。

“不过,既然你已经陪科里来了,”弗农把火车头放回轨道上,火车头立刻咔哒咔哒地跑起来,“那就留下来吃顿饭吧。”

“吃顿饭吧。”我对爸爸说。

“我相信晚餐你一定会吃得很愉快,关朵琳手艺很棒。”普里查德先生又补了一句。

爸爸两手交叉在胸前,看着轨道上的火车。“好吧,”他心平气和地说,“我相信一定会很愉快。”

“太好了!”弗农又笑了。这是真的笑得很开心。“就这样,西里尔,这里没问题了。”

“好的。”普里查德走出房门,顺手关上门。

“听说你是送奶员,对吗?”弗农问爸爸。

“是的,我在绿茵牧场工作。”

“绿茵牧场是我爸爸开的。”弗农从我旁边走过去,绕到桌子另一头检查电线接头,“就在那里。”他抬起一条瘦骨嶙峋的手臂,指向模型上牧场的方向。“下个月联合镇一家新的百货店就要开张了,这件事你们知道吗?就在那座新的购物中心里。已经快完工了。他们说那家百货店以后叫做超级市场,里面有一整个区都是卖牛奶的,而且都是用塑料罐装的。塑料罐,很难想象吧?”

“塑料罐?”爸爸哼了一声,“这倒没想过。”

“以后不管什么东西都会变成是塑料做的。”弗农说。他伸手到模型上把一栋房子扶正。“这就是未来。塑料,什么都是塑料。”

“我……我已经很久没看到过你爸爸了,弗农。昨天我问过多拉尔先生,今天又跟帕里什医生和斯沃普镇长谈到这件事。我甚至还跑到银行去问了几个人。已经有两三年了,没有人见过你爸爸。银行的人说,普里查德先生会去那里收重要文件,等穆伍德签过名之后又送回去。”

“没错,就是这样。科里,你喜欢这个奇风镇的全景模型吗?那种感觉就很像在天空翱翔,你不觉得吗?”

“是啊,弗农先生。”刚刚我正好也有同样的感觉。

“噢,不要叫我先生。叫我弗农就好。”

“从小我们就教他要尊重长辈。”爸爸说。

弗农一脸惊讶地看着他。“长辈?我不是跟他一样大吗?”

爸爸忽然没吭声，好一会儿才嘀咕了一句：“噢。”他口气中流露着警觉。

“科里，来，我们来玩火车好不好？”他站在一只控制盒前面。那盒子上全是旋转钮和按键。“特快车要来了！嘟嘟！”

我走到控制盒旁边，发现上面的机件很复杂，比分数除法还让人头疼。“要怎么按？”

“随便按，”弗农说，“就是这样才好玩。”

我迟疑了一下，开始转动旋转钮，压按键。这时，有些火车开始越跑越快，而有些则是越来越慢。火车头的蒸汽引擎开始冒烟，开始发出汽笛声，而信号灯也开始闪烁。

“穆伍德还在这里吗，弗农？”爸爸又问。

“他在休息，在楼上休息。”弗农全神贯注盯着火车。

“我可以去看看他吗？”

“他休息的时候不见任何人。”弗农说。

“那他休息到什么时候？”

“不知道。他整天都很累，根本没力气告诉我。”

“弗农，你转头看看我。”弗农转头面向爸爸，但眼睛还是看着火车，“穆伍德还活着吗？”

“活着啊，还活着啊。”弗农说，“活得好好的呀。”接着他皱起眉头，仿佛突然听懂了爸爸在问什么，“他当然还活着！不然你以为事业是谁在经营的？”

“说不定是普里查德先生在经营的。”

“我爸爸在楼上休息。”弗农特别强调休息那两个字，“你是送奶员还是警察？”

“我当然只是小小的送奶员。”爸爸说，“只不过有点好奇。”

“你也好奇过头了。科里！赶快加速。六号列车已经快误点了。”

我继续转动旋转钮。玩具列车飞快绕过弯道,在山岭间快速奔驰。

“你写的那篇湖的小说我很喜欢。”弗农说,“那就是为什么我会把湖漆成黑色,因为湖底隐藏着一个黑暗的秘密,对不对?”

“是的,弗农先——”说到一半我就停住了。我得赶快习惯直呼大人的名字。

“我在报上看过那篇新闻。”弗农弯腰凑近模型,伸手拉直山腰上一棵弯曲的树,然后,他往后退了一步,低头打量着整座模型。“凶手一定知道萨克森湖很深,所以,他一定是当地人,说不定就住在我们奇风镇的某一栋房子里。另外,据我所知,死者的身份一直查不出来,而且自从3月以来我们奇风镇也没有人失踪,这样看来,死者一定不是当地人。所以,一个是奇风镇的人,一个是外地来的人,那么,这两个人之间到底有什么关系?”

“这就是警长想查清楚的。”

“艾默里警长是个好人。”弗农说,“可惜,他不适合干警察。他自己一定很乐于承认。他没有那种猎狗的本能。就算线索摊开在他眼前,他还是一样看不到。”说着弗农忽然伸手搔搔肚脐下面的某个地方,然后歪着头。接着,他忽然走到一片黄铜墙板前面,关掉两个电灯开关。房间的灯忽然灭了,只剩下几间模型房子里露出微弱的灯光,还有玩具火车头的灯光照着前方的轨道。“那天一大早大概就像这样。”他的口气有点像开玩笑,“不过,要是我打算杀人,我一定会挑半夜或凌晨下手,这样才有时间把尸体丢进湖里,而且,那个时间十号公路上一定不会有车。那么,凶手为什么等到快天亮了才动手?”

“这我就想不通了。”爸爸说。

我继续压着控制盒上的按键,转盘上的灯光照亮了我的脸。

“那个人一定没有跟绿茵牧场订牛奶。”弗农推测,“因为他根本没有考虑到送奶员的工作时间,对吧?你知道我有什么看法吗?”爸爸没吭声。“我认为那凶手一定是个夜猫子。我认为他一直等到睡觉时间快到了才把尸体丢进湖里,然后才回家睡觉。所以我认为,如果你查得出我们镇上谁是夜猫子,而且不喝牛奶,那么,你就逮到凶手了。”

“不喝牛奶?你的推论是根据什么?”

“因为牛奶有催眠的效果,”弗农说,“而那个凶手不喜欢睡觉。要是他白天必须工作,他一定会喝很浓的咖啡。”

爸爸没反应,只是轻轻哼了一声。看不出来他是同意弗农的看法,还是觉得弗农傻得可怜。

这时普里查德先生又回到黑黢黢的房间。他告诉我们晚餐已经准备好了。于是弗农关掉玩具火车的电源,然后说:“来吧,科里,跟我来。”于是我乖乖跟在他身后,而爸爸则是跟在普里查德先生后面。过了一会儿,我们走进一个房间,里头摆了好几个铁甲武士,还有一张很长的餐桌,而餐桌两头各摆着一份餐具。弗农叫我自己选个座位,于是我就挑了那个面向铁甲武士的座位坐下。过了一会儿,关朵琳进来了,手上端着一只银托盘。于是,我们开始用餐了。这是我这辈子吃过的最奇特的一顿晚餐。

第一道菜是草莓汁,上面撒着香草松饼的碎屑。接着是意大利水饺和巧克力蛋糕。这两道菜装在同一只盘子里,另外还有一杯碳酸饮料锭泡成的柠檬汽水。弗农把整片的碳酸饮料锭放进嘴里,结果嘴里开始冒出绿色的泡泡。我看了忍不住笑了出来。接着,我们还吃了汉堡肉饼和奶油爆米花。最后的点心是一碗恶魔蛋糕糊,必须用汤匙舀起来吃。我吃这些东西的时候,心里有一种偷偷做坏事的兴奋感。妈妈要是知道我吃这种东西,一定会当场昏倒,因为整餐饭没有一样蔬菜,没有胡萝卜,没有甘蓝菜。我闻到厨房那边传来炖牛肉的香味,所以我猜爸爸吃的一定是大人的东西。我想,他可能不知道我是在怎么摧残自己的肠胃。弗农吃得很开心,边吃边笑。我们因为甜的东西吃太多,有点兴奋过度,于是就把碗里的恶魔蛋糕糊用舌头舔得干干净净。

弗农很想多了解我,问个不停。他问我喜欢做什么,有什么朋友,喜欢看什么书，喜欢看什么电影。他说他也看过《火星人入侵》。那是我们两个之间的默契。他说他曾经有一整箱的超级英雄漫画，可是他爸爸逼他拿去扔掉。他说他曾经有好几个书架的《哈迪男孩》冒险小说，后来他爸爸很不高兴，全部拿去扔在壁炉里一把火烧了。他说他曾经有很多漫画杂志，像是《野蛮医生》《泰山》《火星上的约翰·卡特》《影子侠》《怪谭》《少年世界》等等，可是他爸爸说弗农长大了，不能再看这种东西了，所以又是一把火全部烧成灰，或是埋到地底下。他说，要是有机会能够把那些东西全部找回来，他愿意付一百万。他说，要是我也有那些东西，一定要好好珍惜，一辈子留着，因为那些东西具有魔法般的神秘力量。

弗农说，那些具有神奇力量的东西一旦被火烧了，或是丢进垃圾桶，那么，那种神秘力量就永远失去了，再也回不来了。

"我不得不卷起裤管。"弗农说。

"什么?"我愣住了。后来我才知道，那句话的典故来自艾略特一首很有名的诗《普鲁佛洛克的情歌》，表达岁月流逝的无奈。

"我写过一本书。"他告诉我。

"我知道。我妈妈看过。"

"你长大以后想当作家吗?"

"也许吧。"我说，"我是说……要是我有能力的话。"

"你那篇故事写得很棒。我也写过小说。我爸爸说那是一种不错的嗜好，不过他也提醒我，别忘了有一天我必须承担起一切责任。"

"一切？什么一切?"我问他。

"我也不知道。他没告诉我。"

"哦。"我大概懂他的意思，"你为什么没有再写下一本书?"

弗农开口好像想说什么，但嘴巴忽然又闭上，愣愣地盯着自己的手。我注意到他手指上沾满了蛋糕糊，眼睛忽然亮起来。"因为我脑海中只有那本书。"他终于说，"我努力在寻找下一本，可是，不管我怎么努力也想不出下一本书要写什么。从前想不出来,现在也还是想不出来……我想,以后恐怕也永远想不出来了。”

“怎么会呢?”我问他,“你想不出别的故事吗?”

“我要说个故事给你听。”他说。

于是我等着他说故事。

弗农深深吸一口气,然后慢慢吁出来。他眼神有点涣散,仿佛挣扎着想保持清醒,可是却又昏昏沉沉地醒不过来。“从前有一个小男孩,”他开始说,“他写了一本书,书里描写的是一个小镇。是的,一个很像奇风镇的小镇。为了写那本书,那个男孩花了四年的时间一改再改,最后终于满意了。而在他写那本书的过程中,他爸爸……”说到这里他忽然停住了。

我等着他继续往下说。

“他……他爸爸……”弗农皱起眉头,仿佛拼命想理清思绪。“对了,”他说,“他爸爸说他根本就是个笨蛋。他爸爸从早骂到晚,骂他是笨蛋,骂他是白痴,不好好学学经营事业,却浪费时间写什么书。他爸爸说,把你养这么大,就是为了要让你继承家业,不是要让你浪费时间糟蹋自己的人生。你真是令我失望透顶。还有你妈妈,她在地下有知一定伤透了心,因为你辜负了她的期望。没错,当年你被大学退学的时候,她就已经伤透了心,所以她才会吞安眠药自杀。她就是你害死的。就是你。浪费了那么多钱,结果你竟然被退学了。早知道,那些钱还不如撒到窗户外面,让那些黑鬼和白种人渣去捡。”说到这里弗农猛眨了几下眼睛,表情显得很疲惫。“‘黑鬼’,那孩子说我们应该要有教养,不可以用这种羞辱人的字眼。你懂吗,科里?”

“我……我不太……”

“第二章。”弗农说,“四年,那孩子忍受了四年。他写了一本书,书中描写的是一个小镇,还有小镇上的人。因为有那些人,小镇才有了生命。说起来,那本书里并没有什么真正的情节,没有令人喘不过气的悬疑,也没有令人毛骨悚然的惊悚。然而,那本书描写的是生命,是人生。那些你曾经有过的欢乐与悲伤,你曾经听过和说过的话,还有生活中的点点滴滴,这一切组成了你的记忆,构成你的人生。人生就像河流一样蜿蜒,缓缓奔流,你永远不知道自己将流向何方,直到最后那一天。然而,那段旅程却是甜蜜而深沉的,你会希望人生可以绵延无尽,直到永远。从某个角度来看,少年岁月终究会有结束的一天,但你的人生旅程却还是会继续走下去。"他那茫然的双眼仿佛望着不知名的远方。我注意到他那沾满巧克力糊的手指忽然紧紧掐住桌缘。"后来,那孩子终于找到一家出版公司。"弗农又继续说,"那可是真正的出版公司。在纽约。你知道吗,那里就是书的世界的中心。他们在那里出版成百上千的书,每本书都像一个孩子,而每个孩子都不一样,都是独一无二的。有的孩子一帆风顺,平步青云,而也有些孩子却是历尽坎坷。但无论如何,它们都是从那里出发,走向世界。后来,那孩子接到一通从纽约打来的电话,他们说他们想出版他的书,不过,他们考虑要变更那本书的部分内容,让那本书变得更好。那男孩很开心,很骄傲,所以他答应了。他希望那本书能够尽可能十全十美。"弗农的眼神还是那么呆滞,仿佛在虚无缥缈的空中搜寻什么画面。

"所以,"弗农忽然越说越小声,"那男孩收拾好行李,准备出发。而他爸爸一直骂他是笨蛋,说他最后的下场一定是爬着回家,到时候他就会后悔当初没听爸爸的话。那天,男孩的态度忽然变得很激烈,他告诉他爸爸他宁愿死在外面也不会回家,说下次再见的时候一定是在地狱。于是,他从奇风镇出发,搭巴士到伯明翰,然后再从伯明翰搭火车到纽约。后来,他走进纽约一栋大楼,走进一间办公室。他渴望知道自己的孩子未来的命运是什么。"

说到这里弗农又停住了。他捧起桌上的碗,努力想把碗里的东西舔干净。"然后呢?"我忍不住追问。

"他们告诉他,"他淡淡笑了一下,笑得十分苦涩,"他们告诉他,出版也是一种生意,跟别的生意没什么两样。他们也是要看报表,看曲线图,墙上一样贴满了数据。根据研究,今年读者想看谋杀推理小说,而你们小镇是一个很不错的背景。他们说,谋杀推理小说读起来惊心动魄,比较能够吸引读者。他们说,现在的书还得面对电视的竞争。从前大家比较有时间读书,可是现在不一样了。报表和曲线图已经充分证明大家喜欢看谋杀推理故事。他们说如果男孩能够在那本书里添加谋杀推理的素材,那么,他们出版的时候就会把男孩的名字印在封面上。他们说,添加谋杀素材并不难,一点都不难。另外,他们不喜欢《月亮镇》这个书名。他们说那个书名没有吸引力。他们问男孩会不会写冷硬派推理,他们说今年他们出版社需要一位冷硬派推理作家。"

"结果他真的答应了吗?"我问。

"噢,答应了。"弗农点点头,"他答应了。不管他们叫他做什么,他都乖乖答应了。因为就差那么一点点了,就差那么一点点,他就可以尝到成功的滋味。而且他知道爸爸正等着看好戏。所以他答应了。"弗农又笑了一下,笑得悲哀而苦涩。"只不过,他们错了。他们说改编故事一点都不难,真是大错特错。因为那真的好难,好难好难。那男孩在旅馆租了一个房间,开始改编小说。旅馆……他身上带的钱只住得起旅馆。他租了一台打字机,在那个破破烂烂的小房间里开始工作。那间旅馆,还有那个城市,仿佛散发出某种无形的力量渗透进他的脑海中,然后透过他的指尖,透过打字机,渗透到那本书里。后来有一天,他忽然发现,他已经不知道自己身在何处了。他迷路了,可是却看不到任何路标可以为他指引方向。在那间旅馆里,他听到有人在哭,看到有人受伤害,渐渐地,他感觉仿佛有一只无形的手抓住了他的心脏,越抓越紧,越抓越紧。到后来,他只想赶快把那本书写完,赶快逃得远远的。夜深人静的时刻,他仿佛听得到爸爸在嘲笑他,你这个笨蛋,你这个小白痴,当初你根本就不应该答应改编这个故事。谁叫你一开始不坚守自己的原则?其实,爸爸一直躲在他脑海中。当初离开奇风镇到纽约来的时候,爸爸一直都阴魂不散,潜伏在他的脑海中。"

弗农忽然用力闭上眼睛，露出痛苦的表情。过了一会儿，他又睁开了眼睛，但我注意到他的眼睛已经红了。“那小男孩，那个傻瓜小男孩，他拿了出版公司给他的钱，然后就跑了，跑回小镇，跑回那静谧安详、山岭环抱的故乡。回到那里，他才有办法静下来思考。后来，那本书出版了，上面真的印着小男孩的名字。然而，当他看到那本书的封面时，他忽然明白他出卖了自己的孩子，他忽然明白他把自己的孩子打扮得像妓女，结果，只剩下那些渴望丑恶的人才会找上他的孩子。他们只想玩弄她，纵情之后就把她丢到一边，因为世上像她这样的妓女太多了，而她的灵魂早已残破不堪。而那个小男孩……这一切都是那小男孩一手造成的。那个贪心邪恶的小男孩。”

他的声音忽然变得很嘶哑，最后一句仿佛是哀号出来的，吓了我一跳。

弗农忽然伸手掩住嘴巴，过了一会儿，他手放下来的时候，我看到一丝唾液沿着他的下唇往下淌。“那小男孩……”他说得好小声，“那小男孩很快就发现……那本书失败了。他很快就发现了。他打电话给出版公司，他说，只要能够挽救那本书，不管做什么他都愿意。结果出版公司说，我们手上有报表和曲线图，墙上有统计数字，事实已经摆在眼前。他们说，大家已经厌倦谋杀推理小说。他们说，现在大家想看不一样的东西。不过，他们也说，他们还是想出版他的下一本书。他们说，只要他能够写出不一样的东西，他还是很有前途的。他们说，你还年轻，你还可以写出很多书。”他抬起手，用手背擦擦嘴，动作好慢，仿佛很吃力。“他爸爸等的就是这一天。他一直冷笑，一直冷笑，一直冷笑。他感觉爸爸的脸仿佛突然变得像太阳一样又大又热，每当他抬起头来看爸爸就觉得好刺眼，几乎快张不开眼睛。他爸爸对他说，你没资格穿我的鞋子，鞋子是我买的。没错。你的衣服也是我买的，裤子也是我买的。你不够资格穿我花钱买的任何东西。你根本就是个失败者，下半辈子永远都是失败者。他爸爸说，要是今天晚上我睡着以后没有再醒过来，那就是你害的。要是我死了，那完全是因为你失败了。那小男孩站在一楼的楼梯口。他一直哭，一直哭。他对他爸爸说，你去死吧。我会祈求上帝让你赶快死掉。你这个……卑鄙下流的王八蛋。”

最后那句咒骂听起来真是惊心动魄。我注意到他的泪水夺眶而出，呻吟了一声，脸上因痛苦而扭曲，仿佛有一把锐利的矛刺进他心头。他的模样很像我在《国家地理杂志》上看到的一幅裸体圣人画像。一滴泪水沿着他的脸往下滑，挂在他的下巴。接着，又有一滴泪水滑落到他的嘴角，被巧克力蛋糕的碎屑缠住。

“噢……”他的声音变得嘶哑而微弱，“噢……噢……上帝啊！”

“弗农少爷？”我忽然听到背后有人叫了他一声。那声音很轻柔，可是口气很坚定。普里查德先生不知什么时候已经走进了餐厅。弗农没有转头看他。我不由自主地站起来，但普里查德先生忽然说：“科里少爷？先不要起来。”于是我又乖乖坐下。普里查德先生从门口走过来，站到弗农背后，伸手轻轻拍拍弗农的肩头。“弗农少爷，该准备下餐桌了。”他说。

全身赤裸的弗农毫无反应，一动也不动。他眼神茫然呆滞，毫无生气，只剩满眶泪水。

“少爷，该去睡觉了。”普里查德先生说。

弗农的声音忽然变得好遥远，好空洞，“我还会醒过来吗？”

“当然会，少爷。”普里查德继续拍着弗农的肩头，那姿态仿佛有一种父亲的慈祥，“该跟客人说声晚安了。”

弗农转头看看我，那眼神仿佛从来没见过我，仿佛我是一个闯进他家里的陌生人。但过了一会儿，他眼中忽然又露出生气。他吸吸鼻子，又露出孩子般的笑容。“轨道上有灰尘，”他说，“要是灰尘积得太厚，火车可能会脱轨。”这时他脸上忽然闪过一丝阴影，但很快又消失了。“科里。”他又对我笑起来，“谢谢你今天晚上过来陪我吃晚餐。”

“哪里，先——”

他立刻举起一根手指制止我。“叫我弗农。”

“弗农。”我说。

接着他站起来，我也跟着站起来。普里查德先生对我说："你爸爸在门口等你。等一下从餐厅出去之后向右转，沿着走廊一直走就会走到门口。你们先到车子旁边等我几分钟，我马上就去开车送你们回家。"普里查德先生搀住弗农的手肘，扶着他走向门口。弗农走路的模样感觉好苍老。

"这顿饭吃得真开心！真好吃！"我对他说。

弗农嘴角泛起一抹微笑，但很快又消失了，仿佛一闪而逝的霓虹灯。"科里，你一定要继续写。祝你有光明的前途。"

"谢谢你，弗农。"

他点点头，露出满意的表情，仿佛很高兴可以跟我见面。走到餐厅门口的时候，他忽然又停下脚步，"你知道吗，科里，有时候我会做一个很奇怪的梦。我梦见自己大白天在街上到处走来走去，身上什么衣服都没穿。"他忽然笑起来，"一丝不挂哎！你想象得到吗？"

我不知道自己有没有笑出来。

然后弗农就乖乖让普里查德先生扶他走出去。我转头看看杯盘狼藉的餐桌，忽然觉得胃有点怪怪的。

我轻而易举地就找到了前门，爸爸正在那里等我。他对我笑了一下。看他的表情，他一定不知道我刚刚听了一个惊心动魄的故事。"聊得开心吗？"我敷衍了他几句，而他也没有再继续追问。"他没有对你怎么样吧？"我点点头。爸爸显得很愉快，因为他吃了一肚子的炖牛肉，而且发现弗农没有伤害到我。我们一步步走向那辆长长的黑礼车，他边走边问我："这房子挺漂亮的，对吧？像这样的房子……不用想也知道一定贵得难以想象。"

我确实想象不出来，不过我知道，那种沉重的代价不是一般人承受得了的。

我们站在车子旁边等。过了一会儿，普里查德先生走出来了，开车送我们回家。

4 五雷的怒火

星期一早上，我发现魔女对我已经失去兴趣了。现在她眼里只有拉德·迪瓦恩。她那可怕的手指已经有了新目标，不再瞄准我脖子后面。这都是那张生日卡的功劳，再加上拉德不知死活公然宣称那张生日卡是他送的。拉德上高中之后一定会成为橄榄球明星，不过前提是，他必须能够活到上高中。在那之前，他会有很多机会练习闪躲逃命。

魔女过生日这件事还有最后一个小插曲。下课的时候，魔女坐在一边盯着拉德。拉德正要走过橄榄球场去找巴尼·卡拉威。我走到她旁边，问她生日宴会好不好玩。她瞥了我一眼，仿佛我是个隐形人。“噢，挺好玩的。”她说。她的视线又回到我们那位未来的橄榄球明星身上。“我们家的亲戚都来了，大家一起吃蛋糕，吃冰淇淋。”

“有人送你礼物吗？”

“嗯哼。”她又开始咬指甲了。她的指甲好脏，头发干枯油腻，像一团乱草，把脸都遮住了。“我爸妈给我一套护士用品玩具，格蕾塔姑妈送了我一双她自己织的手套，我表姐奇利送了我一个干花做成的花环，可以挂在门口当平安符。”

“那真不错，”我说，“那真——”

本来我已经要走开了，但那一刻我忽然两脚钉在地上无法动弹。她刚刚提到一个名字。

“奇利？”我迫不及待地追问，“她姓什么？”

“珀塞尔。不过那是她娘家的姓。她已经嫁人了，嫁给了一个浑球，已经生了一个小孩。”她叹了口气，“噢，对了，拉德真是帅呆了，你说对不对？”

我觉得上帝真的挺有幽默感的，偶尔还会帮我找替死鬼。

9 月过去了，10 月到了。有一天早上，我忽然发现群山已经染上了一片金黄色，一片红艳，仿佛魔法师魔杖一挥，森林一夕之间变色。下午的时候天气还是很热，不过早上却已经开始有点凉飕飕的，必须穿毛衣了。现在是秋老虎的季节，你会看到杂货店的篮子里，已经有紫色或红色的玉米出售了，人行道上偶尔会散落几片枯叶。

我们这个年级要上看东西说故事的课，意思就是，每位同学都要带某种很特殊的东西到课堂上，说明给大家听。我带了一本《怪兽世界》杂志到课堂上。我相信，老铁胏一看到这种东西，一定会当场像烟火一样开花，而我则会变成班上受压迫的苦难同胞的英雄。戴维·雷带来的是海滩男孩那张《我要自由》专辑唱片，还有一张电吉他的照片。他希望有一天他爸妈能够付得起学费，这样他就可以去学弹电吉他了。本带来的是一枚当年南方联盟的钱币，而约翰尼带来的是他搜集的箭头。那些箭头收在一只放钓具用的铁盒里。铁盒里有好几个小抽屉，而每个箭头都用棉花球包着，分别摆在不同的小抽屉里。

那些箭头真的很壮观，有大有小，有的很粗糙，有的很光滑，有的亮晶晶的，有的黑黢黢的。看到那些箭头，你会不由自主地联想到很久以前那个时代。当年，奇风镇还只是一片蛮荒未知的森林。当年，每到夜里，你唯一看得到的光，就只有印第安人部落的营火。当年，奇风镇还没有出现，可能只有印第安人的巫医陷入出神状态时才看得到未来的奇风镇。约翰尼是我在小学二年级那年认识的，当时他就已经开始收集箭头了。当时我们这些小孩都还只会玩捉迷藏，对所谓的历史根本毫无兴趣，而约翰尼却已经很热衷于收集箭头。当时他踏遍森林小径，跑遍大大小小的溪流，到处寻找那些象征历史遗迹的小箭头，到现在已经收集了上百个。他把那些箭头清洗得干干净净，然后收在钓具盒里。不过，他坚决不肯用虫胶清洁剂，因为那对打造箭头的人是一种侮辱。我想，每到夜里，他一定常常躲在房间里，拿出那些箭头，脑海里幻想着两百年前亚当谷的景象。不知道他有没有想过，两百年前，说不定印第安部落里也有四个像我们一样的死党，他们每个人都有一只狗，一匹小马。他们住在同一个村子里，住在帐篷里。他们也常常在一起聊着生活中的点点滴滴，还有学校里那些乱七八糟的事。我没问过他，不过，我猜他应该想过。

其实在上那堂课之前，我已经提心吊胆了好几天，因为我不知道魔女会拿出什么骇人听闻的东西。到了那天早上，我和几个死党趁上课钟还没响之前约在老地方碰面。所谓老地方，就是操场的攀爬架旁边。铁栅栏围墙旁边停了几十辆脚踏车，每辆车都用铁链锁在栅栏上。我们的脚踏车也停在那边。早上有点凉，但天气很晴朗，于是我们坐在地上晒太阳。“打开嘛，”本对约翰尼说，“打开让我们看看嘛。”

其实根本用不着本催，约翰尼很快就自己打开了盒盖。虽然他把那些箭头当成稀世珍宝，保管得小心翼翼，但他绝不吝于和朋友分享他的神奇宝贝。“这个是上星期六找到的。”他打开一团棉球，拿出一个灰白的箭头摊在阳光下。“看得出来这个箭头是赶工做出来的。你们看，边缘很粗糙，而且不均匀，看到没有？他没有花很多时间。他只是急着把箭头赶快做出来，拿去打猎填饱肚子。”

“嗯。而且从它的尺寸，我敢说这个箭头只射中过地鼠。”戴维·雷说。

“说不定他射箭技术很烂。”本说，“说不定他自己心里明白，他可能什么东西都射不中。”

“有可能。”约翰尼说，“说不定他只是个小男孩，说不定那是他做的第一支箭。”

“假如我也跟他一样，靠射箭打猎填饱肚子，”我说，“我可能很快就会饿死。”

“你收集的箭头还真不少。”本似乎很想伸手去翻翻那只铁盒，但他很尊重约翰尼，不会随便碰他的东西。“有没有哪个箭头是你最喜欢的？”

“有啊。就是这个。”约翰尼从铁盒里挑出一团棉球，慢慢打开，让我们看里面那个箭头。

那个箭头是黑色的,表面很平滑,几近完美无缺。

我立刻就认出那个箭头是哪儿来的。

就是那天我们到森林去露营的时候,戴维·雷无意间捡到的。

“真漂亮。”本说,“好像上过油对不对?”

“那倒没有,只是不久前我刚洗干净。不过,看起来确实很亮。”他用手指搓搓那个箭头,然后放到本的手掌心。“你摸摸看。”约翰尼说,“几乎没有半点磨损。”

本看过之后,把箭头递给戴维·雷,然后戴维·雷又递给我。箭头上有一个小缺口,但放在手上却感觉不出来。你会感觉箭头自然而然地紧贴着你的皮肤,几乎和你的手融为一体。“不知道这个箭头是谁做的。”我说。

“是啊,我也很想知道。虽然不知道是谁做的,但可以确定的是,他花了很长时间,做得很用心。他想做的,不是普通的印第安人箭头。他想做出一个一流的箭头,一个可以射得很远的箭头。对他们来说,箭头就像钱一样,而且那会显示出你用心的程度。看你做的箭头,就知道你是不是一个好猎人。或许,你必须做过无数普通箭头,累积无数经验之后,才做得出那种东西。而且,很可能你必须有很多空闲的时间才做得出那种箭头,而且一辈子也做不出几个。我真的很想知道是谁做的。”

约翰尼似乎很在意箭头的来历。“一定是酋长做的。”我说。

“酋长? 真的?”本忽然睁大眼睛。

“他又要编故事了。”戴维·雷说,“从现在开始他的话不能随便相信。”

“一定是酋长!”我口气很坚定,“绝对是酋长,而且他是部落里有史以来最年轻的酋长! 他大概只有二十多岁,而且,他爸爸也是酋长!”

“噢,天哪!”戴维·雷收起双腿,膝盖缩到胸口,脸上露出一种狐疑的笑容。“科里,要是有人举办吹牛比赛,你铁定是第一名。”

约翰尼微微一笑,不过他的眼神显得很热切。“继续说啊,科里。说给大家听听。他叫什么名字?”

“很难说。他应该叫……飞鹿。我——”

“不行!”本说,“那是印第安女孩的名字! 你应该帮他取一个……呃……战士的名字。比如说大雷云!”

“干脆叫大屁股好了!”戴维·雷咯咯笑起来,“就像你一样,本!”

“他叫雷神酋长。”约翰尼说。戴维·雷和本两人吵来吵去,他根本懒得理会。他眼睛看着我。“不对。应该叫五雷酋长。因为他个子很高,皮肤黝黑,而且——”

“而且有点斜视。”戴维·雷补了一句。

“而且脚是弯的,有点畸形。”约翰尼最后又说了一句。戴维·雷笑不出来了,因为约翰尼的脚有先天的畸形。

我没吭声。那个箭头在我手上闪闪发亮。

“说嘛,科里,”约翰尼轻声催了我一下,“说五雷酋长的故事给我们听。”

“五雷酋长。”我想了一下,开始在脑海里编故事。我手上抓着那个打火石做成的箭头,用力捏一下,然后放开,再捏一下,然后又放开。“他是彻罗基族的印第安人。”

“不对,是克里克族。”约翰尼纠正我。

“好,克里克族。他是克里克族的印第安人。他爸爸也是酋长,可是有一次去打猎的时候受伤死了。那次他是去猎鹿,不小心从岩石上摔了下来。族人发现了他的尸体,当时他已经奄奄一息,不过,他告诉儿子,他看到了雪灵。没错,他看到了。当时他距离雪灵很近很近,能清楚看到雪灵全身的白毛,还有那像树一样巨大的鹿角。他说,只要雪灵在森林里好好活着,这个世界就会很正常,不过,万一有人杀了它,世界就会毁灭。说完他就死了。于是,五雷继承他爸爸成为了酋长。”

“当酋长不是要先接受族人挑战吗? 打败了对手才能当酋长不是吗?”戴维·雷问。

“嗯，当然要！”我说，“这个大家都知道。族里很多勇士都认为自己有资格担任酋长，所以他必须和他们决斗。他生性爱好和平，不喜欢争斗，然而，当争斗无可避免的时候，他还是会勇敢迎战。他自有分寸，不会好勇斗狠，但也绝不畏缩。不过，他可不是没脾气。那就是为什么大家不叫他一雷或二雷，而是称呼他五雷。他很少发脾气，不过，一旦他发起脾气——那你就要小心了！他发起脾气来，就像五道雷电同时劈到你头上一样。”

“上课钟快响了。”约翰尼说，“赶快说，后来怎么样了？”

“他……呃……他当了很久很久的酋长，一直到他六十岁。后来，他儿子明狐也继承他担任了酋长。”我转头看看学校大门，看到很多学生陆陆续续走进学校。“可是五雷始终是族人心目中最伟大的酋长，因为他努力和别的部族维持和平，从来没有战争。他死了以后，族人把他最好的箭头遍撒在森林里，希望一百年后，后代的族裔有人会发现这些箭头。他们把他的名字刻在一块岩石上，然后火化了他的尸体，把他的骨灰埋在印第安人的秘密墓园里。”

“真的？”戴维·雷又露出狡猾的笑容，“在哪里？”

“我不知道。”我说，“那是秘密。”

他们有点失望地嘀咕了一声。这时上课钟响了，该进教室了。我把五雷的箭头还给约翰尼。他用棉花球包起来，收进钓具盒。然后，我们站起来，穿过操场跑向教室。操场是一片沙地，我们跑过去的时候扬起漫天沙尘。快到教室门口的时候，约翰尼忽然说：“说不定真的有五雷酋长这样的人。”

“当然有！”本忽然说，“科里不就是这样说的吗？”

戴维·雷鬼叫了一声，但我知道他不是故意的。在我们这个小团体里，他扮演某种特定的角色——负责嘲笑别人，跟别人唱反调。这个角色他胜任愉快。我了解戴维·雷真正的天性。多亏了他，五雷酋长才会变成一个有血有肉的人物。

这时我听到拉德·迪瓦恩大叫了一声:“你不要过来!不要碰我!那些松鼠头恶心死了!赶快拿走!”接着我听到几个女孩子尖叫起来,然后有人大叫:“噢,天啊!”好戏上场了,魔女开始发威了。

正如我所料,《怪兽世界》杂志里那些电影怪兽果然惹毛了老铁肺。她大发雷霆,那种气势,就连五雷酋长都要自叹不如。老铁肺不断逼问,问我爸妈知不知道我在看这种垃圾杂志。接着她开始长篇大论,说我们这个世界快完蛋了,规矩,礼貌,思想,教养,这些美好的特质已经快被摧毁了,世界快完蛋了。她问我为什么不多看一些有益身心的书,偏偏要看这种垃圾?而我也只能乖乖坐在那里听她训话。然后,轮到魔女了。她打开鞋盒,掏出里面的东西——几个松鼠头,上面全是蚂蚁,眼眶里插着牙签,上面串着眼球。老铁肺当场吓得花容失色,落荒而逃,哀声惨叫跑回教师办公室。

到了下午三点,下课钟响了,我们飞也似的冲出校门。一天又过去了。我们隐隐约约听到老铁肺发出嘶哑的哀号声。下午的太阳晒在身上还是热辣辣的,成群的学生争先恐后地冲到操场,扬起漫天沙尘。他们自由了。就像平常一样,戴维·雷又在捉弄本。约翰尼把钓具盒放在地上,然后动手解开脚踏车上的铁链。而我也蹲到火箭旁边,开始拨转轮子上的数字锁。

就在那时,事情发生了。意外永远令人措手不及。

他们从茫茫的沙尘中冲出来。其实他们还没出现之前,我就已经有不祥的预感。我忽然感觉脖子后面汗毛直竖。

“你看,那四个娘娘腔。一个都没少。”有人开炮了。

我立刻转头去看。我记得那个声音。戴维·雷和本本来也正在解轮子上的铁链,结果一听到那个声音,两个人立刻动弹不得。约翰尼也抬起头看向他们,眼中露出恐惧的神色。

“看到没有,他们在那里。”戈萨·布兰林说。戈多在他旁边,他们笑得很狰狞。“看起来好可爱,你说对不对啊,戈多?”

“是啊。”

“这是啥玩意儿?”戈萨忽然抢走我手上的杂志。被他这样一扯,杂志中间装订的地方裂开了。封面那个吸血鬼德古拉伯爵仿佛被他们激怒了,龇牙咧嘴地咆哮起来。“你看看这什么鬼东西!”戈萨叫了他弟弟一声。戈多看到杂志里有一张女机器人的图片,忽然大笑起来。“你看,连奶头都有呢!”戈多大叫了一声。“给我!”他伸手去抢那页图片,但戈萨却不肯放手,结果两个人扯来扯去,那一页被他们扯成两半。戈萨抢到了大半页——有女机器人胸部的那半页。那页图片被他揉成脏兮兮的一团塞进牛仔裤口袋里。戈多大骂了一声:“臭小子,给我!”然后他伸手去抓那本杂志,而戈萨当然死也不肯放手。转眼之间,装订线最后那几根钉书针也松脱了,整本杂志全散了。于是,杂志里那些英雄和坏蛋,那些黑暗世界与光明世界交战的影像,全都随着漫天沙尘四散飘飞。“都被你扯烂了!”戈萨气得大吼一声,狠狠推了戈多一下。由于力道太猛,戈多被他推得整个人摔倒在地上,嘴巴甩出一条长长的唾液。接着,戈多猛然坐起来,气得满脸通红,眼中喷出熊熊怒火,但戈萨立刻跨到他身上,抡起拳头狠狠瞪着他。“来啊! 你试试看啊!”戈萨大吼,“来啊!”

戈多坐在地上没动。他手上抓着一张图片,上面是金刚大战巨蟒的画面。原来这两个怪兽般的兄弟也会起冲突,也会自相残杀。戈多表情很凶狠。一般的小孩子被人这样用力推打,多半都会哭出来。但我不难想象,布兰林两兄弟在家里是不准掉眼泪的,所以,他们都是把泪水吞进肚子里,而那些泪水渐渐化为满腔怒火,于是,戈萨和戈多的人格也就渐渐扭曲了。他们就像两头被关在笼子里的野兽,永远逃不出去。不管他们如何奋力挣扎,不管他们脚踏车骑得有多快,他们始终逃不出那个心灵的牢笼。

如果有机会,说不定我还会同情他们,只可惜他们根本不给我机会。只听到戈萨忽然大喊了一声:“这是什么?”然后他忽然把地上那只钓具盒提起来了,约翰尼根本来不及反应。接着,戈萨扳开盒盖上的扣环,那一刻,约翰尼立刻倒吸了一口气,喉咙发出咯的一声。戈萨那双大手伸进盒里乱翻乱搅,扯开那些棉球,动作很粗暴。“嘿,天哪!”他对戈多说,“你看这个小杂种藏了什么东西! 一大堆箭头呢!”

“求你们放过我们行不行?”戴维·雷忽然说,“我们又没有碍到你——”

“闭上你的臭嘴! 猪头!”戈萨对他大吼了一声,然后戈多忽然笑出来。这两兄弟好像忽然忘了刚刚还在吵架,他们开始把盒子里的箭头一个个拿出来,抓在手上捏一捏,摸一摸。看他们那德性,我简直不敢想象布兰林家吃晚饭的时候是什么场面。

“那是我的东西。”约翰尼忽然说。

长久以来,布兰林兄弟一直都是横行霸道,根本不理你说什么,现在当然也还是一样。“那是我的东西。”约翰尼又说了一次。他满头满脸都是汗。

这时候,约翰尼那种异样的口气忽然引起戈萨的注意了。他抬起头来看看约翰尼。“小杂种,你刚刚说什么?”

“那些箭头是我的。还……还给我。”

“嘿,你看,他叫我们还他呢。”戈多得意洋洋地大叫一声,“你这臭娘娘腔,想找麻烦吗?”戈萨右手抓了满满一把的箭头。“你是不是又想去找警长哭诉,然后警长就会去找我爸爸,然后我爸爸就会很不高兴,然后就会找我们麻烦,是不是?”

戈萨故意东拉西扯,想转移焦点,但约翰尼并没有上当。“还我。”他说。

“嘿,戈萨! 这小杂种叫我们把箭头还给他!”

“喂,你们——”我才刚开口,戈多不知什么时候已经冲到我面前了。他一把抓住我衣领,把我压在栅栏上。

“臭娘娘腔,”戈多咂咂嘴,“臭娘娘腔。”

这时我看到火箭车头灯里忽然又出现那只金色的眼睛。它在衡量眼前的情势。但那只是短短的一瞬间，那只眼睛很快又消失了。

“要箭头是不是，在这里呢，小杂种。”说着戈萨忽然把手上那些箭头用力扔了出去，远远丢到了操场的另一头。约翰尼忽然浑身发抖，那模样仿佛突然被一阵狂风扫过。接着，他看到戈萨的手又伸进钓具盒里，掏出一把箭头，然后又用力一扔，仿佛在扔石头。

“娘娘腔，娘娘腔，娘娘腔！”戈多嘴里嘀咕着，手臂架在我脖子上。他在流鼻涕，身上散发着机油味，还混杂着一种烤肉烧焦的怪味道。

“你放手！”我嘶哑地叫了一声。他嘴里呼出来的气，味道也很难闻。

“呼呜——呼呜——！”戈萨一边丢箭头，一边开始学印第安人尖叫，“呼呜——呼呜！”

“够了！”戴维·雷叫了一声。

这时戈萨忽然摸到那个很特殊的箭头。那个光滑黑亮、完美无瑕的箭头。就连戈萨都感觉得到那箭头很特别，因为他忽然停止了动作，拿到眼前仔细看了一下。

“不要。”约翰尼的声音有点像在哀求了。

那个黑箭头所隐藏的五雷酋长的力量，或许戈萨也感觉到了，但那只是短短的一瞬间。他很快又把手臂往后拉，然后把那个箭头丢向半空中。箭头飞得好高，最后落在垃圾箱旁边的杂草堆里。我听到约翰尼呻吟了一声，仿佛被人打了一拳。

“好不好玩啊，小杂——”他话都还没说完，只见人影一闪，约翰尼已经跳到他面前，拳头猛力一挥，在半空中画出一团模糊的影子，正中戈萨的下巴。

戈萨身体摇晃了几下，眨了几下眼睛，整张脸痛得扭曲起来。接着，他伸出舌头，我注意到他的舌头流血了。他把那只钓具盒往旁边一扔，然后大叫了一声：“臭杂种，你死定了！”

“揍死他，戈萨！”戈多在旁边大叫。

约翰尼实在不应该动手打架。我心里明白,而且我相信他自己也知道。上次他已经被布兰林兄弟打成重伤送进医院,到现在偶尔还是会晕眩。更何况,戈萨的体型实在比他高大太多。“赶快跑,约翰尼!”我大叫一声。但他好像根本没打算要跑。

戈萨冲到他面前,拳头用力一挥打在约翰尼肩上,然后又是一拳打向他的脸。但约翰尼很巧妙地闪过了那一拳,然后一拳打在戈萨肋骨上。

“打啊! 打啊!”操场上还有几个学生没走,他们开始吆喝起来。

我用尽全身的力气推开戈多,他倒退了好几步,伸出一只手想抓住什么东西稳住身体。结果,他抓到了火箭的把手。“哎哟!”他惨叫一声,手立刻抬到面前看了一下。我注意到他手掌上虎口的部位在流血。“有东西咬我!”我猜他可能被把手上的螺丝钉割到,要不然就是被什么尖锐的东西刺到。不过,事后我仔细检查火箭的把手,发现上面并没有螺丝钉凸出来,也没有什么尖锐的地方。戈多忽然转身踹了火箭一脚,那一刻,我仿佛听到五雷酋长在召唤我。

他对我说:够了,该还手了! 我相信约翰尼一定也听到了。

挥拳头打人,我根本不是那块料,不过,如果戈多想跟我比赛谁的脚比较会踢,那我倒还可以奉陪。我往前跨了几步慢慢逼近他,脸上在流血。接着,我对准他的小腿用力踹了一下,他立刻惨叫一声,抬起那条腿,单脚跳来跳去。约翰尼和戈萨两个人扭打成一团在地上翻滚,扬起漫天沙尘,只见拳头起起落落。戴维·雷和本两个人在旁边等着看。他们已经准备好,只要一看到戈萨骑到约翰尼身上准备打他,他们立刻就会扑上去。但没想到,约翰尼居然挺得住。他满地翻滚,缠斗不懈,脸上全是汗水,沾满了泥沙。戈萨揪住约翰尼的头发,但他很快就挣脱了。接着,约翰尼下巴被戈萨打了一拳,但他居然面不改色,好像一点都不痛。然后,约翰尼开始疯狂地挥拳反击,一拳接着一拳,拳头有如雨点般落在戈萨身上。此刻,约翰尼浑身散发出一种不可侵犯的威严,一种不顾一切的斗志。戈萨被他打得连连退缩,痛得哀号起来，浑身蜷曲成一团。“打啊！打啊！”旁边那些学生开始呐喊助威，他们聚拢过来，把约翰尼和戈萨围在中间。他们正在地上扭打翻滚。

但没想到，戈多竟然没去帮他哥哥，而是右手拿着一根棍子跑来追我。

我可不想被打得脑浆迸裂，也不想看到火箭被打成一团废铁，于是我立刻跳上车飞也似的骑走。我拼命想拉开一段距离，因为我以为戈多不会来追我，然后我就可以掉头用最快的速度冲向他，撞掉他手上那根棍子。但我错了。戈多立刻跳上他那辆黑色的脚踏车，使尽全力骑过来追我。他丢下他哥哥自己一个人和约翰尼继续打。

我来不及叫本和戴维·雷来救我，而且，那群看热闹的学生吆喝得很大声，就算我喊他们，他们可能也听不见。于是我又立刻掉头，骑着火箭拼命往远处冲，希望能够甩掉戈多。戈多在我后面骑着脚踏车全力冲刺，冲过操场，冲出栅栏的大门，骑上人行道。后来我转头一看，看到戈多速度越来越快。他两腿使尽全力踩踏板，整个人往前倾，脖子伸得长长的，头伸出到脚踏车把手前面。接着，我打算转弯骑回操场找本和戴维·雷帮忙。

但没想到，火箭竟然不听使唤。

火箭执意向前，不肯让我转动把手。我没办法，只好沿着弯弯曲曲的人行道继续往前骑。这时候，怪事发生了。

火箭的脚踏板开始越转越快，快到我的脚几乎踩不住。事实上，我的鞋子一直从脚踏板上的套子里滑出来，滑掉了好几次，但车子速度却越来越快。链条带动齿轮高速运转，发出一种充满力量的尖锐的嘶嘶声。

火箭一路往前冲，而我根本使不上力，只能紧紧抓住把手，那种感觉仿佛骑在野马背上。速度越来越快，风声在我耳边呼啸。我转头看看背后，看到戈多还是紧跟在我后面，有如穷追不舍的死神。

我知道他不活活剥了我的皮是绝不会罢休的。

至于操场那边，戈萨挣扎着站起来，抡起拳头要打约翰尼，但还来不及出手就被约翰尼一脚踹上膝盖，立刻又倒下去。围观的学生兴奋得大喊大叫。这时戴维·雷和本才想到要找我。他们转头一看,发现火箭不见了,而且戈多和他那辆黑色的脚踏车也不见了。

“噢,糟了!”本叫了一声。

戈多的脚踏车速度很快,全奇风镇大概没有任何脚踏车会比它更快。只不过,火箭可不是普通的脚踏车。火箭迅如闪电,敏捷如美洲豹。我有点提心吊胆,万一齿轮上的链条脱落了,后果将不堪设想。有个人在人行道上清扫落叶,两个太太在庭院里聊天,我和火箭从他们面前呼啸而过。我想刹住车子,可是每次我去拉刹车把柄,火箭就会发出刺耳的吱吱声,说什么都不肯让我刹车。前面就是下一个路口了,我想向右转骑回家,但它却执意向左转。到了路口,火箭的把手忽然向左转,那时,后轮突然打滑了一下,感觉好像快翻车了。但奇怪的是,轮胎却紧紧贴住路面,顺利转过那个弯,接着,火箭又开始加速,风声又开始在我耳边呼啸。“你到底想干什么?”我大叫,“你到底想去哪里?”我想,答案已经很清楚了:火箭疯了。

我又回头看了后面一眼,发现戈多还是紧跟在我后面,不过,他已经气喘如牛,涨得满脸通红。“不用跑了!”他大吼,“你跑不掉的!”

而火箭根本不听我使唤了。每次我想转动把手骑回家,它说什么都不肯转。显然它想去某个地方,而我也只能随它去了。

而操场上沙尘漫天飞扬,戈萨和约翰尼挣扎着站起来。戈萨从小横行霸道,从来就没人敢还手,但没想到今天竟然碰到对手,他的弱点暴露出来了。他的拳头在半空中乱挥,可是却什么也没打到。他已经筋疲力尽,像酒鬼一样摇摇晃晃。约翰尼像拳击手一样前后跳来跳去,不管戈萨再怎么挥拳,就是打不到他。后来,戈萨气得大吼一声,奋力向前一扑,但约翰尼立刻闪开。戈萨扑了个空,被自己的脚绊倒,摔了个狗吃屎,淤青肿胀的下巴撞到满是碎石子的地上。接着他又挣扎着站起来,但两条手臂已经酸软得抬不起来了。他使尽全力挥出一拳,但约翰尼又闪开了,两腿不断变换步伐,左右回旋跳跃。“你站好!”戈萨嘶吼着,“你这个黑鬼小杂种! 站好!”他胸口剧烈起伏，脸涨红得像猪肝。

“好啊。”说着约翰尼果然站在原地不动了。他鼻孔在流血，颧骨上有一道伤痕。“你动手啊。”

戈萨立刻冲过去，抡起拳头猛力一挥，但约翰尼向左一闪又躲开了。事后戴维·雷回忆说，当时约翰尼那种动作姿态真的好像拳王阿里。接着，约翰尼故意挥了几记空拳，然后趁戈萨拼命闪躲的时候，集中全力挥出一记重拳正中戈萨下巴。戈萨被打得整个头往后扭。本说，那会儿他看到戈萨翻了白眼。但约翰尼还有最后致命的一击。他冲上前，用尽全力一拳打中戈萨的嘴。那个时候，全场的人都听到约翰尼的指关节咔吧一声。

戈萨忽然没声音了。他连哼都哼不出来了。

他像一截被砍断的树干一样翻倒在地上。

然后，他像一摊烂泥似的躺在地上，嘴里鲜血直冒，一颗门牙从嘴角流了出来。过了一会儿，戈萨开始全身发抖，然后忽然号啕大哭起来。那哭声充满愤慨。

没有人过去扶他。有人放声大笑，也有些人语带讽刺地说：“他要哭着回去找妈妈了！”

本拍拍约翰尼的后背。戴维·雷搂住约翰尼的肩头说：“今天他终于明白谁才是狠角色了，对吧？”

然而约翰尼却轻轻推开他们。他抬起手，用手背擦擦鼻子。其实，他的指关节已经断了，后来是帕里什医生用夹板把他折断的手指固定住。约翰尼的爸妈气疯了，事后他们才明白为什么整个夏天约翰尼总是一个人关在房间里。他花了五毛钱邮购了一本奥运拳击冠军罗宾逊写的《拳击原理》，整个夏天他一直在研究那本书。

“我不是什么狠角色。”说着约翰尼忽然蹲到戈萨旁边问：“要不要我扶你起来？”

至于我呢，我可没研究过什么拳击原理。我骑在发了疯的火箭上，而戈多在后面穷追不舍。接着,车子的把手忽然又猛转了一下,火箭忽然冲上一条林间小路。我吓坏了,心里想,这下子我很快就要变成瓮中之鳖了。

但不管我怎么拼命拉刹车把柄,火箭就是不肯慢下来。我心里想,要是火箭真的发疯了,我一定要赶快下车。于是,我摆好姿势,鼓起勇气准备跳进旁边的矮树丛里。

这时候,火箭忽然冲出树林,那时,我突然看到前面有一条大土沟,里头杂草丛生,堆满了垃圾。接着,火箭忽然加速往前一蹿,整辆车飞起来,那一刻,我吓得头皮发麻,汗毛直竖。

我猜当时我一定是哀声惨叫,但我也只能死命抓住把手。我一定是抓得非常用力,因为后来我的手酸痛了好几天。

火箭飞过那条土沟,落到另一边。那撞击的力道太猛了,震得我两排牙齿撞在一起,脊椎骨仿佛刚射出箭的弓弦一样抖了好大一下。那落地的力道之猛,就连火箭也有点承受不了。车身整个弹起来,轮胎压到一堆落叶和松针,滑了一下,然后就连人带车翻倒在地上。接着,我看到戈多也从那条小径冲出来了。当他看到眼前突然出现的那条土沟,吓得整张脸都扭曲了。他立刻猛拉刹车,可惜速度太快,根本来不及刹住。于是,那辆黑色脚踏车车身一歪,戈多连人带车翻进土沟里,摔在那堆杂草垃圾上。

那条土沟其实并不深,而且也没有太多带刺的植物或尖锐的石头,所以,严格说来,戈多摔落的位置,只是一堆软软的三叉叶藤蔓丛和一堆杂七杂八的东西,比如破枕头、垃圾筒盖、空罐头、几个烤馅饼用的铝盘,还有破袜子、破衬衫、破布之类的。戈多在那堆藤蔓丛里挣扎了一会儿,从脚踏车底下爬出来。他显然没受什么伤。接着他开口了:“臭小子,不要跑,你等着——”

这时他忽然惨叫起来。

土沟里好像还有某种动物。

刚刚他摔下去的时候正好压在那只动物身上,而那只小动物正在吃它十分钟前刚从某个人家厨房窗台上偷来的椰子馅饼。

它就是那只可怕的猴子撒旦。这个垃圾坑是它的地盘，绝对不容外人入侵。所以，它生气了，非常、非常、非常生气。

于是，撒旦猛然从藤蔓丛里蹿出来，跳到戈多头上，龇牙咧嘴，屁股开始喷出黄黄的东西。

戈多开始挣扎逃命了。那只凶猛的猴子开始猛抓猛咬，于是，戈多的手臂、脸颊和耳朵都被咬得血肉模糊，甚至整根手指都差点被咬掉。戈多的惨叫声凄厉到令人不忍心听，而挣扎之激烈已经近乎疯狂。他费了九牛二虎之力，好不容易才爬出那条土沟，然后开始拔腿狂奔。撒旦紧追不舍，尖声嘶吼，唾沫横飞，而且屁股还一路喷出黄黄的东西。接着，我看到撒旦跳到戈多头上，死命揪住戈多的金头发，那模样真像印度皇帝骑在一头大象上。

我把火箭从地上扶起来，骑上车。它现在又恢复了正常，刚刚那种野性忽然消失了。我开始踩着脚踏板，沿着土沟边寻找刚刚那条小径。这时我想到，接下来的几天戈多会有什么下场。他满脸满手被咬的地方一定会肿得不成人形，而且到时候他就会明白，在那条土沟里，在撒旦的地盘上，那种三叉叶的藤蔓丛就是毒葛藤。要是他敢上街，你会看到一个浑身溃烂化脓的怪物，不过，你看到的机会不大，因为他可能根本没办法走路。

“没想到你这小子坏心眼还不少。”我对火箭说。

那辆摔坏的黑色脚踏车无声无息地躺在土沟里。要是有人打算下去把车子拖出来，最好先涂点润肤油。

我一路骑回学校，发现战斗已经结束了，不过，我看到三个男孩在操场上东找西找，其中一个腋下夹着一只钓具盒。

绝大多数的箭头都找回来了，但另外有十几个一直找不到，仿佛被那片沙地吞没了。算了，就当是奉献给大地之神吧。那十几个失踪的箭头当中，有一个就是五雷酋长的箭头。

不过，约翰尼好像并不怎么在意。他说他以后再慢慢找。他说，就算他找不到，十年后，二十年后，甚至更久以后，说不定会有别人找到。他说，那本来就不是属于他的东西，他只是暂时保管一下。现在，五雷酋长又把它收回去了。他把箭头带回另一个世界去了。那神秘的“猎人极乐世界”。

拉佛伊牧师曾经提到过“豁达大度”这几个字。当时我终于明白那几个字真正的含义。失去心爱的东西，总是令人心碎，然而，一旦你能够放下那种失落的痛苦，能够欣然面对，那么，你才算真正达到“豁达大度”的境界。

从这个角度来看，约翰尼的境界无人可及。

我还不知道自己能不能达到那种境界，但再过不久，我就要面临那种考验了。

5 病历 3432

自从那天操场上的那场战斗结束之后，布兰林兄弟就再也没来骚扰我们了。戈萨回到学校的时候，嘴里多出了一颗假门牙，态度也变得比较谦逊了。至于戈多呢，他终于也出院回到学校，不过，只要一看到我，他就会马上躲得远远的。而最精彩的是，有一天戈萨竟然跑去找约翰尼，请他再示范一次那天最后那一记重拳——当然是慢动作示范。那天，自己是怎么被那拳打倒的，他根本连看都没看到。当然，并不是说戈萨和戈多从此以后就脱胎换骨变成大好人，不过，戈萨被狠狠揍了一顿，戈多被猴子和毒葛藤整得死去活来，这对他们来说未尝没有好处。从此以后，他们开始学会尊重别人。这是一个好的开始。

没多久，10 月过去了，山腰渐渐染上一片金黄，风中开始飘散着秋的气息。亚拉巴马大学和奥本大学两支球队都在赢球。老铁肺已经不再那么咄咄逼人，而魔女也爱上了别人，不再整天盯着我。我的世界，一切都开始慢慢恢复正常了。

除了爸爸。

我常常会想到爸爸，回想起那天凌晨，他一个人躲在书房里，在纸上写满了他自己都回答不出来的问题。他越来越瘦，胃口也越来越差。有时候他会笑，但笑得十分勉强，而且由于他的脸越来越瘦削，笑的时候露出牙齿，牙齿会显得特别大。另外，他的眼神也越来越呆滞。妈妈开始紧张了。她一直求他去看医生，或是去找女王，但爸爸说什么都不肯。他们吵过好几次架，每次一吵完，爸爸就会冲到门外去，开着他那辆敞篷小货车不知去向。然后妈妈就会躲到房间去哭。好几次我听到她打电话给奶奶，求她劝劝爸爸。"……那件事一直在折磨他的心，他已经快崩溃了。"我听到她在说。这时候，我就会跑到门外去跟叛徒玩，因为我实在不忍心听妈妈跟奶奶哭诉她受到什么样的煎熬。我感觉，爸爸已经把自己囚禁在一个炼狱般的内心世界里。

还有我的梦。我老是做那个梦。一开始连续两天晚上都做同样的梦，然后隔一晚又是同样的梦，接着隔三晚之后，连续七天晚上都做同样的梦。

*科里？科里·麦克森？*她们穿着白衣服，站在那棵光秃秃的树下轻声呼唤我。她们的声音好轻柔，仿佛翩然翱翔的白鸽，然而，她们的口气却透露出一种急迫，令我不寒而栗。做过几次那个梦之后，我开始注意到梦里的一些细节，那种感觉仿佛隔着一片雾蒙蒙的玻璃看到某些东西。那四个黑人小女孩背后有一道黑暗的石墙，墙上有一扇破掉的窗户，窗框上残留了几片玻璃。*科里·麦克森？*我听到远处传来滴答声。*科里？*那滴答声越来越大声，这时我内心忽然涌现出一股莫名的恐惧。*科——*

到了第七天晚上，灯忽然亮了。我睁开眼睛，看到爸妈站在我床前。我睡眼惺忪，脑子里还是昏昏沉沉的。"那是什么声音？"爸爸问。这时妈妈忽然叫了一声："汤姆，你看！"我床对面那面墙上出现了一道刮痕，墙脚的地面上散落着碎玻璃和闹钟的零件，钟面上的指针指着两点十九分。"所谓时间飞逝不是叫你把闹钟拿起来扔。"妈妈对我说，"闹钟很贵的。"

接着爸妈讨论了一下，最后的结论是，我会做噩梦，一定是因为早上吃了太多墨西哥式玉米肉馅饼。

而差不多就在那时候，有一件不幸的事快要发生了。只能说，在那个特定的时间，在那个特定的地点，那是命运冥冥中注定的结果。当时我根本无法预料，我爸妈也无法预料，而且，即将酿成悲剧的那个人也无法预料。那个人在伯明翰一家饮料公司上班，每天早上，他都会拿到一份事先拟好的客户名单，然后开着他的小货车把饮料送到名单上的各个加油站和杂货店。假如那天早上那个人多花个两分钟冲个澡，或者，假如他早餐吃的是煎培根而不是香肠加蛋，这样一来，他出发的时间就可能提前或延后，而他也就不会在那个时间正好抵达那个地点，那么，这件悲剧是否就不会发生了？如果当时我再多扔一次棍子，让叛徒再多捡一次，晚个两分钟去上学，那么，这件悲剧是否就不会发生了？

叛徒是只公狗，所以它很爱吠，只要心血来潮就是一阵狂吠。乐善德医生劝过我爸妈把叛徒送到他那边去结扎，这样它就不会一天到晚想到处乱跑。可是每次提到这件事，爸爸就会皱眉头，意兴阑珊，而我也一样。所以最后就作罢了。至于妈妈呢，她看叛徒几乎一天到晚都趴在门廊上，很少到处乱跑，所以也就觉得没有必要把它整天关在狗笼里。更何况，我们家门口这条路没什么车。

所以，各项因素的聚合，注定了这场悲剧。

10 月 13 号那天，我放学回到家，看到爸爸已经提早下班回到家了。“孩子。”他开口叫了我一声。我立刻有一种不祥的预感。每次他这样叫我，一定是出了什么严重的事。

接着爸爸开车送我去乐善德医生家。商店街和山塔克街是两条平行的街道，中间有一大块空地，占地三英亩。乐善德医生家就在那片空地上。空地外围有一道白色的栅栏围墙，里头是一片草地，阳光普照，有两匹马正默默吃着草。房子旁边有一座狗舍，还有一片训练场，而房子另一边是一座谷仓。乐善德医生家是一栋白色的两层楼房子,看起来四四方方,造型简洁利落,干净清爽。我们绕过弯弯的车道,开到房子后面。那里有一面告示牌,上面写着:请先为你的宠物套上链条。我们把车停在后门,跳下车。过了一会儿,门开了,乐善德太太出现在门口。

我在前面描述过乐善德太太。她长着一张马脸,身材高大壮硕,简直可以吓跑黑猩猩。她老是阴沉着一张脸,不苟言笑,仿佛头顶上永远笼罩着一片乌云。但此刻,她的表情却变得有些不太一样。也许是因为她注意到我的眼睛都已经哭肿了。

“噢,可怜的孩子。”乐善德太太忽然露出很亲切的表情,差点吓到我,“可怜的小狗,看了真让人难过。”她的外国口音很重。“来,请进!”她对爸爸说了一声,然后就带我们走进接待室。里头的墙面镶着松木板,上面挂满了小孩抱着小猫小狗的照片。我们穿过接待室,走到一扇门前面。门里是一座楼梯通往地下室,乐善德医生的办公室就在底下。我一步步往下走,每跨一步都是一种无比的折磨,因为我知道等一下会看到什么。

我心爱的小狗快死了。

下午一点钟左右,在商店街,叛徒正要过马路,结果被那辆伯明翰来的饮料车撞到,当时它正和一群狗在一起玩。打电话到我家通知妈妈的人是多拉尔先生。当时多拉尔先生刚吃过中饭,正从明星餐厅走出来,忽然听到有一辆车轮胎发出尖锐的吱吱声,接着就看到叛徒被轮胎碾过去。结果,叛徒直挺挺地躺在商店街上,另外那几只狗拼命朝它猛吠,想叫它起来。多拉尔先生把马凯特队长找来,请他帮忙把叛徒抬到副镇长韦恩·吉利的敞篷小货车上,送到乐善德医生家。为了这件意外,妈妈差点崩溃,因为她太自责了。那天下午她本来想把它关进狗栏里,可是却因为看连续剧看得太入神,一时忘了。从小到大,叛徒从来没有跑到商店街那么远的地方过。显然它是被那群狗带坏了,结果付出了惨痛的代价。

地下室里弥漫着动物的味道,虽然不至于难闻,但多少有点腥骚味。地下室用栅栏隔成了好几个小间，在日光灯的照耀下，白瓷砖和不锈钢闪闪发亮。乐善德医生就在那里，他身上穿着白袍，神色凝重。他跟爸爸打了声招呼，然后就转过头来看我，拍拍我的肩膀。“科里？”他说，“你想不想去看看叛徒？”

“要。”

“好，我带你去看它。”

“它……它死了吗？”

“没有，它没死。”他伸手揉揉我脖子后面，“不过，你要有心理准备。它快死了。”乐善德医生紧盯着我，不让我躲开他的视线。“我已经尽量让叛徒感觉舒服一点，不会有痛苦，可是……它伤得太重了。”

“可是你一定可以医好它啊！”我说，“你是医生啊！”

“对，我是医生，可是，科里，就算我给它动手术，它的伤还是一样不会好。它伤得太重了。”

“可是它……它不能……你一定要救它！”

“孩子，去看看它吧。”爸爸催了我一声，“赶快去。”我知道他最后一句话没说完。他的意思是，赶快去，趁现在还来得及。

于是，爸爸就这样站在那边等，而乐善德医生带着我走向一间小隔间。我注意到楼上传来阵阵嘶嘶声。那是水壶冒出蒸汽的声音。乐善德太太正在楼上的厨房里煮开水准备泡茶。小隔间里飘散着一股刺鼻的气味，墙上有一个架子，上面摆满了瓶瓶罐罐，另外还有一座工作台，上面铺着一张蓝布，摆满了医疗用具。小隔间正中央有一张不锈钢桌，上面好像有一只小动物，身上盖着一块白棉布。那时，我忽然两腿发软。我注意到那块布沾满了暗红色的血迹。

我一定在发抖，因为乐善德医生说：“不要太勉强，要是你——”

“我一定要看看它。”我说。

乐善德医生掀开白棉布的一角。“不要怕，不要怕。”他对桌上那小动物说，但口气仿佛在跟一个受伤的小孩说话。那小动物颤抖了一下，接着，我听到呜呜的呻吟，那一刹那，我心都碎了，眼中不自觉地涌出热泪。我记得那个声音。很久以前，有一天，爸爸回到家的时候，手上抱着一只纸箱子，里面有一只小狗。那就是叛徒，而那天，它在纸箱里微微地呻吟，就和此刻一模一样。我步履维艰地往前跨了四步，慢慢走到桌子旁边。乐善德医生已经掀起那块白棉布等着我看，于是，我鼓起勇气低头看看叛徒。

叛徒的头已经被车轮碾得扭曲变形，半边的白毛皮肉都被扯到后面，露出骨头和两排牙齿，沾满鲜血的舌头软绵绵地垂在外面，鼻孔淌出鲜血，一只眼睛已经变成一片死灰，而另一只仿佛噙着泪水，露出惊恐的神色。它呼吸急促，仿佛很费力，很痛苦。它一条前腿已经扭曲变形，脚趾被碾成一团血肉模糊的烂泥，末端露出粉碎的骨头。

我想，我已经不由自主地啜泣起来了，只是我自己没意识到。叛徒那只仅剩的眼睛注意到我了，它开始挣扎着想站起来，但乐善德医生立刻按住它的身体，于是，它又不动了。

我注意到叛徒身体侧边插着一根针，针尾有一条管子连接到一个玻璃瓶，瓶里有透明的液体。接着叛徒又开始呻吟起来，我本能地伸出手想摸摸它那扭曲变形的嘴。“小心！”乐善德医生忽然开口警告我。当时我根本没想到，动物受到剧痛折磨的时候，看到任何会动的东西就会本能地张嘴去咬，即使是它最亲爱的主人。这时，叛徒忽然伸出血淋淋的舌头，轻轻在我手指上舔了一下。我感到它很虚弱，很无力。而我就这么站着，愣愣地看着手指上的血痕。

“它很痛苦。”乐善德医生说，“你应该也看得出来，对不对？”

“嗯。”我哼了一声。我忽然感觉眼前的一切不像真的，仿佛一场噩梦。

“它的肋骨断了，其中一根刺穿了肺部。照理说，它的心跳应该早就停了，不可能撑到现在，而且，就算勉强撑到现在，也撑不了多久了。”乐善德医生又把白棉布盖回叛徒身上。我几乎没听到乐善德医生在说什么，我眼里只注意到叛徒一直在发抖。“它会冷吗?”我问,“它一定很冷。”

“不会,应该不会。”他的外国口音也很重。接着他又搂住我的肩头,带我走向门口。“走吧,我们回去找你爸爸,好不好? 我有话要跟他谈谈。”

爸爸还站在原地等我们。“你还好吗,小老弟?”他问我。我说我没事,但其实我觉得胃很不舒服,很想吐。我鼻腔里还残留着浓浓的血腥味。

“叛徒真是一只很强壮的狗,”乐善德医生说,“竟然还能够撑到现在。换成是别的狗,当场就断气了。”他从办公桌上拿起一个档案夹,从里面抽出一张纸。纸上有表格,最顶端写着:病历3432。“我不知道叛徒还能撑多久,不过,不管它能撑多久,都已经没什么意义了。”

“你的意思是,已经没希望了?”爸爸问他。

“没希望了。”乐善德医生飞快瞥了我一眼,“很抱歉。”

“它是我最心爱的狗。”我又忍不住开始掉眼泪,鼻子又塞住了。“它一定会好起来的。”尽管嘴里这么说,其实我心里明白,那只是我一厢情愿的想法。

“汤姆,能不能麻烦你在病历表上签个名,这样我才能给叛徒打一针,让它……呃……”他又瞥了我一眼。

“让它好好安息,是不是?”爸爸替他说完了那句话。

“是的,就是这样。麻烦你在这里签个名。噢,对了,忘了拿笔给你。”说着他打开一个抽屉,在里面摸索了一下,然后拿出一支笔。

爸爸接过那支笔。我知道他们在说什么。我不是三岁小孩子,我知道他们是要让叛徒安乐死。也许这样做是对的,也许这样比较人道,然而,叛徒是我最心爱的狗,从它刚出生没多久,我就一直亲手照顾它,喂它吃东西,给它洗澡,看着它一天天长大。我熟悉它身上的气味,熟悉它伸出舌头舔我脸的那种感觉。它几乎是我生命的一部分,再也不会有另一只狗能够像叛徒那样让我产生那种感觉。我忽然觉得喉咙哽住了。爸爸弯下腰,准备在病历表上签字。我撇开头,眼睛四下搜寻,想看看有没有什么东西能够分散我的悲痛。我注意到办公桌上有一张裱着银框的照片，照片里是一个年轻的女人，头发颜色淡淡的，面带微笑挥着手，背后是一座风车。我看了好一会儿才意识到，照片里那个脸像苹果一样红润的女人就是韦罗妮卡·乐善德。

“等一下。”爸爸忽然放下手上的笔，“科里，叛徒是你的狗，这应该要由你来决定。你觉得呢?”

我没吭声。我这辈子从来没有面临过这种抉择。太沉重了。

“很少有人比我更爱动物。”乐善德医生说，“对一个小男孩来说，小狗在他心目中的分量，我体会得到。科里，我只能告诉你，这样做对叛徒比较好。已经别无选择了。它很痛苦，正在受折磨，而且，我已经救不了它了。有生就有死，这是生命的法则，不是吗?”

“它不一定会死。”我嗫嗫嚅嚅地说。

“或许它可以再多撑一个钟头，甚至两个钟头，甚至三个钟头，或许还能够再撑过今天晚上，甚至明天晚上。问题是，它已经没办法走路了，甚至连呼吸都有困难。它的心脏已经快要跳不动了，还有很严重的休克现象。”乐善德医生皱起眉头，凝视着面无表情的我。“科里，如果你认为叛徒是你最要好的朋友，那么，你就不应该让它继续受这种折磨。”

“科里，我想我们最好还是赶快签名。”爸爸说，“你觉得呢?”

“我……我想跟它单独在一起几分钟，可以吗?就我跟它?”

“当然可以。不过，我劝你最好还是别碰它。它可能会咬人。知道了吗?”

“知道了。”我失魂落魄地走回那个小隔间，感觉自己好像在梦游。叛徒还是躺在那张不锈钢桌上发抖，虚弱无力地呻吟着，仿佛在哀求主人赶快结束它的痛苦。

我开始哭起来，而且是号啕大哭，根本克制不住。我两腿一软，跪到冷冰冰的地面上，垂着头，两手交叉在胸前。

我开始祷告。我用力闭上眼睛,感觉滚烫的热泪沿着脸颊往下流。多年以后,我已经记不清楚当初祷告的时候说了些什么,但我清楚记得当时内心的强烈渴求。我祈求上帝从天堂伸出手来关上门,把死神挡在门外。我知道死神一定会嘶吼咆哮,伸出魔爪要夺走我心爱的狗,但我祈求上帝全力顶住那扇门,不要让死神闯进来。我祈求上帝用他那无所不能的手赶走死神,救活我心爱的叛徒。我祈求上帝用他那强而有力的手捏碎死神,然后丢得远远的。那一刻,我仿佛感觉得到死神就在我旁边,用一种饥渴的眼神看着叛徒,我仿佛听得到死神伸出舌头舔嘴唇,但我祈求上帝用他那强而有力的手封住死神的嘴,打断他的牙齿,让他变成一只獠牙掉光的怪兽。

我就是这样祷告的。我全心全意地祷告,发自灵魂深处。我的头发仿佛变成一根根的天线,发射出几千万瓦的强烈讯息,穿透那无垠的宇宙,传送到那遥不可及的天堂,传送到上帝耳中。

我心中暗暗呐喊:求求你回答我。

求求你。我就这样跪在地上,低着头,不断啜泣,不断祷告,不知道过了多久。大概有十分钟,也可能更久。我心里明白,等一下我就必须走出去找爸爸和乐善德医生,告诉他们我答应——

这时,我忽然听到叛徒咕噜了一声,然后猛吸了一口气。它肺里全是血,那种吸气的声音听起来令人毛骨悚然。

我立刻抬头一看,看到叛徒挣扎着站起来,那时,我脖子后面立刻汗毛直竖,浑身起了鸡皮疙瘩。它用两条后腿撑起身体,发了疯似的猛甩头,然后发出长长的一声哀号,那声音听起来好吓人,就像一把利刃刺进我的心脏。接着它身体忽然向后一扭,仿佛要去咬自己的尾巴,而那只仅剩的眼睛忽然闪过一道光芒,被扯裂的那半边嘴巴露出牙齿,那表情仿佛在嘲笑死神。

"爸爸!"我失声大喊,"爸爸! 乐善德医生! 你们快来!"

接着叛徒忽然弓起身体,那力道之猛,我几乎以为它的脊椎骨会断裂。

我听到它的骨头发出一阵嘎吱嘎吱的声音，接着，它忽然又一阵剧烈抽搐，然后又侧身倒下去了。

乐善德医生冲进来，爸爸紧跟在他后面。“你退开。”乐善德医生叫了一声，然后伸手按住叛徒的胸口。接着，他戴上听诊器听叛徒的心跳，然后手指伸向它那只没受伤的眼睛，撑开眼皮，发现那只眼睛也翻了白眼。

“不要急。”爸爸两手按住我的肩膀，“不要急。”

乐善德医生忽然开口了。“好了，”他叹了口气，“看样子，病历表也不需要你签名了。”

“不！”我大叫起来，“不会！爸爸，它不会死的！”

“科里，我们回家吧。”

“爸爸！我刚刚祷告过！我祈求上帝不要让它死！它不会死的！它不可能会死的！”

“科里。”乐善德医生口气很平和，但很坚定。我抬头看着他，泪眼模糊。“叛徒已经——”

这时，我们忽然听到一声喷嚏。

在密闭的小隔间里，那声喷嚏有如轰然巨响，我们都吓了一跳。接着，我们听到有某个东西倒吸了一口气，然后又呼出了一大口气。

然后，叛徒忽然坐起来，鼻孔冒出气泡，流出鲜血。它那只没受伤的眼睛转了几下，看看四周，然后用力甩甩头，仿佛挣扎着想醒过来。

爸爸忽然说：“它不是已经——”

“它已经死了！”乐善德医生露出极度震惊的表情，眼圈都发白了。“上……上帝啊！那只狗明明已经死了！”

“它还活着。”我吸吸鼻子，不由自主地笑了起来，“你们看，我就说它一定不会死！”

“不可能！”乐善德医生几乎是在嘶吼，“刚刚它心跳已经停了！心跳已经停了！它已经死了！”

叛徒挣扎着想站起来，可是太虚弱，根本站不起来。它打了个嗝，我立刻冲到它身边，伸手去摸它那温热的背。接着它又打了好几个嗝，慢慢躺下去，伸出舌头舔着冷冰冰的不锈钢桌面。“它不会死了。”我忽然充满信心，不再哭了。“我刚刚跟上帝祷告，求他帮我赶走死神。”

“我……我真不敢……”乐善德医生已经说不出话来了。

病历3432已经不需要签名了。

后来，叛徒睡着了，然后又醒过来，就这样睡睡醒醒。乐善德医生反复检查它的心跳和体温，然后记录在病历表上。后来，乐善德太太也跑到地下室来了。她问我和爸爸要不要喝点茶，吃块苹果蛋糕。于是我们就跟她到楼上去了。我可以放心到楼上去了，因为我知道叛徒已经平安无事。爸爸打电话告诉妈妈，说叛徒好像已经没事了，我们过会儿就可以回家。爸爸打电话的时候，我走进厨房隔壁那个小房间。房间里有四个鸟笼从天花板上垂下来，另外还有一个小笼子，里头有一个很像跑步机的小装置，一只小仓鼠在上面跑个不停。其中两个鸟笼是空的，不过，另外两个分别关着一只金丝雀和一只小鹦鹉。那只金丝雀忽然开始叫起来，那声音是如此婉转轻柔。接着，乐善德太太也走进来了，手上拿着一袋鸟饲料。

“要不要帮我喂鸟？”她问我。我说好。“不要喂太多，一点点就好。”她交代我，“它们不太舒服，不过，很快就会好起来。”

“那是谁家的鸟？”

“小鹦鹉是格罗夫・狄安先生养的。金丝雀是朱迪丝・哈珀太太的。你看，那只金丝雀很漂亮对不对？”

“哈珀太太？你是说哈珀老师？”

“对，就是她。”乐善德太太凑近金丝雀笼子，嘴里发出啧啧啧的声音。乐善德太太平常说话的声音很嘶哑，但此刻那种啧啧啧的声音听起来很不一样，十分轻柔。我把饲料倒进饲料槽里，那只金丝雀开始小心地啄食起来。“它叫小铃铛。嗨，小铃铛，你好可爱！”

老铁肺竟然养了一只名叫小铃铛的金丝雀。真难以想象。

“我最爱鸟。”乐善德太太说，“它们跟人最亲近，感觉神圣而纯真。你看，那是我养的鸟。”

乐善德太太伸手指向钢琴。我看到琴台上放了十二只手绘的陶瓷鸟。“当年从荷兰逃出来的时候，它们一直跟在我身边。”她说，“从小到大，它们一直都是我最心爱的东西。”

“好漂亮。”

“噢，不只是漂亮！每次看到它们，脑海中就会浮现出往日的美好回忆：阿姆斯特丹，运河，每到春天那漫山遍野、成千上万的郁金香。”说着她拿起一只陶瓷知更鸟，伸出食指摸摸它鲜红的胸口。“当年逃亡的时候，时间很仓促，赶着把它们塞进行李箱，不小心弄破了，破成碎片。但我后来又把它们一只一只重新黏起来，你看，仔细看你就会看到裂缝。”她拿给我看，但我几乎看不到半点裂缝。看得出来她花了很大的工夫。“我好想念荷兰，”她说，“好想念。”

“你想过要回去吗?”

“也许吧，总有一天。我和法兰斯讨论过这件事。我们甚至从旅行社拿了旅游手册。只是……我们的过去就像一场噩梦……纳粹，还有那些可怕的……”她忽然皱起眉头，把那只鸟放回琴台上，放在蜂鸟和黄鹂鸟中间。“哎，有些东西一旦碎了，并不是那么容易就能够补回去。”她说。

这时我听到狗吠声。是叛徒在吠，声音嘶哑，可是却很有精神。那声音是从通气孔传出来的，听得出来是在地下室。接着我听到乐善德医生大叫了一声：“汤姆！科里！你们赶快下来看看。”

我们冲到地下室，看到乐善德医生又在叛徒的肛门塞了一根温度计给它量体温。叛徒还在睡觉，身体一动也不动，但看得出来它并没有死。乐善德医生在叛徒嘴上的伤口上涂了药膏，而且在它身上插了两根针，针的末端有管子连接到两个装满透明液体的玻璃瓶。“你们赶快来看看它的体温。”

他说，“过去一个钟头里，我已经量了四次了。”说着他又拿起笔记本，把温度记下来。“这实在太匪夷所思了！这辈子从来没见过这种事！”

“怎么了?”爸爸问。

“叛徒的体温一直在下降，不过现在好像稳定下来了。可是，半个钟头前，我以为它已经死了。”乐善德医生把笔记本拿给爸爸看，“你自己看。”

“天啊！”爸爸惊呼了一声，“怎么会这么低?”

“没错，汤姆，摄氏十八度，这种体温，没有任何动物能够存活……绝对不可能！”

我摸摸叛徒，发觉它的身体冷冰冰的，身上的白毛摸起来又粗又硬。接着它忽然转头，那只没受伤的眼睛盯着我，开始摇尾巴，但显然摇得很费力。被扯裂的那半边嘴巴露出牙齿，那表情仿佛在狞笑，看起来有点吓人。接着它忽然从两排牙齿中间伸出舌头，在我手掌上舔了一下——它的舌头冰冷。

但至少它还活着。

我们把叛徒留在乐善德医生家里。接下来那几天，乐善德医生开始给它缝合裂开的嘴巴，给它打抗生素，并且打算切除它那条被压碎的腿。而也就在这个时候，他注意到那条腿开始萎缩，白毛渐渐脱落，露出死灰的皮肉，于是，乐善德医生决定暂缓切除。他决定把那条萎缩的腿包扎起来，继续观察。就这样，叛徒一直留在乐善德医生家观察治疗，到了第四天，叛徒忽然咳嗽起来，吐出一团坏死的器官组织，大小跟人的拳头差不多。乐善德医生拿一只瓶子装满酒精，把那东西泡在里面，然后拿给我和爸爸看。那是叛徒的肺。

而叛徒却还活着。

每天下午放学后，我都会骑着火箭到乐善德医生家看看叛徒。而每次到他家，我都会注意到他的表情越来越困惑。他会带我去看叛徒，而我发现它的身体状况每次都有新的变化。有一次，它又吐出了几根骨头。那一定是断掉的肋骨。有一次，叛徒又掉了几颗牙齿。有一次它那颗灰白的眼球从眼眶里掉出来。有一段时间，叛徒偶尔会吃一些肉酱，喝一点水。它的笼子底下铺了几张旧报纸，而那些报纸都被鲜血浸湿了。可是过了一段时间，它忽然不肯再吃东西，也不喝水，不管我怎么哄它，它就是不吃不喝。它老是窝在角落里，用那只仅剩的眼睛盯着我身后，而我实在猜不透它到底在看什么。它常常保持那种姿势一动也不动，一窝就是一整个钟头，甚至更久，那恍神的模样仿佛在梦游，或是睁大着眼睛在睡觉。有时候，我把手伸到它面前，啪啪弹了几下手指，可是它却毫无反应，然后过了好一会儿，它才仿佛突然醒过来似的，伸出舌头舔舔我的手，轻轻哼一声。接下来，它可能会睡着，浑身发抖，但也有时候又继续陷入恍神状态。

但至少它还活着。

有一天下午，乐善德医生忽然对我说："科里，你听听它的心跳。"于是我用他的听诊器听了一下，结果，我听到一种缓慢的咚咚声，仿佛心脏跳得很吃力。叛徒的呼吸声很嘶哑，听起来很像那种废弃的老房子的门，摇来摇去嘎吱嘎吱地响。它的身体摸起来已经不再温暖，但又不至于冷冰冰。后来，乐善德医生找来一只玩具老鼠，上紧发条，放在叛徒面前。他放开手，那只老鼠立刻蹿出去，然后飞快向右转。这时我还是继续用听诊器听着叛徒的心跳。它懒洋洋地摇了几下尾巴。我注意到它的心跳根本没有变快，而是一直维持着那种缓慢的节奏，慢慢的，慢慢的。那心跳声听起来很像一台引擎日以继夜保持固定的转速，无论车子突然加速或减速，输出的动力永恒不变。那心跳声听起来就像一部机器在黑暗中运转，感觉不到丝毫的生命气息，感觉不到丝毫生命的喜悦。我爱叛徒，但我痛恨那种空洞死寂的心跳声。

到了10月，天气依然很暖和。有一天下午，我和乐善德医生坐在阳光斜照的门廊上。乐善德太太烤了一个苹果蛋糕，切了一片给我。于是，我就这样坐在门廊上，一边喝橙汁，一边吃蛋糕。那天早上，天气突然转凉了，所以乐善德医生身上穿的是一件蓝毛衣，上面有金色的纽扣。他坐在摇椅上，面对着远处金黄灿烂的山岭。他忽然对我说:“这已经不是我能理解的了。这辈子从来没见过这种事。从来没有。也许我应该把这件事记录下来,寄给医学期刊,只不过,我认为根本没人会相信我。”说着他忽然两手交叠,阳光照在他脸上。“科里,叛徒已经死了。”

我愣愣地看着他,嘴唇上残留着一圈黄黄的橙子渣。

“它已经死了。”他继续说,“这件事,连我自己都搞不懂,你当然更没办法懂。叛徒不吃不喝,也没有排便。它体温太低,根本不足以维持器官的正常运作。它的心跳……像在打鼓一样,保持固定的节拍,完全没有变化。另外,我试过给它抽血做检验,很困难,几乎抽不出血来,不过我还是勉强抽出了一点,结果发现,它血液中全是毒素。它的生命机能几乎已经完全消失了,可是,它却还活着。科里,你有办法解释这种现象吗?”

可以。我心里呐喊着。因为我向上帝祷告,求他赶走死神。

但我嘴里没说什么。

“噢,实在太诡异,太离奇了,根本无法解释。”他说,“我们都来自一个黑暗世界,而总有一天,我们最终都要回到那黑暗世界去。”他几乎是在自言自语。他坐在摇椅上摇着摇着,两手十指交叉。“人类是这样,动物也一样。”

我忽然很不喜欢他的想法,也很不想听他说这些话。我很不愿意去想眼前的叛徒。它越来越瘦削,一直掉毛,而且,它不吃不喝,却还活着。我很不愿意去想这些。我很不喜欢听它那空洞的心跳声。那声音听起来好像时钟滴答滴答的声音,在一栋空荡荡、死气沉沉的房子里回荡。我拼命想抛开这些思绪,于是我说:“听我爸爸说,你曾经杀死过一个纳粹士兵。”

“什么?”他忽然瞪大眼睛看着我,一脸惊讶。

“你杀了一个纳粹士兵,”我又说了一次,“在荷兰的时候。我爸爸说,你和那个纳粹士兵离得很近,几乎可以看到他的脸。”

乐善德医生好一会儿没吭声。我记得爸爸交代过我,不要在乐善德医生面前提到那些事,不要问东问西,因为参加过战争的男人都不喜欢提起杀人的事。只不过,像洛克中士那类漫画杂志里的战争英雄令我十分着迷。对我来说,战争就像是电视上那些精彩刺激的场面。

“对,”最后他终于说,“我跟他离得很近。”

“天哪!”我说,“你一定吓坏了! 我是说……要是我的话,我一定吓死了。”

“噢,我确实吓坏了。非常害怕。他冲进我家,手上拿着步枪。我手上拿着一把手枪。他很年轻,大概才十几岁。金色的头发,蓝眼睛,看起来就像那种爱出风头的十几岁的男孩一样。我朝他开了一枪,然后他就倒下去了。”乐善德医生坐在椅子上摇着。“我这辈子从来没有开过枪。可是,满街都是纳粹士兵,他们冲进我家,所以,我别无选择了,不是吗?”

“你是英雄吗?”我问。

他淡淡笑了一下,笑得很苦涩。“不是。我不是什么英雄,我只是想活下去。”我注意到他的手忽然紧紧抓住椅子的扶手,然后又松开。他的手指短短的,很结实,感觉很有力。“我们都很怕纳粹党。他们就是所谓的闪电战部队,身上穿着土黄色的制服,纳粹党武装亲卫队。一听到这些字眼,我们就会心惊肉跳。不过,大战结束之后,过了几年,我遇见一个从前的纳粹党人。当年,他也是那群禽兽中的一员。”乐善德医生忽然抬起头,看着天上一群鸟飞向南方,渐渐消失在远处的天际。“当时我才发现,原来他也只是个平凡人。他的牙齿几乎快掉光了,身上有一股怪味道,头发上全是头皮屑。原来,他并不是当年我们想象中的超人,原来,他也只不过是个平平凡凡的人。我告诉他,1940 年纳粹入侵荷兰的时候,我就在那里。他说当时他不在荷兰,不过,他还是求我们……原谅他。”

“你原谅他了吗?”

“是的。虽然我很多亲戚朋友都被纳粹杀害了,虽然他也曾经是纳粹的一分子,但我还是决定要原谅他,因为,他也只不过是个士兵,他只是奉命行事。你懂吗,科里,纪律是德国人的天性,就算叫他们上刀山下油锅,他们还是一样会服从命令。噢,也许我应该打烂他的脸,也许我应该朝他脸上吐口水咒骂他,也许我应该天涯海角追杀他,不杀了他绝不罢休,然而,我毕竟不是禽兽。过去的已经过去了,就算杀了他也改变不了过去的一切,不是吗?"

"对。"

"好了,我们该去看看叛徒了。"然后他站起来,膝盖发出嘎吱一声。于是我跟在他后面走进屋子里。

后来,有一天,乐善德医生告诉我,他能做的都已经做了,叛徒已经不需要继续待在他家了。他把叛徒交给我们,于是我们就把它放在小货车后面,带它回家。

我爱我的狗。它身上的白毛越来越少,露出底下死灰的皮肤。它的头疤痕累累,扭曲变形。它那条萎缩的腿包着绷带,瘦得像竹竿。尽管如此,我依然爱它。妈妈不忍心看到它,不敢靠近它。至于爸爸呢,他偶尔会重提安乐死的事,但我根本不想听。叛徒是我的狗,它还活着。

它不吃不喝,整天窝在狗栏里,因为它一条腿瘸了,几乎没办法走路。它瘦得皮包骨头,一根根的肋骨几乎可以数得出来,而且隔着薄薄的皮肤,我甚至看得到骨头断裂的边缘。每天下午,当我放学回到家,它会愣愣地看着我,摇几下尾巴,然后,我会拍拍它。可是,我必须坦白承认,每当我碰触到它的身体,我都会不由自主地起鸡皮疙瘩。而它总是失魂落魄地凝视着不知名的远方,仿佛感觉不到我就在它面前,仿佛根本看不到我。它常常这样失魂落魄了很久,然后才会回过神来。我那几个死党都说叛徒生病了,劝我让它安乐死。可是我会反问他们,要是有一天他们生病了,他们希不希望医生让他们安乐死?每次听我这样一说,他们就闭嘴了。

秋天到了,鬼魂也开始活跃了起来。

万圣节快到了,五角商店的架子上开始摆满了五花八门的万圣节商品,有装着鬼怪道具服和面具的纸盒,五彩缤纷的魔法棒,女巫帽,橡皮做的南瓜鬼头,还有黑色的蜘蛛网,上面有蜘蛛。黄昏时刻,凉飕飕的风吹过沉寂静肃的山岭,你感觉得到风中弥漫着鬼魅的气息。那些鬼魂已经开始凝聚力量,准备迎接10月。如果你愿意聆听,说不定可以听到他们在对你倾诉。由于我平常对怪物特别有兴趣,所以我那几个死党和我爸妈都一致认定万圣节一定是我最喜欢的节日。他们猜得没错,万圣节确实是我最喜欢的节日,只不过,原因并不是他们所想的那样。他们以为我喜欢在衣橱里挂满骷髅模型,他们以为我喜欢万圣节晚上那些稀奇古怪的活动,他们以为我喜欢跑到山上那栋阴森的房子,喜欢那些穿着白袍的幽灵。他们错了。当10月来临,当万圣节的脚步逐渐逼近,在那沉寂肃穆的风中,我感受到的并不是五角商店里那些阴森的鬼怪气息,而是一种巨大神秘的力量,一种无法形容的力量。那不是幽暗山谷的无头骑士,不是月圆时刻嗥叫的狼人,不是笑容狰狞的吸血鬼。那是光明的力量,也是黑暗的力量,是正义的力量,也是邪恶的力量,纯净如天地万物的元素,早在太古洪荒之初就已经存在。当我低头看着床底下,我看到的并不是小精灵,而是来自黑暗世界的千军万马,他们手执刀斧,冲破重重迷雾,准备掀起一场大战。而我脑海中浮现出来的画面,是那狂乱骚动的幽冥世界。当黎明来临的时候,我听到公鸡的啼叫划破了黑夜,成千上万面目狰狞的幽灵立刻转头面向东方,露出忧伤忿恨的表情,开始一步步走回那弥漫着腐朽气息的墓穴。我看到一个男人的身影在晨曦中渐渐消散。他在思念逝去的情人,伤心欲绝。我看到一个孩子半透明的身影,还有一个身穿白衣的女人正在向一个陌生人哀求少许的善意。

万圣节前夕,夜晚总是飘散着寒意。有一天晚上,我走到外面去看叛徒的时候,忽然看到有人站在狗栏前面。

叛徒两条前腿撑在地上坐着,微微歪着头,隔着铁丝网墙愣愣地看着那个人影。看得出来那是一个小男孩的身影,他好像在跟叛徒说话。我听到他细微的说话声。这时候,刚刚被我推开的门忽然砰的一声关上了,那小男孩吓得跳起来,立刻拔腿就跑,有如惊弓之鸟似的飞快冲进树林里。"嘿!"

我大叫一声，“等一下！”

但他还是一直在跑。他从满地的落叶上踩过去，可奇怪的是没有发出半点声响。他的身影很快就消失在树林里。

微风阵阵吹来，树林随风摇曳。叛徒在狗栏里拖着那条萎缩的腿不停地转圈。它伸出冰冷的舌头舔舔我的手，我感觉到它的鼻子冷得像冰块。我坐到它旁边陪了它一会儿。它想舔舔我的脸颊，可是我却不由自主地撇开头，因为它呼出来的气有一股尸体的腐臭味。它摇了几下尾巴，轻轻地哼了几声。

后来，我觉得冷了，就走进屋子里，丢下它独自在外面。它依然茫然地盯着不知名的远方。

那天晚上，不知道几点的时候，我忽然醒过来，心里很痛苦，因为我一直在想，刚刚我竟不肯让叛徒舔我的脸。那种痛苦越来越强烈，越来越强烈，到最后会让你无法承受。摆在眼前的事实是：我居然不肯让我的狗舔舔我的脸。不久之前，我向上帝祷告，祈求他赶走死神，别让死神带走叛徒。然而，那是多么自私的行为，因为此刻，我害我心爱的叛徒陷入生与死之间的混沌世界，求生不能，求死不得。刚刚它只是想舔舔我的脸颊，而我却拒绝了它。房间里一片漆黑，我摸黑爬下床，穿上毛衣，然后走向后门。来到门口，我伸手去扳开关，准备打开门廊上的灯。就在这时候，我忽然听到叛徒吠了一声。我立刻停住动作。

如果有一只狗已经跟了你很多年，你一定会很了解它。不管它有什么举动，你都会立刻明白它想表达什么。有时候，它会伸长鼻子嗅一嗅，或是吠一声，或是哀鸣一声，或是抖一下耳朵，或是摇摇尾巴。不管它做什么，你都会立刻明白它的意思。刚刚听它吠了那么一声，我立刻就明白它很开心，很兴奋。自从那天叛徒死里逃生之后，我已经很久没有听到它那种快乐的叫声了。

我慢慢伸出手肘，小心翼翼地顶开后门。我站在漆黑的夜色中，隔着纱门仔细聆听。我听到飕飕的风声，听到稀稀落落的蟋蟀鸣叫。每年到了这个时候，绝大多数的蟋蟀都已经死去，只剩生命力最顽强的少数几只仍活着。接着，我听到叛徒又吠了一声，明显听得出来它很开心。

接着，我听到一个小男孩压低声音说："你当我的小狗好不好？"

我忽然感觉心脏一阵紧缩。他尽可能说得很小声，好像怕惊动到别人。"我好希望你是我的小狗。"他说，"你真漂亮。"

从我站的位置，看不见叛徒，也看不见那个小男孩。我听到铁丝网嘎吱嘎吱响，立刻就知道叛徒一定是站起来趴在围栏上，脚趾塞在铁丝网孔里。从前，每次我到外面去找它，它也是同样的反应。

那小男孩又开始悄悄跟叛徒说话，可是我听不清楚他说些什么。

不过，我已经知道他是谁了，而且，我也明白他为什么会出现在这里。

接着，我悄悄推开门，尽量不弄出声音，但没想到门的铰链还是嘎吱了一声。虽然那声音并不大，听起来跟蟋蟀的鸣叫声差不多，但还是惊动到他们了。我一出门就看到那小男孩往树林里冲过去，银白的月光照在他那头金黄的鬈发上。

他只有八岁。他永远都只有八岁。

"卡尔！"我喊了他一声，"卡尔·贝尔伍德！"

他就是住在我们这条街上的那个小男孩。他常常跑到我家来找叛徒玩，因为他妈妈不准他养狗。当年，他们家电线走火，酿成火灾，他在睡梦中被烧伤致死。如今，他已经安息在波特山上的一座墓碑底下，而那座墓碑上刻了一行字：我们挚爱的儿子。

"卡尔，不要怕！"我又大喊了一声。

他回头瞄了我一眼，我注意到他的脸变成了一片模糊的惨白，眼中闪烁着晶莹的月光，流露出恐惧的神色。然后，他消失了，还没走到树林就消失了。

叛徒开始拖着那条萎缩的腿，在狗栏里绕圈，呜呜哀鸣。它一直望着树林的方向，我看得出来它很眷恋那小男孩。我就站在狗栏门口，门闩就在我手边。

它是我的狗。我的狗。

这时后门廊上的灯忽然亮起来，我看到爸爸站在门廊上，睡眼惺忪。他问我："科里，你在叫什么啊？"

我只好临时编个借口，说听到有人在翻后院的垃圾桶。我不敢扯那只猴子撒旦，因为10月中旬的时候，撒旦已经被人拿霰弹枪打了个稀烂。开枪的人是爵士人加布里埃尔·杰克逊，因为撒旦跑到他太太的南瓜田里去捣乱。于是我说，可能是一只老鼠。

隔天吃早餐的时候，我没什么胃口。中午，我带了一个火腿三明治当午餐，结果放学回到家的时候，三明治还好端端在我的午餐盒里。吃晚饭的时候，我拿叉子翻搅盘子里的牛排。妈妈忽然伸手摸摸我的额头。"没发烧嘛，"她说，"可是我看你好像生病了。你还好吗？"

"还好吧。"我耸耸肩。

"你在学校里没出什么事吧？"爸爸问。

"没事。"

"是不是布兰林家那两兄弟又找你麻烦了？"

"没有。"

"不过，好像有什么事让你很烦？"妈妈问。

我忽然不吭声了。他们的眼睛简直就像是X光，一眼就可以看穿我。

"可以说给我们听听吗？"

"我……"我抬头看着他们。厨房里的灯光昏黄而温暖，而窗外的大地是一望无际的黑暗，一阵风呼啸着扫过屋檐。今夜，漫天乌云遮蔽了月光。"我错了。"我终于开口了，而且不由自主地流下了眼泪。我告诉爸妈，当初我向上帝祷告，祈求他赶走死神，不要让死神带走叛徒，但现在我后悔莫及。我错了，因为叛徒实在伤得太重，本来是救不活的。我希望当初没有向上帝祷告。因为我太自私，而我的自私散发出一股邪恶的力量，导致叛徒陷入那种僵尸般的可怕状态。我希望叛徒永远都是从前记忆中的模样，双眼永远都是那么炯炯有神，永远那么活泼机灵。我真的好希望。然而，我错了，我感到很羞愧。

爸爸的手转动着桌上的咖啡杯，转个不停。每次他碰到复杂的问题，就会开始转咖啡杯，因为这种动作有助于他理清脑海中的思绪。“我懂。”最后他终于开口了。听到他说出那两个字，我心头忽然感到无比轻松。“我想，天底下没有无法弥补的错误。只要你愿意，永远有机会。虽然，弥补错误，有时候是很艰难的，有时候会很痛苦，但无论如何你都必须尽力。”说到这里，他凝视着我的眼睛。“该怎么做，你自己应该明白吧？”

我点点头。“把叛徒送回乐善德医生那里。”

“对。”爸爸说。

我们决定隔天就把叛徒送去。那天晚上临睡前，我拿了一块汉堡肉到外面去给叛徒吃。对小狗来说，那可真是丰盛大餐。我真希望它可以好好大吃一顿。然而，它鼻子凑过来嗅了几下，然后就转头看着树林的方向，仿佛在期待谁来找它。

我感觉得到，在它心目中，我已经不再是它的主人了。

一阵冷风从我们身边呼啸而过。我坐到它旁边，叛徒喉咙里发出一声轻轻的哀鸣。它乖乖地让我拍拍它的头，却显得心不在焉。我还记得它小时候的模样，它永远精力充沛。从前，我有一只黄色的小球，上面绑了一个小铃铛，每次我把球扔出去给它捡，它都会兴奋得又跳又叫。还记得，从前我们常常比赛看谁跑得快，而它永远都是那么充满绅士风度，每次都故意让我赢。还记得，每到夏日的第一天，我们总是一起在天上飞，在连绵的山岭上盘旋。虽然那只是我的想象，感觉却是如此真切，比真实的世界更真实。我忍不住掉下了眼泪。其实，不只是掉下眼泪，我哭得很伤心。

接着我站起来，转身面向树林大喊了一声：“卡尔，你在那里吗？”

他没吭声。他当然不会回答我,因为他从前一直都是个害羞的小男孩。

“卡尔,我把叛徒送给你好不好?”我大声问。

他还是没回答,不过我知道他在那里。我感觉得到。

“卡尔,你过来带它走好不好?我不忍心看它那么孤单。”

他还是静悄悄的没有半点声息,静静听我说话。

“它喜欢人家搔它的耳朵。”我又继续大喊,“卡尔,现在你身上已经没有烧伤的痕迹了,对不对?叛徒……叛徒也会跟你一样恢复到像从前那样吗?”

树林里依然静悄悄的,只听到风声呼号。只有风声。

“我要进去了。”我说,“我不会再出来了。”我转头看了叛徒一眼。它依然目不转睛地盯着树林,尾巴摇个不停。我走进屋子里,关上门,然后关掉后门廊上的灯。

凌晨,我忽然听到叛徒那欢快的叫声,立刻惊醒过来。我心里明白,要是此刻我走到后门外,一定会看到什么景象。我决定不去打扰他们。我必须让他们有机会单独相处,有时间好好熟悉对方。于是,我翻了个身,渐渐又睡着了。

第二天下午,爸爸送我和叛徒到乐善德医生家。然后,他们俩走到外面去,让我和叛徒单独在房间里,让我有机会和它说再见。它伸出冷冰冰的舌头在我脸上舔了一下。我拍拍它那扭曲变形的头,轻轻摸了它几下。时候到了。乐善德医生已经把病历表准备好了,爸爸手上拿着笔要递给我,要我做出最后的决定。

“爸爸?”我问他,“叛徒是我的狗,对不对?”

爸爸明白我心里在想什么。“是的,它当然是你的狗。”说着,他把笔递给我。

我在那张代号3432的病历表上签上我的名字,然后交给乐善德医生。不久,回到家之后,我在叛徒的狗栏里绕了几圈,忽然感觉那里真的好小。

然后，我走出狗栏，没有把门关上。

6 车上的幽灵

快到 10 月底的时候，爸爸买了一个铁丝网篮装在火箭上。起初我还觉得很酷，后来我才明白爸爸是要我帮妈妈送东西。差不多就在那阵子，妈妈在教会的布告栏上贴了一张手写的广告单，上面说她要开始卖馅饼和蛋糕、饼干之类的东西。不久，多拉尔先生的理发厅里也出现了同样的广告单。有人开始打电话来订购，之后，妈妈开始整天埋头在盆子里搅面粉，厨房里到处都是堆积如山的蛋壳和砂糖盒。

后来我才明白，妈妈之所以会做这件事，是因为牧场缩减了爸爸的工时，家里的经济状况越来越拮据了，只是当时他们一直瞒着我。绿茵牧场缩减了爸爸的工作量，牧场的老客户不再订牛奶，因为联合镇新开了一家超级市场。那家超市叫做巨霸超市，开幕那天，他们甚至还请来亚当谷高中的乐队到现场演奏进行曲。巨霸超市真的就像巨无霸一样，足以一口吞掉小小的五角商店，有如大鲸鱼吞掉小虾米。超市规模很大，划分成无数个区域，日用百货一应俱全，光是牛奶就占了一整个走道，而且都是塑料瓶装，不需要清洗回收。正因为巨霸超市牛奶存货量惊人，能够低价促销，把绿茵牧场打得毫无招架之力。结果，爸爸送牛奶的工作量越来越少。超市里的陈设漂亮又干净，还有冷气，而且牛奶是塑料瓶装的，喝完就可以丢掉，大家都觉得很新奇。另外，巨霸超市营业到晚上八点，这真是闻所未闻。

在火箭身上装上一个篮子，就像在赛马身上装上邮袋一样，但我还是乖乖执行我的任务，每天下午把妈妈做的馅饼和蛋糕送到顾客家里。有时候，火箭会显得有点难以驾驭，仿佛在抗拒，不过，车上的馅饼和蛋糕倒是从来没掉过。

不久之前，乐善德医生夫妇对叛徒十分照顾，为了表达感激，妈妈决定做一个最受顾客欢迎的南瓜馅饼送给他们。她把馅饼放在一只盒子里，用绳子绑好，放在火箭的篮子里。然后，我就骑着火箭一路奔向乐善德医生家。半路上，我遇见了戈萨和戈多。他们还是骑着那两辆黑色的脚踏车。戈萨一看到我，立刻微微扬起下巴。至于戈多呢，他身上的伤还没好，还缠着绷带。一看到我，他立刻猛踩脚踏车，一溜烟跑得不见踪影了。后来，我终于来到乐善德医生家，走到后门去敲门。没多久，乐善德太太就开门了。

“妈妈烤了一个馅饼要送给乐善德医生，”说着我把盒子递给她，“是南瓜馅饼。”

“噢，她真是太客气了。”她把盒子接过去，然后举到鼻前嗅了几下。“哎呀，”她忽然惊叫了一声，“馅饼里是不是放了奶油？”

“应该是脱脂牛奶吧。”我猜得到，因为厨房里到处都是牛奶罐。“这是妈妈今天早上做的。”

“真感谢你妈妈，科里，只可惜我们没福气尝尝你妈妈的手艺。我和乐善德医生对乳制品都过敏。”她说，“我们就是这样认识的。当年在荷兰鹿特丹，我们同一天在医院碰面，全身红肿。”

“噢，天哪。这样，那你送给别人吃好了，我妈妈烤的馅饼很好吃的。”

“我相信一定很好吃。”她说，“可是我们家里最好不要有馅饼这种东西，因为法兰斯简直就像老鼠一样，常常三更半夜在屋子里东翻西翻找吃的。他很爱吃甜食，要是这馅饼让他发现了，要不了两天，他就会全身红肿发痒，就像起麻疹一样，连衣服都没办法穿。所以，最好还是不要让法兰斯看到这东西，否则他恐怕会跟弗农·撒克斯特一样，全身光溜溜地在路上走，懂吗？”

想象到那个画面，我不由得大笑起来。“知道了。”于是我又把馅饼拿回来，“那我请妈妈帮你做点别的东西好了。”

“不用这么客气。你们的心意我已经很感激了。”

我转身走到门口，走到一半忽然想到一件事，于是立刻停下脚步。我有点犹豫,不知道该不该跟她提。

“怎么了？还有什么事吗?”乐善德太太问我。

“我可以去找医生吗？我想跟他说几句话。”

“他还在睡觉。他昨天晚上整夜没睡,听收音机的广播。”

“收音机广播?”

“对,他有一台短波收音机。有时候他会整晚不睡,听外国的广播听到天亮。如果你有什么事要跟他说,我可以帮你转告。”

“嗯……那我晚一点再跟他说好了。”其实我只是想问他下午有没有什么事我可以帮得上忙。自从看过乐善德医生给动物治病之后,我忽然觉得当兽医很了不起。长大以后,我除了当作家之外,还可以兼任兽医。对这个世界来说,兽医是很重要的,就像送奶员一样重要。

“我下次再来好了。”我说,然后就把南瓜馅饼放回火箭的篮子里,跳上车骑回家。

我骑得很慢,感觉到火箭似乎有点紧张,不过我认为它只是有点不高兴,因为身上被挂了个篮子,仿佛猎狗身上被拴了条铁链。太阳照在身上暖烘烘的,远处连绵的山丘一片灿烂金黄。大概再过一个星期,漫山遍野的树叶就会变成深棕色,然后纷纷飘落,这样的季节,就连幽暗的阴影都会散发出一种无与伦比的美。每到这样的午后,你一定会不由自主地放慢步伐,好好品味眼前的景致,因为这样的美稍纵即逝,很快就会消失。

接着我脑海中忽然浮现出一幅画面:乐善德医生像弗农·撒克斯特一样,光着身子在街上走来走去。想到这个,我不由得笑起来。那一定很壮观,不是吗？我听说过各种各样的过敏症状,有人对草类过敏,有人对猫狗过敏,对豚草过敏,对烟草过敏,对蒲公英过敏。我外公对马过敏。每次一靠近马,他就会打喷嚏不止,到最后几乎连站都站不住。就是因为这样,每年10月,巡回马戏团到我们镇上的时候,他都不敢去。听奶奶说,我爷爷杰伯对工作过敏。我想,天底下无奇不有,不管什么东西都有人会过敏,搞不好有人晒太阳都会过敏。真难以想象，乐善德医生夫妻两人都不能吃冰淇淋，不能吃香蕉布丁，不能喝香草牛奶，对我来说，这简直无法想象！换成是我，吃不到这些东西，我铁定会发疯——

这时我忽然想到弗农。

那天，弗农站在火车模型前面说了几句话。

你知道我有什么看法吗？

我还记得那天，弗农关了灯，房间里一片漆黑，只剩下那些模型小房子的窗户透出灯光。

如果你查得出我们镇上谁是夜猫子，而且不喝牛奶，那么，你就逮到凶手了。

我忽然猛捏刹车，这突如其来的动作似乎把火箭吓了一跳。车子猛然停住。

我忽然想到乐善德太太刚刚说，他昨天晚上整夜没睡，听收音机的广播。

我用力咽了一口唾液，感觉自己的喉咙仿佛被石头哽住了。

有时候他会整晚不睡，听外国的广播听到天亮。

"噢，天哪！"我暗暗惊呼，"噢，不会吧，不可能是乐善德医——"

这时忽然有辆车停到我旁边，离得很近，几乎擦到我的腿，然后拐了个弯堵住我的去路。那是一辆深蓝色的低底盘跑车，右前侧被撞凹了一大片，上面有一条条的锈痕，形状看起来很像毒葛藤叶。后视镜上吊着一只兔子，底下还有一个方块。引擎盖底下发出低沉的隆隆声，整辆车都在震动，仿佛潜藏着巨大的力量。"喂，小鬼！"开车的人摇下车窗吼了我一声。方向盘上覆盖着蓝色的毛皮。"你不就是麦克森家那臭小子吗！"

他的声音听起来有点含糊不清，眯着眼睛，眼球上布满血丝。他就是唐尼·布莱洛克，看起来似乎已经烂醉如泥。他满脸坑坑洞洞，像凹凸不平的岩壁，涂着发油的头发拳曲凌乱，看起来油腻腻、脏兮兮的。"我还记得。"

他说，“在西姆家看到的就是你这个臭小子！”

我感觉到火箭突然震动起来，然后往前一蹿，往那辆车上撞了一下，仿佛小虾米在挑战大鲸鱼。

“臭小子，到处乱跑，连不该看的东西你也看到了！”唐尼又继续说，“搞得我们很麻烦！就是你，对不对？”

“不是我。”我赶紧说。火箭往后退了一下，然后又往前一蹿，朝那辆车再撞了一下。

“噢，就是你！臭小子，毕刚一直在找你，他很想亲眼看看你。他有很多话要告诉你，然后把你的臭眼睛挖出来，撕烂你那张大嘴巴！上车！”

我心脏怦怦狂跳，越跳越剧烈，感觉自己的胸膛快要炸开了。

“你耳朵聋了吗？没听到我叫你上车吗？上车！”说着他忽然抬起右手。

他手上有一把枪，枪口对准了我。

这时火箭又撞了一下车子。火箭曾经把我从戈多的魔掌下救出来。可是这次，面对这个卑鄙下流的恶棍，面对枪口，火箭已经救不了我了。

“再等两秒钟，我就开枪打烂你脑袋。”唐尼恶狠狠地说。

我吓得半死。那根枪管看起来简直就像大炮一样，我已经彻底屈服了。我丢下火箭，上了车子，脑海中忽然浮现出妈妈的影像。我仿佛听到她在惨叫。然而，我还有选择的余地吗？“走，我带你去兜风。”说着唐尼忽然弯腰伸长了身子，手从我面前伸过去，关上我这边的车门。他浑身汗臭味，酒气冲天，我被他熏得差点窒息。接着他踩下油门，车子发出一阵隆隆怒吼，忽然冲上路边的护栏，然后才又转回到车道上。我回头看了火箭一眼，看着它很快就变成一个小小的黑影。车子的后挡风玻璃上吊着的塑料夏威夷女郎玩偶摇摇晃晃的，像在跳着草裙舞。“你给我乖乖坐好，不要乱动！”唐尼又吼了我一声，我吓得动都不敢动，因为他手上有枪。接着，唐尼又猛踩油门，引擎发出一阵惊天动地的怒吼，车子沿着商店街风驰电掣，然后转了个弯冲向石像桥。

“我们要去哪里?”我鼓起勇气问他。

“你等着瞧吧。”

车速表上的指针已经攀升到时速一百公里。没多久,车子已经过了石像桥,引擎一路隆隆怒吼。接着,车子开到一处弯道,车速竟然高达一百二十公里。沿着那条路往前开,就会从萨克森湖旁边经过。我用力抓紧扶手,可是唐尼却放声狂笑。底板上有一只空酒瓶在我脚边滚来滚去,车里弥漫着一股劣质威士忌的刺鼻酒气,熏得我泪眼迷蒙。

马路两边的树林在车窗外向后飞逝,形成一片模模糊糊的黄色。车子的后轮在蜿蜒的路面上摩擦,发出刺耳的吱吱声。“我还真他妈的生龙活虎!”唐尼大吼大叫。也许他真的是生龙活虎,只不过和鬼门关只有一线之隔。他眼窝深陷,满脸胡碴,全身衣服皱巴巴、脏兮兮的,像在猪圈里睡了三天三夜。仔细想想,说不定他真的窝在猪圈里喝酒喝了三天三夜。“终于被我逮到了!”车窗外风声呼啸,他放开嗓门大吼,“我一直跟在你后面! 怎么样,我唐尼·布莱洛克很厉害吧? 我神不知鬼不觉地盯上你,终于逮到了你这兔崽子!”他的背整个弓起来,那种怪异的姿势看得我目瞪口呆。“那死胖子竟敢说我笨! 我要让他瞧瞧,在布莱洛克家,谁才是真正的聪明人!”

他手上有枪,他开着一部绰号大个子的跑车,他是天字第一号的酒鬼。要是这样就算是聪明人,那么,我们这位唐尼简直就是哥白尼、达·芬奇和爱因斯坦三个人的结合体。

后来,车子风驰电掣地经过萨克森湖,经过红岩平台。就在这时候,唐尼忽然大叫了一声:“哇! 慢点慢点大个子!”说着他立刻猛踩刹车,车速稍微慢下来了一点,但还是很快,而他却忽然猛打方向盘,车子飞快冲出十号公路,向右转上那条树林间的泥土路,差点撞上旁边的树。接着,他又继续猛踩油门,往前开了大概五十米,那条路就到了底,眼前出现一栋白色的小房子。那栋房子门廊外面围着纱网,我一眼就认出那是什么地方了。那辆红色的野马跑车还停在绿色的塑料遮雨棚下面，不过那辆锈迹斑斑的凯迪拉克却不见了。门前那座玫瑰花园还是跟我印象中一样，没半朵花，可是却长满了刺。

“哇！”唐尼大吼了一声，大个子很快就停在格雷丝小姐家门口。

上帝，救救我！我心里呐喊着。他到底想干什么？

他跳下车，手上抓着那把枪，枪口对着我。“你最好乖乖坐在这里等我回来！要不然，我一定不会放过你，我一定会宰了你！听懂了吗？”

我赶紧点点头。听多拉尔先生说，唐尼·布莱洛克杀过一个人，而我相信，他会毫不犹豫地再次杀人，所以我只好乖乖听话，坐着动也不敢动。唐尼摇摇晃晃地走到门口，开始猛敲门。接着我听到屋子里有人大叫了一声，然后唐尼就用力踹开门冲进去大喊：“她人呢？他妈的那臭婊子呢？”

我愣住了，吓得六神无主，但那时，不知道为什么我却突然想到乐善德医生。萨克森湖底那个人，不可能是乐善德医生杀的。一定是唐尼·布莱洛克干的。多拉尔先生告诉过我，他听本的爸爸说，那是唐尼·布莱洛克干的，不是乐善德医生。

冲进屋子里不到半分钟，唐尼很快又跑出来了，而且还揪住一个女孩子的头发拖着她走出来。她拼命挣扎，大声咒骂。

那女孩子就是莱妮。那天我和爸爸第一次遇见她的时候，她还朝我吐舌头做鬼脸。

“你给我上车！”唐尼又大吼了一声，拖着她走过庭院。她穿着一件粉红色的露背背心和一条紫色的短裤，脚上穿着银色的鞋子，其中一只鞋子在挣扎的时候松脱了。“上车！快点！”

“王八蛋！你放手！你放手！”

这时满头红发、身材壮硕的格雷丝小姐忽然从门口冲出来。她穿着白毛衣和蓝色牛仔裤。那条牛仔裤大得像布袋。她怒气冲冲，眼睛仿佛快喷出火来，手上抓着一柄炒锅。她举起锅，用力打在唐尼头上。

砰！他忽然朝她开了一枪。

格雷丝小姐惨叫一声，伸手捂住肩膀。她那件白毛衣上绽出一片鲜红，仿佛开出一朵玫瑰。她立刻跪倒在地，嘴里哭喊着："王八蛋，你敢开枪打我？王八蛋！"这时又有两个女孩子冲出来了。她们都是黑头发，只不过一个胖一个瘦。她们冲到格雷丝小姐身边。接着，另一个金头发的女孩子站在门口大喊："我要打电话叫警长了！我要叫警察了！"

"臭婊子！"唐尼边咒骂边走向车子，"警长早就被我们收买了！"他拉开车门把莱妮推上车。莱妮倒在我身上，拳打脚踢拼命挣扎，我赶紧爬到后座。"你还闹！"说着他忽然用力甩了她一巴掌，甩得她整个头往后扭，面向着我。她的脸很漂亮，但表情很凶悍，因痛苦而扭曲，嘴角渗出鲜血。"你敢再闹，我就打死你！"唐尼恐吓她。接着他绕到车子的另一边，坐上驾驶座。没多久，引擎立刻发出一阵隆隆怒吼。这时候，我摆出姿势准备要跳下车，但唐尼从后视镜注意到我的举动，立刻举枪对准我的头。我赶紧低头躲开，要不然万一枪突然走火，我恐怕真的会长出翅膀。"你们两个！乖乖给我坐好！"唐尼大吼了一声，然后猛然一个急转弯，冲上十号公路。

"你疯了！"莱妮手捂着嘴巴，气得大骂，"放我们走！"

"少废话！"

"你胆子太大了！格雷丝小姐会——"

"会怎么样？我真该一枪打烂她的脑袋！"

莱妮伸手去抓门把，但车子上了十号公路之后，唐尼开始猛加速，轮胎摩擦路面发出刺耳的吱吱声，一路朝奇风镇狂奔。莱妮紧紧抓着门把，但车速已经达到九十公里。

"跳啊！"唐尼笑得很狰狞，"有种就跳啊！"

她终于放开门把。

"我一定会叫警察来抓你！我对天发誓！"

"想也知道。"他越笑越狰狞，"只可惜，警察不会理你这种货色。"

“你这个酒鬼！神经病！”她转头看我一眼，“你抓这个小孩干什么？”

“那是我家的事！够了，你可以闭嘴了。”

“你会下地狱的。”她朝他吐了一口唾液，但他却一直在笑。

车子又经过石像桥，从火箭旁边经过。我注意到有一只乌鸦停在火箭的把手上，拼命想把南瓜馅饼盒啄开。那真是一种侮辱！车子以每小时一百公里的速度飞快地穿过奇风镇，路上的落叶被车尾的废气扫得满天飞。过了一会儿，车子忽然向右转，转上十六号公路，一路翻过山岭，奔向联合镇。

“你绑架他！”莱妮还是气呼呼的，“就是这样！你竟敢绑架小孩子！警察会吊死你！”

“管他去死！反正你被我逮到了。我目的已经达到了。”

“你缠着我干什么？我不想看到你！”

他忽然伸手抓住她的下巴用力一掐，这一分神，车子开始在路面上左右漂移。我看到路边的树林逐渐逼近，吓得喘不过气来。过了一会儿，唐尼才又抓稳方向盘，车子终于又回到车道上，开在路中央的分隔线上。“你敢再说一次试试看！你敢再说一次试试看！我会让你后悔一辈子！”

“你吓到我了！”她拼命想挣脱他的手，但他抓得好紧。

“我不会伤害你的，莱妮。你应该明白。”他终于放开手，但她的下巴已经红了一片。

“我不是你的女朋友！我老早就跟你说得很清楚了，我不想跟你，或是跟你们家的兄弟有半点瓜葛！”

“你拿了我们家的钱，不是吗？你一上了赌桌就生龙活虎，不是吗？”

“那是我的工作！”她说话的口气透出一丝骄傲，“我根本就不爱你，你不明白吗？我甚至一点都不喜欢你！我这辈子只爱一个人，可惜他已经死了，上天堂了。”

“上天堂！”他口气里充满嘲弄，“他老早就下地狱了。”从后视镜里，我看到他眼中闪过一丝怪异的光芒，眯起眼睛。“咦，他妈的那是什么东西？”他嘴里嘀咕了一声。

我回头一看，看到一辆车跟在我们后面，越开越快。

那辆车子是黑色的，黑得像煤炭。

“不可能！”唐尼猛摇了几下头，“噢，不可能。我应该没有醉到那种程度！”

莱妮也回头看了一眼。她下唇已经肿起来了。“什么东西？”

“你没看到那辆车吗？”

“什么车？”

她那双棕色的漂亮眼睛露出茫然的神色。不过，我倒是看到了那辆车，看得清清楚楚。唐尼也看到了。车子又开始在路面上左右漂移，我感觉得到他很紧张。显然，他也看到那辆车了。那辆黑车在我们后面猛追，越开越快，逐渐逼近。没多久，我已经看得到引擎盖上的火焰图案，看得到挡风玻璃里那个模糊的人影。他似乎弓着身体凑向前，仿佛急着想追上我们。

“见鬼了！”唐尼方向盘抓得好紧，指关节都泛青了，“我可能发疯了！”

“你现在才知道自己疯了？绑架我已经够严重了，结果你还开枪打伤了格雷丝小姐！万一她死了，会有什么后果？”

“你闭嘴！”唐尼的额头上开始冒出汗珠。他眼睛不断上下瞄来瞄去，一下瞄瞄后视镜，一下瞄瞄前面的马路。车子经过一个弯道的时候，那辆黑车忽然不见了，但没多久，我看到它又从弯道的阴影中蹿出来，紧追在后面——它就是午夜梦娜。阳光照在漆黑的引擎盖上，照在乌黑的挡风玻璃上，可是光线却显得很黯淡。我们的车时速已经高达一百一十公里，而午夜梦娜的速度必定超过了每小时一百四十公里。

“他就是在这里出事的！”窗外呼啸的风扫过她的脸，她的头发随风飘扬，表情显得落寞而憔悴。“我最爱的人就是在这里出事的！”

她指的地方是一大片杂草和茂密的灌木丛，不过，其中有两棵并排的枯树看起来特别显眼。那两棵树都烧得焦黑,而且上面有很深的刮痕,树枝交缠,仿佛相拥而死。

我看着她那一头金发,忽然想起一件事。

我想到,很久以前,在飞轮露天冰店的停车场,我常常看到一个女孩子总是跟在史蒂维·考利身边。

“小心!”莱妮忽然惊叫了一声,然后赶紧抓住方向盘。原来有一辆货柜车正从前方的坡顶朝我们迎面冲过来。从我们的挡风玻璃看出去,货柜车的水箱罩仿佛一排雪白的森然利齿。唐尼一直盯着后视镜,看着里头的午夜梦娜越来越近,越来越大,根本没去留意前面的马路。那一刹那,他猛打方向盘,于是那辆货柜车的巨轮从我们旁边呼啸而过,而且司机很不高兴地猛按了几下喇叭。我猛一回头,正好看到午夜梦娜的车身仿佛钻进了那辆货柜车,然后又从货柜车的后轮冒出来,继续朝我们逼近,而货柜车越跑越远,渐渐消失了。唐尼没机会看到这种不可思议的景象,因为他忙着抓紧方向盘。“好险!”莱妮惊呼了一声,然后又回头看了后面一眼,但我注意到她还是看不到午夜梦娜。

不过我心里明白,而唐尼也心里有数:小个子史蒂维·考利来救他的女朋友了。

“看样子,他是想跟我玩游戏啦?好,那我就奉陪到底!”唐尼大喊了一声,脚用力把油门踩到底,引擎发出一阵惊天动地的怒吼,整辆车都震动起来,某些没拧紧的零件开始叮当作响。“他永远追不上我!永远追不上!”

“别开那么快!慢一点!”莱妮哀求他。她眼中露出恐惧的神色。“你会害死我们的!”

但午夜梦娜已经追上来了,速度越来越快,黑压压的车身悬浮在半空中,乍看之下很像一架喷射战斗机,驾驶座上只看到一团黑影。唐尼咬牙切齿,满头大汗,车子在蜿蜒的公路上急速奔驰,轮胎吱吱作响,险象环生。车子里回荡着引擎的怒吼,回荡着呼啸的风声,还有莱妮的哭叫声。她一次又一次哀求唐尼开慢一点。不过,除了这些声音之外,我也听到了午夜梦娜的声音。

“来呀,臭小子!”唐尼忿忿咒骂,“上次你死在我手上!我还可以让你再死一次!”

“你疯了!”莱妮整个人蜷曲成一团窝在座椅上,“我不想死!”

每次车子高速转弯的时候,我的身体也随着车身左右摇晃。唐尼全身紧绷,使尽全力紧抓着方向盘。我紧张得喘不过气来,但奇怪的是脑袋却很清醒。我身体左右猛烈摇晃,撞得昏头昏脑,但我却想通了一件事:小个子史蒂维·考利是唐尼·布莱洛克杀的。我想象得到当时的经过:去年10月,有一天晚上,这条路上出现两辆车。一辆是蓝色跑车,一辆是黑色跑车。两辆车在赛车,急速狂奔,排气管喷出火焰。很可能当时两辆车并排前进,就像《宾虚》电影里的场景一样,两辆马车并排前进。当时,可能是唐尼忽然开车去擦撞史蒂维,右轮撞上了史蒂维的车,也可能是史蒂维的车忽然失控,或是爆胎。总之,午夜梦娜凌空飞起,宛如一只黑色的蝴蝶掠过月光灿烂的夜空,然后坠落地面炸成一团火球。我仿佛听得到当时唐尼放声狂笑,然后开车扬长而去,丢下草地上那堆熊熊燃烧的钢铁残骸。

事实上,此刻我就听到他那狰狞的狂笑。

“我会再杀你一次!我会再杀你一次!”他嘶吼着,眼中露出疯狂溃散的神色,油亮拳曲的头发被风吹得往后竖,乍看之下有如蛇发女妖美杜莎头上那一条条的小蛇。很明显,他已经濒临崩溃边缘了。

接着他忽然猛踩刹车,莱妮吓得尖叫起来,我也尖叫起来,而车子的轮胎则是发出尖锐刺耳的吱吱声。

午夜梦娜已经追到我们后面两米的地方,越来越逼近,然后,它的车头撞上我们了。

接着,我看到午夜梦娜漆黑的车头从后座的椅背钻出来,那火焰图案就在我眼前了。我看得目瞪口呆,眼球几乎快从眼眶里跳出来。接着,就像一幕幕电影慢动作的画面,午夜梦娜整辆车已经在我们车子里了。我闻到一股热乎乎的汽油味,烧焦的金属味,香烟味,还有古龙水的香味。那短短的一瞬间,我看到一个黑头发的年轻人在我身边。他的眼睛像海水一样湛蓝,两手紧紧抓着方向盘,嘴上叼着一根雪茄。他的脸很帅气,轮廓很深,下巴尖尖的。我吓得浑身汗毛直竖。

午夜梦娜穿过我们的车,穿过前座,穿过车头引擎的部位。当时,史蒂维甚至还伸出手在莱妮脸上轻轻摸了一下。我注意到她眨了眨眼睛,脸色发白,似乎吓了一跳。至于唐尼,他整个人缩成一团,吓得尖声怪叫。午夜梦娜穿过我们车子的时候,莱妮根本没感觉到,可是唐尼却吓得左右乱转方向盘,车子几乎失控。接着,午夜梦娜从车子的前保险杠钻出去,脱离了我们的车子,我看得到它的尾灯像两颗发亮的红钻石,排气管冒出废气喷在唐尼脸上。这时候,唐尼的车子忽然失控,开始像陀螺一样打滑旋转,发出尖锐刺耳的刹车声和轮胎摩擦声。

接着我感觉到车子震了一下,听到砰的一声,整个人飞起来撞上前座的椅背,感觉全身仿佛被一片看不见的铁网压住。“上帝啊!”我听到唐尼惊叫了一声,而且这次他是真的吓坏了。车子的挡风玻璃破成碎片,车身旁边好像被什么东西撞了一下,接着车子撞进矮树丛,撞断了许多枝叶,一阵窸窸窣窣,然后车头撞进了那堆红土路边坡。

“啊啊啊啊!”唐尼痛得惨叫起来,听起来很像小狗被车子压断腿时的哀号声。我感觉到嘴里有血腥味,感觉鼻子仿佛被挤扁了。我注意到唐尼惊慌失措地转头看看四周,两鬓的头发都变成了灰色。“他被我杀了!”他嘶哑着嗓子尖声大叫,“那王八蛋被我宰了!午夜梦娜被火烧烂了!你们看,烧烂了!”

莱妮瞪大眼睛看着他,眼神有点涣散,额头上肿了一大块。“你说……他是被你杀的……”

“他被我宰了!他被我宰了!他车子飞起来撞到路边!砰!撞烂了!

砰!”唐尼又开始狂笑起来,然后钻出车子。他没有开车门,而是直接从窗口钻了出去。他整张脸都肿起来,而且满头大汗,眼神涣散。接着,他开始摇摇晃晃地绕圈,我注意到他裤裆尿湿了。“爸爸!”他凄厉地嘶吼着,“救命呀,爸爸!”然后他开始爬上路边坡,朝树林的方向爬过去,边爬边啜泣。

这时我听到咔嚓一声。

我看到莱妮已经把车子底板上那把枪捡起来拿在了手上,枪上的撞针已经拉到后面。她举枪瞄准眼前那个恶棍。他走起路来摇摇晃晃,边走边哭着喊爸爸。

她的手在发抖。我注意到她的手指已经开始扣扳机了。

“不要!”我劝她。

但她终究还是扣下了扳机。

不过她手上的枪偏移了位置。枪响了,子弹却打在那堆红土上。她又连开了好几枪,大概有四枪吧。只见那堆红土上溅起了一团团的泥沙。

唐尼·布莱洛克快步走向那片满是黄叶的树林。进了树林之后,他被树枝绊倒了好几次,结果他挣扎的时候,衬衫背后都被扯破了,但我们却听到他又哭又笑。过了好一会儿,他的哭笑声终于渐渐消失了。

莱妮低下头,伸手捂住脸。我注意到她背后开始一抖一抖的——她在啜泣。这时我开始感觉到鼻子像火在烧。

尽管鼻子很痛,但我还是闻到了一丝淡淡的古龙水香味。

接着莱妮忽然抬起头来,一脸惊讶。她伸手摸摸自己满是泪痕的脸。“史蒂维?”她轻轻喊了一声,那声音听起来忽然变得很有精神,而且流露出希望。

我曾经说过,秋天到了,鬼魂也开始活跃了起来。他们开始在10月的田野里、公路上游荡,开始凝聚力量。如果你愿意聆听,说不定可以听到他们在对你倾诉。

或许莱妮始终看不到他,或许她就算看到了也不会相信,说不定还会跟唐尼一样吓得发疯。

但我相信她一定清楚听到了他对她说的话。不过，也说不定她只是闻到他身上的古龙水香味，只是回想起记忆中他那温柔的抚摸。

我相信，对她来说，这样已经够了。

7 日正当中奇风镇

我的鼻子没断，不过却肿得像包子一样大，变成青紫色，而且眼眶也肿起来黑了一大圈。不用说，妈妈听我说了整件事的经过之后，当然吓得魂不附体。但我终究还是逃过了这一劫。而且，除了鼻子肿起来之外，我并没有受什么伤。

事发之后，格雷丝小姐打电话给艾默里警长，于是警长立刻开车赶到十六号公路，发现我和莱妮在路上走。当时我并没有对他多说什么，因为我想到唐尼说过，警长已经被布莱洛克家收买了。后来爸妈过来接我，送我到帕里什医生的诊所。半路上，我把艾默里警长的事告诉他们。当时爸爸没吭声，但我注意到他脸上闪过一丝阴霾。我心里明白，他不会就此罢休。

后来，格雷丝小姐终于平安无事。她被送到联合镇的医院，检查之后发现子弹并没有伤及要害，只是皮肉伤。我有一种感觉：这么点小伤恐怕没这么容易就可以撂倒格雷丝小姐。

接着我要说的是莱妮和史蒂维·考利的故事。那是爸爸告诉我的，而爸爸是从警长那里听来的。十七岁那年，莱妮离家出走，跑到伯明翰去跳脱衣舞，就在那里碰见了唐尼·布莱洛克。唐尼诱拐她，劝她加入他们的“家族事业”，说那种工作才会赚大钱，而且告诉她，空军基地那些年轻小伙子的钱很好赚。于是她真的跟他回去了，结果被送到格雷丝小姐那边。没多久，有一天，她跑到奇风镇上的五角商店去买衣柜，结果在那里遇见了史蒂维·考利。或许我们不能说那叫做一见钟情，不过已经很接近了。反正，史蒂维一直劝莱妮离开格雷丝小姐,找一份正当的工作。后来他们甚至还论及婚嫁。而格雷丝小姐也宁愿让她离开,让她跟史蒂维在一起,因为就算硬把她留下来,她也无法专心工作。她对那些女孩子的要求是:如果要留在她那里,就必须把全部的心思都放在工作上。麻烦的是,唐尼·布莱洛克一厢情愿地认定自己是她的男朋友。他恨死了小个子史蒂维,不过,那不只是因为莱妮的缘故,更是因为他的宝贝车大个子始终跑不赢午夜梦娜。他明白,要想把莱妮拉回格雷丝小姐那边去工作,唯一的办法就是干掉史蒂维。那天,午夜梦娜炸成一团火球,莱妮的梦想也随之幻灭了。从此以后,她自暴自弃,沉沦皮肉生涯。我曾经听格雷丝小姐说过,莱妮越来越暴躁,越来越凶悍。

后来,我听说莱妮回家去了。她长大了,也变得更懂事。那是我最后一次听到她的消息。

当然,我相信此后她内心也将怀着永远无法磨灭的忧伤。

毕竟,人生在世,有谁能够事事圆满呢?

其实,有些还是从那个混蛋嘴里听来的。唐尼被关在奇风镇的监狱里,就在法院旁边。那天,有个农夫听到田里有怪声音,于是抓起一支巨大的霰弹枪跑过去看,发现唐尼抱着一个稻草人在跳舞。被关进监狱里之后,面对着铁栏杆,唐尼终于恢复了一点神志。在那短暂清醒的时刻,他一五一十地供出了自己从前犯下的罪行。他说,就是他开车去撞史蒂维·考利的车,害死了史蒂维。显然,这次布莱洛克家终于有人逃不掉法律的制裁了,尽管某些执法的人已经被他们收买。

没多久,11 月来临了,清晨时分,奇风镇开始蒙上一层冰霜。连绵的山岭染上了一片棕黄,遍地落叶。每当有人踩在落叶上,都会听到阵阵清脆的窸窣声。一个星期二的晚上,妈妈忙着翻食谱研究馅饼和蛋糕的新做法,爸爸则是在客厅看他的报纸。

后来,我们听到敲门声,爸爸立刻走过去开门。是艾默里警长。他站在门廊上，全身笼罩在昏黄的灯光下。他绷着一张脸，手上拿着帽子，外套的衣领翻起来。外头天冷了。

“我可以进去坐一下吗，汤姆？”他问。

“呃……”爸爸迟疑了一下。

“我知道你可能已经不想再跟我说话了。我明白。不过……我还是希望你能够听我说几句话。”

妈妈走过来站在爸爸旁边。“汤姆，请人家进来坐一下，好吗？”

爸爸拉开门，于是警长就进来了。

“你好，科里。”他跟我打了声招呼。当时我坐在壁炉旁边的地上做功课，读亚拉巴马州的历史。从前，叛徒总是喜欢趴在壁炉前面取暖，如今它走了，我忽然感觉一种莫名的空虚。然而，失去的已经无法挽回，我们还是要好好活下去。

“你好。”我应了一声。

“科里，你先回房间去吧。”爸爸对我说。但艾默里警长却说：“汤姆，既然这件事是科里发现的，我希望他也留下来听我说。”

于是我坐在原地没动。艾默里警长坐到沙发上，把帽子放到茶几上，然后愣愣地盯着帽子上的银星警徽。爸爸也坐下来。妈妈招呼客人一向很周到，她立刻问警长要不要吃点苹果馅饼或蛋糕，然而，警长摇摇头，于是她也坐下来。她和爸爸分别坐在壁炉的两头。

“再过不久，我就不当警长了。”艾默里警长说，“斯沃普镇长已经有好几个新人选，只差还没做最后决定。等他决定了，他就会任命新的警长。我想，大概这个月中旬我就可以卸任了。”他深深叹了口气，“如果没有意外的话，我11月底之前应该会搬走，离开奇风镇。”

“很遗憾。”爸爸说，“不过，听科里说了一些你的事，那才更令人遗憾。但说起来，我好像也不应该苛责你，因为上次我当面问你的时候，你并没有隐瞒。你坦白承认自己做了那件事。”

“老实说，当时我很想隐瞒，想矢口否认。只不过，你儿子说的是实话，你应该要相信。要是你连自己的儿子都无法相信，那天底下还有谁能够相信呢？”

爸爸皱起眉头。看他的表情，仿佛很想朝警长脸上吐口水。“我的天哪！J. T.，你为什么要干这种事？你为什么要拿布莱洛克家的钱包庇他们？看看他们干的是什么勾当！卖私酒，开赌场诈赌，更别提格雷丝小姐那地方！唉，格雷丝小姐是个好人，可是天哪，天底下没别的正经事可以做吗，何苦要去干那种行业？我问你，J. T.，毕刚·布莱洛克拿钱给你，只是叫你包庇他们卖私酒开赌场吗？你还要提供什么别的服务吗？给他擦鞋吗？”

“你说对了。”警长叹了口气。

“什么？”

“我真的给他擦过鞋。”艾默里警长淡淡笑了一下，那笑容苦涩而疲惫，他的眼神很空洞，充满悲哀和悔恨。接着，他的笑容消失了，露出痛苦的表情，嘴角开始扭曲，“每次拿钱都是在毕刚家里，每个月 1 号。信封袋里装着两百块钱，上面写着‘艾默里大警长’。他都是这样叫我。”说到这里他脸上抽搐了一下，“那天，我又到他家去，他那几个儿子刚好都在，唐尼，霸丁，韦德。毕刚拿着一支来复枪在上润滑油。他的身材真是巨大得吓人，就算坐在椅子上，也好像整个房间都被他塞满了。而且，每次他瞪着你的时候，你会感觉他好像用眼神就可以杀人。我拿起那只信封的时候，他忽然伸手到地上提起他的靴子丢到桌上。那双靴子上全是泥巴。‘大警长，我的鞋子脏了，可是我没力气擦。不知道能不能麻烦你帮我擦干净？’我正想开口拒绝，他却忽然从衬衫口袋里抽出一张五十块的钞票塞进一只靴子里，然后说，‘当然，不会让你白做工。’”

“我不想听。J. T.，你跟我说这个干吗？”爸爸说。

“我非告诉你不可。”警长瞄了壁炉一眼，我注意到火光和阴影在他脸上交织闪烁。“当时我告诉毕刚说我要走了，我不帮别人擦鞋，可是他却很狰狞地对我笑了一下说，‘噢，大警长，你干脆直接开个价吧。’接着他又从口袋里掏出一张五十块的钞票塞进另一只靴子里。”艾默里警长低头看着自己那只拿钱的右手，“我一直想给我女儿买一件新衣服和一双新鞋子。”他说，“那种上面有蝴蝶结的鞋子，可以穿到教堂去做礼拜。她总是穿别人不要的破衣服、破鞋子，我看了很不忍心。所以，我多拿了那一百块。可是，你知道吗，毕刚知道我那天会去，所以故意穿靴子去踩泥浆。后来，我把他的靴子擦干净之后，立刻冲到门外去呕吐不止，而且我听到他那几个儿子在里面大笑。”说到这里他忽然闭紧眼睛，好一会儿才又张开，“我带我女儿到联合镇上最好的鞋店，而且还给我太太买了一束花。其实，我买那束花，不光是为了想送给她。其实，我是想闻闻那种干干净净的清香。”

“露辛达知道这件事吗？”爸爸问他。

“不知道。她以为是我加薪了。汤姆，我找过斯沃普镇长和镇委会代表，请他们给我加点薪水，我不知道已经求他们多少次了，可是你知道吗，汤姆，他们总是告诉我，‘噢，J. T.，我们明年一定会帮你编预算。’”说到这里他苦笑了一下，“‘哎，J. T. 我们都知道你最刻苦耐劳，一块钱可以当两块钱用。更何况，你好像没有必要加薪吧，因为你好像挺悠闲的，每天不是开警车到处晃来晃去，就是坐在办公桌前看侦探小说。顶多就是有人打架的时候你去把他们拉开，或是某个人家的小狗不见了，你去帮他们找回来，或是有人把邻居家的篱笆搞坏了，两个人吵起来，你就去劝架。我们镇上几乎从来没发生过抢劫，杀人，或是像车子沉到萨克森湖底这类案件。J. T.，你是个老好人，只可惜不太像干警长的料。虽然你帽子上别着警徽，只不过，你身材笨重、动作迟钝，怎么看都没有警长的架势。而且，我们奇风镇从没出过什么大案件，所以好像没什么必要给你加薪，甚至也不需要给你加油的津贴，或是奖金。当然啦，我们倒是可以给你一点精神上的鼓励。’”说到这里，他眼中射出怒火。那一刹那，我和爸妈才忽然意识到，原来艾默里警长并不是没脾气，只是一直压抑着。“该死！”他咒骂了一声，“对不起，我实在不应该跑到你们家来发牢骚。”

“要是长久以来你一直觉得这么委屈，”妈妈问，“那为什么不干脆辞职算了？”

“因为……因为我喜欢当警长。我喜欢那种感觉。如果我们镇上发生了某件事，我会很想知道是谁干的，还有，原因是什么。我喜欢那种被人依赖的感觉。那就像……感觉就像大家把你当成爸爸或哥哥那样尊重，把你当成最好的朋友。也许斯沃普镇长和镇委会那些代表不尊重我，但我知道镇上的人都很尊重我。那就是为什么虽然我明知道自己早就该辞职不干了，但我却还是坚持下去。原因就在这里。一直到后来，有一天半夜，毕刚·布莱洛克忽然打电话给我，说他有个计划想跟我谈一谈。他说，他经营的事业并不会危害到奇风镇上的人，说他只是希望大家日子能够过得愉快一点。他还说，要不是因为大家有需要，他的事业也不可能经营得起来。”

“天啊，J. T.，这种鬼话你都相信！”爸爸一脸不屑地摇摇头。

“不光是这样。他还说，要不是因为有他们一家人经营这个事业，隔壁县的‘赖克帮’早就过来接收地盘了。而且，我听说那帮人都是杀人不眨眼的凶神恶煞。毕刚要我收下他的钱。他说，收了他的钱，或许我会觉得自己是在跟魔鬼打交道，但好歹他这个魔鬼是我认识的，总比外地来的凶神恶煞好吧。所以，没错，汤姆，我相信他。到现在我还是相信他。”

“这么说，你一直都知道他躲在什么地方？大家竟然都被你蒙在鼓里，还以为你根本找不到他们的老窝。”

“对，我知道。上次在森林里，科里和那几个小朋友撞见他们把那盒东西卖给那两个三K党，那地方你还记得吧？他们就是躲在那附近。另外，我倒是真的不知道盒子里面装了什么东西，不过很久以前我就知道，杰拉尔德·哈奇森和迪克·穆特里都是三K党。但不管怎么说，我终究还是错了。我做了违法的事。奇风镇是一个纯朴善良的地方，我已经没有资格和你们在一起了。”说到这里，艾默里警长忽然转头盯着爸爸，“汤姆，不用你说我也知道自己做错了事，我有愧于职守，玷污了警长这个神圣的职务，而且害我的家人蒙羞。从前我们跟镇上很多人都是好朋友，可是现在，他们看到我太太和我女儿，表情都很不屑。每次看到那种场面，我的心都在滴血。我刚刚说过，我们很快就要搬走了，不过，身为奇风镇的警长，我还有最后一项使命要完成。”

“什么使命？帮毕刚打开银行金库的门？”

“不是。”警长轻声说，“我要亲眼看着唐尼以谋杀罪被起诉送进监狱。或者最起码要以过失杀人罪起诉。”

“哦？”听爸爸的口气，我感觉到他好像突然振奋起来，但很快又泄了气，“问题是，毕刚会有什么反应？你不是收了他的钱吗？”

“我收毕刚的钱，只是掩护他卖私酒、开赌场，并不代表他儿子犯了杀人罪我也要包庇。事实摆在眼前，唐尼杀了人，没什么好说的。格雷丝小姐侥幸逃过一劫，是上帝保佑。我很了解史蒂维·考利。他这个人也许比较暴躁，老爱跟我过不去，但他是个好人。他父母也都是很好的人。所以，汤姆，我不会放过唐尼。不管毕刚怎么威胁我，我都不会放过唐尼。”

“威胁你？”妈妈忽然出声问他。这时爸爸站起来，拿火钳夹了一块木柴丢进壁炉里。

“对。或许应该说，他警告我。”艾默里警长忽然皱起眉头，“后天，县警部那边会派两个州警搭公路巴士到我们这里来。33号巴士。大概中午会到。到时候，我会把所有的移送文件都准备好，把唐尼交给他们。”

每隔一天就会有一班公路巴士经过奇风镇，开往联合镇，不过，那班车很少在我们镇上停车。里奇顿街那座加油站旁边有一个站牌，偶尔会看到两三个乘客上车下车，但通常那班车都是呼啸而过，停都不停。

“唐尼车子驾驶座底下有一个袋子，里面有一本黑色笔记本。”警长说。爸爸又丢了一根木柴到火堆里，但他很仔细地听着。“本子里记录了好几个人的名字和电话号码。感觉上，好像有人针对高中橄榄球赛在赌球，笔记本就是赌客的名单。而且,名单里竟然出现了几个不寻常的人,你看了可能会吓一大跳。虽然不是奇风镇上的人,不过,他们都是新闻人物,政界的人。看样子,布莱洛克家收买了一两个教练,打假球。"

"天啊!"妈妈倒吸了一口气。

"那两个州警要过来带走唐尼,我一定要亲手把唐尼交给他们。"艾默里警长忽然伸手摸摸警徽,"毕刚说,他不会让我有机会把他儿子押上车。他会先杀了我。汤姆,我认为他不是随便说说。"

"他在虚张声势!"爸爸说,"他只是在吓唬你,好让你乖乖把唐尼放走!"

"今天早上,有人把一只死动物扔在我家前面的院子里,看起来很像……很像是一只猫,不过已经被剁成肉酱,院子里到处都是血,大门上用血写了几个字,'不放唐尼,你就没命!'我两个女儿看到那种场面,吓得脸都白了。"艾默里警长忽然低头看着地上,"我很怕。怕得要命。我觉得毕刚真的想杀我,然后赶在那两个州警抵达之前把唐尼救出去。"

"露辛达和你女儿的处境恐怕更危险。那些混账王八蛋一定会找上她们。"妈妈忽然开口了。我感觉得到她很激动,因为平常她是不骂脏话的。

"出了这种事,今天早上我已经叫露辛达带我女儿回她妈妈家去避避风头。下午两点的时候她打电话给我,说她们已经平安到达了。"说到这里,他忽然抬头盯着爸爸,眼中满是痛苦的神色。"汤姆,我需要人帮忙。"

接着艾默里警长又说,他需要人手,至少要找三四个。今天晚上、明天,还有明天晚上,他们必须守在监狱,免得唐尼被布莱洛克他们劫走。他还说,消防队长马凯特已经守在监狱,只不过,他找不到更多人帮忙。他还说,他问过十个人,结果都没人肯帮忙。他说这件事很危险,所以他自掏腰包,只要有人肯帮忙,他会给那个人五十块钱。不过,他也只给得起这么多了。监狱里有手枪和弹药,而且监狱的建筑很坚固,有如铜墙铁壁,防守不是问题。真正棘手的是要怎么把唐尼从监狱带到公车站。这段路程才是真正的考验。

“情况就是这样。”艾默里警长抓紧瘦骨嶙峋的膝盖，“汤姆，你能帮忙吗？”

“不行！”妈妈忽然大吼一声，那声音惊天动地，差点就把窗户震破。“你疯了吗？”

“很抱歉，丽贝卡，我实在没办法了，只好来求汤姆帮忙。真的很抱歉，可是我已经别无选择。”

“你可以去找别人啊！为什么非要来找汤姆？”

“汤姆，你能帮忙吗？”警长追问。

爸爸站在壁炉旁边，壁炉里的木柴劈啪作响。他看看艾默里警长，然后看看妈妈，接着还转头瞄了我一眼。他把手插进口袋里，低下头。“我……我不知道该怎么说。”

“该怎么做才是对的，你心里应该很清楚不是吗？”

“对，我很清楚，可是我反对暴力。这辈子我从来没想过要对人使用暴力。尤其是……这几个月来，经历了这么多事，心里感触更深。我感觉自己仿佛走在薄冰上，背上还扛着一块大铁砧。我自己很清楚，我根本没办法开枪射杀别人。我根本办不到。”

“这样的话，那你就别带枪。我并不要求你一定要对人开枪。我只希望你跟我们站在一起，向毕刚表明立场，杀人偿命，谁都别想逍遥法外。”

“表明立场？布莱洛克那伙人会把你们全部杀光！”妈妈激动得根本坐不住，“不行！汤姆最近压力已经够大了，身体不太好，精神也不太好——”

“丽贝卡！”爸爸忽然大叫了一声，妈妈立刻安静下来。“有话我自己会说，可以吗？”他说。

“汤姆，就等你一句话。”艾默里警长露出一种哀求的口气，“我真的很需要你帮忙。”

爸爸表情很痛苦。我注意到他铁青着脸。他心里明白自己该怎么做，可是他内心却陷入了痛苦的挣扎，而且，萨克森湖底那个人仿佛伸出了一只冰冷的手掐住他的脖子。“不行，”他嘶哑着声音说，“我帮不了你，J. T. 。”

那一刻，我脑海中忽然浮现出一个词：懦夫。我心头涌现出一阵羞愧，感觉自己脸上热辣辣的。我立刻站起来冲回房间里。我实在克制不了自己。

“科里！”爸爸叫了我一声，“等一下！”

“唉，算了！”艾默里警长站起来，拿起茶几上的帽子戴回头上。帽顶压扁了，银星警徽也歪了。“算了！镇上的每个人都希望布莱洛克那家子被抓去坐牢，而且，要是有人拿了他们家的钱，一定会被全镇的人唾弃。可是现在呢，好不容易有机会逮住布莱洛克家的人，大家却忽然变成了缩头乌龟。不管我找谁帮忙，那个人一家子都避之唯恐不及！所以，我看他妈的算了！”

爸爸说：“我真的很希望能——”

“算了吧，你就好好待在家里，家里比较安全。好了，我走了，再见。”说着艾默里警长推开门走出去。屋外是冷飕飕的夜，我们听到他踩过落叶，那窸窣的声音渐渐远去，没多久就消失了。爸爸站在窗口，看着警长的车消失在路的尽头。

“用不着替他担心，”妈妈说，“他一定找得到人的。”

“万一找不到呢？万一每个人忽然都变成缩头乌龟呢？”

“要是这镇上的人都不在乎公理正义，都不肯帮助警长，那奇风镇就真的是个鬼地方，活该毁灭。”

爸爸忽然转头看着妈妈，嘴角往下一沉。“丽贝卡，我们不就是奇风镇的人吗？你，我，科里，还有 J. T. ，我们不都是奇风镇的人吗？J. T. 去请十个人帮忙，结果没一个人肯帮他，而他们不也都是奇风镇的人吗？所谓奇风镇，并不只是一堆大大小小的房子。奇风镇的生命，来自所有住在这镇上的人。大家互相关怀，互相帮助，奇风镇才有了生命。就算房屋塌了，奇风镇永远是奇风镇，可是，如果镇上的人失去了互相关怀的心，奇风镇就不存在了。”

“可是你帮不了他,汤姆。你没那种能力。万一你出了什么事……”说到一半她忽然停住了,因为接下去的话听起来很不吉利。

“他虽然做错了事,可是大家还是应该要帮他。刚刚我实在应该答应他。”

“不行,你不能答应他。汤姆,你根本就不是跟人打斗的料。只要一闪神,你立刻就会被布莱洛克那伙人杀了。”

“那我会提高警觉,不要闪神。”爸爸脸色铁青。

“汤姆,J. T. 说得没错,你应该好好待在家里,家里比较安全,好不好?”

“你有没有想过,在科里眼里我会变成什么样的爸爸?刚刚他看我的那种眼神,你看到了吗?”

“他自己会想通的。”妈妈拼命想挤出笑容,让气氛缓和一点,“汤姆,吃块蛋糕喝杯咖啡好不好?”

“我不要吃蛋糕,我不要吃馅饼,我不要吃松饼,我什么都不要,不要不要。现在我只想——”说到一半他忽然停住了。虽然他拼命想往下说,但心情实在太激动,喉咙哽住了。猜得出来,他接下去想说的应该是:我只想一个人静一静。“我要去找科里谈一谈。”说完他就走到我房间门口,敲敲门。

我说了声请进。我怎么可能不让他进来呢?他毕竟是我爸爸。他走进我房间之后,坐到我床上。我手上捧着一本《黑鹰中队》的漫画。刚刚他还没进门之前,我一直在想弗农说的那些话:艾默里警长是个好人。可惜,他不适合干警察。他没有那种猎狗的本能。就算线索摊开在他眼前,他还是一样看不到。从某个角度来看,艾默里警长是个好丈夫、好爸爸,这点谁也无法否认。接着爸爸清清喉咙,“我想,你心里一定很瞧不起我,对不对?”

要是平常听到爸爸讲这种话,我一定会觉得很好笑,可是今天我却笑不出来了。我愣愣地盯着手上的漫画书,心里忽然有一股冲动很想钻进漫画书的世界里。在那个世界里,全都是满天翱翔的飞机和粗犷豪迈的英雄,在那个世界里,英雄会奋不顾身维护公理正义。

也许那种心情很明显地写在我脸上,也许爸爸一下就看穿了我的心思。我听到他说:“孩子,真实的人生不是漫画。”说完他拍拍我的肩膀,然后就站起来走出去,关上门。

那天晚上我睡得很不安稳,噩梦连连。我梦见那四个黑人小女孩在呼唤我。我梦见那辆车冲出红岩平台掉进漆黑的湖里。我梦见午夜梦娜从我旁边冲过去。我梦见毕刚·布莱洛克那满脸的大胡子,看到他露出狰狞的笑容对我说:你快要倒大霉了!我梦见猴子撒旦那张被霰弹枪打得稀烂的脸,它凄厉的哀号。我梦见乐善德太太端了一杯汽水给我,听到她对我说:有时候他会整晚不睡,听外国的广播听到天亮。

乐善德医生不喝牛奶,半夜不睡觉,这件事我还没有告诉爸妈,因为我觉得那跟萨克森湖那件事毫无关系。乐善德医生何必无缘无故杀害一个外地来的人?而且他是个大好人,那么爱动物,怎么可能用那么凶残的手段把那个人折磨得不成人形,还用铁丝勒死他?难以想象!

然而,我却忍不住会想。

弗农对艾默里警长的判断是正确的,那么,他说那个杀人凶手不喝牛奶,而且半夜不睡觉,这样的推论是不是也有道理?

弗农虽然是个疯子,可是他就像海滩男孩一样,接触过很多人很多事。他有点像上帝之眼,看着奇风镇的人来来去去,看得透每个人的希望与贪婪,善良与邪恶。他看透了赤裸裸的人性。也许,他已经看透了人生。

我决定开始监视乐善德医生和他太太。要是他真的是那种表面温文儒雅、内心冷血凶残的禽兽,那她怎么可能浑然无觉?

第二天,天气又湿又冷,下着毛毛雨。放学后,我骑着火箭从乐善德医生家门口经过。他和他太太两个人都在家,而且那两匹马也都在谷仓里。我也说不上来自己究竟想做什么,但我就是想看看。根据弗农的推论,萨克森湖事件可能和乐善德医生有关,可是,如果没有进一步的线索,那就只是纯属臆测。那天晚上吃晚饭的时候，饭桌上的气氛冷得几乎要结冰了。我不敢看爸爸的眼睛，而爸妈则是拼命避开彼此的目光，但不管怎么样，那顿饭吃得还算平静。

我们吃的是南瓜馅饼。这阵子，我们几乎天天吃南瓜馅饼，吃到都想吐了。后来，爸爸终于开口说："今天里克·斯潘纳被解雇了。"

"里克？他不是已经在绿茵牧场待很久了吗？他的资历跟你一样吧？"

"对。"爸爸用叉子戳戳盘子里的馅饼屑，"今天早上和尼尔·亚伯勒谈了一下，他说，他听说牧场正在裁员。这也是没办法的事，都是因为那该死的……超市。"他发觉自己说溜嘴讲了脏话，赶紧改口，可惜我已经听到了。"巨霸超市。"他很不屑地哼了很大一声，馅饼屑差点从鼻子里喷出来。"塑料瓶装的牛奶。天晓得接下来他们还有什么鬼花样！"

"里克他太太利亚 8 月不是才刚生了孩子吗？"妈妈说，"他们已经有三个孩子了。里克要怎么办？"

"我也不知道。他一接到通知，立刻就走了。尼尔说，他听说牧场给里克一个月的薪水，问题是，他们一家五口，靠那么点钱恐怕也撑不了多久。"他放下叉子，"我看，你做几个馅饼，我送去给他们好了。"

"我明天一大早就做一个新的。"

"那好。"爸爸伸出手握住妈妈的手。虽然他们两个起过争执，但那种不愉快似乎已经烟消云散了。此刻，看着他们手握着手，感觉很温馨。"丽贝卡，我感觉得到，问题才刚要开始而已。绿茵牧场根本拼不过大型超市那种超低的价钱。上个星期，我们又给我们的老客户打折优惠，结果两天前，巨霸超市也跟着降价；降得比我们还低。我想，情况只会越来越严重。"我注意到他忽然握紧妈妈的手，而她也握紧他的手，仿佛两个人要同心协力面对即将来临的严酷挑战。

"对了，还有一件事。"说到一半，爸爸忽然又停住了。他露出一种咬紧牙关的表情，仿佛必须鼓足勇气才说得出口，"今天下午我跟马凯特队长聊了一下。我到加油站去加油的时候,正好碰到他在那里。他说——”说到这里他又迟疑了一下,“他说,除了他,J. T. 另外只找到一个人肯帮忙。你知道那是谁吗?”

妈妈没说话。

“月亮人。”爸爸苦笑了一下,“你想象得到吗?整个奇风镇身强力壮的人那么多,结果竟然只有马凯特队长和月亮人肯帮 J. T. 对付布莱洛克家。我真怀疑月亮人拿得动枪吗?开枪就更别提了!嗯,看样子,全镇的人都打算窝在家里保住自己的小命,你说对不对?”

妈妈忽然把手缩回来,撇开头不看爸爸。爸爸隔着桌子凝视着我,眼神好凌厉,有如咄咄逼人的熊熊烈火,看得我有点坐立不安,“小老弟,你觉得你爸爸是什么样的人?今天到学校去,有没有告诉你那几个朋友说,你爸爸是个胆小鬼,不敢帮警察捍卫正义,有没有?”

“没有。”我说。

“你应该告诉他们的。你应该告诉本,约翰尼,还有戴维·雷。”

“哼,他们的爸爸也没做什么啊!逞英雄跟布莱洛克家过不去,白白送命,他们没那么笨吧?”妈妈声嘶力竭地说,“你们这些人真的会用枪吗?平常那些喜欢拿枪打猎的人怎么都不见了?有些人不是很爱吹牛吗,老爱吹说自己多神,拳头有多厉害,枪法有多准,打架从来没输过,什么事都摆得平,现在呢?人呢?怎么都不见了?”

“我不管他们怎么样。”爸爸忽然两腿一伸把椅子往后推,站起来。“我只知道自己该做什么。”说着他开始往门口走过去。妈妈倒吸了一口气,赶紧问他:“你要去哪里?”

爸爸快走到门口的时候忽然停下脚步,站着不动,然后抬起一只手按住自己的额头。“我只是想到门廊上坐一下。丽贝卡,只是想到门廊上坐一下。我要一个人静一静,好好想一想。”

“可是外面那么冷!”

“没关系。”说完他就走到门外去了。

半个钟头后，他又走进来，走到壁炉前面烤火取暖。今天是星期五，我决定晚上晚点睡。晚上快十一点的时候，睡觉时间到了，爸爸却还坐在壁炉前面的椅子上，两手撑着下巴。外头风声呼号，雨水有如小石子一样劈里啪啦打在玻璃窗上。

“妈妈，晚安，我要去睡了！”我朝厨房叫了一声。妈妈正在厨房里忙着，弄得哗啦哗啦响。她回了我一声晚安。接着我转头对爸爸说：“爸爸，晚安。”

“科里。”他忽然轻轻叫了我一声。

“什么事？”

“要是我杀了人，你会有什么感觉？你会觉得我跟萨克森湖边那个凶手有什么不一样吗？”

我想了一下。“当然不一样，”我说，“因为你杀人是为了保护自己。”

“问题是，从某个角度来看，说不定那个凶手杀人也是为了保护自己啊，你觉得呢？”

“也许吧。不过你跟他不一样的地方是，杀了人你会很难过。”

“对，”爸爸说，“我确实会很难过。”

我还有别的话想跟他说，可是我不知道他想不想听。不过，我还是决定要跟他说，“爸爸！”

“怎么了？”

“爸爸，任何人都无法让你内心得到平静，除了你自己。我觉得你必须自己想办法。爸爸，你知道约翰尼和戈萨·布兰林打架的事吧？约翰尼并不想跟他打架，他是被逼的，不过最后，布兰林兄弟再也不敢来找我们的麻烦了。”爸爸脸上没有任何反应，我不知道他懂不懂我的意思。“你觉得我说的有道理吗？”

“很有道理。”他说。接着他忽然仰起脸，我注意到他嘴角泛起一抹微笑。“明天收音机就要转播亚拉巴马州高中橄榄球赛,一定很精彩。你赶快去睡觉吧,明天才有精神听广播。”

“我知道了。”于是我转身走开,准备回房间。

“谢谢你,孩子。”爸爸忽然对我说。

第二天早上七点,我听到爸爸的小货车发动引擎的声音,立刻就醒过来了。“汤姆!”我听到妈妈站在门廊上叫爸爸。“汤姆,不要去!”我赶紧跑到窗口看看外面,看到妈妈穿着睡袍冲向马路,早晨的阳光照在她身上。可是,爸爸的小货车已经开走了,妈妈在后面大叫:“不要去!”爸爸把手伸到车窗外面,挥挥手。轰隆隆的车声惊动了整条希尔托普路上的狗,它们都冲出狗屋狂吠起来。我知道爸爸要去哪里,而且,我也知道为什么。

昨天夜里,他做了一个重大的决定,但我很担心他,心里七上八下。他决定不再等待平静自己降临。他打算去做一件事,让自己内心得到平静。

那天早上,我终于知道了什么叫煎熬。妈妈已经害怕得说不出话来了。她穿着睡袍踱来踱去,眼中满是惊恐。她每隔十五分钟就打一次电话到警长办公室去找爸爸。到了九点,她忽然不再打了,我猜一定是爸爸告诉她,时候到了,他们要行动了。

九点三十分的时候,我开始穿衣服。我穿上牛仔裤和衬衫,再套上一件毛衣,因为,尽管天空一片蔚蓝,阳光普照,但空气却是冷飕飕的。我匆匆刷过牙,把头发梳整齐,然后看着墙上的时钟滴答滴答慢慢走到十点。我想到那班33号巴士正沿着蜿蜒的公路开向奇风镇。车子会提早到吗?会误点吗?还是会准时抵达?爸爸、艾默里警长、马凯特队长,还有月亮人,今天,他们即将面临生死关头,就算是短短的一秒钟也是生死攸关的。尽管我努力不去想那些,但那些恼人的思绪却依然缠绕在我的脑海中。到了十点三十分,我知道自己该走了。我必须到现场去看爸爸。我没办法眼巴巴地坐在家里等电话。电话来的时候,我可能会听到两种结果:第一,唐尼被那两位州警押上巴士,第二,爸爸被布莱洛克家的人开枪打死了。我不能坐在家里等电话。我一定要去。我戴上手表,准备出发。

快十一点的时候,妈妈已经紧张到了极点。她把电视和收音机全都打开了,然后把三个馅饼同时放进烤箱里烤。亚拉巴马州高中橄榄球赛已经快开始了,可是,我根本没心思去想那个。

我走进厨房,厨房里弥漫着一股南瓜香。我问妈妈:“妈妈,我想去约翰尼家可以吗?”

“什么?”她瞪大眼睛看着我,“你要去哪里?”

“约翰尼家。我和本、戴维·雷约在约翰尼家……”这时我转头瞄了收音机一眼。我听到收音机传来观众的欢呼:亚拉巴马!亚拉巴马!加油加油加油!“……去约翰尼家听比赛转播。”我不得不编个借口。

“不行。你一定要待在家里陪我。”

“可是我已经跟他们约好了。”

“我说什么你听不……”她已经气得满脸通红,把搅拌盆用力摔在柜台上,南瓜酱洒了满地。她泪水夺眶而出,然后伸手捂住嘴巴,不让自己哭出来。

屋外冷飕飕的,可是我却激动得浑身发烫。“可是我想去嘛。”我说。

妈妈已经克制不了自己了。她哭了出来。“算了,要去就去!”妈妈大吼了一声。她的情绪已经濒临爆发边缘。“要去就去,随便你!”

我立刻转身跑出大门,以免自己哭出来,怕自己一时心软决定留在家里。我跳上火箭,忽然听到厨房里传来一阵劈里啪啦的声音。我知道怎么回事。妈妈把那只搅拌盆摔到地上砸了个粉碎。我开始骑车冲向里奇顿街,冷飕飕的风冻僵了我的耳朵。

那天火箭跑得特别快,仿佛感觉得到我心中的悲伤。在那个星期六的上午,整个奇风镇平静而慵懒,街上静悄悄的。天气太冷,大多数人都躲在屋里,只看到几个不怕冷的小孩在街上跑来跑去。大家都守在收音机旁边,等着听大熊教练带领的球队打赢对手。我弯腰凑向前,冷风刮在我脸上。

火箭在路面上急驰，我感觉得到轮胎的震动。后来，虽然我的脚已经不再踩踏板，它却依然风驰电掣。

十一点十五分，我来到加油站，那里有两台加油机，还有一台轮胎打气机。办公室旁边有一间车库，里头隔成两小间。加油站老板是海勒姆·怀特先生，他年纪很大了，而且驼背很严重。看着他在满是扳手和引擎皮带的车库里走来走去，那模样真的很像钟楼怪人。此刻他坐在办公桌前面，歪着头听收音机。办公室是煤渣砖搭成的，角落有一面黄色的铁皮标示牌，用生锈的螺丝钉挂在墙上。那就是公路巴士的站牌。我把火箭骑到办公室后面，停在那个油腻腻、脏兮兮的垃圾桶旁边，然后坐到地上，等待中午时刻来临。

到了十一点五十分，我已经紧张到了极点，指甲都快被我咬光了。这时我忽然听到车子逐渐开近的声音。我立刻把头探出屋角瞄了一眼，看到警长的车朝加油站开过来，爸爸的小货车跟在后面。月亮人坐在爸爸车上，头上还是戴着那顶高礼帽。马凯特队长坐在警长车上，而唐尼坐在后座。他穿着黑色条纹的囚服，嬉皮笑脸。车子停住之后，却没有人下车。大家都躲在车子里，引擎没熄火，发出低沉的轰隆声。

怀特先生走出办公室门口。他走路是横着走的，那模样很像螃蟹。艾默里警长摇下车窗，跟怀特先生说了几句，可是我听不到他们在说什么。接着，怀特先生走回办公室，过了几分钟，他又走出来了，身上穿着一件油腻腻的外套，头上戴着一顶棒球帽。他坐上他的车，然后就开走了，车尾弥漫着一团黑烟。

两分钟后，那班巴士并没有抵达。

这时我忽然听到背后有人叫了我一声："小朋友，不要动。"

我正要回头的时候，忽然感觉一只手掐在我脖子后面，掐得好紧，吓得我浑身僵直。那个人拉着我往后退，把我拖到后面。是韦德吗？还是霸丁？天哪，怎么办？我一定要想办法警告爸爸！那个人一直把我往后拖，拖回到垃圾桶旁边才放手。我立刻转头去看他。

原来是老欧文，也就是上次在理发厅碰到的那位传说中的神枪手棒棒糖小子。他问我："真该死，小鬼，你跑到这里来干什么？"

看到他，我震惊得说不出话来。老欧文皱起眉头，脸上满是斑点，头上那顶棕色的牛仔帽已经被汗水浸湿了，那模样看起来一点都不像传说中威风凛凛的棒棒糖小子，看上去只是个普通的老头子。他满头淡黄色的头发披散在肩头，身上穿着一条皱巴巴的黑裤，一双黑靴，一件颜色像泥巴的毛衣，外面还套了一条米黄色的防尘披肩，颜色更像泥巴。披肩的边条几乎垂落到脚踝的位置。然而，令我震惊的，并不是他那身打扮，而是挂在他腰上那副枪套皮带，还有左边枪套里那把枪柄上有骷髅图案的手枪。他侧着身子，那骷髅头正好面对着我。老欧文眯起眼睛打量我。"我有话要问你。"他说。

"我爸爸，"我鼓起勇气说，"他在这里帮警长。"

"我知道。不过，我还是搞不懂你跑来这里干什么。"

"我只是想——"

"想找死吗？你不知道布莱洛克家的人都是狠角色吗？这里很快就要子弹满天飞了！上车！赶快走！"

"巴士误点了。"我找借口拖延时间，转移他的注意力。

"小子，你敢跟我玩这种把戏？"他反应很快，"上车！"说着他把我推向火箭旁边。

我还是站着不动。"不，我要留下来陪我爸爸。"

"你再不走，我就不客气啦！"我注意到他脖子上青筋暴露。不难想象，要是他真的动手，恐怕不会像爸爸平常修理我那么客气了。老欧文一步步朝我逼近，我不由自主地往后退了一步，但接着我又鼓起勇气站稳脚步，不再退了。

接着，老欧文走到距离我大概一米的地方时，忽然也停下脚步，嘴角泛起一抹微笑。“嗯。”他说,“看样子,你还挺勇敢的嘛。”

“我要留下来陪我爸爸。”我告诉他。

就在这时候,我们两个都听到一辆车逐渐开近的声音。那时候,我们明白已经没时间再僵持了。老欧文立刻转身冲到墙角,快如闪电,披风窸窸窣窣地飘飞起来。他微微探头瞄了外面一眼,动作敏捷,神情机警。那一会儿,我明白眼前的老欧文已经不是平常的老欧文了。

他已经变成了年轻时代那个棒棒糖小子。

我也跑到墙角去探头看外面,但老欧文立刻挥挥手叫我退后。

看到眼前的景象,我心脏怦怦狂跳。我看到的并不是公路巴士,而是一辆黑色的凯迪拉克。那辆车开进加油站,斜斜地停在警长车子前面。我身体往后一缩,挣脱老欧文的手,冲向车库旁边那堆旧轮胎后面,然后迅速趴在地上。那时我已经很清楚接下来要发生什么事了。老欧文不断朝我比手势,叫我退回到办公室旁边,但我还是趴在原地没动。

霸丁 · 布莱洛克从驾驶座钻出来。他穿着一件白衬衫,领口敞开,外面披着一件灰色西装外套。那件外套质地很光滑,在阳光的映照下散发出五彩缤纷的光泽。他头发剃成了很短的平头。他表情很阴沉,嘴角露出一抹冷笑。接着他弯下腰,上半身钻进车里,然后拿出一把左轮手枪,枪把上镶着珍珠。接着,韦德 · 布莱洛克从右前座钻出来。他一头黑发往后梳得很整齐,仰头挺出下巴,身上穿着一条黑色的紧身裤,还有一件蓝格子牛仔衬衫。虽然天气很冷,但他还是把袖口卷到手肘上方,露出满是刺青的手臂。他身上挂着一副肩背式的枪套,里头有一把手枪。然后,他又从车子里抽出一支来复枪,然后迅速咔嚓一声扣动扳机,让子弹上膛。

接着,后车门开了,车身忽然摇晃了一下,毕刚那巨大的身影从车子里钻出来。毕刚穿着一件迷彩连身工装裤,一件深棕色衬衫,看起来仿佛 11 月的季节里,一座遍地黄叶的大山忽然活过来,挣脱地底的岩盘,在地面上缓缓移动。他龇牙咧嘴笑得很狰狞,头发稀疏的头顶油光发亮。他从车子里钻出来的时候，喘气喘得很厉害，嘴里一边说着："孩子们，动手吧。"

韦德举起来复枪，霸丁举起手枪，把击铁往后拉。他们瞄准警长的车，开始射击。

我吓得浑身汗毛直竖。子弹打破了警长车子的两只前轮，轮胎立刻扁平贴在地上。接着，韦德和霸丁瞄准爸爸的小货车，那一刻，爸爸赶紧把变速杆拉到倒车挡，想让车子退离现场，只可惜太迟了。两只前轮很快就被子弹打破，车子立刻动弹不得，摇晃了几下。

"怎么样，大警长！要不要商量一下啊？"毕刚大吼一声。

艾默里警长没下车。唐尼脸贴在玻璃窗上，笑得很得意，那模样活像小孩子把脸贴在商店的玻璃橱窗上看着里头的蛋糕。我转头瞄瞄老欧文，看看他在干什么。没想到，他已经不见了。

"巴士恐怕不会准时抵达了！"毕刚说。他弯腰钻进凯迪拉克后座，一手拿出一支双管霰弹枪，另一手拿出一个迷彩背包。接着，他把那个背包丢到车顶上，拉开拉链，然后手伸进背包里。"有好戏看了，大警长！"他抖了一下霰弹枪，让枪管往下折，露出枪膛口，然后从背包里掏出两颗子弹塞进枪膛里，接着又抖了一下，枪身又恢复了原状。"那班巴士还在十号公路上，离这里还有十公里远，两只轮胎已经被我打烂了！有得他们修的！"他靠在车身上，身体的重量压得车子嘎吱作响。"换轮胎最要命！我自己就最恨换轮胎！"

就在这时候，我忽然听到两声枪响：砰！砰！

那辆凯迪拉克的后轮忽然爆了。毕刚立刻跳起来，跳得好高。没想到他那一座山似的笨重身躯竟然能跳那么高。他大吼了一声，那声音听起来既像欢呼又像尖叫。韦德和霸丁立刻转身，而毕刚那笨重的身躯飞快地趴到地上，砰的一声仿佛地震。

这时候，我看到那辆凯迪拉克后面有一个烟雾缭绕的人影。那个人站在怀特先生的拖吊车旁边。是棒棒糖小子。他右手拿着一把枪，枪口冒着烟。

“操他妈的——”毕刚气疯了,脸涨得通红,满脸的大胡子抖个不停。

艾默里警长忽然从车里跳出来。“欧文！我不是叫你不要来吗?”

棒棒糖小子根本不理他。他冷冷地盯着毕刚。“布莱洛克先生,你知道眼前的局面叫什么吗?”说着他忽然开始转动手上的枪。他的食指套在扳机护环里,整把枪就这样绕着他的食指转个不停,在阳光照耀下只见一团模糊的金属光晕。接着,他刷的一声把枪插到左边的枪套里,枪柄朝前。他说:“这叫做势均力敌,僵持不下。”

“去你妈的势均力敌!”毕刚大吼起来,“儿子们,宰了他!”

韦德和霸丁立刻举枪瞄准棒棒糖小子一阵猛射。艾默里警长大喊:“不要!”然后他立刻举起摆在旁边的来复枪。

也许你可以说棒棒糖小子已经老了,但他年轻时候的那股狠劲却没有消失。棒棒糖小子的气魄依然不减当年。他飞快压低身体跑到拖吊车旁边。呼啸的子弹打碎了拖吊车挡风玻璃,把引擎盖打穿了好几个洞。这时艾默里警长也开了两枪,那辆凯迪拉克的挡风玻璃也成了碎片。韦德尖叫了一声立刻趴到地上。霸丁气呼呼地猛转身连开了好几枪,艾默里警长的帽子被他打飞了。但紧接着,艾默里警长立刻开枪还击,一颗子弹擦过霸丁侧边的头发。霸丁一定是感觉到了子弹的热度,立刻大叫一声:“啊!”然后趴到地上。

这时马凯特队长也跳出车子,手上拿着一把手枪。爸爸也从小货车里跳出来趴到路面上。那一瞬间,我心里又是骄傲又是害怕,因为我看到他手上也抓着一把枪。月亮人坐在小货车里没动。他压低着头,我们只看得到他头上那顶高礼帽。

这时毕刚又举起双管霰弹枪开了一枪。砰！那辆拖吊车震了一下,玻璃碎片和碎铁片四散飞溅。毕刚跪在那辆凯迪拉克旁边。我看到那辆车,忽然想到毕刚实在不应该把那辆拖吊车打烂,因为他等一下会用得上。

“爸！”唐尼在警长的车里大喊，“快点救我出去，爸！”

“放心，看看谁敢动我儿子！”毕刚大喊了一声，然后又朝警长的车连开了好几枪，水箱罩应声爆裂，滚烫的水狂喷四射。这时我听到唐尼又在警长车子的后座里大喊：“爸！不要再开枪了！恐怕等不到你救我，我就已经先被你打死了！”我猜他一定是被五花大绑，而且铐上手铐，困在车里出不来。

我忽然明白，唐尼那种猪脑袋是得自谁的遗传。

毕刚忽然站起来伸手去抓车顶上的弹药背包。他抓住背带，把背包拖下去，然后开始装子弹。这时候，又有一发子弹击中凯迪拉克，车尾灯应声碎裂。看样子，棒棒糖小子并没有闲着。

“赶快投降吧！”说着毕刚又开了一枪，“不然你们一定会全部被我杀光！听到了吗，大警长？”

这时爸爸忽然站起来了。我忍不住想开口大喊，叫他赶快趴下去，可是他却压低身体沿着车子悄悄走到警长旁边。我注意到他吓得脸色发白，但他毕竟还是坚持着。不愧是我爸爸。

这时候，枪声忽然平息了，似乎双方都需要喘一口气，准备打起精神再战。过了一会儿，霸丁和韦德又开始朝警长的车开枪，而唐尼赶紧压低身体躲到座位下方。“你们这两个白痴！不要开枪！”毕刚忽然呵斥了一声，“你们不怕打死你们的弟弟吗？”

可是我却发觉韦德和霸丁都没有立刻停火。不知道是不是我的错觉。

“韦德，你绕到他们后面去。”霸丁大吼。

“你不会自己去啊，猪头！”

霸丁玩扑克牌的时候像个天才，但显然一离开赌桌就变成了白痴。他忽然站起来冲向办公室后面，结果才跑了三步就听到一声枪响，他立刻抓住右脚趴倒在地上。“爸！我被枪打到了！爸！我被打到了！”他呻吟着大喊，手枪已经飞了大老远。

“你这个白痴！你怎么会笨到自己跑出去当枪靶？”毕刚嘶吼着，“天啊！我怎会生出这种没长脑袋的儿子！”

“再来呀！再多几个出来让我练打靶啊！”棒棒糖小子用嘲讽的口吻大喊。他躲在拖吊车暗处，根本看不见人影。

“投降吧，毕刚！”艾默里警长大喊，“你们已经山穷水尽了！”

“王八蛋！去你妈的山穷水尽！”

“不要再挣扎了！我不想再看到有更多人流血！把枪丢出来，到此为止！”

“丢你个头！”毕刚嘶吼着，“他妈的老子这辈子从来就不知道什么叫到此为止！老子赤手空拳打下天下，难不成还怕你们这些臭警察？这样就想把我儿子带走，毁了老子一辈子心血，我看你是疯了！老子给了你一大把钱，我看你就赶快拿去看看神经病科的医生。”

“毕刚，投降吧！你们被包围了，跑不掉了！”我听到爸爸说话了。我想，我这辈子永远忘不了他那种坚定的口气。是的，他果然就像漫画里黑鹰中队的英雄。

“包围个屁！”韦德忽然跳起来，举起来复枪朝爸爸的方向连开了好几枪。毕刚立刻大吼，叫他不要开枪，可是韦德就像唐尼一样，已经濒临崩溃边缘。子弹打在水泥路面上，擦出点点火花。其中有一颗子弹打到我旁边那堆轮胎上，我吓得心脏差点停止跳动。接着棒棒糖小子又开枪了。只听到一声枪响，接着就看到韦德左边的耳朵突然爆开，鲜血四散飞溅洒在凯迪拉克的引擎盖上。

韦德发出像女人一样尖锐的惨叫声。听到那种声音，你会以为他受了什么重伤。他立刻伸手捂住受伤的耳朵，倒在地上开始像陀螺一样在原地绕圈。

“噢，上帝啊！”毕刚哀号起来。

情势已经很明显了，布莱洛克一家人就像布兰林兄弟一样，平常横行霸道欺负人，一碰到挫折就会立刻变成缩头乌龟。

“该死，射歪了！”棒棒糖小子说，“我瞄准的明明是他那个猪脑袋！”

“我要宰了你！”毕刚又开始惊天动地地咆哮起来，“我要把你们全杀光！”

听起来有点吓人，只可惜，霸丁和韦德都已经躺在地上打滚，而唐尼则是躲在车子里像小狗一样哀号，所以，不管毕刚吼得多大声，感觉上就像是雷声大雨点小。

就在这时候，小货车右前座的门忽然开了，月亮人走出车子。他穿着一套黑西装，打着红蝴蝶结领带，当然，还有他那顶高礼帽。他脖子上挂了大概六七条链子，而每条链子上都挂着一个看起来像茶包的东西。西装的翻领上别了一只鸡脚，每只手上都各戴着三只手表。他就这么直挺挺地站着，没打算闪躲子弹，相反，他开始往前走，经过马凯特队长，从爸爸和艾默里警长面前走过去。“嘿！”马凯特队长大叫一声，“赶快低头！”

可是月亮人还是抬头挺胸迈着大步一直往前走。他一直朝毕刚·布莱洛克走过去。毕刚蹲在凯迪拉克旁边，手上抓着一支子弹上膛的双管霰弹枪。

“不要再打了。”月亮人轻声说，那口气听起来很像小孩子在说话。过去我从来没有听他说过话。“为了大家好，不要再打了！”他那两条长腿跨过韦德身体上方，毫不犹豫地一直走。

“你这恶心的黑鬼，滚开！”毕刚威胁他，但月亮人还是一步步朝他走过去。这时爸爸忽然大叫了一声：“赶快回来！”说着他慢慢站起来，可是艾默里警长立刻抓住他的手臂。

“你这个搞巫毒的臭黑鬼，我要轰烂你脑袋！”毕刚显然知道月亮人和女王的来历，所以他眼中露出畏惧的神色，“你不要过来！滚远一点！”

接着，月亮人走到毕刚面前，停下脚步，脸上露出笑容，眯起眼睛，伸出他瘦长的手，“我们一起来让这个世界更光明。”他说。

毕刚举起霰弹枪对准月亮人，枪口几乎贴在他身上。他冷笑着说：“哼，想要让这个世界更光明是不是？好啊，等我的枪口喷出火，等你身上多出两个窟窿，这世界就光明了。”说着他那粗大的手指同时扣下两支枪管的扳机。

我刚刚已经被枪声震得耳朵快聋了，此刻我以为枪声又要响了，身体不由自主地抖了一下。

没想到，竟然没听到枪声。

“站起来吧，男人要有男人的样子。”月亮人脸上还是带着微笑，“趁现在还来得及。”

毕刚冷笑了一声，同时又倒吸了一口凉气。他又扣了一次扳机，结果，枪声还是没响。毕刚立刻抖了一下枪身，让枪管往下折，结果，枪膛里忽然有东西钻出来爬了他满手。

那竟然是一条条绿色的小草蛇，好几十条纠缠在一起。那种蛇完全没有毒性，但还是会咬人。毕刚被咬得伤痕累累。

“啊——啊——啊——！”他吓得倒吸了一口气，抓起枪用力把枪膛里的蛇抖掉，接着他把手伸进弹药背包里摸索了几下，结果抓出来的竟然也是满手的蛇。毕刚发出一声惊天动地的尖叫：“呜呜呜呜——哇——！”接着他整个人忽然跳得好高，仿佛飞起来一样，然后拔腿就跑。你绝对无法想象他那巨大得像一座山的身体居然能跑得像兔子那么快。当然，那种不寻常的冲力毕竟是短暂的，任何人都躲不掉地心引力，于是，跑没几步，砰的一声，他果然倒下去了，然后手脚开始挣扎，仿佛一只仰面翻倒的乌龟。

接着，我听到一阵刺耳的轮胎吱吱声，立刻转头一看，看到一辆敞篷小货车冲进加油站，车上载满了人。我注意到约翰尼的爸爸和戴维·雷的爸爸就在那群人里面。绝大多数人手上都拿着球棒、斧头，也有人拿着枪。然后，又有两辆车紧跟着冲进加油站，接着是另一辆敞篷小货车。几乎全奇风镇的男人都来了，其中有很多是布鲁顿区的黑人。他们决定挺身对抗恶势力。“真没想到。”艾默里警长很感慨。他慢慢站起来。

可惜战斗已经结束了，他们来晚了一步。那些人大失所望，这么说一点都不夸张。后来我听人说,当时他们一听到枪声大作,立刻热血沸腾,决定站出来帮助他们的警长,保护他们的家园。我猜,一开始他们都想躲在家里,觉得这种责任让别人来扛就好了。很多女人就像我妈妈一样,哭着哀求丈夫不要强出头,但那些人终究还是来了。奇风镇和布鲁顿区的男人都来了,虽然不是每个人都来,但要对付布莱洛克一家子,人手已经绰绰有余了。那些人手中拿着各式各样的武器,有屠刀、球棒、斧头、手枪、切肉刀。布莱洛克一家人看到这种场面,我猜他们一定暗自庆幸,被抓去坐牢可以说是上帝的恩典。

混乱中,我从那堆轮胎后面走出来。老欧文跨在韦德身上,滔滔不绝地教他做人的道理,不过我看得出来韦德根本心不在焉。爸爸和月亮人站在布莱洛克的凯迪拉克旁边。我朝他走过去,他一直看着我。我感觉得到他很想问我怎么会出现在这里,但他终究没有开口,因为要是我说出原因,一定会逼得他狠狠修理我一顿不可。他心知肚明,所以干脆就不问了。他对我点点头。

我走到爸爸面前,和他并肩站在一起低头看着毕刚的霰弹枪和那个弹药背包。背包上那些绿色的小草蛇像海草一样纠缠成一团。

月亮人笑得很得意。"我太太,"他说,"她真的很顽皮。"

8 来自失落世界的怪物

可以这么说,布莱洛克一家子全都进了笼子。他们再也出不来了,他们再也没法到处收保护费,他们的犯罪帝国彻底瓦解了。听说他们一开始口风都很紧,什么都不肯说,可是后来州警开始运用各个击破的侦讯技巧分化他们,他们就开始窝里反了。州警告诉韦德,他贩卖私酒赚的钱被唐尼偷走了一大笔。接着州警告诉霸丁,他经营的赌场被韦德偷了不少钱。唐尼甚至怀疑韦德在他酒瓶里下了迷药,害他醉得不省人事。最后,布莱洛克家兄弟什么都招了。毕刚知道大势已去，于是就开始采取低姿态。他在法庭上哭哭啼啼地说，他本来是一个虔诚的基督徒，可是却被那几个天生坏胚子的儿子带坏，不自觉地开始和魔鬼打交道，可是现在他已经彻底悔悟，已经找回失落的信仰，决定重回上帝的怀抱。他说，儿子们的劣根性一定是妈妈的遗传。只要法官愿意法外施恩，那么，下半生，他要把自己奉献给上帝，当牧师宣扬上帝的福音。

结果法官告诉他，监狱是一个很平静舒适的地方，他会有很长很长的时间可以好好读《圣经》，好好学习如何传道。

后来，他被拖出法庭的时候，大吼大叫、拳打脚踢地拼命挣扎，而且狠狠咒骂法庭上所有的人，连无辜的速记员都被他骂了。他在法庭上骂了数不清的脏话，假如每句脏话都是一块砖头，那么，那些砖头大概足够用来盖一栋三个房间的大房子，外带一座可以停两辆车的车库。接下来，那几个兄弟在法庭上的反应也都如出一辙。以我对布莱洛克那家子的了解，我根本不会同情他们，因为我知道，他们很快就会在监狱里重新建立起他们的势力，卖香烟和卫生纸赚大钱。

不过，唯独有一件事，布莱洛克那伙人打死都不肯透露，那就是：当初杰拉尔德·哈奇森和迪克·穆特里在森林里跟他们买了一只木盒子，里头装的到底是什么东西？州警甚至查不出任何证据，足以证明他们做过那笔交易。不过我心里有数。

后来，艾默里警长一家人搬走了，而马凯特队长则卸下消防队长的职务，接任警长。马凯特去找欧文，请他担任副警长。他对欧文说，只要欧文愿意，他随时可以帮欧文戴上副警长的警徽。不过老欧文说，当年西部那个叱咤风云的棒棒糖小子已经是很遥远的事了，如今的他就只是一个平平凡凡的老欧文。

接连好几天，妈妈显得有些失魂落魄，因为她一直想到那天可能会发生什么事，不过后来她终究还是慢慢恢复了平静。我相信，在她内心深处，一定希望爸爸那天乖乖待在家里，不过，最后爸爸还是决定做他该做的事，她却因此更尊敬爸爸。那天我跟妈妈撒谎说我要去约翰尼家听比赛转播，事后当然也被揭穿了。爸爸本来打算惩罚我。他说，过几天巡回马戏团就要到我们镇上来了，到时候我不准去看。可是后来他又改变了主意，说罚我洗一个星期的盘子就好。我当然乖乖听话。做错事当然要付出代价。

没多久，镇上开始出现巡回马戏团的海报，大街小巷贴得到处都是：惊奇马戏团即将隆重演出。约翰尼最想看的是印第安小马，还有骑术表演。本最有兴趣的是游乐场，还有那种七彩霓虹灯一闪一闪的碰碰车。而我最喜欢的是鬼屋游乐场。坐着摇摇晃晃的轨道小车进了鬼屋，一路上你会感觉到某种看不到的东西划过你的脸，看到黑暗中冒出恐怖兮兮的脸对你嘶吼。至于戴维·雷，他最爱的是畸形人。我从来没见过有谁像他那样，对畸形人那么狂热。不管是三臂人，针头人，鳄鱼皮人，或是甜血人，他都十分着迷。

星期四晚上，当家家户户的灯都熄了，万籁俱寂的公园变得空荡荡的，看不到半个人影。但就在那天晚上，奇迹出现了。星期五一大早，当奇风镇的孩子出门去上学的时候，发现公园里漫天灰尘，惊奇马戏团已经出现了，远远看去有如一座岛。短短几个钟头的时间，公园已经变了一个样。大货车到处穿梭，一大群人忙着搭帐篷，游乐设备已慢慢拼了起来，远远看去有如博物馆里的恐龙骨骼。而各种卖东西的摊位也一座座盖起来了，有些是卖吃的，有些是卖纪念品的。那里卖的马靴一双要两块钱，不过，他们会送你一个两毛五的娃娃玩偶。

在骑车去上学的路上，我和那几个死党特别骑到马戏团外围绕了几圈。除了我们，还有很多小朋友也来了。我们骑车绕着马戏团，有如飞蛾绕着电灯泡。“鬼屋在那里！”我叫了一声，伸手指向那栋哥特式的大屋子，屋顶上有一双巨大的蝙蝠翅膀。本说：“看样子，今年有摩天轮可以玩了！”约翰尼一直盯着一辆拖车。车身旁边有印第安人的图案，车上有好几匹马。接着戴维·雷忽然大喊了一声:“哇! 你们看那边!”我们不知道他在兴奋什么,于是立刻转头去看,结果看到一座五彩缤纷的巨大帐篷,帐篷上画了一张脸。那张脸很恐怖狰狞,而且脸的正中央只有一只眼睛。帐篷上写了几个大字:天生怪物! 悲惨世界!

其实,那个马戏团并不算大,甚至连中等规模都还谈不上。帐篷破破烂烂,拖车满是锈痕,卡车看起来都很旧,而那些工人也都一脸疲惫。对他们来说,马戏团的巡回季节已经快结束了,我们奇风镇几乎已经算是终点站。不过,我们从来不认为我们奇风镇是人家垫底用的备胎。我们相信,印第安小马和骑术表演的骑师还是一样会卖力演出,不会边跑边瞄时钟。我们相信,游乐场那些碰碰车还是一样会满场跑,不会生锈出故障。我们相信,尽管马戏团的面包师傅都已经累了,但他们卖的面包还是会一样美味可口。在我们看来,眼前的马戏团依然生气蓬勃,蓄势待发。我们相信自己的眼睛。

然后我们开始骑车到学校去,半路上本说:“看样子,今年一定会很热闹!”

“应该会——”

这时我们忽然听到后面有车按了一声喇叭,火箭立刻转向右边,接着一辆卡车从我们旁边呼啸而过,然后转向漫天沙尘的马戏团场地。车子好像载得很重,轮胎都快压扁了。那卡车看起来像一辆拼装车,车身各部位的颜色很不协调。卡车后面拖着一节没有车窗的拖车。我们听得到车厢底下的悬吊系统嘎吱嘎吱响。拖车两边画着丛林的图案,树叶画得不伦不类,一看就知道是生手画的。丛林图案旁边写了几个红色的字,字体很粗,而且还故意画出鲜血淋漓的效果。那几个字是:来自失落世界的怪物。

车子轰隆隆地从我们旁边开过去,开向那一大群卡车和拖车。不过,就在车子从我面前经过的那一刻,我忽然闻到一股怪异的味道。虽然这边卡车很多,到处都是尾气的味道,但我闻得出来,那不光只是汽车尾气的味道,还有别的……很像是……蜥蜴的味道。

“哇！”戴维·雷忽然皱起鼻头，“本放屁！”

“才没有！”

“臭屁不响。”戴维·雷嘲笑说。

“少胡说八道，我看是你自己放的！”

“我也闻到了。”约翰尼淡淡地说。戴维·雷和本立刻安静下来。我们都已经有一种共识，只要约翰尼一开口说话，我们都会立刻安静下来仔细听。“那是拖车上的味道。”他说。

我们看着那辆卡车和拖车在帐篷间绕来绕去，很快就消失无踪。我低头看看地上，看到刚刚卡车轮胎从锯木屑上碾过去，在地面上留下两条长长的棕色胎痕。“奇怪，车子里装的到底是什么？”戴维·雷自言自语地嘀咕了一句。他似乎觉得那是某种怪物的味道。我说我不知道，不过，我觉得那东西很重。

然后我们开始骑车到学校去，半路上我们一直在聊去看马戏团的计划。我告诉他们，只要爸妈允许，我们傍晚六点半在我家集合，然后四个人一起去马戏团。最后我问他们：“大家都没问题吧？”

“不行。”本说。他骑在我旁边，气喘如牛，说起话来很费力。

“为什么不行？我们从前都是六点半去的啊！六点半游乐场就开始了。”

“反正就是不行。”本又说了一次。

“喂，你是鹦鹉啊？”戴维·雷骂了他一句，“吃错药啦？”

本深深叹了口气，那口气在清晨冷冽的空气中凝结成一团白雾。他戴着一顶毛线帽，肥嘟嘟的脸涨得通红。“反正……反正就是不行。要等到七点。”

“可是我们从前都是六点半去的啊！”戴维·雷还是不罢休，“那是……那是……”说着他转过头来看我，要我帮他说话。

“那是我们的传统仪式。”我说。

“没错！我们的传统仪式！”

“我想他一定是有什么事很为难吧，只是不好意思告诉我们。”约翰尼忽然说。接着他把车子骑到戴维·雷旁边。“本，告诉我们没关系的。”

“反正……反正就是不行……”本皱起眉头，然后又叹了一大口气。他决定说出来了，“六点我要上钢琴课。”

“什么?”戴维·雷大叫了一声，我感觉到火箭似乎吓了一跳，车身晃了一下。而约翰尼那种惊讶的表情仿佛见了鬼似的。

“钢琴课。”本又说了一次。听到钢琴这两个字，我脑海中立刻浮现出一幅画面：一群娘娘腔的小男生坐在直立式钢琴前面，而他们的妈妈则是面带微笑摸摸他们的头，一脸得意。“蓝色格拉斯小姐最近开始教钢琴课。妈妈叫我去上，六点我就要开始上第一堂课了。”

我们都傻眼了。“本，干吗去学什么钢琴?”我问他，“你妈妈为什么要送你去学钢琴?”

“她要我去学圣诞歌。天啊，圣诞歌！”

“天啊！”戴维·雷一脸同情地摇摇头，“要是蓝色格拉斯小姐能教你弹吉他，那就太棒了！”他说，“弹吉他就真的很酷了！可是钢琴……呃。”

“那还用你说吗?”本嘀咕了一句。

“嗯，还有一个办法。”快到学校的时候，约翰尼说，“我们干脆去格拉斯小姐家接本好了。然后我们不要六点半去，我们等七点再一起骑车去马戏团。”

“对了！”本很兴奋地大喊了一声，“这样最好！”

于是我们就这样说定了。只要爸妈那边没问题，我们就七点去。只不过，往年我们都是星期五晚上六点半一起去，一直到十点。选这个时间去，爸妈通常都会答应。对我们这个年纪的小孩子来说，也只有星期五晚上才是属于我们的时间，因为星期六早上和下午会有很多黑人去，而星期六晚上通常都是我们哥哥姐姐那个年纪的大孩子会去。然后，马戏团通常都是在星期天早上撤走，到了十点以后，公园又变得空荡荡的，只剩地上一些零零星星的锯木屑、压扁的纸杯和票根。清洁工人有时候没有捡干净。

等待的滋味是很难熬的，所以星期五那天感觉特别漫长。老铁肺骂我蠢材，骂了两次，而乔吉·桑德斯则是因为上课耍嘴皮子，被老铁肺罚站在黑板前面，脸贴着黑板上那个圆圈。拉德·迪瓦恩在笔记本里夹了一张色情图片，被叫到办公室去了。魔女把老铁肺的车搞得面目全非，她爸妈必须负责把车修好。有时候我会想，假如我是老铁肺，我一定会发疯。

暮色渐深，一弯明月已经悄悄浮上天际。从我家的窗户望出去，可以看到灯火通明的惊奇马戏团。摩天轮矗立在一片红色的光晕中，看得出来已经开始转了。游乐设施镶满了灯泡，灿烂耀眼。隔着静谧的奇风镇，远远就听得到一种欢乐的喧闹声，有风笛的旋律，有笑声，也有惊叫声。我口袋里有爸爸给我的五块钱。外头天气冷了，所以我穿上一件毛线外套御寒。我已经准备好了。

格拉斯姐妹住在山塔克街，离我家大概还不到一公里。大概六点四十五分的时候，我骑着火箭来到她们家，结果看到戴维·雷的脚踏车已经停在门口了，就停在本的脚踏车旁边。她们家的房子看起来好像童话故事里的姜饼屋。我跳下车，走上门廊，立刻就听到门里传来钢琴声，还有蓝色格拉斯小姐那尖细的声音。“轻一点，本，轻一点！”

我按了一下门铃，门铃叮当一声，接着就听到蓝色格拉斯小姐大喊：“戴维·雷，麻烦你去看一下是谁来了好吗？”

他过来帮我开门的时候，屋里的钢琴声依然没停。从他的表情可以看得出来，听本一次又一次地弹出那五个音符，他已经听恶心了。“是温妮弗雷德·奥斯本吗？”钢琴声没停，所以蓝色格拉斯小姐问得很大声。

“不是，是科里·麦克森。”戴维·雷对她说，“他也是来等本的。”

“那就请他进来吧，外面太冷了。”

我走进门，走进客厅。对男孩子来说，那个客厅简直就像地狱。桌子和椅子看起来都像是吹弹可破的老古董，仿佛苍蝇一停上去就会垮掉。小茶几上摆满了各种陶瓷玩偶，有跳舞的小丑，有抱着小狗的小孩，诸如此类。地板上有一条灰色的地毯，上面有很深的鞋印。那个摆古董珍品的玻璃柜几乎和我爸爸一样高，里头摆着五颜六色的水晶高脚杯和咖啡杯。那些咖啡杯上印着历届总统的肖像。另外还有二十几个穿着蕾丝礼服的陶娃娃和二十几个镶着假钻石的彩蛋，而且每个彩蛋都摆在四脚铜架上。我忽然想到，万一那个柜子倒了，那些东西破掉的声音会有多惊天动地。另外还有一座蓝绿相间的大理石基台，上面摆着一本摊开的《圣经》。那本《圣经》大得像牛津字典，上面印着斗大的字体，隔着房间远远都可以看得很清楚。客厅里每样东西看起来都很珍贵，可是却又很脆弱，仿佛一碰就会破，在这种环境里生活想必是战战兢兢。真难想象，有谁受得了这种生活？噢，对了，还有那架亮晶晶的棕色直立式钢琴。本就坐在钢琴前面，而蓝色格拉斯小姐站在他旁边，手上拿着一根指挥棒。

“你好，科里，请坐。”她对我说。她就像平常一样，全身打扮都是蓝色，除了她那细瘦的腰上那条白色的宽边皮带。她那淡金色的头发梳得很高，卷成一团，戴的还是那副厚厚的黑框眼镜，眼睛显得好小。

“坐哪里？”我问她。

“那边，坐那边的沙发。”

沙发上盖着绒布，上面有牧羊人弹竖琴带领羊群的图案。沙发的四只脚看起来很像被雨水泡烂的树枝，仿佛随时会垮掉。于是，我和戴维·雷一起小心翼翼地轻轻坐到沙发上。沙发发出轻轻的嘎吱一声，我和戴维·雷吓得心脏差点从嘴里跳出来。

“来，认真想一下！手指要像水波一样柔软有韵律！一、二、三，一、二、三。”蓝色格拉斯小姐开始上下挥动指挥棒，而本则开始在琴键上弹奏那五个音符，拼命想弹出正确的旋律。没多久，他越弹越用力，感觉不像在弹琴键,反而像是拼命想把琴键敲烂。“要像水波一样柔软有韵律!”蓝色格拉斯小姐说,“轻一点,轻一点! 一、二、三,一、二、三!”

问题是,本弹出来的旋律,不像水波一样柔软有韵律,反而像是一团死气沉沉的烂泥。“我弹不出来!”他大叫了一声,然后把手从那些恐怖的琴键上缩回去,“我手指都快打结了!”

“索妮亚! 让那孩子休息一下吧!”绿色格拉斯小姐在屋子里大喊,“他的手指头会吃不消的!”她的声音听起来很嘹亮。

“少管闲事,凯塔琳娜!”蓝色格拉斯小姐大吼,“我一定要教本学会正确的技法!”

“哎,可怜可怜他吧,他才第一次来上课啊!”绿色格拉斯小姐也不甘示弱。她沿着走廊走到客厅,细瘦的双手叉在腰上,也戴着厚厚的黑框眼镜。她穿得满身绿,但色泽深浅变化很繁复,有些地方是浅绿,有些地方是翡翠绿。那种色调让人看得眼花缭乱,头晕目眩。她那淡金色的头发梳得比索妮亚还高,看起来有点像金字塔。“并非全世界的人都像你一样是音乐天才! 这你应该知道吧?”

“当然知道! 用不着你提醒!”蓝色格拉斯小姐那雪白的脸上泛起一朵红晕,“我在给本上课,能不能请你不要打扰!”

“算了,本大概也快下课了。接下来又是谁要被你折磨了?”

“我的下一个学生是温妮弗雷德·奥斯本。”蓝色格拉斯小姐特别强调学生那两个字,“而且,要不是因为你坚持要订什么杂志,我还需要这么苦命教学生弹钢琴吗?”

“别乱扯! 这跟我订不订杂志有什么关系? 要怪就怪你自己! 要是你再敢乱买盘子,我就要发疯了! 从来就没有客人到我们家来吃饭,你买那么多盘子干吗?”

“因为盘子很漂亮! 就这样! 我喜欢漂亮的东西! 我倒是要问你,你明明不会刺绣,没事买那个名牌针箍干什么?”

“因为会增值。就这样！你根本不懂什么叫投资！就拿你买的那些鬼盘子来说，就算有哪只盘子忽然变得价值连城，你恐怕也搞不清楚吧。”

我忽然很怕格拉斯两姐妹会打起来。两个人的声音都很尖锐刺耳，听起来很像走音的二重奏。本夹在她们两个中间，那模样仿佛快要屁滚尿流了。过了一会儿，房子后面忽然传来咯咯咯的声音。一听到那声音，我立刻联想到电影里那只盆子里的火星人头。蓝色格拉斯小姐用指挥棒刺了她妹妹一下。“听到没？我们吵到它了！它不高兴了！这下子你满意了吗？”

这时门铃忽然响了。“你那个破锣嗓子！一定是邻居来抗议了！”绿色格拉斯小姐说，“你那个大嗓门，大老远在联合镇都听得到！”

接着蓝色格拉斯小姐过去开门，发现站在门口的人是约翰尼。他穿着高领毛衣，外面披了一件深棕色的外套。“我来这里等本。”他说。

“天哪！好像全世界的人都在等本！”她皱了一下眉头，那表情仿佛吃到很酸的柠檬。“还有五分钟才下课！先进来吧！”约翰尼走进门，看到我们两个一脸倒霉样，立刻就明白自己也上了贼船了。

咯咯咯！咯咯咯！后面房间里那只动物又开始叫了。

“大忙人！就麻烦你去安抚它一下吧！”蓝色格拉斯小姐对绿色格拉斯小姐说，“是你惹它生气的，你应该要去安抚它。”

“要是找得到可以住人的纸箱，我一定马上搬出去住纸箱！”绿色格拉斯小姐抱怨了两句，但还是乖乖进了走廊。没多久，那咯咯咯的声音就听不见了。

“上帝啊，我快疯了！”蓝色格拉斯小姐拿起一本教堂的会刊朝自己身上猛扇，“本，你站起来一下。我教你该怎么弹。只要你回家乖乖练习，就可以弹得跟我一样。”

“我知道了。”他立刻跳起来。

蓝色格拉斯小姐坐到钢琴前面的凳子上，抬起那双纤细优雅的手，手指悬在琴键上方，闭上眼睛。我猜她应该是在培养情绪。“我担任过全职的钢琴老师，当年我教的学生每个都学过这首歌。”她说，“你们听过《美丽的梦仙》吗？”

“没有。”本说。戴维·雷用手肘顶了我一下，翻了翻白眼。

“就像这样。”说着，蓝色格拉斯小姐开始弹了。

跟海滩男孩不太一样，可是很好听。旋律从琴键间流泻而出，回荡在整个房间里。蓝色格拉斯小姐在凳子上左右摇晃，手指在琴键上游移。我必须承认，那音乐真美。

就在这时候，我忽然听到一阵刺耳的叫声，吓得我浑身汗毛直竖。那声音听起来仿佛就像把碎玻璃灌进你耳朵里。

“死人骨头！汉纳福德！死人骨头！冲蟋蟀！”

蓝色格拉斯小姐立刻停止弹琴。“凯塔琳娜！求你喂它块饼干好不好？”

“它已经疯了！它在啃笼子！”

“死人骨头！要一包！死人骨头！”

我不知道自己有没有听错，那只动物叫的是否真的就是那几句话，不过听起来很像。本，戴维·雷，约翰尼，还有我，我们四个人面面相觑，感觉自己仿佛走进了疯人院。“汉纳福德！咯咯咯！冲蟋蟀！”

“饼干！”蓝色格拉斯小姐大喊，“还不赶快给它一块饼干！”

“我拿饼干砸烂你的脑袋！”

那刺耳的叫声和喊叫声还是没停。骚乱中，忽然门铃又响了。

“就是那首曲子害的你知不知道？”绿色格拉斯小姐大喊，“每次你弹那首曲子，它就开始发疯！”

“咯咯咯！要一包！汉纳福德！汉纳福德！”

我站起来打开大门，正打算要开溜，结果却看到一个中年男人带着一个八九岁的小女孩站在门廊上。我认得他。他就是明星餐厅的厨师尤金·奥斯本。“我带温妮弗雷德来上钢琴课——”他才说到一半，那怪叫声又开始了,“死人骨头!咯咯咯!冲蟋蟀!”

“怎么这么吵?那是什么声音?”奥斯本先生问。他的手搭在女儿肩上。她那双蓝眼睛瞪得好大,一脸困惑。我注意到奥斯本先生的指关节上有几个刺青字。大拇指关节上是US,然后另外四根手指上的分别是:A、R、M、Y。

“是我的鹦鹉在叫,奥斯本先生。”蓝色格拉斯小姐立刻走过来把我挤到旁边。看她这么瘦,没想到力气这么大。“它最近脾气不太好。”

这时绿色格拉斯小姐正好从走廊里面走出来,手上提着一只鸟笼,里头就是那只吵死人的鹦鹉。那只鹦鹉还真不小,在笼子里猛拍翅膀撞来撞去,有如一阵小小的龙卷风。“死人骨头!”它又开始叫了,露出黑黑的小舌头。“要一包!”

“你自己喂它吃一块饼干!”绿色格拉斯小姐把笼子重重摔在钢琴凳子上,“我可不想被它咬掉手指!”

“从前你的都是我在帮你喂的,难道我就不怕手指头被咬掉吗?”

“我才不喂它!”

“汉纳福德!要一包!死人骨头!”那只鹦鹉全身的羽毛都是天蓝色,不过只有嘴巴是黄色。它狠狠啄着鸟笼,蓝羽毛四散飘飞。

“嗯,那你带它去睡觉吧!”蓝色格拉斯小姐说,“帮它盖上小被子,哄它睡觉!”

“哼,我简直像个奴隶!在自己家里,我竟然变成了奴隶!”绿色格拉斯小姐嘀咕了几句,不过她还是乖乖提起鸟笼走出了客厅。

“死人骨头!”那只鹦鹉还是叫个不停,“冲蟋蟀!”

接着,我们听到关门声,那叫声终于消失了。

“那小家伙专会找麻烦。”蓝色格拉斯小姐很不自在地对奥斯本先生笑了一下,“它好像不太喜欢我最爱的一首曲子。来,请进请进。本,你可以下课了。别忘了,要认真想想该怎么弹。手指头要像水波一样柔软有韵律。”

“知道了。”接着他压低声音对我说，“我们赶快走吧！”

于是我迈步走向门外，戴维·雷跟在我后面。我们已经没有再听到那只鹦鹉叫了。它大概已经睡着了。就在这时候，我听到奥斯本先生说：“这是我第一次听到鹦鹉用德语骂脏话。”

“不好意思，奥斯本先生，您刚刚说什么？”蓝色格拉斯小姐扬起眉毛。

我忽然停下脚步，转身想听听奥斯本先生说什么，结果约翰尼撞在了我身上。

“用德语骂脏话。”奥斯本先生又说了一次，“是谁教它的？”

“呃，我……我不太懂你在说什么。”

“第二次世界大战的时候，我在欧洲打过仗，在‘第一步兵师’当炊事兵。我跟不少德军战俘说过话，所以我听得懂德语的脏话，一听就知道。从前听太多了。”

“我……我的鹦鹉会说德语？”她的笑容忽然消失了一下，但很快又挤出笑容，“你大概是听错了吧！”

“我们走吧！”约翰尼催我，“马戏团开演了！”

“而且，它不光是骂脏话。”奥斯本先生又继续说，“它还说了另外几句德国话，不过有点含糊，听不太清楚。”

“我的鹦鹉是美国鸟。”蓝色格拉斯小姐仰起脸说，表情有点不屑，“我完全听不懂你在说什么！”

“噢，算了吧。”他耸耸肩，“没什么。”

“你们几个！麻烦把门关起来好吗？屋子里的暖气会漏出去的。”

“走啦，科里！”戴维·雷又开始催我了。他已经跨上脚踏车了，“我们快来不及了！”

这时屋里那个房间的门忽然开了，绿色格拉斯小姐从走廊走出来说：“谢天谢地，它终于安静下来了！求你，弹什么都没关系，就是千万别再弹那首曲子了，好不好？”

“凯塔琳娜,我刚刚不是已经告诉过你了,跟那首曲子根本没关系。从前我一天到晚弹给它听,它很爱听啊!”

“呃,现在它很讨厌听!反正不要弹就对了!”

看她们两个在斗嘴,我忽然觉得她们两个就像两只喋喋不休的鹦鹉。一只蓝鹦鹉,一只绿鹦鹉。“麻烦你把门关起来好吗?”蓝色格拉斯小姐对我大叫了一声,约翰尼立刻推了我一把,把我推向门廊,接着他自己走出来之后就顺手关上门。在外面,我们还是听得到格拉斯姐妹在吵个不停。我忽然很同情奥斯本家那个小女孩。

“那两个人真的疯了!”本跨上脚踏车的时候,嘴里嘀咕着说,“上帝啊!那真是比学校还恐怖!”

“老兄,你到底干了什么坏事,把你爸妈气成这样,让你来受这种酷刑。”戴维·雷嘴巴闲不住了,“真是浪费时间!”说着他大叫了一声,然后就猛踩脚踏车飞也似的冲向马戏团。

我骑得很慢,远远落在后面,他们一直回头叫我赶快跟上去。但我满脑子想的都是那只鹦鹉。用德语骂脏话?蓝色格拉斯小姐的鹦鹉怎么会用德语骂脏话呢?据我所知,那两姐妹根本就不会说德语。另外,没想到奥斯本先生在二次大战期间竟然在“第一步兵师”。我在很多杂志上读过,“第一步兵师”是很有名的部队。没想到奥斯本先生真的上过战场,就像《洛克中士》漫画里的英雄一样!天哪!我心里想,那实在太酷了!

接着我的思绪又回到那只鹦鹉身上。那只鹦鹉为什么会用德语骂脏话?

没多久,我们已经听到马戏团那边传来的喧闹声,还闻到阵阵的爆米花香和糖衣苹果的香甜味。于是,那只用德语骂脏话的鹦鹉很快就被我抛到脑后,我开始猛踩踏板,追上我那几个死党。

来到马戏团大门口,我们买了门票,然后就像饿了好几天的乞丐一样,迫不及待地冲进会场。头顶是纵横交错的电线,上面挂满了灯泡,灿烂闪烁,有如一颗颗被绑住的星星。现场已经挤满了跟我们年纪差不多的孩子,不过还是有一些大人和高中生。四周的游乐设施轰隆隆发出惊天动地的声响。我们到了摩天轮的入口,买了票坐上去,结果,我很快就发现我犯了大错,因为我坐在了戴维·雷旁边。摩天轮转到最顶端的时候,停了一下,让底下的游客坐上座舱。那时候,戴维·雷忽然开始猛摇座舱,大吼大叫,螺栓被他摇得嘎吱嘎吱响,好像快要松脱了。"别闹了! 别再摇了!"我吓得浑身僵直,一直哀求他。在那样的高度,马戏团的整个会场一览无遗。我立刻就注意到那面色彩鲜艳的招牌。那面招牌上画着丛林图案,我还看到了上面用很鲜艳的红油漆写了几个血淋淋的字:来自失落世界。

后来,我们进了鬼屋游乐场之后,轮到我给戴维·雷一点颜色看了。我们坐在轨道车上,来到某个地方,忽然有个满脸鼻涕的巫婆从黑暗中蹿出来,我立刻从后面抓住戴维·雷的脖子,然后开始呼喊号叫,叫得比那些鬼怪还恐怖。过了一会儿,我放开他之后,他大叫了一声:"别闹了!"我们走出鬼屋之后,他说鬼屋是天底下最无聊的东西,一点都不可怕。不过我注意到,他走路的样子有点怪怪的,还匆匆忙忙地冲进了厕所。

我们吃棉花糖,吃爆米花,吃甜甜圈,吃得满头满脸都是。我们吃裹满了花生的糖衣苹果,吃热狗,喝麦根啤汁,撑得肚子鼓得像气球。后来,本跑去坐云霄飞车,结果一下来就说他好想吐,我们只好扶他去了厕所。还好,他总算撑到进了厕所才吐,没有把衣服弄脏。

后来,我们来到那座独眼怪物的帐篷前面时,本一溜烟不见了。至于戴维·雷呢,他迫不及待地冲了进去。而约翰尼和我决定和他一起进去,不过事后想想,这实在不是明智的决定。

帐篷里弥漫着一股阴森的气息,里面有一个人,表情很冷酷,鼻子大得像黄瓜。帐篷里还有另外五六个爱看畸形人的游客,那个人站在游客前面,手舞足蹈地说笑话逗他们开心。他滔滔不绝地说了好一会儿,一下说什么肉欲的罪恶,一下说什么上帝之眼。接着,他掀开一面小布帘,打开一盏强光灯,眼前出现一只巨大的玻璃瓶,里头有一个赤裸裸的小婴儿,全身萎缩,皮肤呈现一种淡红色。他有两只手,两条腿,可是却只有一只眼睛。那只眼睛长在圆圆的额头上,模样看起来像极了电影里那个独眼巨人。那个人把装满了福尔马林的玻璃瓶拿起来,里头的小婴儿漂游了一下,那一会儿,我和约翰尼都不由自主地皱起眉头,感觉很不自在。那个人拿着玻璃瓶凑近每一位游客面前。"这就是肉欲的罪恶。那只眼睛就是上帝之眼,是上帝的惩罚,是天谴。"他说。我忽然有一种感觉:这个人和布莱萨牧师一定很合得来。过了一会儿,那个人把玻璃瓶举到我面前,我注意到那只眼睛是金黄色的,就像火箭的眼睛一样。那小婴儿脸上满是皱纹,看起来好像一个侏儒老人。那种表情,仿佛他想开口呐喊,祈求上帝劈下一道闪电,帮助他解脱痛苦。"仔细看,小朋友,看看上帝是如何警示世人不要犯下肉欲之罪。"那个人说。他眼袋浮肿,眼中射出一种宗教式的狂热。我知道他在说什么:那小婴儿下阴的部位一片平滑,没有男性生殖器官,也没有女性生殖器官。然后那个人转动了一下玻璃瓶,让我看小婴儿的背部。他缓缓往下沉,背部碰到玻璃瓶,这时我听到他的肩膀在玻璃上摩擦,发出一种闷闷的声音。

我仔细一看,看到那小婴儿的肩胛骨特别厚,骨骼很突出,感觉有点像翅膀的残根。

那时我忽然明白了,真的明白了。

那独眼小婴儿是天使——坠落到人间的天使。

"这是为了警示世上的罪人。"那个人边说边走向戴维・雷和约翰尼,"上帝之眼俯视人间,这是为了警示世上的罪人。"

过了一会儿,我们走出帐篷,走回游乐区。这时戴维・雷说:"噢,上当了!我原以为会看到活生生的独眼人!原以为他会说话!"

"他确实跟我们说过话,你没听到吗?"我问他。他转过头来看着我,那表情仿佛看到了疯子。

接着我们去看摩托车特技表演。有几个人骑着摩托车在一个球形笼子里绕来绕去,轰隆隆的引擎声和轮胎摩擦的吱吱声迎面袭来。接着我们去看印第安小马表演。那是一个大帐篷,里头有一大群白人缠着腰布,头上戴着羽毛。他们绕着一匹奄奄一息的马跳舞,好像在进行什么仪式,要唤醒那匹马。结尾的一幕,一群牛仔坐在一辆马车上绕圈,一群假扮的印第安人在后面追赶,牛仔开枪射杀疯狂呼啸的印第安人,最后终于逃出一条生路。其实,亚拉巴马州的历史并没有这么无聊。约翰尼看了之后苦笑了一下说,那群小马当中,有一匹黄褐色的小马,背有点凹。只有那匹小马比较有味道,看起来真的可以跑得很快。

接着戴维·雷又想去看畸形人了,于是我们只好又陪他去看。我们先去看一个红头发的女人。她把电灯泡放进嘴里,灯泡就会亮起来。接下来,我们去看"黑社会老大阿尔·卡彭的死亡之车"。路边横七竖八躺着好几具尸体,血流成河,而旁边是好几个帮派分子拿着冲锋枪对空扫射。那辆车是真车,不过已经破烂不堪,很像斯卡利先生回收场里的那些破铜烂铁。驾驶座上坐着一个假人,而另外四个假人则是站在旁边愣愣地看着车子。戴维·雷愈走愈快,我们只好百无聊赖地跟在他后面。一路上我们还看了鳄鱼皮男孩、人脸毛毛虫、长颈鹿女。当时隔着帐篷看到长颈鹿女的影子,戴维·雷就已经按捺不住要冲进去了。

接着我们绕过一个转角,突然闻到一股怪味道。

那味道淡淡的,夹杂着汉堡和甜甜圈的油腻味。

我觉得那是蜥蜴的味道。

"本尿裤子了!"戴维·雷说。他那张嘴真的闲不住。

"没有!"本总是学不会,跟戴维·雷斗嘴是很无聊的事。

"在那边。"约翰尼忽然说。原来就在我面前,几个大大的红字,"来自失落"就在我左边,"世界的怪物"就在我右边。

那节拖车是一个四四方方的车厢,后面有门,底下有台阶,门口遮着一面脏兮兮的布帘。旁边有一个售票亭,里面有个人坐在板凳上,嘴里叼着一根牙签,手上拿着一本漫画低头猛看。那个人几乎已经秃头了,稀疏的头发看起来油腻腻的,灰灰的眼睛看起来像大理石。他抬起头瞄了我们一眼,然后懒洋洋地伸手拿起麦克风。没多久,旁边的喇叭里就传出他嘶哑的声音。“来来来!大家来看失落世界的怪物!来来来……”没说两句他就没劲了,又低下头继续看他的漫画。

“这里真臭。”戴维·雷说,“我们走!”

“等一下,”我说,“等一下。”

“干吗?”

我一直看着“失落”那两个字。“我倒想看看里面是什么东西。”

“浪费钱干吗!”本说,“了不起就是大蛇之类的东西吧!”

“呃,再怎么样也不会比死亡之车无聊!”

这他们倒是没话说。

“喂,你们看,那边有一只两个头的牛。”戴维·雷忽然伸手指向前面那几座帐篷,“那个我喜欢!”接着他开始走过去。本跟在他后面,可是才走了两步又停住了,因为他发现我和约翰尼并没有跟上去。戴维·雷回头瞄我们一眼,皱起眉头,然后停下脚步。“那一定又是骗人的把戏!”他说。

“也许吧。”我说,“不过也可能是——”

我本来想说“很好玩的东西”。

但就在这时候我们忽然听到一种怪声,听起来很像是很重的东西在地面摩擦,整节拖车开始嘎吱嘎吱响。接着,砰!听起来像是木头撞击的声音,整节拖车都震动起来。售票亭里那个人赶紧伸手到旁边的地面上抓起某种东西。那是一根插满铁钉的球棒。他拿那根球棒用力敲着拖车。我注意到车厢上“失落世界”那几个字上都是铁钉痕。

里面的东西立刻安静下来,车厢也不再摇晃了。于是那个人又把球棒放回去,面无表情。

我越来越好奇了。那股沼泽特有的气味会把一般的游客吓跑,但我反而更想一探究竟。我走向售票亭。

“一张吗?”他连头都没抬。

“那是什么东西?”我问他。

“来自失落世界的怪物。”他说话的时候眼睛还是盯着漫画。他面黄肌瘦,脸颊和额头全是粉刺疤。

“我知道,不过那到底是什么?”

这次他抬起头来了。我忍不住想往后退,因为他目露凶光,那眼神令我联想到布兰林兄弟,“就是要让你看到意想不到的东西。要是我说了,”他用力吸吸牙签,“那还有什么意思,不是吗?”

“那是……是不是……是不是畸形人之类的?”

“自己进去看就知道了。”他冷笑了一下,露出断裂的牙齿,“因为我也说不出来那到底是什么。”

“科里！走吧!”戴维·雷已经站在我后面了,“那一定是骗人的把戏!”

“哦,是吗?”那人忽然把漫画书往地上一丢。“小子,你懂什么？住在这种鸡不拉屎、鸟不生蛋的小镇,什么世面都没见过,你懂什么?”

“骗人的把戏一看就知道!”说完戴维·雷立刻发觉自己态度不好,于是又补了一句,“先生。”

“是吗？小子,我看你连鸡蛋和鸭蛋都分不清楚。滚吧！不想看就不要来烦我!”

“谁希罕哪!”戴维·雷点点头,“我本来就懒得看！走啦,科里!”说着他就走开了,但我却站在原地没动。戴维·雷看我不肯走,于是就嗤了一声,然后走向双头牛旁边卖纪念品的摊位。

“一张票。”我从牛仔裤口袋里掏出一枚两毛五的硬币。

“一张票五毛。”他说。

“不是每个地方的门票都是两毛五吗?”本问他。他站在我旁边,约翰尼站在另一边。

“这里要五毛。”那个人说,“里面的东西食量很大,喂它要花很多钱。”

我把钱放到他面前,他立刻把那两枚硬币丢进一个空罐头里。听那声音,里头好像没什么钱。他撕下一张票,然后又把那张票撕成两半,一半递给我。“上去吧,掀开布帘走进去,然后在里面等我。里面还有另外一块布帘,不过你不要自己进去,先等我,我再带你进去,听懂了吗?”我说好,然后就爬上台阶走进去。那股潮湿的蜥蜴味真的很难闻,而且还夹杂着一股烂水果的味道。我走到那道布帘门口的时候,忽然有点犹豫。需要这么好奇吗?但我还是掀开布帘走进去。里头一片漆黑。“我也要看看。”我听到约翰尼说。于是我站在那里等他。我伸手摸摸里头那面粗麻布帘。拖车里到底是什么东西?

这时我忽然感觉到一阵震动,感觉仿佛远处有一列火车正要开过来。

“可以进去了。”卖票那个人在我后面说。他已经走上台阶,约翰尼和本跟在他后面。他掀开第一面布帘的时候,我注意到他手上又拿着那根插满铁钉的球棒。我往旁边挪了一下,让他们进来有地方站。本忽然抬起手捏住鼻子。“好臭!”

“那是烂掉的水果,”那个人说,“它喜欢吃烂水果。”

“那到底是什么?”约翰尼问,“失落的世界又是什么地方?”

“失落的世界就是失落的世界!意思就是,那个世界已经不见了。听懂了吗?”

他那种态度谁受得了?约翰尼本来可以给他一点颜色看,但他却只是淡淡地说:“我知道了。”

“嘿,我也要看!”是戴维·雷的声音,“你们在哪里?”

那个人立刻快步走到门口拦住他。“五毛钱。”

这下子当然有得吵了。我掀开布帘,看到戴维·雷跟那个人僵持不下,边吵还边啃着棒棒糖。他吃的是那种正中央有巧克力的白色棒棒糖。“你再啰嗦,五毛钱就要变成七毛五了!给不给?”

最后戴维·雷只好乖乖给他五毛钱,然后跑进来站在我们旁边。接着那个人走了过来,嘴里还喃喃嘀咕着。他对我说:“喂,小子,可以进去了!”

于是我掀开那面粗麻布帘走进去。一进门,那股强烈的臭味立刻迎面扑来,差点把我熏晕。约翰尼、戴维·雷和本排成一排跟在我后面走进来。最后,那个人也进来了。里头有四盏煤油灯挂在天花板的钩子上,那是唯一的光源,光线昏暗。我看到眼前的地方很像猪圈,外面围着铁栅栏,那栏杆有碗口粗。接着,我看到好像有个东西躺在里面,巨大无比,我忽然觉得两腿发软。我听到本在我后面倒吸了一口气,而约翰尼也轻轻吹了声口哨。那兽栏里到处都是腐烂发霉的水果皮,堆积如山。那个腐臭味冲天的东西躺在一大摊黄黄绿绿的泥浆里,或者,形容得更正确一点,应该说那摊泥浆里堆积着几十块黄黄的东西,形状看起来像木头,而且每一块都有我爸爸的手臂那么长,而且是两倍粗。一大群苍蝇在兽栏上空盘旋,乍看之下有如一阵龙卷风。距离这么近,那臭味简直比臭鼬还要臭上好几百倍。难怪这个人赚不到钱。

“靠近一点,仔细看!”他说,“既然花了钱就过去看啊!”

“我快吐了!”本呻吟了一声,然后立刻转身跑到外面去。

“我这里是不退票的!”那个人朝本大喊了一声。

这时候,不知道是因为那个人喊得太大声,还是因为兽栏里实在臭得令人难以忍受,那怪物突然从那摊泥浆里慢慢站起来,而且,当埋在泥浆里的部位渐渐露出来之后,那躯体就显得更加巨大了。接着,那怪物忽然叫了一声,那低沉的巨响有如轰隆隆的雷鸣。然后,它开始慢慢在拖车里面走,灰灰的躯体上满是泥浆和粪便,在灯光下闪闪发亮。成千上万的苍蝇在它身上爬。这时候,整节拖车忽然发出轰隆一声巨响,开始往一边倾斜,木板开始嘎吱嘎吱响。我们三个吓得大叫一声,那时的感觉比刚刚在鬼屋里更恐怖。

“笨蛋,不要动。”那个人忽然站到一座木头平台上,“叫你不要动没听到吗？再动就要翻车了！”他忽然举起球棒狠狠往下打。

听到球棒打在怪物身上的声音，我忽然感到一阵恶心，差点就吐出来，但我还是咬牙忍住了。接着，那个人又继续打那只怪物，两下、三下、四下。一开始那怪物没出声，但打到第四下的时候，它开始从墙边慢慢移到兽栏正中央，而拖车也立刻恢复了平稳。

“笨蛋，给我乖乖地待在那里不要动！”那个人大喊。

“先生，你是想打死它吗？”戴维·雷问他。

“那王八蛋不会痛的！它的皮比铁甲还厚！喂，你敢教训我？再啰嗦我把你轰出去！”

我不知道那怪物是不是真的不会痛，我只看到眼前那庞然大物灰灰的躯体，上面全是伤痕，血流不止。

那怪物几乎有大象的一半高，而体型和我们家那辆小货车差不多大。它身体一扭动，身上的苍蝇立刻懒洋洋地飞起来。在昏暗的灯光下，我看到那怪物站在那摊泥浆里一动也不动，四条巨大的腿踩在烂水果皮和粪便里。我注意到它颈部的骨盘上突出三块残根，上面覆盖着厚厚的灰皮——显然它本来有三只角。

我差点昏倒，但我不敢倒在这里的地板上。

“这东西已经很老了。”那个人说，“你们知不知道有些乌龟可以活两三百年？哼，跟这东西比起来，乌龟只能算是小娃娃。它比传说中长生不老的玛士撒拉还老。”他边说边笑，好像觉得那很好笑。

“你在哪里找到它的？”我不知道自己怎么会想到这问题。

“我买的。花七百块钱买的。那年在路易斯安那州的阿卡迪亚保留地巡回表演的时候，我看到有人把这只怪物拿出来展览，而那个人是在得克萨斯州巡回表演的时候看到的。更早之前，是一个蒙大拿州来的家伙开着卡车带它到处巡回展览。我估计应该是在20年代左右。没错，它什么地方都去过。”

这时我听到戴维·雷说:“它在流血。”他说得很小声,口气很不安。那根棒棒糖抓在手上,显然已经没心情吃了。

“哦,那又怎么样?不打它会听话吗?哼,没脑袋的东西,脑子大概只有花生米那么大。”

“它是在哪里被人发现的?”我问,“我是说……是谁最先找到它的?”

“那是很久以前的事了。当年那个阿卡迪亚人告诉过我,不过我已经记不清楚了。好像是……好像是一个教授找到的。在亚马孙的哪个丛林里吧,还是非洲刚果,我想不起来了。在一片没有人知道的哪个高原上。那个教授的名字好像是……夏德教授……不对不对……”他皱起眉头,“夏利……不对,还是不对。”接着他忽然伸出手指在半空中啪地弹了一下。“对了,他叫夏林杰教授!就是他发现这只怪物,把它从高原上带回来!你们知道它是什么动物吗?就是三……三……”

“三犄龙。”我替他说了。恐龙我太熟悉了。

“对,就是三犄龙。”那个人说,“没错。”

“它的角被锯掉了。”约翰尼说。他也认出来了。接着他从我旁边走过去,伸手抓住铁栏杆。“它的角是被谁锯掉的?”

“我,就是我。不锯掉不行。可惜你没有亲眼看到,他妈的那三只角太恐怖了,简直就像长矛。拖车的铁皮都被它撞烂了,破了好几个洞。为了锯掉那三只角,我的电锯都报废了,还没锯到一半就报废了,最后只好用斧头砍。当时它就这样躺在地上,真的,就这样躺在地上吃大便。”说着他注意到脚边有一片白白的西瓜皮,立刻一脚踢开。西瓜皮本来在兽栏里,不知怎么会跑到外面来。“你们知道这个季节喂它吃水果要花多少钱吗?当年我怎么会笨到花七百块把它买下来?这辈子从来没有这么笨过。”

这时戴维·雷忽然走到栅栏前面,站在约翰尼旁边。“它为什么只吃水果?”

“噢,它什么都吃。有一年巡回结束的时候,我喂它吃垃圾和树皮。”那个人笑得很狰狞，“最后还是决定喂它吃水果，拉出来的东西才不会那么臭。”

那只三犄龙黑黑的小眼睛忽然慢慢眨了一下，巨大的头左右摆了几下，好像在想什么。兽栏实在太小，它连转身都很困难。接着它忽然长长吐了一口气，然后又趴回那摊泥浆里，两眼无神愣愣地看着前面。它身体侧面一直在流血。

“里面真的太挤了。”戴维·雷问他，“你放它出去过吗？”

“放它出去？开什么玩笑！天才，请问一下，放它出去，我要怎么把它关回来？”说着他靠在铁栅栏上。站在那个木头平台上，铁栅栏的高度大概到他腰部。他转头对那只三犄龙大吼：“喂，猪脑袋！为什么你就是学不会要点小把戏，帮我赚点钞票？为什么你就不能像海狗一样，用鼻子顶球，或是学跳火圈？本来我还以为可以教你要点小把戏，结果呢，你就只会整天赖在地上，笨得像猪一样。”他越说越气，整张脸开始扭曲起来，表情很狰狞。“喂，我在跟你说话听到没有？”说着他又举起球棒朝三犄龙背上打下去，接着又打了一次，打得它皮开肉绽血流如注。三犄龙水汪汪的眼睛慢慢闭起来，虽然它没吭声，但感觉得到它很痛苦。那个人又龇牙咧嘴地举起球棒，打算打第三次。

“先生，不要打它！”戴维·雷忽然说。

他口气听起来有点异样，好像豁出去了。

那个人把球棒举在半空中，忽然停住动作。“小子，你说什么？”

“我说……请你不要再打它了。”接着他又补了一句，“这样很不应该。”

“确实不应该。”那个人说，“不过很好玩。”说着他又举起球棒，用尽全力朝三犄龙背上打下去。第三下了。

我注意到戴维·雷忽然握起拳头，手上那半截棒棒糖被他捏碎了。

“我看不下去了。”约翰尼说完立刻转身从兽栏前面走开，走到拖车外面。

“戴维·雷,我们走。”我对戴维·雷说。

“你不应该这样。”戴维·雷又说一次。那个人停手了,球棒上的铁钉鲜血淋漓。“这种动物怎么可以关在这种地方?”

“你花的五毛钱应该值回票价了。”那个人说。他好像筋疲力尽,额头上全是汗。要把球棒上的铁钉从三犄龙身上拔出来,一定很费力。血腥暴力似乎略微平息了他的怒火。“回家去吧,你们这些土包子。”他说。

戴维·雷毫不退缩。他眼中仿佛有一团怒火在熊熊燃烧,“先生,你知道这是什么动物吗?”

“知道啊,他妈的一头大笨猪。你想买吗?好啊,我可以算你便宜一点!回家去叫你爸爸给我五百块,我很乐意把它丢到你家院子里,晚上你还可以把它带到床上陪你睡觉。”

戴维·雷不理会他。“这样是不对的。”他说,“你恨它,就因为它没法帮你赚钱,这样是不对的。”

“你懂个屁!”那个人冷笑着说,“臭小子,你懂个屁!接下来的二十年,你好好看看这个世界是什么狗屁样子,二十年后你再来告诉我什么是对什么是错!”

接着戴维·雷做了一件很奇怪的事。他把手上碎掉的棒棒糖丢进兽栏的泥浆里,正好掉在三犄龙嘴边。棒棒糖掉入泥浆那一刹那发出啪的一声。三犄龙趴在地上,眯着眼睛。

“喂!臭小子,东西不准扔进去!你们两个给我滚出去!”

当时我正要跨出门。

接着,我忽然听到吞东西的声音,很大声,立刻转头一看,看到三犄龙张开嘴把那块棒棒糖连同泥浆一起吸进嘴里,嚼了几下,接着,它忽然抬起头,把糖果吞了下去。

“出去出去!”那个人催我们出去,“我要关门——”

就在这时候,拖车忽然摇晃起来,那只三犄龙正慢慢站起来,身上的泥浆一直往下淌，乍看之下仿佛一棵老橡树从沼泽里浮了上来。我看到它伸出红红的舌头舔了一下满是泥浆的嘴边，然后转头看着戴维·雷，开始慢慢往前走。

眼前的景象很像一辆坦克车在慢慢加速。接着，它低下头去撞铁栏杆，颈部的骨盘撞上铁栏杆之后，发出砰的一声巨响，听起来很像两顶巨大的橄榄球头盔相撞。三犄龙往后退了三步，发出一声低吼，然后又用头去撞铁栏杆。

“嘿！嘿！”那个人大喊。

三犄龙又往前冲，脚掌在泥浆里滑了好几下。它力气真是大得惊人，全身那有如大象般的肌肉剧烈抖动，身上的苍蝇都飞跑了。铁栏杆发出阵阵嘎吱声，开始往前弯，而栏杆末端的螺钉也发出嘎吱声，渐渐被撞松了。

“喂，不要再撞了！不要再撞了！”那个人又开始拿球棒打三犄龙，打到他自己的指甲都渗出血来。但三犄龙根本不理他，还是拼命撞铁栏杆，铁栏杆越撞越弯。我看得出来，它是想去找戴维·雷。“王八蛋！你这个臭王八蛋！”那个人大吼大叫，举起球棒打个不停。接着他转头看着我们，目露凶光。“滚出去！它发疯了，都是你们害的！”

我抓住戴维·雷的手拖着他往外走。他乖乖让我拉着走。我们听到嘎吱声越来越频繁，显然更多螺钉松掉了。拖车开始像摇篮一样晃来晃去。我感觉得到那只三犄龙发脾气了。我们走下台阶，看到约翰尼站在闻不到臭味的上风处，而本呢，他坐在一只塑料箱上，脸埋在手心里，看起来很悲伤。

“它想逃出来。”戴维·雷说。我们站在旁边看着拖车猛烈摇晃震动。“你看到了吗？”

“看到啦。它疯了。”

“我跟你打赌，它一定没吃过棒棒糖。”他说，“一辈子没吃过。没想到它也跟我一样这么喜欢棒棒糖。我家里有一整箱呢，要是都给它吃，它一定乐疯了!”

它会突然发疯,是因为吃了棒棒糖的关系吗?这我倒不敢确定,不过我说:“很有可能。”

拖车已经渐渐不再摇晃了。没多久,那个人走出来了。他脸上、衣服上沾满了泥巴和大便。我和戴维·雷开始不由自主地浑身颤抖,拼命想憋住笑。那个人拉上布帘,关上门,用铁链锁上。接着他转头瞪着我们破口大骂:“滚蛋!还不赶快滚,趁我还——”他朝我们冲过来,举起球棒在半空中挥舞。我们忍不住大笑起来,转身就跑。

夜深了,马戏团已经准备要打烊了。游乐设施区的人群渐渐散去,跑马场准备要关了,畸形人区那些吆喝顾客的人也安静下来了。灯火逐渐熄灭,一盏接着一盏。

我们慢慢走回停脚踏车的地方。夜深了,空气越来越冷。冬天快到了。

本吐得差不多了,好像舒服一点了,又开始有说有笑。约翰尼话很少,但他倒是提到摩托车特技表演很精彩。至于我呢,我说有一天,要是我有那个兴致,我可能会建造一座鬼屋游乐园,把全世界的人吓得屁滚尿流。而戴维·雷却一声不吭。

后来,我们走到脚踏车旁边的时候,戴维·雷终于开口了。“我不想过那种日子。”

“什么日子?”本问他。

“像那只失落世界的怪物一样。”戴维·雷说,“住在那种兽栏里。”

本耸耸肩。“噢,说不定它早就习惯了。”

戴维·雷说:“习惯并不代表喜欢,猪头。”

“喂,不要在我身上出气!”

“我不是在生气。”戴维·雷跨上脚踏车,紧紧抓住把手,“我只是……我只是很不愿意过那种生活。几乎连动都没办法动,暗无天日,就这样一天过一天,一辈子就这样过。科里,你过得下去吗?”

“我不敢想象。”我说。

“看那个人那样打它，我想它可能很快就会被他打死，然后被他丢到垃圾堆里，就这样完了。”戴维·雷抬头看看弯弯的月亮，叹了一口气，嘴里呼出一团白雾。“不过，我认为那不是真的三犄龙。那个人根本就是个骗子。那只是一头畸形的犀牛。就这么回事，懂了吗？那根本就是冒牌货。”结果我还来不及回答他，他就开始越骑越快，一溜烟就不见了。

惊奇马戏团的一天就这样结束了。

奇风镇的防空警报器装在法院屋顶上。星期天凌晨三点左右，警报器忽然大叫起来。爸爸连忙跳起来穿衣服，一阵手忙脚乱，连内裤都穿反了。他立刻开着小货车去看看到底发生了什么事。当时我以为是俄国人来轰炸我们奇风镇。后来凌晨四点左右，爸爸回来了，我们才知道出了什么事。

马戏团有动物跑掉了。它撞破了拖车，结果拖车起火燃烧。当时那只动物的主人睡在另一辆拖车里。后来我偷偷听到爸爸告诉妈妈说，住在另外那辆拖车里的是一个红头发的女人，听说，只要她把灯泡放进嘴里，灯泡就会亮。反正，那动物跑掉了，把游乐设施撞得一塌糊涂，帐篷被扯成碎片，仿佛整个马戏团被一辆坦克车碾过去。而且，那动物显然曾从商店街经过，因为好几家商店都被撞烂了，而且好几辆停在路边的车都被撞成了破铜烂铁。爸爸说，斯沃普镇长告诉他，财物损失估计有一万多美金。到目前为止，他们还没抓到它。大家都还没清醒过来的时候，它就已经逃进了树林里，往山上跑。只有韦恩·吉利先生看到它，因为当时它正好撞破了他卧房的墙壁。结果吉利先生和他太太都因为惊吓过度被送进联合镇的医院。

那头来自失落世界的怪物逃走了。马戏团一直找不到它，最后只好黯然离开。

这件事有点蹊跷，但那一整天我都按捺住没有采取行动，一直到了晚上我才跑到约翰尼家。约翰尼的爸妈在客厅看电视，我和约翰尼趁这个机会跑到最里面的房间打电话到戴维·雷家。接电话的是戴维·雷的小弟安迪。我叫他请他爸爸来听电话。

“有什么事吗,科里?”他问我。

“爸爸要我打电话给你。”我对他说,“这星期我们想拆掉叛徒的狗栏,所以想找您问一下,不知道您有没有……呃,有没有铁链剪?”

“呃,应该用铁丝剪才对吧。应该用不着铁链剪。”

“也有一些铁链要剪。”我说。

“那好吧。借给你们当然没问题。我会叫戴维·雷明天下午送过去。那把铁链剪已经买了好几年了,可是却从来没用过。我记得应该是放在地下室哪只工具箱里吧。”

“戴维·雷应该知道放在哪里。”我说。

至于在马戏团展览三犄龙的那个家伙,他逃走了。虽然他损失了七百块,可是三犄龙却造成了一万多块的财物损失,他很可能因此坐牢,比较起来,七百块实在算不了什么。我们镇上有几个打猎老手到山里去找那只三犄龙,结果回来的时候个个垂头丧气,靴子上还沾满了大便。

我脑海中一直浮现出一幅画面。

我看到那座公园。马戏团已经离开了,公园里又恢复一片空旷,只看到稀稀落落的票根、锯木屑和纸杯点缀其间。这些清洁工人没捡干净的东西,是马戏团曾经来过此地所留下的唯一痕迹。

不过,今年却有些不太一样。今年,我看到棒棒糖的包装纸随风飞扬,那窸窸窣窣的声音,听起来好像隐隐约约的笑声。

第四部　严冬的真相

1　孤独的旅程

“你爸爸失业了。”妈妈说。

那天是感恩节过后的第四天，我放学回到家，一进门就听到这个消息。那一刻我感觉自己的胃仿佛被人重重打了一拳。妈妈铁青着脸，看她的表情，显然她已经预见到未来的苦日子。她心里明白，卖馅饼和糕点的生意已经做不下去，因为巨霸超市除了卖塑料罐装牛奶之外，现在也开始卖馅饼和蛋糕了。

“今天你爸爸去上班，结果一大早进牧场就听到这个坏消息。”她说，“他们给他两个星期的薪水，另外还有一些奖金，不过他们说，他们也只能付得起这么多了。”

“爸爸呢？”我把书包丢到地上。

“他出去了，已经快一个钟头了。这一整天他几乎都是坐着发呆，午饭一口也没吃，也不说话。他本来想睡一下，可是却根本睡不着。科里，我知道他心情一定很恶劣。”

“你知道他去哪里了吗？”

“不知道。他只说他想找个地方静一静，好好想一想。”

“好，我去找他。”

“你要去哪里找?”

“我先去萨克森湖那边找找看。”说着我就走到门外，跳上火箭。

她跟在我后面走到门廊上。“科里，要小心——”说到一半她忽然停住了。也许她忽然想到，我已经长大了，已经是半个大人了。“想办法把爸爸找回来吧。”她说。

于是我就骑车走了。天空一片阴沉，灰暗的云层压得好低。

一出了家门，忽然觉得今天车子骑起来特别吃力，阵阵强风迎面袭来。我骑上十号公路，压低身体头往前伸。一路上，左右两边都是阴暗的树林，风在林间呼啸。我不时转头看看两边的树林。三犄龙还在野外的某个地方，不过，那个来自失落世界的怪物性情温和，不会伤人，而且，我觉得它一定很不想靠近人类。不过，有一点倒是必须提高警觉。感恩节两天前的清晨，马蒂·巴克利照例从伯明翰开车送报纸到奇风镇来。他沿着十号公路一路开过来，开到我现在骑车的地点，忽然有一个庞然大物从树林里冲出来，猛力撞上他的车，把车子都撞离了路面。我看过他的车，右前座的车门整个都被撞凹了，玻璃破成碎片，仿佛被一双大铁鞋踹到一样。巴克利先生说，那只怪物撞上他的车之后，立刻就跑掉了。我想，那只三犄龙已经把这片树林当成是它的地盘了，只要有车子从十号公路经过，它都会误以为那是别的恐龙想侵犯它的地盘。万一它误以为火箭也是要侵犯它的地盘，会不会又突然冲出来？我不知道，不过，我小心翼翼地左看右看，继续往前骑。马戏团那个人一定做梦都没想到，被他关在铁栏杆里的那只大笨猪，居然像坦克车一样力大无穷，足以把车子撞得稀烂。自由总是会赋予我们无限的力量。虽然那只三犄龙已经很老了，虽然它巨大无比，但在内心深处，它就像个孩子一样。

后来，戴维·雷果然把铁链剪送到我们家来。我一直怀疑三犄龙是他放走的，所以故意叫他送铁链剪来。不过除此之外，我没有对任何人提过这件事。约翰尼也知道内情，但他也不曾对任何人提过，不过他倒是说过，他希望那只三犄龙能够自由自在平平静静地过日子。其实我并不那么确定那就是戴维·雷干的，不过，这很像他的作风。但话说回来，他怎么想得到那只三犄龙会造成一万美元的财物损失？嗯，不管怎样，玻璃破了可以换新的，车子撞凹了可以修好，不是吗？韦恩·吉利先生和他太太搬到佛罗里达州去了。那是他们六年以来的梦想，如今在机缘巧合下竟然也实现了。吉利先生搬家之前到多拉尔先生店里去理发，结果多拉尔先生告诉他，佛罗里达州的沼泽里全是恐龙，而且它们会跑到你家后院跟你要剩菜剩饭吃。吉利先生当场吓得面无血色、浑身发抖，不过后来爵士人杰克逊安慰他说，多拉尔先生只是在跟他开玩笑。

接着，我骑过一个弯道之后，眼前就是萨克森湖了。我看到爸爸的小货车就停在红岩平台附近。我骑到湖边，绞尽脑汁思考待会儿该怎么说，但却发觉自己根本想不出该说些什么。这次不像平常用打字机写故事了，这次是真实的人生，而且是残酷、血淋淋的现实。

我把脚踏车的停车支架踢下来，把车子停好，然后看看小货车四周，可是却看不到爸爸的人影。过了一会儿，我终于看到他了：在湖对岸的花岗岩巨石上，他的身影远远看去显得好渺小。他凝视着漆黑的湖面，一阵阵的风在湖面上激起涟漪。我注意到他拿起一只瓶子凑到嘴上灌了好几口，然后把瓶子放下来，继续凝视着湖面。

我慢慢朝他走过去，走过一大片野草丛生、荆棘密布的泥地，红红的湿土被我的鞋子踩得嗞嗞响。我注意到湿土上有爸爸的脚印。他一定来过这里很多次了，因为那片草丛里已经被他走出一条窄窄的小路。没想到的是，他无意间做了一件爸爸该做的事，那就是，为他的孩子开出了一条比较好走的路。

当我逐渐靠近，他也注意到我了，但他不但没有对我挥挥手，反而低头看着地上。我心里明白，他也不知道该说什么。

那花岗岩巨石本来是萨克森湖采石场的一部分。走到距离巨石三米左右的地方，我停下脚步。他坐在那里，低着头，闭着眼睛，旁边的地上摆着一瓶塑料罐装的葡萄汁。我知道那是他在巨霸超市买的。

呼啸的风扫在我身上，光秃秃的树枝随风摇晃。“你还好吗？”我问他。

“不太好。”他说。

“妈妈跟我说了。”

“我猜也是。”

我两手插进外套口袋里，凝视着那漆黑的湖面。好一会儿，爸爸都没出声，我也没出声。后来他终于清清喉咙说：“要不要喝点葡萄汁？”

“不用了。”

“没关系，这里还有很多。”

“不用了，我现在不太想喝。”

他抬起头看着我。在昏暗凄寒的日光下，他显得好苍老，我忽然产生一种错觉，仿佛看到一张骷髅般的脸。那一刻，我忽然害怕起来。那种感觉，就好像看着你挚爱的人慢慢地、慢慢地死去。他的情绪已经濒临崩溃边缘。我还记得那天半夜，他在纸上写了一大堆疯狂呓语似的问题，当时他所表现出来的那种难以言喻的恐惧，显示他已经濒临精神崩溃。当时我就已经明白，我爸爸并不是伟大的英雄，不是超人，而只是一个平平凡凡的好人。而且，他就像一个孤独的旅人，在苦难的荒野中踽踽独行。

“公司要我做的事，我都做到了。”他说，“我一天要送两趟牛奶，别人不愿意做的工作，我都任劳任怨。我每天一大早就到牧场，而且常常为了整理仓库留到很晚。不管他们要我做什么，我都做了。”说着他抬起头看着天上，仿佛想寻找阳光，然而，他看到的却是沉重低垂的云层。“他们说，汤姆，希望你能够体谅我们的困难。他们说，为了让绿茵牧场能够经营下去，我们逼不得已只好裁减人手。而且，科里，你知道他们还说了什么吗？”

“说了什么？”

“他们说，配送新鲜牛奶这个行业已经做不下去了。他们说，面对超市里那些罐装牛奶，我们根本没有竞争能力。他们说，未来的时代是讲求便利的时代，这是大家的期待。”说着他忽然两手交叉，十指紧紧缠在一起，露出龇牙咧嘴的表情。“问题是，那并不是我的期待。”

“爸爸，别这样，我们一定可以熬过去的。”我安慰他。

“噢，但愿如此，”他点点头，“但愿如此。我会去找别的工作。我刚刚已经去过五金行，问他们缺不缺人手。小范德康说他们需要一个卡车司机。唉，我想要的是收银员的工作，只可惜，我好像已经没有选择余地了，未来三年，我大概也只能干个助理领班，当苦力负责装卸货。大概就是这样了。很悲哀吧？”

“也许未必吧。”

“对，我已经不知道自己接下来会怎么样了。”他说，“问题就在这里。”

阵阵强风掠过湖面，涟漪随风荡漾，渐渐扩散为起伏的波浪。湖边的森林里传来阵阵的呱呱声，似乎有乌鸦躲在里面。“爸爸，这里好冷。”我说，“我们回家吧。”

“我失业的事，你爷爷一定很快就会知道，我已经迫不及待想看看他会有什么反应。”他提到了爷爷杰伯。“他一定会笑死，你说对吧？”

“我和妈妈都不会笑你。”我说，“没有人会笑你。”

他拿起那罐葡萄汁，仰头又灌了一大口。“刚刚我要到湖边来的时候，半路上经过巨霸超市门口。我特别进去看了看架上那些罐装牛奶。一眼看过去只见整片白茫茫有如一片汪洋。”说到这里他又转头看着我，嘴唇发白。“我好希望一切能够回到从前。看看超市里，柜台的收银员都是那种十几岁的年轻女孩子，嘴里嚼着口香糖，一副什么都不在乎的样子。我跟她们打招呼，她们却冷冰冰地笑也不笑，只管收钱。超市里灯火通明，刺得我眼睛很不舒服，天花板上吊满了长条形的海报，上面全是商品的广告标语。超市一直营业到晚上八点才打烊，问题是，晚上八点应该是一家人团聚的时间，而不是跑到超市买东西的时间。我的意思是……这个世界变得太多,虽然现在还不至于所有的东西都变,但已经和从前完全不一样了,再也回不去了。总有一天,你一定会听到有人说,‘噢,太棒了,天黑了还可以到超市来买东西,而且货架上的东西有很多都是从来没听过的。回想起来,从前我们喝的牛奶都是牧场送到家里来的,我们吃的甜瓜都是有人开着小货车载出来卖的,我们吃的新鲜蔬菜都是那位太太在自己菜园里种的,每次跟她买菜,她都会跟我们说声早安,笑得那么灿烂。可是现在不一样了。’你一定会听到他们说,‘噢,现在那些东西超市里都买得到,不用再为了买个东西东跑西跑。现在,我们只要去超市就可以买到牛奶,买到蔬菜,买到甜瓜,买到所有需要的东西。真希望超市可以卖更多东西,让我们什么都买得到。真希望我们小镇上所有的商店都集中在同一个地方,这样我们就不需要再东奔西跑,风吹日晒。那样不是很棒吗?’”说到这里爸爸忽然用力捏了一下拳头,“哼,这样一来,小镇就不再是小镇了。虽然一样有商店,有街道马路,有房子,可是,那已经不再是小镇了,再也不会像我们现在这样了。现在,我们走进一个这样的大超市,就会看到那些嚼口香糖的年轻女孩子。你问她们店里有没有什么东西,她们会摇摇头说店里不卖,而且也没办法帮你调货,因为现在都已经不生产了。所以,你明白吗,从此以后我们就不会再想买那些东西了。吊在天花板的那些海报上有各式各样的商品,从此以后,我们就只会想买海报上那些东西了。那些女孩子会说,那些东西都是机器大量生产的,一分钟可以生产上千个,不过,就算是大量生产,整体来说,那些商品还是一样完美无缺。另外,同样的商品用久了,我们一定会感到厌倦,那么,顺手扔掉就是了,因为那些东西本来就是设计成随用随扔的,而且,到时候海报上又会出现新商品。所以最后,她会问我们,今天店里有这么多完美无缺的商品,我们需要什么吗?不过,请你们动作快点,因为后面还有很多人在排队。”

说到这里他忽然沉默了。我听到他指关节咔哒咔哒响。

“那只不过是一家超级市场。”我说。

“这才刚开始。”他说。

他忽然皱起眉头，脸上闪过一丝阴霾。他眯起眼睛远眺着湖面，看了大概有一分钟。

“嗯，我听到了。”他忽然轻轻说了一声。

我忽然明白他是在跟谁说话。“爸爸？我们回家好不好？”

“你先回去吧。我想在这里多坐一下，跟我的朋友说话。”

我听到呼啸的风声，还有乌鸦的啼叫声，但我心里明白，爸爸听到的是另外一种声音。“爸爸，他说什么？”

“那些话他已经说过很多次了。他说，除非我跟他一起走，否则他是不会放过我的。看来我得跟他一起下去，到那个黑暗世界去。”

我不禁泪水盈眶，但我赶紧眨眨眼睛，不敢让眼泪掉出来。“爸爸，你不会跟他一起去吧？”

“不会的，孩子。”他说，“我今天不会跟他一起去。”

这时我差点就忍不住想告诉他乐善德医生的事。我正要开口的时候，脑海中忽然闪过一个问题：我究竟能跟他说什么？乐善德医生不喜欢喝牛奶，而且是个夜猫子，半夜不睡觉。而根据弗农·撒克斯特的推断，凶手具备这样的特质。然而，我应该跟他说这些吗？结果我最后说的是：“女王知道很多事。爸爸，只要我们去找她，她一定帮得上忙。”

“女王。”他喃喃嘀咕了一声，声音听起来有点含糊，“毕刚·布莱洛克被她整得很惨，对吧？”

“是啊。她真的很厉害，她一定可以帮得上我们。”

“也许帮得上，但也可能根本救不了我。”说着他又皱起眉头，仿佛光想到要去求女王帮忙，内心就很痛苦。然而，跟他此刻的痛苦比起来，去找女王又算得了什么呢？“我看这样好了，”他表情渐渐和缓下来，“我来问我的朋友，看他究竟在想什么。”

我忽然害怕起来，非常非常害怕。我很担心他。“爸爸，求求你，等一下要赶快回家，好不好？”我哀求他。

“我知道。”他点点头，“我等一下就回去了。”

于是我就走了，留下他一个人坐在巨石上。天上灰暗的云层依然低垂。我慢慢走向火箭，一路上我一直转头看他，发现他站在巨石边缘，全神贯注盯着底下的湖面，仿佛想看透深不可测的漆黑湖底，寻找那辆车的踪迹。我正想开口叫他退后的时候，他忽然自己就退回原来坐的位置，慢慢坐下。

今天不会。这是他刚刚说的，我也只好相信他。

我原路骑回家，一路上，脑海中思绪起伏，根本就忘了那只失落世界的怪物可能会从树林里冲出来。

接下来那几天，天气一直都冷冽阴沉。奇风镇四周的连绵山岭，还有波特山，到处都染上了一片棕黄。已经12月了。那些日子，每当我放学回到家的时候，爸爸偶尔会在家，但有时候不在。那阵子妈妈忽然变得很苍老，很疲惫。她说爸爸是出去找工作。我心里暗暗祈祷，希望他不会又跑回巨石上，面对着漆黑的湖面思索未来。

至于妈妈那些朋友倒是很够意思。他们开始送吃的东西到我们家来，有人送菜，有人送饼干，有人送罐头食品，诸如此类。戴维·雷的爸爸说，等打猎季节一开始，他会把猎物送到我们家来。而妈妈则是坚持要烤蛋糕回送他们。他们送的东西，爸爸都吃了，不过我看得出来他内心饱受煎熬，因为这很明显是在接受人家的施舍。后来，爸爸并没有到五金行去工作，因为他们不缺货车司机，也不缺收银员。每到深更半夜，我常常会听到爸爸起床，在屋子里到处走来走去。到后来，他的生活开始变得日夜颠倒，常常到凌晨四点才上床睡觉，一直睡到中午快十一点才起床。他已经变成夜猫子了。

有一个星期六下午，妈妈叫我骑车到商店街的五角商店帮她买一盒蛋糕盘。于是我立刻出门跳上火箭骑走了。我走进五角商店，买了蛋糕盘，然后又走出去跳上车,准备骑回家。

半路上,我经过明星餐厅门口,把车子停下来。

尤金·奥斯本先生就在那里工作。当年第二次大战的时候,他曾经待过著名的“第一步兵师”,而且他听得懂德国人骂脏话。

从我们去看马戏团那天起,这件事一直萦绕在我脑海中。我一直在想格拉斯姐妹家那只鹦鹉。格拉斯姐妹明明不会讲德语,可是她们养的鹦鹉怎么会用德语骂脏话?另外,我还记得奥斯本先生说过:它不光是骂脏话。它还说了另外几句德国话,不过有点含糊,听不太清楚。

怎么可能会有这种事呢?

我把火箭停在门口,走进餐厅。

餐厅实在不怎么起眼,只有几张桌子,一些雅座,还有一座吧台。吧台前面有一排高脚凳,客人可以坐在那里跟那两个女服务生聊天。那两位女服务生,一位是马德琳·赫卡比太太,一位是比较年轻的卡丽·佛伦奇。老实说,大家比较喜欢找佛伦奇小姐搭讪,因为她是个金发美女,而赫卡比太太又丑又胖。不过,早在我出生之前,赫卡比太太就已经在餐厅里当了很久的服务生,所以那里是她的地盘,她有绝对的权威,铁腕统治。每天到了这个时间,明星餐厅里总是冷冷清清,不过还是有几个客人在里面喝咖啡。多半是一些已经退休的老先生。老欧文也在其中,他坐在雅座里看报纸。吧台上那台电视开着。而那个高大得像一座山的迪克·穆特里就坐在吧台前面,露出白白的牙齿朝佛伦奇小姐傻笑。

他一看到我,立刻就不笑了,摆出一张臭脸。

“嗨,你好!”佛伦奇小姐露出灿烂的笑容跟我打了声招呼。我慢慢走向吧台。要不是因为龅牙,她可爱迷人的程度不下于奇利·威洛。“想吃点什么吗?”

“奥斯本先生在吗?”

“在呀。”

“我能不能跟他说几句话？”

“那你等一下哦。”她走到厨房窗口，我注意到穆特里先生忽然弯腰凑向前，水桶般的肚子顶在吧台边缘，伸长脖子拼命想瞄佛伦奇小姐的腿。“尤金！有人找你！”

“谁呀？”我听到他在问。

“请问你是？”她转过头来问我。我从来没碰到过佛伦奇小姐，而且我很少进明星餐厅，所以她不知道我是谁。

“科里·麦克森。”

“哦，你就是汤姆的儿子呀？”她问我。我点点头。“是汤姆的儿子！”她大声告诉奥斯本先生。

我爸爸认识的人真不少。我感觉得到穆特里先生一直盯着我。他端起杯子啜了口咖啡，似乎想引起我的注意，但我装作没看到。

奥斯本先生推开弹簧门走出来。他系着一条围裙，还戴着一顶白厨师帽，手上拿着一块抹布擦手。“你好。”他说，“有什么事吗？”

穆特里先生又弯腰凑向前，大肚子顶在吧台边缘，竖起耳朵仔细听。我说：“我们可以到那边去坐一下吗？”我指向最里面那排雅座。

“好啊，我们过去吧。”

我选了背对穆特里先生的位子坐下，然后对奥斯本先生说：“那天你带温妮弗雷德去格拉斯小姐家上钢琴课的时候，我正好也在。”

“对，我记得你。”

“你还记得那只鹦鹉吗？那只会用德语骂脏话的鹦鹉。”

“我听得懂德语。没错，它确实在骂脏话。”

“那你记不记得那只鹦鹉还说了什么别的？”

奥斯本先生往后靠到椅背上，略微歪歪头，拿起餐桌上的叉子把玩起来。我注意到他手指上那几个刺青字：USARMY（美国陆军）。“能不能告诉我，你为什么要问这些？”

“没什么。”我耸耸肩，“我只是好奇。”

“好奇？”他淡淡笑了一下，“你特地跑到餐厅来问我鹦鹉说了些什么，这只是为了好奇？”

“是的。”

“那几乎是三个星期前的事了。这么久了，你怎么现在才来问我？”

“因为我一直在忙别的事。”我当然很想知道，可是后来发生了很多事转移了我的心思，比如说，那只失落世界的怪兽跑掉了，还有爸爸失业了，所以我一时没把那件事放在心上。

“我已经不太记得那只鹦鹉说了些什么别的，只记得它说了很多很难听的话。什么难听话呢？要是没有你爸爸允许，我不能说给你听。”

“我爸爸也来过这里吗？”

“有时候。不久之前，他到这里来应聘工作。”

“噢，天哪。”我说，“我爸爸会做菜？我怎么从来不知道？”

“他是来应聘洗碗工的。”奥斯本先生小心翼翼地看着我。我好像抽搐了一下。“不过，招聘的工作是赫卡比太太负责的。她管理很严格。”

我点点头，拼命想避开他的目光。

“那只鹦鹉，”他突然露出笑容，“那只蓝鹦鹉，骂脏话像机关枪扫射一样，真是厉害。”

“应该吧。”

“科里，老实告诉我，你问这些，到底想做什么？”

“我想当作家。”我编了个借口，“我觉得这种故事很有趣。”

“作家？你是想写小说吗？”

“是的。”

“当作家可不轻松。”他忽然抬起手，手肘撑在桌面上，“你是……你是在搜集资料吗？”

“是的。”我心中开始燃起一线希望，“没错，我就是在搜集资料。”

“你是想写蓝色格拉斯小姐的故事吗？”

“我想写的是……鹦鹉的故事，”我说，“会说德语的鹦鹉。”

“真的？真有意思！当年我还在你这个年纪的时候，我曾经想过要当侦探，或是当军人。没想到后来真的实现了。实现了一半。”他低头看着自己手指上的刺青，“事后想想，当年实在应该去当侦探才对。”他轻轻叹了口气，仿佛在告诉我，当军人并不像漫画书里描写的那么光辉灿烂。

“那么，奥斯本先生，你记不记得那只鹦鹉还说了些什么别的？”

他哼了一声，不过脸上还是带着笑容。“看你这种锲而不舍的精神，好像真的拼命想当作家，不过，你真的觉得这件事有那么重要吗？”

“真的。真的很重要。”

奥斯本先生迟疑了一下，思考了一下，然后说：“其实那天鹦鹉讲得含混不清，我并没有完全听懂。”

“你能不能大概说给我听听？”

“嗯，我要想想看。对了，告诉你一个秘密。”他忽然弯腰凑近我，“赫卡比太太工作的时候很会骂脏话。”我立刻转头看看赫卡比太太在什么地方，可是却没看到她的踪影。她不在厨房，也不在休息室。“我记得那只鹦鹉说——”说到一半他忽然闭上眼睛，努力回想，“——谁知道？”

“你真的想不起来了吗？”我继续追问。

“不，你误会了，鹦鹉说的就是这句话。”他忽然睁开眼睛，“鹦鹉骂完脏话之后，接着又说了‘谁知道？’这句话。”

“谁知道？它说的谁是什么人？知道什么？”

“我不知道。我就只是听到它说‘谁知道’。另外，我还听到它提到一个名字。”

“一个名字？什么名字？”

“好像是汉纳福德，听起来很像是汉纳福德。”

汉纳福德。

“也有可能是我听错了，因为那个名字我只听到它念了一次。不过，它骂的脏话我绝对没听错！”

“那天，绿色格拉斯……呃，凯塔琳娜·格拉斯小姐说，那只鹦鹉一听到那首曲子就发疯了。这你还记不记得？”说到这里我想了一下，“那首曲子叫《美丽的梦》。”

“《美丽的梦仙》。”他纠正我，“嗯，我记得。那首曲子就是蓝色格拉斯小姐教我的。”

“她教你的？”

“对。我一直很想学弹钢琴，所以我就请蓝色格拉斯小姐给我上课……呃，那大概是四年前的事了，当时她还是全职的钢琴老师，收了很多成人学生。她教所有的学生弹那首曲子。提到这个，我倒是忽然想到，当时我从来没听过那只鹦鹉像那天晚上那样骂脏话。很奇怪吧？”

“很奇怪。”

“是啊。噢，我该回去干活了。”他看到赫卡比太太正从休息室里走出来。她那副凶神恶煞的模样真的会吓死一堆人。“我刚刚告诉你的，你觉得有用吗？”

“应该吧。”我说，“试试看才知道。”

于是奥斯本先生站了起来。“嘿，你可以把我写进你那篇故事里吗？”

“什么故事？”

他有点惊讶地看了我一眼。“你不是要写一篇蓝鹦鹉的故事吗？”

“噢，对了，那篇故事！当然会，我一定会把你写进去！”

“那你一定要把我写得像个好人哦。”他特别交代了我一句，然后就匆匆走向厨房。这时我注意到电视上出现了一个穿着卡其布制服的人，他正在发表煽动性的演讲。

“嘿，尤金！”穆特里先生忽然大叫了一声，“你来看看这家伙！”

“奥斯本先生！”我忽然又叫了他一声。他本来正要转头去看电视，一听到我在叫他,立刻又回过头来看我。“也许我们可以去找蓝色格拉斯小姐,请她当那只鹦鹉的面再弹一次那首曲子,然后你再听听看鹦鹉说些什么,你觉得这样可以吗?”

“恐怕有困难。”他说。

“为什么?”

“因为几个星期前,那只鹦鹉已经被蓝色格拉斯小姐送到乐善德医生那里了。根据乐善德医生的说法,它好像是得了某种鸟类特有的脑热病。反正,那只鹦鹉死了。喂,迪克,你刚刚叫我干吗?”

“你看看这家伙!”穆特里先生伸手指着电视里那个咆哮嘶吼的人。“那王八蛋叫林肯·罗克韦尔,是美国纳粹党的老大,什么狗屁啊!”

“美国纳粹党?”我注意到奥斯本先生脖子后面忽然涨红起来。“当年我到欧洲吃了那么多苦头,就是为了要打纳粹党,结果搞了半天,他们竟然跑到美国来了!”

“他说他们要征服全美国!”穆特里先生说,“再继续听他满嘴狗屁,你会气炸!”

“那王八蛋要是被我逮到,我肯定会打爆他脑袋!”

当时我正要走出门,脑海中思绪起伏,结果却听到穆特里先生大笑着说:“哼,有件事他倒是说对了!我们确实应该把所有的黑鬼用船送回非洲去!打死我都不会让黑鬼跨进我家一步。不像有些人,竟然还把莱特富特先生请到他们家去。”

一听到他这句话,我立刻就知道他在影射谁了。我立刻停下脚步,转头盯着他。电视上那个人还在大放厥词,说什么“种族净化”。我曾经听艾默里警长说过,穆特里先生是三K党。此刻他龇牙咧嘴地笑着,一边对奥斯本先生说话,可是眼角却瞄着我。“就是这样,我的家就是我的堡垒!我打死都不让黑人进我家,把我的堡垒搞得乌烟瘴气!我相信你应该也不会吧,尤金?”

“林肯·罗克韦尔,哼!”奥斯本先生说,“纳粹党竟然也有脸取这个名字!”

“不过最起码那家伙还有点脑袋,知道不可以跟黑人做朋友。你说对吧,尤金?”穆特里先生还是不罢休,一直在激我。

这时候,奥斯本先生终于意会到他在说什么了。他立刻用一种憎恶的眼神瞪着穆特里先生。“当年在欧洲战场上,有个叫厄尼·格雷弗森的人救了我一命。他那张脸比木炭还黑。”

“噢……呃……我的意思不是……”穆特里先生忽然笑得很僵,拼命想找台阶下,“呃……当然总也会有一两个黑鬼是长脑袋的,不像其他那些黑鬼一样笨得像猪。”

“我看,”奥斯本先生忽然伸出那只刺青的手搭在穆特里肩上,然后狠狠掐了一下,“迪克,你还是赶快闭嘴比较好。”

穆特里先生不敢再吭声了。

我走出明星餐厅的时候,电视上那个穿卡其布制服的人还在接受访问。我骑着火箭回家,蛋糕盘还安安稳稳地在车头的篮子里。一路上,我满脑子想的还是那只鹦鹉,而且越想越困惑。那只鹦鹉用德语骂脏话,而且它最近得了脑热病死掉了。

我回到家的时候,发现爸爸坐在椅子上睡着了,而收音机却还开着。其实,刚刚我还没出门去买东西之前,收音机转播的亚拉巴马大学队的比赛就已经结束了,现在播放的是乡村音乐。我把蛋糕盘拿到厨房给妈妈,然后又走回客厅看着睡着的爸爸。他整个人缩成一团,两手紧抱在胸前,那模样仿佛想把自己紧紧绑住,免得四分五裂。他嘴里发出呼噜呼噜的声音,听起来有点像打鼾。接着,他似乎梦见了什么东西,浑身忽然又抽搐了一下,睁开眼睛,眼睛红红的。我觉得他好像瞪大眼睛看着我,看了好久,然后又闭上了眼睛。

看他睡觉那种表情,我心里忽然很难过。他的神情好悲伤,而且奇怪的是，家里吃的东西明明还很多，他看起来却好像很饿的样子。那是一种意志消沉的表情。当洗碗工并不是什么可耻的事，因为职业无贵贱，而且任何工作都有它独特的价值。然而，我感觉得到他内心的绝望，因为那天他被迫走进明星餐厅，想应聘卸货区的助理工头，但当时并没有空缺，所以只好应聘洗碗工。那件事对他伤害很大。我注意到他的脸扭曲了一下，嘴里发出一声轻轻的呻吟。我感觉得到，他连大白天都在做噩梦。即使在梦中，他都逃不掉内心的纠缠。不管他如何极力想逃避，却总是逃不了多久。

我走进房间，关上门，打开抽屉，拿出那只雪茄烟盒，掀开盖子，拿出那根羽毛，拿到书桌台灯底下仔细端详。

没错！那一刻，我忽然心跳加速。就是这个。

这很可能就是鹦鹉的羽毛。

问题是，这根羽毛是翠绿色，而蓝色格拉斯小姐那只骂脏话的鹦鹉，除了嘴巴是黄色之外，全身上下都是蓝色。

可惜绿色格拉斯小姐没养鹦鹉，要不然，她养的鹦鹉一定是全身翠绿——

——全身翠绿。想到这里，我心脏差点从嘴里跳出来。

我忽然想到蓝色格拉斯小姐说过，绿色格拉斯小姐不肯喂自己养的鹦鹉吃饼干，因为怕手指被咬断。

我想到了。

蓝色格拉斯小姐说：

我帮你喂的！

从前你的都是我在帮你喂的！

你的？你的什么？鹦鹉吗？

格拉斯姐妹之间有一种微妙的对立，两个人大半辈子都在较劲，所以，说不定她们两个人都各养了一只鹦鹉？会不会她们家里还有另一只鹦鹉，只是比较安静，不像那只蓝鹦鹉那么聒噪？说不定，那就是一只绿鹦鹉，而这根羽毛就是从它身上掉下来的?

对了,打个电话去问就知道了。

我不由自主地握紧那根羽毛,心脏怦怦狂跳,然后转身冲出房间,打算到客厅去打电话。我不知道格拉斯姐妹家的电话号码,不过没关系,查一下电话簿就知道了。

我正在查号码的时候,电话忽然响了。

我大喊了一声:"我来接!"然后立刻接起电话。

结果,当时电话里的那个声音,我一辈子都忘不了。

"科里,我是卡伦太太。能不能麻烦你请你妈妈来听电话?"

她的口气听起来很紧张,很害怕。我立刻就感觉到,一定是出事了。"妈妈!"我大喊,"妈妈! 是卡伦太太!"

"小声点! 不要吵到你爸爸睡觉!"妈妈呵斥了我一声,然后走过来接电话。可惜她提醒得有点太迟了,因为我已经听到爸爸哼了一声,身体动了一下。"嗨,黛安娜,你好——"说到一半她突然停住了。我注意到她的笑容忽然僵住了。"什么?"她轻轻惊呼了一声,"噢……上帝……"

"怎么了? 怎么了?"我急着追问她。这时爸爸也醒过来了,睡眼惺忪。

"好,我们一定会去。"妈妈说,"当然会去。我们会尽快赶到。噢,黛安娜,我很难过!"说完她就挂了电话,泪水盈眶,一脸震惊。她转头看着爸爸,然后又看看我。"戴维·雷受伤了,被枪打中了。"她说。我不由自主地松开手,那根绿羽毛从我手中滑落了。

不到五分钟,我们就已经坐上车奔向联合镇的医院。我坐在爸妈中间,脑海中回荡着妈妈刚刚告诉我的事。今天戴维·雷和他爸爸去打猎。戴维·雷很兴奋,因为他终于可以和爸爸一起到初冬的森林去猎鹿了。卡伦太太告诉我妈妈,当时他们正在下坡。说起来,那山坡并不陡,可是没想到地上有一个地鼠洞被落叶遮住了,戴维·雷一不小心踩下去,立刻往前摔倒。没想到,就在他摔倒的那一瞬间,他的枪忽然往前滑,顶在他和地面之间，枪口对准他肺部和心脏的位置。结果，枪托一撞到地面，枪忽然走火，射穿了戴维·雷的胸口。卡伦先生立刻抱起儿子在森林里狂奔了将近两公里，回到车上。卡伦先生身材并不高大，不知道当时他是哪来的力气。

戴维·雷立刻被送进医院紧急动手术。妈妈说，他伤得很重。

医院是一栋红石和玻璃搭成的建筑。医院是拯救人命的地方，照理说应该很大才对，可是那所医院看起来很小。我们匆匆走进急诊室大门，看到一个满头银发的护士。她告诉我们手术室该往哪个方向走。没多久，我们走到了手术室外面的等候室。里头四面都是刺眼的白墙，我们看到戴维·雷的爸妈已经坐在那边等了。卡伦先生身上穿着一件迷彩猎衫，胸前沾满了血。看到眼前的景象，我吓得手脚发软。他脸颊和鼻梁上涂着橄榄绿的油彩，但那些油彩已经被抹成模糊的一团，乍看之下仿佛他脸上青一块紫一块。不难想象，他一定是惊吓过度，根本就没想到应该去洗个脸。更何况，儿子命在旦夕，洗不洗脸有那么重要吗？他指甲里还夹着森林里的泥沙。意外发生的那一刹那，他吓得魂飞魄散。卡伦太太一把抱住妈妈，开始哭起来。爸爸陪卡伦先生站在窗口。我没看到戴维·雷的小弟安迪，不过我猜，戴维·雷的爸妈可能是把安迪托给哪个亲戚或邻居照顾了吧。他还太小，一定不懂医生为什么要拿刀子刺进戴维·雷的身体。

我坐下来，从书报架上抓起一本杂志，打起精神想看看内容，可是注意力却根本无法集中。“事情发生得太快。”我听到卡伦先生说，“我根本来不及反应。”妈妈坐在卡伦太太旁边，紧紧抓着她的手。这时，走廊那边忽然传来一声铃响，然后我们听到播音系统在呼叫斯科菲尔德医生。接着，有一个穿蓝毛衣的人忽然从等候室门口探头进来，我们立刻紧张起来。后来他开口问：“哪位是拉塞尔的家属？”发现我们都没反应，他就走了，到别的地方去找那位患者的家属。

后来，联合镇长老教会的牧师走进了等候室。戴维·雷他们一家是长老教会的信徒。牧师要我们手牵手跟他一起祷告。我一手拉住卡伦先生的手,发现他手上全是冷汗。我了解祷告的力量,但我再也不敢那么自私了。当然,我希望戴维·雷能够好起来,我全心全意地祷告,但我不敢祈求上帝为戴维·雷赶走死神,因为,他是那么朝气蓬勃的孩子,我说什么都不想看到他变成叛徒那样,变成一具没有灵魂的行尸走肉。

后来,约翰尼和他爸妈也来了。约翰尼的爸爸也跟他一样自制力很好,跟卡伦先生说话的时候口气很平静。而约翰尼的妈妈走到卡伦太太旁边坐下来,另一边坐的是我妈妈。卡伦太太愣愣地盯着地上,嘴里反复说着:"他真的很乖,他真的很乖。"她一次又一次说个不停,仿佛在跟上帝祈求,求他挽救戴维·雷的命。

约翰尼和我却面对面说不出话来。这是我们这辈子所经历过的最痛苦的事。几分钟后,本和他爸妈也进来了,接着是卡伦家的几位亲戚。后来,长老教会的牧师把戴维·雷的爸妈带到别的地方,大概是要带他们私下进行某种特别的祷告。而本,约翰尼,还有我,我们三个站在走廊上讨论戴维·雷的遭遇。"他一定会好起来的。"本说,"我爸爸说这家医院很棒。"

"我爸爸说,戴维·雷还能撑到现在已经是万幸。"约翰尼说,"他说,他看过有个小男孩被枪打到肚子,不到几个钟头就死了。"

我低头看看手表。戴维·雷已经在手术室里四个钟头了。"他一定撑得过来。"我告诉他们,"他身体很壮,他一定撑得过来。"

后来,又过了一个钟头,天黑了,外头冷飕飕的,夜雾弥漫。卡伦先生又回到了等候室。他脸上的油彩已经洗掉了,指甲里的泥沙也洗干净了,身上换了一件医院借给他的绿色手术袍。"我这辈子再也不打猎了。"他告诉我爸爸,"我对天发誓,只要戴维·雷能够平安无事,我会把家里的枪全部拿到森林里去扔掉。"说着他低头把脸埋在手心里啜泣起来,我爸爸赶紧搂住他的肩膀。"你知道他今天说了什么吗,汤姆?就在出事前十分钟,他对我说,'爸爸,要是等一下看到鹿,我们不会真的开枪杀它吧?我们出来猎鹿,只是为了好玩的,对不对?要是真的看到鹿,我们不会真的杀它吧?'汤姆,你明白他的意思吗?”

爸爸摇摇头。

“这一定跟马戏团里逃出来的怪兽有关。他为什么会说那些话？汤姆，你想得通吗?”

“我想不出来。”爸爸说。

听他们说这些,我心里忽然很难过。

这时有个医生走进来了。他满头灰发,剃得很短,戴着银丝边眼镜。卡伦先生立刻站起来。“有件事想跟两位讨论一下,能不能请你们到外面来一下?”那位医生问戴维·雷的爸妈。妈妈立刻紧紧抓住爸爸的手。我心里明白,情况不妙。

后来,卡伦夫妇又进来了。卡伦先生告诉我们,戴维·雷已经开完刀了,目前暂时在加护病房,过了今天晚上就知道结果了。他向所有的人道谢,谢谢大家专程赶来。接着他又说,已经很晚了,大家也该回去好好休息了。

本和他爸妈一直待到晚上十点才走,接着,到了十一点半,约翰尼和他爸妈也走了。后来,卡伦家的亲戚也陆陆续续走了。那位长老教会的牧师说,只要他们需要,他会一直留在这里陪他们。卡伦太太紧紧抓住妈妈的手,求她先不要走。于是,我们就继续留在等候室里陪他们。等候室的四面墙壁一片苍白,夜雾弥漫的屋外开始下起雨来。过了一会儿,雨停了,我看到窗外又漫起夜雾。

过了半夜十二点,卡伦先生走到外面的走廊上,想买一杯贩卖机的咖啡,结果他回来的时候,那位灰头发的医生也跟他一起进来了。“黛安娜!”他兴奋得大叫起来,“黛安娜,他醒过来了!”

他们迫不及待地冲进去,两个人手牵着手。

就这样过了十分钟。那十分钟有如一辈子那么漫长。十分钟后,卡伦先生又回到等候室。他两眼通红。这辈子我还没看过有人眼睛那么红。

“科里，”他轻轻叫了我一声，“戴维·雷想见你。”

我心里好怕。

“去吧，科里。”爸爸鼓励我，“不要怕。”

于是我慢慢站起来，跟在卡伦先生后面走出去。

医生就站在戴维·雷病房门口和牧师说话，眼前的景象感觉好凝重。卡伦先生帮我打开门，于是，我一步步走进病房。卡伦太太在病房里，坐在床边的椅子上。病床上罩着氧幕，戴维·雷躺在床上输氧，身上盖着淡蓝色的被单，弯弯曲曲的塑料管从被子底下延伸出来，连接到床边架子上的透明塑料袋里。那些塑料袋里，有的装着透明的液体，有的装着血浆。床边有一台仪器，上面那个圆圆的黑屏幕里有一个跳动的绿色光点，一起一伏形成一条波浪状的线。卡伦太太一看到我走进来，立刻弯腰凑近戴维·雷耳边说：“戴维·雷，他来了。”

我听到浓浊的呼吸声，闻到一股浓浓的药水味。雨水开始滴滴答答打在玻璃窗上。卡伦太太对我说：“科里，你坐这边。”说着她就站起来了。我慢慢走到她旁边。卡伦太太抓住戴维·雷的手，慢慢抬起来。他的手一片苍白，几乎没有血色。“戴维·雷，我就在旁边。”她硬挤出一丝笑容，把他的手轻轻摆回床上，然后就从床边走开了。

我站在床边，隔着氧幕看着戴维·雷的脸。我的好朋友。

他脸色苍白，眼眶深陷，眼圈发黑，但头发却很整齐，看得出来有人帮他梳过，而且那把梳子还蘸了水。他全身盖着被子，所以我看不到他受伤有多严重。他鼻孔插着管子，嘴唇灰青，脸色惨白，眼睛盯着我。

“是我，”我说，“我是科里。”

他很费力地咽了一口唾液。这时我发现屏幕上那个绿色光点起伏摆动的幅度似乎变大了。不知道是不是我的错觉。

“你摔倒了。”我一开口就发觉自己说错话了。怎么那么笨。

他没反应。我忽然想到，他可能没办法说话吧。“本和约翰尼都来了。"我说。

戴维·雷喘了几口气，最后终于说："本，那个白痴。"说话的时候他的嘴微微往上一弯。

"是啊。"我拼命想挤出笑容，可是却笑不出来。我没有卡伦太太那么坚强。"你记得自己是怎么受伤的吗？"

他点点头，眼睛忽然亮起来。"你听我说，"他声音忽然变得好嘶哑，"这件事我一定要让你知道。"

"好啊。"说着我坐了下来。

他微微一笑。"我看到它了。"

"真的？"我小心翼翼地凑近他，接着，我忽然闻到一股血腥味，但我没有表现出来。"你是说，你看到那只失落世界的怪物了吗？"

"不是。我看到了更棒的。"这时他又用力咽了一口唾液，表情变得很痛苦，笑容消失了。接着他又继续说："我看到雪灵了。"

"雪灵！"我轻轻惊呼了一声。那只巨大的白鹿，它头上的角像橡树一样巨大。太好了，我告诉自己，假如这世上谁有资格看到雪灵，那个人一定就是戴维·雷。

"我看到它了。所以才会跌倒。我没有注意到地面。噢，科里，"他说，"它真漂亮。"

"我想象得到。"我说。

"它比我想象中更大！而且更白！"

"想象得到，"我说，"它一定是全世界最漂亮的白鹿。"

"就在我面前，"戴维·雷有气无力地说，"它就在我面前。结果，我正要叫爸爸看的时候，雪灵忽然用力一跳，不见了。它就这么跳起来，然后就不见了。接着我就跌倒了，因为我没有注意到地上。不过，科里，这不能怪雪灵。不能怪任何人。纯粹是意外。"

"你一定会好起来的。"我注意到他嘴角渗出唾液——红色的唾液。

“我终于看到雪灵了，我好高兴。”戴维·雷说，“我真是太幸运了。”

接着，他已经说不出话来了，只剩下浓浊的呼吸声。那台仪器开始发出哔……哔……哔的声音。“你好好休息吧，我该走了。”说着我慢慢站起来。

这时他忽然用力抓住我的手。

“说个故事给我听好不好？”他有气无力地说。

我犹豫了一下。戴维·雷一直盯着我，眼中露出渴切的神色。于是我只好坐下来。他一直抓着我的手，而我也就这样让他抓着。他的手好冷。

“好吧。”我说。我想，就像当初说五雷酋长那个故事一样，我恐怕也只能边说边编故事了。“从前有个男孩。”

“对，”戴维·雷说，“主角当然是个男孩。”

“这个男孩能够自由自在地飞到别的星球。只要他开始想象某个星球，他就会瞬间飞到那个星球上。他可以到火星上踩红土玩，到冥王星上溜冰，到土星环上骑脚踏车，到金星上和恐龙打斗。”

“他能去太阳上吗，科里？”

“当然可以。只要他高兴，他每天都可以飞到太阳上去。每次他想做日光浴的时候，他就会飞到太阳上去。他会戴上太阳眼镜飞向太阳，只不过，每次他回来，全身都会晒成咖啡色。”

“那里一定热得要命。”戴维·雷说。

“他带了电扇去。”我说，“而且，那男孩和每一个星球的国王都是好朋友，每个星球的皇宫他都去过。他去过火星国王的红土城堡，去过木星国王的云中城堡。有一次，土星国王和海王星国王为了争夺一块陨石，两个星球差点就打起来，而那男孩及时阻止了那场战争。后来，那男孩也去过水星国王的火城堡，而且还跑到金星上，帮国王在蓝色森林里盖了一座城堡。天王星国王邀请男孩到天王星住一年，担任海军冰上舰队的司令。噢，每个星球的贵族都认识那男孩。他们都知道，那男孩是独一无二的。即使过了一百万年，有的星星陨灭了，有的星星诞生了，全宇宙还是找不到第二个像他那样的男孩。他是地球上唯一能够飞到其他星球的男孩，也是每个星球唯一愿意邀请的对象。”

“嘿，科里？”

“怎么了？”

他说话的声音越来越虚弱无力。“我好想看看云中城堡。你想不想？”

“当然想。”我说。

“好棒。”他看着我，但他的视线却似乎落在那不知名的远方。那时，我忽然觉得他好像一个孤独的旅人，孤零零地走向那虚无缥缈的神话世界。“我不怕在天上飞，对不对？”

“当然。你一点都不怕。”

“科里，我好累。”他忽然皱起眉头，嘴角的红色唾液慢慢流到下巴。“我不喜欢这种感觉。”

“那你赶快休息吧。”我说，“我明天再来看你。”

他的表情立刻缓和下来，对我笑了一下，“要是今天晚上我飞到太阳上去，你就看不到我了。我全身会晒成咖啡色一样，而你就只能窝在这里冷得发抖。”

“科里，”卡伦太太在叫我，“科里，医生要进来看他了。”

“好，我知道了。”我站起来。戴维·雷那冰冷的手还是抓着我的手，过了好一会儿才放开。“回头见了。”我隔着氧气幕对他说，“好不好？”

“再见了，科里。”戴维·雷说。

“再——”我说到一半就停住了。我忽然想到内维尔老师。上学期最后一天，内维尔老师也跟我说过同样的话。“明天见。”我对戴维·雷说了一声，然后就转身从他妈妈身边走过去，走向门口。还来不及走出门，我就开始哽咽起来，但我终究还是强忍着没哭出来。就像奇利·威洛的妈妈说的，我一定忍得住。

我们已经无能为力了，于是，爸爸开车带我和妈妈回家。我们沿着十六号公路开回家,一路上夜雾弥漫。这里就是午夜梦娜出没的地方,也是史蒂维救他女朋友的地方。一路上我们都没说什么。在这样的时刻,言语是多余的。回到家之后,那根绿羽毛还在房间的地面上。我把它放回了雪茄盒里。

星期天一大早,我忽然惊醒过来,热泪盈眶。阳光照在我房间的地板上。我看到爸爸站在门口,身上还是穿着昨天那套衣服。

“科里。”他轻轻叫了我一声。

旅程,孤独的旅程。他即将飞向群星,跟那些星球上的国王见面——火星国王,木星国王,土星国王,海王星国王,水星国王,金星国王,天王星国王。旅程,孤独的旅程。他即将造访每个星球的城堡——红土城堡,蓝色森林城堡,火城堡,云中城堡。旅程,孤独的旅程。那无数星球正等待着他的光临。孤独的旅人即将离开这个世界,永远不再回来。

2 信心

我曾经认为自己已经懂得什么是死亡。

从小到大,在电视上,或是坐在电影院里嚼爆米花的时候,我看过太多死亡的画面。原野上风沙漫漫,篷车队急速奔驰,成百上千的印第安人紧追不舍,无数的牛仔中箭落马,无数的印第安人被枪射杀。我看到过侦探或警察和歹徒搏斗,被歹徒开枪击中,倒在地上奄奄一息。我看到过无数的动物被霰弹枪击中,被冲锋枪扫射。我看到过电影里的怪兽张开血盆大口咬人,而那些人在怪兽的利齿下凄厉惨叫。

当叛徒用那空洞茫然的眼神看着我,那一刻,我认为自己已经懂得什么是死亡。当内维尔老师最后一次对我说再见时,我认为自己已经懂得什么是死亡。当那个人开车冲进萨克森湖,被漆黑冰冷的湖水吞没,那一刻,我认为自己已经懂得什么是死亡了。

但我错了。

因为死亡是无法理解的。因为死亡是不能亲近的。假如死神是个小男孩，那么，他一定是天底下最孤独的小男孩。当操场上洋溢着孩子们的欢笑，他却只能孤零零地站在最边上的角落。假如死神是个小男孩，那么，他注定只能一个人踽踽独行，只能说话给自己听，而他那神秘深邃的眼神是凡人无法理解的。他脑海中的秘密，是凡人无法承受的。

在夜深人静的时刻，有一句话始终萦绕在我脑海中：我们都来自一个黑暗世界，而总有一天，我们最终都要回到那黑暗世界去。

我还记得，那天，我和乐善德医生坐在他家的门廊上，眺望着金黄灿烂的连绵山岭，当时，他跟我说了那句话。我不愿相信那是真的。我不敢想象，此时此刻，戴维·雷就在那个完全看不到光的黑暗世界里。而那个黑暗世界，就连长老教会教堂的烛光也照耀不到。我不敢想象戴维·雷被囚禁在一个看不到阳光的地方，无法呼吸，无法欢笑，就连他的灵魂也无力挣扎。戴维·雷过世之后那几天，我忽然明白，从前面对的死亡，都只是一种虚幻的想象。牛仔和印第安人，侦探和警察，士兵和那些被怪兽咬死的人，他们并没有真的死亡。只要电影院灯光一亮，他们就会再度活过来。他们只是演员，他们会回家，等待下一次演出。然而，戴维·雷却是真的死了。他永远不会再活过来。我不忍心想象他在那个黑暗世界里。

我无法入睡。房间里一片漆黑，眼前的景象忽然变得好陌生，黑夜仿佛化为一团模糊的黑影，在跟叛徒说话。假如戴维·雷在那个黑暗世界里，那么，卡尔·贝尔伍德一定也在那里，而叛徒也在那里。波特山上那些长眠的死者，还有埋骨在奇风镇地底下那世世代代的祖先，也都在那里。他们，都回到了那个黑暗世界。

我还记得那天戴维·雷葬礼的情景。他坟墓边缘的红土堆得很高。如此深厚，如此沉重。牧师念完悼词之后，来宾渐渐散去，布鲁顿区的工人把红土铲进墓穴里，而我却忽然想到，坟墓底下没有门。在那深厚的泥土底下，是无边的黑暗。想到这里，我心头忽然感到一阵撕裂的剧痛。

我已经不再知道天堂在哪里了。我已经无法确定上帝是否知道自己在做什么。他的一切作为真是有计划的吗？有道理吗？说不定，上帝自己也身陷在那个黑暗世界里。对于这一切，我再也不像从前那么笃定了。对生命，对死后的世界，对上帝，对善良的人性，我再也不像从前那么笃定了。商店街上，大家已经开始忙着张灯结彩，准备迎接圣诞节，而我，脑海中思绪起伏，内心深陷在痛苦中。

距离圣诞节只剩两个星期了，但整个奇风镇的人却还在挣扎，努力想营造出节庆的欢乐气息。戴维·雷的死，使奇风镇弥漫着一股挥之不去的哀伤。不管是在多拉尔先生店里，在明星餐厅，还是在教堂里，街头巷尾大家都在谈戴维·雷的死。大家都说，他还那么小。大家都说，这次意外真是一场悲剧，然而，人生就是这么回事。世事难料，这就是人生。

然而，不管他们怎么说，我内心还是无法释怀。我爸妈当然拼命想安慰我。他们说，戴维·雷已经解脱了，已经没有痛苦了。而且，他去的地方，是一个更美好的世界。

但我根本不相信。天底下还有什么地方会比奇风镇更美好？

那天，我坐在壁炉前面，面对熊熊火焰。妈妈陪在我身边。“天堂，”她告诉我，“戴维·雷已经上天堂了。你一定要相信。”

“为什么一定要相信？”我问她。她立刻露出一种难以置信的表情。

我等着她回答。我渴望找到答案，然而，她给我的答案却令我大失所望。她对我说的是：“因为那是信仰。”

他们带我去看拉佛伊牧师。到了教堂，我们走进他的办公室，坐在他办公桌前面。他桌上摆了一只大盆子，里面装满了糖果。他从盆子里拿了一颗柠檬糖给我。“科里，”他说，“你相信耶稣吗？”

“相信。”

“上帝派耶稣来到人间，为世人的罪牺牲性命，你相信吗？”

“相信。”

“耶稣被钉死在十字架上，被送去埋葬，三天后却又复活了。这你相信吗？”

“相信。”这时我忽然皱起眉头，“可是，耶稣不是普通人，而戴维·雷却只是一个平凡的小孩子。”

“这我知道，科里，不过，耶稣来到人世，就是为了要让我们明白，生命并不只存在于人类的躯体。他告诉我们，只要我们相信上帝，遵从上帝的意志，奉行上帝的训示，那么，有一天，我们就可以回到上帝的天堂。你明白吗？”

拉佛伊牧师往后靠到椅背上，眼睛看着我。我想了一下。“天堂比我们奇风镇更好吗？”我问他。

“好千百万倍。”他说。

“天堂有漫画书吗？”

“这个……”他微微一笑，“我也不太清楚天堂到底有什么。我只知道，天堂很美好。”

“为什么？”我问他。

“因为……”他说，“我们一定要有信仰。”说着他端起那只盆子推向我。“要不要再吃颗糖？”

我想象不出天堂是什么模样。要是天堂里根本没有我们喜爱的东西，那怎么可能会美好呢？要是天堂没有漫画，没有电影，没有脚踏车，没有乡间小路可以自由自在地奔驰，那么，天堂怎么可能会美好呢？要是天堂没有游泳池，没有冰淇淋，没有夏天，没有 7 月 4 日国庆节的烤肉餐会，那么，天堂怎么可能会美好呢？要是天堂没有暴风雨，我们就没有机会坐在门廊上欣赏狂风暴雨、雷电交加的景象，那么，天堂怎么可能会美好呢？听牧师的形容，感觉上，天堂就像一座只有一本书的图书馆，而我们却必须日复一日读同一本书，直到永远。要是天堂没有打字纸，没有那个神奇的盒子——打字机，那么，天堂会像什么？

这样的天堂，跟地狱有什么两样？

当然，那阵子，日子倒也不是每天都这么暗淡沉闷。商店街上已经挂满了五彩缤纷的圣诞灯，街头巷尾到处都有圣诞灯装饰的圣诞老人，红绿灯的灯柱上挂满了一条条的金箔丝。爸爸找到了新工作。他在巨霸超市当仓库工人，一个星期上三天班。

后来有一天，老铁肺骂我蠢材，连骂了六次。她叫我上台演算质数给全班看。

结果，我说我不要。

"科里·麦克森，你马上给我上来！"她大吼。

"不要。"我说。坐在我后面的魔女笑得很开心，因为她感觉得到有好戏看了，居然有人敢正面挑战老铁肺。

"你——马——上——给——我——上——来！"老铁肺气得满脸通红。

我还是摇摇头。"不要。"

她立刻朝我冲过来，动作快得超乎我的想象，然后一把抓住我的毛衣，把我从座位上拖起来。她拖得太用力，害我膝盖撞到了桌子，那一刹那，一阵剧痛立刻沿着腿向上蔓延，痛彻心扉，随即化为一股怒火。

那阵子，我心情一直都很沉痛，因为我总是想到戴维·雷身陷那个黑暗世界里，而且又听牧师说什么信仰不信仰的，心情更加恶劣。这一切，在那一瞬间化为一股难以言喻的怒火，于是，我忽然抬起手打向老铁肺。

结果，我的手不偏不倚正打中她的脸。平常就算认真瞄准都不可能打得这么准。她的眼镜一下就被我打飞了，她吓得倒吸了一口气，哼了一声。而就在那时，我的满腔怒火立刻就消失得无影无踪。接着，老铁肺开始大吼了："你敢打我！你敢打我！"然后她一把揪住我的头发，猛扯我的头。全班同学都愣住了，目瞪口呆。虽然他们也喜欢惹老铁肺，但这种场面已经超乎他们想象。不知不觉中,我的举动已经进入一种超自然的境界。老铁肺揪住我,然后用力把我甩开,我被甩得撞向了萨莉·米查姆的桌子,差点就把她压倒。接着老铁肺拖着我快步走出教室,准备去找校长。她已经气得七窍生烟。

结果,我爸妈当然就被请到学校来了。当他们发现我竟敢打老师,那种震惊是无法形容的。校长个子很小,长相有点像鸟,而且更巧的是,他姓卡迪纳,英语发音听起来跟北美红雀一模一样。他罚我三天不准到学校,在家里面壁思过,而且还要写一封悔过书向哈珀老师道歉,而且悔过书还要我爸妈签名。

虽然这里是他的办公室,但我还是当着爸妈的面狠狠瞪着他。我告诉他,就算他罚我三个月不准到学校,我也无所谓。我还告诉他,悔过书我绝对不写,而且,一天到晚被老师骂蠢材,一天到晚算那种无聊的鬼数学,一天到晚面对那些讨厌的人,我已经受够了。

爸爸紧张得从椅子上跳起来,“科里!”他大叫了一声,“你到底怎么回事?”

“本校自创校以来,从来没有出过这种事！竟然有学生敢打老师!”卡迪纳校长越说越大声,“从来没有！在我看来,这孩子需要狠狠教训一下才知道悔改。”

“虽然我觉得打孩子不是什么好事,”爸爸说,“不过,在这件事情上,我同意你的看法。”

后来,在回家的路上,我拼命想跟他们解释,可是他们根本听不进去。爸爸说,打老师就是不对,没什么好说的。妈妈说,这辈子她从来没有这么丢脸过。所以,我就索性不再说了。火箭被放在车子后面的货厢里,而我坐在前面,一脸阴郁。回到家之后,爸爸真的打了我好几下屁股。他下手并不重,可是很痛。后来我才知道,前一天爸爸在巨霸超市统计圣诞节糖果的数量,结果算错了好几箱,被他老板骂了一顿。更令他难受的是,他老板比他年轻了八岁，开雷鸟跑车，而且，他竟然给我爸爸取了个绰号叫小汤米。

被爸爸打的时候，我强忍着没有叫出声，但一回到房间，我立刻扑到床上，把脸埋在枕头里。

后来妈妈进来了。她说她不明白我为什么要打老师。她说她知道，戴维·雷的死对我伤害很大，可是他已经上天堂了，而我们也应该要好好活下去，好好过日子。她说，不管我愿不愿意，悔过书一定要写，所以，越快写完越好。我抬起头告诉她，就算爸爸每天打我，我也无所谓，反正我就是不写。

"既然如此，年轻人，那我看你就继续关在房间里闭门思过，好好想清楚。"她说，"还有，我看你晚饭就别吃了，空着肚子，头脑会比较清楚。"

我没反应。没什么好说的。然后妈妈就走出去了，我听到爸妈在走廊上讨论我的事，说他们不明白我到底怎么回事，怎么会这么没礼貌。过了一会儿，我听到他们在吃晚饭，闻到阵阵的炸鸡香。我翻了个身，不知不觉就睡着了。

我又梦见那四个黑人小女孩，梦见闪光，接着，我忽然感觉到一阵无声的爆炸，立刻惊醒过来，又把床头桌上的闹钟打翻了，不过这次爸妈没有跑进来。我看了一下，发现闹钟没摔坏，还在转，上面的时间是半夜两点。我下床走到窗口看看外面。天上有一弯新月，尖尖细细的像一根钩子，仿佛可以用来挂帽子。窗外是冷冷的夜，万籁俱寂，满天繁星灿烂闪烁。我心想，就算打死我，我也不写什么悔过书。我想到，我会有这种反应，说不定也是遗传到爷爷的一部分性格。但不管怎么样，叫我向老铁肺低头，想都别想。

我好想找个人聊聊。一个了解我的人，比如说戴维·雷。

我那件毛料外套挂在大门旁边的衣柜里，问题是，我不想从前门出去，因为那样会惊动到爸爸。于是，我穿上那条灯芯绒裤，穿上两件毛衣，再戴上手套。接着，我轻轻把窗户往上拉，结果窗框还是发出尖锐的嘎吱一声，吓了我一大跳。我等了差不多一分钟，确定门外没有传来脚步声，然后才又继续把窗户往上拉，钻出窗口。夜晚的风冷冽刺骨。

我关上窗户，只留下一道手指伸得进去的细缝，然后跳上火箭骑上路。天上那一弯新月犹如一根尖锐的獠牙。

我骑车沿着深夜寂静的街道一路前行，经过一个又一个闪着黄灯的路口，每次呼吸都会喷出一团白雾。我注意到有几户人家还亮着灯，不过，那都是浴室里的灯光，以免半夜有人起来上厕所摔倒。我鼻子和耳朵很快就冻僵了。在这样冷的夜晚，大概连狗都宁愿躲在窝里不肯出来，而且，我相信就连弗农·撒克斯特也不敢光溜溜地走出来。我一路骑向波特山，半路上来到一个路口，我忽然拐了个弯绕到另一条路。虽然走这条路会多出大概半公里的路程，但我还是决定绕远路，因为我想去看看某个地方。没多久，我已经慢慢靠近了。那栋房子坐落在一片三英亩的空地上，旁边还有一座马房。

楼上有个房间里透出灯光，看起来好亮，不像浴室的灯。乐善德医生果然还没睡，还在听外国的广播。

我脑子里忽然闪过一个奇怪的念头。乐善德医生之所以会变成夜猫子，说不定是因为他也怕黑。说不定，他三更半夜不睡觉开着灯听收音机，是因为这样听得到人声，他就不会觉得自己孤零零的一个人。

接着，我骑着火箭又转了个弯，慢慢远离乐善德医生家。自从戴维·雷过世以后，我就一直没再去想那根羽毛的事了。本来，打个电话给蓝色格拉斯小姐，答案就水落石出了，问题是，那些日子，我面对生离死别，对生命感到困惑，根本就不想打电话。那些日子，我感觉自己也快要被那个黑暗世界吞没，而我唯一能做的，就是奋力挣扎。那些日子，我很少再去想到沉落在萨克森湖底的那个陌生人。我甚至不愿再去想乐善德医生和这一切是否有关系。假如这件事真的和他有关，那么，这世上还有什么是真的？还有谁能相信？

后来，我终于骑到了波特山。墓园的铁栅门上了锁，不过，四周的石墙很矮，只有六十厘米高，不费吹灰之力就可以跨进去。我把火箭留在门口，走路上山。月光遍洒满园的墓碑。波特山仿佛坐落在一条分隔不同世界的无形交界线上,同时,它的位置也正好介于奇风镇和布鲁顿区之间。白人死者长眠于山的这一边,而黑人死者则是在另一边。白人和黑人不能在同一家餐厅吃饭,不能在同一个游泳池里游泳,不能在同一家店里买东西,就连死了也不能葬在墓园的同一边。这样的分隔是可以理解的,不过,有一点我却始终搞不懂。有时候我很想问问拉佛伊牧师,要是有一天女王和月亮人也上了天堂,那么,戴维・雷去的是否也是那个天堂?假如黑人和白人死后上的都是同样的天堂,那么,他们活着的时候为什么不能在同一家餐厅吃饭,不能在同一家店里买东西?假如黑人和白人上的都是同样的天堂,而我们在世的时候却偏要划清界线,那么,这种行为,是因为我们比上帝更聪明、更有智慧,还是因为我们实在太笨呢?当然,如果有一天我们死后都是回到那个黑暗世界,那么,这些问题也就没什么好讨论的了,因为那里没有上帝,也没有天堂。看着眼前那一座座的墓碑,我忽然想到那天我亲眼看到史蒂维・考利开着午夜梦娜从我身边穿过去。他是怎么从那个黑暗世界里逃出来的,到现在我还是想不通。

眼前的墓碑数都数不清。我记得很久以前曾经听人说过一句话:如果有个老人过世了,那就好像一座图书馆被烧毁了。我忽然想到,那天在《亚当谷日报》上看到戴维・雷的讣告,上面写了很多他的资料,比如,他是打猎的时候意外丧生的,他父母是谁,他有一个叫安迪的弟弟,他们全家都是长老教会的信徒。另外,讣告上还注明了葬礼的时间是早上十点三十分。看到这样的讣告,我惊讶得说不出话来,因为他们竟然漏掉了那么多更重要的事。比如说,每次戴维・雷一笑起来,眼角就会出现皱纹。每次他准备要跟本斗嘴的时候,嘴巴就会开始歪向一边。每当他发现一条从前没有勘探过的森林小径,眼睛就会发亮。每当他准备要投快速球的时候,就会不自觉咬住下唇。这一切,讣告里只字未提。讣告里只写出戴维・雷的生平,可是却没有告诉我们他是个什么样的孩子。我在满园的墓碑中穿梭,脑海中思绪起伏。这个墓园里埋藏了多少被遗忘的故事，埋藏了多少烧毁的老图书馆？还有，年复一年，究竟有多少年轻的灵魂在这里累积了越来越多的故事？这些故事都被遗忘了，失落了。我好渴望能够有个像电影院的地方，里头有一本记录了无数名字的目录，我们可以在目录里找出某个人的名字，按下一个按钮，银幕上就会出现某个人的脸，然后他会告诉你他一生的故事。如果世上真有这样的地方，那会很像是一座天底下最生动有趣的纪念馆，我们历代祖先的灵魂会永远活在那里，而我们可以听得到他们沉寂了百年的声音。当我走在墓园里，聆听着那无数沉寂了百年、永远不会再出现的声音，我忽然觉得我们真是一群浪费宝贵资产的后代。我们抛弃了过去，而我们的未来也就因此消耗殆尽。

我来到戴维·雷坟前。他的墓碑还没立起来，不过碑文石板已经埋在土堆上。他安葬的地点并不在山脚下，也不在山顶上，而是在半山腰。我慢慢坐下来，坐在碑文石板旁边，小心翼翼不敢踩到那微微隆起的土堆。经过这漫长的冬季，经过雨水的滋润，到了春天，这土堆上将会萌发出绿草的新芽。我眺望着远处那无边的黑暗，眺望着天际那一弯如獠牙般锐利森冷的月亮。我很清楚，白天的时候，坐在这里可以看得到整个奇风镇，看得到那连绵起伏的山岭。石像桥，酋长河，放眼望去尽收眼底。你会看到那条铁路在山岭间蜿蜒，经由高架桥跨越酋长河，然后穿越整个奇风镇，一路延伸到远方那更大的城市。如果你用心去看，你会感受到那无与伦比的美。我不知道他是否喜欢眼前的景致，我不知道他是否眷恋那连绵的山岭、奔流的河和那辽阔的沼泽。这样的景象，对于因失去朋友而哀伤的我来说，或许会特别触景伤情，然而，对长眠于九泉之下的戴维·雷来说，他是否也能感受到此刻我心中的感受？

“唉，”我轻轻叹了一口气，“我觉得好困惑。”

戴维·雷没吭声。我真的期待他会回答我吗？不，我心里明白，我当然不可能会再听到他跟我说话，所以也不会感到失落。

“你究竟是在那个黑暗世界，还是在天堂呢？我真的不知道。”我说，“要是上了天堂就不能再调皮捣蛋，那我真不知道天堂究竟有什么好。在我看来，天堂跟教堂好像没什么两样。星期天到教堂去做一个小时的礼拜，这我还可以忍受，可是，要是叫我到教堂去住一辈子，说什么我都不要。不过，我当然也不喜欢那个黑暗世界。那里什么都没有，真的什么都没有。在那个黑暗世界里，你从前记得的、相信的一切，都会化为乌有，就像水面上那一圈圈的涟漪，到头来终会消失无踪。”我蜷起双腿，两手环抱着膝盖，“在那个黑暗世界里，我们没办法说话，什么都看不见，什么都听不见。什么都没有。戴维·雷，要是到头来我们都必须回到那个黑暗世界，那么，当初我们又何必来到这个人世？”

戴维·雷当然还是没回答。

“我到现在还是搞不懂什么叫信仰。”我继续说，“我妈妈说，人应该要有信仰。拉佛伊牧师也告诉我，人一定要有信仰。问题是，戴维·雷，要是这世上没有什么东西值得相信，那我怎么可能会有信仰呢？我觉得，信仰就像你打了个电话，可是电话的另一头根本没声音。除非你开口去问对方，而且对方有反应，否则你根本不知道电话另一头到底有没有人，不是吗？要是搞了半天，你发现你根本就是在自言自语，那么，你会有什么感觉？你会不会发疯？”

这时我忽然意识到我就是在自言自语，但不管怎样，我心里还是觉得舒服多了，因为我知道戴维·雷就长眠在我旁边的地底下。接着，我挪了一下坐的位置，移到坟堆旁边那片黄草地上，那里没有被圆锹挖过。我往后躺下来，盯着夜空的满天繁星。“你看，”我说，“你看那片天空，像不像魔女朝一块黑绒布上喷的鼻涕？”说着我不由得笑起来，因为我知道戴维·雷听到这种笑话一定会笑得人仰马翻。“这样形容好像太恶心了点。”我说，“对了，戴维·雷，你在下面看得到天空吗？”

戴维·雷还是没反应。

接着,我抬起双手抱住胸口。虽然我躺在草地上,可是却并不觉得有多冷,因为我感觉到戴维·雷就在我旁边。“今天我被爸爸打了一顿。”我决定坦白招供,“这次爸爸真的被我惹火了,也许我真的是活该吧。不过,假如我被打是活该,那老铁肺被我打更是活该不是吗?为什么大人都不肯听我们小孩子解释?就算我们受了什么委屈,大人还是一样不听你解释。到底为什么?”我叹了口气,一团白雾正好喷向天上的摩羯座。“我说什么都不写悔过书,戴维·雷。我就是不写,谁逼我都没用。也许我真错了,但那并不完全是我的错,可是他们却硬是要逼我认错。所以,我不写悔过书,说什么都不写。可是戴维·雷,我该怎么办?”

这时我忽然听到了。

我好像听到有个声音在责骂我,但那不是戴维·雷的声音。

听起来像是火车的汽笛声,从远处隐约传来。

货运列车快到奇风镇了。

我立刻坐起来看向远方。我看到列车的车头灯在山间穿梭移动,乍看之下仿佛一颗飘游的星星,慢慢接近奇风镇。我一直盯着它。

列车靠近酋长河高架桥的时候,会慢慢减速。一向都是这样,而且,过桥的时候,沉重的铁轮压在老旧的桥上,总是会发出惊天动地的嘎吱声。每当这时候,列车的速度就会变得更慢。

所以,过了桥之后,列车的速度会慢到连跑步都追得上,只要你想追。

不过,那种慢速并不会持续很久。过了桥之后,列车会开始加速,接着,到了奇风镇边界的时候,速度又会开始变得很快。

“戴维·雷,我不写悔过书。”我轻声说,“明天我不写,后天也不写,我永远不写。所以,这辈子我大概回不了学校了,你觉得呢?”

戴维·雷当然不会告诉我该怎么办。我必须自己作决定。

“我想离开家一阵子,你觉得好不好?当然,不会太久,大概就两三天吧。我只是想用这样的方式告诉他们,我宁愿离家出走也不写悔过书,说不定这样一来,他们就肯好好听我解释了。你觉得呢?”我注意到那颗飘游的星星越来越近了。接着,汽笛声又响了,大概是想警告那些在铁轨上流连的鹿群。我仿佛听到它在叫“科——里——”。

于是我站起来。要是我骑着火箭冲过去,说不定来得及在高架桥头追上那列火车,不过,我必须马上就动身。要是再拖个几秒钟,我又得回家去面对爸妈,面对他们的愤怒和失望。要是再拖个几秒钟,我又要被关进房间里,被逼着写悔过书。反正这班货运列车总会回来再经过奇风镇的。我把手伸进口袋里,摸到两枚两毛五的硬币。那是去年冬天在爱之颂戏院买爆米花和糖果剩下的。去年的这个时候,一切都是那么美好。

“我要走了,戴维·雷!”我说,“我要走了!”

于是我开始跑了,穿过整个墓园。我一冲到火箭旁边,立刻跳上坐垫。我很怕赶不上,于是就使尽全力猛踩踏板冲向高架桥,气喘吁吁,口里呼出一团团的白雾。我沿着铁轨旁边的碎石子路全力冲刺,听到铁轨上传来咔哒咔哒的声音。列车还在桥上,我应该赶得上。

没多久,我看到了。那刺眼的车头灯。巨大的火车头冲出桥头,从我身边轰隆隆开过去。那速度好慢,走路走快点都能跟得上。接下来,货车厢开始一列列从我身边经过,那是南方铁路公司的列车。咔哒、咔哒、咔哒,接连不断。接着,列车又开始加速了,我跳下火箭,把停车支架踢下来撑好,然后轻轻摸摸车子的把手。有那么短短的一瞬间,我注意到火箭的车头灯又出现那只金黄的眼睛,在月光下显得更耀眼。“我一定会回来!”我向它保证。

我注意到每一节车厢的门似乎都关着,不过后面的车厢里好像有一节的门半开着。我听说列车上的警卫很凶悍,要是有人敢搭霸王车,都会被他们打得头破血流,然后他们会把你抓到火车头,让你的脸正对着锅炉里喷出来的蒸汽。但我很快就挥开这些骇人的思绪。我跟在那节车厢旁边跑,车门旁有一架铁梯,伸手就摸得到。我用四根手指钩住铁梯上的一根横杆,然后立刻握紧,接着又伸出另一只手也抓住横杆,于是,我的双脚就离开地面了。

接着，我两手抓住铁梯，左右摆动身体，用脚去钩那扇半开着的门。没想到我身手这么灵活。不过我想，假如你感觉到好几吨重的铁轮在你脚底下轰隆作响，动作再怎么迟钝的人都会变得比特技演员还灵活。没多久，我的身体已经从门口晃进车厢里了。于是我放开铁梯，身体摔在木头地板上。地板上全是干草。我进去的时候摔得很重，发出一声巨响在车厢里回荡。我注意到另一边的车门紧紧关着。我慢慢坐起来，毛衣上全是干草。

车厢里轰隆作响，摇晃得很厉害，显然不是用来载人的。

可是，我发现车厢里还有别人。

"嘿，普林西！"我听到有人说，"刚刚有只小鸟飞进来了！"

我吓得跳起来。那个人声音很嘶哑，听起来好像水泥搅拌器在搅石块，又有点像牛蛙在叫。那声音是从车厢的阴影里传来的。

"嗯，我看到了。"我听到另一个人说。那个人声音轻柔得像黑丝，而且有一种外国口音。"看样子，那只小鸟差点就折断了翅膀，你说对不对呀，富兰克林？"

我心里想，完了，车里竟然有搭霸王车的混混，万一让他们知道我口袋里有五毛钱，那我这条小命恐怕就保不住了。于是我立刻转身，打算从车门跳出去，但问题是，车速已经变得很快，奇风镇在火车两旁向后飞逝。

"小伙子，假如我是你，我绝不干这种傻事。"那个外国口音的人说，"摔下去恐怕会死得很难看。"

我在门边愣了一下，心脏怦怦狂跳。

"放心啦，我们又不会把你吃掉！"那个声音像水泥搅拌器的人说，"你说对不对呀，普林西？"

"喂，那是你说的，我可没说！"

"噢，他只是在跟你开玩笑！普林西最爱开玩笑。"

"没错。"那个声音轻柔得像黑丝的人叹了口气，"我最爱开玩笑。"

这时忽然有人点了一根火柴，照亮了我的脸。我吓了一跳，立刻转身看看那是什么人。

我看到他了。他表情很凶恶，而且离我很近，我几乎闻得到他呼出来的口气。

那个人好瘦，简直像竹竿，一双黑眼睛，眼窝深陷仿佛一个无底洞，颧骨高耸。他的皮肤！他的皮肤简直比夏季干枯的河床还要干。他满脸都是裂痕和皱纹。而且，他张着嘴露出满口黄牙，嘴角的裂痕一路向上延伸到光秃秃的头顶，仿佛戴着一顶看不见的帽子。在火柴亮光的照耀下，我注意到他的手指又细又长，而且整只手也一样干瘪枯瘦。另外，他脖子上也满是干瘪瘪的裂痕。他身上穿着一套白礼服，上面满是灰尘，衬衫是白的，裤子也是白的，腰围的部位几乎分不清裤子和衬衫的交界。他整个人看起来好像一根竹竿上挂着一团脏兮兮的破布。

我吓得浑身僵直，心想这下子小命不保了。

这时候，那满脸皱纹的人又抬起另一只手，那动作仿佛响尾蛇抬起头。我又紧张起来。

他手上拿着一只包，里头装了几个无花果馅饼。

"上帝啊!"那个外国口音的人显然很惊讶。"真没想到，阿莫喜欢你呢！他不会说话，不过他要请你吃馅饼。来，吃一个吧。"

"呃……我……这样好像不太……"

这时火柴熄灭了。我感觉得到阿莫就在我旁边，因为我闻得到他呼出来的气。他的口气有一种很干燥的感觉，一吸进鼻孔里，感觉鼻毛似乎变得又干又脆，仿佛随时会粉碎。他呼出来的气有一种落叶的腐烂气息。

接着，他又点燃了第二根火柴。阿莫下巴很突出，上面有一条黑色斑纹。他手上还是提着那包无花果馅饼，朝我点点头。他点头的时候，我仿佛听到他身上的皮肉发出嘎吱嘎吱的声音。

他咧开嘴对我笑笑，那模样像极了温柔的死神。或者，形容得更精确一点，应该说他像一个干瘪的死神。我伸出一只手，从阿莫的包里拿出一个馅饼。我的手在发抖。不过，一看到我肯拿他的馅饼，阿莫似乎满意了。他摇摇晃晃地走到车厢另一边，蹲下来。那里有一只桶上下颠倒放在地板上，上面黏着三根蜡烛。他用手上的火柴点燃那三根蜡烛。

车厢里立刻亮起来。这时候，我看到了。然而，我真希望我没有看到眼前的一切。

“好了。”那外国人坐在地板上，背靠着一整堆的行军袋，“我们终于可以看清楚对方了。”

但我真希望此刻我们能够背对背相隔十万八千里，而不是像现在这样面对面。

我敢打赌，眼前这个人一定一辈子没晒过太阳。他的皮肤好苍白，没有半点血色。跟他一比，月亮简直黑得像木炭。他还年轻，至少比我爸爸年轻，一头金发往后梳，露出高高的额头，鬓角露出一丝银白。他穿着一套深色西装，白衬衫，打着领带。看得出来，那曾经是一套很名贵的西装，只可惜现在已经变得破破烂烂。衬衫袖口边缘都已经磨损了，领带上全是黄黄的污垢。但尽管如此，这个人依然散发出一种高贵优雅的气息。虽然他只是坐在地上看着我，但那种不可一世的眼神却完全把我震慑住了。他脚上那双皮鞋已经磨得差不多了，脚上方露出白白的一截。起先我以为那是他穿的白袜子，后来才发现那是他的脚踝。他一直盯着我看，看得我很不自在。在烛光的照耀下，我注意到他瞳孔里似乎闪着一丝红光。

而车厢里还有第三个人。那个人简直可以用怪物来形容，刚刚那两个人跟他比起来，简直可以算得上是电影明星。

他站在角落里，个子很高，几乎快顶到车顶上了，看起来至少有两米一高。他脑袋的形状很奇怪，看起来简直就像一把铲子，肩膀宽得出奇，简直像罗宾斯空军基地那些飞机的机翼。他身形巨大，全身凹凸不平，怎么看都感觉很不协调。他穿着一件棕色外套，一条灰裤子。那条裤子膝盖上有补丁,而且奇怪的是,那条裤子似乎已经湿透了,可是他却还穿在身上。接着,我注意到他的鞋子。他那双鞋子大得吓人。假如你说他脚上穿的叫做鞋子,那我们也可以说原子弹只不过是一颗怀孕的手榴弹。那根本不像鞋子,而像是两台推土机。

“嗨,你好。”他一边跟我打招呼,一边踩着那双巨大无比的鞋子朝我走过来,“我叫富兰克林。”

他咧开嘴对我笑了一下。我觉得他还是不笑比较好,因为他那种笑,比恐怖电影里那个嘴角向上咧开到耳朵的笑脸怪男爵看起来更狰狞。而更可怕的是他额头上的那道疤。他那高耸的额头使他看起来很像尼安德特人,上面那条疤痕仿佛是哪个医学院的学生给他缝合的,而且那学生不单是斗鸡眼,甚至还边缝边打嗝。他那张巨大的脸几乎是扁平的,油光发亮的黑发仿佛是画在头皮上。在烛光的照耀下,我注意到他似乎不太舒服,像是吃坏了肚子,脸色发青,看起来病恹恹的。更惊人的是,他那粗大的脖子有一边伸出一根生锈的小螺栓。

“想喝点水吗?”他对我抬起手,手上拿着一只凹陷的水壶。那水壶在他手上看起来像个小贝壳。

“呃……不用了,谢谢。”

“吃馅饼最好喝点水,比较好咽。”他说,“要不然会哽在喉咙里。”

“我还好。真的。”我清清喉咙,“真的。”

“好吧,没事就好。”说着他又走回原来的角落里,站在那里看起来活像一尊雕像。

“富兰克林很开朗。”普林西告诉我,“阿莫比较不爱说话。”

“那你呢?”我问他。

“我野心比较大。”他说,“你呢?”

“我很胆小,什么都怕。”这时候忽然感到一阵风吹在我背后。列车开始加速了,渐渐远离宁静安详的奇风镇。

“坐一下吧。”普林西对我说，“车厢里不怎么干净，不过倒也还不至于太脏。”

我用一种盼望的眼神看着门外。列车的速度应该有……

“……每小时九十公里。”普林西说，“说得更准确一点，应该有九十六公里。看风有多强，我就知道速度有多快。这方面我很在行。”

我慢慢坐下来，尽可能跟他们三个保持一点距离。

“嗯，”他把手伸进外套口袋里，“科里，能不能告诉我们你要去哪里？”

“我大概是想……不对，刚刚我并没有告诉你我叫什么名字，不是吗？”

“有呀。你刚刚告诉我了。”

“可是我怎么不记得？”

富兰克林大笑起来，那笑声听起来好沙哑。“哈！哈！哈！他又来了！普林西心电感应很厉害。”

“我刚刚好像没告诉你我叫什么名字。”我说。

“哎，别这么顽固。”普林西说，“每个人都有名字。你叫什么名字？”

“科——”说到一半我忽然停住了。究竟是他们三个疯了，还是我疯了？“科里·麦克森。我住在奇风镇。”

“你要去……”他继续追问。

“这列火车要去哪里？”我问他。

“如果从这里出发的话……”他淡淡一笑，“可以到世界上的任何地方。”

我转头瞄了阿莫一眼。车厢里火光摇曳，他蹲在地上聚精会神地看着我。他干瘪的脚上穿着一双凉鞋，脚指甲大概有五六厘米长。“这种天气，穿凉鞋不会觉得太冷吗？”

“阿莫不怕冷。”普林西说，“那是他特别挑的鞋子。他是埃及人。”

“埃及人？那他怎么会大老远跑到这里来？”

“那真是遥远漫长的旅程。”他说。

“你们到底是什么人？你们看起来好像有点——”

“有点眼熟，对吧？要是你喜欢看人打架，那你对我们应该不会太陌生。没错，我说的就是拳击。”我话都还没说完，普林西就知道我想问什么了。“你有没有听说过富兰克林·菲茨杰拉德这个人？或是，费城大富兰？”

“没有。”

“那你刚刚为什么说你听说过？”

“我……我刚刚有这样说吗？”

“来，跟你介绍一下，这位就是富兰克林·菲茨杰拉德。”他伸手指向蹲在角落里的那个怪物。

“你好。”我打了声招呼。

“很高兴认识你。”富兰克林向我问候了一声。

“我叫普林西·冯·库利克，他叫阿莫，不过他的姓发音很奇怪，我念不太出来。”

“嘻嘻嘻。”富兰克林掩着嘴咯咯笑起来。我注意到他指关节上全是疤痕。

“你应该不是美国人吧？”我问普林西。

“我是世界公民。”

“不过，你总有家乡吧？”

“我的国家不在这个世界上的任何地方。也许你可以称之为无有乡。”他又笑了一下，“无有乡。听起来很不错吧？我的国家被外国人入侵太多次，他们对我们奸淫掳掠。怎么说呢，到美国来，钱比较好赚，过日子容易多了。”

“这么说，你也是拳击手？”

“我？”他皱了一下眉头，仿佛有点不屑，“噢，我不是！富兰克林四肢发达、头脑简单，需要有人照顾，帮他出主意。我就像他的脑子一样。我是他的经理。阿莫是他的教练。我们在一起很有默契，只不过有时候也会打起来，打得你死我活。”

“哈哈！”富兰克林又惊天动地地笑起来。

“我们刚打完一场，现在正准备要去打下一场。”普林西微微耸耸肩，“我们总是不断地从一个地方到另一个地方。永远都是这样。这就是我们的生活。”

我忽然觉得，不管他们三个人看起来有多可怕，他们对我绝对没有恶意。“菲茨杰拉德先生是不是常常跟人打架？”我问。

“富兰克林随时随地都可以跟人打。不幸的是，虽然他块头很大，可是动作实在太要命。”

“普林西的意思是我动作太慢。”富兰克林说。

“没错。还有呢？”

那个巨人思考这个问题的时候，眉头皱成一大团，好像快掉下来了。他想了好久，终于说：“我不是天生的杀手。”

“不过，我们一直在努力训练他，对不对啊，阿莫？”普林西问那个埃及人。阿莫咧嘴一笑，露出黄黄的牙齿，拼命点头。看他点头如捣蒜，我还真有点担心他脑袋会掉下来。

接着我又转头看着富兰克林的脖子。“普林西先生，他脖子上为什么会有螺栓？”

“富兰克林的身体几乎是拼装出来的。”普林西说。这时富兰克林又咯咯笑起来。“而且有很多部位都生锈了。他上场跟人打拳，有时候会碰到很厉害的对手，被人打得断手断腿。简单的说，他骨折的部位太多，医生实在没办法了，只好用铁条把断骨接起来。他的脊椎骨是用一根铁条固定的，螺栓就是锁在那根铁条上。那当然很痛，可是也没办法。”

“是啊，”富兰克林说，“还好，没那么痛。”

“他就像狮子一样勇猛强悍。”普林西说，“可惜的是，他的智商恐怕只跟老鼠差不多。”

“嘻嘻嘻！普林西最爱说笑话了！”

“我好渴。”说着普林西忽然站起来。他个子很高，大概有一米九五高，而且很瘦，只比阿莫稍微好一点。

“来，这给你喝吧。”富兰克林把水壶递给他。

“我不想喝这个！”普林西伸手推开水壶，“我想……唉，我也搞不清楚自己想喝什么。”说着他转头看看我。“你有过这种感觉吗？有时候，你感觉自己想要某种东西，可是偏偏又说不上来自己要的究竟是什么。你也会这样吗？”

“有啊。我是说……”我说，“就像有时候我觉得我想喝可口可乐，可是其实我想喝的是姜汁汽水。”

“没错，就是这样。我的喉咙快干死了！”说着他从我旁边走过去，探头看看车门外飞逝而过的森林。放眼望去，外面是漆黑的天空和森林，看不到半点光亮。“好了！”他忽然说，“现在你已经知道我们是谁了，那么，该轮到你自我介绍一下了，不是吗？我猜你可能是离家出走，对不对？”

“没有。我的意思是……我只是想到外面去走一走，过几天很快就会回家。”

“跟你爸妈闹别扭吗？还是在学校里出了什么问题？”

“都有吧。”我说。

他靠在车门边，对我点点头。“天底下的小男孩都有同样的烦恼，包括我在内。从前我也偶尔会离家出走。不过，你真的认为这样能够解决你的问题吗？”

“我也不知道。不过，我实在想不出别的办法。”

“科里，”普林西说，“这个世界跟你熟悉的奇风镇是完全不同的。这世界对你这样的小男孩是很无情的。这世界可以美好如天堂，但也可以残酷如地狱。这你一定要明白。”

“为什么会这样？”我问。

“因为我们已经走遍了这个世界，看透了这个世界，见识过这世上形形色色的人。有时候，一想到这个世界，我就怕得要死，因为这世上有太多残酷的人，冷漠的人，有太多人对别人很不尊重，草菅人命。而且，科里，这种情况现在越来越严重。真是越来越严重了。”他抬头看看天上的月亮。月亮在天空中的位置一直没变，仿佛一路跟着我们。“噢，世界啊世界！”他又继续说，“我们恨你，是因为你变幻无常，因为，我们纵有神力，也难挽时光流逝，年华老去。”

“好美啊，你觉得呢？”富兰克林问我。

“这是莎士比亚的诗句。”普林西说，“这句诗是在形容天地宇宙带给凡人的烦恼。”接着他忽然转头看着我，瞳孔里闪烁着红光。“科里，你想不想听听老人家给你一点建议？”

其实我并不怎么想听，不过，出于礼貌，我还是说：“好啊。”

他露出一种疑惑的表情，好像看穿了我的心思。“不管你想不想听，我还是要告诉你。别太急着长大。好好珍惜你的少年时光，因为有一天，当你失去了那种神秘的力量，下半辈子，你会每天都渴望把它找回来。”

这几句话我好像听谁说过，但我一时想不起来是谁说的。

“科里，你想看看这个世界是什么样子吗？”他问我。

我被他眼中那种神秘的红光震慑住了，不由自主地点点头。

“那你运气太好了。我看到前面有灯光，好像是个城市。”

于是我也站起来探头看着车外。隔着那连绵起伏的山岭，远处是一片灯火通明，相形之下，天上的星光都黯然失色了。

普林西告诉我，等一下列车进入城里的火车调度场之后，速度会减慢，趁那个时候跳下火车，就不用怕会摔断腿。没多久，火车渐渐开进城里，一开始，我们看到旁边都是木屋，然后渐渐变成红砖房，然后又变成钢筋水泥大楼。虽然已经很晚了，但城里依然十分热闹。到处都是五光十色令人眼花缭乱的霓虹灯，街道上车水马龙，人行道上人来人往。过了一会儿，火车开进了铁轨交错纵横的调度场,速度开始慢下来。我看到那里已经停了好几列火车。接着,列车的速度渐渐慢到跟走路差不多了,富兰克林率先跳下车,脚上那双巨鞋砰的一声踩到地面上。接着,阿莫也跳下去,扬起了一片灰尘。"跳呀,如果你想跟我们去看看,那就跳吧。"普林西站在我背后说。我手忙脚乱地往外一跳,还好没有摔倒。接着,普林西也跳下来了。我们来到一座城市,而我的家已经很遥远了。

我们穿过火车调度场,周边回荡着汽笛声和低沉的引擎声。虽然蒸汽引擎都只是怠速运转,但空气中依然飘散着一股焦臭味。普林西说我们最好赶快找个地方过夜。于是我们走进大楼旁边那深深的灰暗小路里,一路上我们好几次停下脚步等富兰克林——他动作真的很慢。

后来,我们来到一个地方,那里到处都是蜘蛛网般交错纵横的小巷子,龟裂的路面上到处都是积水,水面映着闪烁的霓虹灯光。这时候,我听到有人哼了一声,接着是一声闷响,好像有人被揍了一拳。我立刻停下脚步转头去看,看到有人被一个人抓住,两手被反扣在背后,而另一个人则挥拳猛揍他的脸。那个人鼻子和嘴巴都在流血,泪眼模糊,满脸惊恐的神色。挥拳的那个人似乎把打人当成家常便饭,那动作毫不费力,仿佛只是在热身。"臭小子,钱在哪里?"抓着他的那个人冷冷地逼问他,"把钱交出来。"而另一个人一直没停手,一拳拳朝他身上打。那人一直呻吟,鼻音好重。我看着拳起拳落,没多久,那个人肿胀淤青的脸开始变形了。

这时候,一只苍白的手搭上我的肩头,"我们走吧。"

接着,我看到前面有一辆警车停在路边,两个警察左右架住一个男人。那个人头发很长,全身衣服脏兮兮的。那两个警察高大魁梧,腰上挂着黑黑的枪套,里头的手枪闪闪发亮。其中一个警察忽然凑近那个长头发的人,对着他的脸大吼大叫。接着,另外一个警察忽然揪住他的头发,用力一甩,把他的头甩到警车的挡风玻璃上。玻璃没破,可是那个人立刻两腿一软,瘫倒在地上。后来,警察把那个人推进警车里的时候,他完全没有反抗。接着,警车从我们旁边开过去,我瞥见那个人正看着车窗外,额头血流如注。

然后,我听到一栋建筑的门里传来轰隆隆的音乐声,听不出任何旋律,只有砰砰砰的节拍。有一个人靠墙坐着,裤裆底下的地面上有一摊尿。他眼神狂乱,不知所以地傻笑。接着,我看到两个年轻人朝我们走过来,其中一个手上提着一桶汽油。“起来！起来!”另外那个年轻人对坐在地上那个人吼了一声,还用脚踢他。而坐在地上的那个人还是自顾自傻笑着,然后学那两个年轻人叫了一声:“起来！起来!”结果,转眼之间,他身上已经被淋满了汽油,而另外那个年轻人从口袋里掏出一盒火柴。

普林西拉着我绕过一个转角,走进另一条路。而富兰克林则是摇摇晃晃地走在阿莫后面,边走边叹气,脸上闪过一丝阴霾。

接着我听到一声警笛,但很快就发现那辆警车开往别处去了。我忽然感到一阵反胃,头好痛。普林西的手一直搭在我肩上,我心里才稍微舒服了一点。

我看到街角有一盏灿烂炫目的霓虹灯,底下站着四个女人。她们看起来比我妈妈年轻,可是比奇利·威洛大。她们身上的衣服比油漆还鲜艳,而且,她们好像在等什么大人物光临。我们从她们面前经过的时候,我闻到浓浓的香水味。我仔细看了一下其中一个女人的脸,忽然觉得她看起来好像一个金发天使,只不过,她脸上没有半点生命气息,就像洋娃娃的脸。“老娘最近实在很背,”她对旁边那个黑头发的女人说,“他妈的,没半个男人要做生意。”

这时我看到一辆红色的车忽然停到她们面前。那金发女郎立刻笑脸迎人,对开车的那个人露出谄媚的笑容。另外那几个女孩立刻围过来,两眼发亮,满脸渴望的神情。只是,那种渴望是多么的悲哀。

我很不想看到眼前的这一切,但普林西还是带着我一直走。

接着,我看到一个女人摊开手脚躺在一扇门前的地上,一个穿牛仔外套的男人两腿跨在她身上站着。他正在拉他裤裆的拉链。那女人鼻青脸肿。

“知道厉害了吧。”那个人说，“学到教训了吧？现在你知道谁是老大了吧？”接着他弯腰揪住她的头发，“臭婊子，赶快说。”他猛摇她的头，“谁是老大？”

“继续走，科里。”普林西对我说，“不要停，不要停。”

我跌跌撞撞地往前走。所到之处，看到的都只有冰冷的水泥墙，看不到连绵的山岭，看不到丝毫的绿意。我抬头看看天空，只见群星都被乌云掩蔽，夜空是一片阴沉灰暗。我们又绕过一个转角，忽然听到当啷一声，看到一只小白狗正趴在垃圾桶里疯狂翻找。那只小狗瘦得皮包骨头。接着，忽然有个大个子跑过来朝那只小狗大叫：“臭小子，被我逮到了。”那小狗连忙站起来转头看着他，嘴里衔着一根香蕉皮。那人举起一支球棒，用力往小狗背上打下去。小狗痛得哀号了一声，躺在地上翻滚。它的脊椎骨断了，嘴里的香蕉皮也掉了。那个人站在小狗旁边，再次举起球棒打下去。这一次，小狗的头被打烂了，只剩一片血肉模糊。我看到小狗的腿不断抽搐，仿佛还想跑。

“臭小子。”那个人还不罢休，又抬起脚用力在小狗肋骨上踹了一下。

我的泪水不禁夺眶而出，两腿一软差点瘫倒在地上，还好普林西扶住了我。“继续走吧。”他说，“快点。”于是我乖乖往前走，离开那个血腥的地方。我觉得自己快要吐了，于是就靠在墙上。我听到富兰克林在我背后说：“普林西，这孩子离家太远了。这样不太好吧。”

“你以为我喜欢这样吗？”普林西骂了他一声，“笨蛋。”

我沿着那面墙走到尽头，忽然停下脚步。我仿佛看到墙里是一个小房间，我很清楚地听到有人在争吵，不过，那房间里只有一个小男孩。他大概和我差不多年纪，可是，他的神情看起来有一种说不出的苍老。那孩子低头看着地上，听着外面越来越大声的吵闹，他的眼神也越来越呆滞。接着，他忽然从地上捡起一块海绵和一条强力胶。平常，我们这几个死党都是用那种强力胶做模型。那孩子把强力胶挤到海绵上，然后把海绵凑近鼻孔用力挤压，闭上眼睛用力吸了一口气。过了大概一分钟，他忽然往后一倒，开始浑身抽搐。嘴巴慢慢张开,牙齿开始打颤,一次又一次地咬到舌头。

我开始浑身发抖,不由自主地啜泣起来,把头撇开。普林西摸摸我的后脑勺,让我的脸贴在他身上。

“你懂了吗,科里?”他轻声细语,但声音听起来绷得很紧,仿佛在压抑怒气。“这个世界会吞噬像你这样的小男孩,你应付不了。这世界比老摩西更可怕,不是把一根扫帚柄丢进它喉咙里就能够对付的。”

“我想……我想……”

“想回家,对不对?”他替我说出来了,“回奇风镇的家。”

于是,我们走回火车调度场。四周依然回荡着汽笛声和嗡嗡嗡的引擎声。普林西说他们要陪我坐一小段路,确定我没搭错车。过了一会儿,有一列南方铁路公司的货运列车开进来了,其中有几节车厢的门开着。“就是这班车!”普林西叫了一声,然后立刻跳进车门。富兰克林也跟着跳上去。尽管他穿着一双巨大无比的鞋子,情急之下,他动作也可以变得很敏捷。接着,阿莫也跳上去了,每踩一步就会扬起一大片灰尘。

火车的速度开始快起来。我开始沿着车厢旁边跑,想找个地方抓,可是却看不到铁梯。“嘿!”我大喊了一声,“不要把我一个人丢在这里!”

火车越开越快,我必须拼尽全力跑才跟得上。车厢门里一片漆黑,我看不到普林西,看不到富兰克林和阿莫。“不要把我一个人丢在这里!”我惊慌失措地大喊,两腿越来越无力。

“跳啊,科里!”普林西在漆黑的车厢里对我大喊,“赶快跳啊!”

巨大的铁轮在我脚边轰隆作响,“我好怕!”我快站不稳了。

“赶快跳!”普林西大叫,“我们会接住你的!”

车厢里看不到他们的人影,什么都看不到,只见一片漆黑。而我背后就是那个可怕的城市。那个会吞噬男孩的城市。

我一定要有信仰。要有信心。

于是我往前一跳,跳上那漆黑的车门。

然而，我却感觉自己一直往下坠，坠入那寒冷的黑夜和满天繁星。

接着，我感觉到一股震动，立刻就惊醒过来，睁开眼睛。

我听到列车的汽笛声，听到它渐渐远离奇风镇，开向另一个世界。

我坐起来，看到旁边就是戴维·雷的坟墓。

我大概只睡了十分钟吧，但感觉却像是经历了一段好长好长的旅程。当我醒来的时候，惊魂未定，而且很不舒服，不过，我终于感觉到安全了。我心里明白，奇风镇外的世界并不完全那么可怕。我读过《国家地理杂志》，我知道城市之美，我知道到处都有艺术博物馆，还有很多雕像和纪念碑，纪念那些勇敢的人和充满人性光辉的事迹。然而，就像月亮一样，这世界的某些角落隐藏了许多黑暗。比如说，那个在我们奇风镇被杀害的人，他被淹没在一个月光照耀不到的地方。这世界，就像奇风镇一样，有美好的事物，也有丑恶的黑暗。普林西，不管他是不是真的叫普林西，他说对了：我还没有完全长大，还不足以面对那个怪物般的世界。此刻，我还是个孩子，我渴望回自己床上舒舒服服睡一觉，渴望回到爸爸妈妈身边。问题是，我还是不想跟老铁肺道歉。等我回到家，我还是必须要面对这个问题。

我慢慢站起来。满天繁星灿烂闪烁。我低头看看戴维·雷的新坟。"再见了，戴维·雷。"我向他告别，然后就跳上火箭骑回家了。

第二天，妈妈说我看起来好像很累，问我是不是做了噩梦。我说我还好，没怎么样。然后她就去帮我煎了几片松饼。

悔过书我还是一直没写。那天晚上，我一个人关在房间里，墙上挂的海报上的那些怪物仿佛都在盯着我看。我听到电话铃声响了四次，后来，爸妈就跑进房间里来找我了。"你为什么不告诉我们呢？"爸爸问我，"我们都不知道那个老师对学生那么粗暴。"我先前提到过，被别人糟蹋的感觉，爸爸最能够体会。

打电话来的那些人，分别是萨莉·米查姆的妈妈，魔女的妈妈，拉德·迪瓦恩的爸爸，还有乔·彼得森的妈妈。他们告诉我爸妈说，他们的孩子把那个老师的事都告诉他们了。突然间,真相忽然明朗了:我打飞了老铁肺的眼镜,这种行为当然不可取,然而,老铁肺也必须为自己的言行负点责任。

“再怎么样,老师也不应该动不动就骂学生蠢材。每个人都应该受到尊重,不管是大人还是小孩。”爸爸对我说,“明天我要去找校长谈一谈,把事情说清楚。”接着他有点困惑地看了我一眼,“奇怪的是,科里,为什么一开始你不告诉我们呢?”

我耸耸肩。“因为我觉得你不会相信我。”

“噢……”爸爸说,“看样子,我们好像不够信任你,是不是啊,小老弟?”

说着他揉揉我的头发。

回家的感觉真好。

3 大拼图的一小片

后来,爸爸真的去找了卡迪纳校长,而校长已经从别的老师那里听到不少传言,知道老铁肺已经濒临疯狂边缘,于是,他决定让我回学校,不用再停课,而且也不用再写什么悔过书了。

回到学校之后,我发现自己成了英雄。在往后的岁月里,就算登陆月球的航天员返回地球都没我这么风光。当然,校长已经郑重警告过老铁肺,而且,老铁肺一定不敢忘记。不过,我自己也有错,而且我觉得我应该要勇于认错。回到学校那天正好是圣诞节前夕,早点名之后,我举手表示要发言。老铁肺立刻大吼了一声:“什么事?”

我站起来,全班同学都看着我,他们都认定今天又会有大场面可瞧了,大英雄又要挺身对抗不公不义的恶势力,为全班同学争取嚼口香糖的权利。“哈珀老师?”我犹豫了一下,不知道该不该当着全班同学的面向老铁肺低头。

“有话快说!蠢材!”她又大吼一声,“我不是你肚子里的蛔虫,你在想什么我猜不出来!”

不知道校长是怎么警告她的,不过看起来,她显然没有意思要放低姿态。但不管怎样,我还是决定向她道歉,因为这样做才对。“对不起,”我说,“我不应该打你。”

噢,英雄堕落了! 偶像粉碎了! 跳蚤从盔甲的缝隙钻进去,把我们伟大的战士咬得倒在地上打滚。我听到四周的呻吟叹息声此起彼伏,我知道他们在想什么。伟人的铜像从基座上走下来,扑通一声踩进泥坑里。

“你说什么? 你跟我说对不起?”老铁肺惊讶得难以形容。她摘掉眼镜,然后又戴回去。“你……你是在跟我道歉?”

“是的。”

“呃,我……我……”她忽然说不出话来。这辈子大概没有人跟她说过对不起,所以她也不知道该怎么原谅别人。“我……我不知道该……”

我感觉到她忽然流露出一种慈悲。这简直就像上帝彰显神迹。在那神奇的短暂片刻,我注意到她的神情开始和缓下来。

“……该怎么说,不过……”她咽了口唾液,仿佛有什么东西卡在她的喉咙了。

“……不过……你总算知道什么叫规矩了,蠢材!”她大吼了一声。

看样子,卡在她喉咙里的是一根铁钉。她终于把铁钉吐出来了。

“坐下! 数学课本打开!”

她又变回那种严厉的表情。我叹了口气,坐下来。她的慈悲就像台风的暴风眼,短暂的风平浪静之后,接着又是更猛烈的狂风暴雨。

学校的餐厅简直就像疯人院,吵得屋顶都快掀了。吃中饭的时候,老铁肺正对着一个可怜的小子大吼大叫,骂他怎么笨得会把吃中饭的钱拿去买棒球卡。就在那时候,我注意到魔女蹑手蹑脚地溜出餐厅。五分钟后,她又回来了。老铁肺根本还没发现她溜出去,她就已经无声无息地坐回她的位子上。我注意到魔女和同桌的那几个女生窃笑不已,那时,我立刻就明白有好戏看了。一定有什么阴谋，而且已经部署好了。

吃过中饭之后，我们被老铁肺赶回教室去。老铁肺又缩回她的办公桌后面，那模样像极了一头母狮抱着她的宝贝肉骨头趴在地上。“把亚拉巴马州历史拿出来！翻开到第十章！重建时期！快点！”说着她伸手去拿她自己的课本。那时候，我忽然听到她呻吟了一声。

老铁肺想把办公桌上的课本拿起来，可是却拿不起来。全班每一双眼睛都盯着她。她双手抓住课本，手肘撑住桌缘，拼命想把课本从办公桌上扳开，然而课本却还是纹丝不动。这时忽然有人窃笑起来。“笑什么？有什么好笑的？”她呵斥了一声，眼中射出怒火，“谁在笑——”说到一半她忽然尖叫起来，因为她的手肘被粘在桌缘上了。她终于感觉到大事不妙，立刻就想站起来，没想到她那硕大的屁股却被粘在椅子上，结果当她一站起来，椅子也就跟着被抬起来。“搞什么鬼！”她大吼起来，但这时全班却开始哄堂大笑，包括我在内。老铁肺挣扎着想走到门口，可是忽然发现她那双棕色的厚底鞋已经被牢牢粘在油布毡上了。那一刹那，她气得脸都歪了。眼前的景象是：她弯着腰，手肘撑在桌上，椅子粘在屁股上，鞋子仿佛被焊在铁板上一样牢牢粘在地上，那模样好像正在对我们鞠躬。只不过，她脸上的表情是说不出的愤怒。

“救命啊！”老铁肺哀声惨叫起来，气得眼泪都快掉出来了，“救命啊！”她朝门口声嘶力竭地大喊救命，可是她的惨叫声被我们全班的哄笑声掩盖住了，看样子，恐怕没人听得到她在喊救命。接着她忽然用力一扯，把衣服上手肘的部位扯破了，那条手臂终于脱离了桌面，但问题是，她又犯了另一个致命的错误：刚刚她为了使力，用另一只手去撑桌面，结果，换成那只手被粘在桌面上了。“救命啊！”她大叫，“救命啊！”

后来，这件事终于惊动了校长。他立刻叫学校的黑人警卫丹尼斯先生到教室来解救老铁肺。桌面上、椅子上、地板上全都涂着一层奇怪的纤维性物质，把老铁肺牢牢粘住，丹尼斯先生不得不用钢锯从中间锯开。结果丹尼斯先生一不小心手滑了一下，老铁肺屁股上的肉被他锯掉了一小片。

后来，救护车赶到了，急救人员把老铁肺抬到担架上，沿着装饰得充满圣诞气息的走廊推出去。一路上，她气喘吁吁，胡言乱语。我听到丹尼斯先生告诉校长，那是他这辈子见过的最可怕的黏胶。他说，那种黏胶不管涂在什么东西上，就会立刻变成和那东西同样的颜色，而且几乎没味道，只有一丝淡淡的酵母味。他还说，老铁肺——当然他称呼她哈珀太太——手掌没被迫锯掉已经算走运了。那玩意儿实在太厉害了。校长当然气坏了，就像平常一样暴跳如雷，问题是，教室里根本找不到装黏胶用的罐子或软管，而且，校长怎么想也想不通，哪个学生这么厉害，这么古灵精怪，居然能想出这样诡诈的计划。

他实在太不了解魔女了。虽然事后我还是无法确定她是怎么办到的，不过我猜得出来，她一定是把黏胶罐用绳子吊在窗户外面，然后，趁大家吃中饭的时候偷偷进了教室把绳子拉上来。接着，等到她在桌子、椅子和地板上涂好黏胶之后，她又把黏胶罐吊到窗外去，到了放学后，清洁工打扫校园的时候就会把罐子收走。我这辈子从来没看过这么厉害的黏胶。后来我才听说，那种黏胶是魔女自己调配出来的。她用的材料是酋长河底的泥巴和波特山上的泥土，而调配的方法是参考她妈妈做天使蛋糕用的食谱。如果是真的，那么，她妈妈做的魔鬼蛋糕，我当然就更不敢吃了。打死我都不敢吃。魔女说那种黏胶叫做超级魔力胶。这名字取得好。

我一直不知道魔女为什么能跳级变成我的同班同学，现在我终于明白了，原来她是个化学天才。

一天下午，天气很冷，爸爸和我冒着寒风到森林里找了一棵小松树。那棵小松树大小正好。于是我们就把那棵树抬回家。那天晚上，妈妈做了一些爆米花，然后我们就用那些爆米花装饰在小松树上。接着，我们还在树上挂满了金箔丝和银箔丝，另外还把那些陈年的装饰品拿出来挂上去。那些装饰品平常都收在一只盒子里，每年只有圣诞节那个星期才会拿出来用。

本还在学钢琴,练弹圣诞歌曲。我问他绿色格拉斯小姐有没有养鹦鹉,可是他什么都不知道。他说,他根本没看到什么鹦鹉。不过,我相信她们家的某个角落里一定有一只绿鹦鹉。那天,爸爸和我一起出门去给妈妈买了一本新的蛋糕食谱,还有一只烤盘。没多久,妈妈就带着我出门去给爸爸买了几双袜子和几条内裤。又过了没多久,爸爸自己一个人跑到五角商店去给妈妈买了一小瓶香水。后来,妈妈也自己一个人出去给爸爸买了一条格子图案的围巾。圣诞树下那几个包装得漂漂亮亮的包裹里装的是什么东西,我一定要弄得清清楚楚,这样我才能安心。不过,有两个包裹上写着我的名字,里头装的究竟是什么,我完全猜不透。一个比较小,一个比较大。对我来说,那就像两个谜团,等着我去解开。

我整天都想打电话到格拉斯姐妹家去,那念头在我脑海中挥之不去。问题是,上次我正要打电话的时候,悲剧就发生了,所以后来我一直没有勇气拿起电话。有一天早上,我又惊醒过来,因为我又梦见那四个黑人小女孩在呼唤我。冬天的阳光从窗口照进来,我揉揉眼睛,拿起床头桌上那根绿羽毛。那时,我已经明白:非做不可了。不过,不是打电话,而是直接去找她们。

我起床穿好衣服,然后就跳上火箭穿过张灯结彩的奇风镇,骑向山塔克街上那栋很像姜饼屋的房子。到了门口,我敲敲门,那根绿羽毛塞在口袋里。

来开门的是蓝色格拉斯小姐。当时还很早,才刚过九点。蓝色格拉斯小姐穿着一条淡蓝色的睡袍,脚上穿着一双青绿色的棉衬拖鞋。她那淡金色的头发就像平常一样扎成高高的一团,我想,这应该是她每天早上起床的第一项功课。看到她的头发,我立刻就想到《国家地理杂志》上看到的阿尔卑斯山的马特宏峰的照片。她依然戴着那副厚厚的黑框眼镜,眼睛隔着镜片盯着我。我注意到她眼眶四周有一圈黑晕。“科里·麦克森,”她的声音听起来有点无精打采,“有什么事吗?”

“我能不能进去坐一下?”

“家里只剩我自己一个人了。”她说。

“呃……我,我只进来一会儿,很快就会走的。”

“家里只剩我自己一个人了。”她又重复了一次,眼眶里开始涌出泪水。接着她赶紧撇开头,把门拉开。我一进屋里,发现里头依然摆着琳琅满目的廉价装饰品,就跟那天本在这里上课的时候一模一样的摆设。不过……好像有什么东西不见了。

“家里只剩我自己一个人了。”蓝色格拉斯小姐跌坐在沙发上,低下头开始啜泣。那张沙发的脚又细又长。

外头风好冷,我赶紧关上门。“绿色——另外一位格拉斯小姐呢?”

“她已经不再是格拉斯小姐了。”听她的口气好像很痛心。

“她在家吗?”

“不在。她在……天晓得她现在跑哪儿去了。”她摘下眼镜,拿出一条蓝色蕾丝手帕擦掉眼泪。我忽然发现,要是她不戴眼镜,然后把头发放下来,或许看起来就不会像现在这么……应该可以说就不会像现在这么“令人畏惧”了。

“怎么了?”我问她。

“怎么了……”她说,“她伤透了我的心,我的心碎了!就这么回事!她伤透了我的心!”她又开始掉眼泪,“噢,我实在不愿意再去想她!”

“她对你做了什么吗?”

“她背叛我!”她说,“我自己的亲妹妹竟然背叛我!”说着她从座位旁边拿起一张淡绿色的信纸递给我。“你自己看!”

我接过那张信纸。那封信是用深绿色的墨水写的,字迹很娟秀。

上面写着:亲爱的索妮亚,当两个人的心灵彼此产生强烈感应的时候,除了互相拥抱,还能做什么呢?我已经无法再隐藏自己的感情了。我内心的热情如烈火般燃烧,我渴望投入那股燃烧的热情。亲爱的姐姐,音乐很美好,可是总有一天,那些音符,那些旋律,早晚都会黯淡褪色,被人遗忘。唯有爱才是永恒的音乐。我必须把自己献给那首更美妙、更深沉的交响曲。这就是为什么我必须跟他走,索妮亚。我已经别无选择,只能把自己献给他。我的躯体,我的灵魂,全都献给他。当你读到这封信的时候,我们已经……

“结婚了?”我一定是不自觉地大声念了出来,因为蓝色格拉斯小姐忽然跳起来。

“结婚了!”她口气很阴森。

……结婚了。而且,我们都希望有一天你会明白,我们生命乐章并不是自己指挥的,而是上帝的杰作。再见了,爱你的妹妹凯塔琳娜。

“她真是天底下最混蛋的人,你不觉得吗?”蓝色格拉斯小姐问我。她下唇开始颤抖了。

“你妹妹跟谁走了?”

蓝色格拉斯小姐喃喃说出了一个名字,然而,说出那个名字仿佛是一种更残酷的煎熬。

“你是说……你妹妹跟……跟凯斯科特先生结婚了?”

“欧文,”蓝色格拉斯小姐啜泣着说,“噢,我最亲爱的欧文跟我妹妹跑掉了!”

我简直不敢相信自己的耳朵。老欧文竟然带着绿色格拉斯小姐跑了,而且还结婚了,可是据我所知,他好像同时也在跟蓝色格拉斯小姐谈恋爱!我知道当年西部那个狂野的棒棒糖小子还活在他内心深处,但我万万想不到,他内心也燃烧着南方式的热情。我说:“可是,对你们来说,凯斯科特先生不会太老了点吗?”我把那封信放回她旁边的沙发上。

“凯斯科特先生有一颗像孩子般纯真的心。”她露出一种如梦似幻的眼神,“噢,上帝啊,我好想念他!”

“有件事我必须请教你。”我趁她还没有继续掉眼泪之前赶紧问她,“你妹妹有没有养鹦鹉?”

这时她立刻转过头来看我,那眼神仿佛觉得我疯了。“鹦鹉?”

“是的。你养了一只蓝鹦鹉,那么,你妹妹是不是也养了一只绿鹦鹉?”

“没有。”蓝色格拉斯小姐说,“我的心都碎了,结果你却跑来问我家里有没有养鹦鹉!”

“对不起。我有不得已的苦衷,非问不可。”我叹了口气,转头看看客厅四周。装饰品柜里有一些小玩偶不见了。我觉得绿色格拉斯小姐大概不会再回来了,而且我觉得蓝色格拉斯小姐心里有数。看样子,有只小鸟飞出笼子奔向自由了。我右手伸进口袋里,抓住那根羽毛。“对不起,打扰到你了。”说着我就朝门口走过去。

“就连我的鹦鹉都抛弃了我。”蓝色格拉斯小姐呜咽着说,“我那只鹦鹉好可爱,好乖……”

“我知道。我也很难过——”

“……不像凯塔琳娜那只鹦鹉那样,既脏又贪心!”她竟然不自觉地说出来了,“哼,我怎么没有早点看出她的真面目?我早该知道她在动欧文的歪脑筋!一直都是!”

“等一下,”我说,“你刚刚不是说你妹妹没养鹦鹉吗?”

“我并没有那样说。我说凯塔琳娜‘现在’已经没有养鹦鹉了。那只小怪物死掉的时候,那坏蛋差点就崩溃了!”

我立刻转身走回她面前,边走边从口袋里掏出那根羽毛,摊开手掌给她看。我的心怦怦狂跳,几乎快从嘴里跳出来了。“格拉斯小姐,你妹妹的鹦鹉是什么颜色?”

她不经意地瞄了一眼。“就是这个颜色!我一眼就可以认出来,因为它一天到晚在笼子里乱飞乱撞,羽毛掉得到处都是。当初它死掉的时候,全身羽毛几乎都掉光了。”这时她好像忽然想到了什么,“等一下,你怎么会有它的羽毛?”

“我在某个地方捡到的。”

“那只鹦鹉是什么时候……噢，我一时想不起来它是什么时候死的。”

我知道。“3月。”我说。

“对了，就是3月。当时正是快要开花的季节，我们正在考虑复活节要弹什么曲子。可是……”她忽然皱起眉头，她好像一时忘了自己的心碎了。“科里，你怎么会知道？”

“我听人说的。”我说，“格拉斯小姐，那只鹦鹉是怎么死的？”

“脑热病，跟我的鹦鹉一样。乐善德医生说，那是热带鸟类很常见的死因，一旦染病，通常就没救了。”

“乐善德医生。”我忽然倒吸了一口凉气，不自觉地念出这个名字。

“他很喜欢我的鹦鹉。他说我的鹦鹉是他这辈子见过的最乖的鸟。”说着她嘴角露出一抹得意的微笑。“不过，他恨死了凯塔琳娜那只绿鹦鹉！要是能瞒住别人，我想他一定跟我一样，恨不得亲手杀了那只鹦鹉。”

“他差点就瞒住了所有的人。”我自言自语地嘀咕着。

“瞒住什么？”

我没有回答她。“那只绿鹦鹉死了之后，尸体是怎么处理的？被乐善德医生带走了吗？”

“不是。那只鹦鹉生病之后，什么东西都不肯吃，于是凯塔琳娜就把它带到乐善德医生的诊所去。结果，它第二天晚上就死了。”

“脑热病。”我又嘀咕了一句。

“没错，就是脑热病。科里，你怎么会跑来问我这些奇怪的问题？而且我还是搞不懂你怎么会有那根羽毛。”

“我……对不起，现在还不能告诉你。我很想告诉你，可是现在还不行。”

她忽然弯腰凑近我。她已经感觉到我好像在隐瞒什么，“科里，到底是什么事？我发誓我一定不会告诉任何人。”

“真的，我现在还不能说。”我把那根羽毛塞回口袋里。蓝色格拉斯小姐脸色又开始阴沉起来。“我该走了。来打扰你真的很不应该，可是，这件事实在太重要了。”走到门口的时候，我转头瞄了钢琴一眼，那一刹那，我忽然心头一惊，想到一件事。我忽然想到女王曾经说过她梦见过钢琴声，而且看到一双手，其中一手拿着一条铁丝，一手拿着“碎骨锤”。我忽然想到，乐善德医生家里摆满了陶制小鸟的房间里有一架钢琴。于是我赶紧问：“你是不是教过乐善德医生弹钢琴？”

“乐善德医生？没有，不过我教过他太太。”

他太太？那个身材高大硕壮、脸像马脸一样长的韦罗妮卡？“是最近的事吗？”

“不是。那已经是四五年前的事了。当时我是全职的钢琴老师。后来凯塔琳娜要我跟她一起帮助穷苦人家，教钢琴就变成副业了。”她的口气冷冰冰的，“我记得当时乐善德太太得过很多金星。”

“什么金星？”

“每次只要学生表现优异，我就会给他一个金星。在我看来，乐善德太太很有潜力成为职业钢琴家。她很有天分，而且，她很爱我教的曲子。”

“什么曲子？”

蓝色格拉斯小姐站起来，走到钢琴前面坐好，然后开始弹一首曲子。她弹的就是那首《美丽的梦仙》。那天本到她家来上课的时候，她一开始弹那首曲子，那只鹦鹉就开始用德语骂脏话。《美丽的梦仙》。她闭上眼睛，听着旋律在客厅里飘扬回荡。“这就是我现在仅剩的了，不是吗？美丽的梦，美丽的梦。”

我听着那首曲子，脑海中忽然浮现出一个疑问：那天晚上那只蓝鹦鹉为什么会突然发狂？

我记得当时绿色格拉斯小姐说：*就是那首曲子害的你知不知道！每次你弹那首曲子，它就开始发疯！*

当时蓝色格拉斯小姐回答说：从前我一天到晚弹给它听，它很爱听啊！

那一刹那，我脑中忽然灵光一闪，那种感觉就仿佛无边的黑暗中突然露出一线曙光，或是在水底看到水面上的一线阳光。现在我还无法理出头绪，但我知道已经有线索了。

“格拉斯小姐？”我叫了她一声，而且叫得比较大声，因为她琴键越敲越用力，越弹越大声，听起来有点像本在弹琴。“格拉斯小姐？”

这时她正好弹到一个很刺耳的音，忽然停住。我注意到她已经泪流满面。她问我：“什么事？”

“你的鹦鹉听到你弹这首曲子会发狂吗？”

“不会！别听凯塔琳娜胡说八道，因为她痛恨我最心爱的这首曲子！”不过，看她那种神情，我知道她口是心非。

“你最近又开始教钢琴了，对不对？那么，自从……呃……自从绿鹦鹉死了以后，你有没有常常弹那首曲子？”

她想了一下。“我也记不清楚。应该……应该弹过吧。教会唱诗班排练的时候，我弹过几次，为了热身。不过，因为当时我并没有在教钢琴，所以我很少在家里弹琴。倒不是说我不想弹，而是因为凯塔琳娜——”她不由自主地又说出了那个名字，“——那个臭狐狸精说我弹得很难听。”

那一线曙光并没有消失。整个事件开始渐渐明朗了，但距离水落石出还有很长一段距离。

“动不动就是凯塔琳娜、凯塔琳娜！”蓝色格拉斯小姐忽然使尽全力敲了一下琴键，那力道十分惊人，整架钢琴都摇晃起来。“为了怕我们伟大的凯塔琳娜不高兴，我常常委屈自己！老实告诉你，我瞧不起绿色，我恨死了绿色！”说着她忽然站起来。这时我赫然发现瘦瘦小小的她激动起来气势还是很惊人的。“我要把这间屋子里所有绿色的东西全部拿去烧掉！就连墙壁我也不会放过！要是这辈子再也看不到绿色的东西，我一定可以含笑九泉！”

她已经开始陷入一种疯狂状态，拼命想砸东西。我不想看到这种场面，于是赶紧伸手去拉门把。“谢谢你，格拉斯小姐。”

“说得好，到现在我还是格拉斯小姐！”她忽然大吼起来，但也忍不住开始哭起来，“现在，我是世界上最后一个、也是唯一一个格拉斯小姐！不过，我觉得很光荣，你懂吗？我很光荣！”她一把抓起沙发上那张淡绿色的信纸，露出咬牙切齿的表情，开始把那张信纸撕成碎片。我赶紧溜出大门。现在跑还来得及。门关上的那一刻，我听到那个装饰品柜被推倒了。所幸我跑得够快，因为里面那声巨响真是惊天动地。

骑火箭回家的路上，我脑子里转个不停，拼命想把所有线索拼凑起来。我忽然想到女王曾经说过：整张大拼图的一小片。所有的小片拼图都在那里，问题是，要怎么样才拼凑得起来？

一个没有人认识的人被杀了。

命案现场有一根绿羽毛。那是一只死掉的鹦鹉的羽毛。

另外一只鹦鹉听到一首曲子就会用德语骂脏话。

乐善德医生是个夜猫子，而且很讨厌喝牛奶。

谁知道？

汉纳福德？

要是那只绿鹦鹉死在乐善德医生的诊所里，那么，它的羽毛怎么会跑到湖边去呢？

那两只鹦鹉，那个死去的人，还有乐善德医生，这一切究竟有什么关系？

回到家之后，我立刻拿起电话打到格拉斯小姐家。我本来很怕面对别人的伤心事，但我迫不及待地想知道真相，所以就管不了那么多了。一开始我以为蓝色格拉斯小姐不会接电话，因为电话响了八声，可是后来响到第九声的时候，我忽然听到她拿起电话说：“喂？”

“格拉斯小姐，是我，科里·麦克森。我还有最后一个问题想请教你。”

“我不想再谈那个叛徒了。”

“谁？噢，我不是要问你妹妹的事。我想问的是那只鹦鹉。你刚刚提到，它得了脑热病，死在乐善德医生的诊所里。不过除了那次之外，它先前有没有生过病？”

“有。那两只鹦鹉曾经同一天生病。凯塔琳娜和我带它们去给乐善德医生看。没想到第二天她的鹦鹉就死了。”这时她忽然哼了一声，听起来好像很不高兴，“科里，你到底想干什么？”

那丝曙光越来越明亮了。“谢谢你，格拉斯小姐。”说完我就挂了电话。妈妈从厨房里问我打电话给格拉斯小姐做什么，我说我想写一篇音乐老师的故事。“那好啊。”妈妈说。我渐渐发现，一旦你成为作家，你会开始有一种扭曲事实真相的本能，不过我觉得最好还是不要养成这种习惯。

回到房间里，我开始认真思考所有的线索。我想了很久，终于拼凑出那张大拼图的一小部分。

后来，我的结论是：3 月，那个陌生人遭到杀害的那天晚上，两只鹦鹉都在乐善德医生家。绿鹦鹉就是那天晚上死掉的，而蓝鹦鹉回到家之后，每次听到有人用钢琴弹奏《美丽的梦仙》，就会开始用德语骂脏话，乐善德太太会弹钢琴，还会弹《美丽的梦仙》。

所以，事情可能是这样的：当蓝色格拉斯小姐弹这首曲子的时候，她的鹦鹉就会想到那天晚上某个人说的话。那天晚上，乐善德太太也在弹这首曲子，而那个时刻，有人正在惨叫，有人用德语骂脏话。会不会就是这样呢？另外，乐善德太太为什么要在有人惨叫咒骂的时候弹钢琴——

我懂了。我想通了。

开始明朗了。

当时，乐善德太太弹那首《美丽的梦仙》，就是为了要掩盖咒骂和惨叫的声音。而当时，两只鹦鹉都在那里，在鸟笼里。不过，乐善德太太弹钢琴的时候，那个咒骂惨叫的人不太可能会在她旁边吧？

我忽然想到，那次到乐善德医生的诊所去看叛徒的时候，乐善德医生人在地下室。我们听到他的声音从通风孔里传出来，叫我们下去找他。他知道我们在上面可以很清楚地听到他的声音，所以根本不需要上来叫我们。所以，3 月那天晚上，他是不是因为怕屋外有人听到那个人的惨叫声，所以才叫乐善德太太弹钢琴来做掩护。当时乐善德太太脑海中想到的第一首曲子就是《美丽的梦仙》，所以，那两只鹦鹉听到那首曲子，也听到那人的惨叫和咒骂，牢牢记在脑海中。

那么，两只鹦鹉听到惨叫声的时候，乐善德医生是不是正在地下室用“碎骨锤”殴打那个陌生人，用铁丝勒死他？有没有可能，那个人被折磨了一整晚，那惊天动地的惨叫声吓坏了那两只鹦鹉，害得它们在笼子里乱飞乱撞？有没有可能，那人被杀之后，乐善德医生和他那壮硕的太太合力把浑身赤裸的尸体抬到屋外，放进停在谷仓门口的车里，而那辆车就是那个人开来的？有没有可能，他们夫妇两人分开行动，一个人开着那个人的车，另一个人开他们自己的车跟在后面，一起到萨克森湖边？有没有可能，当时有一根绿羽毛飘出鸟笼，黏在大衣的皱褶上，或是飘进口袋里？而且，正因为乐善德夫妇两人都对牛奶过敏，所以，他们根本搞不清楚牧场送奶员的工作时间，不知道我爸爸什么时间会经过十号公路？

谁知道？

汉纳福德？

很可能是这样。有可能。

但也可能不是。

这个故事如果写出来，一定是一篇很棒的推理小说。不过，我手上只有一根死鹦鹉身上掉下来的羽毛，而那整张大拼图也只拼凑出一小部分，漏洞还很多。比如说，有人用德语骂脏话。问题是，乐善德医生是荷兰人，不是德国人，而那陌生人又是从哪里来的？乐善德医生是奇风镇的兽医，而那神秘的陌生人肩膀上有骷髅头和翅膀的刺青，这两个人是怎么扯在一起的？漏洞，很多漏洞。

但不管怎样……我手上还有那根绿羽毛，有《美丽的梦仙》，还有“谁知道？”

谁知道？知道什么？在我看来，这就是解开所有谜团的关键。

这些事我都没有告诉爸妈。等真相明朗了，我就会说。而现在一切都还没有明朗，所以我暂时还不想说。不过，现在我越来越相信，有一个神秘杀手躲在我们奇风镇上。

4 穆特里的堡垒

圣诞节前两天，爸爸正在巨霸超市的仓库里忙着，我家的电话铃忽然响了，妈妈去接了电话。她拿起话筒问了一声：“喂？”结果发现是查尔斯·德马龙打来的。德马龙先生打电话来，是为了邀请我们一家人参加布鲁顿娱乐中心的招待会。这场招待会是为女王举办的，庆祝黑人民权运动博物馆开幕。开幕日期是 12 月 26 日。招待会的时间是在平安夜那天下午，不过，那并不是什么正式的招待会，而比较像是好朋友的聚会。妈妈问我想不想去，我说好。当然，她根本不会去问爸爸，因为她知道爸爸绝不会去，不过，反正爸爸也不可能去，因为平安夜那天，有好几箱蛋酒和真空压缩包装的火鸡肉切片要进巨霸超市的仓库，他还有得忙的。

爸爸并没有阻止我们去。妈妈告诉他的时候，他只是点点头，一声不吭，眼神似乎飘向了不知名的远方。我猜，此刻浮现在他脑海中的，可能是萨克森湖畔那些巨大的岩石吧。于是，平安夜那天早上，妈妈开那辆小货车送爸爸去上班。后来，到了下午，招待会的时间快到了，我们就开始准备了。虽然德马龙先生要我们不必穿得太正式，但妈妈还是叫我穿上白衬衫，而她自己也穿上最好的那套衣服。然后，我们就出发到布鲁顿区去了。

生活在美国南方的亚拉巴马州，你会发现很多奇特的现象。比如说，到了 10 月，天气会开始变冷，到了 12 月，天上偶尔会飘下雪花，不过到了圣诞节，天气却还是很暖和。当然，还不至于像夏天那么热，但却颇有秋老虎的味道。今年当然也不例外。我穿着毛衣，结果到了娱乐中心的时候，我已经满身大汗。娱乐中心是一栋红砖建筑，坐落在巴克哈特街上。我们看到一面标示牌，上面有一个红箭头指向布鲁顿黑人民权博物馆。那是连在娱乐中心旁边的一栋小木屋，只比拖车屋稍微大一点，漆成白色，外面围着一条红彩带。虽然距离正式开幕还有两天，但外面已经挤满了车，一片人声喧哗。一大群人走进娱乐中心，其中绝大多数都是黑人。我们跟在他们后面走进去。一进门是一间大厅，里头挂满了松果编成的圣诞环，还有一棵巨大的圣诞树，上面挂满了红红绿绿的蝴蝶结。卫佛丹恩太太坐在一张桌子后面，桌上摆着一本访客登记簿，大家排成一队等着签名。旁边另一张桌子上有一只大盆子，里头装着满满的淡黄色的液体，看起来像柠檬汁。大家签完名之后，跟着又到那张桌子前面大排长龙。另外，旁边还有很多张桌子，上头摆着琳琅满目的餐点，有各式各样的零嘴，小三明治，小香肠，两只金黄油亮的巨大火鸡，两只巨大的火腿。而最后那三张桌子上就是真正的美食了：五彩缤纷漂亮得难以置信的蛋糕，布丁，还有馅饼。要是爸爸也来了，看到眼前的山珍海味，他眼睛一定会发亮。整个会场洋溢着节庆的欢欣气氛，大家开怀大笑，闲话家常，旁边一座小舞台上有好几个人在拉小提琴。虽然这不是什么正式的场合，但大家都穿得很隆重。男人穿西装打领带，女人都穿上正式的礼服，戴着白手套，帽子上插满了五彩缤纷的花。要是孔雀置身在这缤纷灿烂的世界里，一定会自惭形秽，感觉自己仿佛赤身露体。大家都以布鲁顿区为荣，以自己为荣。

妮娜·卡斯蒂尔跑过来和妈妈拥抱了一下。她把纸盘塞到妈妈手上，带我们挤过人群。她说，火鸡已经准备好了，不过，要是我们不急着吃，可以等人把火鸡肉切下来再慢慢享用。她伸手指向老索恩伯里。他穿着一套松垮垮的棕色西装，随着小提琴的旋律跳起踢踏舞来，小加文在他旁边跟着跳，咧开嘴笑得好开心。莱特富特先生身上那套西装看起来很高贵，有丝绒翻领。他手上那个纸盘真是壮观,上面堆着厚厚的火腿,火腿上有蛋糕,蛋糕上有馅饼,馅饼上有三明治。就这样,他手上端着那个盘子,慢条斯理地在人群中穿梭,姿态十分优雅。没多久,我们的盘子里已经堆满了吃的东西,杯子里已经装满了柠檬汁。接着,德马龙先生和他太太出现了,他们走过来向妈妈道谢,谢谢她专程赶过来。妈妈说她无论如何都不会错过。小孩子到处跑来跑去,而那些爷爷奶奶则在后面追得气喘吁吁。丹尼斯先生悄悄走到我旁边来,故作正经地问我是谁把黏胶涂到桌椅和地面上,搞得可怜的老铁肺活像一只苍蝇被黏在捕蝇纸上。我说我知道是谁干的,不过我不敢确定。他问我干这件事的人是不是很喜欢挖鼻孔,我说大概是。

这时忽然有人开始拉手风琴,有人开始吹口琴,和那几个拉小提琴的人比赛。有一位穿着樱桃色礼服的老太太走到老索恩伯里面前和他一起跳踢踏舞。我相信那一刻,他一定很高兴自己当初决定要活下去。接着,忽然有个满脸铁灰色胡子的人走到我旁边搭住我肩膀。他低头凑近我的脸说:“扫帚柄还在它肚子里,嘿嘿嘿!”说着他用力掐了一下我的肩膀,然后就走开了。

卫佛丹恩太太和另外一位矮矮胖胖的太太走到舞台上,把那几个拉小提琴的人赶下去。她们两个都穿着花朵图案的礼服,颜色比真花还鲜艳。卫佛丹恩太太对着麦克风告诉全场来宾,女王很开心,而且很高兴大家能够齐聚一堂,和她一起分享这个特别的日子。她还说,为了兴建这座博物馆,大家都竭尽全力,如今终于大功告成了。卫佛丹恩太太又继续说,圣诞节过后,博物馆就要开幕了,它要告诉全世界的,不止是黑人的过去,还有我们艰苦奋斗挣脱黑暗岁月的艰辛过程。卫佛丹恩太太说,不要以为未来就是一片美好!未来还有更多的挑战在等待我们!不过,虽然我们还有一段很长的路要走,但我们已经创造出许多美好的成果,而这一切就是这座博物馆要呈现的。

卫佛丹恩太太说到一半,德马龙先生走到妈妈和我旁边。“她想见你。”他悄悄对妈妈说。我们明白他说的是谁，于是就跟在他后面走。

他带我们离开大厅，穿过一道走廊。一路上，我注意到有个房间里放了一张乒乓球桌，一面飞镖靶，还有一个弹珠台。另一个房间里有四座并排的推圆盘游戏台。而第三个房间里有健身器材和一个拳击沙包。然后，我们走到一扇白色的门前面，门上还散发着油漆味。他帮我们推开门，于是我们就走进去了。

这里就是博物馆。地面是亮漆木板铺成的，电灯从天花板上垂下来，垂得很低。我看到好几座玻璃展示柜，里面的人体模特穿着南北战争时期的军服。另外有一些展示柜摆着古董茶壶，刺绣，还有蕾丝编织。另外还有好几座书架，架上大概有上百本薄薄的皮面精装册子，看起来有点像笔记本或日记。墙上挂满了放大的黑白照片。我注意到其中一张就是马丁·路德·金的照片。另外有一张就是那个著名的华莱士州长挡在学校门口的照片。

女王就站在大厅正中央，全身穿着白丝衣，手上戴着一双长长的白手套，头上戴着一顶白色的宽边帽，帽檐下露出她那双炯炯有神的绿眼睛。

“这就是我的梦想。”她说。

“这里真漂亮。”妈妈说。

“漂不漂亮并不重要，重要的是，这座博物馆非盖不可。”女王纠正妈妈，“如果你不了解自己的过去，怎么可能知道自己未来要往哪个方向走呢？对了，你先生没来吗？”

妈妈点点头。我忽然觉得女王好像知道我爸爸在哪里。

“你好，科里。”她说，“你最近好像过得很惊险刺激，是不是啊？”

“是的。”

“你想当作家，那么你应该会对这些书有兴趣。”她指向那些书架，“你知道那是什么吗？”我说不知道。“那是日记，”她说，“是很多年以前住在这一带的人写的日记。不光是黑人，也有白人。如果有人想知道一百年前这里的人是怎么过日子的，那么，看这些日记就知道了。”说着她走到一座玻璃展示柜前面，用手套摸摸柜子顶端，看看有没有灰尘，结果发现展示柜一尘不染，她很满意地哼了一声。“在我看来，如果你遗忘了自己的过去，那么，你根本不可能看得到自己的未来。这就是这座博物馆的意义。”

“你是不是希望布鲁顿区的人不要忘记他们的祖先曾经是奴隶？”妈妈问她。

“对，一点都没错。不过，我希望他们不要忘记，并不是要他们觉得自己很可怜，觉得自己被人利用，觉得自己天生就矮人家一截。不，我是希望他们能够充满自信地告诉自己，‘你看，虽然我们从前曾经是奴隶，可是你看，现在我们过得多好！’”接着女王转过来看着我们。“人除了力争上游，不会有别的出路。”她说，“读书，写作，思考。这些都是我们奋发向上的阶梯，足以帮助我们脱离黑暗的过去。我们不应该抱怨，不应该逆来顺受，在心灵上自甘堕落沦为奴隶。我们必须明白，那一切都已经过去了。现在，我们拥有的是一个全新的世界。”她绕着大厅踱来踱去，走到一张照片前面，忽然停下脚步。“我希望我的族人珍惜自己的过去，”她轻声说，“而不是遗忘自己的过去。但我也不希望他们沉湎在过去的岁月里，因为那就等于放弃了自己的未来。我希望他们能够充满自信地告诉自己，‘我的祖先曾经像牛一样拖着犁耕种，从天亮忙到天黑，无论艳阳高照，或是寒风刺骨。他们辛苦工作，拿不到半毛钱，只能求三餐温饱，有个地方可以遮风避雨。他们做牛做马，有时候还会被鞭子抽得皮开肉绽，满身大汗夹杂着鲜血。有时候，他们明明已经很累了，却还要继续苦干。他们的心在滴血，他们的尊严被践踏，而他们却还是只能忍受屈辱，主人交代什么，他们都必须不计一切代价做到。在这样的时刻，说不定他的妻子儿女正要被卖到外地去，从此骨肉分离。他们在田里干活的时候，常常边工作边唱歌，而一到夜里，他们就暗自饮泣。他们做牛做马，任人压榨……噢，主啊……主啊……正因为他们的任劳任怨，我才有机会念完小学。’”说着她忽然仰起头，露出一种愤怒的神情，“这就是我希望他们思考的，希望他们能够明白的。这就是我的梦。”

我从妈妈身边走开,走到一张放大的照片前面。照片里是一只龇牙咧嘴的警犬,嘴里咬着一片破衬衫,有个黑人倒在地上拼命反抗,而一个警察把警棍高高举在头上。第二张照片里有一个瘦瘦的黑人小女孩,她手上抓着课本挤过一大群人,四周围着一大群愤怒得面红耳赤的白人高声咒骂她。第三张照片是……

我忽然愣住了。

我的心剧烈地跳起来。

第三张照片里是一间被烧毁的教堂,彩绘玻璃窗破成了碎片,消防队员正在废墟里搜寻。有几个黑人站在旁边,露出一种震惊茫然的表情。教堂前面的树上看不到半片叶子。

我好像在哪里看过这张照片。

妈妈和女王站在一座展示柜旁边聊天。柜子里摆着一只水壶,上面有奴隶的图案。我盯着那张照片看了半天,一时想不起来自己在哪里看过那张照片。

接着我转头看向左边。

我看到了。

我看到梦中的那四个小女孩。

总共有四张照片,每张照片上都只有一个女孩,照片底下各有一面铜牌,上面写着她们的名字,分别是:丹尼丝·麦克奈尔,卡洛·罗宾逊,辛西亚·韦斯利,还有阿迪·米亚·科林斯。

照片里的她们笑得那么灿烂,完全没有意识到未来的悲剧。

“妈妈!”我叫了一声,“妈妈!”

“怎么了,科里?”妈妈问我。

我转头看看女王。“夫人,这四个女孩子是谁?”我的声音在颤抖。

她走到我旁边,告诉我那四张照片的故事。1963 年 9 月 15 日,伯明翰第十六街的浸礼会教堂被人放了定时炸弹,结果那四个小女孩不幸罹难。

“噢……怎么会这样。”我轻轻惊叹了一声。

这时我忽然想到，那天在森林里，我听到杰拉尔德·哈奇森说了几句话。当时他脸上蒙着面罩，手上捧着一只木盒子。当时他说：等到他们飞上天，然后一路下地狱，可能都还搞不清楚到底怎么回事。

当时毕刚说：我还多送了一个给你，讨个吉利。

我很吃力地咽了一口唾液。我感觉那四个死去的小女孩仿佛正盯着我。

我说：“我想我可能知道了。”

大概过了一个钟头之后，我和妈妈一起离开娱乐中心。准备去参加今天晚上教堂的平安夜烛光晚祷，爸爸会去那里跟我们会合。不管有多忙，今天毕竟是平安夜。

“嗨，小朋友！圣诞快乐！欢迎欢迎，各位太阳王子！请进请进，各位月花公主！”

那是乐善德医生的声音。还没看到他人，大老远就听到了他的声音。他站在教堂门口，身上穿了一套灰西装，一件红背心，打着一个红绿条纹的领结，衣领上别着一枚圣诞老公公的徽章。他一笑起来，只看到那银色的假门牙闪闪发亮。

我心脏开始怦怦狂跳，掌心开始冒汗。“圣诞快乐，麦克森太太！”他一看到我妈妈就立刻打招呼，然后握住我爸爸的手。“你好吗，汤姆？”接着，他看到我了，于是就把手搭在我肩膀上，“也祝你圣诞快乐，科里。”

“谢谢你，圣诞老人。”我说。

这时我忽然明白了。

他伶牙俐齿，而且总是笑容满面。然而，他的眼神……他眼中隐约流露出一种畏缩的神色，不过，如果你没有特别留意是很难察觉的。而且，即使在平安夜这样温暖的时刻，他眼神中却暗藏着一种说不出的冷酷无情。然而，那只是短暂的一刹那，那种冷酷的眼神很快就消失了，大概只持续了一两秒。“科里，你在干吗？”他紧紧抓住我肩膀，半开玩笑地问我，“你想抢我饭碗吗？”

“哪有？”我说。我的反应本来还算灵敏，可是乐善德医生越掐越用力，我忽然变呆了。他两眼紧盯着我，看了好一会儿，那一刻，我忽然感到一种莫名的恐惧。后来他终于松开手，放开我的肩膀，然后转头去招呼其他人。“请进请进！圣诞快乐，大家圣诞快乐！”

“汤姆！快点快点，小子，赶快进来！”

一听就知道是谁了。我爷爷杰伯，奶奶莎拉，外公奥斯汀，还有外婆艾莉丝，他们都坐在长椅上等我们。外公就像平常一样，看起来一副悲伤的样子。而爷爷已经站起来了，朝我们猛挥手，大吼大叫，实在够丢人的。上次复活节大家被他搞得很难堪，现在平安夜又要历史重演了。这证明了他这个人的傻气不是一天两天的。后来，他一看到我就说：“你好，年轻人。”从他的眼神，我感觉得到他认为我已经长大了。

在烛光晚祷进行的过程中，蓝色格拉斯小姐用钢琴弹奏了《平安夜》这首曲子，而一旁的风琴却静悄悄的。我往前看看乐善德医生夫妇，他们坐在我们前面第五排的长椅上。我注意到乐善德医生一直左顾右盼，假装在看其他的教友，但我心里有数。后来，我们的目光短暂相交了一下，但很快又都撇开了视线。那一瞬间，他冷冷地对我笑了一下，然后就转头凑近他太太耳边悄悄说了些什么。不过，他太太倒是面不改色。

我猜他可能正在问自己：谁知道？他凑在韦罗妮卡耳边嘀咕的，很可能是：科里·麦克森知道。

拉佛伊牧师正在台上进行平安夜祷告的时候，我脑海中思绪万千。我不禁问自己：乐善德医生，你究竟是什么人？隐藏在你假面具背后的，到底是谁？

接着，大家点起蜡烛，霎时间，整间教堂里烛光摇曳。最后，拉佛伊牧师祝福大家身体健康，节日愉快，勉励大家要让圣诞精神永存心中。于是，晚祷就这样结束了。然后爸妈就带我回家了。明天圣诞节要到爷爷奶奶他们家去，但今晚的平安夜属于我们一家人。

今年的平安夜晚餐没有往年那么丰盛，不过，蛋酒还挺好喝的，我很喜欢。那是巨霸超市送给员工的礼物，我和爸妈都喝了不少。吃过晚饭后，拆礼物的时间到了。妈妈调整收音机的频率，找到了一个播放圣诞歌曲的电台。这时候，我正在圣诞树下拆我的礼物。

爸爸送的是一本平装的科幻短篇小说，书名是《太阳的金苹果》，作者就是名作家雷·布莱伯利。"你大概不知道，巨霸超市也卖书呢。"爸爸告诉我，"满满一整架。生产部有位同事说，雷·布莱伯利是个很棒的作家。他说他自己就有那本书，里面有几篇故事很不错。"

我翻开到第一篇故事，篇名叫《雾笛》。我大概看了一下，发现那篇故事是描写一头海怪，它只要一听到雾笛声，就会从海底浮出来。这样的故事很能吸引男孩子。"爸爸，谢谢。"我说，"这礼物很棒！"

接着爸妈也开始拆他们自己的礼物了。这时我又继续拆开第二份礼物，结果发现一个银色相框从盒子里滑出来。我把相框拿起来对着灯光。

照片里那个人是我最熟悉的。他可以算是我最要好的朋友，虽然他自己不知道。照片最底下有一行签名：献给科里·麦克森，祝福你。文森·普莱斯。我兴奋得无法形容。他竟然知道我的名字！

"我知道你喜欢看他的电影，"妈妈说，"所以我就写信给电影公司，拜托他们向他要一张照片，没想到这么快就寄来了。"

噢，多美好的平安夜！前所未有的美好夜晚！

大家都拆完礼物之后，我们在壁炉里加了一根柴火，然后又喝了第三杯蛋酒。接着，妈妈把我们白天在博物馆看到的东西说给爸爸听。他愣愣地看着壁炉里劈里啪啦的火焰，但我知道他很认真地在听。妈妈一说完，爸爸立刻就说："天哪，没想到我们这里也会有这种事。"说着他皱起眉头，我知道他在想什么。这阵子奇风镇出了很多事，而他这大半辈子从来没想过奇风镇也会出这种事，比如说，萨克森湖那件事。也许，时代已经不一样了。电视或广播新闻常常提到一个叫越南的地方。而民权运动的冲突有如野火燎原般在各大城市爆发，仿佛一场无形的战争。全国各地，大家都已经隐约感觉到一种预兆，感觉到一个新时代即将来临——一个塑料的时代，一个便利的时代，一个商业的时代。这世界已经开始在改变了，而我们的奇风镇也在变。美好的过去已经一去不回。

然而，今夜是平安夜，明天是圣诞节。此时此刻，我们依然拥有一片宁静安详的大地。

只是，这样的宁静安详只维持了十分钟。

我们听到一架战斗机从奇风镇上空呼啸而过，那声音震耳欲聋。这并没有什么稀奇，因为每天晚上我们都会听到战斗机在罗宾斯空军基地起飞降落，早已司空见惯。战斗机的引擎声我们听多了，就像我们已经习惯了火车的汽笛声，可是今天晚上这架飞机……

“好像飞得很低，你们不觉得吗？”妈妈问。

爸爸说听起来像是从屋顶上飞过去的。他站起来走到门廊上，那一刻，他忽然听到一声巨响，仿佛有人拿一把大铁锤用力敲在水桶上。那声音响彻了奇风镇，过了一会儿，从坦普尔街到布鲁顿区沿路的狗都开始狂吠起来，教堂的唱诗班也被吵得唱不下去了。我们站在门廊上听那个声音。一开始我以为是战斗机失事坠毁，可是后来战斗机又回来了，在奇风镇上空绕了好几圈，机翼尾端的灯一闪一闪。接着，那架飞机转了个弯，飞向罗宾斯空军基地，然后就加速飞走了。

那些狗还是吠个不停，而且尖声号叫。大家都跑到屋外看看发生了什么事。“一定出了什么事。”爸爸说，“我要打个电话给杰克。”

自从 J. T. 卸任之后，马凯特就接了警长的职务。他干得有声有色。不过话说回来，自从布莱洛克一家子进了监牢之后，奇风镇就平静多了，再也没有人为非作歹。对新上任的马凯特警长来说，他最重要的任务，就是找出那只来自失落世界的怪兽,因为那只怪兽攻击公路巴士。虽然它头上的三只角已经被锯掉了,但冲撞力依然惊人,结果司机和车上的八名乘客都因为颈部扭伤被送进了联合镇医院。

爸爸打电话到马凯特警长家,结果接电话的是马凯特太太,因为警长接到一通电话之后已经出门了。马凯特太太把警长告诉她的事说给我爸爸听。爸爸一脸震惊地把那件事转述给我们听。

“是炸弹,”他说,“炸弹掉下来了。”

“什么?”妈妈老早就在担心俄国人会打过来,“在哪里?”

“迪克·穆特里家。”爸爸说,“穆特里太太告诉杰克,炸弹穿破了他们家的屋顶,穿破客厅的地板,掉进了地下室。”

“上帝啊!他们家的房子被炸掉了吗?”

“没有,炸弹没爆炸。”爸爸把话筒放回话机上,“还在他们家地下室,迪克也在那里。”

“迪克?”

“对,穆特里太太买了一座木匠工作台送给迪克当圣诞礼物,迪克拿到地下室去组装,结果现在,迪克被困在地下室,旁边有一颗炸弹。”

没多久,我们就听到民防局的警报器开始响了。爸爸接到斯沃普镇长打来的电话,请他到法院去跟一批志愿帮忙的人会合,跟他们一起挨家挨户通知全奇风镇和布鲁顿区的人,叫他们撤离。

“上帝啊,今天是平安夜呢!”爸爸说,“你要撤离全奇风镇的人?”

“没错,汤姆。”斯沃普镇长口气很坚定,“难道你不知道,战斗机掉了一颗炸弹,掉进——”

“掉进迪克·穆特里家。这我已经听说了。不过,你刚刚说那是从战斗机上掉下来——”

“没错。万一炸弹爆炸,后果不堪设想,所以我们一定要赶快撤离镇上的人。”

“可是,你为什么不打电话给空军基地?他们一定会派人来清理。”

“我刚才打过电话给他们。我找到了他们公关部的发言人。我告诉他,他们的战斗机掉了一颗炸弹在我们镇上,可是你知道他说什么吗?他说今天是平安夜,我一定是酒喝太多了!他说根本不可能发生这种事,因为他们的飞行员不可能这么粗心,不可能会拉下保险杆让炸弹掉在市区。他说,今天是平安夜,他们的炸弹拆除小组根本不在基地,所以就算真的掉了炸弹,他们也爱莫能助。他坚持说他们的战斗机不可能会掉炸弹,不过就算真的掉了炸弹,老百姓也应该要有最起码的警觉性,因为炸弹爆炸的威力足以把整个小镇夷为平地!好啦,你明白了吗?”

“卢瑟,他一定知道你说的是真的。他一定会派人来清除炸弹。”

“也许吧。问题是什么时候?明天下午吗?有一颗炸弹在我们镇上,随时会爆炸,你睡得着觉吗?汤姆,我不能冒这个险!我们一定要撤离全镇的人!”

爸爸叫斯沃普镇长来接他,然后就挂了电话。他叫我和妈妈今天晚上到外公家去过夜,等他忙完了就会过去跟我们会合。妈妈很想开口要求他跟我们一起走。不用想也知道,她当然很想求他,不过,她心里明白,他已经认定自己应该去帮忙了,所以她也不好再勉强他。于是她说:“科里,去拿睡衣和牙刷,另外再带一双干净的袜子和一套内衣裤。我们去外公家。”

“爸爸,奇风镇会爆炸吗?”我问他。

“不会的。我们要大家疏散,只是为了以防万一。空军基地一定很快就会派人来清除炸弹。你放心。”

“你自己要小心,知道吗?”妈妈叮嘱他。

“放心吧,圣诞快乐。”他微微一笑。

她也忍不住对他笑了一下。“你,你这个疯子!”说着她立刻亲了他一下。

于是妈妈和我赶紧把一些衣服收进包里。民防局的警报足足响了十五分钟，那声音好刺耳，听起来令人心惊肉跳，连狗都吓得静悄悄的。大家都陆续接到消息了，所以都开车到邻镇的亲戚朋友家去避难，要不然就是跑到联合镇的汽车旅馆去过夜。后来，斯沃普镇长开车来了，爸爸上他的车走了，然后妈妈和我也准备要走了。就在我们准备要出门的时候，电话铃忽然响了。是本打来的。他是要告诉我他们家打算到伯明翰的舅舅家去过夜。“太刺激了！”他很兴奋，“你听说了吗？穆特里先生两条腿都断了，脊椎骨也断了，炸弹压在他身上！太吓人了！”

确实很吓人。我们从来没有经历过这样的平安夜。

“我得走了！晚点再跟你聊！噢，对了……圣诞快乐！”

“你也圣诞快乐，本！”

说完他就挂了电话。妈妈在门口叫我，然后我们就出发到外公家去了。从小到大没见过十号公路上一口气出现这么多车子。万一那只失落世界的怪兽这时候忽然冲出来撞人，那就只能祈求上帝保佑了！大概是因为背后有炸弹，所以路上的车子争先恐后，横冲直撞。在这样的时刻，大家逃命的速度都比飞的还快，虽然都没长翅膀。

我们渐渐远离奇风镇。真是热闹的平安夜。

后来所发生的事，都是事后才听说的。因为我当时并不在现场。

爸爸忽然很好奇，他非得亲眼看看炸弹不可。等到全奇风镇和布鲁顿区的人都撤离了，那一群志愿帮忙的人也都坐上车准备离开了。这时候，爸爸忽然告诉他们他有事要处理，然后就自己一个人跳下车走了。他过了五六个十字路口，走到穆特里先生家。穆特里先生家是一栋小木屋，漆成淡蓝色，窗口有白色的百叶窗。灯光从破了洞的屋顶射出来。警长的车停在门口，警灯闪个不停。爸爸走上门廊，发现整个门廊已经被震得扭曲变形。前门半开着，墙壁上满是裂缝。炸弹的冲力已经把整座房子震离了地基。爸爸走进屋里，一眼就看到客厅地板上的那个大洞，因为那个洞的范围占了客厅一半的面积。地板上全是圣诞树上掉下来的装饰品，破洞边缘挂着一颗小银星。至于那棵圣诞树呢，已经不见了。

他低头看看破洞底下，发现木板和横梁东翘西翘，乍看之下像一盘通心面，而墙壁剥落的粉尘洒在上面就像奶酪粉。接着，他看到炸弹了。铁灰色的炸弹尾翼从一堆瓦砾中突出来，弹身埋在地面的泥土里。

“救命啊！噢，我的腿！送我去医院！噢，我快死了！”

“你死不了的，迪克，拜托你不要动好不好？”

穆特里先生躺在一堆瓦砾中，那座木匠工作台压在他身上，而顶上是一根横梁斜倒在工作台上。那根横梁有如橡树一样粗，已经裂开了。爸爸猜那应该就是支撑客厅地板的横梁。而那棵圣诞树斜倒在工作台的另一边，和横梁形成剪刀状的交叉，架在穆特里先生上方。至于那个炸弹，它并没有压在穆特里先生身上，而是陷在距离他大约一米的泥土里。马凯特警长跪在炸弹旁边仔细打量，好像在盘算什么。

“杰克！我是汤姆·麦克森！”

“汤姆？”马凯特警长抬头看看我爸爸，脸上全是粉尘，“老兄！你跑到这里来干什么？”

“我想看看炸弹。看起来没有我想象的那么大。”

“够大了。”警长说，“要是这玩意儿爆炸，整栋房子就不见了，而且会在地上炸开一个跟房子一样大的洞。”

“噢——噢——”穆特里先生呻吟着。他的衬衫被断裂的木头扯得破破烂烂，圆滚滚的身体扭来扭去。“妈的，我快死了你们不知道吗？”

“他伤得很重吗？”爸爸问。

“我没办法靠近，现在还很难说。他说他的腿可能断了，说不定也断了一两根肋骨，所以他才一直喘气。”

“哦，那是喘气吗？我看他平常呼吸好像就是那样。”

“嗯，救护车应该快到了。”马凯特警长低头看看手表，“我一到现场就打电话叫救护车了，不知道为什么拖到现在还没到。”

“你是怎么跟他们说的？你是不是告诉他们有人被天上掉下来的炸弹砸中了？”

“是啊。”警长说。

“这样的话，我们迪克恐怕还有得等了。”

“救命啊！”穆特里拼命想推开身上的瓦砾和木块，使尽全力，整张脸都开始抽搐，但最后还是推不动。他转头看看旁边的炸弹，吓得满脸冷汗直冒。“救命啊！上帝啊！赶快救我出去！”

“穆特里太太呢？”爸爸问。

“哼！”穆特里先生冷笑了一声，他满脸都是粉尘，“她跑掉了，把我一个人扔在这里！她就是这种人！只顾自己逃命，根本没想到要救我！”

“这样说好像不太公平。是她打电话给我的，不是吗？”警长强调。

“哼，你来有什么用？我，噢——我的腿！我的腿断了！”

“我可以下去吗？”爸爸问。

“最好不要。够聪明的话，最好跟大家一样尽量躲远一点。不过，愿意的话你就下来吧，不过要小心点。楼梯已经垮了，我架了一个梯子。”

爸爸小心翼翼地爬下梯子，然后转头打量了一下四周。断裂的木头堆积如山，而圣诞树和横梁架在穆特里先生上方。“我们可以试试看，把大块的木头搬开。”他说，“我抬一头，你抬另外一头。”

于是，他们真的就这样把那棵圣诞树和那根横梁抬开了，只不过搬完之后，他们两个恐怕都需要找人好好按摩一下背。问题是，虽然圣诞树和横梁都搬开了，穆特里先生还是被工作台和成堆的断木头压在底下动弹不得。“我们可以想办法把他挖出来，把他抬上你的车，然后送他去医院。”爸爸建议，“救护车不会来了。”

警长跪到穆特里旁边，“喂，迪克，你最近量过体重吗？”

“量体重？没有啊！量体重干吗？”

“你上一次量体重是几公斤？”

“七十二公斤。”

“什么时候量的?”马凯特警长问,“小学三年级的时候吗? 迪克,你现在到底多重?”

穆特里先生忽然皱起眉头咒骂了一声,然后说:“大概九十公斤多一点吧。”

“真的吗?”

“噢,妈的! 一百三十公斤啦! 高兴了吗,浑球?”

“他的腿可能断了,肋骨也可能断了,说不定内脏也破裂了,体重一百三十公斤,汤姆,你觉得我们有办法把他抬上梯子吗?”

“怎么可能!”我爸说。

“我已经想不出办法了。看样子,他只能暂时留在这里,除非有人带起重设备来,用吊索来把他吊上去,否则他是出不去了。”

“你说什么?”穆特里大叫了一声,“你是说你们要把我扔在这里?”他用一种惊恐的眼神看看那颗炸弹。“哼,你们赶快想办法把那玩意儿弄走!”

“我会想办法的,迪克。”警长说,“我一定会想办法,不过,要把那玩意儿弄走,一定要用手去碰。问题是,万一那玩意儿的保险已经启动,碰一下恐怕就会爆炸。到时候,你会被炸得粉身碎骨,我恐怕负不起那个责任。更何况,我和汤姆都在这里,我们两个恐怕也会遭殃。所以,我现在还不能去动那玩意儿!”

“斯沃普镇长告诉我,他和罗宾斯空军基地的人谈过了。”爸爸告诉警长,“他说空军基地的人不相信——”

“我知道。卢瑟刚刚来过。他打算开车带老婆孩子到外地去躲一下,不过他刚刚先过来看了一下。空军基地那王八蛋说的话他都说给我听了。说不定开飞机那家伙不敢让别人知道他闯了大祸,搞不好他是平安夜派对酒喝太多,醉醺醺地爬上飞机。反正,可以确定的是,空军基地暂时不会派人来处理这玩意儿。”

“那我怎么办?”穆特里先生问,“难道要我躺在这边痛到死掉?”

“我到上面去找个枕头给你,好不好?”马凯特警长安慰他。

“迪克? 迪克? 你没事吧?”这时他们忽然听到有人在上面大叫,那口气听起来好像很紧张,很害怕。

“嘿嘿! 好得很,好得不得了!”穆特里大吼,“我两条腿断了,偏偏旁边他妈的还有一颗炸弹随时会爆炸,老天! 我不知道是哪个白痴让这鬼玩意儿掉下来,不过看你们两个比他也好不到哪里去。真他妈的不知道是谁——噢,是你!”

“你好,迪克。”杰拉尔德·哈奇森忽然不知道从哪里冒出来,悄悄跟他打了声招呼,“你还好吗?”

“你看这样会好吗?”穆特里先生的脸越涨越红。“他妈的!”

哈奇森先生站在洞口边缘低头看着下面。“那个就是炸弹对吧?”

“不对,那是鹅大便!”穆特里先生破口大骂,“妈的! 猪头! 没看过炸弹吗? 还用问吗?”

穆特里又开始挣扎着想推开身上的东西,可是挣扎了半天就只是扬起一大片灰尘,结果还是动弹不得,反而痛得哀声惨叫。爸爸转头看看地下室四周,发现一个角落里有一张书桌,桌前的墙上有一面牌子,上面写着:男人的家就是他的堡垒。爸爸慢慢走到书桌前面,桌上是堆积如山的纸,堆得足足有十五厘米高,一片凌乱。他拉开最上面那层抽屉,发现里面有一本色情杂志,封面上是一个大胸脯的女人,杂志底下有一大堆回形针、铅笔、橡皮圈之类杂七杂八的东西。另外有一张曝光过度的照片,照片里,迪克·穆特里穿着一件白袍,一手抱着一支来复枪,而照片里另外几个人都戴着白帽或兜帽。穆特里先生咧开嘴笑着,仿佛对自己的所作所为十分得意。

“嘿! 别碰我的东西!”穆特里忽然转头去看我爸爸,“被压在这里已经够悲惨了,现在你还乱翻我的东西,你是觉得我还不够倒霉吗?”

爸爸关上抽屉,走回马凯特警长旁边。站在上面的哈奇森先生好像很不自在，鞋子在地上磨来磨去。“喂，迪克，我只是过来看看你，看你……呃，有没有怎么样。”

“有没有怎么样？哼，还没死啦。你大概跟我太太一样，巴不得炸弹正好砸在我脑袋上。”

“我要带我家人去躲一下。”哈奇森先生说，“呃……可能要等过了圣诞节隔天再回来，大概早上十点钟左右到。你听到了吗，迪克？早上十点。”

“嗯，听到了啦！管你几点回来！”

“呃，我们圣诞节过后隔天回来，早上十点。告诉你一声，这样你才可以对时。”

“对时？你——”话说到一半忽然停住了，“噢，好吧。没问题。我会对时。”他笑了一下，然后转头看看警长，额头在冒汗。“圣诞节过后隔天，我和杰拉尔德打算去帮一个朋友清理车库，所以他才告诉我他什么时候会回来。”

“是吗？”警长问，“是哪个朋友啊，迪克？”

“噢……那个朋友住在联合镇。你不认识。”

“联合镇的人我认识好几个。你的朋友叫什么名字？”

“乔，”穆特里才刚说完，哈奇森先生立刻接着说，“乔·山姆。”

“对对对，乔·山姆。”穆特里先生额头还在冒汗，“他叫乔·山姆。”

“迪克，我看圣诞节过后，你是不太可能去帮那个乔·山姆清理什么车库了，因为那时候你恐怕已经在医院里了，不是吗？”

“嘿，迪克，我要走啦！”哈奇森先生大声说，“放心，你不会有事的。”这时候，他的鞋子踩到洞口边缘那颗小银星，小银星开始往下掉。那一刻，爸爸看着眼前的这一幕，仿佛在看电影慢动作，仿佛在看一片雪花缓缓飘落。

结果，小银星正好掉在炸弹的一片铁灰色尾翼上，破成无数小碎片。

接着，地下室里忽然陷入一片寂静，四个人都听到某种声音。

他们都听到炸弹发出嘶的一声，就像蛇在吐信子。过了一会儿，那种嘶嘶声消失了，不过，弹身里开始发出一种缓慢的滴答声，听起来令人胆战心惊。那种滴答声不像闹钟的滴答声，而比较像是热腾腾的引擎快要爆开了。

“噢，惨了！”马凯特警长咒骂了一声。

“上帝啊！救命啊！”穆特里倒吸了一口气，原本涨得通红的脸一下子变成一片惨白，没半点血色。

“炸弹的引信启动了。”爸爸的声音哽住了。

哈奇森先生动作最快。他什么都不说了，直接采取行动。他三步并作两步冲到外面的门廊上，冲到路边像弹簧一样跳上车，然后就一溜烟开走了，那速度比炮弹还快，转眼间就不见了踪影。

“噢，上帝啊！噢，上帝啊！”穆特里吓得眼泪都快掉出来了，“我不想死！”

“汤姆，该走了。”马凯特警长说得很小声，仿佛觉得这句话太沉重，会把房子压垮，“已经没时间了。”

“你怎么可以丢下我？不可以这样！你是警长啊！”

“迪克，我已经无能为力了。我对天发誓，只要还有希望，我一定不会放弃。问题是，我已经无能为力了。看起来，眼前只有魔法或奇迹出现才救得了你，但那机会恐怕很渺茫。”

“不要把我一个人扔在这里！杰克，你一定要救我出去！不管你要多少钱我都给你！”

“对不起了。汤姆，上去吧。”

爸爸已经明白时间紧迫，于是立刻飞快爬上梯子，一到了上面，他立刻探头对下面喊了一声：“杰克！我帮你扶梯子。赶快上来！”

炸弹还是滴答滴答响。滴答滴答响。

“我救不了你了，迪克。”马凯特警长开始沿着梯子往上爬。

“不要走！听我说！你要怎么做都没关系！只要能够救我出去就好！再痛我都忍得住！好不好？”

爸爸和马凯特警长已经快走到门口了。

“求求你们!”穆特里开始大喊,他的声音变得好嘶哑,而且开始啜泣。他又开始拼命挣扎,想推开身上的东西,可是却痛得哀号起来,“不要把我一个人丢在这里等死！太不人道了!”

后来,爸爸和警长都已经走到外面了,他还在大哭大叫。爸爸和警长两个人都铁青着脸。“有时候,警长还真不是人干的。”马凯特警长说,“上帝啊。”说着他们走到了警长车子旁边。“要我送你去哪里吗,汤姆?”

“好吧。”接着他忽然又皱起眉头。“唉,算了,不用了。”他靠在车身上,“我也不知道该怎么说。”

“喂,别这样好不好！你应该明白,我们实在无能为力,根本救不了他。”

“可是我觉得总该有个人守在他旁边等一下,说不定拆弹部队很快就会到了。”

“那好啊。”警长转头看看空荡荡的街道,“你要留下来吗?”

“呃……”

“我也不想留下来！他们不可能那么快来的,而且,汤姆,就算他们赶到恐怕也来不及了。我想,炸弹早晚会爆炸的,这条街恐怕完了。我不知道你有什么打算,不过我呢,我想趁现在赶快走,保住老命。”说着他绕到驾驶座的车门旁边。

“杰克,等一下。”爸爸忽然叫了他一声。

“没时间了,快走吧。你到底走不走?”

爸爸跟着钻进车里,马凯特警长立刻发动引擎。“你要去哪里?”

“听我说,杰克。你刚刚说过,除非魔法或奇迹出现,迪克才有可能活命,对不对？所以,要是我们这里有谁会用魔法,说不定就救得了他了,不是吗?”

“你是说布莱萨牧师吗？他已经跑掉了。”

“不,我说的不是他！是她。”

马凯特警长本来已经在拉变速杆,一听到这话忽然停住了。

“上次有人把一整袋的霰弹枪子弹变成一整袋的草蛇,你忘了吗？要是她有这种本事,说不定她也会有办法处理那颗炸弹,你不觉得吗？”

“我不觉得！我不认为那件事和女王有关。我觉得是毕刚喝了太多自己私酿的威士忌,神志不清,把一整袋的草蛇看成霰弹枪子弹。其实那个袋子里本来就全是草蛇。”

“噢,算了吧！那天你就在我旁边,你自己也在现场,那些蛇你自己也亲眼看到的不是吗？好几百条呢！毕刚怎么可能一口气抓到那么多蛇？”

“我不相信巫毒教那些玩意儿。”马凯特警长说,“我根本不相信。”

那一刻,爸爸脑海中很本能地浮现出一句话,于是立刻冲口而出。但话一说出口,他自己都吓了一跳。他说:“杰克,不要觉得找她帮忙是丢人的事。现在只有她有办法。”

“妈的,”马凯特警长说,“妈的,他妈的。”他转头看看穆特里家,看到灯光从屋顶的破洞射出来。“说不定她早就已经跑了。”

“也许吧。不过也可能没走。走吧,开车过去看看她在不在,好歹试试看吧。”

布鲁顿区很多房子都是一片漆黑,住在里面的人一听到警报就都乖乖走了,因为炸弹随时可能会爆炸。不过,那栋彩虹般五彩缤纷的房子还亮着灯。窗口露出摇曳的灯光。

“我在车上等。”马凯特警长说。爸爸点点头,然后就下车了。他深深吸了一口气,鼓起勇气往前走,慢慢走到门口。门上有一个银色的小门环。他抬起门环轻轻敲了几下,然后,他做了一件这辈子从来没有想过的事。他大声告诉女王,他来了。

他就这样站在门口等,心里希望她会来开门。

他就这样站在门口等,低头看着门把。

他等着。

十五分钟后，迪克·穆特里家那条街上忽然出现哗啦啦的声响。那是轰隆隆的汽车引擎声和当啷当啷的金属撞击声。那是一辆敞篷小货车，锈迹斑斑，弹簧嘎吱嘎吱响。没多久，那辆车停到穆特里家门口的路边，一个又高又瘦的黑人从车里钻出来。驾驶座的车门上印了几个模模糊糊的字：莱特富特维修。

他走路很慢，仿佛走路是一件很痛苦的事。他穿着一件洗得干干净净的连身工装裤，戴着一顶灰帽子，帽檐底下露出一头灰发。接着，他就这样慢得出奇地走到小货车后面，从平台上拿出一条工具腰带围到腰上。腰带上有各种大大小小的铁锤、螺丝起子和形状奇奇怪怪的扳手。然后，他又很慢很慢地拿起工具箱。工具箱里有数不清的小抽屉，里头装满了各种尺寸的螺钉和螺帽。接着，我们这位马库斯·莱特富特先生开始一步一步走上迪克·穆特里家那扭曲变形的门廊。他走得很慢很慢，仿佛已经好几百岁了。接着，他敲敲门。门虽然开着，他还是慢慢敲着门：一下……两下……

好慢好慢，漫长如永恒。从他敲第一下到第二下之间那漫长的时间里，人类文明的兴盛衰亡已经数度更替，浩瀚宇宙已经有无数星星诞生，无数星星陨落了。

……三下。

“谢天谢地！”穆特里先生忽然大叫起来，但他的声音已经嘶哑到不成声，“杰克，我就知道你一定不会丢下我！噢，主啊，我就知道你一定会保——”说到一半他忽然停住了，因为，当他抬起头看着客厅地板上那个大洞，他看到的并不是白白的上帝，而是一张木炭般的黑脸。对他来说，那是魔鬼的脸。

“上帝啊，上帝啊。”莱特富特先生轻轻惊呼了一声。他一眼就看到了那颗炸弹，而且立刻就听到引爆装置那滴答滴答的声响。“你……真……的……很……惨！”

“你这个臭黑鬼！你是来看热闹的吗？你是来看我怎么被炸得粉身碎骨的吗？”穆特里先生大声咒骂。

“不是的。我……是……来……救……你……的，免……得……你……被……炸……得……粉……身……碎……骨。”

“你？你来救我？哈哈！”他用力吸了一口气，然后声嘶力竭地大吼：“杰克！救命啊！白人都死光了吗？”

“穆特里先生，嘘……”莱特富特先生等他喊完了才开口说，“这……么……大……声……不……怕……引……爆……炸……弹……吗？”穆特里涨得满脸通红，豆大的汗珠一颗颗冒出来。他又开始挣扎了。他气得猛抓身上的瓦砾一阵乱扔，然后又抓住身上的破衬衫，用力扯得干干净净。他两手在空中疯狂挥舞，可是却找不到半个地方可以抓。最后，他又感觉到全身一阵剧痛，开始喘得上气不接下气，结果两条断腿还是动弹不得，炸弹还是在他脑袋旁边。

“看样子，”莱特富特先生打了个哈欠，那模样仿佛他的睡觉时间到了，“动作要快了。”

那天是平安夜，后来等莱特富特先生爬到梯子最底下的时候，感觉上仿佛已经是新年了。他腰带上的工具叮当叮当响。接着他提起工具箱走向穆特里先生，走到一半他忽然注意到墙上那张海报。海报里是一个滑稽演员，两只眼睛大得像铜铃。莱特富特先生站在那里看了好久，这时候，时间一分一秒过去，炸弹滴答滴答响。

“嘿——嘿——嘿——”莱特富特先生摇摇头笑起来，“嘿嘿。”

“笑什么，你这个臭黑鬼？”

“那……家……伙……是……个……白……人。”他说，“脸……涂……得……黑……黑……的，看……起……来……好……呆。”

那是1927年影史上第一部有声电影《爵士歌手》的海报，上面是犹太歌手艾尔·乔森的黑人扮相。莱特富特先生看了好半晌，最后终于依依不舍地转身走开,走向炸弹。他搬开几片带铁钉的碎木头和屋顶的破瓦片,清出一小片空地,然后坐到炸弹旁边的地上。他的动作实在慢得出奇,整个过程仿佛看着一只蜗牛爬过足球场。他把工具箱拉到旁边,然后从胸前的口袋里掏出一副铁丝边框的放大镜,朝镜片上呵了口气,用袖子擦一擦。这整个动作一样慢得离谱。

"我造了什么孽呀?"穆特里嘀咕着。

莱特富特先生戴上那副放大镜。"好了。"他说,"现在我总算……"说着他凑近炸弹,皱起眉头,"……看得清楚了。"

他从腰带里抽出一把很小的铁锤,然后舔了一下大拇指,然后——慢慢地,很慢很慢地——用大拇指把口水涂在铁锤头上。接着,他轻轻敲敲炸弹侧边,动作很轻很轻,几乎听不到声音。

"不要!噢,上帝啊!你会害我们两个被炸得粉身碎骨!"

"噢,不会的。"莱特富特继续沿着炸弹侧边上上下下敲了几下,"我在测量。"接着他耳朵贴在炸弹上。"嗯哼。"他嘀咕了一声,"我……听……到……了。"穆特里先生吓得魂飞魄散,而莱特富特先生则用手指轻轻抚摸着炸弹,那模样就像在摸小狗。"嗯哼。"这时他手指忽然停在一条细细的缝隙上,"嗯,看……样……子……就……是……从……这……里……拆……开。"他在炸弹尾翼下方找到了四颗螺丝钉,然后从腰带上抽出一把大小正好的螺丝起子。

"你是故意要来害死我的,对不对?"穆特里先生忽然觉得肚子里痛了一下,立刻呻吟起来。"是她派你来的,对不对?她派你来杀我!"

莱特富特先生一边转开第一颗螺丝钉,嘴里边说:"你……只……说……对……了……一……半。"

过了好久,那四颗螺丝钉终于都松开了。莱特富特先生忽然哼起歌来,歌名是《雪人佛斯特》。他的歌声听起来像催眠曲。就在他松开第二颗和第三颗螺丝钉的时候,那滴答声忽然变成刺耳的嘶嘶声。穆特里先生满头大汗，泪眼汪汪，头歇斯底里地拼命转来转去。那一会儿，他大概一下子就少了五公斤的肉。

莱特富特先生从工具箱里拿出一只蓝色的小罐子，掀开罐盖，用食指挖出一小团灰灰黏黏的东西，在上面吐了一口唾液，然后涂在那条环绕着炸弹的缝隙上。接着，他抓住尾翼，沿着逆时针方向用力扳，想把尾翼转下来，可是却转不动。接着，他沿着顺时钟方向扳了一下，结果还是转不动。

“臭小子！”莱特富特先生口气很凶，皱起眉头，“你……敢……跟……我……过……不……去？”说着他拿起小铁锤在螺丝钉孔上敲了几下。这时候，穆特里先生又吓得少了好几公斤肉，裤裆都湿了。接着，莱特富特先生又两手抓住尾翼用力扳。

这时，尾翼发出轻微的嘎吱声，然后慢慢的，尾翼的部位渐渐转得动了，只不过，必须费尽九牛二虎之力才转得动。莱特富特先生转了几下，不得不停下来伸伸手指，然后又继续转。后来，尾翼部位终于松开了，露出里面的电路。里面是五颜六色的电线纠缠成一团，还有一只黑色的塑料筒，形状看起来像蟑螂背。

“上帝啊！”莱特富特先生赞叹了一声，“好漂亮！”

“我死定了……”穆特里先生呻吟着，“我死定了……”

那嘶嘶声越来越大声，莱特富特先生用一根探针在一只红色小盒子上轻轻碰了一下。嘶嘶声就是从那盒子里发出来的。接着他用手指轻轻摸了一下，吹了一声口哨，然后又把手指缩回来。“噢噢……”他说，“好像有点烫。”

穆特里先生又开始啜泣了，鼻涕眼泪直流。

莱特富特先生又伸出手指去摸那只盒子。盒子开始散发出一股灼热的气味，弥漫了整个地下室。莱特富特先生摸了摸下巴。“看样子，”他说，“我……们……麻……烦……大……了。”

穆特里先生立刻浑身颤抖，几乎快昏过去了。

“这……样……吧——”莱特富特先生搓搓下巴，眯起眼睛，露出一种全神贯注的表情，“——通……常……我……都……只……修……理……东……西，不……会……弄……坏……东……西。”他深深吸了一口气，然后又慢慢呼出来。“不……过……看……样……子，这……次……不……弄……坏……不……行……了。”说着他点点头，“唉，这……么……漂……亮……的……东……西，真……舍……不……得……弄……坏。”他又低头从腰带上抽出一把大一点的铁锤。“没……办……法……了。”说着他举起铁锤敲向那只红盒子，盒子应声裂成两半。穆特里先生忽然用力一咬牙，咬到了舌头。莱特富特先生拿掉那两片塑料壳，仔细打量里面的机关和电线。“上帝啊！太神奇了！”他赞叹了一声。接着他伸手到工具箱里拿出一把电线剪。剪子上还贴着五角商店的标签。“好了，你听着，”他对着炸弹说，“不准弄花我的脸！听到了吗？”

“噢，上帝啊！噢，上帝啊！我快上天堂了！”穆特里先生倒吸了一口气。

“等……你……到……了……天……堂，”莱特富特先生淡淡笑了一下，“麻……烦……你……告……诉……天……堂……的……圣……彼……得，说……有……个……会……修……东……西……的……人……也……快……到……天……堂……了。”他举起剪子伸向炸弹的核心部位。那里有两条电线——一条黑的，一条白的。

“等一下，”穆特里先生压低声音说，“等一下……”

莱特富特先生停住了。

“有件事我一定要说出来，这样我的灵魂才能得到安息。”穆特里先生眼睛瞪得好大。“我一定要忏悔，这样才能上天堂。你听我说……”

“你说吧。”莱特富特先生说。炸弹还在嘶嘶响。

“杰拉尔德和我……我们……主要是杰拉尔德干的。真的……我不想被牵扯进去……不过……时间已经设定好……圣诞节隔天……早上十点……就会爆炸。你听到了吗？早上十点。那只盒子里……全是炸药……还有一个定时器。那是我们跟毕刚·布莱洛克买的。他……弄来给我们的。”穆特里先生咽了一口唾液，仿佛感觉地狱之火已经烧到他的屁股了，“那些炸药埋在民权博物馆。我们……那都是杰拉尔德计划的，真的……第一次听说女王打算建博物馆的时候，我们就决定要采取行动。听我说，莱特富特！”

“我在听……”他说得好慢好慢，口气很平静。

“炸药是杰拉尔德埋的，就埋在博物馆的某个角落，很可能就在娱乐中心。我不知道确定的位置，我对天发誓，我真的不知道……不过，现在已经埋在那里了，而且圣诞节隔天早上十点就会爆炸。”

“真的吗？”莱特富特先生问。

“真的！是真的！现在我已经忏悔了，我的灵魂可以得到安息了，所以上帝就会让我上天堂了。”

“嗯哼。”这时莱特富特先生忽然伸出手，用剪子啪的一声剪断那条黑色电线。不过，炸弹的滴答声并没有停。

“你听清楚了吗，莱特富特？那盒炸药现在已经被埋在那边了！”

莱特富特先生拿剪子凑近那条白色电线，然后用力一咬牙，满脸汗珠闪闪发亮。接着他忽然说：“没有。已……经……没……有……了。”

“没有什么？”

“没在那里。已……经……没……在……那……里……了。已……经……找……到……了。好了，我……要……剪……了。”他的手在发抖，“要……是……黑……白……两……条……线……顺……序……弄……错，炸……弹……就……会……爆……炸。”

“上帝保佑！”穆特里又开始哀号起来，“哦，主啊，我发誓只要这次能够活下去，以后我一定重新做人！”

“我……要……剪……了！”莱特富特先生说。

穆特里先生立刻闭起眼睛。接着,剪子咔嚓一声。

砰!

眼前闪出一道火光,而且听到一声巨响。穆特里立刻惨叫起来。

他惨叫了半天,后来又渐渐安静下来,因为他发现眼前并没有出现天使弹奏竖琴,也没有听到魔鬼咆哮,只听到有人在唱:“他是个老好人,嘿嘿嘿——嘿嘿嘿——”

穆特里先生猛然睁开眼睛。

莱特富特先生正咧开嘴对他笑,手上拿着一截白色电线,电线头冒出蓝色火焰。他朝火焰吹了口气。炸弹的滴答声已经消失了。接着,莱特富特先生说话的时候,声音忽然变得好嘶哑,因为他刚刚凑在穆特里耳边大吼了一声“砰”,吼得太大声,嗓子都哑了。他说:“不……好……意……思,实……在……忍……不……住。”

穆特里先生忽然就像气球被刺破一样,一下子泄了气。他慢慢吁了一口气,然后就不省人事了。

5 十六滴血

我又回来了。

那盒定时炸药真的被找到了。那天,我告诉女王,我梦里那四个黑人小女孩就是照片里那四个被炸死的小女孩。没多久,女王就派人去把那盒炸药找出来了。我一定是很久以前在哪里看到过那张照片,照片中的景象一直萦绕在我内心深处。后来,当我在森林里看到哈奇森先生和穆特里先生向毕刚买了那盒炸药,潜意识里我一定已经感觉到那只盒子里是什么东西了。那也就是为什么我睡觉的时候会一直不自觉地把床边的闹钟甩掉。这整件事有一个漏洞,那就是,在十六街的浸礼会教堂被炸死的那四个小女孩,她们的照片我是在博物馆才看到的吗?不太可能,我一定更早以前就看到过。很可能是在一本《生活》杂志上看到的。不过,那沓杂志已经被妈妈拿去扔掉了,所以现在已经没办法确认了。

我一把这件事告诉女王,她立刻就想通了整件事。她叫大家全体动员去找一只木盒。那天去参加接待会的来宾全都分头去找。娱乐中心,民权博物馆,甚至整个中心外围四周,全都找遍了,差点连屋顶都掀了,结果还是找不到。后来女王忽然想到,哈奇森先生是邮差,而巴克哈特街路口有一个邮筒,正好就在娱乐中心门口。德马龙先生抓住加文的脚跟,把他放进邮筒里去找,结果没多久,他们就听到加文在里面大叫:“找到了!”问题是,他拿不出来,因为太重了。于是他们立刻打电话给马凯特警长,而警长立刻去找奇风镇的邮差康拉德·奥特曼先生,叫他把钥匙带过来打开邮筒。结果他们发现,那只盒子里的炸药足以炸平娱乐中心和民权博物馆,甚至还会波及那条街上的好几栋房子。于是到头来,那四百块美金帮他们买到了可观的牢狱之灾。

哈奇森先生知道收信的时间,他很清楚,那个邮筒要等到 12 月 26 日下午才会再打开,所以他就把引爆的时间设定在早上十点。马凯特警长说那个炸弹是行家做的,因为他能把定时器设定在十二个小时、二十四个小时,甚至四十八个小时后。他希望女王暂时不要泄露,不要让哈奇森或穆特里知道他们已经找到炸药了,因为警方必须先从炸药上采到指纹。妈妈和我从博物馆回到家之后,立刻把这件事告诉了爸爸。我必须说,他和马凯特警长都很会演戏,守口如瓶。他们到迪克·穆特里家的时候,看到哈奇森先生走进来,两个人居然都能够不动声色。虽然穆特里先生坦白招供,但他招不招供根本无关紧要,因为警方在炸药上采到五枚哈奇森先生的指纹,铁证如山。他们很快就被移送到伯明翰的联邦调查局,而且永远回不了奇风镇了。

民权博物馆隆重开幕了。后来我再也没有梦到过那四个黑人小女孩,不过,假如我真想再看到她们,我知道在哪里可以看得到。

战斗机上掉了一颗炸弹,邮筒里找到一盒三 K 党的定时炸弹,这两件事使得整个奇风镇沸沸扬扬，圣诞节过后接连好几天，大家都还议论纷纷。有一件事，本、约翰尼和我一直争执不下。莱特富特先生看到那颗炸弹的时候，到底会不会怕？本说他一定很怕，可是我和约翰尼都不这么认为，因为我们觉得他很像尼莫·科理斯。尼莫是棒球天才，而莱特富特先生则是天生的机械高手，就算是炸弹也难不倒他。所以，当他看到炸弹里那些电线的时候，他一定胸有成竹。平安夜那天，本到伯明翰去避难，没想到这趟旅程居然改变了他的一生。他和爸妈住在他舅舅迈尔斯家。迈尔斯在市区银行上班，所以他带本到银行的金库去参观。结果现在，本开口闭口都是银行，说钱的味道有多迷人，堆积如山的绿色钞票有多壮观。他说迈尔斯让他亲手去拿一包五千美金的钞票，现在，一想到那包钞票，他手指都还会发抖。本说，下半辈子他不知道自己会做什么，不过可以确定的是，他希望下半辈子可以在钱堆里过日子。约翰尼和我都觉得他很好笑。这时我们忽然很怀念戴维·雷，因为我们知道，要是他听到本说这种话，他的反应一定很有意思。

约翰尼跟爸妈要圣诞礼物，结果真的收到两份礼物。其中一个是一套警察的办案用具，里面有一枚荣誉警察徽章，采指纹用的粉末，手铐，还有紫外线粉。紫外线粉是追踪窃贼足迹用的，在紫外线的照射下就会显现出来。另外还有一本警察手册。另一份礼物是一个木制展示柜，上面有好几个小小的格子。那是要给他摆箭头用的。他把箭头全都放进那个柜子里，不过留下一个空格。他是想，要是有一天再度找到五雷酋长那个黑色箭头，就可以放进那个空格。

不过，莱特富特先生和那颗炸弹的事，还有一个问题悬而未决。圣诞节过后第三天的晚上，奇风镇忽然下起雨来，又湿又冷。那天晚上，妈妈终于提到那个问题。

“汤姆！”她忽然叫了爸爸一声。当时我们都在客厅，壁炉里烧着温暖的火。我正在读那本《太阳的金苹果》，读得浑然忘我。“那天莱特富特先生怎么会跑到迪克·穆特里家呢？我怎么想都想不通，他怎么可能自告奋勇冒生命危险跑到穆特里家去？”

爸爸没吭声。

做父母的对自己的孩子都有一种难以形容的第六感，而反过来，孩子对自己的父母也一样。我立刻把书放下来，而爸爸却还是继续看他的报纸。

“汤姆！莱特富特先生为什么会跑到穆特里家去呢？你知道原因吗？”

爸爸清了清喉咙。“呃，这个……”他说得很小声。

“嗯，到底是怎么样？”

“可以说……跟我有点关系。”

“跟你？怎么说？”

他放下手中的报纸，心里明白不说实话不行了。“我……我去求女王帮忙。”

妈妈愣住了，好半天说不出话来。雨水打在玻璃窗上，壁炉里的火堆劈啪作响。过了好久，她还是一动也不动。

“我觉得她恐怕是迪克最后的希望了。自从上次在公路巴士站看到毕刚的弹药都变成……我忽然想到，说不定她可以救得了迪克。结果，事实证明我猜对了。她立刻打电话给马库斯·莱特富特，当时我就在她家里。”

“她家里？我真不敢相信！你竟然跑到女王家？”

“不光是到她家，我还进了她家。我还坐了很久，她还请我喝了杯咖啡。”他耸耸肩，“我本来以为会看到墙上挂满干瘪的死人头，黑寡妇蜘蛛满地乱爬，结果什么都没有。真没想到，她也信上帝。”

“你跑到女王她家。”妈妈反复说个不停，“我真不敢相信！你不是一直都怕她怕得要命？”

“我不是怕她。”爸爸纠正妈妈，“我只是……只是有点犹豫。”

“那么，她真的肯救迪克·穆特里？博物馆被人埋炸药的事，穆特里也有份，她不是很清楚吗？”

“呃……她肯帮忙是有条件的。”爸爸招认了。

“哦?”妈妈等着听爸爸往下说,可是好半天爸爸都没再多说什么,于是妈妈又急忙追问:“到底是什么条件?”

“她要我答应她,要是她救了穆特里,我就必须再回去找她。她说她一看到我就知道我正在受煎熬,而且她还说,不光是我,就连你和科里也都在受煎熬。她说萨克森湖底那个人一直纠缠着我们一家人。”这时爸爸放下手上的报纸,转头看着火堆,“而且你知道吗? 她说对了。我已经答应她,明天晚上七点要去她家。我想,我早晚还是得告诉你,不过,我也可能不会告诉你,很难说。”

“你这个人就是这么死爱面子。”妈妈忍不住骂他,“你为了迪克·穆特里,竟然肯去找女王,可是当初我叫你去找她,你却死都不肯。”

“不能这么说。我只是心里还没有准备好。当时迪克需要人帮忙,所以我就去找人帮他。现在,我已经准备好了,我要去请她帮助我,同时也帮助你和科里。”

妈妈忽然从椅子上站起来,走到爸爸背后,伸手抱住他的肩头,下巴靠在他头上。我看着他们两人的影子融为一体。爸爸伸手搂住她的脖子,两个人就这样抱在一起,好久好久。此刻,他们两人心意相通。壁炉里的火堆依然劈啪作响。

时候到了,该去找女王了。

那天晚上六点五十分,我们来到女王家门口。德马龙先生来开门的时候,爸爸毫不犹豫地就进了门。显然,他对女王的畏惧已经消失了。接着月亮人从屋子里走出来,手上拿了一盘脆饼要请我们吃,德马龙太太也去煮了一壶咖啡,她说那是加了香料的新奥尔良式的咖啡。于是我们就这样坐在客厅等女王出来。

我一直怀疑乐善德医生就是凶手,但这件事我一直放在心里,没有告诉任何人。我始终不太愿意相信乐善德医生会是杀人凶手,因为他对叛徒曾经那么亲切。我已经发现那两只鹦鹉跟那件事有关,不过到目前为止,除了那根绿羽毛,我还没发现乐善德医生和萨克森湖底那个人有什么关系。那纯属我个人的臆测。另外,他从来不喝牛奶,而且是个夜猫子,问题是,这就能证明他是凶手吗?我必须先找到更明确的证据,才可以把这件事告诉爸妈。

我们并没有等很久,德马龙先生就出来请我们进去了,不过,他带我们去的并不是女王的房间,而是走廊对面另一个房间。女王就在里面,坐在一把高背椅上,面前有一张折叠桌。她身上穿的不是巫毒教的黑袍,头上也没有戴女巫帽,而是穿着一件普普通通的深灰色洋装,衣领上别了一枚小丑跳舞形状的别针。地上铺了一张芦苇草席,角落有一个大陶盆,盆里种了一棵歪歪扭扭的树。这里一看就知道是她会见客人的地方。墙壁漆成了米黄色,没有挂任何东西。德马龙先生关上门之后,女王立刻说:"汤姆,你坐下。"

爸爸乖乖坐下了。我感觉得到他很紧张,因为我听到他用力咽了一口唾液,喉咙咕噜一声。接着,女王弯腰从椅子旁边的地上拿起一个袋子。那袋子看起来有点像医生的诊疗袋。那一刻,爸爸不由得打了个哆嗦。女王把袋子放到桌上,拉开拉链。

"会痛吗?"爸爸连忙问。

"可能会。看情形。"

"看情形?看什么情形?"

"看我们要挖掘真相挖掘到什么程度。"她说。接着她手伸进袋子里,拿出一个蓝布包,一只银丝盒,一副纸牌,然后是一张打字纸。在屋顶灯光的照耀下,我注意到那张纸和我用的纸是同一个牌子。最后她拿出一个小药罐,里头装了三颗打磨得亮晶晶的河底小卵石,一颗是黑色,一颗是红棕色,一颗是白底灰条纹。接着她说:"右手摊开。"爸爸乖乖把手摊开。女王拧开瓶盖,把里头那三颗石头倒进我爸的手掌心。"来,手握起来,搓几下石头。”她说。

爸爸勉强笑了一下,看起来有点紧张。他问女王:“这是老摩西吐出来的石头吗?”

“不是。只是普通的小卵石。汤姆,再多搓几下。那可以帮助你放松。”

“噢。”于是爸爸又用力握住石头多搓了几下。

我和妈妈远远站在旁边,以免干扰到女王。我实在猜不透女王打算做什么。我本来以为她会叫我们像印第安人一样围着营火跳舞,边跳边呼号,结果根本不是这么回事。女王拿起那副扑克牌,开始洗牌,那种架势看起来比赌王还老练。“汤姆,你把梦里看到的东西说给我听听。”她说话的时候,扑克牌在她手上窸窣作响。

爸爸很不自在地瞄了我们一眼。于是女王又问他:“你是不是要你太太和科里先出去一下?”他摇摇头,然后就开始说了,“我梦见自己看着那辆车飞进萨克森湖,然后没多久我就发现自己也在水里,就在车子旁边,隔着挡风玻璃看着那个死掉的人。他的脸……他的脸已经被打得不成人形,手被铐在方向盘上,脖子上缠着一条铁丝。后来,车子开始往下沉,水慢慢淹到那个人身上——”说到这里,爸爸不由得停住了。小卵石在他手中咔哒作响,“——他,他一直看我,咧开嘴对我笑。他的脸被打得扭曲变形,笑起来好可怕。然后,他开始跟我说话,可是他说话的声音听起来……听起来有点像泥浆在冒气泡。”

“他说了什么?”

“他说……‘跟我来,跟我到那黑暗世界。’”爸爸忽然露出痛苦的表情,看他那样子,我心里很难过。“他说,‘跟我来,跟我到那黑暗世界。’然后他就伸出那只没被铐住的手要来抓我。他伸手要抓我,我吓坏了,立刻往后缩,因为我很怕被他碰到。然后,那个梦到这里就结束了。”

“你后来还有做类似的梦吗?”

“有几次，不过不像那次那么可怕。有一次，我好像梦到有人在弹钢琴，有时候又好像听到有人在大吼大叫，不过我根本听不懂他在吼什么。另外有一次，我好像看到两只手拉住一条铁丝，还有一次，我看到一只手拿着一根看起来很像木棍的东西，用黑胶带缠住。我看到几个人的脸，可是看不清楚，感觉像蒙着一片血雾，又有点像眼睛无法对准焦距，怎么看都是模模糊糊的。不过，这些都只是偶尔梦到，我梦里最常看到的，还是车子里的那个人。”

“你太太丽贝卡有没有告诉过你我也做过类似的梦？”她又开始洗牌，那声音听起来有点催眠效果，会让人放松。“我也听到过几次钢琴声，还有吼叫声。另外，我也看到过那条铁丝，还有那个‘碎骨锤’，还有那个人肩膀上的刺青，不过我看不到他的脸和身体。”她淡淡笑了一下，“汤姆，看样子，我们两人都被缠住了，只不过你的情况比我严重。你摆脱得掉吗？”

“我是希望你可以帮我。”爸爸说。

“对，我是可以帮上忙，不过，汤姆，每个人在梦里看到的东西都不一样。每个人都只能看到整张大拼图的一小片。你看得比任何人都更清楚，也比我清楚。所以，想摆脱掉那一切，主要还是靠你自己的力量。”

爸爸又开始用力搓手上的小卵石，而女王也开始洗牌，等爸爸开口。

“一开始，”爸爸开始说了，“我都是上床睡觉的时候才会梦见他。可是后来……就连白天没睡觉的时候我也开始看得到他。我会断断续续看到那辆车，看到那个人的脸，听到他在叫我。他每次说的都是同样的话，一次又一次。‘跟我来，跟我到那黑暗世界。’那声音听起来很像泥浆在冒气泡。我已经快崩溃了，因为我一直摆脱不掉。我没法休息，几乎每天晚上都没睡觉。我不敢睡觉，因为我怕……”说到这里他就说不下去了。

“怕什么？”女王继续追问。

“我怕……我怕我会真的听了他的话，照他说的去做。”

“他叫你做什么，汤姆？”

“我觉得他是要我自杀。”爸爸说。

女王洗牌的动作忽然停住了。妈妈忽然握住我的手,握得好紧。

“我觉得……他是叫我到湖边去,要我跳水自杀。他要我跟他一样沉到湖底,到那个黑暗世界去。”

女王凝视着他,那双碧绿的眼睛闪闪发亮。“可是,汤姆,你有没有想过他有什么理由要你去自杀?”

“我不知道。也许他想找个人作伴。”他似乎想硬挤出一点笑容,可是却笑不出来。

“汤姆,我要你仔细想想他说的话。你一定要彻底想清楚。他到底说了什么,每个字你都必须很确定。”

“没错。‘跟我来,跟我到那黑暗世界。’他就是这样说的,一字不差。他说得有点含混,我想,可能是因为他下巴被打得变形了,嘴里全是血,或是被水和泥巴塞住了。不过……他就是那样说的没错。”

“没别的吗?他有没有叫你的名字?”

“没有。他就只说了那句话。”

“你不觉得很好笑吗?”女王问爸爸。

爸爸嘀咕着说:“好笑?有什么好笑的?”

“好笑的地方是:既然那位死者有这样的机会找上你,跟你说话,告诉你真相,那么他叫你去自杀,岂不是白白糟蹋大好机会?他怎么不告诉你凶手是谁呢?”

爸爸猛眨了好几下眼睛,手上搓石头的动作忽然停住了。“我……我倒是一直没想过这个问题。”

“那你该好好想想了。那位死者虽然没办法说得很清楚,但至少他还能说话。既然如此,他为什么不告诉你是谁杀了他?”

“这我也想不通。不过我想,只要有机会,他一定会说。”

“他一定会。”女王点点头,“如果他是在跟你说话的话,他一定会告诉你。”

“我不太懂你的意思。”

“说不定，”她说，“还有第三个人听得到他说话。”

爸爸愣住了，接着忽然显出一种恍然大悟的表情。那一刹那，我和妈妈也想通了。

“汤姆，那位死者不是在跟你说话。”女王说，“他是在跟杀他的人说话。”

“你……你是说我……”

“你感应到死者的思绪，就好像我感应到你的思绪一样。噢，汤姆，你的感应力很强呢！”

“你是说……他并不是……他并不是因为我来不及救他所以叫我去自杀？”

“当然不是。”女王说，“我百分之百确定，绝对不是。”

爸爸不由得抬起手捂住嘴巴，眼里泛出泪光。我听到妈妈在我旁边啜泣。接着爸爸忽然低下头，一滴眼泪掉到桌上。

“就像动手术一样，你内心最深处被刀子割开了。”女王伸手握住爸爸的手臂。“虽然有点痛，不过，那种感觉挺好的不是吗？就好像开刀切除癌细胞一样。”

“是的，”爸爸哽咽着说，“是的。”

“想出去走一走透透气吗？尽管去没关系。”

爸爸的肩膀微微颤抖着，但感觉得到，他肩头的千斤重担忽然一扫而空。他颤抖着深深吸了一口气，仿佛在水底憋了很久之后猛然冒出水面的那一瞬间。“我没事。”他嘴里这么说，头却没有抬起来，“我没事。一下就好了。”

“慢慢来没关系。等你平静一点了，我们再继续。”

后来，爸爸终于抬起头来了。他看起来似乎还是老样子，有点苍老，有点憔悴,然而,他的眼神却重新燃起了活力。那是一种孩子般的眼神。他已经解脱了。

“你想不想把杀人凶手找出来?”女王问他。

爸爸点点头。

“我很多朋友到河对岸那个世界去。等你到了我这个年纪,你一定也有很多朋友在那个世界。他们看得到我看不到的东西,有时候他们会告诉我。不过,他们喜欢逗我,不肯直接回答我的问题。他们喜欢让我猜谜,而且答案总是很诡异。不过,他们一定会告诉你真相,不会骗你。汤姆,你想问问他们吗?”她似乎常常问别人这个问题。

“可以啊。”

“想就想,不想就不想,不要模棱两可。”

爸爸不敢再犹豫了。“好。”

女王打开那只银丝盒,把里面那六根小骨头倒到桌上。“把石头放下来,”她说,“用右手拿着这六根骨头。”

爸爸看看那六根骨头,有点畏惧。“这样好吗?”

女王愣了一下,然后叹了口气说:“好了,不用那么紧张,那只是用来酝酿一点气氛。”说完她就伸手把那六根骨头放进银丝盒里,盖上盒盖,然后放到旁边。接着她又把手伸进那诊疗袋里,这次,她拿出来的是一只小瓶子,里面装着透明的液体,另外还有一包棉花。她把瓶子和棉花放在桌上。“来,石头放下来,食指伸出来。”

“为什么?”

“因为我叫你伸出来。”

于是他乖乖把石头放下,把食指伸出去。女王打开瓶盖,拿一块棉花压住瓶口,然后倒转瓶身,把那透明液体倒在棉花上。接着,她拿那团棉花擦擦爸爸食指的指尖。“这是酒精,”她说,“帕里什医生给我的。”接着她把那张打字纸摊开在桌上,然后翻开那个蓝布包。里面是一根小木条,一头插着两根针。“手指不要动。”接着她举起那根小木条。

“你打算做什么？你是想用那个来刺——”

爸爸话都还没说完,那两根针已经刺进他的指尖了。“哎哟!”他叫了一声,而那一刹那我也皱了一下眉头,仿佛感觉自己的指尖也被刺了一下。接着,爸爸的指尖开始冒出鲜血。“小心,血不要滴在那张纸上。”女王告诉爸爸。接着她迅速在自己右手食指的指尖涂上酒精,然后也用针刺了一下。于是,她指尖也开始流血了。她说:“好了,你可以开始问问题了。不用出声,心里默念就可以。不过问题要清清楚楚,不要含糊不清。好了,赶快问吧。”

“好。”爸爸开始默念了一会儿,然后又开口问:“接下来呢?”

“那辆车掉进萨克森湖是哪一天的事?”

“3 月 16 日。”

“好,现在你从指尖挤出八滴血,滴在那张纸正中央。不要舍不得挤,听清楚,正好八滴,不可以多也不可以少。”

于是爸爸开始用力挤他的指尖,血开始一滴滴往下掉。接着女王也从自己指尖上挤出八滴血在纸上。然后我听到爸爸开玩笑说:“上帝保佑,还好那天不是 31 日。”

“好,现在用左手握住那张纸,揉成一团把血包在里面。”女王假装没听到他开玩笑,继续交代他。爸爸乖乖照着她的话做。“好,握紧那张纸,然后再问一次那个问题。这次要大声问。”

“萨克森湖底那个人是谁杀的?”

“要握紧。”女王又提醒他,然后又拿了一团沾了酒精的棉花按住自己手指。

“你的朋友来了吗?”爸爸问她。他手上紧紧握着那团纸。

“不用问,你马上就知道了。”说着她伸出左手,“来,给我。”爸爸把那团纸递给她。接着,她忽然大声对着半空中问:“请你们这次不要再跟我胡闹了好不好？这件事很重要，你们一定要说清楚。还有，请你们不要再让我猜谜了，一次说清楚，好不好？可以帮个忙吗？”接着她等了大概有十五秒钟左右，然后就把那团纸摆到桌上。“好了，可以翻开了。”她说。

爸爸拿起那团纸，慢慢翻开。那一刻，我心脏怦怦狂跳。万一那片血迹里出现乐善德医生的名字，我恐怕会昏倒。

后来，那张纸终于翻开了，妈妈和我都迫不及待地从爸爸后面伸长了脖子去看。那张纸正中央有一大片血迹，旁边还有一些一点一点的血迹。结果，那张纸上并没有出现什么名字。这时女王从她的袋子里掏出一支铅笔，然后仔细研究那张纸。过了一会儿，她拿起铅笔开始把那些一点一点的小血迹连接起来。

“我什么都没看到。”爸爸说。

“要有信心。”她说。我看着铅笔在纸上移动，发现女王接连画了两个长长的半圆弧。

我忽然看懂了。她画了一个3。

接着，女王又画了两个半圆弧。

又是一个3。这时纸上的小血迹都已经连接完了。

“就是这个，”女王皱起眉头，“两个3。”

“这根本就不是名字，不是吗？”爸爸问。

“他们又要我猜谜了。就这么回事。有时候真希望有一两次他们能说清楚，不要总是给我出难题！”她很不耐烦地放下铅笔，“好了，就这样了。”

“就这样？”爸爸把那根流血的手指塞进嘴里吮了几下，“你确定你没有弄错吗？”

她忽然瞪了他一眼，那种神情我不知道该怎么形容。“两个3，”她说，“答案就是这样。两个3。也有可能是33。要是我们猜得出这两个数字有什么含义，我们就知道凶手是谁了。”

“我实在想不出镇上哪个人的姓和名都只有三个英文字母。不过，也可能是门牌号码,你觉得呢?”

“我不知道。我只知道,答案就是两个3。”她把那张纸推到他面前。这个难题必须靠他自己解决。“我帮你也只能帮到这里了。抱歉,我也已经无能为力了。”

“真可惜。”说着,爸爸拿起那张纸站起来。

接着,女王那种职业化的表情忽然消失了,态度又开始亲切起来。她说咖啡很香,而且她家里还有商店街面包店珀尔太太做的巧克力卷,问我们想不想吃。这些日子爸爸几乎毫无食欲,但没想到今天他竟然吃了两个巧克力卷,而且还喝了两杯加了香料的新奥尔良式咖啡。吃完东西,爸爸还和月亮人聊起来。他们聊到那天毕刚在公路巴士站栽了跟头,满袋子的弹药都变成了草蛇,两个人都大笑起来。

看样子,爸爸已经没事了,而且可以说已经完全复原了。说不定,他现在变得比从前更有活力。

后来,我们一家人站起来准备走了。这时爸爸对女王说:“谢谢你。”妈妈很感激地握住女王的手,而且在她瘦削的脸上亲了一下。接着女王忽然转头凝视着我,那双绿眼睛神采奕奕。“现在你还是想当作家吗?”她问我。

“我……我也说不上来。”我说。

“在我看来,当了作家,你就会掌握很多神秘的钥匙。”她说,“你必须走遍全世界,认识各种各样的人,了解他们的心。在我看来,当了作家,只要你运气够好,只要你写得够好,你是有机会可以永生不死的。科里,你想成为那样的作家吗?你希望永生不死吗?”

我想了一下。永生不死,像天地宇宙一样永恒不灭,那真是好漫长的一段时间。“我不想。”我想通了,“说不定那会很累。”

“嗯,”女王伸手搭在我肩上,“在我看来,童年岁月,或是长大成人,都只是人生的一个阶段,不过,一旦你成为作家,那么,你说过的话,写过的文字,都有可能会成为永恒。”说着她忽然凑近我的脸。那一会儿,我忽然感觉到她那炽热的生命力，仿佛有一股阳光般的热力从她体内散发出来。“有一天，一定会有很多年轻的女孩吻你。”她说，“而且，你一定也会吻很多女孩子。在往后的岁月里，在那热情洋溢的夏日时光，你生命中一定会出现许多年轻的女孩子，或是女人。不过，我希望你永远记得，在那之前……”她那苍老而美丽的脸上忽然露出灿烂的微笑，“……曾经有一位老太太先吻过你。”

我们回到家之后，爸爸立刻找出一本电话号码簿，查上面的人名和地址。他在找33这个门牌号。后来，他查到两户人家的地址，还有一家商店的店址。菲利普・考德威尔，住在里奇顿街33号；杰伊・格雷森，住在迪尔曼街33号；另外，那家商店叫克拉福食品，地址在商店街33号。爸爸告诉我，格雷森先生和我们是同教会的教友，已经快九十岁了。而那位菲利普・考德威尔，他好像是联合镇西部汽车公司的业务员。至于克拉福食品，老板叫艾德娜・哈撒韦。她是一个满头灰发的老太太。妈妈说，萨克森湖的命案，绝对不可能扯得上艾德娜，因为她走路都还要拿拐杖。最后，爸爸的结论是，也许他应该到考德威尔家去看看。他打算明天一大早就去，趁考德威尔还没上班之前先找到他。

我一向对悬疑推理的东西十分着迷，所以一大早还不到七点就起床了。爸爸说我可以跟他一起去，不过他交代我，等一下到了那边，他跟考德威尔说话的时候，我绝对不可以插嘴。

开车到联合镇去的半路上，爸爸告诉我，他希望我能明白，等一下他会编个谎话骗考德威尔。我假装吓了一跳，故意装出一种很震惊的表情，其实我知道，这阵子我自己编的谎话恐怕远超过他，根本没资格批评他。更何况，这是为了伸张正义。

考德威尔先生家是一栋红砖房，距离加油站四个路口。那房子小小的，看起来不怎么起眼。我们把车停在路边，下了车，然后我跟在爸爸后面走到门口。他按了一下门铃，我们就站在门口等。过了一会儿，有一位中年太太来开门。她脸很宽，睡眼惺忪，身上还穿着粉红色的睡袍。“考德威尔先生在家吗？”爸爸问她。

“菲利普！”她转头朝屋子里叫了一声，“菲——利——普！”她的叫声比电锯还刺耳。

没多久，有一位灰头发的先生来到门口。他穿着一条土黄色的宽松长裤，深红色的毛衣，领口打着蝴蝶结。“请问两位是？”

“嗨，你好，我叫汤姆·麦克森。”爸爸伸出手，考德威尔先生跟他握了握手。“请问你是不是在联合镇的西部汽车公司上班？你是不是里克·斯潘纳的妹夫？”

“对，就是我。你认识里克？”

“我们以前都在绿茵牧场上班。他最近还好吗？”

“好多了。他已经找到工作，搬到伯明翰去了。说起来挺悲哀的，要是我的话，打死我都不到那种大城市去。”

“我也一样。呃，对了，今天一大早来打扰你，是因为……我也失业了。我也被牧场解雇了。”爸爸笑了一下，表情有点紧张，“现在我在巨霸超市上班。”

“我去过。很大的地方。”

“确实很大。可惜对我来说，好像太大了点。我是在想……呃……要是……呃……”要他编个谎话好像都是一种折磨，“不知道你们西部汽车公司还缺不缺人？”

“不缺，据我所知不缺。上个月我们刚请了一个新人。”他皱起眉头，“你为什么不直接到我们公司去问问看呢？”

爸爸耸耸肩。“我是想，先找你问问看，说不定可以省点油钱。”

“你应该先到公司去，填履历表。说不定会有机会的。公司经理叫爱迪森先生。”

“谢谢你。我会找时间去一下。”

考德威尔先生点点头，不过，他发现爸爸好像还没有要走开的意思。“还有别的事吗？”

爸爸打量了一下他的脸。考德威尔先生扬了一下眉毛，等爸爸回答。“没有，没事了。”爸爸说。听他的口气，感觉得到他看不出考德威尔有什么嫌疑。“没事了。不管怎么样，很感谢你。”

“小事情。你就到我们公司来，填张履历表，爱迪森先生就会帮你建档。”

“好的。我了解了。”

我们回到车上，爸爸发动引擎。“我想，这个人应该没什么嫌疑。你觉得呢？”

“我也这么认为。”我一直在想33这两个数字和乐善德医生到底有什么关系，不过想了半天还是没半点头绪。

“噢，天哪！”爸爸瞄了油表一眼，“快没油了，我们去加点油吧，你觉得呢？”他对我笑了一下，我也对他笑笑。

到了加油站，里头是堆积如山的散热水箱和引擎皮带。我们看到海勒姆·怀特从里面钻出来，打开加油机给我们加油。“天气真不错嘛！”怀特先生抬头看看天空。天空一片蔚蓝。天气转凉了，1月的冷空气开始发威了。

“没错。”爸爸斜靠在车身上。

“今天应该不会有枪战了吧？”怀特先生开玩笑说。

“应该不会了。”

怀特先生笑着说：“天哪，那天真是惊险刺激，比电影还精彩！”

“谢天谢地，还好没有人伤亡。”

“还好那天枪战火并的时候，公路巴士没在这里。”

“没错。”

“巴士在十号公路上被那只怪兽撞了，这件事你听说了吗？”

“听说了。”爸爸低头看看手表。

“差点就被撞翻。科尼利厄斯·麦格劳你认识吧？他开33号巴士已经有八年了。”

“我不太认识他。”

“总之，他说，那怪物简直就像推土机一样大，可是跑起来却又像鹿一样快。他说他本来想转弯闪开，可是那怪兽动作好快，一下就撞上车子侧边，车子差点就被撞得解体。最后那辆巴士只好报废了。”

“这么惨？”

“那还用说吗？”这时怀特先生已经加好了油，抽出加油枪，拿抹布在管口上擦了一下，以免油滴到车身的烤漆上。“现在他们换了一辆新车，不过驾驶员还是科尼，路线代号还一样是33号。所以换句话说，换汤不换药，对吧？”

“这我倒不晓得。”爸爸拿钱给他。

“路上小心！”我们开走的时候，怀特先生特别叮咛了一句。

我们开车回家的路上，爸爸说：“看样子，我还是要把电话簿拿来再看仔细一点，说不定是我漏掉了什么。”他转头瞄了我一眼，然后又回头去看前面的马路。“科里，从前我一直对女王有偏见，现在想想那真是很荒唐。她一点都不可怕，不是吗？”

“是啊。”

“我很高兴那天去她家。现在，我已经知道那个人不是在纠缠我，感觉轻松多了。不知道他呼唤的到底是谁，我想，那个人日子一定很不好过。我还真有点可怜他，因为他一定没办法睡觉。”

我忽然想到：那个人是个夜猫子。那时，我忽然觉得时候到了。“爸爸？”我叫了他一声，“我大概知道那个人是谁——”

“天哪！”爸爸忽然惊叫了一声，猛踩刹车，结果轮胎打滑，车子滑到路边人家门口的草地上。引擎震动了几下，然后就熄火了。“怀特先生刚刚说的你还记得吗?”爸爸兴奋得话音都发抖了,“33！他说33号!”

“什么?”

“公路巴士啊,科里！33号巴士！刚刚在那边跟他说话的时候,他说得清清楚楚,可是我竟然没想到！说不定33指的就是那辆巴士,你觉得呢?”

爸爸竟然问我有什么看法,令我有点受宠若惊。不过我还是老实说:“我不知道。”

“嗯,凶手不可能是科尼利厄斯·麦格劳。他根本不住在这里。不过问题是,不管萨克森湖底那个人是谁杀的,他跟那辆巴士会有什么关联?”他陷入了沉思,手紧紧抓着方向盘。过了一会儿,路边那户人家有一位太太跑到门廊上,手上抓着一根扫把对我们大吼大叫,叫我们赶快把车子开走,要不然她就要叫警察了。我们赶紧开车走了。

我们又回到加油站,怀特先生又从车库里钻出来。“上帝啊,你的车吃油吃得真凶!”他开玩笑说。可爸爸根本没心思听他开玩笑,他劈头就问怀特先生33号巴士什么时候来？怀特先生说明天中午左右。

爸爸说他明天会准时在这里等。

那天晚上吃晚饭的时候,他告诉妈妈说,他有可能猜错,不过,明天中午他还是要到加油站去等巴士。当然,他不是要去等司机科尼利厄斯·麦格劳,而是要去看看谁搭上巴士,或是什么人搭巴士来到奇风镇。

第二天中午,我陪爸爸一起到了加油站。怀特先生抱怨个没完,说他根本找不到适合的清洁剂来洗掉手上的油污。我们就这样听他抱怨,听得耳朵都快冒油了。过了好一会儿,爸爸忽然对我说:“来了,科里。”说着他立刻从阴凉的屋檐下走到外面的太阳底下。

公路巴士挡风玻璃上方有一块牌子,上面写着33。车子根本没减速就从加油站前面呼啸而过,不过,麦格劳先生还是按了一下喇叭,而怀特先生立刻朝他挥挥手。

爸爸看着巴士渐渐消失在远处,然后转身走回怀特先生旁边。我注意到爸爸咬紧牙关，立刻就明白他心里已经有盘算了。“海勒姆，车子后天中午会回来对吧？”

“没错。中午十二点左右，每次都一样。”

爸爸抬起手，伸出一根手指搓搓嘴唇，眯起眼睛，看得出来他正在想办法。要是他在巨霸超市上班，那白天的时间他要怎么等巴士？

“海勒姆，”最后他终于说，“你这里需要人手吗？”

“呃……这个嘛——”

“一个钟头一块钱。”爸爸说，“我可以帮你加油，帮你清理车库，什么活都干，你叫我做什么我就做什么，就算要熬夜加班也没问题。一个钟头一块钱。怎么样？”

怀特先生嗯了一声，转头看看乱七八糟的车库。“仓库里是需要补点货了，刹车皮，衬垫，散热水箱管，还有些别的等等。另外，我也确实需要一个好帮手。”说着他立刻伸出手，“要是你有兴趣，那我们就这么说定了。明天早上六点开始上班，你可以吗？”

“没问题。”说着爸爸握住怀特先生的手。

爸爸这个人没别的好处，就是很懂得随机应变。

后来，巴士又回来了，而且还是像上次一样停都没停。不过，车子倒是很准时，就像平常一样，中午十二点。下次它再回来的时候，爸爸会在这里等。

新年到了，我们在电视上看到纽约时代广场的新年庆祝晚会。半夜十二点那一瞬间，镇上有人放烟火，教堂钟声大作，汽车齐按喇叭。已经是1965 年了。新年第一天，我们吃黑眼豆，穿绿领衣服，祈求财富降临。我们看电视上的橄榄球赛转播，看到快天亮。爸爸坐在他那把心爱的椅子上，大腿上摆着一本笔记。虽然他边看电视边为自己心爱的球队加油，但他却一直用圆珠笔在笔记本上反复写下 33……33……33，写得密密麻麻，写了整张纸。妈妈半开玩笑地叫他别再写了，休息一下。而爸爸也真的把笔放下，休息了一下,可是没多久又不知不觉拿起笔写起来。从妈妈的眼神里,看得出来她又开始担心他了。33 这个数字又开始纠缠着他,就像当初梦里那个人纠缠着他一样。当然,他还是常常做那个梦,不过差别在于,他已经知道那个人并不是在叫他,所以不会再受煎熬。我猜,爸爸这样的人,很容易被某些事物纠缠,所以,他大概需要另一种东西的纠缠,才摆脱得掉原先纠缠他的东西。

本、约翰尼和我,还有奇风镇上的其他孩子,大家都回学校了。回到学校之后,我发现我们班的老师换了。她叫方丹小姐,年轻又漂亮,浑身散发出春天的气息,然而,窗外,冬天已经开始发威了。

每隔一天,每到中午的时候,爸爸会走出加油站的办公室,顶着刺骨的寒风站在外面。每当他看到巴士慢慢靠近,心脏就会开始剧烈地跳动。那是科尼利厄斯·麦格劳驾驶的 33 号公路巴士。

然而,那班车始终没有停下来。从来没有。它总是呼啸而过,奔向远方。

然后,爸爸就会走回办公室。通常,他都是坐在一把嘎嘎吱吱的椅子上,陪怀特先生玩骨牌。他在等待,等时机来临,采取下一步行动。

6 奇风镇的异乡人

1 月了,天寒地冻。

16 日星期六那天早上十一点,我跟妈妈说了声再见,然后就骑上火箭出门了。我要到爱之颂戏院跟本和约翰尼会合。天空乌云密布,弥漫着冰冷的湿气,好像快下雨了。我全身包得像爱斯基摩人,不过我知道,等一下到了电影院,我一定又会把大衣和手套脱个精光。今天要放的电影是《英雄地狱》。海报上是好几个满脸大汗的美国大兵,他们蹲在机关枪和迫击炮后面,等敌人来攻击。电影开场前还会放一部兔八哥卡通片,还有《火星斗士》的续集。上一集结尾的时候，几位斗士被困在火星的矿井底下，一块巨石正从上面落下来。他们要怎么脱困呢？我自己已经想出一套剧情：在千钧一发的时刻，他们会爬进另一个暗藏的矿坑，逃过被巨石压扁的命运。

在去电影院的路上，我绕到另一个地方。没想到，这一绕差点就走进死神的魔掌。

我骑向乐善德医生家。

自从平安夜过后，我在教堂里就一直没见他。私底下我帮他取了个绰号：鸟人，而且每次看到他的时候，我的眼神总是冷冰冰的。我一直很纳闷，乐善德医生和他太太为什么不赶快逃走？有好几次我很想告诉爸爸，我怀疑乐善德医生就是凶手。可是每次我正要开口的时候，发现他满脑子想的全是33这个数字，而另一方面，除了那根绿羽毛，还有那两只死掉的鹦鹉，我并没有什么明确的证据，所以就始终没说出口。我骑着火箭来到他们家车道的入口，停下来，坐在地上看着那栋房子。屋子里黑黢黢的，我忽然想到，会不会他们已经跑掉了？乐善德医生夫妇是不是已经开始怀疑我知道什么，发觉苗头不对，于是就连夜逃走了？我一直盯着那栋房子。屋子里看不到半点灯光，没有人声。我决定再多观察一下，反正电影开演时间还没到，不急。我一定要查个明白。于是，我骑着火箭上了车道，绕到房子后面。我注意到后院里还挂着那面“请先为你的宠物套上链条”的告示牌。我把火箭停到旁边，然后凑近离我最近的那扇窗口，偷瞄了一下屋里。

屋里一片漆黑。一开始我只隐约看到桌椅的黑影，过了一会儿，我眼睛渐渐适应了屋里的光线，于是，我看到了钢琴上那十二只陶制小鸟。鸟笼还摆在那里。乐善德医生的办公室在地下室，那里离地狱最近。这时我脑海中不由自主地浮现出乐善德太太的影像。我仿佛看到她坐在钢琴前面，一次又一次地弹奏那首《美丽的梦仙》，通气孔里传来地下室的咒骂声，而那两只蓝色和绿色的鹦鹉在笼子里疯狂乱飞。但我想不通的是，为什么有人会用德语咒骂？

接着,突然有一道光线照向我,我吓得心脏怦怦狂跳。那一刻,那种感觉就好像逃狱的囚犯被探照灯照上,被人团团围住。我猛一转身,发现有一辆车开向后门廊,车灯照在我身上。那是一辆铁灰色的老式别克轿车,镀铬的水箱罩闪闪发亮,仿佛一排森然利齿。当医生可以赚不少钱。我立刻冲向火箭,可惜已经太迟了。我还来不及把停车支架踢上去,忽然听到有人大声问:"是谁?"接着乐善德太太钻出了车子。她穿着一件棕色的大衣,体格看起来更显魁梧。我的脸被翻起来的衣领遮住了,但没想到她竟然问了一声:"科里?"我想,她一定是认出了我的脚踏车。

我被逮到了。没想到,就这样莫名其妙地被逮到了。"是我,"我说,"我是科里。"

"真巧。"她说,"你可以帮个忙吗?"她绕到右前座,打开车门。"我买了一些东西,可以帮我搬一下吗?"

那一瞬间,我感觉得到火箭偷偷告诉我:*赶快跑!科里!趁现在还来得及,赶快跑!赶快跳上来,我带你走!*

"请你帮个忙好吗?"乐善德太太从车里抱出一个纸袋,上面都有巨霸超市的红色商标。我注意到她车里至少有五六个纸袋。

"可是我要去看电影。"我说。

"一下就好了。"

我心想,现在是大白天,光天化日下她又能把我怎么样呢?于是我从她手中接过那个袋子。乐善德太太腋下夹了一个袋子,然后掏出钥匙打开后门。门一开,我立刻感觉到一阵风迎面扑来,她的大衣随风扬起,那一刻,我忽然想起那天湖边树林里的人影。就是她!就是她!

"进去吧,"她说,"门已经开了。"

乐善德太太推推我的背,那时,我立刻感觉背脊生起一股凉意。我跨进门,感觉自己仿佛跨进了电影里的那个矿井。

“十分。”怀特先生又丢下一张骨牌。

“再加十分。”爸爸也把自己手上那张骨牌丢到桌上那堆 L 形骨牌末端。

“嘿！你怎么会有那张！”怀特先生摇摇头，“看样子，你是个老千哦。”

“没那么厉害的。”

这时门外忽然传来一阵啪啪的声音，怀特先生立刻转头看看窗外。乌云笼罩了天空，天色变得阴沉灰暗，加油站的灯光显得格外明亮。小雪花一片片落在玻璃窗上。爸爸转头瞄了一下墙上的时钟。十一点四十八分。“好了，玩到哪里了？”怀特先生搓搓下巴，弯腰仔细看着桌上的骨牌。“好，就是这个！”他叫了一声，伸手去拿一张骨牌，“记下来，我十五——”

这时外头忽然传来一阵嘶嘶声。

爸爸立刻转头向左边看。

公路巴士快进站了。

“——分。”怀特先生又接着说，“嘿，真没想到！今天是什么日子啊！竟然提早到了！”

爸爸已经站起来了。他一路冲出柜台，穿过货架，冲向门口。“一定是风在车子屁股后面吹，所以才跑那么快。”怀特先生说，“也说不定他又在十号公路上看到那只怪兽，吓得猛踩油门！”

爸爸走到门外。外头寒风刺骨。巴士慢慢停到站牌前面。接着，车门开了。“下车小心！”爸爸听到司机在喊。

两个男人走下车。这时一片雪花飘在爸爸脸上，一阵冷风迎面扑来，但他还是站着一动也不动。那两个人，其中一个大概六十几岁，另一个大约三十出头。年老的那个穿着一件花呢大衣，戴着一顶棕色帽子，手上提着一只行李箱。另外，年纪比较小的那个穿着牛仔裤和米黄色外套，肩上背着一个水手袋。“斯坦纳先生，祝你玩得开心！”科尼利厄斯·麦格劳喊了一声，而那位老先生立刻抬起手挥了两下。海勒姆·怀特跟在爸爸后面走出办公室。“两位好。”他跟那两个人打招呼，然后抬头看看驾驶座上的麦格劳。“嗨，科尼！要不要来杯咖啡？”

“不了，海勒姆，我得赶快上路了。我妹妹今天早上生了，第三胎，不过是头一个男孩。下回带根雪茄来送你。”

“那就等你的雪茄啦。路上小心点，科尼，当舅舅啦！”

“是啊，是啊。”说着他就关上车门，开车上路了。而那两个外地来的人就站在原地看着爸爸。

那位斯坦纳先生满脸皱纹，但下巴结实宽厚。他戴着眼镜，镜片上还粘着几片雪花。“不好意思，先生……”他问我爸爸，“这附近有旅馆吗？”

“民宿也可以。”那年轻人说。他一头金发，但头发比较稀疏，说话有爱尔兰口音。

“我们镇上没有旅馆，”爸爸说，“也没有民宿。我们镇上很少有外地来的游客。”

“噢，上帝啊。”斯坦纳皱起眉头，“那最近的旅馆在哪里？”

“联合镇有一家汽车旅馆，叫松林，那是——”说到这里他忽然停住了，然后抬起手指向马路，“你们要搭便车吗？”

“那太好了，真谢谢你，呃，先生是……”

“汤姆·麦克森。”他跟那位老先生握握手，没想到老先生手劲大得吓人，指关节仿佛都快被他捏碎了。

“我叫雅各布·斯坦纳。”老先生说，“这位是我的朋友，李·汉纳福德。”

“你好你好，很高兴认识两位。”爸爸说。

第六个纸袋最重，里面装的全是狗食罐头。“那要放到地下室。”乐善德太太一边说，一边把另外那些罐头放进橱柜里，“不过，你放在柜台上就好了，我自己拿下去。”

“知道了。”

厨房里的灯已经点亮了，乐善德太太脱掉了大衣，露出里头那件深灰色洋装。她从第四个纸袋里拿出一罐速溶咖啡，手腕轻轻一扭就打开了瓶盖。“能不能告诉我……”她说话的时候背对着我，“你为什么站在窗户外面看我们家？”

“我……呃……”我警告自己，立刻回答，千万不要犹豫，“我正好路过，忽然想顺便来看看你们，因为……呃……”

乐善德太太忽然转过身来看着我，眼神很漠然，面无表情。

“因为……因为我想问乐善德医生，呃……问他下午需不需要人帮忙。我可以帮你们清理地下室，或是打扫一下——”我耸耸肩，“做什么都可以。”

这时我忽然感觉有一只手从后面抓住我的肩膀。

我差点尖叫起来。差一点。那一刻，我感觉得到自己脸上一定是全无血色。

乐善德医生说：“看样子，这孩子很有企图心呢，你说是吧，韦罗妮卡？”

“是啊。”她又转身背向我，继续把纸袋里的东西放进橱柜里。

接着，乐善德医生放开我的肩膀。我转头看看他，发现他好像刚睡醒，睡眼惺忪，眼袋肿肿的，两鬓灰白的头发和下巴的络腮胡纠缠在一起，身上穿着一件丝质红睡袍。他打了个哈欠，抬起手捂住嘴巴。“亲爱的，咖啡好了吗？”他说，“越浓越好。”

她用汤匙把瓶子里的速溶咖啡舀出来，然后打开热水的水龙头。

“今天凌晨四点左右，我在收音机里听到东柏林交响乐团演奏。”乐善德医生告诉他太太，“他们在演奏瓦格纳。那乐团真棒。”

乐善德太太把热腾腾的水倒进杯子里，拿汤匙搅拌了几下，然后把杯子端给乐善德医生。他深深嗅了一下。“噢，太棒了！”他说，“这一定有效！”接着他啜了一口。“好喝，够浓！”他很满意地赞叹了一声。

“我该走了。”我慢慢走向后门，“本和约翰尼在电影院等我。”

“你不是想问我下午需不需要人帮忙吗？”

“呃……我还是赶快走好了。”

“噢，急什么。”他又伸出手来抓我的肩膀。他手劲好大，五根手指简直像铁箍。“我倒很希望你可以每天下午过来帮我的忙，而且说真的，我一直想找个小学徒。”

“真的？”我随口敷衍了他一句。

“真的。”他嘴角露出一抹微笑，可是眼神却小心翼翼，“我看你这孩子挺机灵的，是吧？”

“嗯？”

“你挺机灵的。噢，不用这么谦虚！我看你很会追根究底，对吧？你抓住一点线索，就会像猎犬一样穷追不舍。”他又笑了一下，露出闪闪发亮的银假牙，接着又啜了一大口咖啡。

“我不太懂你的意思。”我的声音已经开始在颤抖了，有一点。

“科里，我很欣赏你这种特质。猎犬会穷追不舍。对男孩子来说，这是优点。”

“他的脚踏车还在外面，法兰斯。”乐善德太太忽然说，边说边把好几包方便面塞进橱柜里。

“那你去把车子拿进来好了。”

“时间来不及了，我该走了。”我说。我已经害怕得快喘不过气来了。

“急——”他笑着说，“——什么。外面那么冷，又在下雨，这种天气，你舍得你的脚踏车在外面被风吹雨淋吗？”

“可是我……我真的该走了——”

“我去把脚踏车拿进来。”话一说完，乐善德太太立刻就走到门外去了。我看着她把我心爱的火箭拿进屋里，拿进储藏室，而乐善德医生的手一直搭在我肩上。

“很好。”乐善德医生又喝了一大口咖啡，“我相信这样你应该会比较安心吧？”

过了一会儿，乐善德太太又走出来了，左手大拇指塞在嘴里吸了好几下。然后，她把大拇指抽出来的时候，我注意到上面有血。“你看，法兰斯，我被他的脚踏车割到了。”她说话的口气淡淡的，有点像医生的口吻，说完又把大拇指塞回嘴里。她下唇沾到血了。

“既然你已经来了，科里，那就干脆先告诉你，我这边有什么工作要你做，好不好？”

“可是本和约翰尼……他们会找我。”我说。

“嗯，那当然。不过，就算他们找不到你，他们还是会进电影院去看电影不是吗？说不定他们会以为——”他耸耸肩，“——以为你发生了什么意外。男孩子嘛，免不了的。”他的手在我肩上揉了几下。“今天放什么电影啊？”

“《英雄地狱》，是一部战争片。”

“哦，战争片。想也知道，一定是美国大兵把德国纳粹打得落花流水，没错吧？”

“法兰斯。”乐善德太太忽然悄悄叫了他一声。

他们两个互看了一眼，那眼神好冷酷。

接着，乐善德医生又回头来看我。“走吧，科里，我们到地下室去吧。”

“我妈妈会担心的。”我还想做最后的挣扎，只是我心里明白，没有用的。

“她一定以为你去看电影了，不是吗？”他挑了挑眉毛，“好啦，我们到地下室去吧，我每个星期要付你二十块钱，你总该知道自己要做的是什么工作吧？”

我忽然愣住了。“二十块？”

“没错，一个星期二十块。不过，只要你这个徒弟够机灵、够能干，我倒觉得这钱不会白花。好了,可以下去了吗?”他手搭在我肩上,带着我走到地下室的楼梯口。他手劲好大,我根本挣脱不开,可是,我一定要想办法逃走。乐善德医生打开楼梯口的电灯,灯光忽然照在我身上。我一步步走下楼梯,听到一阵窸窸窣窣的声音。那是丝质睡袍在他身上摩擦的声音,还有拖鞋踩在楼梯上的声音。我听到他边下楼梯边啜咖啡,那种声音听起来很饥渴,我越听越害怕。

雅各布·斯坦纳和李·汉纳福德坐上爸爸的车,但爸爸并没有直接带他们到松林汽车旅馆。雨刷左右摆动,扫掉挡风玻璃上的雪花。半路上,爸爸问他们要不要吃中饭,两个人都说好,于是,爸爸先带他们到了明星餐厅。

“里面的雅座还有位子吗?”爸爸问卡丽·佛伦奇,于是她就带他们到里面的雅座去,然后把菜单拿给他们。

斯坦纳先生脱掉手套和大衣,露出里面那套花呢西装和灰背心。接着,他把帽子和大衣挂在衣帽架上。他满头白发又粗又硬。斯坦纳先生坐进雅座,爸爸也跟着坐下来。接着,那位年轻的汉纳福德也脱掉他的外套,露出里面的蓝格子衬衫。他把袖子卷到手臂上,露出壮硕的二头肌,这时候,爸爸注意到他右手臂上——就在那里!

爸爸轻轻惊叫了一声,“噢,上帝啊!”

“怎么?”汉纳福德先生问,“这里不准脱外套吗?”

“不不,我不是这个意思。”爸爸额头上冒出汗珠。汉纳福德先生坐到斯坦纳先生旁边。“我是看到你……你的刺青……”

“怎么,老兄,我身上的刺青碍到你了吗?”汉纳福德眯起眼睛,表情很凶狠。

“李,”斯坦纳先生赶紧制止他,“别这样。”他的口气仿佛在叫一只恶犬不要乱吠。

“没事,没事。”爸爸说,“我只是……”他已经快要喘不过气来了,感觉整间餐厅仿佛开始天旋地转。“我见过那个刺青。”

那两个人立刻愣住了。过了好一会儿,斯坦纳先生终于开口问:“麦克森先生,能不能请问你是在哪里看到的?”

“等一下我就会告诉你们,不过,我要先请教一下,你们是从哪里来的,为什么会到我们奇风镇来?”爸爸移开视线,不想再看那个太阳穴上长了一双翅膀的骷髅头刺青。

“不要告诉他。”汉纳福德先生警告斯坦纳先生,“我们又不认识他。”

“嗯,这里的人我们都不熟。”斯坦纳先生转头看看四周,爸爸注意到他的眼神像老鹰一样凌厉。餐厅里大概有十几个人正在吃中饭,边吃边聊。他们都是附近的农夫,其中几个正在捉弄卡丽·佛伦奇,不过倒是没什么恶意。卡丽不理他们,装作没听到。电视上正在转播篮球赛。“麦克森先生,不好意思,我们还不太熟,有些事……”

“怎么,有什么不能说的吗?”那个叫斯坦纳的人一直左顾右盼打量四周的环境,眼神小心翼翼,这样的举动让爸爸想到一件事。于是爸爸接着又问:“你是警察吗?”

“我不是警察,不过,工作有点类似。”

“那,你是从事什么工作的?”

“我……我做的是历史研究。”斯坦纳先生说。

这时卡丽·佛伦奇又走过来了,手上拿着点菜单。她那双修长的美腿还是一样引人注目。“三位要点菜了吗?”

“有煎糕吗?”汉纳福德先生从外套口袋里掏出一包烟。

“不好意思,可以麻烦您再说一次吗?”

“煎糕! 你们到底有没有?”

汉纳福德点起一根烟,这时斯坦纳先生开口了。他显然比较有耐性,“你说煎糕他们可能听不懂。他们这里应该叫薄煎饼吧。”

“不好意思,现在不是供应早餐的时间。”卡丽淡淡笑了一下,表情有点困惑。

“那就吃汉堡算了。”他鼻孔里喷出一大团烟，“我的上帝！”

“你们的鸡汤是现煮的吗？”斯坦纳先生看着菜单问卡丽。

“是罐头鸡汤，不过味道还不错。”

“噢，我不喝罐头鸡汤。”他用一种坚定的眼神盯着她，“这样吧，我也吃个汉堡好了。就这样，麻烦你。”他的口音很奇怪。

爸爸点了一份炖牛肉和一杯咖啡。卡丽迟疑了一下，然后开口问：“两位是外地来的吧？”

“我住在印第安纳州，”汉纳福德说，“他住在——”

“华沙，波兰华沙。李，自我介绍让我自己来就好了，可以吗？”

卡丽一转身走开，爸爸立刻问：“从波兰跑到我们这小地方来，这趟路程可不短。”

“我现在住在芝加哥。”斯坦纳先生说。

“离奇风镇还是够远的了。”爸爸眼睛一直瞄向刺青。刺青有点模糊，感觉上，汉纳福德似乎想磨掉那个刺青。“那个刺青有什么含意吗？”

李·汉纳福德嘴角喷出一团烟。“意思就是，我很讨厌人家问东问西。”

爸爸点点头。他涨红了脸，开始有点不高兴了。“是这个意思吗？”

“就是这个意思。”

“两位，不要这样。”斯坦纳先生说。

“老兄，有件事想不想听听？”爸爸手肘撑在桌上，脸凑近那个汉纳福德，“十个月前，我在一个死人手臂上看到过同样的刺青。一模一样。”

汉纳福德没吭声，面无表情，眼神冷冰冰的。他吸了一大口烟，然后慢慢吐出来。“他是不是金色头发？”他问，“和我一样的金发？”

“没错。”

“身材也跟我差不多？”

“好像是。”

“嗯哼。”汉纳福德也凑近我爸爸的脸,嘴里喷出一团烟,然后说,“你看到的就是我弟弟。”

“……这些笼子一定要洗得很干净。”乐善德医生伸手指着那些笼子。笼子目前是空的。“地板也一样。一定要洗得很干净。我希望你一个星期可以来三天,而且每次来都要把地板刷干净。另外,你还要给狗舍里所有的动物洗澡,喂它们吃东西,还要带它们出去跑一跑,运动运动。”地下室里隔成好几间狗舍,他带着我一间一间看。一路上,我不时抬头看看上面那个通气孔。“我订的干草都是整捆整捆用卡车送来的,你要帮忙卸货,然后割断捆绑用的铁丝,把干草铺在马厩里。不过我要先提醒你,那种铁丝很硬,跟钢琴弦差不多,很难割得断。除此之外,要是临时有什么额外的工作,我都会叫你去做。”说到这里,他转身过来面对着我,“一个星期三天,下午四点到六点,工钱是二十块。怎么样,有兴趣吗?”

“天哪。”我简直不敢相信。我要发财了。

“要是你星期六肯来,呃……差不多两点到四点,我可以再多给你五块钱。”他又笑了一下,不过眼里还是没半点笑意。他又啜了一口咖啡,然后把杯子放在铁丝网笼上。“科里,”他口气忽然变得很亲切,“我很想找你来帮忙,不过,我有两点要求。”

我静静等着听他说。

“第一:我一个星期给你多少钱,不可以让你爸妈知道。你告诉他们,我一个星期给你十块钱就好了。为什么呢……呃,我知道你爸爸目前在加油站工作,因为上次我去加油的时候看到过他。另外,我也知道你妈妈做馅饼和蛋糕卖,不过生意不太好。在这种情况下,让他们知道你赚那么多钱,他们心里可能会不太舒服,所以,不要让他们知道你赚多少钱,不是比较好吗?”

“你觉得我应该瞒着他们吗?”我有点困惑。

“当然,这要由你自己决定。不过我认为你爸爸和妈妈……看你赚这么多钱,他们可能都会很不自在。另一方面,在你这个年纪,一个星期有二十块钱,想要什么你都可以买得起了,不是吗?不过有一点,你买东西不能让他们知道,而且不能在同一个地方买。我想,你要买东西的时候,也许我应该载你到联合镇或是到伯明翰去买。那么,有没有什么东西是你想要的,可是你爸妈却买不起的?想想看,有没有?”

我想了一下,然后说:“我想不出来。”

他忽然笑起来,好像觉得我很滑稽,“你早晚会想到的。口袋里有这么多钱,你一定会想到的。”

我没吭声。乐善德医生说我应该瞒着我爸妈,可是我不喜欢这样。

“第二件事……”他抬起双手交叉在胸前,我注意到他用舌头在嘴里翻搅脸颊,“……和索妮亚·格拉斯小姐有关。”

“嗯?”我本来已比较放松了,现在又开始紧张了。

“索妮亚·格拉斯小姐,”他继续说,“她把鹦鹉送到我这里,结果,鹦鹉最后还是因为脑热病死了。就在这里。”他摸摸那个铁丝网笼,“可怜的小东西。噢,对了,我太太韦罗妮卡跟格拉斯小姐正好在同一所主日学校帮忙。格拉斯小姐好像很不高兴,而且有点困惑,因为,科里,你问了她一堆很奇怪的问题。她说你对某一首曲子特别有兴趣,而且你一直追问她,为什么她的鹦鹉……对那首曲子反应很强烈。”他淡淡笑了一下,“格拉斯小姐告诉韦罗妮卡,说她认为你知道某个秘密,而且,韦罗妮卡和我可能也知道那个秘密。另外,她觉得很奇怪的是,你有一根绿羽毛,而那根羽毛就是凯塔琳娜·格拉斯小姐那只鹦鹉的羽毛。索妮亚小姐说,她看到那根羽毛的时候,简直不敢相信自己的眼睛。”说到这里,他低头看着地上,开始握紧拳头,指关节握得咔吧咔吧响,“是真的吗,科里?”

我很费力地咽了一口唾液。要是我说没这回事,他一定知道我在说谎。

“是真的。”

他闭上眼睛,脸上闪过一丝痛苦的表情,但很快又消失了。“科里,那根绿羽毛你是在哪里找到的?”

“我……我在……”这是千钧一发的时刻,不说实话不行了。我突然感觉房间里仿佛有什么东西开始像蛇一样盘成一团,仰起头准备要攻击了。虽然地下室铺着瓷砖,在灯光的照耀下感觉很明亮,然而,我却感觉整个地下室仿佛突然被一团阴影笼罩住。接着我猛然意识到,乐善德医生悄悄移动位置,挡住了楼梯口。他闭着眼睛,等着我回答。要是我想跑,就算能够闪过乐善德医生,他太太也会抓住我。我根本无路可逃。“我在萨克森湖边找到的。”我鼓起勇气说出来,“在树林边,当时天还没亮。那辆车掉进湖里的时候,车上那个人早就已经死了,手被铐在方向盘上。”

乐善德医生闭着眼睛,可是嘴角却泛起一抹淡淡的笑,那种表情看起来好可怕。他整张脸绷得好紧,而且上面全是汗,光秃秃的头顶在灯光下闪闪发亮。接着,他忽然开始笑起来。那是一种很缓慢的笑声,好像从镶着银假牙的嘴里慢慢漏出来的。接着,他忽然睁开眼睛,狠狠瞪着我。有那么短短的一瞬间,我感觉他那张脸好像分成了两半。下半边的脸咧开嘴笑着,露出闪闪发亮的银假牙,而上半边的脸,眼中却射出怒火。“嗯哼,”他摇摇头,仿佛听到了一件很可笑的事,“这下子,你要我们怎么办呢?”

“麦克森先生,你见过这个人吗?”

在明星餐厅的雅座里,斯坦纳先生掏出皮夹,从里面抽出一张照片摆在爸爸面前。

那是一张黑白照片,纸面上有木头纹路。照片里有一个人,穿着一件长及膝盖的白袍,面带微笑挥着手,好像在跟某个人打招呼。他一头黑发往后梳,几乎是贴在头皮上,乍看之下仿佛头顶上黏着一块黑布。他下巴方正宽厚,正中央有一道凹陷。他身后是一辆车子的引擎盖,那造型看起来像

1930 或 1940 年代的古董车。爸爸仔细看着那张脸，看了好久，然后又仔细看看那个人的眼睛和嘴角。问题是，不管怎么看，他还是认不出那个人是谁。

“没有，没见过。”他把照片推回去给斯坦纳，“从来没见过。”

“他的长相可能已经变了。”斯坦纳先生看着照片，仿佛盯着昔日仇人的脸，“他可能做过整容手术。另外，改变长相最简单的办法，就是留胡子，剃光头。这样一来，就连你自己的妈妈恐怕都认不出你了。”他说。

“抱歉，我真的没见过这个人。他到底是谁？”

“他的名字叫做跟我到那黑暗世界。”

“什么？”爸爸的心脏差点从嘴里跳出来。

“跟我到那黑暗世界。”斯坦纳又说了一次。接着，他一个字一个字念给爸爸听：“甘沃·道纳赫安斯杰。”

爸爸猛然往后一退靠到椅背上，目瞪口呆。他感觉一阵天旋地转，赶紧伸手抓住桌沿，抓得好紧。“上帝啊！上帝啊！”他连声惊叹，“上帝啊！跟我到那黑暗世界……甘沃·道纳赫安斯杰。”

“抱歉，你说什么？”斯坦纳问。

“他……他到底是谁？”爸爸的声音颤抖。

李·汉纳福德忽然插嘴说：“他就是杀杰夫的人。现在我弟弟的尸体就躺在他妈的那个湖底。”先前爸爸已经把 3 月那天早上在湖边发生的事说给他们听过了。汉纳福德满脸愤恨，眼中射出怨毒的神色。刚刚点的汉堡，他没吃两口就吃不下了，可是却抽了三根烟。“我们后来终于查出来了。我弟弟，我那个白痴弟弟，他一定是在勒索他。杰夫住在韦恩堡，后来，我们在那里找到一本他的日记，用德文写的，用密码。那本日记，我们是 5 月找到的，当时我已经辞掉了加利福尼亚州的工作，到韦恩堡去找他。我花了好几个星期才破解了密码。”

“那个密码是根据《尼布龙根的指环》设计的，”斯坦纳说，“非常复杂。”

“就是啊,我那个白痴弟弟对那些狗屁密码疯狂到了极点。”汉纳福德又在盘子里按熄了另一根烟,“他从很小的时候就是这样,一天到晚写那种狗屁密码。后来,我们破解了日记里的密码,发现他在勒索甘沃·道纳赫安斯杰。一开始是每个月五百,后来变成八百,再后来变成一千。日记里还说,甘沃·道纳赫安斯杰住在亚拉巴马州的奇风镇,当然,他是用的假名。很久以前,甘沃通过关系联络上杰夫他们那伙人,他们就帮他弄到一个新的身份,不过后来,杰夫一定开始动歪脑筋,想从他身上弄点好处。日记里还说,他快发财了,他要搬到佛罗里达去。他说,3 月 13 日那一天,他要从韦恩堡开车到奇风镇。日记到这里就没了。”他摇摇头,“我弟弟真他妈的是个疯子,扯上那伙人。我呢,我也真他妈跟他没什么两样,也是疯子,才会扯上那伙人。”

“扯上什么?”爸爸问,“我不太懂。”

“你知道什么是新纳粹党吗?”斯坦纳问。

“纳粹党我知道。你说的是这个吗?”

“新纳粹党是一个新的纳粹组织。李和他弟弟都是美国新纳粹党的成员,他们多半在印第安纳州,伊利诺伊州和密歇根州活动。李手臂上那个刺青就是新纳粹党的党徽。李和杰夫是同时加入的,可是一年后,李就脱离组织跑到加利福尼亚州去了。”

“没错。”李又点了一根烟,“我想跟那些王八蛋脱离关系,躲得越远越好。那些人真他妈的神经病,动不动就杀人。要是有人敢说希特勒放屁不是香的,都会被他们干掉。”

“那你弟弟还是跟他们在一起吗?”

“妈的,没错。他竟然还干上了什么狗屁‘暴风部队’的老大。上帝啊,真他妈的搞什么东西! 念高中的时候我们一起打橄榄球,我们两个甚至都当选‘全美荣誉业余球员’!”

“我还是搞不清楚这个甘沃·道纳赫安斯杰是什么人。”我爸爸说。

斯坦纳忽然抬起手摆在桌上，十指交叉。“我就是这时候接触到这个案子的。李把日记送到印第安纳州立大学语言系，请他们帮忙破解密码。我有个朋友在那里教德语。后来，密码慢慢被破解了，我那个朋友在日记里发现道纳赫安斯杰的名字，立刻就把日记送到芝加哥的西北大学交给了我。我是在9月接手这个案子的。我附带说明一下，我是语言学系的系主任，同时也是历史学教授。不过，我还有另一个身份：我是纳粹战犯追捕人。这才是我最重要的工作。”

“什么？”爸爸问。

“追捕纳粹战犯。”斯坦纳说，“过去这七年来，我已经追踪到三个纳粹战犯。我在西班牙马德里抓到毕特利希，在纽约抓到萨佛沙金，在宾夕法尼亚州抓到季斯特。那天，一看到道纳赫安斯杰这个名字，我立刻就明白我已经快逮到第四个了。”

“纳粹战犯？他做了什么？”

“甘沃·道纳赫安斯杰医生是荷兰艾斯特韦根集中营的主治医生。他和他太太卡拉负责评估犹太难民的健康状况。谁要送去工作，谁要送进毒气室，都是由他们决定。他们可以决定别人的生死。”说到这里，斯坦纳淡淡笑了一下，那种笑容令人背脊发凉，“我还记得，那天早上阳光很好，他们说我可以送去工作，可是我太太应该送进毒气室。就是他们。”

“真遗憾。”爸爸说。

“唉，都过去了。不过当时我立刻扑上去打断了他的门牙，然后，我就被送到重劳动营待了一年。不过对我来说，那倒也是一种磨炼，我的韧性就是这样锻炼出来的。就是因为这样，我才能够活到现在。”

“你……你打断了他的门牙……”

“没错。噢，他们夫妻两个人真是天生的一对魔鬼。”斯坦纳陷入了痛苦的回忆中，整张脸开始扭曲，“我们都叫他太太鸟魔女，因为她有一套十二只的陶制小鸟，而且，做小鸟用的陶土混着死人骨灰。至于我们那位道纳赫安斯杰，他本来是荷兰鹿特丹的兽医，而且，他有一种怪癖。”

爸爸忽然愣住了，半天说不出话来。后来，他好不容易才开口问：“什么怪癖？”

“每次难民被送进毒气室的时候，都会从他面前经过。他会自己编一些很奇怪的名字叫他们。”斯坦纳沉湎在往日的可怕回忆中，眼神显得好阴沉，“有点像童话里的名字。我太太叫韦罗妮卡。她的头发是金黄色的，很漂亮。结果，那天他竟然叫她月花公主。我一辈子都忘不了那天他说的话。他说，‘爬进去啊！月花公主，爬进去啊！’当时她已经病得很重，根本连站都站不起来，结果就真的爬进那个……”说到这里，他已经泪流满面，但他立刻擦掉眼泪，表情瞬间又恢复冷静。看起来，他是一个自律能力很强的人，严格控制自己的感情。“不好意思。”他说，“有时候我会克制不住。”

“喂，你没事吧？”李·汉纳福德忽然问爸爸，“你脸色怎么白得跟死人一样？”

“我……照片可以再……再借我看一下吗？”

斯坦纳又把照片推到爸爸面前。

爸爸深深吸了一口气。“噢，上帝啊，不会吧！”他说，“噢，上帝啊，上帝啊，不会吧！”

斯坦纳一听那口气，立刻就明白爸爸已经想到什么了。“你已经想到他是谁了，是不是？”

“是的。我知道他住在哪里。离这里不远，或者可以说，很近。可是……他人真的很好。”

“我太了解道纳赫安斯杰的真面目了。”斯坦纳说，“还有他太太的真面目。那天，你跳进湖里去救人的时候，杰夫·汉纳福德被折磨成什么样子，你应该看得很清楚吧？道纳赫安斯杰和他太太一定是用酷刑折磨杰夫，逼他说出还有谁知道他们的下落。说不定他们已经知道那本日记的事了，然后就把杰夫活活打死了。既然你看过杰夫·汉纳福德那张不成人形的脸，那你就应该明白甘沃·道纳赫安斯杰的灵魂有多邪恶。上帝保佑,希望接下来我们不会再看到那种场面。”

爸爸猛然站起来,伸手到口袋里掏钱包,不过斯坦纳已经把钱放到桌上了。“我带你们去找他。”话还没说完,爸爸已经冲到门口了。

“这孩子挺机灵的。”乐善德医生说。他站在楼梯口,“就像猎犬一样穷追不舍,对吧?他发现了那根绿羽毛,然后就穷追不舍,不顾一切追查到底,对吧?科里,我真的很欣赏你。真的。”

“乐善德医生,”那一刻,我感觉自己胸口仿佛被千斤重的钢铁压住了,“我真的该回家了。”

他朝我逼近了两步,我不由自主地往后退。

他停下脚步。他已经感觉得到我很怕他。“我要把那根绿羽毛拿回来。你知道原因吗?”

我摇摇头。

“因为,你拿了那根羽毛,索妮亚小姐心里很不舒服。那会让她想到伤心的过去。她很不愿意回想过去。科里,过去的最好就让它过去吧。我们都应该要迎向未来,好好活下去,把过去的一切抛到脑后,你不觉得吗?”

“我不——”

“可是偏偏有些人不懂这个道理。他们总是死抓着过去不放,一次又一次掀开别人昔日的伤口。他们执意要把过去的一切挖出来让大家看。有人拼命想遗忘过去,拼命想挣脱昔日伤痛的纠缠,可是偏偏有人要把他们的过去摊开给大家看,让他们付出代价,一次又一次地付出惨痛的代价。这样不是很不公平吗,科里?这样是不对的。你明白吗?”

我确实不明白。他说了一堆大道理,可是我却隐隐感觉到中间有某种漏洞。

“我们也有自己的尊严。”乐善德医生眼中流露出一种狂热,仿佛熊熊火焰,“我们也是有尊严的。我们也有荣誉感。科里,你看看这个世界!你看看这世界变成什么样子了!我们本来可以改变这个世界,我们知道该怎么做,可是他们却不让我们完成目标。而现在呢,你看看,你看看这世界变成了什么样子!到处都是混乱!到处都是野蛮!混血交配,比禽兽还不如!告诉你,我本来有机会当真正的医生。真的。有很多机会。可是,我不想给人治病。我宁愿选择在泥巴里打滚给猪治病,你知道为什么吗?因为我瞧不起人类!因为人类背叛了自己,玷污了人类的荣誉!这就是为什么!我……就是为什么我……这就是我的看法!”他忽然拿起杯子往瓷砖地上一摔,砰的一声摔成碎片,那声音听起来很像枪声。

整个地下室忽然陷入一片死寂。

又过了一会儿,乐善德太太在上面的楼梯口大声问:“法兰斯?什么东西摔破了吗,法兰斯?”

我心里想,他的脑子一定摔过,摔坏了。

“我在跟他说话。”乐善德医生对她说,“没事,我只是在跟他说话。”

接着我听到她走开了。她的脚步声好沉重。

过了一会儿,我听到上面传来一阵嘎嘎吱吱的声音,好像有人在拖椅子。

又过了一会儿,我听到有人开始弹钢琴了。

是那首《美丽的梦仙》。乐善德太太真的很有钢琴家的天分。我记得蓝色格拉斯小姐说过,乐善德太太天生就是弹钢琴的料。我忽然想到,她那双手是那么强而有力,说不定她就是用那双手抓住捆干草的铁丝,勒住那个人的喉咙,把他活活勒死。说不定真的就是这样。不过,也有可能是乐善德医生下手的,当时乐善德太太就在楼上弹那首曲子,而鹦鹉就在旁边听到楼下那个人凄厉的惨叫声,就跟着惨叫起来。会不会是这样?

“一个星期二十块。”乐善德医生说,“不过,你必须先把那根绿羽毛拿来给我,而且,你绝对不准再跟索妮亚·格拉斯小姐提起这件事。过去的都已经过去了，过去的应该永远埋葬在过去，永远不要再提起。你同意吗，科里？”

我猛点头。只要能够离开这里，我什么都同意。

“乖孩子。你什么时候可以把那根绿羽毛拿来给我？明天下午可以吗？”

“可以。”

“那太好了，太好了。等你拿过来，我会把羽毛毁掉，这样一来，索妮亚·格拉斯小姐就不会再想到过去了，就不会再伤心了。还有，等你一拿过来，我就会给你第一个星期的钱，这样好不好？”

“好啊。”你说什么都好。

“那就这样了。”说着他往旁边一站，让出楼梯口的通路，“你先上去吧。”

这时忽然有人敲门。《美丽的梦仙》的旋律忽然停住。我又听到一阵嘎吱声，那是乐善德太太把钢琴矮凳推进去的声音。当时我们已经走到楼梯最上面那层，乐善德医生忽然又把手搭在我肩上，把我拉住。“等一下。”他凑在我耳边悄悄说。

接着我们听到前门开了。

“汤姆！”乐善德太太说，“请问有什么——”

“爸爸！”我立刻大叫起来，“救命啊——”乐善德医生立刻捂住我的嘴。我听到他轻轻怒吼了一声，好像很生气，因为他没想到会是这样的结局。

“科里！赶快出来，你——”爸爸立刻冲进屋里，斯坦纳和李·汉纳福德跟在他后面。他把身材魁梧的乐善德太太推到一边，但没想到那一刻她立刻用德语大吼一声：“不！”然后抬起手臂往爸爸脸上一撞。爸爸立刻往后一倒，撞到后面的斯坦纳。他眉头被撞破了，血流如注。接着乐善德太太又用德语大叫起来，不过，斯坦纳先生听得懂。她喊的是：“甘沃，赶快跑！带那小鬼一起跑！”接着，汉纳福德立刻从后面勒住她的脖子，然后用尽全力把她扑倒在地上。她很快就跪起来挣扎,但斯坦纳立刻就压到她身上,拼命想扭住她的手臂。他们挣扎扭打的时候,撞翻了旁边的茶几和台灯。斯坦纳下唇被她打了一拳,立刻皮破血流。接着他大叫了一声:"够了,卡拉!结束了!结束了!"

但乐善德医生并没有打算就此罢休。

刚刚一听到她大喊,他立刻用一只手抱住我,另一只手抓起卡拉放在柜台上的车钥匙。我拼命挣扎,可是却被他拖出后门。屋外大雪纷飞,寒风呼号,他身上那件红睡袍随风飘扬。匆忙中,他的拖鞋掉了一只,但他还是跑得很快。他飞快地跳上车,砰的一声关上车门,差点夹到我的腿,而且他坐上驾驶座的时候,差点把我的头压扁。他把钥匙插进电门,用力一转,引擎立刻隆隆作响。接着他把变速杆推到倒挡,轮胎立刻摩擦路面发出刺耳的吱吱声。那一刻,我赶紧坐起来,看到爸爸从后门冲出来,刺眼的车灯照在他身上。

"爸爸!"我伸手去抓右侧的门把,这时乐善德医生忽然抬起手肘撞了我的肩膀,我的手立刻被撞麻了,而且很痛。接着他忽然揪住我后脑勺的头发,把我塞到座位底下。我整个人窝在那小空间里,头昏脑涨,浑身酸痛。接着乐善德医生把变速杆推到一挡,引擎一阵隆隆怒吼,车子立刻往前一蹿开走了。乐善德医生,不对,他已经不再是乐善德医生了。他是甘沃·道纳赫安斯杰,那个杀人凶手。

这时候,爸爸已经跑回屋子里,打算从前门出去开车。他从那三个在地上扭打的人身上跳过去。卡拉·道纳赫安斯杰还在挣扎,但汉纳福德一拳拳打在她脸上,几乎把她打得不成人形。

甘沃风驰电掣穿过奇风镇的街道,每转一个弯,轮胎都会发出刺耳的吱吱声。我慢慢从座位底下爬出来,可是甘沃立刻大吼:"不要出来!不准动!你这臭小子!"然后他用力甩了我一巴掌,我立刻又倒下去。我们一定已经过了爱之颂戏院。我忽然想到,不知道英雄到了地狱会遭受什么样的煎熬。

我们从石像桥上呼啸而过，有那么一会儿，甘沃的手滑了一下，方向盘没抓紧，车子立刻向右打滑，撞到桥边的护栏擦出火花，金属碎片四散飞溅，整个车身轰轰作响。但他很快又抓紧方向盘，咬牙切齿。他打算开向十号公路。

这时我注意到后视镜有强光反射出来，照到甘沃的眼睛。他立刻用德语大声咒骂起来，那声音比引擎声还刺耳。我想象得到，3 月那天晚上，那两只鹦鹉听他这样嘶吼，那会是何等的折磨。我知道后视镜的灯光是哪来的，我知道那是谁开的车。他紧紧跟在我们后面。我们车子的引擎发出震耳欲聋的巨响，仿佛快要爆炸了。

我伸手抓住方向盘底端，猛力往右一扯，车子立刻向右偏，冲到路边的碎石子坡面上，轮胎立刻一阵打滑。甘沃又大声咒骂起来，那声音真是震耳欲聋，然后他用拳头猛打我的手指，然后又一拳打在我额头上。他打得好用力，我眼前立刻金星直冒。看样子，逞英雄只能到此为止了。

“追什么追！”甘沃转头朝后面那辆小货车大吼。后视镜反射出刺眼的强光。“追什么追！滚开行不行？”十号公路蜿蜒曲折，他不得不紧紧抓住方向盘。车速太快，在弯路上的冲力太大，轮胎一路摩擦路面，不时发出刺耳的吱吱声。虽然我眼前还在冒金星，但我又伸手去抓方向盘。甘沃立刻又大吼起来：“你这臭小子！”然后他又伸出一只手抓住我外套后领，但他必须抓方向盘，所以只好又放开我。

我转头看看爸爸的小货车，两辆车之间的距离大概六米。那条路蜿蜒曲折，两辆车一前一后全速猛冲，险象环生。乐善德医生死命猛踩油门，加速狂奔，拼命想拉开距离，而我只好紧紧抓住座椅。接着，我听到啪的一声，发现是乐善德医生伸出拳头捶了一下置物箱，打开箱盖，然后手伸到里面摸索了几下，过了一会儿，他拿出了一把点三八口径的短管手枪，然后手臂猛然往后扬，枪管差点打到我的头，还好我及时低头闪过了。接着，他根本没瞄准就连开了两枪，后挡风玻璃应声碎裂，玻璃碎片像冰块一样飞向爸爸的小货车。我注意到爸爸的车左右闪来闪去，差点就冲出路面，车尾左右甩得很厉害，不过爸爸还是又稳住了车子。接着，乐善德医生那只拿枪的手又往后扬，我立刻抓住他手腕，用尽全力拉他的手臂去撞座椅，想撞掉他手上那把枪。然后我又伸手去抓方向盘，抓着不放，于是变成两个人同时拉扯方向盘，车子开始左右偏移。

就在这时候，举在我面前的手枪突然走火，子弹贯穿椅背，贯穿车门，发出砰的一声巨响。那巨响和热气距离我的脸太近，我立刻感觉到一股震动，全身打了一个寒颤。我想，当时我可能放开了方向盘，好像是，我记不太清楚了。接着乐善德医生忽然用枪管在我右肩上用力打了一下。好痛，这辈子从来没那么痛过，我不由自主地惨叫了一声。要不是因为外套很厚，我肩胛骨很可能会骨折。那一刹那，我立刻抱住肩膀，身体往右一倒靠在车门上，痛得整张脸都扭曲了，整条手臂都麻了，动弹不得。接着，眼前赫然出现一片漆黑的湖面，我才发觉车子已经快要冲进萨克森湖了，那种感觉，仿佛被困在一个不断重复的梦魇中，梦中的景象很像《火星人入侵》那部电影里的场景。乐善德医生立刻把刹车踩到底，车子立刻慢下来，爸爸的小货车迅速逼近，这时乐善德医生又往后举起手臂，这次，他回头瞄准了。他满脸都是汗，在灯光下闪闪发亮，龇牙咧嘴，目光凶狠有如猛兽。接着，他开枪了，爸爸车子的挡风玻璃上立刻出现了一个拳头大小的洞。接着，我注意到他手指又扣紧扳机，心里立刻燃起一股斗志，想跟他拼命，可是肩膀实在太痛，痛得我忍不住一直啜泣。

这时候，公路的另一边，忽然有一个巨大乌黑的东西从树林里冲出来。那个位置，正好就是3月那天早上乐善德太太站的位置。

乐善德医生根本都还没看到，那东西已经撞上我们车子了，正中车门。

就在失落世界的怪物撞上我们的那一瞬间，手枪又走火了。

那惊天动地的巨响，有如世界末日的核弹爆炸。

枪声，乐善德医生的惨叫声，玻璃的碎裂声，金属扭曲变形的声音，所有的声音会合成了惊天动地的巨响。那一刻，车子被撞得向右一翻，左边两个轮胎悬空，右边两个轮胎在地面上摩擦，发出刺耳的吱吱声，然后整辆车滑向路边。驾驶座的车门整个凹进来，仿佛被上帝踢了一脚，而乐善德医生整个人飞到我身上，我立刻惨叫一声，感觉肋骨要断了。接着，我听到一声低吼。是那只三犄龙。它在保护它的地盘，它要把其他的恐龙赶出十号公路。乐善德医生的脸压在我脸上，全身的重量也压在我身上。我仿佛闻得到从他口中散发出来的恐惧的气息。接着，他又惨叫起来，而我好像也跟着惨叫起来，因为车子开始往下坠落。

接着是一阵剧烈的震动，扬起一片水花。

漆黑的水流开始渗进脚边的车底板。我们已经掉进萨克森湖了。

车子的引擎盖逐渐掀开，冒出腾腾蒸汽，湖水开始淹上车身，从破碎的车窗涌进车厢里。驾驶座的车窗也破了，不过因为车身向右倾，水还没有淹到那边。他整个人压在我身上，手上的枪已经不见了。他眼神呆滞，嘴角渗出鲜血，我猜他可能咬破了嘴唇或舌头。他的左臂，上帝啊，那条手臂承受了怪兽惊人的撞击力，扭曲变形到不可思议的程度。我注意到他那件红睡袍的袖口，白白的骨头从手腕部位穿透出来，上面有红红亮亮的血。

湖水涌进车里的速度越来越快，四周的水面上不断冒出气泡，后挡风玻璃涌进来的水简直就像瀑布。乐善德医生重重压在我身上，我推不开他，而这时候，车身开始慢慢向右翻转，开始往下沉。乐善德医生嘴里冒出带血的气泡，我忽然明白他的肋骨一定也被撞断了。

“科里！科里！”

我抬头一看，隔着乐善德医生的身体看向驾驶座破碎的车窗。

我看到爸爸了。他的头发整个贴在头皮上，脸上滴着水，眉头上的伤口鲜血直冒。他开始把窗框上的碎玻璃扯下来。接着车子忽然震了一下，发出隆隆声，水开始慢慢淹上座椅，那种冰冷刺骨的感觉吓了我一跳，而乐善德医生也开始挣扎。

“科里，抓得到我的手吗？”爸爸拼命想从扭曲变形的车窗挤进来，伸长着手想抓我。

可是我被乐善德医生压在底下,够不到他的手。“爸爸,救我。”我已经被呛得声音都嘶哑了。

于是爸爸又使尽全力挤进来了一点点,我猜他身体侧边一定被碎玻璃割伤了,但他完全没有露出痛苦的表情。他紧抿着嘴唇,眼眶发红,眼睛紧盯着我。他拼命伸长手想抓我,可是距离实在太远。

这时候,乐善德医生忽然翻了个身,嘴里好像咕哝着什么,可是我听不懂,因为他讲的好像是德语。他眨眨眼睛,露出痛苦的神色。整辆车已经被湖水淹没了,死神已经逼近。他低头看看断裂的手腕,不由得呻吟了一声。

“放开他!”爸爸大喊,“天哪,放开我儿子!”

乐善德医生忽然浑身一震,猛咳起来,咳到第三下,他鼻孔和嘴巴都涌出血来。他伸手去摸腹部,结果手一抬起来,发现手上全是血。那只失落世界的怪兽撞断了他的肋骨,而肋骨刺穿了他的内脏。

轰隆隆的水声越来越刺耳,车厢已经完全沉进湖里了。

“求求你!”爸爸开始哀求了。他还是挣扎着想挤进车窗。“求求你放开我儿子!”

乐善德医生转头看看四周,好像不清楚自己在什么地方。接着他略微抬起身体,我终于可以喘气了。他转头看看车身后面,发现漆黑的湖水正夹杂着泡沫从后挡风玻璃涌进来,那一刻,我听到他嘀咕了一声:“噢!”

听得出来,他绝望了。

接着,乐善德医生转过头来看我。他凝视着我,鼻孔涌出的鲜血不断往下流,滴到我脸上。“科里。”他叫了我一声,那声音听起来像咕噜噜的水声。接着他用右手抓住我的手腕。

“上去吧,”他气若游丝地说,“小野马。”

接着他用尽全力抬起身体,然后拉我的手去握我爸爸的手。我猜,这个动作一定让他痛不欲生。

爸爸立刻把我拉上去,我两手抱住他的脖子,而他也紧紧抱住我。他两腿猛踢水,满脸泪痕。

接着又是一阵轰隆隆的巨响,车子继续往下沉,我们全身被水淹没,水中仿佛有一股力量一直把我们往下拉。爸爸拼命踢水,想挣脱那股水流,可是水的拉力实在太强。接着,我们听到一阵嘶嘶声,很像是灼热物体接触到水的声音,车子一直沉向深不可测的漆黑湖底。我感觉得到爸爸拼命想挣脱水流的拉力,接着,我听到他倒吸了一口气,忽然明白他挣脱不了了。

我们继续往下沉。

车子已经沉到我们底下,沉向那黑洞般漆黑的湖底。那是一个绝对黑暗、看不到光的世界。车子不断冒出气泡,远远看起来像一只银色水母。爸爸还是拼命踢水,想挣脱那股水流,可是我们还是跟着乐善德医生的车继续往下沉。水里一片幽暗,我隐约看到他那张惨白的脸贴在挡风玻璃上,嘴里不断冒出气泡。

这时候,好像有什么东西忽然从湖底冒上来,缠住那辆车。那东西看起来很像一片长长的苔藓,又像一条长长的破布。它从后挡风玻璃慢慢游进车里,接着,车子开始在幽暗的水中不停翻转。我已经开始感觉整个肺像火在烧,但我还是又低头看着乐善德医生那张惨白的脸,不过这次我注意到,他整个人逐渐被那条破布苔藓般的东西包住,仿佛一件袍子从下面慢慢往上包住他,过了一会儿,那东西终于缠到他下巴的位置,我注意到他嘴里银假牙的亮光渐渐消失,仿佛星光渐渐陨灭。接着,车子又开始翻转,渐渐车底朝上,有如一只翻倒的巨大乌龟。然后,车子里又开始冒出大量的气泡,那一刻,我感觉到水中那股拉力忽然消失了。我们开始往上浮,浮向水面的亮光。

爸爸抓住我的身体往上抬,于是我的头先冒出水面。

水面的天色一片幽暗,不过还好,空气很充足。我和爸爸紧紧相拥,大口地喘气。

最后,我们慢慢游到可以爬得上去的岸边,在水草和泥浆中挣扎着往上爬,最后终于踏上结实的地面。爸爸走到小货车旁边,坐到地上。他两只手被车窗玻璃割得血肉模糊。我趴在红岩平台上,凝视着底下的萨克森湖。

“嘿,小老弟!”爸爸叫了我一声,“你还好吗?”

“我没事。”我冷得牙齿直打颤,但此刻,再怎么冷也没什么大不了的。

“我们最好赶快上车。”他说。

“我知道。”我嘴里说知道,可是根本连爬上车的力气都没有。我的肩膀已经整个麻掉。后来那几天,我肩膀上一大片淤青,肿得跟包子一样大。

爸爸两腿缩到胸前。雪花漫天飘落,只是,我们全身又湿又冷,下不下雪好像也没什么差别了。“乐善德医生从前的事,我会慢慢说给你听。”他说。

“我也想告诉你他做过什么事。”我说。我静静听着四周的声音。风掠过湖面,那呼啸的风声仿佛喃喃低语。

此刻,他已经沉落到那黑暗世界了。他来自那个黑暗世界,而最终他又回到那黑暗世界了。

“刚刚他叫我小野马。”我说。

“嗯,感觉很奇怪对不对?”

我们不能在这边待太久。风越来越冷了,奇寒彻骨。这种天气是会要命的。

爸爸抬头看看天空灰压压的云层。1 月的天空总是如此阴沉灰暗。他淡淡一笑。那是一种孩子般的笑容。

“嗯,”他说,“天气真好。”

英雄注定要下地狱受煎熬,不过凡夫俗子倒是可以活得轻松愉快。

后来又发生了很多事。

当初妈妈一听到这个消息,当场就昏倒了。后来,她一醒过来,立刻紧紧抱住我们,不过她不敢抱太久,很快就放开我们,因为我们浑身伤痕累累。但不管怎样,我们总算平安归来,又可以回到从前那种平静安详的日子了。特别是爸爸。萨克森湖底的幽灵再也没有来纠缠他,昔日的梦魇已经烟消云散。

斯坦纳先生和汉纳福德先生有点失落,因为他们没有亲手逮到甘沃·道纳赫安斯杰,不过,最起码正义终于得到了伸张,他们也算满意了。他们带走了卡拉·道纳赫安斯杰,还有那十二只骨灰陶土做成的小鸟。对他们来说,这是莫大的安慰。后来,听说她被关在一座暗无天日的监狱里。那是我最后一次听到她的消息。

本和约翰尼兴奋到极点。他们坐在戏院里看电影的时候,我正在跟一个纳粹战犯生死搏斗。后来他们一听到这件事,本是又跳又叫,而约翰尼则是皱着眉头捶胸顿足。不用说,我立刻就成了学校里的风云人物,就连老师都想听我说故事。美丽的方丹老师听得目瞪口呆,而卡迪纳校长要我连说两次给他听。"科里,你长大以后一定要当作家!"方丹老师说,"你真的有写作天分!我认为你以后一定会成为一个很棒的作者。"卡迪纳校长说。

作家?作者?

我想,我宁愿当一个说故事的人。

1月底,一个星期六的早晨,阳光普照,但天气却凉飕飕的。我把火箭放在前门廊上,然后和妈妈一起坐上爸爸的小货车。我们经过石像桥,开上十号公路。一路上,我们开得很慢,而且提心吊胆地一直看着路边的森林,很怕那只失落世界的怪兽会突然冲出来。虽然那只怪兽一直躲在森林里的某个角落,但后来我再也没有看到过它。我一直相信,是戴维·雷叫它来救我的。

后来,车子来到萨克森湖。湖面一片静谧安详,完全看不出来湖底躲着可怕的怪物。但我们心里明白,它真的在那里。

我站在红岩平台上,手伸进口袋里掏出那根绿羽毛。先前爸爸已经用细麻绳把那根羽毛缠起来，末端绑着一颗小铅球。然后，我用力一扔，那根羽毛一掉进湖里立刻就沉下去，瞬间就消失了踪影。

这是一场悲剧。我不想留下任何痕迹。

爸爸站在我旁边，妈妈站在另一边。只要一家人在一起，我们什么都不怕。

“我已经准备好了。”我告诉他们。

然后我们就回家了。墙上那些怪物，还有那只神奇的盒子，它们在等待着我。

第五部　永远的奇风镇

度过一个漫长寒冷的冬天之后，我终于要回家了。奇风镇，我永远的家。

我从伯明翰出发，沿着六十五号州际公路一路往南走。这条路通往州首府，车水马龙。我在二〇五号出口下了公路，向左转，然后一路往前开。开到后来，路面开始变窄，沿路经过好几个荒凉的小镇。古柏镇，洛克福镇，希索普镇，科地奇古罗夫镇。一路上看不到半个指向奇风镇的标示牌。不过没关系，我知道奇风镇在哪里。我快到家了。

已经是春天了，这天是星期六下午，春光明媚，风和日丽，而且，这趟路，我并不是自己一个人走。我太太桑迪坐在我旁边，而我们的"小魔头"坐在后座。两个小鬼头上反戴着伯明翰男爵队的棒球帽，座椅上撒满了棒球卡。这年头，收集棒球卡说不定会发财呢！

这很难说的不是吗？收音机——不好意思我说错了——卡式录音带音响传出惊惧之泪合唱团的歌声。我觉得罗兰·欧查宝真是很厉害的歌手。

已经是1991年了，很难想象吧？再过没几年就是21世纪了，虽然，不知道未来的世界会更美好，还是更糟糕。我想，这必须由我们大家一起决定。1964年似乎已经是很遥远的过去了。那年用宝丽来相机拍的照片如今都已经发黄了。而且，当年流行的发型和穿着打扮现在也早已像恐龙一样绝迹了。而且，人应该也变了。不光是南方，而是全世界。至于是变得更好呢，还是更糟糕？就看你自己怎么想了。

自从1964年以来，我们和这个世界所经历的变化真可以说得上是惊天动地，比当年惊奇马戏团的云霄飞车更惊险刺激。我们经历了越战，反战运动，水门事件，尼克松下台，两伊战争，里根当选总统，柏林围墙倒塌，还有苏联瓦解。那真是一个旋风与彗星的年代。而就像河流奔向大海一样，时间之河最终一定会流向未来。要是你想预知未来会有什么变化，那我只能说，你一定会把自己搞得头昏脑涨。不过，我记得当年女王说过，如果你不了解自己的过去，怎么可能知道未来要往哪个方向走？有时候我会想，我们大家好像都需要多想想了。

"今天天气真好！"桑迪说。她往后靠到椅背上，看着两边的平畴绿野向后飞逝。我瞄了她一眼，不由得眼睛一亮。阳光照耀着她那一头金发，散发出金色光泽。不过，那金色光泽中却也夹杂着几丝银白。我喜欢那种感觉，不过她自己却有点懊恼。她天生一对灰眼珠，眼神冷静沉稳。当我需要帮助的时候，她坚毅如石；当我需要安慰的时候，她柔情似水。我们是天生的一对。而我们的孩子遗传到她的漂亮眼睛和冷静沉稳的个性，也遗传到我深棕色的头发和对这个世界的好奇。另外，他们也遗传到我爸那直挺挺的鼻梁，还有我妈那艺术家般修长的手指。我觉得那真是完美的组合。

"嘿，爸爸！"后面那位小朋友忽然开口了。奇怪，刚刚他好像玩棒球卡玩得浑然忘我，怎么忽然不玩了？

"嗯？"

"你会紧张吗？"

"不会。"我说。但我想了一下，还是决定说实话比较好，"嗯……好吧，是有一点。"

"那里到底是什么样子？"

"我也说不上来。已经……噢……算算看，我是1966年离开奇风镇的，所以已经……嗯，干脆你告诉我吧，多少年了？"

过了一会儿，我听到他说：“二十五年。”

“如假包换。”我说。我儿子很有数学天分，而且我百分之百确定，这绝对是桑迪她们家族的遗传。

“你为什么一直没回来？我是说，既然你这么爱这个地方，为什么一直没回来？”

“一开始我很想回来，好几次了。好几次我已经开下六十五号州际公路的出口，结果半路上又折回来。最主要是因为，奇风镇已经变了，跟从前不一样了。我当然明白，天底下没有任何东西是永远不变的，这我明白。可是……奇风镇是我的故乡，每次一想到奇风镇已经人事全非，我就有点难过。”

“它到底变成什么样了？那里应该还是一个小镇吧？”我听到他又开始翻那些棒球卡，按照队名和字母顺序排列。

“跟从前不一样了。”我说，“附近的空军基地在 1974 年就关闭了。两年后，酋长河上游的纸厂也关门了。倒是联合镇越来越热闹，比当年我小时候的规模大了四五倍。可是奇风镇……越来越冷清。”

“嗯。”看样子，他已经没什么兴趣了。

我瞄了桑迪一眼，发现她也在看我。我们俩会心一笑。她伸出手来握住我的手。我们注定这辈子都要这样手牵着手。车子前面，远远浮现出连绵山岭，环绕着亚当谷。山岭上满是茂密的森林，在这大地春回、蓓蕾绽放的季节，只见漫山遍野的万紫千红，鲜花烂漫。虽然 4 月还没到，但大地已经开始绽放绿意。车外的风还是有点凉飕飕的，然而，看着那灿烂的阳光，感觉得到夏天已经不远了。

爸妈和我是在 1966 年 8 月搬走的。爸爸原本在范德康先生的五金行工作，可是就在那一年，爸爸已经感觉到时代变了，决定早点另谋出路。他在伯明翰找到了工作，在可口可乐装瓶工厂担任夜班副理，收入比他当年当送奶员多了两倍。到了 1970 年，他已经升上夜班经理。他是个乐天知足的人，觉得这样的人生已经很美好了。我就是那年上大学的，上的亚拉巴马州立大学。后来，1978 年，爸爸罹患癌症，所幸他很快就过世了，没有痛苦。最起码，他还来得及亲眼看到我大学毕业，拿到新闻系的学位。妈妈伤心欲绝，我还有点担心她很快就会跟爸爸一起走。没想到，到了 1983 年，她跟一群教会的朋友到阿拉斯加去旅行，无意间认识了一位养马场的老板。他太太已经过世了，他自己一个人住在肯塔基州的绿弓镇附近。然后，他们结婚了，一直到现在，她还住在那座养马场里。他是个大好人，对我妈妈非常好。只可惜，他不是我爸爸。每个人都应该要为自己好好地过每一天，人生总是有那么多意想不到的际遇。

我注意到路边有一面指示牌，上面全是弹孔。十号公路到了。

我开始心跳加速，口干舌燥。我知道奇风镇当然跟以前不一样了，但我就是没有勇气去面对。

我一直努力不让自己变老，然而，那是多么艰巨的任务。当然，我说的不是生理上的衰老，因为年龄的增长是一种荣耀。我说的是人生态度。我看过很多跟我同年龄的人一夕之间突然变老。他们开始变得保守严肃，动不动就说教，好像已经忘了当年他们的父母是如何禁止他们听滚石合唱团，完全忘了他们的爸妈是如何禁止他们留长发，威胁要把他们赶出家门。他们忘了应该要以身作则，而不是凭空说教。当然，现在的世界已经变得更严酷，这点毫无疑问。我们面对的是更困难的抉择，而抉择错误的后果也更严重。当然，孩子们需要引导。就拿我自己来说吧，小时候，爸妈就是我的榜样。而且我很高兴有这样的榜样，因为有他们的引导，我才有机会在一次又一次的错误中汲取教训。然而，我想现在的父母有很多都已经不再以身作则了。很多家长都只会说教，根本不懂什么叫身教。在我看来，如果爸爸或妈妈之中，有一个能够成为孩子心目中的英雄，那么，孩子就比较不容易犯错，而且更懂得在错误中汲取教训，学习成长，累积经验。这个世界要求孩子赶快长大成人，要求他们遗忘那神秘美妙而又纯真的力量。在这样的世界里，有了父母的引导，孩子的成长过程会比较顺利。

唉，再说下去，我就会变成拉佛伊牧师甚至布莱萨牧师了，所以，到此为止。

1964 年以后，我自己也或多或少有了改变。我头发比从前少了很多，而且戴了眼镜。我脸上多了一些皱纹，眼角也多了一些鱼尾纹，不过桑迪倒是觉得我现在比从前更帅。这大概就是所谓的情人眼里出西施吧。不过，就像我刚刚说的，我努力不让自己的心灵太早衰老。在这方面，可以这么说，音乐拯救了我的灵魂。我相信音乐是一种生命活力的展现，一种青春的语言。你能够接受的音乐类型越多，代表你的心灵越年轻。我对音乐能够有这样的热情，我想，一开始应该归功于海滩男孩。如今，我收藏的唱片——不好意思，应该说我收藏的 CD——堪称是琳琅满目的音乐宝藏，比如说，埃尔维斯·科斯特洛，U2，西尼德·奥康娜，金发异端乐队，头脑简单合唱团，还有科技合唱团。另外，某些时刻，我感觉古典音乐似乎也有一种魔力，比如说，齐柏林飞船乐队和满匙爱乐队。不过，不管是什么类型的音乐，对我来说都是无限的心灵盛宴。

十号公路上，车子经过一片树林，我注意到树林间有一条长满了野草的小路。我知道那条小路是通向哪里的。再往前走二十米，小路的尽头，你会看到一栋废弃的小木屋。那就是格雷丝小姐家。当年，她一听说布莱洛克那家子进了监狱，立刻就带着那群女孩远走高飞了。那栋小木屋的屋顶已经不见了，早在 1965 年 7 月就被一场暴风雨吹飞了。我想，那栋房子现在可能已经变成废墟了。这座森林里的葛藤是无孔不入的。

本和我是同一年上大学的。他念的是亚拉巴马州立大学商学系，后来甚至还念了研究生。我做梦都没想到，本竟然会喜欢念书。念大学那几年，我和本常常聚在一起，不过后来，他跟商学系那群同学越走越近，我们就越来越少碰面了。后来他甚至还加入了全球最大的校园兄弟会，而且还成为学校分会的副会长。目前他住在亚特兰大，工作是股票经纪人。他和他太太珍妮安生了两个孩子，一男一女。他很有钱，开的是一辆金色的宝马，另外，他比小时候更胖了。三年前，他看到一本我出版的书，于是就打电话给我。从此以后，我们每隔几个月就会碰面。去年夏天，我们开车到一个小镇去找一位警探。那小镇位于亚拉巴马州和佛罗里达州的州界，而那位警探叫约翰尼·威尔逊。

我一直都知道约翰尼有印第安人的血统。他执法严明，绝不放过任何违法行为，所以在他的治理下，那个小镇井然有序。不过我知道，他是个好人，而且镇上的人似乎都很喜欢他，因为他已经又连任了。那次去，我和本见到了约翰尼的太太雷切尔。她真是魅力四射，很有模特儿的架势，约翰尼彻底被她迷住了。虽然约翰尼和雷切尔没有孩子，不过他们过得很快乐。有一次周末，我们三个去海上钓鱼，约翰尼钓到一条马林鱼，我的钓线被船缠住了，而本则是被太阳晒成了木炭。不过那天我们又笑又闹过得很开心。

接着，我们到了。不知不觉就到了。那一刻，我立刻感到胃一阵紧缩。

“这里就是萨克森湖。”我告诉他们。桑迪和两个孩子都伸长了脖子转头去看。

萨克森湖一点都没变，还是那么大，湖面还是一样的深暗，岸边还是一样泥泞，长满了芦苇，还有，那红岩平台也依然如故。我脑海中立刻浮现出当年的景象。有一辆车冲进湖里往下沉，爸爸把车子停到湖边，跳下水去救人。而几个月后，又有另一辆车掉进湖里，湖水从破碎的后挡风玻璃灌进车里，爸爸的手被碎玻璃割得血肉模糊，但他还是钻进车窗里，伸长了手拼命想把我拉出去。多少年了，那一幕幕的景象依然历历在目。

爸爸，我爱你。这时车子越开越远，萨克森湖已经远远落在后面了。

当年，我们回到家之后，一家人坐在壁炉旁边，听爸爸说甘沃·道纳赫安斯杰的事。那天，火光照在他脸上，我永远忘不了他当时的表情。我和妈妈实在很难相信，道纳赫安斯杰医生和他太太竟然做过那么凶残邪恶的事。不光是我们，全镇的人都不敢相信。不过，我总觉得，不管他再怎么邪恶，他内心深处或许还有一丝尚未泯灭的人性吧，否则，在那关键的一刻，他为什么要救我一命呢？我不相信有谁是邪恶到无可救药的。也许，对人性的看法，我比较像爸爸：天真。但不管怎么样，我宁愿自己天真一点，乐观一点，这样总比麻木不仁、冷酷无情好吧。

那件事发生之后很久，我才想到一件事。道纳赫安斯杰医生总是整夜不睡，听短波收音机听到天亮。我想，他一定是整夜在听国外新闻，看看是否有哪个纳粹同党又被绳之以法。我相信，在他表面的冷血和凶残背后，内心深处很可能是永无休止的恐惧，随时等着有一天有人会找上门。他给无数人带来痛苦，而他自己也饱受痛苦的折磨。我忽然想到，要是我真的把绿羽毛拿给他，他会不会杀我灭口？我的下场会不会和勒索他的杰夫·汉纳福德一样，被他和卡拉用酷刑折磨到死？我真的不知道。你知道吗？

噢，对了，还有魔女！

本告诉我，魔女上高中之后，真的被鉴定为天才。后来她去念范德比大学，毕业后到全球闻名的杜邦公司担任化学工程师。她干得有声有色，可是她却压抑不了那种天生的怪异性格。本说，后来魔女跑到纽约去，变成了街头艺术家。有一次，她坐在婴儿澡盆里大吼大叫，控诉美国的资本主义，而那个澡盆里装满了……你们自己想象吧。为了那次表演，她和美国保守派参议员杰西·赫姆斯杠上了。

我只能说，杰西·赫姆斯最好不要惹毛她。万一他真的把她惹毛了，我会很同情他，因为，他很可能会被粘在办公桌上一整天。

接着，车子来到一个弯道。我忽然想到，当年唐尼·布莱洛克把我抓上车，载着我冲上十号公路，在弯道上横冲直撞，把我吓得魂飞魄散。而这里就是当年那个弯道。后来，我们渐渐离开山区，眼前的公路变得笔直，没多久，我们就看到石像桥了。

不过，桥上的石像都不见了，那些南方联盟将军的头像都不见了。这有可能是破坏狂干的，不过也可能是有人把那些头像偷走，拿到艺术品黑市上去卖钱。这种南方早期的历史文物，说不定一个可以卖上好几千块。不知道是谁干的，反正就是不见了。石像桥旁边那座铁路高架桥倒是没怎么变，而酋长河也依然波光粼粼。我忽然想到，说不定老摩西现在比从前更快乐了，因为河上游的纸厂关门了。它在河底抓乌龟吃的时候，不用再担心牙齿会卡到纸。另一方面，它再也享受不到往年的复活节大餐了，因为本告诉过我，1967年，女王以一百零九岁的高龄过世了，从此以后，那个仪式就结束了。女王过世以后，月亮人很快就搬到新奥尔良去了，而没多久，布鲁顿区的人也陆陆续续搬走了，那里变得比奇风镇还荒凉。如今，酋长河的河水变得比从前清澈。我很好奇，不知道老摩西是否会在夜里把头伸出水面，鼻孔喷出热气和水柱。此刻，四下一片寂静，只听到河水冲激岩石的潺潺水声。不知道老摩西此刻是不是在想："为什么这么久没有人来陪我玩？"

或许，老摩西还在河里，或许，它也早已随着河水游向大海。

我们越过那座没有石像的石像桥。过了桥，就是我的家乡。

"我们到了。"我自言自语地嘀咕了一句，踩刹车让车子慢下来。然而，我很快就知道我错了。虽然我们终于抵达了奇风镇，但这里已经不再是从前的奇风镇了。

或者说，这里已经不再是我熟悉的奇风镇。当年那些房子都还在，可是有很多都已经倒塌了，庭院都已经荒废。这里已经快变成一个空荡荡的幽灵小镇，只剩下少数几栋房子里还有人住。极少数。而且，路上也几乎看不到车。我已经感觉到，昔日熙熙攘攘的人群，昔日的生命气息，昔日的欢乐，都已经迁移到不知名的远方，而这里仿佛变成了一座空荡荡的花园，花朵都已凋零。

这趟旅程，比我预期中更令人感伤。

桑迪感觉到了。"你还好吗？"

"没什么。"我勉强笑了一下。

"爸爸，这里好像没什么人了。"

“好像是。”我说。

车子还没开进商店街,我就转弯绕路走了。我怕自己承受不了。我慢慢开到棒球场,把车子停在旁边。当年,布兰林兄弟就是在这里狠狠揍了我们一顿。

“孩子们,我们在这里坐一下好不好?”我问。

“好的。”桑迪用力握了一下我的手。

布兰林兄弟的下落,约翰尼都告诉过我了。他是警察,消息特别灵通。看起来,这两兄弟的性格倒也不像是同一个模子里刻出来的。戈萨上了高中之后,开始打橄榄球。有一次,他们和联合镇中学的球队比赛,当时,对方的球员快要冲到底线的时候,戈萨硬是把那个球拦下来,然后一口气冲到对方的底线,完成一次漂亮的达阵。他立刻成了镇上的大英雄。那天的胜利,在他身上创造了奇迹。那场比赛证明了,长久以来他为非作歹,目的只是渴望爸妈多关心他,而他的爸妈可能是因为太笨,或是根本不在乎孩子,所以根本感受不到孩子的心。约翰尼告诉我,戈萨现在是寿险业务员,住在伯明翰,而且还兼任当地小球队的教练。约翰尼还说,戈萨现在已经不抹发油了,因为他的头顶上已经没半根毛了。

至于戈多呢,他还是继续向下沉沦。说起来很遗憾,戈多跑到路易斯安那州和一伙恶棍混在一起,后来,1980 年,他跑进一家 7－11 便利店抢劫,结果当场被老板开枪射杀。当时,为了不到三百美金,为了几包零食,他就莫名其妙地送了命。回想起来,当年他被毒葛藤刺得伤痕累累,本来应该有机会悔改,没想到最后还是这样的结局。

“我要下车去走一走,伸伸腿。”我说。

“爸爸,我跟你去好不好?”

“不用了,我自己去就好。”我说,“等一下再陪你们玩。”

我钻出车子,走进棒球场。球场上的草坪已经很久没有修剪,长得不像话。我站在投手板上,感受那凉飕飕的冷风迎面吹来,感受那灿烂的阳光。

接着,我转头看向外野看台,发现上面有一块长条木板已经歪斜了。当年第一次看到尼莫·科理斯,他就是坐在那里。接着,我抬起手臂,手掌对着天空,等着。

当年,尼莫·科理斯把那只球扔向天空,球却一直没有掉下来。要是多年以后的此刻,那只球忽然掉到我手上,那会是什么样的感觉?

我等着。

但球终究还是没有掉下来。尼莫的手臂有一种神奇的力量,然而,他却被困在一个很恶劣的环境里。那天,他把球扔到九霄云外,球却一直没有落下来。我知道,那只球是永远不可能掉下来了。这件事,本、约翰尼和我永远忘不了。

我握紧拳头,手臂垂到身旁。

从这里可以看得到波特山。

那里也已经荒废了。长长的野草几乎已经淹没了墓碑,而且似乎已经很久没有人再去墓前献花了。眼前的景象令人遗憾,因为,很久以前,奇风镇上的人不是这么善于遗忘的。

我不想走进墓园。自从那次搭上那列火车之后,我就再也没有去过墓园。我已经跟戴维·雷说过再见了,而他也已经跟我道别过,其他的,都是多余的。就像他常说的,只有猪头才会干那种傻事。

我转身背向那个死亡的世界,走回车子旁边。

接着,我开车来到学校,停在校门口。我告诉太太和两个孩子:“这就是我当年上的学校。”

我们一家人都下了车,走进学校的操场。桑迪走在我旁边,两只“初生之犊”开始绕圈拼命跑,越跑越快,活像两匹脱缰的小野马。“小心点!”桑迪警告他们,因为她注意到地上有碎玻璃瓶。天底下的妈妈好像都是这样,有了孩子就开始疑神疑鬼,担心天会塌下来。

我伸手搂住桑迪肩头,而她也搂住我的腰。小学空荡荡的,有些教室的窗户都破了。当年,这里曾经洋溢着孩子的欢笑,而如今只剩一片死寂。这时我注意到围栏旁边那片空地。当年约翰尼就是在那里打倒了戈萨。接着,我注意到围栏上那扇门。当年我就是骑着火箭从那扇门冲出去,而戈多在后面追,结果,他碰上了撒旦。接着,我注意到——

“嘿,爸爸！你看这个！我找到的!”

我们的“初生之犊”兴冲冲地跑回来了。“我在那里捡到的！很漂亮吧?”

我低头看看她手上那个小东西,不由得笑起来。

那是一个黑色的小箭头,磨得很光滑,上面几乎没有半点刮痕,没有凹陷。做那个箭头的人一定很引以为荣。那应该是某个酋长的杰作。

“爸爸,我可以留着吗?”我女儿问。

她叫斯凯,明年1月就十二岁了。桑迪说,她即将进入所谓的“假小子阶段”。斯凯喜欢反着戴棒球帽,喜欢到处乱跑,跑得灰头土脸。她对洋娃娃没兴趣,也不会成天幻想她的白马王子。不过我相信,总有一天,她一定会开始寻找她的白马王子。而现在,就随她去吧。没什么好担心的。

“当然可以,而且我觉得你应该好好珍惜。”我告诉她。她立刻把箭头塞进牛仔裤口袋里,一副很爱惜的样子。

明白吗,那种神秘的力量,在女孩子身上也看得到。

接着,我们开到商店街上。这里曾经是奇风镇的中心,只是如今已然繁华不再。

街上的店都关门了。多拉尔先生的一元理发厅,奇宝超市,明星餐厅,奇风五金行,爱之颂戏院,都已经不在了。五角商店的玻璃窗甚至整个封住了。隔壁的联合镇越来越繁荣,各式各样的商店、公寓大楼,以及有四间电影院的购物中心,这一切早已吞噬了奇风镇的灵魂,就像当年巨霸超市吞噬了绿茵牧场一样。这样的情况还会持续下去,问题是,这就是进步吗?

车子缓缓经过法院前面,只见一片死寂。车子缓缓经过游泳池,经过飞轮露天冰店，也是一片死寂。一片死寂。车子缓缓经过蓝色格拉斯小姐家门口，同样，也是一片死寂。想起当年这里曾经飘扬着优美的旋律，此刻的死寂更令人感觉沉重。

蓝色格拉斯小姐。我真的很想知道她现在怎么样了，可是我根本没她的消息。算算时间，要是她还活着，现在应该已经八十多岁了。过去这许多年来，还有很多人也都陆陆续续离开了奇风镇。我也不知道他们现在过得好不好。比如说，多拉尔先生，马凯特警长，爵士人，德马龙先生和德马龙太太，妮娜·卡斯蒂尔和加文，卫佛丹恩太太，斯沃普镇长。我相信他们都还活着，在另一个城镇里。我相信奇风镇生命的一部分也跟着他们一起走了。不管他们走到哪里，他们就会在那里撒下奇风镇生命的种子。就像我一样。

大学毕业后，我在伯明翰一家报社工作了两年。那时候，我每天忙着帮新闻写标题，编辑别人写的故事。在那个大城市里，每天下班之后，我回到自己的小公寓，然后在那只神奇的盒子前面坐下来，开始写自己的故事。我不停地写，然后不断把我写的短篇小说寄出去，然后不断眼看着它们被退回来。后来，我决定孤注一掷，写了一本小说寄出去。没想到，天啊，竟然有人要出版。

现在我在图书馆工作，一个小小的图书馆员。但我在成长。

车子慢慢开过一条路，路边有一座谷仓，对面有一栋房子，和路边隔着一片空地。“他就住在这里。”我对桑迪说。

“啊！”斯凯惊叫了一声，“好恐怖啊！简直就像鬼屋！”

“没这么可怕，”我对她说，“就是一栋空房子而已。”

我儿子波尔对橄榄球了如指掌，至于我女儿呢，她对鬼屋如数家珍。她看过很多文森·普莱斯演的电影，看过很多恐怖片，看过爱伦·坡的小说，看过雷·布莱伯利的《火星纪事》，而且她还知道有一本小说里有个很有名的地方叫撒冷镇。不过，她倒也不是只看这些东西。她也喜欢童话，比如说，《爱丽丝梦游仙境》《安徒生童话》《丑小鸭》《绿野仙踪》《泰山》。另外，她也喜欢梵高的画，米罗的雕像，虽然她还太小，还无法完全体会艺术的含义，不过，她感觉得到色彩之美。而且，她还喜欢听艾灵顿公爵的爵士乐，还有海滩男孩。上个星期，她问我可不可以把一张照片拿去裱框，摆在她的梳妆台上。她说那个人看起来好酷。

那个人就是《半夜鬼上床》里的佛莱迪。

“斯凯！”我说，“你不怕半夜梦到——”

说到一半我停住了。噢噢，我心里呐喊着，噢噢。

佛莱迪，那你就来和我们斯凯见个面吧。你可以告诉她什么叫想象力，好吗？

我转了个弯，车子开上希尔托普路，开上那个小山坡。我家快到了。

我的写作生涯还算顺利。很辛苦，可是我热爱这种工作。桑迪和我是同类型的人，我们都不是那种拥有半个世界才会快乐的人。另外，我必须承认，我也花过一次大钱。有一年，桑迪和我到新英格兰去旅行，路上经过一家二手车场，无意间看到一辆二手的红色敞篷车。我毫不考虑地当场就买下来了。很久以前，这种车好像有个绰号，叫公路小霸王。我把它送去整修得焕然一新，回复到它原先出厂的模样。那辆车就是1960年代有名的福特“奇风”。有时候，我会自己一个人开着那辆车去兜风，在公路上迎风而行，感受温煦的阳光照在脸上。在那样的时刻，有时候我会浑然忘我地跟车子说起话来。我都会叫它一个很特别的名字。

你应该猜得到我叫它什么。

当年我们离开奇风镇的时候，把火箭也一起带走了。后来，我常常骑着火箭去探险，而好几次，它那只金黄灿烂的眼睛总是会察觉到前面有危险，然后就会警告我不要惹上麻烦。可是后来，我长大了，它再也承受不了我的体重，开始嘎吱嘎吱响，而且把手的高度也越来越不舒服。于是，我把它放到地下室去，用一块蓝色的防水布盖着。感觉上，我认为它就只是在那里安睡。上大学之后，有一个周末，我回到家，发现妈妈办了一场车库拍卖，把地下室里的东西都拿出来卖。结果她告诉我，有人买了你的旧脚踏车！她边说边把二十块钱拿给我。她说，那个人是给他儿子买的，这样不是很棒吗，科里？科里？这样不是很棒吗？

我告诉妈妈，是很棒。我已经二十岁了，可是那天晚上，我趴在爸爸肩头哭了，仿佛我还是当年那个十二岁的小男孩。

接着，我的心脏开始猛烈地跳起来。

那里，就在那里。

“我家。”我对桑迪和斯凯说。

多年的风吹日晒，那房子显得很旧，需要有人重新粉刷，好好整理。它需要有人爱，只可惜，如今早已人去楼空。我把车子停在路边，凝视着门廊。那一刹那，我忽然看到爸爸站在门口，面带微笑。他看起来又壮又结实，正如我记忆中的模样。

“嗨，科里！”他跟我打招呼，“最近还好吗？”

还不错，爸爸。我说。

“我知道你一定会很不错。因为我这辈子也还算表现得不错，不是吗？”

是的，你真的是个好爸爸。我说。

“你太太和女儿都很漂亮，科里。还有你写的那些书，真的很棒！我就知道你一定会很有成就，我一直都知道。”

爸爸，我可以进去坐一下吗？

“进来？”他靠到门廊的柱子上说，“你为什么要进来，科里？”

你不会觉得很寂寞吗？我是说……这里实在太安静了。

“安静？”他大笑起来，“有时候我还真希望耳根可以清静一下！”

可是……里面不是没人吗？

“都快挤得没地方站了。”爸爸说。他抬头看看太阳，看看漫山遍野的春意盎然。“不过科里，你不必进来看他们，也不必进来看我。真的不需要。

你不应该离开现有的一切，不应该再去想过去。科里，你的人生很美好，我做梦都想不到你可以过得这么好。对了，你妈妈还好吗？”

她过得很快乐。我是说，她很想念你，不过……

“只要你还活着，你就应该好好过每一天。”他的口吻忽然有点像爸爸在教训儿子，“好了，赶快走吧，好好去过你的人生，别再想这栋破破烂烂的老房子了。”

我知道。我说。可是我还不能走。

他转身正要走进去，忽然又停下脚步。“科里。”他又叫了我一声。

什么事，爸爸？

“我会永远爱你。永远。而且，我也永远爱你妈妈。看你们两个都过得那么好，我真的很开心。你明白吗？”

我点点头。

“你永远都是我儿子。”说着，爸爸又转身走进了屋里。门廊上忽然又变得空荡荡的。

“科里？科里？”

我转头看看桑迪。

“你刚刚看到什么？”她问我。

“一个人影。”我说。

接下来，我还想再到一个地方去看看，然后就可以回家了。我把车子开上弯弯曲曲的坦普尔街，开向撒克斯特家的豪宅。

而这里真的变了。彻底变了。

有些大房子往往会变成废墟，杂草丛生，可是这里却并非如此。这里的改变，只能以惊奇来形容。撒克斯特家的豪宅变大了，两侧都各自加盖了一间小房子。而且，那栋房子四周空地的范围变得好大。天哪！我明白了！弗农一定还住在这里！我开车进了大门，经过一座很大的游泳池。院子里有一棵巨大的老橡树，树干上盖了一间树屋。那栋豪宅本身完好无缺，庭院修整得很漂亮，而两边的小房子，建筑风格和豪宅一模一样。

我把车子停到门口。“我真不敢相信！”我告诉桑迪，“我要赶快进去看看弗农是不是还住在这里！”

我立刻跳下车冲到门口，兴奋得心脏都快从嘴里跳出来了。

我正要伸手去按门铃的时候，忽然听到一阵铃声。铃铃……铃铃……铃铃……

接着我听到一阵潮水般哗啦啦的巨响，越来越快，惊天动地。

我吓得差点喘不过气来。

因为我看到他们出来了。

他们从门口蜂拥而出，那种场面，令我回想起当年复活节那个星期天，那群大黄蜂从教堂的天花板飞进来的情景。他们就这样冲出来，边跑边笑，大吼大叫，互相打来打去。他们出来了，那声音真是惊天动地。

一大群男孩子。大概有十几个，有黑人也有白人。那一大群男孩从我旁边挤过去，我仿佛变成了河中央的一座岛。有几个冲向那间树屋，有几个蹦蹦跳跳地冲向草坪。我仿佛突然置身在一个充满年轻生命的宇宙里。接着，我注意到门旁边墙上那面铜牌。

上面写着：奇风少年之家。

弗农的豪宅变成一所孤儿院了。

那群男孩有如潮水般从我身边奔流而过。这天是星期六下午，他们自由了。这时二楼忽然有一扇窗户开了，我看到一个满脸皱纹的老太太探头出来。“詹姆斯·路休斯！”她的声音有如河东狮吼，“艾德华！格力高利！钢琴课时间到了！你们两个马上给我过来！”

她穿着蓝色的衣服。

这时另外两个我不认识的老太太也出来了，她们在追那群男孩。我暗暗替她们祷告，愿上帝保佑她们。接着，我看到一个年轻人走出来，走到我面前。“请问有什么事吗？”

“我……我从前住在这里。呃，我是说我从前住在奇风镇。”我太惊讶了，有点语无伦次。“这里是什么时候变成孤儿院的？”

“1985 年。”那个人告诉我，“弗农·撒克斯特先生送给我们的。”

“撒克斯特先生还活着吗？”

“他已经搬走了。很抱歉，我不知道他的近况。”那个人表情很亲切，一头金发，眼睛湛蓝如天空。“请问你是……”

“我叫——”说到一半我忽然停住了，因为我忽然想到他是谁了，“请问你是？”

“我是巴伯·威洛。”他微微一笑，那一刹那，我仿佛看到奇利·威洛在对我微笑。“巴伯·威洛牧师。”

“很荣幸认识你。”我跟他握握手，“我认识你妈妈。”

“我妈妈？真的？请问你怎么称呼？”

“科里·麦克森。”

看他的表情，显然没听过我的名字。我就像一阵风，偶然轻拂过奇利·威洛的天空，来去无踪。“你妈妈还好吗？”

“噢，她很好。她搬到圣路易去了，现在在那里教六年级。”

“她的学生一定很幸福。”

“帕森？”我听到一位老先生大喊，“帕……森……威……拉？”

接着，我看到一位黑人老先生走出来了。他穿着一条褪色的连身工装裤，瘦巴巴的腰上围着一条工具皮带，上面挂着铁锤，螺丝起子，还有各种奇奇怪怪的扳手。“帕森，楼……上……漏……水……修……好……了。我……看……那……台……老……冰……箱……也……该……修……了。”接着他看到我了。“噢，”他倒吸了一口气，“你……不……就……是……”

说完他立刻满脸笑容。

我立刻抱住他，而他也抱住我，腰带上的工具叮叮当当。

“科里·麦克森！天哪！真的是你？”

我抬头看看楼上那位穿蓝衣服的老太太。“是的。是我。”

“主啊！主啊！不好意思，牧师！主啊！主啊！”然后她又盯上她原来的目标了：那群年轻的孩子。“詹姆斯·路休斯！你还敢爬树屋！不怕摔断手指头吗？”

“要不要请你太太和孩子进来坐一下？”威洛牧师问。

“一……定……要……进……来。”莱特富特先生笑着说，“好……多……话……可……以……聊。”

“里面有咖啡和甜甜圈。”牧师想引诱我，“卫佛丹恩太太手艺很棒。”

“科里！赶快进来！”楼上的那位蓝衣服老太太说，“詹姆斯·路——休——斯！”

桑迪和斯凯已经下车了。桑迪很了解我，她知道我一定很想进去坐一下。当然，我们不会待太久，因为我的家乡并不是我们的家。不过，待一个钟头感觉应该还不错。

接着，她们两个先进去了，而我走到门口却忽然停下脚步。

我抬头看看天空。那清澈蔚蓝的天空。

我仿佛看到天空有四个孩子的影子，还有他们的狗。他们都长着翅膀，在灿烂的阳光下嬉笑玩闹。

只要那神秘的力量不消失，他们将永远在天上翱翔。

那神秘的力量永不止息。